無錫文庫

第四輯

秋水集
嚴繩孫詩文稿
三山老人不是集
釀蜜集
雲川閣集

鳳凰出版傳媒集團
鳳凰出版社

ISBN 978-7-5506-0823-8

9 787550 608238 >

圖書在版編目（ＣＩＰ）數據

秋水集等 / (清) 嚴繩孫等撰. -- 南京 : 鳳凰出版社, 2011.12
（無錫文庫. 第4輯）
ISBN 978-7-5506-0823-8

Ⅰ. ①秋… Ⅱ. ①嚴… Ⅲ. ①古典詩歌－詩集－中國－清代 Ⅳ. ①I222.749

中國版本圖書館CIP數據核字(2011)第269784號

責任編輯　樊　昕
裝幀設計　姜　嵩
出版發行　鳳凰出版傳媒集團
鳳凰出版社(原江蘇古籍出版社)
南京市中央路165號　郵編 210009
發行部電話 025－83223462
集團網址　鳳凰出版傳媒網　http://www.ppm.cn
印　　刷　無錫市證券印刷有限公司
無錫市揚名高新技術産業園B區75號　郵編 214024
開　　本　889×1194毫米　1/16
印　　張　41
版　　次　2011年12月第1版　2011年12月第1次印刷
標準書號　ISBN 978-7-5506-0823-8
定　　價　550.00圓
(本書凡印裝錯誤可向承印廠調換,電話:0510－85435666)

無錫文庫工作委員會

顧　問

楊衛澤　毛小平　周和平　譚　躍

主　任

王立人

副主任

曹佳中　陳海燕　吴小平

委　員

方標軍　須　儉　陳堯明　尤文科

何承志　蔡文煜　葉建興　施　展

嚴克勤　劉　川　雷群虎　李祖坤

瞿　敬　華瑞興　周興安　姜小青

無錫文庫編輯委員會

主　編

王立人

副主編

須　儉　姜小青

編　委（按姓氏筆畫排列）

王進雄　王賡唐　卞惠興　全　勤　吴　迪　沙無垢

金其楨　夏剛草　倪培翔　徐小躍　徐志鈞　浦學坤

陳文源　過旭明　過耀華　許墨林　張志清　程勉中

湯可可　蔡家彬　劉桂秋　錢建中　錢菲菲　顧文璧

執行編委

王華寶　王　劍　薛　飛　陳紅彦　林世田　謝冬榮

徐憶農　陈　立

編務人員

顧志堅　李躍光

無錫文庫學術顧問

總序

七千年文明史，三千年建城史，江南名城無錫，襟長江依太湖，自古以來就是魚米之鄉，禮儀之邦。無錫文化自泰伯南奔以來，騰蛟起鳳，尚德崇文，在數千年的傳承發展中，教化常持，經世務實，人杰輩出，大家林立，文藻絢麗，錯彩鏤金。舍南舍北皆春水，欲與湖山作主人，數千年的人文傳統，賦予了風光秀美的無錫以獨特的文化魅力，鑄就了城市剛柔相濟、秀逸清麗的的文化品格。

無錫是中國吴文化的發源地。早在商代晚期，周太王古公亶父的長子泰伯三讓王位，携其弟仲雍奔吴，定居無錫梅里，建『勾吴國』，『端委以治周禮』，施以禮儀教化，興修水利，授以農桑，不數年而『民人殷富』。泰伯帶來的中原文化與無錫本地土著文明相結合，吴文化以及作爲其重要組成部分的無錫文化就此發端。晋室南渡，北方人群大量南遷，帶來了中原的文化技術，促進了無錫農業、水利、手工業和商業的發展，中原文明再度與吴文化進行融合互滲。在本土文化與异地文化的碰撞和交融中，不斷推動着無錫這座城市的文明進步。

無錫歷史文化『追歷七千餘載歲月滌蕩，遂經四大轉折而成其廣大深厚：泰伯西來，吴文化成焉；永嘉南渡，江左文脉振焉；宋室波遷，江南文風始焉；歐風東漸，錫邑占風氣之先，民族工商文化始焉。數百代鄉彦賢達智慧與創造累積，文獻足徵，無慮百千』（《錫山先哲叢刊》重版弁言）。無錫文化以兼容并蓄多樣化的形態不斷發展。

崇文尚教，以教促文。北宋嘉祐三年（一〇五八），無錫始設縣學；北宋政和元年（一一一一），理學傳人楊時在無錫創建東林書院，此後無錫出現了喻樗、尤袤、李祥、蔣重珍等一批知名的教育家。至明代，顧憲成、高攀龍等在東林書院講學，此後又有許多書院相繼而起。古代無錫對教育的重視，促進了『崇文』和『尚教』的風氣，也造就了大量的人才。自隋朝開創科舉取士到清末廢除科舉，無錫共出了五名狀元、三名榜眼、六名探花和三名傳臚，并有五百四十名進士，一千二百多名舉人；『一榜九進士』、『六科三解元』，自古傳爲佳話。近代以來，經濟的繁榮進一步帶動了教育的興盛。無錫籍國學大師錢穆曾說：『晚清以下，群呼教育救國，無錫一縣最先起。』此後無錫的實業家紛紛出資興辦文化教育事業。教育的繁興，在極大程度上促進了無錫的文化發展，出現了空前的文化人才崛起的高峰。

文脉綿延，後出轉强。歷來『文化』的概念有廣義和狹義之分，這裏的『文脉』之『文』，用的是狹義的概念，即指經史、文學、藝術等人類所創造的精神財富的總和。在無錫的歷史文化傳統中，自古及今，悠悠文脉，如瓜瓞之綿綿。必須指出的是，從文化發生學的角度來看，早期中華文化的中心是在黄河流域的中原地區，無錫在宋元以前，雖有像顧愷之、李紳、尤袤、蔣捷、倪瓚等一批人文英才，但在整體上，無錫的文氣是自明清以迄近現代達到巔峰。在整個江南地區文教昌明和無錫經濟繁盛、教育勃興的大背景下，無錫地區在經史、文學、繪畫、音樂等諸多領域中，建樹卓越，俊才雲蒸，真正呈現出『人文之盛，冠於南國；碩彥輩出，著述繁富』的局面。

求實務本、重工崇商。無錫自古爲江南富庶之地、魚米之鄉。明代東林講學者將士商并列爲『本行』，講求經世致用；近代早期維新的思想家、實踐家薛福成提出『黜浮靡，崇實學』，大力倡揚『工商爲先，耕戰植其基，工商擴其用』的觀念，這些都成了近代以來無錫人求實務本、重工崇商的重要的思想根源；兼以明清時期，封建自然經濟解體，資本主義開始萌芽，無錫經濟日趨繁盛。鴉片戰争以後，上海開埠，由於商品經濟的發展和商業資本積累的增加，逐步形成了一個以上海爲中心的，北接江陰、靖江，西連蘇州、無錫、常州的經濟區域。有布、米、絲、錢『四大碼頭』的無錫，被譽爲『小上海』。到了十九世紀末、二十世紀初，無錫許多有識之士積極引進西方生産技術，大力興辦工廠，形成了近代六大資本系統，無錫成了近代中國民族工商業的發祥地和蘇南經濟中心。經濟的繁盛，不僅爲無錫文化的不斷發展提供了堅實的物質基礎，而且也形成了無錫文化的主流形態之一的，具有鮮明特色和豐富内涵的『工商文化』。

文化源長，文獻宏大。在歷史上，無錫有過兩次較大規模的文化整理。一八九九年，《常州先哲遺書》是包涵無錫在内的第一次區域性文化整理集成。一九二二年，《錫山先哲叢刊》是無錫真正意義上從城市角度進行的一次文化整理。當時，國家積貧積弱，社會動蕩離亂，身處亂世的有識之士高擎文化的旗幟，以縱覽千古的魄力和毅力致力於城市文化傳統的繼承與弘揚，爲無錫地方人文教育提供了文化楷模，對增强無錫崇文興教氛圍發揮了重要的作用，爲無錫躋身江南名城提供了文化動力，其意義至今爲後人感念。

滄桑巨變，天上人間。經過近一個世紀的奮鬥探索，特别是改革開放三十多年來的迅猛發展，中華民族强勢崛起。國運昌隆，盛世修典。中共無錫市委、市政府高度重視地方傳統文化的整理弘揚工作。自二〇〇七年提出『建設文明無錫，打造文化名城』以來，無錫全面深入開展歷史文化遺産的挖掘、清理、保護和修復工作，傳承弘揚優秀傳統文化，彰顯城市人文歷史底蘊，掀起歷史文化名城建設新高潮。此後，市委、市政府在《無錫市文化大發展大繁榮行動綱要》中明確要求全面整理出版地方歷史文獻，市委、市政府在《關於深化文化體制改革加快文化强市建設的决定》中再次明確要求編纂《無錫文庫》，正式啓動迄今爲止無錫地區規模最大、綜合性鄉邦文獻集成的修編工作。爲確保《無錫文庫》的編纂工作順利進行，市委、市政府專門成立了『無錫文庫工作委員會』，由市委宣傳部牽頭，設立了『無錫文庫編輯委員會』，計劃用三年時間完成編纂出版工作。《無錫文庫》的編纂，將以嶄新的學術角度和現代學科框架對城市歷史文化進行全面梳理和弘揚，站在時代的高度，充分展示城市深厚的歷史底蘊，彰顯先賢哲人的智慧創造，解讀無錫文化的獨特個性，提煉升華無錫的人文精神，光前裕後，古爲今用，以文化人，由人化文，以史爲鑒，開啓未來。

《無錫文庫》的編纂出版必將發揮重要的文化功能：首先是搶救文獻。無錫自古即有豐富的地方文獻，無論經史子集，都有重要著作流傳於世。然而無錫近代歷經戰亂，一些重要典籍已毁佚，僅有書名存留；還有一些珍貴的明清地方史籍，也以孤本存世，處於若存若亡之間。由於各種原因，一些代表無錫文化的典籍保存於國内外各大圖書館中，在無錫不易見到。從清末到民國期間，在文化上有不少重要成果，而這部分書籍因長期被忽視而處於毁佚的邊緣。《無錫文庫》的編纂就是爲了搶救文獻，保存文脉。其次是古籍整理。無錫先賢留下的載籍很多，但現存書籍，版本雜亂，良莠不齊，整體而言没有經過系統編排梳理，使用不便。《無錫文庫》的編纂，就是從版本目録學的角度加以梳理，每書皆撰提要，鈎玄指要，便於閱讀使用。第三是服務大衆。《無錫文庫》所收皆爲地方古史遺文，是研究無錫歷史沿革和文化傳承的必讀書目。《無錫文庫》的編纂出版，使這些書籍的使用更加便捷和廣泛，對無錫的文化建設、城市規劃、古迹保護、名勝開發都具有很高的學術價值和實用價值。

歷史唯物主義觀是《無錫文庫》編纂出版工作的重要指導思想。《無錫文庫》是一部具有社會主義新時代特點的典籍集成，編纂理念和選編觀念更加科學，注重學術性、實用性和經典性相結合，并且儘量收入古籍版本研究的新成果，廣泛收集流散在國内外的珍貴典籍。編纂工作中，始終堅持『尊重歷史、尊重科學、尊重規律、尊重專家』的原則，堅持『雙百』方針，對傳統文化中重要的不同學派、不同觀點的資料兼收并蓄，力求客觀、完整和全面。當然，《無錫文庫》不可能包羅萬象，而以文史哲爲主要内容，兼顧其他類别著述，整體呈現出無錫歷史文化的發展脉絡。强化編纂工作的學術規範，提倡實事求是的良好學風，對文庫的整體規模、體例框架、所收書目、版式裝幀等進行反復論證，反復比較，多方聽取意見，慎之又慎，力争使《無錫文庫》成爲一部真正代表無錫文化的綜合性鄉邦文獻集成。

編纂出版《無錫文庫》的盛舉，得到了海内外衆多著名的文史專家、學者教授的熱烈響應。許倬雲、馮其庸、楊天石、李文海、徐中玉、馮遠、胡福明等無錫籍文化名人和劉玉才、程章燦、江慶柏、張廷銀、金良年等專家學者應邀擔任《無錫文庫》的學術顧問，他們扎實的學術功底、嚴謹的治學風範、卓越的學術見識，爲《無錫文庫》提供了有力的支撑。

千年吴地文明，百年工商繁華，賦予無錫人聰慧和靈秀，創造了具有獨特品質的城市文化和城市精神。當我們手捧先哲留下的珍貴文化遺産，不僅滿懷感恩、敬畏之心，更涌動着不負前賢、勵志圖新的激情，去努力創造城市文化嶄新的輝煌，讓無錫文化大發展大繁榮的春天更加姹紫嫣紅、繽紛燦爛！

無錫文庫編輯委員會

二〇一一年一月

凡例

一、《文庫》所收爲無錫籍作家的著述和與無錫相關的歷代文獻，分爲《官修舊志》、《地方史料專著》、《年譜家乘》、《無錫文存》和《近現代名家名著存目》五輯。

二、無錫地域範圍以現行行政轄區爲準。《文庫》立足無錫市區，兼顧江陰、宜興，適當選收江陰、宜興具有代表性的著作。

三、《文庫》所收著作，以史料價值高、使用價值大爲原則，適當兼顧其版本價值。

四、《文庫》主要采用影印方式出版，《近現代名家名著存目》收入作家小傳和主要著述目録。

五、《文庫》所收著作，其編纂年代下限爲一九四九年；《近現代名家名著存目》則不受此限。

六、《文庫》所收著作，原書如有蠹損、殘缺、漫漶不清處，原則上以相同版本予以換頁、補頁，使全書清晰、整齊。

七、《文庫》對所收每種圖書，均撰寫提要，置於每種書扉頁之背面；每册均新編頁碼，自爲起訖。

八、《文庫》編制書名索引和著者索引，以方便讀者使用。

第四輯編輯説明

本輯爲《無錫文庫》之第四輯《無錫文存》，主要收録歷代無錫籍作家具有代表性的詩、詞、曲、文集或珍稀史料。

無錫歷來被譽爲人才輩出、人文薈萃之地，所謂『蒼聖造端，文教聿起，泰伯入吴，肇基梅里，由是人文之盛，冠於南國。碩彦輩出，著述繁富』（高鏷泉《錫金歷朝著述書目考》序）。明代以前，無錫地區就已出現顧愷之、李紳、尤袤、蔣捷、倪瓚等一代名家；到了明清時期，這種『碩彦輩出，著述繁富』的特點得以充分地體現。據對《江蘇藝文志·無錫卷》一書的統計，古代無錫地區（包括江陰市和宜興市）有著述存世或見於載籍的作者，從東漢到元代有一百四十餘家，而明清時期則多達四千四百餘家。其中，尤以詩、詞、曲、文别集爲多，并且湧現了如吴炳、陳維崧、萬樹、顧貞觀、嵇永仁、楊潮觀、周濟、蔣春霖等一大批在全國範圍内廣有影響、知名度很高的作家文人。

許久以來，無錫地區的許多文獻學家，致力於無錫歷史文化遺産的保護和流布。除了刊刻大量的别集外，還編撰和纂輯了許多無錫地區的地方文獻書目、地方文獻叢書和地方文學總集。地方文獻書目，如高鏷泉《錫金歷朝著述書目考》、無錫縣立圖書館《無錫縣立圖書館鄉賢部書目》、無錫市圖書館《無錫市圖書館館藏地方文獻目録》及續編、辛幹《無錫藝文志長編》、宫愛東主編《江蘇藝文志·無錫卷》等；地方文獻叢書，有侯鴻鑒、劉書勛輯《錫山先哲叢刊》，金武祥編《江陰叢書》，謝鼎鎔輯《江陰先哲遺書》等；地方文獻總集，有莫息、潘繼芳輯《錫山遺響》，顧光旭輯《梁溪詩鈔》，侯學愈輯《續梁溪詩鈔》，周有壬輯《梁溪文鈔》，侯學愈輯《梁溪文續鈔》，王直、王鑒輯《錫山文集》，侯晰輯《梁溪詞選》，楊敦原編《江陰詩存》，顧季慈編《江上詩鈔》，謝鼎鎔編《江上詩鈔補》等。而《無錫文庫》的編選，正是建築在前賢們這些努力的基礎之上。

本編收録歷代無錫籍作家的作品集一百多種。所收作家作品的時間下限爲民國。民國以後的作家作品，則進入第五輯《近現代名家名著存目》中，作爲存目處理。

按照經、史、子、集四部的傳統圖書分類，本編主要收録集部的作品；間亦酌情收録少量其他部類的作品，如顧憲成《顧端文公大學通考一卷大學質言一卷大學重定一卷》及《大學意一卷中庸意二卷大學説一卷中庸説一卷語孟説略二卷》屬經部四書類，徐弘祖《徐霞客遊記》屬史部地理類，李浚《松窗雜録》、費衮《梁溪漫志》和李詡《戒庵老人漫筆》等筆記體作品屬子部雜學類或子部小説類。這些著述或因版本珍稀，或因影響廣遠，故而收録。

本編之前數册，收録《梁溪文鈔》、《梁溪文續鈔》、《錫山遺響》、《錫山文集》、《梁溪詩鈔》、《續梁溪詩鈔》、《梁溪詞選》等無錫地區詩、詞、文總集；其餘各册，所收皆爲單集作品。

各總集内的作品，雖然與各單集内的作品會有少量的重復，但其中還收録有大量未選入本編單集中的作家作品，再加上這些作家的小傳，便使得這些總集具有了很高的文獻資料價值。

各册之間的順序，以歷史年代先後編排。所收録的單集作品，如卷帙較大者，則一種編爲一册或數册，如薛福成《薛叔耘遺著十六種》等；篇幅較小者，則或按年代先後，或按文體類别，或按家族關係，由數種編爲一册。

目録

秋水集

（清）嚴繩孫 撰

《秋水集》十卷，明末清初嚴繩孫撰，卷一至八詩，卷九、十詞，前有侯鴻鑑、朱彝尊、陸楣、姜宸英、葉方藹五序。

嚴繩孫（一六二三—一七零二），字蓀友，一字冬蓀，號秋水，又號藕漁、勾吴嚴四，江蘇無錫人。曾入吴偉業慎交社，偕邑中顧貞觀、秦松齡等結雲門社，時稱『雲門十子』。與納蘭性德唱和甚多，遂成莫逆。同陳恭尹、屈大均等志士有吟答。康熙朝博學鴻儒科，繩孫托言目疾僅作一詩，以『文詞可取』録，授翰林院檢討，參與編修《明史》，爲清初『四布衣』之一。在朝惡僞道學，歷官至右中允、承德郎，六年後乞假歸。繩孫擅詩詞，工書法，善繪事，尤精畫鳳。姜宸英謂其詩『宗黄初建安以還五七言，近體時出入溫李之調，蔚茂而婉麗』。朱彝尊稱其『詩篇冲融恬易，鮮矯激之言。慢詞小令，雅而不豔』。繩孫詞婉而調高，酷似梅村，吴綺有『攬香於蘭畹』之評。著作《秋水集》外尚有《明史列傳》，乾隆時均列爲禁書，入江寧布政使司《違礙書籍目録》。曾與秦松齡合纂《無錫縣志》。康熙四十一年卒，朱彝尊銘其墓，門人張泰交撰墓表，《清史稿》入文苑傳。

光緒《無錫金匱縣志》載嚴繩孫有《秋水集》二十卷，今所存皆不及此數。中國國家圖書館藏有《秋水集》四卷、《詩餘》一卷，康熙間自刻。該館又藏民國六年無錫縣圖書館重刻本。還藏其稿本一種，題《嚴繩孫詩文稿》，不分卷。又錢鍾書《談藝録·評袁枚詩論》注：『清代作家嚴繩孫，有《秋水集》十七卷，其中詩八卷、文七卷、詞二卷。』惜未注明出處。

本書據民國六年無錫縣圖書館重刻本影印。

（徐志鈞）

詩八卷　詞二卷

秋水集

丁巳十月　孫揆均

無錫縣圖書館校刊

秋水集序

品高者學博德茂者才華名淡者遇奇志堅者行潔世有其人自足風世雖代遠年湮而文字千秋輝光天壤不共榮歟有清一代吾邑先賢學博才華遇奇行潔者厥惟嚴先生一人著閥閱之家聲樂心性於環堵是謂品之高讀書不務涉獵精熟乃易他書是謂學之博出有難進易退之風處有闇然不露之藏是謂德之茂文藻著乎一時寸縑爲人珍賞是謂才之華薦試博學鴻儒僅賦一詩而出是謂名之淡遨異數於九重置布衣於翰苑是謂遇之奇際修史掄才之日卽急流勇退之年是謂志之堅寄耕釣於桑榆終衣冠於邱隴是謂行之潔綜其生平著述宏富其最者爲秋水集雜文七卷詩八卷詞二卷文多散佚詩詞婉轉深秀獨標神韻二百餘年來棗梨蟫蠹版本無存僅有秋水詞鈔本兩卷藏於邑圖書館海內文士有湘中某不遠千里而來手錄一編而去者余蓄志廣搜鄉先賢遺集擬刊吾邑先哲叢書丁君仲祜首

贊許之特出所藏秋水詩鈔本八卷與館中所藏詞兩卷集貲先付梓人可爲刊刻先哲叢書之嚆矢俾世之讀是書者仰先生冲穆淡遠之風可繼雲林而同稱高士識先生恬退藹和之概又可偕忠憲而合傳儒林豈獨詩同冰雪之瑩詞共蕙蘭之芳足以傳當時而壽後世已哉彼縈情名利而僕僕終年者嘗亦聞先生之風範拜先生之詩詞其足以藥石疢疾鍼砭權利乎今日何日寡廉鮮恥競名逐利世道人心何堪設想而欲求分明義利之途嚴辨人己之界不慕榮利而品節獨持者俯仰大寰莫之能遇是以曩者既序雲林詩集復手錄忠憲遺詩今且爲是集弁一言所以寓諷世之意納民規物中者蓋有以夫民國六年十一月

邑後學侯鴻鑑謹序

秋水集序

錫山之泉居水品第二自揚子中泠水莫得其眞而眾水皆出是泉之下縣治萬家負郭之壓相比富者飾樓榭亭池以恣游衍士雖貧山葖水檻亦必有竹樹交映清江淡沲演漾門戶之外其人多簡秀自如所爲詩文每以眞意取勝無凌厲叫囂之習信夫山水之足以益人情性也處士嚴蓀友生于其鄉以工詩聞書畫兼臻其妙來游京師公卿薦紳爭爲矜譽予特愛其古文辭澹然而平盎然而和雍容紆徐而不迫庶幾可入古人之域覩世之鏤琢字句以眩人耳目者遠矣蓀友聞予言欿然不足既而曰子曷爲我序之曰子之以秋水名集也何所取諸取諸有源也與源之見于地也下則澗而爲濫上則懸而爲沃仄者氿旋者過辨順道而行空則而不滯小波淪大波瀾石激之而鳴風盪之而怒雷霆車馬神物怳忽水豈有意爲奇變哉決之不得不趨鼓之不得不作亦隨所遇而已文之有源者無畔于經無窒于理本乎自得

抒中心所欲言固不在襲古人以求同離古人以自異也蓀友其可與言文也矣譬諸水近乎海則鹹近乎鹵則苦甘者爲醴濁者爲膠火可以然而湯可以浴夫人皆能辨之至投以茗荈別其上下析及苗髮之微則必山林寂寞之士若陸羽者而後知之蓀友無取乎公卿薦紳之言獨命予爲序其有意也夫秀水朱彝尊

秋水集序

吾邑在元季有遺俗之君子曰倪先生元鎭高情逸韻標映海外至於流傳翰墨世遠益珍高忠憲公讀其集有廉頑立懦之思如范文正之於嚴子陵也夫士有閒靜自娛不慕榮利因而甘心長往任其所適未嘗矯世鳴高而風尙所存令人可望而不可卽若夫逃名名隨心遠迹近一時廻翔容與縱與鴻飛冥冥者差異要其始終進退皭然泥而不滓論世者誦其言可以觀其志焉元鎭後三

百餘年而藕漁先生出蓋子陵之苗裔也其生平與元鎭不盡同元鎭家本素封園林圖籍勝甲江南先生先世雖躋卿貳淸約之操僅同寒士元鎭生逢喪亂㪍廬屏跡亢辭當路至受侮不少悔先生志存高蹈爲時推挽躬被知遇未久乞身而歸此其跡不同也超然而古處娟然而修潔名聞利養不挂其齒牙世態塵容不干其眉宇遇寵辱而不驚去紛華而若浼如沐之彈浴之振以脫屣流俗卽謂兩先生異世同心可也楣嘗過先生草堂

見其門庭蕭寂几格淸嚴郎之風度冲淡言論如晉魏間人其所爲詩文如冰雪之瑩如蘭蕙之芳讀之囂者靜躁者恬昔人謂士病惟俗不可醫因先生之言以求其志爲俗士之藥石奕世而下其亦有聞風而起者乎詩詞若干卷梓行有年晩加芟定益以近著并史傳擬稿若干卷雜文若干卷都爲一集先生沒後令嗣某某合刻以傳以某知先生故屬書來簡先生名在館閣顧求之隱淪獨行之傳或者疑其不類然王右丞在唐稍通顯矣而少陵目之爲高人古者論人不以迹蓋如此夫右丞之高亦郎所謂不俗者也陸楫譔

秋水集序

無錫爲縣居南北之衝其人物淳龎敦厚能不爲四方風氣所移易居是地者往往一出爲天下偉人貞士而其爲詩者自南朝湛茂之唐李公垂以來亦代有聞人有明詩家之體凡數變北地信陽瑯琊曆下竟陵代起而新其製本如雲烟之出沒於山谷間聽其自起而自滅可矣而逐景以馳者謂能窮日之所入而不知其將道暍而死也獨錫山風氣頗能不詭於一時之好尚故其詩之可傳者常眾亦由其人之淳龎敦厚之氣能不爲浮薄之所陷溺而然也余往在吳門見有所謂秋水集者其詩宗黃初建安以還五七言近體時出入於溫李之調蔚茂而婉麗卓然能自成家者也因喜而讀之不忍釋特未知其作者誰氏至錫山遇嚴子蓀友見其人蕭散冲挹意氣浩然有國士之風知其必能爲詩爲詩則必不陷於浮薄者嚴子果出詩以示予則前之所謂秋水集者也余旣喜得嚴子又喜嚴子之能爲是詩而嚴子過余亦把臂

歡甚念當別去無以喻吾兩人之相得者於是屬余敘其詩以見志以余之戇愚不諧於俗雖久遊於四方熟嘗人情之變態而秉志砰然愈不可易故人無論貴賤常視以爲難近獨君能暱就於余而不余怪則其性之不移於風氣可無疑也余故拙於文詞於詩尤自謂不能工顧特嚴於論詩以爲世之風從波靡者皆無與於詩人之事故雖其不能爲詩而一時之名能詩者亦終無以奪焉然獨心折於君之詩至此則君之詩之能不痼於習

俗而足以取信於天下者亦愈可確然而無疑矣而君不益知所自重哉君才富學殖所著詩且日益多余取其已輯者序其端慈谿同學弟姜宸英拜譔

秋水集序

昔予誦錫山倪瓚元鎮之詩蕭疎澹遠脫然塵埃之外私心慕其爲人然嘗怪元鎮負其逸才不爲世所知疑其感慨激烈怫鬱不平之槩勃勃不能自釋而其詩固有無也其後華學士子潛王僉事仲山先後棄官壯年嘉遯及取兩人詩讀之唯怡情適志於湖山杯酒之內未嘗一語厭薄軒冕以自明其高然後知昔之人或遇或不遇其中皆有夷然自足者外物不得而攖之非如沽奇弔詭之

士徒驚世而駭俗也竊意錫之風土清嘉山川美淑之氣結而不散故高人畸士代產於其間予之想慕而未見者庶幾訪求而遇之蓋藏之懷久矣而今乃得之蓀友嚴君君爲貴公之孫其才智文采可以騁力於仕進而二十餘即棄諸生優遊環堵終年笑傲無動乎其中而亦無炫乎其外通國之人皆高其行而君初不自知也故其集中之作意象之超越音奏之和平融融然渣滓泥垢與之俱化豈非夷然自足外物不得而攖之者歟嗟夫

沽奇弔詭之士入河蹈海長往而不顧其言以名利爲羈鎖圭組爲瓦礫一篇之中再四致意唯恐人之不信予謂富貴貧賤唯其所遭而沽沽言之不已此其心之所存可知也人能碎千金之璧而失聲於破釜能捐萬乘之國而變色於簞豆若君者庶乎免矣推君之志可幾於道雖以元鎭方之猶疑其未能及也而予早嬰世網嘗欲一念屏去自託於子潛仲山之徒而人事牽繫忽忽未能徒執筆而序君之詩何以爲情也乎昆山同學弟葉方藹譔

國史本傳 文苑

嚴繩孫無錫人布衣明司寇一鵬孫康熙己未由刑部主事俞陳琛薦試博學鴻詞列二等授檢討辛酉典山西鄉試尋遷中允請假歸著有秋水集詩八卷文七卷詞二卷繩孫十歲能作徑尺大字以詩古文辭擅名蚤歲應試日因目疾僅賦一詩已不錄聖祖特命授檢討蓋異數也與修明史纂隱逸傳子泓曾亦善畫工詩

錫金縣志 文苑

嚴繩孫字蓀友康熙十八年以博學鴻儒薦召試授翰林院檢討充日講起居注官遷右中允歸繩孫性恬靜既膺薦辭不允就試賦一詩而出仁皇帝識其名遂以布衣入翰林時與秀水朱彝尊吳江潘耒富平李因篤稱四布衣在館纂修明史及平定三逆方畧出典山西試稱得人其讀書不務涉獵案置一編精熟迺易他書文宗范史詳雅有度詩詞婉約深秀獨標神韻工楷書小畫片紙寸縑爲時珍賞子泓曾字人宏性尚雅素畧似其父

詩蕭澹畫有家法

嚴中允傳

無錫秦松齡撰

世有眞名士而後有賢士大夫此古今之通論也然而名士難言之矣昔袁侍中謂韓康伯門庭蕭寂居然名士風流王濟輕其叔湛毗與論易始知之歎曰家有名士三十年而不知濟之罪也夫以門庭蕭寂爲名士則今之馳鶩交遊冠蓋充其門者非名士也以三十年不知爲名士則今日之日事竿牘急求人知者非名士也惟其處而有卓然

不屑之概故出有難進易退之風處而有闇然不露之藏故出有三公不易之節此賢士大夫之必出於名士與吾於同邑得其人焉作嚴中允傳君名繩孫字蓀友江南無錫人祖一鵬明刑部侍郎贈尚書父紹宗副貢生明亡後隱居不仕康熙己未君以博學鴻詞薦召試太和殿授翰林院檢討尋充日講起居注官遷右春坊右中允兼翰林院編修方君之被薦也貽書京師諸公曰聞薦舉濫及賤名某雖愚自幼不希無妄之福今行老矣無

論試而見黜爲不知者所姍笑即不爾去就當何從哉竊謂堯舜在上而欲全草澤之身以沒餘齒寧有不得惟卒加保護特有司奉詔敦趣君引疾不許既抵京赴吏部自陳疾不能應試肰至再四終不允御試之日發題賦序詩各一首君賦省耕詩一首而出上素稔君姓字諭閣臣曰史局不可無此人詔下入選者五十人同日入翰林君與焉蓋五十人中布衣四人富平李因篤秀水朱彝尊吳江潘耒其一則君也君生平未嘗以詩文干謁

然所在輒爲人傳誦鈔寫至流傳宮禁遂以受上上知官侍從遇合之隆近古未有既入翰林纂修明史平定三逆方略晝夜不輟及奉命典山西試暫得眞士尚書蔚州魏環極先生稱君得人最盛館閣應奉文字院長率以屬君君在職五年嘗侍宴保和殿上賦昇平嘉讌詩君同羣臣繼和稱旨特命撤御前金盤棗脯以賜又從容語左右嚴某好人中外皆知上眷君厚望日夕進用而君竟請假歸矣初君拜官日即揭淵明歸去來辭於壁蓋

恬靜不慕榮利其天性然也君既負重望諸以意
氣相徵逐聲譽勢力相傾動者咸願交君君落落
而已然不爲崖異之行以自表襮且有雅量能茹
納故雖素習君者見謂與人樂易而其皭然恐浼
之意世或未盡知在史館時分撰明史列傳於隱
逸尤致意焉其序曰明興當兵革之後太祖用法
嚴急故其時蘊志疾俗不可得致者甚眾迨中葉
承平聲教淪浹遯世无悶亦多其人其後士習漸
漓或布衣而談門戶標舉風流用相誇飾矜清節

者或寡矣夫隱亦不一其轍固有言用當世身立
本朝而不在其位者外是寧始顯而終晦毋前舍
而後用至乃階高蹈以詭祿仕又衒寵而凌俗焉
若宋种放之徒不以著於篇烏虖觀其所論列可
以知君矣君讀書不務强記案上惟置一編終日
不易他書或數日纔一易既讀則終身不忘家居
自對客外未嘗一刻廢讀爲文宗先秦兩漢尤近
范蔚宗詩沖融澹易閒雅深秀如其爲人所著秋
水集共若干卷弱歲能徑尺大字晚於細楷尤工

間作小畫寸縑片紙輒爲時珍賞而君絕不樂以
自名葉侍郎訒菴嘗序君集曰君二十餘棄諸生
優游環堵終年嘯傲無動乎其中而亦無炫乎其
外通國之人皆高其行而君初不自知侍郎爲君
布衣交其言信而有徵云君見俗儒緣飾外貌高
談性命輒薄之嘗語人曰吾一生所見眞道學惟
睢州湯潛菴先生一人其志趣蓋如此年八十卒
君有墓田在邑西洋溪之上溪有橋曰藕蕩君曰
吾得常依邱壠棲遲耕釣足矣因自號藕蕩漁人

墓誌銘

秀水朱彝尊撰

康熙十有七年春天子法古制科取士詔在廷諸
臣暨外督撫大吏各舉博學之彥毋論已仕未仕
徵詣闕月給太倉祿米明年三月朔召試太和殿
廷發題賦序詩各一首學士院散官紙光祿布席
賜讌體仁閣下於時無錫嚴君成省耕一詩而退
賦序置不作也天子擢五十人纂修明史部議分
資格進士出身者以館職用餘給待詔銜俟史成
日授官詔下五十人齊入翰苑布衣與選者四人

除檢討富平李君因篤吳江潘君耒共二子及君也君文未盈卷特爲天子所簡尤異數云未幾李君疏請歸田養母得旨去三布衣者騎驢入史局卯入申出監修總裁交引相助越二年上命添設日講官知起居注八員則三布衣悉與焉是秋予奉命典江南鄉試君亦主考山西比還歲更始正月既望天子以逆藩悉定置酒乾淸宮飮讌近臣賜坐殿上樂作羣臣以次奉觴上壽依漢元封柏梁臺故事上親賦昇平嘉讌詩首倡麗日和風被

萬方之句君與潘君同九十八人繼和御製序文勒諸石二月潘君分校禮闈卷三布衣先後均有得士之目而館閣應奉文字院長不輕假人恒屬三布衣起草二十二年春予又入直南書房賜居黄瓦門左用是以資格自高者合外內交構逾年予遂挂名學士牛鈕彈事而潘君旋坐浮躁降調矣君遇人樂易好和不爭以是忌者差少尋遷右春坊右中允兼翰林編修敕授承德郎時二十三年秋七月也冬典順天武闈鄉試事竣君乃請假天

子許焉當君未仕愛縣西洋溪丘壑竹樹之勝思買墓田丙舍終老溪有橋曰藕蕩因自號三藕蕩漁人時山陰吳公廷祚方知縣事許助草堂之資會應召不果旣出都遂浮舟渡嶺訪吳公於肇慶采硯而還自是杜門不出築堂曰雨靑草堂亭曰佚亭布以窠石小梅方竹宴坐一室以爲常君爲文無定格不肯蹈襲前人適如其意而止詩篇沖融恬易鮮矯激之言慢詞小令雅而不艷所著秋水集雜文七卷詩八卷詞二卷嘗屬予序之少工

書法入晉唐人之室兼善繪事山水人物花木蟲魚靡不曲肖尤精畫鳳翔舞竦峙五光射目觀者歎息以爲古畫手所無晚歲曾一修縣志敘族譜有以詩文圖畫請者槩不應暇輒埽地焚香而已君年七十有一返里居以康熙四十一年正月卒享年八十先世自餘姚遷無錫之嚴埭曾祖謝贈通議大夫南京通政司通政使祖一鵬萬歷丁丑進士累官刑部左侍郎贈尙書考紹宗縣學生以君貴贈如君官君諱繩孫字蓀友娶王氏中憲大

夫知福州府事□□之女封安人子三沆會殤泓
會溶會孫六人曾孫五人其卜兆也在縣西蕭家
灣銘曰君之通籍也天語諄諄謂史局不可無此
人君之請假也行將發軔敕錄所撰詞以進蓋受
主知者深矣藕蕩之橋洋溪之潯秋水時至比干
君心陸羽王紱庶嗣其音

秋水集

詩目　　句吳嚴繩孫

卷一

聖恩寺　七十二峰閣　靈巖呈繼大師　涵空閣　吳王井　響屧廊　琴臺　梧桐園　走馬街　西施履跡　采香徑　某園　寒山　趙凡夫故居　月出　書先友馬彥豐遺事四首　慧上人彈琴　溪上　訪楊兄爾韓未逹泊陽湖　省舍弟於石塘阻風僧舍　挂劒篇

春後　閉戶　酬秦樂天贈素牋藏畫　無題四首　箏人謠十首　殤女阿弦四首　秋日雜感四首　京口　金山　雨過　野寺　露筋祠　漂母祠　儀眞　清明行　春江花月夜倣齊梁體　新塔　渡江　北征次江干七夕　淮行　黃河　宿遷行　沛中　太白酒樓　東國　天津　答同人十首　燕臺雜詩六首　歸舟二首

卷二

橫掠　打凌行　淹泊　旅月

卷三

卷四

卷五

卷六

卷七

秋水集詩目畢

秋水集卷第一　詩一

句吳嚴繩孫

聖恩寺

津梁風定落花沾一叩龍堂歲月淹動地波濤開玉鏡中天雲日麗瑚欈蓮華獨俯三千界貝葉難詮二百籤今日伊蒲同飯去遠公先勸讀楞嚴

七十二峰閣

中歲因哀樂筋駑甚中散探奇健如犢窮覽方未旰人從落花去路入林影換高閣忽瀕湖迴出雲

崖半其南三萬頃渺渺接河漢遠峰一羅列颯沓青玉案搴裳望林屋坐惜清景晏石華倘可采捐珮非澧岸長年與罟師歌笑凌無畔絕壁走僮僕驚視不能喚浩蕩春色來我獨愁爛漫浮生豈無涯臨風浩長歎

靈巖呈繼大師

吳宮荒草入破嶒鷲嶺天開說一乘風獵紫蘭香徑屧雨寒青桂法堂燈興亡滿眼今何夕去住無心我未僧一拜慈雲泥絮在倘依金粟聽迦陵

涵空閣

山閣何年作於今盡法筵諸天聞寺鼓終日見湖船接目飛花上心窮落鳥邊館娃空舊迹春角起寒烟

吳王井

銀牀玉甃總成塵不及軍持汲尙頻試看一泓淸未已鉛華先老沼吳人

響屧廊

綠蕪縹瓦兩難知雁塔前頭訪舊基花影夕陽蓮漏永只疑香屧夜來時

琴臺

絶嶺琴臺峙當時已自荒遺音留彷彿睇目近微茫水氣蒸山白村烟襯日黃春風自千里何處弔夷光

梧桐園

館娃葉落不勝愁聞說梧園有舊丘芳草滿山尋不得未曾風雨亦霄秋

走馬街

陰廻松磴草初芬不見當年騎若雲紅埒未乾珠絡汗越師潛襲水犀軍

西施履跡

歎息香痕更不渝古來傾國自同塗玉環錦襪傷心日得似西施履跡無

采香徑

吳宮種香處數里直如弦玉腕曾安槳金堤此叩舷鳥啼垂柳露人卧落花烟欲問當年事漁歌答采蓮

某園

十年桑海倍煎心草色名園不可尋欹柱倚風移舊繡斷垣經雨見遺簪山僧禮數支門急江燕驚猜避客深唯有青山如昔日不能重上上頭吟

寒山趙凡夫故居

風吹遊人去不上寒山麓寒山多淸暉駐策散遐矚點蕩風日晴縈廻川崖複青楓石上古白鷺水中沐取徑屢紛錯透迤始中谷卽事親禽魚游情詠濠濮窈窕出叢篠沾灑望長瀑濺沫連珠揮遠

聽疊琴筑是時已久晴噴薄無斷續略彴緣更絕危亭架將覆往者薜蘿人雲霞滿芳躅吾聞小宛堂插架一萬軸蠶紙間鐘彝蛟龍染毫秃嗟彼李陽冰高名今野鶩書成向孟光才亦過徐淑抗志薄侯鯖娛朋薦山蔌既走羣公幣還副幽人築疏鑿五丁餘游宴三巳足至今絕壁上宛見殘詩綠巖扉已禪扃鉢衣對樵牧坐來四五人蕭條映花竹盛衰固有時夸險勞倚伏撫迹懷沉冥循躬愧蹉跼終及桃花紅高揖謝秦鹿

月出

月出近殘夜朔風吹半規當軒見弓影不似上弦時闌干照珠斗蕭槭經空枝冉冉青女下清光俱爲誰

書先友馬彥豐遺事

春風繡被六橋行是處留題到友生今日欲遊同不得雨昏青壁舊書名西泠之遊余不及同雨過題余名

二

玉勒驚回月底游白門涼夜正中秋寧知此後愁踪跡總付滄江不盡流

三

木落新橙刺眼黃到來齊擘洞庭霜分明夢裏西州路一樹秋風淚萬行

四

繡佛間齋不倦簾日長香薄展華嚴三生更憶曾翻處正下當年第幾籤

慧上人彈琴

愔愔元合對休公古調今猶屬爨桐風雨坐余幽

澗上波濤迎子白雲中居高始合無絃響上人方樓居聲盡從知有獨工錦瑟華年非舊日滿身花雨石牀空

溪上

日夕添新漲初爲鼓棹行蟬聲驟雨歇鷺影夕陽平香稻山村供輕荷櫂女情余家傍溪口應待草堂成

訪楊兄爾韓未達泊陽湖

夜泊投烟火漁村復幾家水螢明岸柳山犬護籬

花月出時兼電川長不見沙元亭遙可識一夕白天涯

省舍弟於石塘阻風僧舍

我來期屢後澤國阻秋風擯落江湖外艱難信宿中濤聲通碧漢星影動丹楓他日能招隱無心負釣筒

挂劍篇

延陵昔日佳公子寶劍橫秋向千里北來奉使過徐君鮫函麗緻芙蓉紋若耶水深赤堇合後之干

莫徒紛紛徐君欲之不敢語公子由來意相許祇謂提攜上國行誰知一別還如雨歸來撫劍空歎息宿草離離土花碧星鐔玉珥懸松楸意氣寧爲死生易吁嗟公子義至高我歌挂劍風蕭蕭塵埃三尺狗知已今人棄此如鴻毛翟公賓客聚還散人間萬事須臾變一顧方銜國士恩九疑已隔平生面感此悠悠復何道黃公壚前滿秋草愧爾高陽舊酒徒龍吟一夜霜華老

春後

九春觴詠等閒過猶染霜毫寫永和困懶鶯花經眼失衰遲風雨不情多城隅漾水空絲管天上青雲足網羅不似柳陰溪上去自橫艇子卧漁簑

閉戶

蠹粉芸烟老歲華碧窗零落舊時紗春風急管梨花夢夜雨空庭燕子家白首故人行處少青山歸路醉巾斜何當買斷清溪地學種東陵五色瓜

酬秦樂天贈素牋藏畫

畫好牋瑩用意殊美人珍贈過貂襜收將蜀國芙

蓉粉伴取滕王蛺蝶圖題賞欲傾銀鑿落光輝長滿錦屠蘇都來硯北添清興不遣羸形據槁梧

無題

凌波何處慰陳思不誤湔裙水上期醉淺去留俱未可語深悲喜竟難持珠簾曲轉迴燈夜畫舸風移郤扇時多少尋常堪憶在不將愁賦定情詩

二

拂得檀奴鬢裏霜不妨行處即瞿塘已愁柳困全身病旋覺蘭舒竟體香欹枕細風吹玉頰理妝新

月在銀墻横波慧絶能看畫待爾盈盈近筆牀

三

寫遍桃花十樣牋幾時心緒似當年可憐遲日薰風後又到紅香翠暖邊檀暈泥人收墜珥蘭膏融腕枕新蟬與卿茅屋空山約不及當壚一日緣

四

擣盡玄霜已病生當歡心膽轉如酲花飛曲院縈殘夢人在文窗喚小名條脱祇教看命薄參差終惜倚歌清欲知別後闌干意繡佛前頭再世盟

箏人謠

宵旰深宮閟絲苕淚傳中使又相催千家膏火雙星夕都似當時送夜來

二

十樣宮眉有畫圖自看菱鏡得如無青溪白石紛成匹不道無郎是小姑

三

傾城一曲便窮搜齊畫春山未敢羞昨夜翠衾香不暖可知身在鵲橋頭

四

鈿合金釵豈夢思盈盈十五破瓜期驚心玉鏡臺邊淚憶得前年嫁姊時

五

紅帕蒙頭盡及笄畫檐無箇不雙栖生憎梁女能承詔日映蜃窗看火齊

六

晚妝膏粉一時春繫臂香銷獨損神何事漫猜全盛日玉關眞嫁畫中人

七

詠絮何心夢合歡鳳簫吹徹事無端兒家一拜姑嫜後自作長門望幸看（待年之女迎養於夫家者）

八

繡段裁衣燭隱紗專城人上七香車朝來問取支機石知在明河織女家（贅婿）

九

從將鐵網冒珊瑚不問羅敷定有夫料得廣寒孀獨恨琴心應不悔當壚（寡婦）

十

慧心曾解鄭家詩團扇恩情忍自知枉殺上林傳羯鼓東風不到最寒枝婢獨不嫁

殤女阿弦

悔指金波字夜光珠胎今已墮茫茫七年何處曾離膝一夕無言竟斷腸握筆更誰呼織素泣花從此憶平陽可知痛惜還空爾補綻頻移舊繡行

二

幾年潦倒藉周旋掌上攜持臂上眠廣額覆雲行

自喜明眸剪水病依然淒涼已奈生貧後曉慧長看在意先兒去夜臺應再世一靈稽首乞長年

三

傷心金瓠只哀辭秋水爲神玉作姿花好幾時持索畫月明何處抱吟詩危思火樹驚魂夜長聽朱欄透額時今日小樓西向望斷墳衰草雨如絲

四

蘭摧玉折事何常哀樂中年此倍傷行處早曾傾女伴家常都未異男裝重來舊燕縈心曲無復流鶯喚耳傍爲爾不能憐驥子劫灰飛盡倦思量

秋日雜感

潤州西望大江通正憶金焦似畫中城郭晚連瓜步雨帆檣春滿海門風何年地坼分吳會終古潮平見禹功近說東南多戰壘車書回首幾時同

二

秣陵宮闕舊神州桃葉聽歌記昔遊紫禁月沉瓊樹夕滄江楓冷石城秋天門無復交仙仗海氣眞成結蜃樓總是興亡千古地莫教潮汐送閒愁

三

春雨曾過九曲堤雷塘宮柳半萋迷飄來畫角纔江北數去青樓是竹西極浦風驚聞馬渡重城燈暗失烏栖試看明月三分夜猶有簫聲雜鼓鼙

四

五湖秋色莽丘墟江介悲風尙羽書解語莫同秦結了端憂眞似魯爰居火旗錦纜終何事白骨青烽一醉餘側足橫流羣盜在乾坤何處有吾廬

京口

曆曆南徐路風塵有變更檣烏今夜夢檣燕隔年情鼓角臨江戍烟花向日城東南勞鎖鑰吾得傍人行

金山

晨鐘山寺外躡磴俯潺湲霧色廻千地江聲殷四天感時驚物彩經亂惜人烟不擊中流楫蛟龍正穩眠

雨過

一雨過江城林鴉逐處鳴乍添春渚闊已注曉窗明細草知天意殘花見客情酒樓遙在眼駐馬問吹笙

野寺

出郭已無事坐來應息機老僧供白氎古佛晝鉢衣風入知花落林疎見鳥飛山河清磬外偶至亦忘歸

露筋祠

靑史名何在荒祠一水間白雲中婦意清露小姑顏獨灑鵑邊血俱添竹上斑恥論蟬冕事回首拜雲鬟

漂母祠

漂母昔進食識此天下奇男兒感知已本自窮愁時淮水東南流悠悠不知期一飯久蕭索秋風生釣絲

儀眞

客行猶信宿帆影忽江關密密鳥邊樹青青烟上山村春時傍犢人語不驚鷗彷彿清溪路春風何日還

清明行

錦帆江上清明早江草江花覺春好青絲繫馬簇香塵齊看輕毬疾於鳥去年清明虎丘路弱柳銀塘已飛素十五吳姬倭墮妝須臾相失還相遇此時春水可憐生此地春風無限情已聞玉淑廻歌袖復道珠簾近笑聲珠簾落日分明見紫蝶黃蜂滿芳甸夜月空歸青翰舟青泥再乳紅襟燕人生來往自無期都望江南有所思平山塵起春如霧有酒不上眞娘墓

春江花月夜倣齊梁體

江潭極望平花月淨無鄰月疑解珮客花似弄珠人絲鬢向烟斂青蛾逐岫顰君聽採蓮曲含情誰爲申

新塔

釋策方窮覽高標有烈風大千歸法眼尺五託微躬江海交流外人天一氣中客心將鳥翼俱在夕陽東

渡江

京江春樹隔芊眠咫尺神靈意惘然青壁近迷山寺雨綠蓑遥入海人烟江魚水闊難通市石燕風多不避船我欲然犀照幽隱夢魂猶自怯潺湲

北征次江干七夕

自笑真成浪漫遊幾回星火記瓜洲一行白鷺同涼夕千里青楓送客愁天上正懸停杼月人間誰在曝衣樓郵籤恰告雲山始心斷滄江半夜秋

淮行

一燈懸古驛相對且依然伏枕藕花上辭家燕子前風鳴下江水月照入淮船行盡江南路長謠望日邊

黃河

水宿屢昏旦叩舷溯洪河蓊匌秋日黃匽壓凌盤渦厚地幾時坼川后無停波重溟終不溢天漢流如何側足千里間行坐神靈訶百年逝一息何由駐羲和愧彼逍遙篇感此哀樂多

宿遷行

砲車雲起黃河曲驚飆漫天白日促宿遷城頭一

萬家卷起黃沙覆坤軸長年最能心手速濺沫過頭沙滿目方牽百丈中流行捩柁橫篙及平陸此時馮夸方擊鼓天吳蹴浪驪珠吐變惑寧知天地心陰森巳集神靈雨吾聞龍門東下九千里洪流綠字開神禹漢帝宣房空作歌白璧年年置何許崩奔蕩斥無巳時世間名利須臾期破塚才欣脫魚腹船頭打鼓嗔行遲我憶西神近西舍十畝團團蔭桑柘山翁都未識黃河一生醉卧西神下

沛中

漢帝龍飛有舊鄉誰云尺土係興亡八千子弟歌三匝百二河山泣數行故社枌榆空逝水荒原禾黍尙斜陽今看一片風雲地落木蕭蕭斷客腸

太白酒樓

何年供奉此登樓落日曾明紫綺裘石闕蘚滋唐蹟在女墻花發魯門秋朔鴻半度皆南向汶水中分更北流且道文章了無盎一名猶爲謫仙留

東國

東國風烟接櫂謳客心終日岱雲浮青郊白落雞心棗紅袖能騎果下騮持斧澤消彈鋏夜先司寇代巡地倚閭愁入擣衣秋尙看匹練吳門近一夕星帆更冀州

天津

疊鼓城頭動曉河天津西望接滹沱雲間驛路楓香合海國旌旗蜃氣多八月未隨槎上使五噫元是客中歌朅來重屬清霜夜都夢江南白鷺蓑

答同人十首

近是悲歌者分攜伏枕邊江湖頻中酒風雨欲窮年婉轉青蛾恨飛揚白雪篇相思叢桂發應不困沈綿 顧景行

二

秋水城隅路春池夢裏詩浮沉原子意蘊藉亦吾師本自流聲早空疑奮翮遲孟陽諸季好爲語最相思 秦樂天其天

三

當世論文苑諸劉久頡頏鳳毛殊不鍛鵷路會俱翔辛苦韓康藥逡巡陸賈裝別來相見者誰不問眞長 劉震修沛遠

四

今日停雲意多傷善病身飄零隨世故慘淡向天倫歲月文章老冰霜晤對眞異時三徑裏應共白頭新 蔣路然

五

慧業知誰似閒情賦乍成衣承羅袖拂人在玉山行本擅無雙目俱傳第五名殷勤別時語爲子愧平生 顧華峯

六

鄒生開美度淸句照河梁自我忘形少看君用意長流䊵圖蛺蝶石黛拂鴛鴦尙負追風志臨觴獨慨慷 鄒黎眉

七

澗契能無念五言今杜陵足知靜者意不共世人能搖落俱相似死生眞可憑與君兄弟好懷蒨一沾膺 施眉堅儷淸青蓮

八

先人交最簡於子見通家終始存神契艱難各鬢華文章隨短褐墟里雜悲笳夜夜鴒原夢同君天一涯 華觀生

九

忽逐塵中跡頻懷水上居家承仲舉榻人識長文車艷體金荃後精思石鼓餘閉門時獨往此日意何如 陳公昌

十

家世推辭囿君今譽莫過見時紛自失眞處勝人

多小幅通靈畫新篇絕世歌何年重翦燭醉爾綠筠窩 華商原

燕臺雜詩

依舊西山爽氣來長安如奕使人哀不知仙掌猶淸露欲向昆池問劫灰秋入角弓鳴曉月寒輕油壁走晴雷昭王事業俱荒草獨立悲歌日幾回

二

烏啼何處不勝秋終古桑乾入塞流故内金盤還衛霍諸陵玉盌自松楸頻來寶地龍宮闊欵聽神皐鳳蹕遊遮莫山川無恙在不須鸚鵡話從頭

三

當歌莫負酒如澠榮顇悠悠豈足憑牽犬幾經悲上蔡種瓜誰不笑東陵塵消碣石三更雪風落交河九月冰試問夜寒華省夢故人知未戀青綾

四

鳳城木落颯鳴鑣暮角寒花滿麗譙北望金臺終寂寞南來玉樹已蕭條秋風珠履留殘客夜月香衾怨早朝共道幽并多結託幾回田竇不相饒

五

曾看直北是京華上苑寒生苜蓿花千里素書憑朔雁九門刁斗雜宮鴉珠官瘴海唐蒙節玉帳秋風蔡琰家莫把茱萸高處望疎烟淡日正無涯

六

山毳蒙茸醉叵羅恥隨肥馬狎鳴珂千門樹色驚心盡一夜蘆花鬢多燕筑人誰知隱約齊竽吾亦謝蹉跎明朝歸臥烏皮几悵望浮雲奈爾何

歸舟

猶是來時路天寒鳥不飛村醪遲到面朔雪少沾衣草色黃泥岸人家白板扉淄塵看漸少一月去王畿

二

白月夜三五玄冰路一千滯淫生積慮飄泊愧流年野燒驚鷗上寒更獨戍邊不關來往易興盡子猷船

橫掠

橫掠青絲側控弦探丸借客鳳城邊相逢莫是悲歌者不肯回身揖馬鞭

打凌行

冀州窮冬凌合時盤車接軫凌上馳東來地脈有先後畫疆按日無愆期何哉孟冬一夜雪清源百里堆瑠璃黃頭蜱睨失顏色膠檣結柁吾何施前舟健兒三虎力平南材官龍纛旗十抱番楠作行舸繚以精鐵圖文螭百丈牽壓勢莫敵船頭架木揮長椎揮長椎擊鼉鼓莫使平南獨勞苦傳籌作隊相迭承碎撼瓊瑤瀉玄圖灣頭犖确凌最奇乃

是前人敲復堅欲破將無五丁斧手腳凍皴君莫語前賽神祠醉清酤

淹泊

盡處淹留類賈胡澹烟流水郎三吳魚鱗淺瀨明孤鶩犢背微陽坐晚烏人事驚心公幹網歲華回首嗣宗塗冬來未得江南信歸到寒梅試蕊無

旅月

獨樹歸猶識關河入與闌一年明月夜八度客中看遠市浮烟細疎簾隔霧寒遥憐到家處節物近

椒盤

秋水集卷一

秋水集卷第二　詩二

句吳　嚴繩孫

詠史

生不五鼎食死則五鼎烹斯言出主父坐使赤族成借問彼何爲感激由人情賤日不相納富貴遥相迎以茲日莫意口語愁公卿季子亦困辱咄哉焉足爭君看日中市馮生見其誠奈何委身首殉此鴻毛輕陋巷有簞瓢千載聞賢聲

二

漢家邊塞勳赫赫衛將軍丈夫富貴時呼噏生層雲偏裨與襁褓茅土何紛紛龍蛇既變化不能革其文君看何平陽舊日蒼頭羣

三

郭公在建寧清流所依倚閹尹方搆患縉紳禍靡止頡頏清濁間卷舒得其理孟生譽已歸叔賓竟誰齒獎訓固不輕姸媸變終始悠悠墊角巾渺渺仙舟子誰知范史雲閘風坐相鄙

四

中散餐霞人形解何荒忽好盡固莫咨褊心更貽
戚日影照援琴廣陵於此絕步兵乃埋照中情日
沉結既慟兵家妹復悲窮塗轍淇醉豈偶然深衷
保明哲蘇門竟無言禮法終見疾安得魂褊平謹
慎如萬石

五

炎靈昔中衰名字紛盜竊偉哉竇安豐拔起投天
隙河西遺種地累世巳冡澤舉足左右間輕重在
所扼天水鍉血寒功名等一擲井蛙列陛戟骨肉

巳猥籍侯方決策東從容請儀適蟬脫王侯尊退
然避衽席英雄盡如斯厥族何由赤

六

武安未貴盛侍酒諸郎年一旦恣傾奪隰始城南
田詭云過魏其渺若來九天帳具候平明日中不
肯前有詔賀丞相王侯若雲烟枯菀豈不懷勢謝
禮則遷仲孺胡爲者側目心炯然眾辱東西尉感
憤寄所宣終焉相爲死吾亦歸其賢要路不可近
曠觀將自全

七

輕世固大節絕人誰謂難仲御棄親愛振此高飛
翰靈歌送甲夜安能同眾歡破藩行去之寧必爲
朱丹浮橋日三巳鶬躍捎波瀾邈矣河女歌聞者
爲悲酸叩舷激清商驚沙浩漫漫高視謝太尉石
心方自安

生涯

牢落生涯一惘然河陽霜鬢此經年巳空北海盈
尊酒又賣南山種豆田妄意豈難消破甑危機終

怯傍驚弦五湖烟水三秋月簡點蒙莊第一篇

築墻

昔賢潛版築吾率野人常薜細緣應滿茅疎覆不
長莫教遮遠岫只辦倚斜陽鄰樹相依久移陰近
竹牀

賦得初日照鳳樓

北極開天闕東溟發曙光旋臨雙鳳舞稍見六龍
翔樹色分長樂鐘聲隔景陽輝輝映藺凡的的上
梅梁併注螭頭過斜侵豹尾長九微初罷燄百蘊

更添香御柳承眉翠宮鴉傍額黃露明金屈戍風
動玉琅璫魚鑰通淸切雞人下曉涼君看麗鳷鵲
何止拂扶桑

三月雪

修禊池臺曉色明起看飛雪在簾旌愁沾蝶粉消
無地凍合梨雲夢不成郢客調高方寡和謝孃才
逸獨含情珠樓不鎖濃陰幕散入東風作雨聲

題元僧日觀畫蒲萄

上人提筆寫涼州苜蓿榴花豈匹儔半壁秋風珠

錯落爲君沉醉夢封侯

五日芙蓉湖次蔣路然韻

新蒲泛酒迴添愁猶是年年此醉遊人影散爲巫
峽雨櫂聲飛似廣陵秋忽傳水調過花港不放山
光上鷁舟試問玉符釵上燕一時何事盡迴頭

桂花雨

一樹西風秋蘂黃不堪飛雨送年芳愁連山曲冥
冥色醉惜簾櫳細細香濺淚不緣侵曉露忍寒終
怯待斜陽便教落處成金界欲乞慈雲覆石牀

山中同陳集生

漁歌樵唱往來聞細路斜迴見白雲落日有人成
獨立空山何處覔奇文遥城如霧千家合比舍鳴
泉一澗分但使同歸心賞在不將蹤跡老人羣

早春病中

百舌語猶澁東風吹不禁獨慚筋力異眞與歲時
深梅蘂遠寒望椒花見病心靑山隨隱几日莫強
長吟

二

星霜有代謝即事不成歡月近燈前白風從臘後
寒委心觀變化率意得艱難宿昔狂游處回思是
病端

三

過雨頭風在涔涔臥一旬簾櫳愁裏□燈火望中
春心迹本俱寂形神更不親故人相慰數時起惡
藤輪

四

近日高陽侶追歡定幾回頗聞詩律細應遣病眸

開促坐圍銀燭分曹染麝煤共憐吹琯候衰颯獨寒灰

五

牢落風塵事春愁不自憑卧過農鳫月老傍法王燈燕入寧安壘鴻歸且避矰送時餘藥裹慚對酒如澠

六

草色春仍綠前遊已鬢絲江花停騎外山月泊船時小喜經懷失長貧與病宜竹窗新雨後篝火透

香遲

梅雨行

不知幾年雨來并今年梅熟時朱門畫閣無人知曲闌廻合羅幕垂銀鴨吐香香不已小玉開屛看流水蓮塘夢斷聞殘棋平橋漲綠鴛鴦起獨有蓬蒿仲蔚居風吹窗落庭成渠霤侵苔蝕雜蝸跡四壁自圍蓍頴書著屐出門綠齒脫坐憂溼氣侵肌骨聞道平畦更可憐昨夜青青今夜白分秧典盡身上衣魚鱗吹浪鸕鷀飛

晴

端憂無雨霽薄日更如何亭午始蹔得入春誠未多幽花明灌莽輕翮散江河且理登山屐還求返日戈

題陸鴻儀畫

天外朱霞銜暮山一峰如黛壓烟鬟從知天上金銀闕只在清秋落照間

銅雀臺

豈謂君王意惟教望墓田誰能矜舊曲猶似倚新

憐淚盡羅衣上身輕玉座前高臺見松檟日夜起風烟

折楊柳

問訊河橋柳青青幾度殘不看攀折苦豈解別離難露浥羅衣重風吹玉手寒贈時勝綰結何日渡桑乾

詠懷古蹟五首

泰伯墓

讓皇墟墓草毿毿自昔文身忍自堪天意可能無

伯仲人文從此在東南樵蘇已解當年禁伏臘都非近俗諳遷史世家空第一更無碑版卧烟嵐

闔閭城

君王東徙築雄都尙有離城水一隅山擁蛇門迴震澤浪翻犀甲走姑蘇碧桃隖在荒烟上青笠漁歸落日孤自古興亡俱寂寞西風啼殺夜栖烏

西施莊

苧羅無復浣春紗腸斷湖帆十幅斜蔓草尙沾亡國淚遠山長對美人家白猿劍去空消息烏鵲歌

殘幾歲華不見沼吳人別後年年開落野棠花

專諸塔

何年壯士此棲遲片石居然照等夸尺劍已還公子國一龕翻並讓王祠不妨屠狗常鄰近豈有巫陽走歲時堀室功高猶慘澹更將何地葬要離

春申澗

澗道荒涼澗草侵昔年珠履罷登臨青山自易邊齊地晴水潛知代楚心雨送大聲吹石落鳥沾輕沫入雲深李園縱死朱英用不及潺湲獨至今

夜坐

宿酒醒時百感加高樓中夜泣年華輕寒疊鼓翻栖鳥細雨篝燈照落花已分此身長似客未應今夕便無家古來恩薄皆輕絕顧影中原生事賒

城南

城南微風吹酒香主人投轄當林塘即看花柳惱春事復有樓臺留夕陽今我詩篇最潦倒故人論議何飛揚亂兵獰吏汝暫息曼衍魚龍爭夜長

曉登虞山觀日出

江南諸山虞山好欲往登之苦不早秦子攜我六月來二十四聲蓮漏曉遊人上山猶秉炬上方月照青楓樹山鬼潛啼薜荔風雲根半逕滄溟霧薄寒蕭蕭宿酒醒置我望海之高亭亭外何所有八荒一氣青冥冥須臾海圖雲錦坼碎擲珊瑚蕩晴碧忽疑燭陰吹炯燔長空翻起咸池勢淵渟中含日車何蹁躚細柳扶桑幾朝夕祖龍長橋不可成萬里空鞭石流血吾聞岱宗日觀稱絕奇豈與此地同出沒人生萬事更何有海水悠悠自今昔不

見神山徐市船安知別島田橫客表獨立兮雲容容山寺門開聞曙鐘下山始見上山路靑壁丹霞重復重

浙游阻兵澥墅

欲逐東風去難爲行路心榜謳烟外合岸火雨中深遼落關河在艱危歲月侵尊前歌莫緩還對欲分襟時震修將有鄴游

送劉震修同李夢沙使君之鄴下

劉生青雲姿才名建安後驊騮不得意日夕念馳

走方春共南帆子獨屢西首廻風吹客心更折閶門柳此行度寒食風景自應有銅雀帶長河自昔盛文藪君過古夷門更有侯生否信彼天地中風流習來久頗聞至今人結託猶能厚使君鄴下奇慷慨即攜手李郭見斯人參辰望吾友肯使飛動心窮居此相守

蔣路然至自洞庭

何日不相見其如此會殊雲巖好風日忽與故人俱即事論詩律他時見酒壚君言莫釐勝失喜望平湖

桐雨樓

虎丘東畔鎖琳宮蠟屐尋幽一徑通香榭迴臨栖鴿上斜門閒閉落花中旃檀色淨諸天雨翡翠烟廻小院風自有故山居未得每看清境歎飄蓬

山月

綠烟滅東嶺圓暉宛中天橫蓬怨山月聲落青軒前山月相終始古人巳徂遷何以樂相樂答此紅芳年起舞屢登降瀠瀅見長川尊酒猶在窗部立

望雲烟何當掉頭去念此巳茫然

山雨

雨氣不蹔歇空山阻靜便細風吹入戶微月照連天林鳥宿何處檐花落眼前不知新火後留滯酒壚眠

垂虹橋

客思春流一夜東又隨帆影過垂虹紅疎臏落桃蹊雨綠滿蘋吹麥壠風水驛浮烟通越絕曉星殘角夢吳宮聽鶯沽酒何辭遠消息兵戈有異同

烟雨樓

烟雨樓頭雨過時岸花檣燕坐離披水光北去明鴛尾日氣西連抱柳陂來往夜漁歌自熟廢興孤衲問能知驚心檇李兵爭日獨立憑高自詠詩

王文恪公家藏梅道人漁樂圖歌

西莊北苑俱已矣仲圭戲墨雄四子更追淇谷寫漁舟此卷猶存太原氏太原春日陳金石綺席紅妝照丹碧須臾玉蹀開錦贉置我寒江坐瀠洄寒江蕭蕭漁艇集沉竿沒網紛相及有時橫槳凌盤

渦手接修鱗映空立勢聚已恐坤軸動目窮疑有蛟人泣筆生墨重辨者難轉視始覺聰明入先生草書亦絕奇揮灑復和玄眞詞一吟再覽意未已流水桃花今及茲君不見古來漁人富春叟富春之圖出子久十載聞之未得看爨桐幾絕中郎手今見此圖重歎息魚目悠悠世何有歸去鳴榔細雨天家在清溪藕花藪富春圖幾爲陽羨吳君所燒今其存者已無前幅

冷泉亭

日色虛亭外颯然林氣秋乍來眞自失欲去過添愁白日落猶在清泉注復流須教飲冰客駐屐蹔忘憂

蘇堤

一麾偏得稱襟期名被湖山絕等夸隔浦青驄歸薄莫映山烏榜過移時休吹蘆葉愁中曲恰見桃花亂後枝我憶風流不能去六橋橋畔雨如絲

飛來峰

言探武林勝振策西未已遠知長林迴側見孤峰起削成青芙蓉風雨洗泥滓嵌竇入窈窕恐觸丹

崖圮翳翳懸雲根冥冥垂石髓修蛇蟄我前清猿在人耳靈山昔飛來於彼復何始荒忽安所無恐此良偶爾致辨紛在今儒生喜窮理偃仰一長懷巖窗見移暑

杭州雜感

鴟夸江水繞霏微伍相祠前望不違事去已看君子入潮來寧復美人歸山頭碧血知花滿海國靈風見鳥飛省識興亡共流轉鷀熊衰後幾沾衣

二

宋家宮殿俯金牛猨籍山花雨不收北狩以還猶半壁南音從此雜中州空傳鸜鵒呼方響無復冬青識故丘指點鳳皇山上路不堪蕭瑟起邊愁

三

表忠碑字尚嵯峨衣錦城荒鎖薜蘿立國地於孫氏少識時功校竇融多八都起擅湖山勝三節歸從父老歌再拜玉旒空故苑亂離時節懶經過

四

紛華何處說先朝明聖湖頭樂事饒直指封章陳

水利長秋臺榭上雲霄旋移帆影無窮柳不記簫聲第幾橋往事杜鵑啼不盡淚痕添與浙江潮

淨慈寺訪豁公不值

南屏疎雨煕禪關氣接金銀一水間紞紞鼓音時出寺昏昏塔影欲平山僧歸淨界林花落客到空庭虎跡閑轉憶湯公詩句好碧雲寥落莫空還

于忠肅公墓

荒岡草色閟蕭森從古功高怨易深西市啼鵑催客夢南宮白日見臣心山迴高塚仍遼落公在神州未陸沈苜蓿春嘶沙苑馬肯容遊子泣碑陰墓上牧馬不得入

十八澗

千山西來如走馬天風吹人欻焉下匼匝中分一徑深卷起千山向身瀉忽疑身在屏風牒山勢交關徑廻接有時筑罷幽琴閒碧流環轉白石間誰將荆浩圖中瀑挂向攀頭百丈山此中亦有招提子怪我看山意無巳劃然指點匹練開連蜷剪入錢塘水錢塘之水奈爾何古今萬事何其多儕寮

煮筍截肪白紅蠡瀉酒如江波拂拭雲根卧白日明朝醉喚銀鞍馱

韜光

遲識韜光路幽修愜晚尋竹分諸院水林合數峰陰風雨丹楹古莓苔綠字深靜看前輩語遠愧百年心有吾鄉高忠憲公題詩

三生石

此地三生事憑誰問刼灰錦襠行汲去椎髻唱歌來絕徑朱華落浮生白日催精靈疑可見延佇令

人哀

靈隱寺

舊知靈隱寺此日足幽尋自昔傳飛錫於今倚布金江流消刦火山響答潮音桂子丹崖合蓮華碧殿深到來唯瀑水近處即長林夜誦聞猿語朝參見虎心未能捐慧業已是異塵襟落日荒荒去春烟細細沉祇應掃花雨息影鷲峰陰

放鶴亭

林公放鶴處亭榭幾回新亭鶴去已久山禽飛向

人邊胸雲影薄刺眼野花春不盡看山客何人知隱淪

新菴

青壁入門斜紅泉對落花嵐光生几席竹粉在袈裟有戶皆編獵無人不采茶桑門留客喜取適似山家

吳山

吳山翠刱城中起半入平湖半江水百雉晴開樹色間千門月落烏啼裏星霜遼絕望關河猶記完顏立馬歌古往今來何處是亂雲斜日海門多

紫陽菴

散策不在遠值此驂鸞跡驂鸞去不還山花笑行客登頓入陰霧離立穿積石想見兵革餘荒涼自疇昔倚伏念無端相從鍊金液

湖上竹枝詞

江頭日日浪花堆不及儂船去便來唯有湖心亭子好十年少過六千回

二

生憎湖上白蘋風吹得春聲處處同莫待相期不相見樓船只在六橋東

三

空王臺殿入清虛昭慶房頭駐客車免得放生池上稅佛珠纏臂看叉魚

四

白頭漁父見承平吹笛孤山舴艋輕見說天家錢又趙惱人湖水不分明

五

不學杭州雙髻鴉軍裝小隊鬬天斜宮韡細馬淸
明後辮子盤頭滿插花

六

休將青幰護纖纖披甲前頭喚揭簾昨夜淸波門
裏過最先車子杏紅衫

七

日斜伐木去騣騣翠柏青松給羽林愁殺西陵蘇
小小不知何處結同心

八

龍井新茶潑滿壺赤闌干外是西湖年時還有當
壚女青旆紅燈唱鷓鴣

九

兒家不惜綠楊殘一抹西湖小閣閒嬌把菱花照
西子揀將山色畫眉彎

十

堤邊閘口水如羅月滿風生相應歌願得歡情似
湖水更無時少更無多

城南賣藥詩爲劉沛遠賦

尺五城南路豈賒故人棲遯似韓家著書不入咸
陽火鍊骨惟求勾漏砂玉杵夜淸收石髓銀牀秋
冷汲鉛華吾家卜肆長鄰近與爾同看犯斗槎

得諸震坤入關之報

秋風昨夜見明綸巳乞纍臣未死身廿五載前投
分意六千里外欲歸人艱難豈謂青雲得飄泊應
同白髮新屈指相看還幾日喜心翻倒一沾巾

二

百年榮頓竟何知鍛羽因人豈足悲江介春風應

好會薊門霜月是前期（前有詩寄歸且云薊門霜月實聞此言）玉關
眞喜生還日銅柱何妨復賤時今夜青楓歸夢穩
加餐猶欲寄相思

歲暮與內

歲暮百憂集寧無內顧私五日抱書眠十日行未
知以余失路日致子䍱窮時昔望春花榮今隨秋
草靡賣珠行已盡日落悵含啼

偶感

輪輻巳辭乘委積當路岐行行方在險顧視心中

悲日出照荒塗後車已載脂接跡跬步間似恨前
行遲吾聞九折阪忠臣亦難爲君看叱馭者豈復
爲刀錐

二

安仁挾珠彈婉孌當衢步灼灼弄餘姿遂得青娥
顧左生豈不達希此平生遇不見連手人委頓蒙
羣唾吾聞洛陽道得喪齊所赴君看車馬間塵衣
變緇素

冬夜分韻

刻燭詩成有百端桂堂西畔月初殘自燒石鼎移
相近客散銀笙炙未寒不爽葭灰催月令易訛星
緯驗天官尋常酒滿爐紅夜更得平生幾度看

山行

椒花飲散不成醺行對遥峰禮白雲隔水疎烟青
九點覆堤新柳綠三分經心曼衍燈前見聒耳梟
盧夢後聞我自蓬窗看過雨半帆斜影碧沄沄

自題小畫

風雨無端感客心側身天地此浮沉荒塗送盡閒
車馬不覺青山換古今

二

占得紅泉與綠蕪不將名字挂通都君看滄海橫
流日幾箇輕舟在五湖

秋水集卷二

秋水集卷第三　詩三

句吳　嚴　繩孫

爲黃漢臣題所藏顧子方書蹟卷

顧子耿介士夙昔見嶃岏豈惟異風骨不肯同衣冠抵掌論當世奮袂起長嘆分別涇渭流心事如驚湍皇路一蕩覆所爲良獨難天風吹輓歌血碧川原丹摧謝理一致達人辨蕭蘭壯心未試時日夕弄柔翰金石委坐隅逸思發流統振頹隗游龍歛筆亦停鸞官奴草書後法不逮貞觀旭素與過

庭各自開狂瀾顧子學書譜妍步非邯鄲今觀屈强意孫實慚冰寒故人黃夫子投分同雞壇至今藏舊蹟寶若金琅玕示我一卷書無乃墨未乾其前列詩歌慷慨念無端歌時筑聲苦歌竟壺口殘其後綴短牘豁達披肺肝懷袖二紀餘如聞勸加餐世路多諱忌今人好譏彈獨有吾友心相守如任安勿言數行墨彷彿平生歡緹封護風雨一一蛟螭蟠余愁腕力弱空得幾回看

蟬

高館豈知寂煩君鳴近林逃驚遲日意莫抱後時心流響不自晦置身空復深寧憐怨齊者太息坐盈襟

螢

幸自生微末齊紈尙見求故應明宿莽何意近清流珠斗一相亂金堦殊未秋愁心對風雨狼籍亦誰收

荷

託根非玉井儔侶郎金堤遠道不可見淸江開又

齊荷風聽子夜兼月舞前溪折得紅衣後鴛鴦何處栖

珍珠蘭

嶺海何年別江潭珮不成絪添鴛縷細散落翠釵輕金粟仍留影珠官爲乞名如今儉妝束獨繫美人情

促織

札札復何意勞勞方未央看君抱幽素只是對流黃夜怨紛停杼秋心愧報章碧紗烟底語一種是

迴腸

絡緯

金井秋繇早難爲獨夜心郎看抽素繭容易上青
砧細雨飄難續迴風引不禁無煩警蕭索殘暑在
平林

茉莉

南陸朱華盡翻然見雪姿郤移炎障地所得晚涼
時和睡拋青簟分香覆綠甆無因答幽眷不敢戀
芳枝

雞頭

不白沉珠浦因人剖亦難未容鸂鶒與無乃鳳銜
殘玉顆流匙滑香苞出水寒加籩已周禮慚愧野
人餐

百丈行

江南九月秔稻黃風吹罷亞農築場官家詔徹戈
船上軍書捉人牽百丈空村有婦應晨炊豪者屈
强相爭持狂呼里正盡垂繭日夜唯恐鞭笞隨縣
鼓淵淵飛急羽深入大澤誰藏汝百尺長繩齊貫
腰彼驅那得丁嚀語亘陌橫阡慘不譁嚴城燎火
散蜂衙一飯總經官長慮比戶給守無咨嗟健兒
乘艖少乘馬農夫在邑誰在野爲待艨艟蔽日來
一聲鼙鼓催行者羅旗卷霜虎旅呼中軍夜醉紅
氍毹寧知忍死船頭卒二萬無有完肌膚古來兵
行鬼神疾將軍幸自遲行色不見樓船橫海時年
年用盡犁鉏力

秋郊射獵

專城今見冠軍雄講武淸秋校獵同令出肅如司

馬法名高何謝畫麟功弓開陣月三更白旗簇霜
林萬樹紅不似五陵游俠客雙鵰懸馬醉新豐

西郊許氏花圃

春城過雨又相邀背郭堂成倚麗譙闌合欄花當
戶網屏除籬蔓見山椒青村氣接垂虹渚碧水光
分郤月橋一醉從君迷近遠十年愧我夢漁樵

二

半灣紅起赤城霞指點桃村路不賒修禊過時春
晼晚浣花題處墨疏斜（余爲題其軒牓）果從移接頻分種

泉恣評量爲瀹茶傳道梁鴻居止近欲判書籍問東家

濡城雙烈詩

登臺抱樹有前徽雙烈濡城志足悲霜月祇今凝燕寢烽烟曾不到蛾眉誰矜樂府華山曲不盡江流幼婦碑玉井青蓮開十丈春風桃李可同時

題明妃圖

一曲關山雁帛遲紫臺青塚不勝思披圖遍寫春風面獨有當年怨畫師

來悅樓詩

芙蓉湖上花如霰百尺丹樓俯花縣疊砌晴烘雲母屏交疏月抱金徒箭林外南湖一片明城頭西嶺百重橫春風茂苑帆檣上落日蘭陵驛路平碧瓦烟綿春事晚青村繡錯田歌遠櫛比斜明屋角金烏啼燕語空中捲一聲鼉鼓報當關仙吏尊開百炬間鵾絃鳳吹落天上千門萬戸皆歡顏江南樓榭尋常起畫棟朱甍望相似問君樂事何能然我公政化平如水公來三載振頹綱恤隱摘伏弛復張郎如頣者更役籍燎若斷陌横琴堂其餘萬緒紆籌畫笑談風雨無留績已從壁水起名晃欲向山泉覆金碧百年衰盛豈勝思一昨茲樓廢墜時古礎文甎埋宿莽霜鼙聲斷嘯寒鴟中世宦曹如逆旅明年自計知何許公也輶軒簡擢臣施設何曾問來去郎今雲物做登臺經始重新戒子來不是潁川容借冠誰看合浦夜珠廻

贈漢陽李雲田迎侍見掃鏡

我見猶憐吏莫疑撿書調鱻事全知只應不解鍋

鞮曲教唱蕭郎自作詞

二

病後修蛾不耐秋眠郎絮語動離憂兒家薄命羞金屋素幟焚香侍遠遊

新春同秦留仙山居

不記類遊地竭來方浩然且知山不改莫問樹何年暎水見初月隔林聞夜泉余愁渾得醉衰颯坐中眠

二

爲復耽幽討因之冥見聞草生如有跡鳥啄自爲羣林氣時含霧山烟欲作雲端居親物化無事覓奇文

雪後再還山中

幾日山際歸塵憂不堪理忽憶酒壚游袁生雪中起寒收疊嶺雲風結春池水復此近高標林梅散餘蕊

山月

何處難忘月空山此夜光遠應通石室靜已度林

塘風幔開樓小霜鐘出岫長春江花又發添影照相望

雨

巖扉坐寂寥靈雨下亭皋遠火寒無影孤烟溼不高天心占此夕人理困吾曹且惜梅花落開軒命濁醪

集嘉樹堂分韻

每緣勝地得韶華照眼軒窗逐水斜宿雨白迷依渚鶴晚風紅墜入欄花尊開故社分榆火客散平

橋趁柳衙不用更尋輿廢蹟曲池高樹幾人家

雨中桃花分韻

愁雨愁花共錦湍玉顏紅淚疊輕紈濛濛柳淚飄相及漠漠梨雲醒校難隔浦騎回朱汗重渡江人憶綠衣寒南陽高士空消息溼遍臙脂擁檻看

和吳伯成令君清明日遊石門次韻

自識來遊晚扶攜始石門目隨高鳥沒心與亂雲論躡磴俯松色量泉見雨痕鳴琴幽興熟野火莫驚魂

又次秦留仙韻

尋山無近迹坐久得幽通遠市吹新火餘花逐去蓬適臨千地上翻在百泉中惆悵清都別回看覺冥濛

又唱韻

莽莽春風路巖窗望不違江帆遙可見山磬晚來希壁色蕩烟盡鳥心爭日歸輞川尊酒在乘月醉清輝

山中曉歸

使君遲日愛林泉碁局詩簡事事便山晴高樓聽
急雨月明柔櫓下清川戎戎岸柳連江市隱隱城
烏起曙天自是文翁多暇日不關河渕勝情偏

春後再過山中

春事隨人倦池臺再至時晴山聞布穀深巷落茶
蘼疾雨侵衣過殘絲滿徑吹何當買烟舍白日卧
疎籬

早秋夜坐

空堂欲二更宿昔度雙星露竹翻栖烏風枝落緊

螢自然添颯爽豈不念飄零尊酒吾何樂違時眼
暫青

歸元恭諸子集影園得林字

秋氣颯已至高齋生遠心之子十載別共此淸池
陰良會詎幾何白日匿西林樂酒永今夕無言金
玉音

集嘉樹堂得六麻韻

與子期何所名園水一涯晚烟山閣遠秋色稻畦
斜散策倏泉脈移尊當露華可知招隱地開遍小

山花

中秋後一日集徵緯堂得四豪

秋心何處託長謠步曠郊原引興饒小院折花紅
袖晚野塘吹笛畫船招旋來寶地明如水乍側金
波遠應潮醉後眞辭鸜鵒舞酒壚回望一迢遥

集純齋賦得落葉

對酒每不樂悠悠思長道謂言落葉時馬首秋風
老人生聚散意發興何草草曉來北窗卧策策驚
懷抱其彼冰霜情修除不能掃一昨山中春青青

著林杪郎此念搖落何用慰相保所希君子心日
夕存枯槁

贈別姜西溟歸慈谿

當世文章在相逢情更親山川發森爽冰雪資淸
眞頻對一尊酒欲歸千里人看君猶失意望望落
花春

雨隙

雨隙春旋失山樓坐日長亂花無次第輕絮太飄
揚白髮愁頻見靑尊晩不妨年年添困懶惟覺燕

飛忙

寄顧梁汾次見懷原韻

曾是金臺旅食身遠傳新句問風塵紫微清漏今誰屬轉憶風流第一人原句同君黃金臺畔客紫微清漏是何人

二

曈曈曉日鳳城開纔是仙郎下直回絳蠟未消封詔罷滿身清露落宮槐

三

撫劍悲歌欲別時臨歧曾不問何之秋風仙桂泥

金信不似棠陰落魄詩

四

交河飛雪幾經來扈蹕長楊一騎催闔合侍臣齊立馬聖人親白射熊回

五

知爾看雲晨復昏不須惆悵怨王孫高堂幾箇承恩日親捧天書下九門

六

結束琴心付綠鬟畫中滇海舊朱顏早朝已切香衾怨肯放羈魂一夕還

七

風獵綈袍特地寒馬頭殘月夢長安明朝短鋏燕山道還擬相逢戴笠看

答秦樂天

風掠湖帆水濺衣月明三匝漫南飛逡巡懷刺初心失零落同袍近信稀饑至木從仁祖食輿闌差類子猷歸只應惠好能攜手秋渚芙蓉一釣磯

中秋夜

遠照同千里幽暉待一龕澗添初過雨嶺護欲開嵐草木風潛動蛟龍氣正酣肯留今夜月無恙在江南

秋夕山園同西溟留仙

空堂初罷酌欲起聞鐘聲秋月水邊上夜山林外明逝將與朋好卽此遣平生越客何多感南枝時復驚

支泉同吳梅村先生顧伊人作

遶山意自緩復作聲泠泠已是兼秋落應難入夜

聽迸空時激素過樹遠含青寂寞門方掩從君醉
復醒

秋水閣

鏡檻坐何頻濠梁意獨親低斜纔出水澹沲不成
春岸竹緣青壁汀漁上綠蘋無人見虛白日夕冷
衣巾

晚眺

湖上風吹白袷衣山橋雲影轉霏微琉璃地接禪
燈上金粉香殘苑草肥花港綠尊移櫂晚稻畦青

笠兒人歸郤嫌避客猶應淺別結茅堂事息機

淮南被水書所見

秦郵波影極青霄萬頃湖田莽泬寥烟薄荒岡栖
雁戶人歸墟里記魚標翻令上瀨淹郵傳猶爲捐
租累使軺慚愧江南老逋客一帆今夕倚逍遙

渡江

解凍風吹鼓楫行金焦殘雪去來程十年薄海無
傳箭百雉臨江尚置兵幕府伍符紛約束野航漁
奪竟縱橫路難歸信添愁絕愼慰高堂日莫情

阻道兼報祖觀察

幾夜樓臺過竹西長淮帆影尚凄迷懷無白璧猶
疑罪坐有青氈臏可擣已類傷禽驚曲木不妨癡
馬惜鄣泥使君若問淹留事盡日春風厭鼓鼙

贈汪紫芳有道

紫府仙人號紫芳小山叢桂拜雲裝身含劍氣龍
光動書誓琴心鳳錦長繫得綵繩留白日吹將玉
律喚青陽先秋我分同衰柳早乞玄言掃鬢霜

覊懷

五度覊心記望舒想中芳草過南徐深春再折離
亭柳遲日長歌幸舍魚白社客來猶隔面綠窗人
病不緘書韓侯臺畔空朝莫孤負平生下澤車

二

覊栖何處有高柯猶是無端喚奈何已類公榮相
對易共如中散不堪多崢嶸淵客乘車馬窈窕山
魈帶薜蘿酒醒不知風雨後吳刀鳴壁笑蹉跎

淮陰歸舟

桂樹淮南客淹留意獨違所同國士遇時信野人

歸雨過河魚上江深石燕飛吳船輕似葉明發問
漁磯

二

鐃吹喧京口還逢送檻車將軍嬰貫索周衛列諸
于高足策無所危機觸不虛白鷗方浩蕩微駿意
何如

三

榜人中夜發江月半村明烟淨飛螢度沙鳴宿鷺
驚詩書心惕息豺虎路縱橫故國懷人夢應懸海

上城

四

幾日京江雨東行勢淼茫都傳湖上路都沒柳邊
塘蝦菜歸應好風塵處不遑又聞橫海檄笳鼓下
丹陽

廣陵別留仙而北道中雜題

江上飲君酒孤帆相背行子南余更北分手即兼
程

二

斷梗憐蹤跡歸書去郤遲秦郵今夜雨腸斷有誰
知

三

不浸城三板維舟見水痕尚留殘甃在半築向湖
門

四

秔稻無消息生涯爾足矜絲蓑湖上市紫蟹與青
菱

五

曉下蛟龍窟風濤難具論君看出門去何處有平

原

六

僅識艱難過濤聲隔雨聞殷勤相阻意無恙報休
文（沈青城太史頻見勸阻）

七

鬟社湖邊雨冥冥接大荒忽思窗下菊明日是重
陽

八

十尺黃泥岸人家穴處多不知天地意何事向風
波

吳湖州薗次枉書索小詞郤寄

與世寡所識况兼才力疎多慚五馬客遠寄雙魚
書苔上拂衣好花間載筆初相望春水綠遼濶意
何如

贈吳弘人

落落經多難棲棲異昔情愁身仍玉立老句漫金
聲白笈來聽雨青山欲送行知君悲伏櫪猶自憶

長鳴

集毘陵青山莊限韻

何處堪忘暑名園入望青坐當收宿雨歸合待華
星水氣沿迴見田歌遠近聽主人容看竹三徑不
曾扃

二

未覺維舟遠招尋亦故山渚蓮侵檻入水鳥向人
閒落日難窮目輕塵不上顏出門貪颯爽駐屐鬭
茶還

三

興熟游應數平泉此舊莊細烟隨玉麈芳草認銀
章過磴風驚竹回舟月在岡莫辭河朔醉巾拂有
微涼

病瘧口占

嗒然隱几動兼旬直是難分病與貧唯有玉蘭堂
下客死生料理白頭人

二

賸魄殘形費錯磨火雲雪浪兩嵯峨莫言此際暄

涼甚飽歷人情不啻過

三

有覗新妝竟莫逃漫矜君子笑兒曹但令便作終
焉計白首同歸舊姓陶（靖節以瘧死）

四

貧愧文園典鸘鷞故人藥裹叉相將秋心支枕添
衰颯轉憶平生惠好長

五

坐移晝刻正無聊灑背青霜漸覺飄若語世情爭

比似信如八月廣陵潮
六
紅蕖香褪病初生青桂花開欲送行扶起臙看端
正月照人猶向故園明

秋水集卷三

秋水集卷第四　詩四

句吳嚴　繩孫

黃河舟中見初月新雁

意亂豈自理泥茲新別愁愧持俄頃心來對終古
流初月下西岸征鴻向南州寥寥聲影外羈客不
勝秋

行次觀射

畫鼓中流駐節來平原秋色淨氛埃一帆地接觀
魚邑九日詩題戲馬臺鵰落燕弓雲外羽楓標魯

酒帳前盃鄂君繡被濃香透故遣青翰向月開

南陽湖上懷留仙後發不至

釣絲零落隔吳天此郡風烟劇可憐委浪青蓮猶
匝市經霜紫蟹不論錢歌聞枉渚愁欹枕月上明
湖記泊船最是故人期未至欲將心寄雁行邊

月夜

一夕歸懷遣遂難浮雲落日厭長安河聲北下青
齊近客袂南來白越寒稚子校能支別淚高堂無
復寄加餐傷心叢桂樓前月遙共天涯病裏看

二

萬里雲羅不自謀更堪零落使人愁驚烏月滿栖難定斷雁烟深去未休人客香臺青笠遠魂歸文塚白楊秋空餘驥子支門緒故國書來欲白頭

寄留仙

別君君將行爲約相追及經徐復曆青相望何由一相即亮非石尤風獨自君邊急劇恨分流水從余已先北白月當天秋色遠欲向何人寫胸臆客帳封侯夢久荒一囊翻共侏儒食日下書題去有

無霜前砧杵空消息關河舊游不可再詩篇近律誰能識魯連臺下眼欲穿言偃城邊行最澁人生會合豈有常安得縱身置爾側置爾側遲爾來使君呼酒芙蓉盃烏啼月落絲管哀連檣竝舸相爲開

天津

潦倒江湖中酒頻又攜長鋏向天津神皐木落關河在列戍霜高鼓角新安往不成悲白髮至今猶自恨黃巾秋風一夜相吹急失路何人念県眞

多病

行路兼多病新寒又益綿自知緣老大且復謗風烟燕子輕俱別蘆花深對眠猶應報雙鯉强飯鳳城邊

寓淨業寺

唾井重淹日下裝竭來烟水晚蒼蒼誤隨逸翮凌天路乞與閒身傍法王林裏旃檀金界月門前楊柳玉河霜老僧莫問悲秋意今古西山下夕陽

羈緒與留仙

止息知無地羈孤歎有身貧來眞喪我老至轉隨人白雪他山夜黃梅故國春九關猶踞虎歲莫共沾巾

二

長懷知己意觸緒或無端醴去生猶在綈來叔尚寒我無重煖席君有未彈冠豈不慰羈寂終歌行路難

早春

綵仗迴靑陸凌寒漸不勝氣蘇衣毳日風釋硯蟾

冰羞客問年歲從僧戒寢輿六街燈火夜獨立望觚稜

春雪

幽朔春仍雪風檐中酒看倘憐飛絮起重作折綿寒骨肉豈相卹冰霜徒自殘書來投衣後腸斷對辛盤

十月乙巳南北同日驟寒

陽月日乙巳幽薊號長風一夕玉河冰凌晨走羣童是日高堂宴貂錦垂裳茸客子衣最單坐近爐

火紅一舉粱十觴未覺唇齒融春來得家書此夕念飄蓬爲言風力暴氣肅長江東無書兩不知得書始訝同由來三千里呼噏均洪濛誰爲有萬殊參錯一氣中吾欲冥羣有枯菀齊所逢風吹山川平相與息微躬燕吳絕行旅何假夢寐通此意苟不然寒暑紛相攻茫茫阮籍路慟哭何時終

留仙南還送於東直門外黯然遂別郤寄是詩

立馬欲沾衣春風萬事非郤將岐路意翻送故人歸白舫江花達青門塞柳稀不如檣上燕相逐到家飛

題王西樵考功三桐小影

考功負逸才海岱見清士昨日盃酒間披圖得所擬正似清通裴叔則照我常行玉山裏玉山峩峩非世情隱囊紗帽坐縱橫一編自輯班左句三尺畫識機雲名長白峰頭讀書處爲言手種三桐樹雲海遙遙鳳不歸獨覆青苔洗秋露

題王阮亭戶部抱琴洗桐圖

王侯下朝歸意氣何浩汗櫪上嘶玉驄林間嘖已岸嶔麓有餘好風雅得條貫虬姿據白石高詠青玉案百尺嶧山桐千秋廣陵散郎此竝高標懷哉未河漢

雜詩

江南熟梅候幽燕始知春東風日夜起吹送柳條新朝行玉河上莫宿玉河濱玉河清且淺微波動龍鱗碧色照鞍馬駸駸度城闉南望十二衢甲第連青旻歌鐘日未夕颯沓起黃塵相逢金張子輕

薄乃無倫兄弟執金吾出入當紫宸輿臺耀組繡調笑安陵君落日青樓上歌吹何紛紛青樓燕趙女清壚映朱唇雖無傾城艷亦是可憐人男兒謝鄉曲躡步追浮雲登高望四達含意貴自中何哉羈賤士惻惻歌苦辛

二

苦辛竟如何撫劍念生平立身苦不早老作隨人行宮別易揮手貧別空吞聲憶昨援桂枝飄飄揚江舲淒其風露意掩抑稻粱情青陽謝南國病骨

何時輕白我闕音書三換玉階蓂依人仰眉睫渺對孤鴻征骨肉付行路何爲苦營營約已道未足語人顏已頹在性固不移處累安足貞天門訣蕩開我獨愁縱橫平生金石交鎩羽辭青冥舊好隔長道新知間重城三匝棲無枝中心如鵲驚已矣歸去來故園芳草生

廣泉寺與曉公

馬足蝕積石深澗復幾里緣源得龍堂宿莽避遺址入門滿山色曠朗豁表裏曉公寫直心相見一

如此圓笠覆我首青鞵易我履仰循翠微末俯憩紅泉底團團杏花林紅艷亦已洗嘉蔬摘葉登香飯抄雲子瞑坐不知宴靜言究終始誰謂此日長彌惜流光駛浮雲自天末飄颻去無已東嶺月復升山門白如水

用朱生筆三十年聞其忽死悲之

伐取箘簬竹裝成金僕姑挾上紫叱撥好向幽并趨不然裁長笛吹作離鳳呼朱門塡狎客橫對紅氍毹誰截六寸管綴束黃鼠鬚剔抉去疵病文采

光珊瑚濡染芙蓉牋流雲隨卷舒吳興昔善手零落今無餘朱生挾一簏氣阻齊廷竽猶然秉直躬率與時世俱齟齬三十年一旦歸虛無宿昔欵衡門殷勤問時需昨持兩束好送我臨長衢餘穎猶在篋相望空黃壚哭子黃金臺已矣其何如

贈何侍御

早聞東陸唱春陽雲物先開柱史堂坐裏襟期鴛浦月天邊封事鳳城霜留賓酒覆紅螡重灑翰裙舒白練長肯讓風流梁水部玉梅官閣獨飄香

蒼上人蘭若

長安九門路馬足怨馳暉寂寂青蓮界山僧常獨歸綠茶培宿火翠柏隱前扉憶爾淸吟後秋燈相向微

世網

世網豈嬰人投跡亦自我英雄失路時大澤陷左左鳳凰或受紿商於事無果何況本迂賤窮猿昧所可吾慚磊落人屈心問委瑣何當靑楓林遂鼓橫江柁且徊朝歌轍長嘯謝么麼

送葉元禮之中州

黃金臺邊逢葉子白雪文章買知己才名落落十五年自歎行藏尙如此朔風吹雪迷九門拂鞍別我遊梁園問君此別何所追玉貌衝寒難具論吳姬酒壚東欲斫擊筑何人送行客相逢論舊各餘悲白髮如余復何惜

歲暮雜感

誤作因人計翻然薊北行冰霜空歲月湖海有平生在染絲終變辭枝葉始輕畏人憐客子欲語百愁并

二

蕭寺沿洄見淸潭百頃荷只言栖息好其奈病愁多落日靑旗酒炎風畫鼓歌朝朝枕書倦魑魅莫相過

三

不有南州彥伊誰省疾呼世情黃祖劍身事阮生塗欸欸籌行止時時問有無弟兄方許國意氣及吾徒

四

每厭喧爭地偏增懶慢情於人寧盡失顧我獨何營手倦嵇康鍛心輕曼護鯖那能持短刺衝雪鳳皇城

五

終始論文地恒齋其石根烹魚頻溯泝失馬信乾坤朔雪三千里鬱飈十二門安知今夜月不照故人尊

六

茂宰何年別高情過式閭逋逃沾曲法獲落怕郵
書載酒輕寒外橫琴小病餘清顏頻入夢依約散
衙初

七

冉冉時方莫營營物就暄葉侯開萬卷官舍似丘
樊白水交情在朱絃古調尊吾衰渾不學疎拙愧
相存

八

望郎雙海右雲散使人愁刻意追風雅澄懷照品

流病連西使日氣豁左官秋風樹方遺痛何年共
寘搜

九

彥先勞望久聞道早辭家豈謂天涯夢仍懸海上
槎無人知趙至有客怨秦嘉薇省歸何日椒盤欲
頌花

十

近日同袍友多爲旅食人襟分叢桂雨詩報紫桐
春老覺青鞖倦愁看赤縣貧寄言劉子驥期我碧
桃津

十一

晚交吳祭酒風雅重相期飄泊憐王粲揄揚及左
思別帆湖上月殘筆篋中詩從此西州淚婁江下
海時

十二

兩度西山約心開古寺風杏花歸向白柿葉到餘
紅就月安窗網疏泉溉藥叢若移江介去白首伴
支公

十三

漫忝章逢列朝廷服制尊不妨衣褐見寧羨珥貂
溫觸網無疎目飄蓬有斷根羊裘吾故物歸去釣
魚村

十四

明發餘雙淚魂歸戀一丘尙盧圖齒髮誰與護松
楸負米眞無日援琴早及秋高堂如可作翻奈倚
閭愁

十五

一病緣離別庭梅兩試妝青砧勞望遠白髮懶還
鄉對泣牛衣慣緘愁鳳紙長幸無兒女態世事任
暄涼

十六

青梧有佳句往往建安風阻氣沈疴裏通懷末俗
中歲寒憐凍骨書至慰悲翁依膝雙雛好因風問
小同

十七

驥子偏憐汝能添別恨深委禽仍慘澹數馬早□

□勉爾三冬業遲余五嶽心家門正寥落相望比
南金

十八

有姊愁孀莫無兄念別離生涯依女弱天道怪兒
癡蓬蓽人非舊盤餐歲再饑無能慰蕭索遠淚不
勝垂

十九

季也今何在飄零憶雁行衰門無素業晚節傍空
王翻恐緘書至真成岐路傷阿咸看努力待爾繼
青箱

二十

賦理無愚哲勞生有歲年孤蹤流水上一僕斷墳
邊帷蓋恩何有關河夢邈然淒涼蕭穎士歌苦不
終篇

題朱錫鬯竹垞歸耕圖

吾友有朱生由來相門子與爾復何為相逢帝城
裏風塵昏裋褐躑躅荆軻市不見古時人淸淚如
鉛水出入竝馬蹄日落月復起蕩蕩十二門誰羈

我與汝畫作竹垞圖菀蒻穩稱體豈伊詩書戀徒
抱風雨恥所願營草堂宛在藕花沚懷哉勿重陳
吾亦從逝矣

王敬哉宗伯豐臺園讌集詩

客心倦京國青歲去如遺晴郊一疎豁得與君子
期騎馬出綠楊振我塵衣緇春雲蒙西山園樹爽
東畦修除明藥叢十畝紅離披玉泉貫其中泠泠
出疎籬尚書敬愛客盃讌紛參差所至常數子宿
昔互聞知他會亦已醉斯遊終不疲庭陰肆重筵

日夕歸何之

移寓成容若進士齋中作

兩年風雨客金臺宛轉浮生濁酒盃畫角曉聽渾已慣玉河秋別郤重來朱門月色尋常好靑鏡霜華日夜催但得新知傾蓋意不妨雙屐卧莓苔

洗象

洗象常年亦有期籠深應不憶昆池調來林邑蠻渠健導去黃門鼓吹遲碕岸淺看吹作沫盤渦深訝出移時魁形只用陪元會賜沐從容爾自知

賦得丹鳳城南秋夜長

宮漏沉沉隔雲渚城烏夢冷莎鷄語沙路燈飄五夜霜羽林角暗千門雨誰家思婦泣秦樓何處羈人類楚囚白髮應多紅淚盡不知禁得幾回秋

讀西溟思親詩

坱莽黃塵秋日斜與君身世屬天涯誰知冷炙殘盃地辛苦詩篇補白華

二

倚閭應自望長安努力他時列鼎歡似我不須嗟久客羇棲無母可遺餐

九日徐健菴寓樓登高

西風吹馬度城闉小閣登高節候新逝水何心縈古道遠山如夢隔秋塵津門紫蟹稀登饌江國黃花遠笑人去住兩判今日醉且憑殘柳綰征輪

慈仁寺毘盧閣同健菴西溟容若作

心累不自遣山川生阻修如何淸秋日登此百尺樓崒嵂湧厚地空濛辨皇州閶闔横蒼龍巾觀中天浮俛疑通帝臺晝刻聞章溝燕昭氣已盡寥落

黃金秋緒風吹雨沫來自西山頭合沓壯重險亘東桑乾流獨留萬古靑豁我薄醉眸身如怖鴿栖心與扶光游東南雁飛處下有心所求遠色窮墨點莫心隨暮收人理亦已促元化良悠悠

落葉

同君身世夕陽中一曲哀蟬别故叢無處更看山寺綠有情都作御溝紅銀牀眼冷梧宮雨玉笛魂飄柳塞風使爾辭枝能再上應無哀鬢泣靑銅

送人游西山

蒼崖木落見稜嶒靜夜禪宮記昔曾百歲遠消幾兩屐萬山深對一孤燈鄉囊新句君應滿襆被重游我未能依舊來青軒下路碧苔紅葉自層層

送姜西溟

夙昔忘形侶天涯只暫來重城旋間隔岐路幾邅廻散亂箏書帙飄零共酒杯還愁牽率意世態莫相猜

二

余止非能止君歸亦未歸廣陵依代舍梁苑製征衣卒見情難展貧交手易揮何時重翦燭相對話王畿

送劉通判源

劉生善畫世莫傳人物近類陳章侯生綃琅玕三百尺風雨不去人間秋不妨山水復書翰一一潑墨蟠銀鉤長安公卿重爭致羅屏紈扇紛相投尤工正書不苟且詩成只用行草寫天子呼來立玉墀給筆尙書使揮灑先皇典謨初集成一時繕寫皆承恩雄州大郡作司馬其典愈重官亦尊詔書

朝下夕得郡春風次第吹行軒聖朝孝理蓋如此高第不得爭其門就中劉生最佼佼本自君王識名早天下書生空白頭師古何如自能好況君意氣若雲烟竹帛功名在眼前遮莫青雲吾自有主恩今日已如天

南歸口號

風塵生事重蹉跎倦客先歸路轉多猶有青旗招客醉逢人不敢問兵戈

二

夢逐天涯匹練還輕陰殘雪半春間朝來手剝村前栗支枕柴車看泰山

三

山火燒田雪覆籬淺春楊柳未垂絲不知何樹猶黃葉遍似江村九月時

四

烽烟東國幾逡廵尙喜經過物色新一片春聲渾不改夜深歌鼓賽村神

五

翠袖垂鬟跨蹇驢蟬紗籠鬢過城隅不知珠閣新妝影略似吳姬墮馬無

六

嬴得淄塵變素衣雲羅滿眼與心違惱人最有隨陽雁我欲南歸爾北歸

七

短篷隱隱見孤烟賣酒人依獨樹邊敲火石根炊不煖滿山風雪欲明天

八

璧馬宣防感客心征途掩冉日陰沈瀕河數郡無楊柳春色何由見淺深

九

紅塵驛騎又頻驚三匝南飛趁月明下相城頭沽酒醉不勝無恙故園情

十

碧山學士近焚魚懶甚都無一紙書明日出亭持酒問塞翁馬在定何如

十一

當壚如月柳毵毵安得同君酒半酣劇勝夜窗初讀罷手翻詞句話江南

十二

烽火蕪城竄匿時路人驚見問京師玉鉤斜畔隋時月又向人間照亂離

十三

幾日郵程酒臏沽輕寒細雨過江都可堪花信渾無賴刻意吹人甍社湖

十四

燕吳回望路三千消息艱危幾浪傳多少流黃機上淚不知身在渡江船

秋水集卷四

秋水集卷第五　詩五

句吳嚴繩孫

又北

滿目烽烟送夕紅尊前霜色醉江楓離歌抵死催人別故友頻招不我同一病深閨愁夜雨十年長鋏哭秋風從今萬里雲羅闊莫爲無書怨朔鴻

二

容易清霜上鬢華片帆今又滯天涯西風砧杵催寒節南國旌旗卷莫霞多見戍樓飛白雁偶逢商舶載黃花支機不作星津夢自笑頻隨八月槎

三

風塵坱莽北山羅白草黃沙落日多已道不如歸去好秖應無奈寸心何平生欲付漁陽摻感激曾吞易水波何日靑鞵生事畢草堂風雨一漁簑

四

紅亭柳色醉中攀但計征程不計還宛轉行藏心迹外艱難消息是非閒貧寧私我偏傷骨熱偶因人亦厚顏去去般生休意氣書郵珍重報江關

五

千金吾愧戒垂堂日日風波厭路長夢裏吳歈愁鼓枻病來魯酒畏盈觴時看野渡停紅粉盡檝官航貯綠楊時以糧艘運柳塞河北客不知回首恨苦將魚米問江鄉

六

危橋獨夜此浮生何處偏增望古情吳季遺風懸劍壠魯連高節射書城白楊不落吟風葉畫角頻吹向月聲一水分流千古在唯教二子暫成名

明月三五篇

誰懸明月照金臺一片無情又上來潛度九衢添照灼似臨雙闕更徘徊巖城鶯簾東風裏朱邸曾無一關啟油壁停飛金犢塵銅壺淺瀉銀虬水鳳蹕歸來太液春蛟冰初解小平津誰知蛉帳流蘇月不照昭陽第一人昭陽月色傷心白況復軍書正充斥赤羽朝翻雲夢波青烽夜燭褒斜石此時相望不勝愁處處清光滿戍樓無復玉臺羞鏡影可憐紅粉泣刀頭江南江北明如練鐵鎖曾經鎖

天塹巳報金戈昔昔來何論玉樹朝朝見郎今愁
殺下江兵驚起烏棲怨月明瓜步羅旗紛滿目蘭
陵玉笛暗收聲上陽月落悲歌起又向淄塵老游
子白頭宮監憶昇平繫馬重街話燈市燈市斜暉
接寶坊珠樓簾幙盡焚香千金彝鼎誰論價百戲
魚龍早擅場青蛾皓齒森成列墜珥遺簪誰更惜
十里梅風送目成春心總向嬌郎擲五劇三條響
玉珂金吾安問夜如何黄柑乍接通侯宴紅豆偷
傳戚里歌月地雲堦都似許五枝青玉飛成雨憑

君莫更說開元客帳春寒夢江渚

懷留仙

空江木落秋氣悲金山寺中攜手時頽波東馳日
西去使我寸心無所施山樓呼酒不盡斗與君忽
別金山下祇言明發終各天及行悔不同今夜江
帆一葉去如矢不見情親見江水平生此別最沾
巾我北君南五千里惜君棲遲亦巳久時危轉作
踆踆走憐君大笑方出門横槊飛書將報恩吁嗟
帶甲滿天地人生意氣安可論玉堂舊事青綾被
貧賤官家起凡例不妨暇日坐銷憂但許登樓富
詩製衡陽歸雁武昌魚昨得惠連新附書巳慰還
愁心轉惑兩鄉萬事終何如恒齋闌前梅花白花
開幾日吹作雪此中樂事何茫然愁殺金臺欲歸
客欲歸不歸春沉沉天涯孤月懸我心紫桐詩好
寄未達何況夢去瀟湘深瀟湘回識江南路江水
湛湛青楓樹歸來與子長相依鏟卻金山別離處

寒食

南中百五日雜樹花如霰輕黄千里秀游絲百尋

罥白日麗重湖遥峰隱可見鶯憐急管哀蝶喜新
妝袨廻汀隱歸橈芳草籍遺鈿遊子久京邑離居
老親串執蘭未招魂結柳傷幽眷援琴南音歇馳
飈薄窮蒨況睇雲端鴻因悲春物變

雜詩

山長杏花落悵望息心侶終然倦幽尋空簾夢紅
雨窗西移根柳蹴地猶金縷朝來靜婉腰摧頽不
堪舞客心共茫茫春風不我與長恐馳光謝奈此
羈旅苦勤止乃循墻誰知中齟齬物情所相矜睍

之忽如土豈無獨抱心脈脈安可詰

葉訒菴司成邀飲花下作

北地多丁香高者覆檐牑繁艷簇柔枝春風開已久昨日復狂飇黄霧暗林藪颯沓摧長松䙰褷折高柳殘花數枝在憔悴空復有下有憂時人慷慨爲置酒不復遲車馬依依命賓友何事羅圜方唯應翦春非旅人困周防三爵耳爇後獨覺此夕間得自謀心口夫子執高節與世亦難偶高詠北風篇飲罷重搔首

柳枝

拂水拖烟已不禁誰堪繫馬鳳城陰東風一報三眠後十二玉樓深更深

二

不分靈和復永豐最無情思月明中綠窗人去東風急獨向閒堦掃落紅

三

莫到燕臺又詠詩長條空解結相思一池風約瀰祏水腸斷雙鬟抱立時

四

雷塘南下最紛紛畫得長眉亦是君一自錦帆零落後春風何處不離羣

五

爲有離愁不自聊落花微雨罷吹簫紅泥亭外鶯聲裏數遍輕帆第幾橋

六

休攀金縷惜殘春憔悴紅橋舊病身記得蘭舟回首望綠陰陰下倚樓人

七

亂絲飛絮送人天莫爲閒愁損少年人世無情誰更似章臺微雨灞陵烟

八

不知情緒爲誰多立盡殘陽與逝波江左風流非舊日漢南春色奈君何

九

十里淸陰接翠微瑣窗新月上簾衣夜來燕子分明訴遮斷紅樓不放歸

十

曲闌深院護天斜不遣流鶯報早衙道蘊別來誰解惜年年風雪在天涯

劉富川詩

冥冥氛祲暗連營試問蒼梧尙幾城但使當時遲一死更將何地置先生尋常孝子忠臣事寂寞千秋萬古情唯有富川川上水東流猶自爲君淸

寓楞嚴寺

一洗風塵眼禪關向水開細蟬號曲徑深竹隱輕

雷飄泊慚燈影興亡問劫灰語兒溪畔月千載其裴徊

吳山道院

夢裏仙城十二樓揭來風景使人愁金牛草蔓繁華歇鐵弩江空日夜流鐘寂始知山月晚笛高初入海風秋烽烟塹隔淸都境爲報遊人正倦遊

集茂承堂

獨餘朋舊慰淹留硯北相尋愜冥搜麈尾論文淸酒滿桂叢招隱碧湖秋天涯風雨存知己亂裏山川似昔游添得平生惆悵處武陵門外夾城頭

分賦二十四番花信得杏花風限韻

冥濛香霧稍經旬染得檀霞著樹新兼曉不醒珊枕夢辟寒全放瑣窗春輕帘緊舞才當路弱燕欹斜解趁人紅粉墻頭愁日晚莫同吹萬起靑蘋

題陸蓋思繞屋梅花圖

我來孤山尋處士澄湖冷落梅花死世無其人不足言望古長吟意何已忽然披圖驚見之雪花萬樹移於斯聳身蕊珠落玄圃此中合與仙人期平

原才思大如海飛揚意氣應猶在風塵鹵莽半扶搖胡獨空林卧磈礧十載論心過武林廵檐一笑許相尋北鄰況有王丹麓占斷長松百尺陰

送吳伯成明府按察福建

泠泠湖上風浼浼溪邊水非復昔時情長亭向千里城西楊柳絲紛紛攀枝折條送使君使君去矣承主恩承主恩不遑息莫攀公轅卧公轍閩海長鯨始自歸撫綏日莫須才急秉持重典邦禁尊秋荼審綱非皇仁張弛有道在所寄中世循格無其

人公名久在御屏上帝曰汝諧唯汝往一朝拜手卷黃麻拂拭鳴琴歛餘響仙鳧起彩鷁翔碧油紅旆照河陽雄州大郡色如土昨或比肩今負弩人言服官樂豈知服官苦槁項望一調惴惴保尺組望公不曾昇天行下視蒼蒼那堪數公昔撫我來民愚但言莫公今舍我去乃不須臾住回顧望我鄉棠陰覆屋桑柘長使令他日復覩止堂高簾遠私自傷私自傷田夫及紅女何況從公刻燭游十載心期共風雨何用持自慰一人知己可無愧何

用持視公淩烟劍珮丹青雄僊霞關口飛春風三年苦見旌旗紅荔支甘蔗亦已空公行勞苦惠飛鴻無諸舊邦有光澤天風海濤相與垂無窮

和禎麟士先生與嗣君伊人唱和織簾居詩次原韻兼題遺照

滄海橫流後先生早閉關約身歸白社蓄眼看青山事去遺經在庭虛問字閑祗應簾外月會照畫中顏

續和唐人惠山詩次原韻

唐貞元中王晦伯竇丹列朱遐景三賢唱惠山詩晦伯爲序書於寺中元和初丹列再題俯仰有差池之痛其後寺曆成毀而丹列甥李瀍復追錄前作至宋蘇子瞻秦太虛而下洎於今人代有和者秋日列觀諸詩與二三同游各繼其後雖古今異感略同一致至於所遇則萬有不齊覽者亦可以慨也

次王武陵

百代何遷斥九龍宛蒼翠矯首餐霞人茲焉卽金

堂諸子復登臨文藻紛翺翔節物委朝彩林巒生夕光遠見今古列靜聞草木香平生飲清泉中心安敢忘

次竇羣

霜葉吟秋士風花集春人歸盧欵已故來感方爲新晴川媚玄崖石瀨清鄰鄰背郭聞幽吹向山棲暗塵深尊動落日袪服羅青旻誰識巖居者寥寥無與鄰

次朱宿

鬱紆青蓮界巖扉閟林樾淸景昔再遇零落心已
絕況我平生情及茲坐微滅石門亦何事尙吐南
朝月雲秋樹影閒澗暝鐘聲發喧寂豈無時委花
觀一轍

作酒

須爾扶衰颯開缸不待賒時時候寒煗短短注鉛
華聽合蟠空雨嘗催上臉霞由來亡國物宜在野
人家

北征馬上作

藤鞬席帽走踆踆物換星移倍損神朱果何心垂
驛路青蠅抵死傍車塵雲迷齊魯亡來國雨打江
湖倦後身爲送蒲輪趨詔客一時袞袞上雲津

二

斷虹低處暫停鞭綴石編荆土俗便千樹濃陰輪
井稅一犁新雨種山田岱宗昔別計不返京國重
游心惘然亦有茅齋容跂腳桃笙拋斷綠窗前

三

炎風吹雨白楊枝襬襶衝泥去較遲野麥作糜供
壓酒山桑成繭趁繰絲他鄉且喜差安日此路曾
無暫息時江雁同歸黃葉下玉棠鈴索寄相思

四

幾經循髮走天涯貪看烟嵐路不賒馬過淸溪流
正急蟬鳴深樹日難斜宿瘤村媪工炊餠槁項山
僧苦施茶忽憶柳塘歸櫂晚綠瓷新水載荷花

五

絜衣裳暑笑浮生敢爲長途事倒行芳草斜陽俱
困懶白雲青壁太分明身乖進退名何有心許知

交跡始輕郤望皇州雖信美五噫歌罷不勝情

角聲

曉角聲何壯咿咿喚客愁彎弓羽林子駐馬早驚
秋送月沈榆塞因風度鳳樓城烏鳴郤避多恐白
君頭

砧聲

消息征西上秋閨尙擣衣月明聽不得恐有淚俱
飛心手一相亂聲情兩不歸罷時餘落木相送入
羅幃

寓千佛寺贈著上人

浪迹仍京國蒼公早閉關昨來移襆被正得傍高閒綠竹已遮戶白雲常在山肯飛霞外錫期我赤城間

重答蒼公用前韻

謂余猶可語淸何啟玄關幻跡本何有浮名終未聞黑灰然後刼紅葉夢餘山柏子窗前落難孤此夕閒

題畫菊

作底駐年芳禽華早著霜紛披何限葉點注好秋光月避移燈影風傳妥鬢香繞籬看不足圖取寄柴桑

萬柳堂柳枝詞爲馮易菴相國賦

丹禁城南小苑開萬株新柳拂烟栽相公論道歸常晚能踏沙堤幾度來

二

問訊平泉金縷枝陌頭飛絮可同時移根獨近金莖露不向春風管別離

三

軟紅衝過六街塵剪綠搓黃別作春蓼徑曾憐花似雪不能更要掃門人

四

雨滋烟斂綠成行小小紅亭曲曲塘應待相公脩禊飲拂開萍葉送流觴

五

便須長共月嬋娟占得星精本在天曆曆白榆誰似爾直分光影上台邊

六

薰風躡柳遍春城可似章臺走馬情共指平津開閣地莫教錯認亞夫營

七

柳浪萍池自不扃黃鸝啼處綠冥冥長安冠蓋渾無暇幾箇雙柑樹底聽

八

踏靑挑菜卻來無譜出淸明士女圖最想攀條人散後一庭涼月夜啼烏

九

太平橋畔最毿毿早許遊人策杖探但傍上林眠
起穩不妨搖落有江潭

十

年年三月鬬芳菲雨露常沾在紫微不管淄川千
萬樹盡舒青眼望公歸

偶題

青粉墻頭柳尙稀一彎新月暈初肥昏鴉不待離
人夢卵色天南夜夜歸

送邵芾南南還

相樂復相泣大淮失意歸青門折楊柳鄉思轉稀
微子去何欣戚余留果是非臨歧還借問曾否製
春衣

題徐電發楓江漁父圖

瑟瑟波中一櫂廻凫雛相趁小鷺猜等閒莫道垂
竿手消得珊瑚架筆來

二

才名已是九重聞豈有閒身屬水雲我去垂虹亭
畔路碧湖紅樹都思君

題畫海棠

春風垂手乍嫣然何處看來最可憐記起綠窗簾
捲上曲欄干外小山前

喜雨記事

五土方興事三農本告祥舞雩傳月令歌漢凜天
章稍稍焦椅爽遲遲秀麥芒不成田畯喜眞笑道
傍禳睿慮存無逸殷憂視若傷蒼黃分釜豆浩蕩
及桁楊故事勞禜社無辜怪暴尪九重初撤樂五

夜獨焚香玉趾移神甸金根罷寶坊燔柴嚴具禮
羽翳肅成行漏轉雲開席壇深月照墻烟霏旋靄
霂風急忽飄揚暗失山川繞陰連劒珮涼不知沾
袞繡直喜散珪璋去泥雞翹遠來迷豹尾長沿洄
綠禁籞傾瀉郎林塘柳岸纔維艇花村半決防終
朝聽布穀昨夜舞商羊已辨撈蝦笠從看壓酒牀
歸與安作息帝力亦相忘

淥水亭觀荷次西溟韻

二

久識林塘好新亭愜所期花低隨燕掠波動見魚

吹涼氣全侵席輕陰尙覆池茶瓜留客慣行坐總相宜

二

遠見廉纖雨都隨斷續雲漬花當徑合添漲過城分樹杪驚殘角鷗邊逗夕曛漁歌疑可卽此外欲何聞

三

宮雲溼更浮清漏接章溝抗館烟巾遠疏泉天上流銀鞍臨水映金彈隔林收多謝門前客風塵刻漫投

四

碧瓦壓堤斜居人半賣花郤思湖上女並舫折殘霞蘋綠安帆幅箏紅卷袖紗空留薜蘿月應識舊漁家

又成絕句

醉向前除眼倍明疎簾青簟坐縱橫只看葉葉風翻去不辨荷聲更雨聲

二

懶甚嵇生得所知每逢清景不勝思何年吹笛橫塘晚憶著觚稜雨晴時

送張見陽赴江華令

每向風塵際識君山水情一尊松下酒涼月記平生束帶忽言別專城方此行臨岐重惆悵爍石是王程

題元人梧鳳圖

丹穴生何代文明信在躬秦臺仙史外漢紀瑞圖中影正扶桑日聲隨弱水風九千時上擊還集帝梧東

柘溪圖詩爲喬石林賦

柱史抽簪返白田釣魚磯畔載書船禍成北寺身先退事去南朝卧獨堅薇省文章留奕世柘溪烟水自當年西莊給事歸應晚莫諉丹青作輞川

題王山長教授小照

慷慨悲歌地嶔崎可笑人相逢猶拙宦所得且閒身一代才名久三湘歸夢春青氈尊酒在白髮畫圖新

送劉震修之江寧

籍甚劉公幹昨來今又行秋風辭帝里匹馬石頭城我厭他鄉別君兼薄宦情何時復何地重對一尊清

秋水集卷五

秋水集卷第六　詩六

句吳嚴繩孫

御試省耕詩二十韻

聖治崇邦本皇情洽豫游臣鄰歌舊德草野服先疇青鳥司開早蒼龍應律周蛾眉看柳細兔目上槐柔繡錯黃圖遠烟綿紫禁幽農祥先事戒民瘼降心求八政書無逸三推典舊修悠悠移蹕宛宛動宸旂菖葉長交渚桃花短照溝雨師清遠道風伯引行騶俗喜吹豳節人同擊壤謳公私瞻駐

輦亞旅拜垂旒壠有依媒雉牆多喚婦鳩傍烟分社火融雪種來牟僶勉耰鋤力殷勤餉饁謀碧山生色畤白水載恩流祓服沾紅雨鳴笳下綠洲六龍方戒日九扈已占秋烽燧消淳化兼湘入冥搜虞琴一奏罷禹迹按圖收

送李天生同年侍養歸秦中

九衢無歸轍冠蓋若雲烟相逢不相知磬折疲周旋側聞戒驪駒祖帳青門前惻惻離別悲乃在心賞間李子抱明義出處何軒然既覽千古蹟肯遺

寸心愆氣貫閶闔風哀哀將母篇疾呼正鶩俗詔書褒其賢高霞自卷舒勁翮起孤鶱行事豈必同要之今魯連余交苦不早執義乃隨肩顧我無一長彌悲巳徂年招提對尊酒中心難盡宣愧爾旣非一敢忘平生言君行安可留解組巳我先金臺折楊柳秋風豈重妍悵悵念前期酒盡長河懸明發河梁別揮手不能還

爲阮亭前輩題梅耦長畫次韻

偶爲披圖憶醉游一闋人事漫經秋常年肯負看

山興楓葉紅時不下樓

施愚山侍講索山水小幅題贈

敬亭山下好雲烟借問同歸定幾年巳辨青旗紅樹外一篷涼雨五湖船

送李屺瞻辭景陵歸秦中

秋風陶令賦歸來駐馬重傾九日盃楚澤行吟芳草歇秦川回首夕陽開由來止水清堪鑑莫作高雲去不回愁殺蓴鱸江上客目窮鞭影過燕臺

城南春望用留仙前輩起句成篇

連騎城南日欲斜九衢寒盡望天涯推遷歲序青郊杖邀勒春風紫禁花森樹轉燈移廟市玉輪簪勝出侯家烽烟絕塞傳應誤心倦高樓急莫笳

李倚江前輩齋看梅次韻

春風忽巳至愁思獨何哉未惜華燈歇仍開綺席開迎檐堪共笑秉燭莫遲來冰雪奉君子何求庾嶺栽

二

移根亦有數流艷復因誰照水疑相妬禁寒忍自

持莫閒浮白手更和比紅詩鬢影彈琴看東風第幾枝

三

不向花間醉誰從置此身羣公多暇日高唱似前人且慰風塵眼安知桃李春殷勤重幄護能復幾芳辰

四

迴燈看素影零亂不禁删此地又春色空然思故山置余榮落外期爾醉醒閒一樹東窗好銜寒亦

夢還

秋日賜翰林詹事官太液池藕

宸游采藕上林中賜出西清拜舞同過闕涼沾金掌露歸鞍香散玉堂風渴憐華井沉冰白老憶江潭墜粉紅俱是恩波親洗沐夢魂長繞日華東

詔添日講起居注官引見乾清門

講帷清選侍縑緗紫禁青春引鷺行金掌露晞隨載筆玉階風過見垂裳道心更闡千秋蘊文德新收萬里疆自顧輕塵何所益芰衣慚負惹爐香

後六日再引見

又傳名字下彤庭豈有文章照汗青心託上林同社燕身承清問傍階蓂三年漫續龍門史一日難讐虎觀經羽翼幸多鸞鵠在偷容衰拙付沉冥

拜命後作

久為迂疎憶薜蘿職司清切更如何百家同異源流遠一德都俞記載多慣學豈堪參作述承恩始自悔蹉跎筋駑肉緩平生事愁問花甎日影過

上巳日讌集萬柳堂奉和閣師馮易齋先生韻

勝地經營復幾年疎籬繫馬鳳城偏平津賓從人咸集曲水池亭世最傳柳帶結風初試舞杏花成雨尙餘妍興深應覺沙隄近攜得朝回滿袖烟

一

執蘭遺俗事誰偕花氣才蒸已散霾一夕頓驚歸慮緩三年眞得此遊佳雨開枉渚宜安槳風約繁枝不挂釵最是調元多暇日平泉觴詠屬吾儕

奉使晉陽道中作

河汾秋色意何如不盡林巒擁傳車早晚人占星使入古今吾憶霸圖餘雨晴山郭清砧遠風落關樓畫角初借問龍門應接近巖窗恐有舊藏書

貢院中秋

更承綸綍拜垂旒三晉文章入宴搜簾影露寒收桂子珮聲天遠夢螭頭可無鐵網沉滄海賸有冰壺濯素秋此夜同袍銜命者一時棊布幾名州

晉陽歸道雜詩

晨征戒徒御前行巳山陬仄徑緣雲根亂流屢濡

足沿洄幾百轉登頓何更僕憶我初北來祇命心
轉促是時秋未半雜花媚巖曲今來但霜華凋我
雙鬢緣自非餐霞遊奈此寒與燠

二

我來山之西蕭槭枯樹林東下忽著翠柳色如黃
金數峰隔氣候榮悴不相任未測眞宰意何況萬
有心故山籬下菊風霜良未侵君恩竟難酬歸撫
丘中琴

三

駸駸長塗騎所遇乃駑蹇豈惟少良樂生材固已
鮮受命收國士將盡汗血選猶恐隔眞才無由到
吾眼龍文喜一得觀者不言善强復加金羈逸足
庶終展唯才與時命自古每多舛賢豪有特達望
古一長緬

四

山右屢告饑皇情深所懍朝蠲今年租莫發司農
廩流冗比來集時稼喜秋稔昇平餘氣象反側登
席袵微臣肅還轅霜風襲欹枕桑落淸可沽停驂
更泥飲

五

淮陰破魏來疾下井陘道一走水上軍赤幟遂入
趙幸哉廣武君奇策棄已早不然一言入勝敗懸
縹渺我行日已東未出山徑小荒城一吏迎往事
頗能討當年龍戰地玄黃跡已掃獨立望秋原悠
悠一飛鳥

平滇恭進詩 并序

皇帝臨御歲踰一紀天下乂安兵食强足康衢

之歌聞於遠邇中外臣民咸謂已安已治於萬
斯年靡有闕遺帝曰不然瞻彼西南制閫之臣
擁衆虎視勢若鼎足號則宗藩親非肺腑大將
不掉蔓乃難圖不有蹔勞何以永戢爰命釋甲
歸覲闕廷將定爾居用衛王室旣而狼子野心
釁成吠主滇池波沸妖氛四應秦蜀抗其門戶
閩越樹其脣齒赤羽交馳靑烽不斷雖諸葛有
五月之渡而王元効一丸之封天子軫念元元
蒭茭筐篚不勝供億永唯是役將以息民豈顧

儲之於是斟酌便宜罷省徵發既豫既立既儲
既飭然後鳴枹卷甲機駭飈馳西指則平涼之
突騎潛奔南擬則仙霞之扼塞不守嶺海洞庭
風烟遞掃凡厥叛黨莫不革心務面銜璧來歸
而吳逆身殞天誅猶尙擁竊名號再世相承黑
水白崖偷視假息卒之天威一震遺孽授首爰
奪廓淸有同振落康熙二十年冬十一月捷書
奏聞公卿上壽相與追歎用兵以來迄茲八載
向使晏安疢疾重於一發與待其燎原張皇六

師滅此朝食以重爲民困皆非陛下之意也今
之發縱在心折衝無外使根本之憂一朝咸拔
爰始告成功於郊廟崇崴號於兩宮大赦天下
與爲更始從此治定制禮功成作樂三辰合慶
萬靈禔祉豈復漢平吳楚唐誅淮蔡所可同其
功德者哉臣以草野蒙恩備員侍從外之不能
援筆幕府効飛書馳檄之用內之亦未獲登名
山而頌功以繼七十二代之編錄情不自已聊
成短律斯若賡成燕賀倈至蟲吟猥從諸臣之
後仰塵睿覽臣誠不知懽悚之橫集也

一

昭代當熙洽天王本聖神車書山海共玉帛歲時
新城角軍麾偃宮花輦路春兩階干羽日端拱見
皇仁

二

聖治方韜甲天心未厭兵賊臣眞負主大將且專
征鷹隼乘風疾鯨鯢失浪輕家家春酒熟從此賀
昇平

三

六詔南交地昆明控百蠻天連花馬國山擁碧雞
關雨露知新澤瘡痍動聖顏赦書憐叟老扶杖淚
痕斑

四

萬里瞿唐峽天淸戰鼓聞久知蹂躪苦端恃撫綏
勤波靜珠江水風開玉壘雲今朝諭蜀檄不用長
卿文

五

海國驚妖霧南圖結蜃樓豺狼方濟惡猿鶴自同仇飛檄榕陰暗歸鞍荔子秋水晶宮外路依舊月如鉤

六

夢澤三湘遠荆門九派長風烟一自失壁壘遂相望青草湖帆去黃陵社鼓荒版圖終不改拜手頌無疆

七

隴坂高無際函關百二雄陣開秦嶺北烽舉杜陵

東方略尊皇極安危倚上公九重初飲至一爲奏彤弓

八

老弱愁供億丁男問轉輸敢辭民力困眞覺主恩殊風勵曾紆綬哀矜又賜租功成歸廟勝千古奏黃圖

九

八載宵衣日宸居忍自高兩楹分虎竹七伐授龍韜旭日消山瘴天風破海濤萬方耕鑿穩應識聖躬勞

十

俯仰乾坤大平成覆載寬紫宸朝萬國青瑣拜千官賜酒霞觴重陳詩露掌寒天顔時有喜數近御屏看

送陸翼王歸赴余中丞幕

幕府求名士徵君憶故山欲持經濟策且趁鶯花還白日去不已青霞高莫攀君猶老從事側席未應閒

上巳日重集萬柳堂次馮閣師韻

春風綠野更尋幽青壁題詩尚可求細雨輕寒非舊日落花緜柳似前遊只言勝事難常得正愧浮名易滯留且幸年年陪禊飲隱囊紗帽滿汀洲

二

百年曾此幾流觴一徑清陰護草堂浮白客來花滿地踏青人散水平塘宮鶯欲去憐桃綬壘燕初歸識杏梁我憶春江好花月不關風景似瀟湘

題高澹人同年江村垂釣圖

香案前頭出每遲行藏十載不勝思分明西塞山
邊路流水桃花細雨時

二

愛道紅梨憶較書柳邊歸院意何如新恩不阻濠
梁興太液池頭許釣魚

送汪悔齋同年奉使琉球

憶昨元會日玉陛羅四裔側見中山人遠自重譯
至纏頭尺帛黃拜舞乃不異其王昔歸化保世遂
及嗣抗表請朝命天子嘉其義畀之紫泥封爲擇

皇華使鄭重詔九棘屢集金門議海國遣詞臣昭
代未有例吾聞重溟險萬里若鳥逝日月互吐納
合散在一氣吹滂見移鯨山嶽訝易置天琛與水
怪包舉及瑣細行子凌窮髮脫身信遐厲行坐覘
五兩一失不可紀況聞田橫首魏闕未旋繫島嶼
憤所曆何年掃氛翳當時語風濤人盡爰居避汪
子軒然來用舍非所計春卿一顧起還復問其次
副以薇省郎明朝入封事九重親識人由來識名
字便宜所陳章一一經睿思上許扶桑東永鎮宸

章麗下軫風波情宛轉及廩賜車服何輝赫公侯
良不啻麒麟織成錦寶帶垂綏緌天使引華芝蕭
節列橫吹每逢疲馬間覺我神明斃喧闐青綺門
出祖恐無地子行拜嘉慶庶展平生志稱觴歡父
老負弩驅長吏一深捧檄情敢後叱馭意此邦秉
聲教祇事故弗替要使識皇仁不共珠厓棄使君
挺高標氣與秋旻霽一段生黃金逡巡敢前致久
曆厭人情山川起睚眦何況絕島間飄飄一秋蔕
天生當世才會必有所試所幸明膏煎無爲多才

累共通金閨籍結好踰兄弟風雨此爲別何當望
歸榿差池悲世網哀樂傷中歲情知萬里行更執
臨歧袂西風吹我心逐子去安穩理我五湖帆相
逢始成醉

萬柳堂宴餞馮閣師東歸次韻

問訊平泉萬綠楊莫緣攀折早含霜未應此地眞
離席安得如公始故鄉三已流連詩律細十年休
沐主恩長淸陰願駐須臾屐緒論他時作典章

二

從此尊前便得閒清歌教疊莫教删已無餘事留天闕猶有封章動帝顏日覲朱霞行處路國門紅樹夢中山歸來治水無窮柳桉比青青更幾灣

西苑侍直雜詩

中禁薰風乳燕飛上林新雨石榴肥侍臣記注無多事一徑清陰下直歸

二

宴罷乾清日正遲百花春隔萬年枝六龍東幸三千里歸及蓬瀛避暑時

三

水檻新開十二樓平明珥筆傍垂旒三年蹔隔龍顏日獨有朱衣鎖院秋

四

璇宮閒寢不曾停來往瀛山列畫屏撤得虹橋西北面輕帆直到五龍亭

五

自擁青綾夢五湖不知此景在黃圖金皆屋角蘆花雨添箇烟蓑穩稱無

六

太液沿洄是玉除荷風香引下來初黃絲繫網朱橋側上相前頭早得魚

七

觚稜日出引朝參百疊樓臺鏡一函身似青蓮華上立雙金龍左玉階南

八

禱雨郊壇候曉過三時愁入九重多石鯨波暗荷珠瀉一夜泉聲滿玉河

九

繚垣隔樹見紅泥花徑新開咫尺迷歸過池頭頻立馬諸王猶在水亭西

十

詄蕩天門紅扇開上清冠珮淨無埃常時三事不俱見望秩名山應未回

十一

漫脫荷裳捧御筵官曹元合近雲烟何當更置瀛臺令別署戲師領釣船

十二

露寒臺榭俯芳塘面面珠簾護曉涼容易禁林淸讌日車書依舊竹王鄉

十三

離宮新置玉泉山碧瓦參差水殿閒七寶修成端正月翠華留幸未曾還

十四

新詔宮門集百僚苑西殘月下迢遙從臣樂覲天顏喜不待當關趣早朝

十五

前秋曲宴憶承恩坐近紅蘭覆綠尊幾日河汾銜命去帶將殘醉別金門

十六

紅亭廻鎖白蘋洲禁籞秋晴事事幽特敕中涓攜酒待相公歸日賜重遊

十七

日長歸院記花甎回憶烟波便渺然白鷺黃鸝忘帝力伴他人柳日三眠

十八

洗兵何止暢皇威重譯共球不自違頻賜流盃亭上宴氈裘花外拜恩歸

十九

折本崇朝費睿裁乍宜淸簟蔭宮槐殿西一縷涼颸動又允詞臣進講來

二十

人間相望即明河香案前頭事幾多臣分敢論溫室樹矢詩聊願託卷阿

送孫編修予立奉使安南

聖人御天統方輿甲帳每披職貢圖日南銅柱隔炎海陪臣載書陳丹除表言先臣奉正朔土宇幸復東西都撫承遺緒乞朝命詔下褒卹矜其孤皇華使臣愼選擇輶遣侍從臨長塗宛陵太史長七尺文采落筆光珊瑚靑門柳花白如雨傾都追送歌驪駒賜衣煒煌照虎節宸翰仿佛如龍書昔聞陸生說南粵槖裝歸報誇里閭馬卿乘傳諭邛筰縣令負弩矜前驅君今事與古人異軫念屬國恩

最殊要令異俗讋威信功視二子何區區山村菴
羅斿珍果江甸鸂鶒飛神魚龍喔郊迎拜金册帶
礪其國藩皇居知君結情在紫闥衝瘴不肯停車
徒使星南歸向北極君登玉階陳六符

送周渭公禮部使安南

星使南行敢憚勞春寒初賜繡麒袍千秋白雉來
天闕萬里皇華送客曹驛路詩篇題翡翠故人祖
帳醉葡萄丈夫四海應如此歸日承恩有節旄

寄震修

喜甚山公啟明朝見爾名幾人眞宦達此席得平
生曆曆文章道依依桑梓情始知稽古力無事與
時爭

二

童稚情親意回思似夢餘頻年京國見相送綠陰
初寒雨西陵櫂春風璧水居蓴絲吾與熟攜手事
何如

重陽後三日沈繹堂崔玉階兩前輩招同
館諸公讌集限燈字

黃花佳約輿相仍猶向秋風滯季鷹追步曉濡香
案筆懶朝寒憶午門燈官貧獨有愁呼酒機息應
無熱似冰每到高筵貪刻燭醉看宮月下觚稜

送尤展成同年南歸

送客辭鵷列承恩憶雁行一看宮月白五負江花
黃鞭影帶秋雨城陰歸夕陽離心與鄉夢此夕滿
吳閶

題畫鶴

悠悠萬里姿何處飲瑤池警露元無意聞天豈自

爲猶應抱淸迥未敢厭喧卑多謝丹青好冰霜報
所知

趙玉峰通政金碧園宴集

芳園攬勝鳳城阿門巷常鳴白玉珂徑轉有峰疑
碣石花深無路夢牂牁微霜卷幔吟紅葉明月開
尊醉綠莎朝罷銀臺歸棹早太平封事正無多

題畫爲王阮亭前輩作

絕嶺何崷崒奔流逝如斯寧知高深意猶有變遷
時獨立孤鳥外渺然靑雲姿若非昇天行齪齪安

所辭

又題畫雞

籬落秋風生事微疎花片石足因依不能更向東郊道纏項紅羅意氣歸

和徐立齋前輩除夕韻

秦衣淄後不禁塵豈爲榮枯患有身寒似堯年初送臘律回燕谷幾經辰朝簪不諛先歸客歲酒應憐後飲人昨夜玉堂分帖子又催新句祝宜春

又和元日韻

珂馬相逢覺眼明朝元人意未爭名千門幡勝迎朝日九陌魚龍待夜晴病怯餘寒猶恃酒老憎春物獨宜餳故鄉門巷東風裏忍遣笙歌負太平

題王咸中石鴎山房冊

畫裏堯峰亦故鄉倘容漁獵借鄰莊拂衣豈待恩芳草挂席眞堪趁夕陽白石半侵行藥徑紅泉都近讀書牀春風最有茅簷燕猶憶王家舊杏梁

題江村草堂圖留別澹人

苑牆西畔水雲寒儤直朝朝駐玉鞍便憶江村草堂好草堂留與畫中看

二

不辭錄別寫青山欲趁秋風幾日還行矣相望更何許片帆原在有無間

題汪東川同年小照

坐近潺湲白袷寒早無塵事到眉端碧苔紅葉多情甚莫作秋風世路看

二

誅茅果否傍山泉便覺披圖境宛然又向五湖添

粉本昨來商略載書船

集朱竹垞同年寓齋送留仙前輩

此夕亦良宴胡然歌路難故人先我去霜月是愁端別酒那可盡世情眞倦看十年徵逐意留夢到長安

題李分虎小照

京華何意見斯人莫遣丹青點陌塵柳瘦藤杖銘歲月香爐峰底覓前身

二

泡影流光劇可憐三生指點事依然被他一語還成縛十五年過更十年園刻癸酉字於瘿瓢之上云有碧山道士約以二十五年還山中至是蓋十五年矣

秋水集卷六

秋水集卷第七　詩七

句吳　嚴　繩孫

春日蒙恩予假南歸

不是恩深便拂衣涓埃生死報應稀吳牛避熱先愁喘宋鷁衝風且退飛十載青雲雙鳳闕三春紅雨一漁磯去來我亦無心者何必從人定是非

二

青鏡寧知白髮催年年珥筆侍蓬萊上林落月垂鞭入內殿華燈賜酒回鸞鵠有人聊獨往松楸無恙好從來寸心敢自孤明義已是身登郭隗臺

三

搏飛端不到青旻高足都看幾要津遮莫吾今先喪我山來臣少不如人官同王琰貧來久世識嵇康懶是眞文酒故交雲雨散夢魂相望落花春

四

因循行計蹇誰留歸到春光滯未休細雨綠江魚上市暖風紅寺燕隨舟從今只作周南滯何日仍陪博望游百度螭坳行下直昨來惆悵幾回頭

山行

縈廻驛路抱雲根零落朱花尙照村君看定誰粉本似細皺濃綠趙王孫

道雨

客行疑雨復疑晴俄頃烟雲有變更却在雨中看雨外隔陂斜日半村明

壑菴

一壑沿洄到宛然青林香靄石堂烟中原投老無三徑此地經懷已十年刳木作橋通綠杖分池題

牓記紅泉不教靈鷲飛相近蠟屐重判幾度穿

飲酒漫成

端居忽不樂結友辜晨征借問行何之無乃歸承明曰予湖海士白首久無成豈不懷深眷置散身始輕所念逐烏鵲共此南飛情山登梅嶺長水泝桐江淸故人雖在遠許與猶平生何爲卧吳山局跡俯層城斜窗納湖光欹枕聞江聲此中十日雨欄杜愁支撐相逢盡薰蕕且幸寡將迎瞋涼豈足懷滯情愧相仍昨始戒江航去去心乃平三老前致辭願公駐行旌奔湍若走馬胡爲苦遄行數起衙前除望望無時寧昨莫失北渚今朝沒南汀東嶺逗日紅濺雲已晨興我行尙無期回車亦何名釃酒酹陽侯無爲苦相嬰不見中朝士車馬何崢嶸傾身託津要安知谷與陵五都盛金穴智足操奇贏生不歷湍險志氣常自盈不然腰鐮子十畝躬自耕青村梅雨過香稻羅葵羹官家稅云畢終年守柴荊嗟能拙行藏茲焉無一我貴賤兩失據驅馳竟何縈故宜困羈旅坐使百憂并悶來聊自

酌有酒尙如澠因之聽自然乘風委冥冥

雨中過釣臺

炎靈中斷眞人起詔訪故人思共理一笑空聞奏客星君今乃欲臣老子故山歸去有羊裘花裏桐江碧玉流釣臺雙峙一千尺氣貫閶闔排淸秋上有危亭屹相向中分細路廻青嶂斷井殘碑訐日探雲迷雨送何由上回瞻突兀酹芳尊身是先生幾葉孫今日風塵渾喪我漫將身世問乾坤

阻風

在昔守屯賤林中鳴素琴一朝起珥筆清切冠朝簪出入籍恩眷許身艮自深歸來問生事故步不可尋徑有陶潛菊裝無陸賈金盡室失顏色幽憂坐盈襟杖策出門去庶愜山水心天地正橫流川原愁陸沉湍險憶所曆孤舟成滯淫故山苟可釆亦足慰行吟始知處賤易處貧故難任短歌心自失日落長湖陰

阻風鄱陽

盡日淹留水一方百端今又對茫茫岡頭草帶叢

祠遠口腳波翻廢壘長此夜鳥飛看滅沒當年龍戰幾玄黃關河得喪今誰是一片神鴉下夕陽

渡湖

桿索風高相喚開馮夷起舞浪花催不關笳鼓乘時發誰遣魚龍背日啄忠信豈堪持自許行藏從此莫相猜人間萬事吾何有歸抱桃笙臥綠苔

詠文石子

犖犖生何代悠悠憶棄捐在多寧自異處賤不成妍細顆知誰數貞心亦幸全梅黃飛帶雨草綠臥

連天幽契忽相接奇文得共宣晶瑩初解珮彩翠舊遺鈿金錯周刀蝕砂紋漢鼎鐫氣涵雲葉潤肌沁土花嫣體孕山山巧曹分箇箇圓翻身辭綠渚盈手上紅舷洗祓潛生暈沾濡始更鮮終焉蒙採擇敢自墜周旋行笈從連百郵籤屢破千攜來蠻雨外歸供法雲邊薤簟看承月花瓷養注泉銜奇空泣楚賞僞欲嗤燕碨礧應難改升沉亦偶然不須餐髓術聊得共餘年

滕王閣

高樓風景渺無涯朱邳流傳結搆賒趣喚鈿箏邀落日迴開朱箔貯明霞山川昔未歸鴻寶花鳥今知望翠華會是文章橫絕地白頭蕭瑟上浮槎

上灘謠

說著灘名也白頭一灘潛接一灘愁勸君莫作南征客天遣章江向北流

二

灘頭莫聽鷓鴣啼啼苦眞愁日易低半日舟行知未遠數聲猶在竹叢西

三

斥堠堆堆樹綠旗賽神纔罷到來遲三年信有昇平樂半夜月明人醉時

四

安得南風吹路平不教灘水惱人情天荒地老何終極瞬息偏勢抵死爭

雨滯南安

朝來且醉眠新水欲平川懶慢人應棄栖遲性所便江程甘蔗外蠻雨荔支邊笑別主人去長驅問

墮鳶

鷓鴣

繡翎藏處漫呼羣百轉危檣路未分烟渚草荒偏著我綺窗花落不聞君傳來艷唱兼湘雨喚起鄉愁入嶺雲懊惱可知歸去好也煩相警最殷勤

度大庾嶺

天開庾嶺分南服根拔虛無剏青玉細路髣髴緣秋毫窮猿夜呼鷹側目石壘寧知天闕廻磴危更見雲根東大風吹人發橫浦宛轉林光射初旭須臾纈眼凌蓬萊織女廻車散輕縠始知身在雲中行徑轉亭開跨長瀑停驂欲問古時梅露實霜花掃空谷危松何代蟠長根夾立蒼虬怒猶畜天險悠悠置一身翻令萬事紛盈矚伊昔炎荒禹功外弦木爲弓自殊俗黃屋名方誇趙佗樓船功已歸楊僕雲帆從此走中原翠羽文犀日相屬古來健者亦多人阻險憑危禍旋伏試看眞符會有歸莫教自赤韓彭族鄣今萬里同車書洗兵南海無昏黷翡翠烟霏碧澗陰桄榔雨暗青村曲回看閶闔

憶晨趍今日浮沉如轉燭關吏無煩問去來博羅美酒春應熟

佛桑

南國驚看結束新小來紅淚已沾巾紫絲障密難藏艷朱鳥窗深別駐春不共銀蠶眠後果長依金粟現前身自憐不逐東風嫁煞臂香銷獨損神

王端州邀遊七星巖分體作并限韻

久作懸軒望欣傳載酒過使君惜秋爽高會此巖阿峰勢聯珠斗林光轉玉珂紛紛衣落翠往往鏡

浮螺洞穴龍湫闊巖窗豹霧多刱成懸結搆溟漲
接陂陀遵渚呼輕鷁緣崖籍細莎青松元作壘白
鷺欲裁蓑老怯花前舞愁嫌醉後歌探奇應未足
望古意如何

五色鸚䳇

七寶縈來別樣裝百花深貯鬱金堂秦娥罷卷宮
衣薄越榻羞堆繡被香生事可能分竹實鄉心應
自託扶桑翠衿紅咮殊非伴莫逞當筵鼓吏狂

粵臺春日雜成短句

粵王臺畔臘初殘簇簇花枝巧耐寒只似玉窗翻
繡譜碧桃青桂一時看

二

輕帷小轎碧油新柳市花宮日幾巡蟬鬢鬭簪人
勝子金花祠下祝宜春

三

花田昔日葬宮娃一片春風十里花借問傷心千
古地花田何似玉鈎斜

四

素馨圍髻想明姿臏結銀燈綴折枝日晚綠衣當
市賣玉纖穿與未蔫時

五

蝶翅人傳比扇羅春寒金繭在高柯青陵臺畔魂
銷盡何事羅浮恨梭多

六

珠江花落半川紅海舶江帆一望中別有春遊喧
渡晚雙鬟柔櫓駕東風

七

自收生結伴鴛鴦生小金釵有舊鄉底事比來人
盡識博山爭要女兒香地名金釵檣生最上香

八

小家碧玉破瓜年素足如霜步若烟輪與燕姬偏
自喜春風簾底繡行纏

九

相邀不待踏青游勝地香車日漸稠見說丹霞天
半起玉山東畔五層樓

十

檳榔常日進金盤會得佳人薄醉看一顆櫻桃紅綻了便須扶上玉闌干

十一

白花林葛織來殊一匹真成重五銖割得蛟宮機上霧至今滄海有啼珠 增城葛出白花林

十二

木棉花發禁烟時一路朱霞映酒旗錯道春光等閒老杜鵑啼上最高枝

十三

山木南來莫辨名榕林如幕不聞鶯移根若向山亭左卧看濃陰過一生

十四

紫莖綠葉滿天涯唯有了蘭此最誇珍重國香相覓贈歸來應號解元花 梁藥亭見贈了蘭是第一種

十五

老去樊川不解狂客中誰遣到歡場風流太守閒居日無因纖腰夜未央

十六

珍果齊傳荔子名曾承一笑在華清我來多恐成相避到日才過去始生

十七

羚羊峽口劚雲根鸜眼青花子細論莫訝緹封珍似玉未央宮瓦久無存

十八

棐几新裁置筆牀烟雲差滿陸生裝不知比似誰邢尹潑墨山頭舊點著

晉菴贈眞上人

支遁幽栖地斜門水上開碧雲隨几杖青壁入樓臺郎事見今古無人知去來從今浥花雨歸夢亦裴佪

重游七星巖

不謂成淹泊星巖此再過澗添新雨足春入落花多世事共流轉天風吹嘯歌秘書碑字在一爲拂烟蘿

詶梁藥亭次余南歸詩韻見送之作并簡

別陳元孝屈翁山吳山帶諸子

贏得淄塵不上衣京華知舊近音希鵷鷺點北望寧無戀烏鵲南來已倦飛十度峽雲迷桂楫一篙江雨搦梅磯平生湖海何常在相對空驚歲月非

二

畫角天涯莫漫催雄圖何處不蒿萊雨寒銅鼓聲俱盡月落花田夢不回五色會籠鸚鵡去千金須買荔支來春風萬事飄零甚有酒還登望漢臺

三

梁侯才思薄青旻誰謂明河自有津幾夕尊罍留

別浦明年鈴索憶歸人客懷磈磊澆應在天路風烟到始眞買斷芝蘭湖上宅莫矜韡俗唱陽春

四

經年白社苦淹留只有朋懽意未休拙計尙荒三徑菊羈心先上五湖舟歸攜冰雪皆成賞老惜雲山不再游肯過汲泉因駐屐修鱗應爲出艭頭

端州早秋

天南一葉客心驚病骨經年滯粤城老去歲時思故國信來暘雨問神京飄零瓜果雙星夕消息萑

苻萬里程我待涼風好歸去柁樓吟續嶺猿聲

靈山寺夜泊期欒亭不至

危亭急峽鎖嵒嵬歸客懷人不自聊萬里郵程才破處一年秋月最明宵神傷崖寺同留迹目斷江天又落潮先後紅梅關上路燕吳回首歎分鑣

得張禮部謙菴凶問

日南邂逅酒盈觴別後傳聞足斷腸今日象犀勞置使當年魑魅本投荒星軺豈謂君恩薄旅櫬誰憐客路長猶有平生無限意蜑烟蠻雨永相望

過淸遠峽

峽雨蕭蕭啼鷓鴣一帆秋老話歸吳霜微爽岸林猶暗水落廻汀路轉紆赤縣官曹干氣象白頭身事付江湖獨憐鄉夢經年隔過盡雲鴻一字無

歸舟

歸覺川原好風烟此路閒微黃霜後樹殘綠燒餘山島艇漁成市蠻村虎不閑近家唯牧豎騎犢渡河還

二

夙心辭玉陛舊俗問珠官陵谷幾時變江山爲客寒未須疑苡薏猶得載芝蘭辛苦連宵月隨人宿夜湍

曹娥廟

英德縣曹坑虞氏女黃巢之亂聚兵保城城得不破土人祀之湞陽峽

青袍白馬暗着梧繡帳催傳金僕姑千隊未誇居上騎孤城旋報遁師烏靈旗殺氣收徽側古廟濤聲接上虞多少材官貂珥貴只教蟬鬢擅陰符

詠眼鏡

金篦何處問眞源別有神明見隔垣攬鏡流光應似夢看花心事獨無言修成桂魄三秋色剪破蛟冰一夜痕容我醉餘青更白莫將分別望乾坤

千里鏡

接天芳草久沾巾望合層冰轉自親七夕河梁元隔水三山宮闕本如銀重淵只怨然犀客遂古誰爲化石人直道瑠璃成寶地人心猶自有迷津

始興道中

曲江江勢舊廻腸況復秋心對夕陽林氣帶霜猶隱郭水痕侵岸欲平檣紅蘭解作依人笑紫桂重飄故國香差幸此邦還有歲未勞陰雨念南荒

二

紅梅關北葉初飛九月炎方未授衣隻堠晴江無女浣荒村獨樹有神依南來郡邑明朝盡北首風波往事非誰向當時問金鏡中原盡日走珠璣

和潘稼堂同年南雄旅舍題壁之作

君到題詩苦計程先歸吾又宿江城卽看絕嶺穿

雲上便買扁舟載月行萬里青山俱作客十年丹禁不成名南枝折寄同袍友去去吳閶酒價輕

橫浦曲

還舟下橫浦橫浦秋風冷水淸鑒肌骨不見去年影

二

橫浦易摧舟積石何齒齒愁到天池翻何當復留此

三

南北殊寒暖枝枝太不同君看人意隔不待最高
峰
四
紅梅亭北道欲去還成泣因夢報情人從今不相
及
五
見說南中路淸猿如在耳幸自不曾聞愁心已難
理
六

借問來時水連天今沒骭舴艋下西風銀檣槁沙
岸
七
上水日十里下水疾於箭多謝石尤風三莫南康
縣
八
津頭給官役井里連桑柘東舍可憐兒知更月明
下
經年

海國經年夢秋深此北來丹楓過嶺見白雁及關
廻習暖無新絮禁寒有舊醅客愁殊未已莫上鬱
孤臺
新城
江上城誰築傳言避亂兵夜譙山角斷曉堞井烟
生已自無王制居然壓賊營時淸人不用星散事
春耕
夢到史館
曉來夢入鼇坡路猶是常時行坐處手持一帙作

者誰爲摘瑕疵諳其故當時並馬東華春同日承
恩五十八人龍門舊格分明在就中落筆誰最親前
年狂生議輕發一編久給尙書札聖主何曾下詔
催是非一代爭毫髮紛吾螭陛侍龍顏問寢重陪
博望班愧負君恩高海嶽轉令倦羽憶江關揭來
嶺徼風花遠靑史不知今早晚何意紅梨久別人
一夜春明夢中返秋衾覺後宿章江直北雲天萬
里長中酒蓬牕聞落葉鬱孤臺下月如霜
曉泊聞雨

侵曉螺川雨冥冥客最知氣涼風定後聲細月沉時曲岸跳魚急圓沙起雁遲玉山新水足應得果前期

曉發

授衣理歸舳歲莫不遑止水宿厭風湍倦情戀墟里秋蓬一尺外萬里岷山水北斗光闌干長年掃霜起

山店

浪淘冬盡苦愁侵郤向山程歎滯淫白屬衝寒風野潤青旗沽酒雪村深江帆驛騎懸雙夢葦索桃符感寸心歸近轉多惆悵事并來歧路一沾襟

泊嘉禾

蘐落行藏苦滯淫一春風雨最侵尋屬車去憶雞翹遠客帆來驚柳色深只謂故鄉堪送老可能時事不關心月波樓畔令人醉芳草青青動越吟

二

知得浮生幾度春孤舟終日落花津青雲久付全輸局丹壑聊存已退身生事白鷗差似我世情着耳解欺人京華知舊無消息莫遣空沾紫陌塵憶竹垞也

五日

十里蒲塘簇羽旂畫簾交擢浪花飛梅風著面初兼酒麥雨如塵未濕衣過眼新妝催歲換驚心舊侶逐時稀空餘角糉尋常設憶得天門拜賜歸

秋水集卷七

秋水集卷第八　詩八

句吳嚴繩孫

張見陽署中試揚子江中泠泉

我家古華山二泉出其麓不受第一名迄乃無定屬長江萬里來茫茫失清濁安得中泠水爭長康王谷張侯擅品藻好事破流俗山靈不敢秘呈奇効所欲消息本自然靜言驗起伏天清江練平魚蜃千里肅更當晝夜中先事戒輕舳圜合數頃內傾注勞心目須臾天根翻蛟珠噴堪掬瓶罌一時

來挹取亦在速移時即已非江濤苦匪饜提攜活火煎烹點秋茶綠評賞賴賢侯遂滿傴鼠腹吾生泉之鄉來往此亦熟白頭始探奇往者眞碌碌歸來雙井上軍持汲寒玉無乃動靜殊退然媚幽獨甲乙吾不知平生意交足

金山次韻

旌旗無復照江紅一望昇平在眼中氣接斗牛天險遏浪淘吳楚霸圖空標題睿藻飛揚甚點注懸崖結搆工卻憶翠華東幸日山頭草木盡爭雄

焦山次韻

一峰浮起夕陽邊人道山名自孝然深樹望中常似雨滄波盡處巳無天鷗鷺白舫來何所鶴記靑山類昔年地主况欣平子在從今商略釣魚船

偶然作

一丈維摩室何妨置我曹流鶯驚客避芳草共人高貧甚安唐嗇慵深學魯臯書臨王內史雅是乞櫻桃

二

病裏看花落閒庭試杖藜夜塵凝鼠跡朝露在蛛絲圃籬聽時解溪魚上鉤遲一番新水足正負放船時

三

差喜過從少濡毫亦懶閒晚花難駐景片石笑移山雨榻從渠溼風窗或自關遙知灌園叟無復夢淸班

四

酒斷非因戒詩成未得題遣時閒拾穗曆世老炊

虀有衲期逆界無備溉藥畦亂紅風打盡腸斷送
虞兮 麗春花今名虞美人

歲盡

老看人事總雲烟零落朋遊倍黯然曉鏡霜華催
短景衣龕燈影伴枯禪一編閑校栽花譜十畝全
荒種秫田獨喜溫風蘇病骨不須鶴語憶堯年

二

藥裏關心歲序過又斟春酒醉紅螽青山襆被追
遊歇紫禁濡毫往事多世態不妨訶李廣君恩猶

自問廉頗三年歆枕椒花節無復因風想玉珂

病窗口號

空庭百舌語侵晨病裏年華記未眞正訝玉梅迎
臘放却教青女誤司春 冬溫梅已試蕊立春後轉寒

二

南枝爭向嶺頭看約勒春風有畫欄幸是後時方
一笑可憐玉笛未吹殘

三

碧窗花雨靜愔愔社酒聾來且自斟願得梵鐘聲
喚徹畢生長聽海潮音

四

爲有愁身是病由神方換骨杳難求拍肩若便留
眞訣絳節橫飛十二樓

五

閒從物理悟歸根一樹婆娑對掩門看到彭殤皆
夢幻枉教倉扁伺晨昏

六

綠苔生榻斷逢迎今雨蕭蕭異昔情猶有貧交心

尙爾淸談相過一袁生 謂朝晢

七

鼠姑枝上正初芽莫遣栽花不見花要待小窗焚
尾候宿妝扶起看檀霞

八

冰霜擁衛苦難全又委蕉陰片石邊領取維摩眞
實諦了知身世本無堅

九

無端筆債鎭相催病腕從今謝不才莫笑一錢元

不直右軍方復換鵝來

十

一編血碧爲知稀枉落廷評有是非我憶田橫門下士輓歌淒斷誓同歸（讀疏留山遺稿）

聞喬石林同年被命移居京邸

聞爾移家去無因祖道傍主恩容密邇鄉夢付君黃舊雨論文地春風盡室裝人生蓬梗耳莫遣鬢成霜

得門人張公孚行取之報

張子推英絕當時屬望深五年千室寄萬里一函心（壬申秋滇南遠亂）爽氣應如昨鶱飛果自今老夫耽病在支枕起長吟

題畫

層巒面面夕陽開不著閒門護綠苔料得亭皋最深處更無人爲聽鸝來

二

新水浮村照眼明籬根初繫釣船輕還看牧笛橋西路十畝溪田雜雨晴

三

馳烟從此闊雲關別結茅齋坐看山解道西山朝爽好不教手版覽時閒

四

一枝筇杖恣探奇十里烟光上嶺遲西崦人家明又滅下方應是晚鐘時

五

淸閟風流映後先倘書逸格自天然雲烟合散原無在悟得先生畫裏禪（董文敏有畫禪小印）

六

柴門閒對玉崚嶒濁酒鄰莊喚卽譍別是人間淸絕處滿天風雪挂漁罾

秋水集卷八終

序

往余解組溪干繫船湖曲見當壚之酒母甕釀百花有題壁之詞人墨成五采則藕漁嚴子所製望海湖一章也既而贊寫羊孚楷羨鍾王之法因之函開殷浩書通嵇呂之交乃嚴子謬許入林時同籍卉身如鴻雪雖漂流略似西川契比龍雲然企慕實踰東野顧余湖海之氣猶未除豪而子丘壑之姿非關作達波涵千頃不濁兼之以不清幹挺百尋若近尤能以若遠眼無清白登山獨喜看雲口絕雌黃對客惟宜飲酒是以靜多於動實過其名王公甚重嘉賓懶於置幕天子將召供奉呼不上船良由情性使然故非矯强所致矣至於才清擬月言粲成花具庾鮑之幽思用錢劉之妙格引人著勝多濠濮間情使我猶憐是風塵外物無不仰追騷雅共振藻於葩壇并使旁及聲歌總擥香於蘭畹洞庭落木淒淸葭菼之聲湘浦層波澹蕩芙蓉之影此秋水一集所由名耶嗟乎名士無多噓聲何益上林三奏惟相如能賦大人汾水一篇

獨李嶠可稱才子吾不能無生瑜之歎且重有懷璧之傷也豐南同學弟菌次吳綺書於林蕙堂

常州詞錄小傳暨附錄

嚴繩孫字蓀友號藕漁無錫人康熙十八年以布衣召試博學鴻詞授檢討官至中允有秋水詞二首

鶴徵錄藕漁六歲即能作徑尺大字以詩古文辭擅名早棄諸生召試日以目疾僅成省耕詩二十韻閣中閱卷已不錄聖祖素重其名與三布衣同授翰林尤異數也在史館纂隱逸傳容與藴藉多自道其志行書法入晉唐人之室兼工繪事山水

人物花木蟲魚靡不曲肖又瀛臺侍直七言絕句二十首流傳都下辛酉典試三晉有得士之目擢中允遂謝病歸

秋水集敘無錫處士嚴蓀友以工詩聞書畫兼臻其妙來遊京師公卿搢紳爭為矜譽予特愛其古文辭澹然而平盎然而和雍容紆徐而不迫庶幾可入古人之域視世之鏤琢字句以眩人耳目者遠矣

徐虹亭云蓀友為貴公子孫早歲拂衣蕭疎澹遠脫然塵埃之外識者目為倪元鎮一流詩篇意象超越不為綺靡之音摘其一二語猶當遺世獨立也

高江村云藕漁負卓犖之才高尚其志徜徉山水數十年所懷狷潔軒冕富貴不動其心詩酒筆墨自娛而已梁溪之人咸以倪雲林目之及官翰林侍講幄記起居於是感激自奮不忍以向之狷潔高尚之懷上負知遇凡職所當盡者罔不夙夜兢兢

張漁川云國初詞家小長蘆而外斷推秋水小詞精妙一時作者未易幾也樊榭論詞絕句云閒情何礙寫雲藍澹處翻濃我未諳獨有藕漁工小令不教賀老占江南斯言當矣

名家詞鈔評語

周冰持稚廉曰錫山山不甚高而平臺曲榭幽壑名泉使人一往有濠濮間想秋水會得此意故於倚聲能無彊花嵌草之語讀之使人把玩不釋手

聶晉人先曰詞本以豔情麗質為宗而出語天然

蘊藉始號作手才如秋水可謂穠纖合度潑墨淋
漓足稱當代大家
曹秋岳溶曰詞以自然爲宗如秋水不事雕琢而
動中羽商手和筆調登善書法幾與怒猊渴驥並
騁千載也

秋水集
詞目
句吳嚴繩孫

卷上

卷下

秋水集卷第九　詞上

句吳　嚴繩孫

浣溪紗

鏡裏花枝折未成水中蓮子動分明慵紅悶翠轉盈盈　多恨崔嵬渾似畫倦遊司馬苦關情幾時懷抱屬卿卿

二

盡日風吹到大羅金堂消息見橫波暖雲香霧奈伊何　猶是不曾輕一笑問誰堪與畫雙蛾一般

愁緒在心窩

三

窣地潛窺近畫闌玉人心性得應難全身今日付郎看　倚處暗聽鶯語怯攜來私訝玉纖寒莫教人事更摧殘

四

隙影餘香望未賒爲誰惆悵似天涯紫蘭重院謝孃家　生小暈眉臨郤月近來書格愛簪花麝煤藺紙映輕紗

五

綠擁紅遮惱暗期慧心無處不先知鳳屏東畔獨來時　忍待成烟憐紫玉敢誇能事比紅兒等閒踪跡易猜疑

六

瘦損腰支不奈愁扇欹燈背曉庭幽不如眠去夢溫柔　昨夜涼風生玉砌舊時明月在蘭舟一生眞得（一作消受）幾回眸

前調

膩粉無端退蝶翎赤僧偷眼是蜻蜓春光先過短長亭　安得手持修月斧願將身作護花鈴不堪風雨浣丹青

望江南

江南好蟹浦畫難如春酒連船浮竹葉春廚三月有鰣魚只合浦邊居

二

江南好一片石頭城細雨飛來磯燕小暖風扶上紙鳶輕依約是清明

虞美人

征帆只是悠悠去去也知何處淚痕休漬別時衣彈與烟鴻猶得向南飛　月華幾夕清如洗料得卿歸矣暗愁如霧又黃昏有箇盈盈相並說遊人

臨江仙

試問吳宮人去後綺羅多少星霜一聲漁笛散橫塘虎丘今夜月猶爲照眞娘　記得霓裳花底見春風幾度思量生公石上舊年芳夜寒蓮漏永淸影在迴廊

小重山　桂花

一夜檀心怨廣寒西風吹不盡小窗閒漢宮黃額畫來難珠簾卷惆悵夕陽山　可記曉妝殘有人覘插與鬟雲彎露華依舊溼闌干何曾是寂寞淚珠彈

一翦梅

欸抱多情訴斷腸（一本月艷娘）生向（一作郎）愁鄉死向（一作郎）柔鄉鴛鴦魂夢幾時雙月滿橫塘風滿瞿塘　紅淚翻衾絮語長贏得商量怕得思量可堪銀漢

是紅牆心上檀郎陌上蕭郎

蝶戀花

青瑣簾前人惜別未許牽衣較比牽衣切一曲陽
關初唱徹相看本是明明月　宛轉征衣金翦尺
心字香温纖手流蘇結夢裏彩雲留不得西風吹
過黃花節

前調

翠帳寒生香篆裊斜嚲腰支一向和衣抱暮雨簾
櫳如欲曉羅裙半展瀟湘繞　笑吐丁香檀暈小

霧溼花房楊柳三眠了喚起鳳屏燈悄悄試看鬟
影鬆多少

風入松

星移帆影月移沙秋思誰家別時不敢分明語蹙
春山暗損韶華又是中秋時候西風幾陣歸鴉
相思難遣夢交加水濶山斜尊前常恨天涯遠況
如今眞箇天涯若問重來何日待伊歸向窗紗

滿江紅

馬跡車塵甚今生還能到我更多少鴻離鶴怨淚

淘風欺酒力不禁歸夢覺鬟絲都是羈愁做冷秋
心梁燕北來時能傳麽　窮愁恨眉峰鎖風塵淚
征衫涴儘寂寥前事算來都可小句成時看墨淺
新妝竟了憐花妥只如今和影對新蟾人三箇

前調

別袂偷分盼不到片帆香陌正雨過亂紅飛盡水
雲凝碧楊柳漫牽歌意緒苧蘿多少愁蹤跡怕羈
心重對舊亭臺傷今昔　花影畫蟾陰夕重執手
何時得奈渚蒲檣燕助人行色縱是夢來應有恨

情知留得元無益算人生雙鬢幾時青成拋擲

前調午日

生老樊川水嬉不盡當年一作說不盡水嬉狂興問十里一作記當日湖光何處一作十里畫橈相並金管風多聽又一作易失珠簾雨細看難定算陳思著眼不曾多驚鴻
影　悲舷意應誰一作雖省拋醉纈朱榴映盡繁華
都付藕絲風領一簇愁紅空極浦半湖柔綠浮歸
艇正高樓人在柳陰中烟光暝

風中柳黃鶯

細柳拖烟織就亂絲多少怪擲處金梭偏小一枝飛繞數聲啼了澀新簧薄寒猶峭　嬌音斷續短夢綠一作綺　窗驚曉弄春陰翠翻紅笑曲池人悄落花風裊又銜來一番殘照

風流子　和友人韻

荀郎傷逝後魂銷盡驀地見傾城正梅粉乍舒舊家門巷柳絲斜嚲別樣才情更幾度玉釵寒撥火銀甲夜調箏斗帳珠瑩檀心偷展鳳燈香炧花睡難成　無端將去也人何處夢裏應喚卿卿空記

鵲兒酒煖杏子衫清一作輕　怕油壁西陵雨孱風僽美人南浦綠怨紅驚爲待蘭舟催發重聽流鶯

減字木蘭花

華燈影裏纔飲香醪吾醉矣試問梅花春在紅橋第幾家　韶光彈指一作晴塵何處　欲説心情都不是目斷驚鴻暮雨蕭蕭幾陣風

前調

春融幾日雪盡遥峰看愈碧細草東西一路晴絲罥馬蹄　青青楊柳沽酒人家猶在否楊柳青青依舊長亭接短亭

如夢令

禁得幾多孱僽春色明朝還又待倩養花風吹展玉人眉皺生受生受管是這回清瘦

前調　落花

魚浪飄香千點燕尾分烟一剪已自出牆來又被輕風吹轉吹轉吹轉剛逗卷簾人面

柳梢青

曉色汀洲溟雲微度雨腳初收碧簟涼生宿酲未

解秋在蘭舟　箇人何處凝眸記不起春風舊游花外迎歸霜前教去總是輕鷗

滿庭芳　佛手柑

玉露凝香金風傳彩更誰錫與嘉名移來鹿苑相好自天成見説漢宮仙掌輕將去鉛淚雙零算爭似玉毫光裏一指證無生　兜羅垂引處乍伸還屈示現分明想拈花俱笑指月同清應是散花人至鄰虛界驀地香城慈雲護摻摻親供相對展金經

露質舒金秋肌皺雪可宜乖手亭亭木奴愁絕低首拜嘉名何事漢宮仙掌輕移去鉛淚雙零渾輸與玉毫光裏一指證無生　兜羅垂引春纖乍接一縷香清正夜深寒淺幽夢初醒問取散花人去如花客屈指誰爭還憑藉慈雲深護長伴展金經　名家詞鈔未收六十五字因附錄之

桂枝香　胥江懷古

吳（一作儼）城東畔早一抹秋容驟雨初歛試問忠魂何處依稀末（一作欲迎還送）遠六千君子凌波起便江頭水犀朝偃傷心此際驚濤濺血臣言眞踐　歎千古興亡滿眼更白馬從遊此恨誰見羸得神鴉社鼓麗譙荒甸西風誰把英雄淚灑東流一時吹轉始應消得簫聲吳市那些幽怨

生查子　題畫馬

春回紅埒看無價桃花汗重連錢御驤首望長天雙曈夾鏡懸　盤渦初出浴芳草如烟綠莫但惜障泥追風會有時

醉公子

郊外青驄馬躞蹀垂楊下悵望碧雲重夕陽蓮葉東　最是銷魂處禾黍離披去遠客易驚秋風多

莫上樓

踏莎行　過吳江

月魄分橋烟鬟迷渡分明十里（一作如今不是）長洲路從細（一作愁）教幽夢解（一作暗）相尋亂帆影裏人何處　細蘂（一作葉）偷黃單絹（一作緒）引素去來渾是難分付西風蓬底博山香一絲絲似秋情緒

念奴嬌

浮生夢裏更能得幾度人間今夕西子湖頭秋已半清景似曾相識銀渚雲開珠胎月滿一片傷心碧姮娥知否照人如此清切　試望蘇小西陵如今松柏盡難尋油壁星火樓臺永夜舟不是舊游蹤跡病憶愁吟有荷花笑我百端交集數聲何處夜分猶自吹笛

望海潮　錢塘懷古和柳屯田

吳顛越蹶玄黃戰罷無多錢趙興亡城柝宵嚴宮鴉曉起潮聲依舊錢塘綺麗最難忘有蜀船紅錦粵槖沈香別樣風流翠翹金鳳內家妝　笙歌十里湖光更沈雲（沈雲一作雲沈）菰米墜粉（墜粉一作露冷）蓮房一

道愁烟三分流水惱人唯有斜陽盡日繞荒岡又秋營畫角粉隊軍裝指點六陵衰草下牛羊

意難忘

生小盈盈是天教斷送賦與多情密防鸚語滑一作漏愁壓鳳牋輕紅淚溼翠眉清猶是可憐生夢兒中幾回來處只憑分明　算來誰負流鶯有花枝照妾明月隨卿病應前夜得眼是幾時醒欲盡也悲難成堪否與題名道判將綠消紅褪分付丹青

浣溪沙 爲漢陽李子臨姬人小影不似

一段巫雲畫不成想中依約遠山青不曾眞似未傾城　錦水鴛鴦非舊曲芳洲鸂鶒太無情放郎雙槳下金陵

瑞龍吟 贈李雲用迎侍兒掃鏡於吳門

吳趨里誰在小小門庭溶溶烟水柔枝乍結春愁盈盈才一作解　道塗妝綰髻□情難擬不比舊家桃葉綠陰深矣檀郎近約相迎雀釵新黛玉符空翠休問石城艇子更堪腸斷竹西歌吹唯有泰娘橋邊離夢猶繫漢皐珮冷別是傷心地待攜向蘭缸背底菱花偸展誰照郎心切探春試問春來未蜂子憐新蕋香破也報來幽窗病一作慵起吟牋賦筆待伊次第

南鄉子 午日

日永枕空支漫折榴花綴五絲渡口寂寥歌鼓斷爭思病也何曾似舊時　懶自醉芳巵翦取清光寫楚詞此會明年何處所差池似客心情燕子知

瑣窗寒

開到荼蘼苦荒蘚老紋紗一作輕綃嫌薄怯禁疎雨閒

了秋千絨索只垂楊漸濃綠雲重陰遮斷紅樓角想鏡臺妝罷冷凝花影羅衣微覺　簾幙人如昨但玉凍釵茸粉銷梳掠錦一作銀箏彈怨又恨秦絲聲弱待拈針添繡文鴛曉風料峭低素蓂向薰爐消受春寒孤負湔裙約

滿江紅

一霎燈前早硬卻心兒別了幸道是頻年淚迹慣曾草草恰喜病隨殘月減可知夢與秋風杳只迴廊纔一作才轉是天涯漁陽道　偷彈淚燈花小親

煮藥爐烟曉（一作繞）儘一番愁悴又添離抱別後屐
屧欸郃盡客中魚素愁難料竟何如雙影玉蘭堂
相看老

鷓鴣天

不合尊前唱竹枝天涯贏得夢來遲鵾絃喚起三
更月一縷花風罥斷絲　多少事只心知又拈紅
豆記相思而今牢落青衫淚誰似潯陽夜泊時

滿路花（與聽丞）

吳宮落日荒燕市悲歌暮天山三丈雪迷行路驀

然相遇寶筏横津渡支公都未許會待安心早教
覓向何處　玄關頻叩默語俱成誤白頭渾未定
風前絮一燈深照領略元無句從今應記取玉河
霜月滿身多少花雨

山花子（王西樵吏部小照）

禪悅何如昔輞川前身元住散花天一幅繡窗金
粟影自年年　起草獨來清禁裏題詩多在晚山
邊依舊司勳禪榻畔落花烟

菩薩蠻（王阮亭戶部小照）

濟南名士含香客蜀牋盈手桃花劈天下工爲文
紅橋舊使君　鳳城春似許梅子肥時雨借問對
題詩東風第幾枝

望江南

春欲盡昨夜畫樓東暗綠撲簾銀杏雨昏黃扶袖
玉蘭風人在小窗中　山枕淚只是背人紅諱病
鏡知眉成削關心書辨墨纖濃歸夢鎖相逢

二

臨欲別何處見廻眸一丈紅牆遮（一作逯）玉砌（一作杵）

十年青鳥斷銀鉤往事總成愁　憔悴盡花滿憶
春游褰幌月華窺擁被隔簾風影報梳頭終日並
蘭舟

三

愁絕處偏是記從前鸜鵒關心留眼地薔薇垂淚
送人天腸斷竟無言　孤負了相見又依然豈有
計堪酬錦段更無人與寄瑤牋消瘦也誰憐

四

紅成陣花落麥涼秋那得鸕鷀供滌器不關楊柳

悔封侯老我是窮愁　欹枕夜幾度月當樓賦別
江淹慚夢錦寄愁徐淑阻書郵多分怨靈脩

五

淸夜憶兩兩暗銷魂懷袖淚痕悲灼灼畫圖身影
喚眞眞一種是雙文　不信是眞合老風塵愁似
巴山聽夜雨懶從巫峽賦朝雲消息奈何春

六

聽（一作歌）宛轉愁到（一作風日）渡江多杏子雨餘梅子雨
柳枝歌罷竹枝歌（一作柳結帶烟留邊黛攏花如夢送橫波）一抹遠山
螺（一作覺孄雲窩）　曾幾日輕扇掩纖羅白髮黃金雙計
拙綠陰靑子一春過歸去意如何

七

湖上好谷口舊相招靑錦滿迴開畫檻綠楊風過
響檀槽遲日醉春醪　簾影外宛轉小紅橋見按
金釵臨水裔又兜羅襪下山椒催上木蘭橈

八

溪口路歸夢繞明湖風送落紅沾綱眼雨浮新綠
上城跗節物近凫車　雲鬟畔小小赤靈符輕袖

五絲懸畫鵲暗窗九子裏靑菰人似舊時無

虞美人（和高澹人折花圖）

韶光總被風吹去又是淸明雨雨餘騎馬覓殘春
賸折一枝紅艷襯梨雲　屏山曲護檀霞重何處
江南夢起來燒燭看仍稀剪取生綃和淚畫崔徽

浣溪沙

梅粉園林曉夜涼不堪終日倚樓窗落花風外更
斜陽　賸識唾花休浥袖不成心字始憐香十三
紘上怨瀟湘

七娘子（曉汲）

露華桐乳垂垂滴鞞風鬢十八來晨汲初景牆頭
潛搖釵色半牽玉虎全無力　新涼幾日尊刀尺
便做成出水曹衣窄裙帶頻拈襪羅愁溼苔邊定
有驚鴻跡

南浦（題元人朱孟辨畫蘆洲聚雁）

生綃淡墨向人心譜出許多愁賸有垂楊金縷幾
葉下寒流隱隱漁燈生處鎖瀟湘一派荻花秋問
賓鴻點點稻粱何在生占白蘋洲　回首西風故

國有芙蓉塘外月如鈎應是千帆數盡人倚隔江樓此際離魂歸去正誰家水調唱歌頭甚無情圖畫烟中不著一扁舟

秋水集卷九

秋水集卷第十　詞下

句吳　嚴　繩孫

燭影摇紅 上元

薄醉垂鞭寶坊才轉疑飛墜一年明月打頭圓望處渾如水便有魚龍成隊更多少王侯邸第白頭猶説天上霓裳舊時風味　誰耐閒行紫騮可也如人意歸來孤館踏歌聲遠聽心還碎往事姮娥應記遍燈月闌珊影裏而今誰問南國春寒箇人憔悴

轆轤金井 風

傷心休問只風兒也勾吹一作催將人老剗地排空總沒些分曉城烏去了又喚起鈿車聲早漢苑秦宮千門萬戶飄殘多少　古今去來如鳥把狗屠駿市往事都掃似絮羈魂恁禁他顛倒江南夢杳敢吹徧天涯芳草故國飄零畫船聽雨甚時重到

眼兒媚 詠紅姑娘

珊枕寒生一作寒生珊枕夜來霜猶自可人妝絳仙呵手紅兒偷眼斜倚紗窗　傷心合是櫻桃侶零落鄭

家香生生長共故宮衰草同對斜陽元故宮遺錄金殿前有此果

鵲橋仙 七夕雷雨

觚稜日落宮衣初卷隱隱雲軿欲駕金蛇玉虎太顛狂誤此刻天孫無價　故園何處針樓明月依舊一眉如畫誰言客鬢久經霜似才共玉環盟罷

水龍吟 京江離席

南徐自是傷心處天水平分瓜步風吹浪打英雄去盡江山千古此際茫茫故人揮手一時燕楚喜

離尊重滿彩牋同擘激仙令片帆駐　多少風流雲散更東南斷魂金鼓平生知己寸心空在算來良苦夢裏平湖芙蓉秋老使君歸去便從今擊筑聲沈聽湘瑟兩何許

鷓鴣天

颯颯靈風不滿旗濁河東下鎮如馳荒雞啼斷還鄉夢一葉連天獨去時　烟漠漠雨絲絲居人相望不相知紫萸黃菊無情甚腸斷年年贈別離

蝶戀花 重過南陽湖

依舊荷香三十里比似年時無復殘紅矣不恨紅芳不相俟恨他零落秋如此　鷺外遥山鷗外水水上斜陽染出千峰紫脉脉秋心勾引起一行白雁天邊字

山花子

人與青山共白頭犯寒簾控小金鉤一樹垂楊扶不起壓春愁　眼底生涯都未是天邊凝望幾時休索倩玉驄馱醉去病青樓

減字木蘭花

廣庭人去闌淚晴秋無一語重認行踪一片薔薇糝徑紅　伴伊雙燕分我三春花底雁翻怕書來又報愁蛾病不開

滿江紅

世事茫茫傷不了中年哀樂到而今未應揮手心先作惡紫禁烏啼頻悵望青門柳色同飄泊記一燈微雨照論心簷花落　車與笠平生諾萍將梗重來約早魂銷何處孤城殘角客路亂餘春色在故鄉老去歡情薄聆紫桐花底雁書來題紅槧

百字令 題劉震修小照次韻

夢回身世待與子呼酒細論齊物箇是文場摧敵
手所向一時堅壁白日難揮黃金易散彈指菁華
歇短衣射虎憐渠未是侯骨 我是海鳥忘機君
休自歎歸燕紅襟隻飛絮亂花渾不管零落六朝
烟月生郎同年居偏對宇老覺關情切芒鞵相待
共君踏遍冰雪

前調 再和

早時人羨道不是風雨滂池中物禿袖藤鞵今似

許冷落少年油壁噩夢關心驚塵撲面此事何當
歇貧來自喜詩篇天付花骨 試問三匝何依一
身猶似烏鵲南飛隻決一作快 眼雲烟成變幻何況
吹簫明月唯有瞿曇殷勤一指校與心期切人間
萬事北風應近飛雪

青玉案

虎丘山下傷心路直不放游人去鬢影歌聲香不
度賣花籬畔鬬茶闌角記得停舟處 亂紅飛過
眞娘墓休覓斷碑腸斷句愁校興亡爭幾許一龕
燈影半天鈴語幾陣吳宮雨

沁園春 北征次秦留仙江陵見寄原韻

十載行藏幾度相看郵亭一燈任迷離纈眼非花
非霧橫斜世路爲谷爲陵湘珮徒捐郢歌誰和看
到無心似未曾歸來好過琵琶江浦也溼吳綾
蛾眉淡後誰憎只倦翮追飛感倍增向韶年青鬢
都添縞雪春風紫陌幾踐玄冰去就難同平生可
念要路由人衮衮登吾休矣有茶烟禪榻片石疎
籐

御街行 中秋

算來不似蕭蕭雨有箇安愁處而今把酒問姮娥
是甚廣寒心緒隻輪飛上天街似水不管人羈旅
霓裳罷按當時譜一片青砧路西風白騎幾人
歸腸斷綠窗兒女數聲角罷樓船月偃一作偃月 雁落
瀟湘去

菩薩蠻 託興

昭陽一夜思傾國家家鸞鏡新妝色狠籍畫雙蛾
手繁宮樣多 不須矜艷冶明日承恩者淡掃便

朝天路人知可憐

二

君恩自古如流水梨園又選良家子都作六宮愁傳言放杜秋　傾城爭一顧那用論縑素幾箇定橫陳丹青不誤人

三

唾華零落皆殘繡只將匹帛誇長袖舞罷泣春風歸來自洗紅　一時齊望幸白髮偏多恨雲雨弔荒臺猶將夢裏來

四

金釵鈿合知何許綠章紅淚辭偏苦豈必九重知傳看出眾時　可憐心獨矢自銜誰家子齲齒復啼妝折腰伊太狂

倦尋芳 送成容若扈從北行

鳳城東去一片斜陽千里紅葉便不淒涼早是淒涼時節雲驄漸拋珠汗漬桃花韉影明滅笑回頭有蒲萄酒煖當壚如月　算此去金波正滿何處關山玉笛吹裂古鎮黃花看即滿頭須折扈蹕長楊人自好翠帷未慣傷離別只歸來古奚囊儘添冰雪

南鄉子 再送容若

歸語太匆匆剛道看山落葉中生把馬蹄都襯著猩紅應到重來更幾重　今古望長空明月山前月似弓澆酒長城飲馬窟英雄輸與儒生罵祖龍

前調 搗衣

霜葉滿城頭一片青砧萬古愁唯有啼痕點點在衣篝夜夜隨君宿戍樓　誤妾定吳鉤不是蕭郎

愛遠遊絛脫旋寬雙杵重封侯消得金堂幾度秋

金縷曲 題陳其年小照填詞圖有姬人吹玉簫倚曲

燕市悲歌者論從來英雄兒女漫爭聲價腸斷斑騅人欲去剛道小喬初嫁只半幅春風圖畫唱到天涯芳草句看一聲雛鳳嬌聾亞紅淚泣數行下　浮名自是誰真假甚于思花間蘭畹一時方駕不管秦娥簫咽後又是荼蘼開罷更何處垂楊繫馬便遣玉人嗔急性背華燈扣損裙兒衩須罰爾盡三雅

摸魚兒 壽秦留仙

似仙源桃花零亂武陵一櫂重駐玉堂鈴索花甎日舊是先生游處愁如絮消受盡五湖烟月三湘雨君恩再許教領袖詞流雙椽燭底灑翰纔還固喜不改張緒當年風度柳弧依舊懸戶交疏月轉傳籌飲墜遍玉河紅露支機浦早看取七香車上山眉嫵離情休訴只此恨重償雙紋簟展肯放早朝去

一斛珠 鷹

雲羅萬里側目烟霄何處是自看六翮今如此華絆朱纓掣出人兒喜 奚騎紫髯探雀餧平蕪灑血徒爲爾微軀誓擬酬君子一夜西風夢落鍾山裏

金縷曲 贈姜西溟次成容若韻

晝角三聲咽倩星前梵鐘敲破三生慧業身後虛名當日酒未穀消磨才傑君莫歎蘭摧玉折多少青蠅相弔罷鮑家詩碧濺秋墳血聽鬼唱幾時徹更誰炙手眞堪熱只些兒翻雲覆雨移根換葉我是漆園工隱几也任人猜蝴蝶憑寄語四明狂客爛醉絲槐雙影畔照傷心一片琳宮月歸夢冷逐迴雪

前調 送西溟奔母喪南歸次韻

此恨何當住也須知王和生死總成離阻眞使通都聞慟哭廢盡蓼莪詩句算母子尋常歡聚秔稻登場春韭綠便休論萬里封侯去須富貴竟何許 片帆觸處成悲緒問從今檣烏堠燕幾番風雨不爾置君天祿閣未算人生奇遇甚一種世間兒

女晝荻教成羞半豹早高堂鸞誥偏無負天可問黛相語

青玉案 雁字

丹青畫出秋容好看題處當殘照一一銀鉤天外小晚妝樓上麝煤臨就忒也疏斜了 浣花波影明如掃弟子新傳王逸少雨打風吹幾回老斷行殘墨被誰偷譜排點銀箏巧

臨江仙 寒柳

無多烟雨旗亭路爲誰縈損風流新來消盡兩眉

愁不知當日意生怨隔紅樓　桃葉桃根同悵望
知他何處維舟玉鉤斜畔女牆頭昏鴉棲不定霜
月滿揚州

一叢花　巫希蓮

畫橈昨夜過橫塘兩兩見紅妝絲牽心苦渾閒事
甚亭亭別是難忘澹月層城影娥池館生小怕淒
涼　而今稽首祝空王便落也雙雙露寒烟遠知
何處妥紅衣忽認餘香那夜簾櫳雙紋繡帖有爾
伴鴛鴦

留春令

萬山中劃長虹飲處神州東屬誰遣青青古猶今
睇不盡風塵目　堪否築臺當一曲看秋容濃綠
往事山僧（一作山僧往事）莫重陳待醉了供歌哭

臺城路　謝后妝樓

憑君莫問妝樓處御溝烟水如舊滿目江山古而
無死此日定應誰有烏棲鹿走只一段鉛華芳名
未朽直道忘情試來此地斷腸否　春風何限當
日下簾聲一派遠山青後鳳脛燈昏龍香撥燼消
得宿妝殘酒寂寥清漏早一曲迴心幾時重奏付
與昏鴉夜寒喧禁柳

霜葉飛

故鄉他日丹楓路草堂斜轉山麓繞籬清澗斷橋
東盡日汲寒玉正欹枕矮窗晴旭山厨掃葉晨炊
熟醉卯酒如泥把插架陳編卷了不遺侵目　豈
少擴落江山蘆人漁子容易伴我幽獨爲探梅信
愛衝風挂蒲帆十幅要游倦歸來新浴樵青扶醉
移紅燭待先生如此去四十三年問他陵谷

南鄉子

烟月滿漁村一道飛書下九閽聖主臨軒初試日
逡巡白髮青衫謁至尊　隱矣又焉文歸去空留
土木身何意片詞親簡自楓宸九死從今總負恩

小桃紅　題汪蛟門禮部小照三好圖

一曲山香舞門外桃花雨清醥浮來玉山頹了十
眉愁嫵最欺人還道有心情覓羽陵殘蠹　醒眼
今何許十丈東華土偏只羸他一編陳墨商量今
古更何年二十四橋邊問吹簫人處

齊天樂 昇平嘉宴記恩

春來罷習昆明戰甲兵洱海初洗翠疊堯蓂青眠漢柳魚鑰千門宵啟爐薰鵲尾裊火鳳流蘇燭龍垂地夢人鈞天始知身是玉皇吏　宸游此時最喜敕雲韶屢舞鶴羽交醉百和香濃三光一作觥酒滿拜手逡廵還起昇平樂事許殿上賡歌柏梁新製帶月歸遲六街平似水

南浦 送高澹人扈從東巡

披香侍從鎮朝隨宮漏莫宮鴉忽報翠華春豫紫塞度銀沙千里旌旗簪野簇雞翹五色亂晴霞趁六龍飛處極天紅雨江水泛松花　纔是鳳城三五共華燈明月醉皇家此際長楊羽獵獨自騁妍華行矣青門鞭影度關山新柳萬行遮待歸來又早階翻紅藥夢天涯

金縷曲 高澹人江村圖

秋色縈懷抱正緘來房山新繪江村縹渺一作緲甲帳前頭供奉客盡日親承天笑算縱有長林豐草除是功成頭并白賜明湖一曲容歸老見卯計笑

君早　綠楊蹊地平橋小問丹青楓江轉處阿誰歸棹萬事後人吾分定此計合教先了待重見濁醪相勞七十二峰湖上路隔姚江烟雨無多少眼底事海鷗鳥

喝馬一枝花 送沈融谷

綠鬢銅章吏籍甚東陽才子栢西傳樂府滿燕市合嗔羅裙鵝管調銀字忽漫牽絲去亂水荒山迢迢六七千里　木榭濃陰底清簟疏簾廳事憑題翡翠硯白籐紙酒伴無人蠻榼誰同醉記取雙江外第一是梅邊莫忘小驛花使

臺城路 送李分虎

秋來已是驚搖落西風更催嘶騎鯉淀通波魚山斷壁行盡燕齊千里涼雲雁底盼楚尾吳頭一痕江水挂片輕帆鱸香斜日小亭子　溪堂樹根竹裏惹鄰翁相報寒犬迎吠白酒黃雞芋魁菱角樂事人生有幾鄉心頓起也擬向春前便營歸計並著蘭舟醉吟同短李

水龍吟 揚州五日

惱人細柳新蒲三年已掃金臺跡繁臺塵土釣臺烟雨崧臺風日淹冉年華禁他採弄這般狠籍算上林龍舸掣標來□天笑處誰簪筆　一片牂牁風急便歸夢怎教歸得清尊空滿朱顏難駐浮名何益多少當年玉符綵縷目胎心擲正畫船迴處金波十頃一聲山笛

菩薩蠻　題翁無功萬書圖小照

湘簾棐几浮新綠香緘燕尾同心束舒卷不曾閒名山咫尺間　好添圖外意新様元和字迴筆畫

雙蛾春風樂事多

秋水集卷十終

無錫文苑閣排印

秋水詞補遺　見名家詞選

南歌子

積潤初消砌輕陰尚覆城薔薇花外度流鶯卻道年來渾是不關情　青鏡人如昨朱弦手盡生斷腸天氣舊池亭夢裏紅香清露泣三更

看花回　歸舟

不是山陰雪夜舟爭便歸休春花秋月三分景去二分雨泣風愁一分渾是病算與從頭　縹緲峰前萬樹秋盡待淹留人生酒債尋常徧放他禹穴重遊而今先帶得越吹江謳

彈指詞納蘭詞俱有亥秋水軒韻金縷曲係用卷字韻起翦字韻止梁汾稱其一韻累百皆淮南構李二公與都亭諸搢紳韋布唱酬名作雨青草堂家刻本未載一闋想另有珊本當搜集昭代詞選詞滙草堂嗣響亦園詞選各書校補之

秋水集校勘記

傳誌　第三葉第十一行遂以受上上知下上字衍　第七葉第二行自號三藕蕩漁人三字衍　第八葉第五行比干君心干當作于

詩目　第二葉第九行洽泉洽當作洽　第五葉第五行風信當作花信　又第九行癸王武陵以下三題應全刪並於前題下注三首二字　第六葉第四行起居當作起句　第七葉第十四行竝簡陳元孝簡字下奪別字　第八葉第六行喬石林同年林同二字應接連

卷一　第二葉第三行接目當作目接　第五葉第六行不倦簾倦當作捲　第六葉第十行十九字祇當作祇　第七葉第三行下八字簣當作簀　第十六葉第七行且道且當作直　第十八葉第六行潤契當作契闊

卷二　第三葉第四行鮑當作鮑

卷三　第一葉第九行旭當作旭　第二葉第二行荷風當作猗風　蒹月當作蒹月　第六葉第九行撿書當作檢書　第十二葉第九行題字應低一格　第十四葉第五行題字應低一格　第十八葉第十五行藥裹當作藥裏

卷四　第一葉第九行楓標當作颯飄　第七葉第三行瞑坐瞑當作瞋

卷五　第三葉第十四行祇當作祇

卷六　第一葉第三行題字應低一格　第十二葉第十七行親識人識當作試　第十三葉第十六行三已當作三巳　第十六葉第十四行禁禦禦當作籞　第十八葉第十八行招同館諸公當作招同館諸公

卷七　第三葉第八行嗟能能當作我無一我我當作能　第八葉第二行藉細莎藉當作籍

卷八　第三葉第五行衣龕當作夜龕

詞傳　第一葉第四行二首當作二卷

詞目　第一葉第四行浣紗溪當作浣溪紗　又第十一行同　第二葉第二行蝶戀花花字下應注重過南陽湖五字

卷九　第三葉第十六行注一本當作一作　第七葉第十五行兕羅兕當作兕　第八葉第三行同上　又同行垂引引字下奪處字　又第十一行注欲迎還送送字衍　第十四葉第九行注柳結帶烟當作柳帶結烟　第十五葉第一行裏青菰裏當作裹

卷十　第四葉第三行　堅堅當作堅壁　第七葉第十四行　雝
鳳當作雛鳳

藕漁先生秋水集世鮮流傳丁君仲祜自滬上覓得雨青草堂刻本借鈔寄示計詩八卷詞二卷全書版心均有佚亭二字首列姜葉二序蓋先生手刊本也顧鈔胥草率魯魚莫辨復於顧君意城處叚得鈔本一部審眎知與滬鈔本同出一本又館中藏有秋水詞二卷係從後刻單行本錄出者因將三本參校

一過間有互異之處不敢臆改即分注於本文之下然終以未見刊本爲憾耳先生尚有文集七卷邑志藝文著錄秋水集二十卷今除詩詞共十卷外當尚有十卷明史擬稾四卷曾由先生後嗣彙刊行世迄今遍覓不獲未識海內尚有收藏否茲從曝書亭集鐵莊文集中檢得序各一首暨傳誌評語之散見於羣籍者一併補錄卷首以待參考焉排印匆促繆誤錯出因作校勘記如右丁巳十月邑後學劉書勳謹識

嚴繩孫詩文稿

(清) 嚴繩孫 撰

《嚴繩孫詩文稿》，嚴繩孫撰，扉頁署簽《嚴秋水先生真蹟》，嘉慶辛酉年（一八〇一）。國家圖書館館藏孤本。凡四種：《兩廣總督吴公壽序》（文）、《高士倪瓚墓在芙蓉山》（文）、《采藥圖》（詩）、《菩薩蠻·執經圖》（詞）。

嚴繩孫自稱勾吴嚴四，又號藕蕩漁人，精書法，工分隸、楷書，六歲即能作徑尺大字，秀水『曝書亭』匾即爲其所書。《皇清書史》謂其書法與孫竑禾、高世泰、華長發并稱無錫清初『孫高嚴華四大家』。是稿皆行楷，既有楷書的挺拔娟秀，又有隸書的古雅樸實。

吴興祚知無錫縣十三年，政通人和，以功績擢福建巡撫，再擢兩廣總督。爲感謝他的知遇之恩，康熙二十六年繩孫去廣東拜訪老友，《壽序》即爲此時所作。

本書據國家圖書館藏本影印。

（蔡家彬）

嚴秋水先生真跡

此屏題乃郭頻伽手跡也
辛酉八月究翁識

兩廣總督吳公壽序

兵部尚書副都御史吳公奉
命總督兩廣〻五年綏撫方技假餘南歸未遊嶺表
訪公於肇慶幕府當是時四境清明民氣和樂
天子既慎簡大臣付以方鎮之重落〻然奈錯天下
咸謂其宜而粵之功名一時最著歲十一月二十
日爲公始生之辰於是遠近之民率其婦子躋公
堂以獻其私祝百司執事鄉之公卿大夫文章之
士列敘公前後勳業之盛作爲詩辭以歌詠明德
而綫也羈旅之人從薦紳之後興觀盛事顧惟固
陋不能爲頌禱之言惟是比歲以來從事史館屬
我功告捷三逆既除
皇上從廷臣之請俾勒成書以昭
方略既而遂平海表將
命續書如例綫濫列纂修職司揚扢見公撫閩入告
之章與軍書日夜之所郵聞歷〻具在方其大帥

戰艦會師海上身冒矢石凌履波濤遂使金門厦
門勢若振朽舉邃古未有之地歸我版圖凡其折
衝決敵之奇固已垂之竹帛載在
天府況茲移鎮南交驅除大亂之餘和戢士卒而撫
循其民三四年之間瘡痍頓起盜賊用息行者歌
居者嬉太平之風斯焉再見夫以功若彼以治如
此繩皆得之記載之備與耳目聞見之切斯亦可
以効一言於公而告粵之人矣雖然繩不獨為粵
之人賀而竊歎我〻
皇上用人之神知天下之不足平也繩之於公故部
下士執誼門墻甚久方公之宰吾邑山川風雨詩
文杯酒流連無間然竊視公恢廓大度於天下事
無足以撓其氣以為此蓋復百里才而鬱〻久此
亡何忽被按察之
命又未幾而撫而晉而進尚書溯公筮仕以來凡一
命者二十年而致九列於五載之內斯已奇矣且

夫天下之為今者千有餘人焉
皇上拔公於千有餘人之中決然用之一旦躐數等
而不疑而卒能建非常之業夫虎嘯而風生龍興
而雲合苟非
聰明睿知受命而興有所為若是之神者哉繩頌〻
來雖未窮桂林象郡之扼塞然嘗登越王之臺覽
其形勝五嶺峙其北大海環其南絕洋浻而抱珠
江與夷獠雜處外則商帆海船年珠璣毒瑁象犀
果布之利者往來相屬於境又地多秀民自恃絕
遠好言非常故當承平之會歌風蹈雅小有事則
盱衡奮臂而走功名今之山高而水清皆昔者趙
劉割據之資而盧循黃巢依阻出沒之藪也
天子乃睠南顧閩亂息而公鎮移固已見萬里於指
掌又繩嘗珥筆
殿陛聞
萬幾之緒言於諸制閫臣足當安危之寄者未嘗不

一二指屈於公也夫
上於海徼難治之邦得人而理如此況聲教之近地
哉公及古服官政之年方復五載繇是以往
天子之倚公益重詩云方叔元老克壯其猷即不獨
粵人之所拜手而祝也

高士倪瓚墓在芙蓉山周南老王賓銘其墓
御史施武墓在大池　義士張翼墓在章山
處士華興祥墓在鵝湖中興祥字仲謀孫樂勤孝典
人訟俱繫獄々卒謂曰久繫有一覺則事不結而出
矣我能為君畫之興祥瞿然謝而益与其敵修好因除
夕歎曰不意今生委骨於此夜則夢一老人謂曰君
骨豈委於此當委茅蕩圩中耳後遇赦出覓葬地舟
過鵝湖方飯忽碗墮水中疑之植篙以識而歸比再

往枯竹已芽問其地名茅蕩圩也遂即湖中填土而
葬墓爲形家至今傳爲奇穴
尚書張籌墓在章山　贈尚書碩壽墓在芙蓉山壽
字壽山其墓世傳神僧所葬
贈尚書碩信墓在燦山之陽信鄉城軒壽之子並以
孫貴
布政繇昌墓在歷山　知府張遴墓在李相讀書臺
下有詩　處士莫昌墓在惠山昌字順昌負高節

處士劉文光墓在章山文光字林泉
通政使嚴稠墓在惠山第四峯下　叅議尤瑛墓在惠
麓之西　通判趙紳墓在胡埭
通判嚴桂墓在嶧嶼歸月軒墓失守孫數得殘碑復
之
封編修吳亨墓在閭江亨字梃禮性剛正以子情貴
知縣黃廣墓在大池　封大夫施教墓在大坯
郎中尤際昌墓在章山　尚書文恪公周子義墓在

惠山第四峯王家塢 諭葬 有傳
通判張朋鄉墓在中橋　布政秦夔墓在惠山
孝子秦旦秦興墓在龍山　運使張愷墓在萬安鄉
尚書文莊公邵寶墓在惠山諭葬
尚書俞憲墓在華山　正言周衡墓在石塘西山
長史錢允昇墓在軍帳山　學士王達墓在龍山
中書王紱墓在龍山　左布政殷序墓在巖埭　指
揮使張德先墓在惠山第二峯　助教莫士安墓在
惠山　御史倪敬墓在繁山　都御史楊璿墓在長
腰山諭葬 有傳　封知州張文簡墓在錫山文簡諱慎
菴
處士喻中墓在錫山中字惟敏玉泉先生八世孫以孝
讓稱子義進士程葬
都御史盛顒墓在惠山諭葬 有傳　戶部楊淮墓在惠
山　中憲大夫秦旭墓在龍山　憲副顧可久墓在
小嶺灣　通政張選墓在錫山

教授黃佑墓在巖埭佑字翔思升分宜知縣避嚴相
不赴　知州陳籌墓在西定橋
尚書端敏公秦金墓在歸山薛墩諭葬 有傳
太常蔡亨墓在周涇口亨字嘉會號南洲
布政華泉墓在延祥鄉　尚書孫繼臯墓在白茅山
都御史談愷墓在開原鄉太平墩諭葬 有傳
太僕施策墓在大池　都御史萬象春墓在大池
尚書忠憲公高攀龍墓在爍山諭葬 有傳
端文公顧憲成墓在懷仁鄉坂橋　運使馬濾墓在惠
山馬鞍塢　尚書嚴一鵬墓在洋溪之南諭葬 有傳
教授馬希尹墓在馬鞍塢以子世奇貴封編修贈禮
部侍郎
給事中沈應時墓在馬鞍塢　侍郎文肅公馬世奇
墓在　國朝諭葬并妾朱氏李氏祔 有傳

采藥圖

碧雲紅樹石渠秋玉貌胡郎采
藥游想涉千山覓山裏大都風
景似瀛洲
長鑱何事劚雲根人屐扶携已
九回布襪青鞋渾早計莫辭勞
草滯王孫

執經圖 調菩薩蠻

清鬟飄真誰家子謝庭玉樹春
風裏端不誤金根鬆翦双髻青
一經終在手裙屐吾何有莫作
畫圖看天倫此樂難

三山老人不是集

（清）浦起龍 撰

《三山老人不是集》，又名《三山老傖不是集》，清浦起龍撰，清抄本，内頁有殘缺。全書不分卷，并列門類，分序、記、雜著、語録、呈、疏、對、傳、啟、贊、引、跋、書、墓志銘、祭文十五類。

浦起龍（一六七九—一七六二），字二田，又字起潛，自署東山外史，號孩禪，晚號三山傖叟，時稱山傖先生。無錫上福鄉（今厚橋鎮）前澗村人。清代史學家、詩歌箋注家。康熙三十七年秀才，鄉試屢試不中，困頓場屋三十餘年。雍正八年進士，雍正十二年任雲南昆明五華書院山長，乾隆四年任蘇州府學教授，主蘇州紫陽書院講席。門下諸生有王昶、錢大昕、王鳴盛等。另著有《讀杜心解》、《古文眉詮》、《史通通釋》、《釀蜜集》等。乾隆十四年參與編纂《無錫縣志》。生平事蹟見《國朝耆獻類征》，王鳴盛撰『象贊』，浦霖撰《宗老山傖公傳》。

是書《光緒無錫金匱縣志》載有十二卷，今存諸本或署六卷。一九三五年，燕京大學圖書館購得吴重熹收藏之清抄本，次年排印出版，錢穆題簽『不是集』，章鈺題扉頁及題記，薛瀛伯跋。無錫市圖書館藏有光緒二年抄本六卷，又藏清抄十一卷本。民國初，浦錫齡抽出其中的書信部分，交上海文瑞樓石印，卷端題『不是集』，書簽及書名頁則題爲《浦二田尺牘》。

本書據上海圖書館清抄本影印。

（錢建中）

三山老人不是集目録

序

目録 一

目録 二

三山老人不是集　　　　寧我齋藏稿

序

恭祝　雲貴制府兵部尚書尹公壽誕序

皇上御極之十有一年，詔天下省會建置書院，廣造士之術，所在
督撫大吏慎選經行有聞之士一二人，為之長，蓋仿古山長之義，
會友輔仁，廣儲國器，甚盛典也。於是我制府尚書大人方督兩江
軍政，成入覲，天子念滇黔遠嶠，在徼外萬里，既登進舊臣，非得
文武仁明，著聲實，通國體者，無以稱簡任，而大人實膺是命，遂
以癸丑之夏，移轄茲土，既至，因土俗，整官方，綏軍民，洽漢夷，日暄
露涵，既釐既治，乃會都府監司申　上諭，就令相國鄂公制滇時
所闢五華學舍，遴集生徒，而行辟江南舊部民進士浦某、舉人顧
某来司院訓，分句立程，以課以校，皆彬彬蹈規矩，弭改目化，益勵
益遒，近一年所矣。越四月八日，屬我制府尚書大人覽揆之辰，院
諸生等肅衣冠，揖講堂之階而進，曰：遠方之人，楛窳成習，一旦胥
保惠，胥教誨，廓然，豁濛霧，而照耀之以天光，生等受再生之賜，不
啻也。願先生一言為大人壽，某與某拱而謝曰：允哉，中心悅而誠
服，宜不能止也。雖然，大人之覆育芸生也，如四時之有春，冲容發
舒，人恬物熙，下至草木之植，條抽甲坼，靡不畢遂，夫發之舒之，不

言所利，而蒙其利者，亦皂然油然，不言其私，大之至也。今規規焉
局舉一端，而鳴其感，無異錐指之在大地，而量滄海以一蠡也。生
等曰：不然，大人勳在遐邇，培養在命脈，而恩施之浹，則依類而溢
於人心，今人平居受一惠，猶來往念之，誦説之不去口，况長養我
以父母，成就我以師保，月積而歲深若此，顧使抑志不伸，則是大
人引之天性之內，而先生卻之人情之外也。抑先生未之思乎，大
人所為父母我、師保我，既逸其居處，優其廩餼，贏其膏火，又慮其
群聚而弛也，為之釐定其條教，文行有鵠，傅習有候，正業居學，有
目賞罰，嘉矜有倫，懸格誘掖，縷縷凡數千言，務使宿習祛而實效
倫，又慮其禀承趨向，浩泛而缺也，為之薈萃於文章之府，而刊頒
其成書，領衷之曰當代之藝，繩尺之曰先正之軌，浸潤之曰歷朝
之古文，陶冶之曰唐古近體之詩，博綜之曰賦駢雜著，銖稱兩較，
州次部居，閱積歲之勤，栝利用之總，凡使體要簡而霑被博，夫父
母於其子，師保於其弟子，有其誠矣，無其識，有其識矣，無其力，今
大人以約己之力，濟超古之識，而布濩之以根性之誠，生等固曰
再生不啻也，豈不信歟。昔者尹吉甫之頌申伯也，曰：四國于蕃，四
方于宣，其三章曰：王命申伯，式是南邦，而篇首推本其所以生，則
曰：崧高維嶽，峻極于天，維嶽降神，生甫及申，夫慕愛其人，而推美

其篤生之始與所值篤生之日而傾寫其感頌之私結於誠者一也且夫言易者舉一爻而三百八十四爻備言詩者舉一章一句而十五國風二雅三頌該然則依於類而鳴其感局者見偏明者見全又奚存乎見少歟若夫胚胎鴻業休德周四國之境惟天子使日暄露涵比於光明勤施之烈是父是子軼甫侯而駕申伯則非錐指蠡測者所能立談移晷而覼縷也在院言院在生言生以是爲大人壽此生等之願也某與某於是洋洋色舉作而拱手曰允哉起予者斯言也夫予亦弗能止也謹次第其語以爲序

雲南張撫軍壽序 張名允隨字覲臣

滇士之肄於五華書院也二年所矣雍正乙卯八月二十四恭遇我撫憲中丞大人生辰先是一月院諸生等請於院掌教進士浦　舉人顧延倫預爲介壽辭以道其感頌之私預者先事也又預之爲言豫也人心和樂以應其上也在易豫之彖曰利建侯行師順以動九四一陽爲豫之主曰由豫大有得勿疑朋盍簪而卦之序則次於大而能謙是以人喜而應之夫侯所以統衆也大人位爲岳牧長非建侯乎師之行也視其養郡二十有奇隸尺籍者咸飽而騰習坐作歛手奉法度充詰方行裕如矣坤土也震奮於地而動也大人撫民夸而與其俗含弘而振警之豫象具焉人之豫由之矣其九四之應乎而公溥率屬聚多士肄之講肄延見欵欵和顏色而下之盍簪孰盛焉是所謂有大能謙致人之喜而應者也諸生等本和樂之衆協之率先之義致前期上壽之詞則夫預之爲豫其亦順動之符所孚而應也哉抑諸生所欲申其感頌又有專焉者今夫中丞之地分崇而重矣滇又極邊尤天子所軫念大要整官吏和文武綏封疆而糧驛錢幣茶鹽畜牧刑名水利農田視中土尤棘至於造士之舉或者以爲緩務焉而大人先事在舊所置昆明書院會奉　上諭度地設院造士職封疆者主之而制府適至交相倚重也協議遷之五華地擇其塽居擴其楹膏

餼經其遠校閱殿最程其候而講課之師不憚侈其費延致之萬里而隆其禮移時而士志一移時而士氣奮滇非無士也所執襪而所襲膺也大人曲軫其瘏痡激發其精神專壹其志意於生長滋植中如榮木之晨露良苗之時雨欣欣然被之而樂樂而應也夫俗所謂緩務者而周浹之若是以是爲治本者乎就所身受若是即他所受治有不周且浹焉者乎韓子引詩之序曰菁菁者莪樂育材也又曰孟子曰樂得英才而教育之夫養育教育一本之和樂之氣洽而爲酒醴暢而爲琴瑟笙簧懽然交欣舒長縣永卷阿以謂豈弟君子者此也謂純嘏爾常馮翼孝德以引以翼者此

也。壽之符。亦豫之應也。我
皇上軫念遠徼。不異股肱郡。倚毗我大人。屹如屏翰。累　賜大福字
所言而信。所行而不疑。不次進秩。入為心膂臣。蓋推大其和樂而
儲養者。以養　國家無疆之福。而福於其躬。並進於無疆。其亦預
徵之此矣。亦所謂由豫而上下應者矣。然則諸生等。於生辰為壽
之前。預請一言為頌。信有合於豫之為義者矣。謹拜手而序之。

雲南陳藩憲壽序（陳公四十歲）　萬化

古者大司徒以土會之法施其教十有二其屬鄉大夫攷其德行
道藝而興賢者能者以獻其書於王登於天府周官統銜其職曰
掌邦教著令然也今直省並置大藩蓋推古鄉大夫之職通於天
下而位為方伯事任加崇焉自所司領管內民數田數之籍供邦
國貢賦力役師旅之費歲會其出納而以進退其郡縣正佐之賢
否所部輒延袤數千里地廣而政稠於是視興行造士之術率差
而後之廢置不講而於古者設官本意寖失其初有自來矣惟我
藩憲大人陳公甫蒞滇即以教士為本務以謂我　朝文化覃被
涵煦百年無遠邇皆風氣日以遒上顧滇去京師萬里山盤箐深
與西南方外諸屬國相連錯非益振警其聽聞猶懼錮於土習局
縮而無所開廣雖滇有昆明肄士之舍所以羅而致之猶未至也

思更規而遠之歲癸丑欽奉　上諭開院省城厚給公帑加意作
人超越前古會所遇封疆大憲又皆極一時名賢鉅人德合志同
左提右挈相與藏事於五華山之麓而書院聲望遂為天下甲以
是歎我公開風會之先慶所遭之時之特盛得際其會以大行其
道超然一反乎古初設官之本意為不偶也欒城蘇氏謂誘民之
勢遠莫如近近莫如其所與競夫滇所謂去京師最遠者也而其
肄於五華者皆其州里平日所謂近而相與競者也今聞就課者
業益進駸駸與上國之能者相追逐兩歲中所值院試闈試與選
拔者十有三人雋者九人雋而副者一人其所遺猶多矯矯負異
而其行能儀觀皆進止莊雅為時表率夫如是雖山盤箐深之區
其誰不慕說興起以求同其所競與將使全滇人士方軌上國中
外遠近之間又孰先而孰後與然則藏事之勤收效之漸相應如
响荅而公以邦教舉其職用襄我　國家文治之盛不且軼成周
而上之也與公以省元捷南宮歷翰銓晋御史臺出刺揚州游陟
方岳所至皆以飭風紀興教化著聲績遂大展其施設於全滇乙
卯九月十五屬公四十初度江南進士浦　舉人顧起倫辟就
院教被禮遇既久固將進其不文之辭當用酒之獻適院諸生請
一言介公壽時方撤棘而合詞以前者非獨以中雋也於是喜而

告之曰斯院之興其不為决科取聲譽徼多寡於一時之效審矣傳曰師道立則善人多又曰賢才輔而天下治所規者大故所被者遠譬則樹木焉時其培溉厚積其日力所以儲大用無窮也是故教之成可以壽　國多士不以得失貳其志並烝烝樂献其誠是可徵其後而誦言於我公矣諸一切陳蘿祝嘏之文類於巫史之紛若不敢以云也

華劍光八十壽序　蓉花

天有所鍾而儲帝王岳牧有所眷注而咨理固任乎其地焉地不必都會也舟車山泉於是焉湊則乘而作之地又任乎其人焉不必高貲大官也學識才練勇公義洽物情則踵跂而環聽之循是說也地於江南吾得之錫之邑而人於錫吾得之秦若華之兩家蓋其難也然秦之事分而華之事獨則又有難焉　欽賜中舍辛卯孝廉八旬叟豫原五兄先生吾所謂其人者耶豫原家世無錫錫故望縣揚潤而下蘇杭而上衝塗秀巘叅會於其郊其間請壇宿德為世望祀局會廣賓接繁神人禮秩名數代異文章聲實應和旁午所自来矣而仍世熈洽天子修時巡之典巘壑効靈鸞輅頻駐則又官正蒞事班加盈虔其劇也如此民社之司不能獨當也豈不於其地之人哉今試號於衆曰此都之人將與一廢定一議能進畫當事者誰能所遇握要領者誰能持其將急而抗其敗成雖犯怒召鬧不懼以退者誰其非過事敏求敦契以為常者誰時無舒慼也資財無費省也人無識與不識也必捧手交口曰豫原豫原雖不逮中人位不過博士然而其地其人常相待以有立其為緩急輕重所倚任何如也　乾隆十有六年歲在辛未我
皇上繩武
皇祖奉　聖母巡江浙閱河旅山問俗存老既歷既溥所在名都奥區咸載龍光錫嘏爾地也　睿藻恩綸昭回章數迺絕倫比尤蒙異數者秦若華兩家而豫原以一老當九老以八旬配九旬三邀

錫命皮幣副焉甚也於此覩邦家之休徵侈里閈之榮觀敬藉祝釐趣舉人地相待之說為邑士告豈大言以諱世哉夫士有身而物待之樂為勞人不匿厥志雖在下必有高深密契諸福之物若斯其自至者昔韓子稱洛之兩涯石生洪溫生造兩人者與之語道理論事若決下流就熟路大尹縣大夫事有咨而處士去位有與遊小子後生以問業縉紳之東西行得所禮於其廬然兩人於時一連帥之辟耳而韓子恢恢焉為推其衆願之集以道其洛人之私今豫原積效獲上而臻遐年其望其遇加厲而增華過之遠甚顧余不能為韓子之辭而邑之士其又能無捧手交口為通都祝

且不一辭而足耶。豫原之弟文友與某同己酉薦。文友語余曰。某
之生。兄生之也。某之成。兄成之也。噫。豫原根性推仁。以為學基。研
精六經。多創義著書。動京雒。功在傳注。凡豫原所為壽其身與所
以壽於世者。捺之有源本。無所事於吾言。吾亦不以言也。吾言則
有之矣。豫原所謂輕重緩急於茲邑。其人也。天鍾意其地。有弗鍾
意其人也。夫其人久視其地。終無廢事。夫熙亦錫士也。為軒舞敬
擁而陳之。

劉太公壽序 [illegible]

若夫梯航越角。由來下上三江。囊括吳頭。共此東南半壁。楊中立
含雲請道。撫席渠谿。李伯紀倒影題詩。傳軒竇乳。是則蓮蓉渡口
居然翕合之津。況當櫻筍筵開[加]。照以虹流之彩。洲邊列樹。人說封
君。竹裏行廚。客誇遊子。洵廼畢俱雙美。可無揚詡百篇。惟我　某
翁劉太公年臺先生。延浦人豪。彭門世譽。丰儀卓犖。昂霄聳壑之
姿。胸抱開明。撥霧披襟之度。望而驚為倜儻[習]。乃挹其沈深。良由
志在周仁。是用身先植業。秉天因地。需之徵貴而貴徵。觀物視時。
節以廢居而居廢。那逐衰長之舞。欲操綆汲之修。釜溉待晨炊。縷
縷燕山萬竈。楚餘仍傳嵇源。源薛邑千緡。佚旅佚疆。咨其播穫。某
邱某水。偕我釣遊。如先生者。正猶殖學中充。非自渥餘而已。抑豈

序　九

假途厚實。博取名高者耶。斯其噢煦之仁。衆即是翼詒之善物。砌
下則臨風皆玉。圃間則連畹生香。翹翹然分路盡驕驄。總總爾兼
材多幹罷。或推蓬掠柁。溯杏花春雨之鄉。或矯尾揚鬐。掣碧海鯨
魚之浪。翁還未老。孫已成行。光遠自他。既亢宗之蔚起。貽燕來許
亦繩武之馴臻。信知妝報方長。如持庚契。脘或陳籩稍後。曷勸加
巵。屬者甲轉閼逢。律諧仲呂。福之先曰壽。十日十二子則已逾。實
之後重華。三山三千年其復始。數蓂堦之露英。眺閬嶠之霞闕。石
奮門前。成陰幰蓋。荀慈履末。接葉蓀枝。紫障週遭。紅牙疊拍。喜可
知已。蒙有猜焉。倘遲伯氏之吹塤。姑緩前除之置酒。膚知夫四陽
履禮。千里觴賓。沸簫鼓之船。牕錯敦盤之筆。格絲㦰分擘。鄰接羣
賢。黃絹遙飛。心馳一握。尅勒裝池之限。纂嚴歸侑之程。繹麗句之
紛敷。齊唱傳庭實錄。儼高賢之湊會。鞠拳台樂深尊。曾不須時也
哉。於是坐客謂[某]曰。子也素交。言焉宜稱。且稔季君真隱豹。宿推高
第出生駒。銓綴聯珠。介先副墨。僕歎籍談之數典。容訶向戌之多
文。恧類史巫。慢藏工璞。猥疏為短引。祇効前驅。

序　十

膠南張母單媼六十節壽序 [illegible]

往余嘗閱穀城于相國集。見所載安吏部我素先生母夫人事。讀
之。整衣而起曰。難哉。母節之隆。有是夫。其略言母笄而適。兒方襁

而發，而君母亦繼卒，志成其孤，拮据萬狀，及子舉進士，官行人，奉使過里門，拜母堂下，母撫之曰：繈中兒乃有今日。卒所教誡其子，以東躬潔行，不以世榮，然天之報施則已交手賦矣。張母單節母室於我故人張君宗齡也，履位同，歷變同，而所養且教，與聘娶其遺息者，兼君母葉太君子，及腹子，凡兩孤，皆次第成就，長為邑諸生，少亦生孫，遭逢

聖恩，普邺幽隱，廣厲風化，崇臺綽楔之表，賁於其閭，計其立功效，亦幾庶有同焉。居無何，腹子喪，而所為養且教與聘娶其遺息者，移而用之翼寡媳，成孤孫，日又較長也。得母卒有未同歟。在易節

五之象曰：甘節位中，上之象曰：苦節悔亡。理未有節盛而悔存，苦過而甘不大來者。歲甲戌，節母年滿六十，其姻生安某來乞言為壽。余因是中有觸也。語生曰：子之家，于吏部雖疏族，獨不聞母夫人遺事乎？子之姻之里，即吏部奉母故里也，里其里，節其節，天人之際，施報早晚之間，焉知張母之孫，不為安母之子乎？韓子曰：十自十二子相配，數窮則轉，然則晚報餘甘，其必自于此也。夫植物莫堅於節，說文云：節，竹節也。而松柏亦礧砢多節，是能貫四時而不改柯易葉，人堅其節，天大其年，母異時及見其孫方軌吏部，為清望名臣，而令伯陳情，安仁歸養，清川長薄，遙進輕軒，增一段東

是篇三易稿而定　墨本是再易稿也　致本乃定稿　玩當自得之

膠佳話，庚契致之矣。余卯歲嘗與宗齡逐文壘，而母之孫，吾子之鞏也。其以余言前致辭侑百歲觴，笑看韶令，為辟咡教詔之。

壽汪母金太君序

龍拜手言，陶賦歸來，琴書送老，杜吟漫興，花鳥傳愁，發潛德而景幽光，通懷傾倒，抗塵容而走俗狀，顧步逡巡，若夫畫意披文，偏希古調，觀時祝嘏，競騁讕言，趣實相歧，情辭罔展，任笑江才夢去，君不中書，詎偕孔論神遊，兄推阿堵云爾，邇有唐杜通宗，潘楊戚畹，蒼蒼葭露，玉復難鳴，習習林風，壹徵鵲譟，款我槃阿之軸，為酌酒以進，徵陳渠姻壺之禧，遂乞言而稱壽，酣餘傾耳，熟處關心，地本

舊遊，邇接渭陽之館，家原積閥，宿高珂巷之坊，其夫君之卜鄰也，茜騎西爽，朝看其嗣君之求友也，此日東膠，晚眺會童，具美信是萊妻劉母之儔，厥順無慚，太杭姥麻姑之套，遐不謂矣，我儀圖之，蓋汪母金太君者，吾里允文翁之德配，某某二令之尊慈，而余舅宗黃明玉之太親母也。忠孝門資，清華地望，蘭香紉佩，姻諸季女之姿，翁裁篇，長擅大家之譽，爰以七葉通侯之貴裔，歸乎十科得士之文孫，稔鴻案以相莊，旋鹿車而對挽，啓麗妣之笑[?]烹，組恒鮮得，曾舅之懽心，蒸黎爛熟，相夫孝謹，而弓冶謀長，鞠子恩勤，而箕裘業紹，長則躬調玉餌，供來八物之淳熬，季將身到丹墀

捧呈玉枝之
札更復慈祥成性愷澤及人飽隣家樸棗之饕哺陌畔翳桑之客人傳健婦畜德履之貴全天相吉人致麻嘉之畢集兩株瓊樹劇欲凌雲幾隊斑衣彌看映日惟仁故壽自古云稀當東皇轉律之辰正西母貢珍之會精神矍鑠不須家介扶將視聽明聰尚以尊章握總布綺筵而奉箕燦燦銀鋌環綉幛以敷詞霏霏屑玉允矣金閨盛事誠哉璇咒併賛令夫女德不彰祗此常倫克盡而母儀堪範豈皆苦節稱奇富壽多男堯民進祝康强逢吉箕子陳疇果備至而咸臻即甚難而僅有以觀汪母寧耕巾幗之完人國賀黃

序　十三

君借門閭之喜氣為伊破戒不斬雕蟲代我傳言聊當薦幣班生危齒不利於走趨張老拈毫頗工於頌禱家閶年逾七十未探鄒老之方媪其籌記三千願和長生之訣是為序

前澗浦氏重輯宗譜序

浦氏家江澍閭傳自宋初占籍一州四邑為太倉為常熟為崑山為嘉善與吾錫邑而五其在錫則又有曹澤有石塘有水南有婁巷與吾前澗而亦五蓋浦之譜遠近凡九焉起龍嘗旁訪諸系皆言本出錫山則譜未判時皆同世矣案諸譜入明而始判乃其初所謂同者唯平南將軍諱冲公一人平南而下訖於分祖所自出名號爵里無一合其故何也噫元之季世南中日尋干戈族散而家牒廢亡及世既平民生阜門才盛思以地望相高不安於晚近而造無以為有譜如是者十八九也然則吾譜之輯既以前澗冠其宗斷自始遷澗上祖而舊譜之前可疑者則析而存之覲主於一真而已矣前澗在古梅里聚東北十里有山曰石室澗出山之左初不以名著自祖來築居臨其上而澗始以前名族日蕃拓地日益廣必緣所始而以名名由浦出也故他族不得而攘之前澗之支大宗曰東街分小宗二曰西街分曰中行分中行當二分而加蕃又四分之曰謐公深公瀾公溶公謐今省文為泌而深公失

序　十四

傳其街巷碁布二十有六其世系縣衍最早者十九仍舊譜之稱則二十九此宗系之大凡也歲丙寅十月歙山頭埧上族子　燽輝者年少不儕於俗　龍怵然有動而呼譜之曰澗譜作于明孝廟時垂百年一續之又六十年　國朝順治辛丑再續之距今又將九十年不侫老矣頗記憶舊聞而力不副于之尊甫雅志繼述于歸其以吾言白之友不佞之存猶克舉也浹日而其尊人　桂馥來任總領之半丁卯五月合明領有職勞者　汝耳　羣從及　惠　等十有餘人而聚議焉一會而局定再會而事始三會而貲校越戊辰三月抵歲盡而版刻成凡二十卷若例若圖若舊望別為一冊傳以誦

芬之錄又近二百畨贊由僉百有六十兩其率錢于族者百其兩家分領者六十其悉力而勤事者惠其彙纂而詮次之者起龍族之人曰惠也勞龍也攝總無出錢此輯事之大凡也遂揭其凡於卷之端亦衆著於一真而已矣夫人性之真莫真於孝弟孝弟之施親々而尊々此譜意也或侈張地望或情隱而不揭其凡是皆不免乎欺々稍不免則其真者襍真者襍而親々尊々之意微而譜意亦從而失我宗之人相戒無循是轍可幸也已是為序

乾隆十有三年歲在戊辰文巳巳歲前春之七日裔孫起龍謹書

序　十五

婺源闕里遷蘇支朱氏譜序　葛花

譜之書周禮小史掌之亦謂之世本與宗法世祿相表裏桓譚新論曰三代世表旁行斜上並效周譜梁劉杳推其說以謂血脉所因有此也漢世尚官魏立九品中正晉唐因之代著氏族譜用世閥為等差皆官掌而家不偏置五季流散諸官錄皆亡佚一時仕族有不能舉其三世者至宋眉山蘇氏盧陵歐陽氏起而自譜其族以興孝弟篤德教而後來諸世譜遂由是以取法可以家輯而代增可以行齋而遷續二公之法其又譜法之一初哉余族于煌寄家于蘇與展成朱君本德稱石交介以來請序其所謂遷蘇譜者案譜宏遠公鏞始去婺生子玫為贅婿崇明生茂才表貫崇校遷蘇城生中翰南鎮明神宗賜姓諸遂以坊其父墓生尚寳丞國豐始作遷蘇記迨九世有質軒基者續次今譜而以婺系冠其端基於本德從昆弟云先是中翰語其子曰吾家故婺源闕里來也以國姓嫌蒙恩名對賜今姓小子記之旌君命跡祖脉道自兩行毋墜乃父志入　國朝尚寳丞棄官歸始克覲其故世譜並督備少農中孚余公序因識婺舊系有太守貢元府教柱史學士諸名派而鏞公實徽國次公朝散九世孫定為闕里派蓋今卷端所載大較若此余性顓且固備覽茲譜遷地生子不仍水木行賜姓以國嫌而代系直行別自為體頗皆未詳其義据抑余證古或尚未

序　十六

廣耶不能不以此自疑乃若諸世賢謹庭聞牧枝屬趾美相成不遠百里謁言以昭來許並於德教孝弟之旨朊然有會為可書而誦焉昔徽國夫子名建陽所居堂曰紫陽紫陽其先子在徽游止處志不敢忘而為之記曰樂々其所自生禮不忘其本然則遷蘇譜之作猶行此志也夫傳有之曰求之物本必於其始取其所通必於所宅又有之曰知其一說不知又有一說余為此序誠樂其宅心之恪反始之有自異時入蘇延訪求一釋其所疑以脩說郛之廣記有日也乃舉所聞譜法源流徽公遺意書以先之并以質之深心服古者皆

乾隆十有九年歲紀閼逢奄茂令在余月

尤氏續輯宗譜序

余舊藏錫山逸事寫本。其中敘邑之世族。獨推尤氏第一。此本不久佚去。乃今見所謂萬柳溪邊舊話者。數逸事之云不誣也。古者氏族譜系。專官掌之。廢於唐末五代。至宋世。士大夫家自為譜。譜法一變。及元季而又往往廢亾。自後譜祖宋法。然原委可稽而據者。大率自有明國初而已。越此則非援附異地。即傀出於邾夫子之手。覆之多不根。雖號為名公卿家。皆不免此。獨尤氏不然。錫之尤。始北宋待制公。五傳而文簡公出。合道學儒林文苑為一家。大

序　十七

彰於國史。其子其孫。並以名繫。厥後五六百年。碑版載記。代著名人集中。無間缺。而以證之溪邊舊話。支條犂然。不蹈於援附傀出之譏。雖一家之書。可資為藝林掌故。以是而推世族第一。言豈過哉。尤之有譜也。自宋理度間封亞中務樸公。迨　國朝順治中。裔孫爾諧氏最後輯。距今又近百年矣。按待制始家許舍山。傳世益大。族著者。西僖里及邑城之東帶河。西僖在邑東陲。今隸蘇界。即萬柳處也。淮張據吳時。其系味萊翁。復避地歸于錫。居回溪。後人姓其地為尤蕩。而東帶支。則分隸邑四境。於是錫與蘇之宗。交錯回互。職譜事者。世愈遠而愈難舉矣。懋安君者。爾諧氏之孫。儉素

之士也。皆其兄子賓成君。毅然起續之。輒賚節口。挾剞氏履書之。即履刊之。甫及期事竟竣。乃介余母之姑之孫雨施君請為序。而致其舊話為之徵。雨施君曰。懋安今五十矣。夫婦齊年。自壯歲不舉子。譜事起。忽有娠。族詫為奇。蓋余讀易傳大衍之數五十而疑之。以五乘十。以十乘五。衍矣。未大也。愚則謂聖經六字。圖書之數舉焉。何也。書數虧者中數出。中數五也。圖數盈者全數備。全數十也。五云十云者。河洛之義也。而百而千而萬。有不生於河洛者乎。懋安君續譜而胎息于五十。其衍于而族。衍于而家。大又兆於此乎。雨施君故尤之大宗。精角線積算之學。其推而俟之。萬柳溪邊

序　十六

話。又津津出矣。

席氏虞陽支重脩世譜序　代

竊嘗手舊牒而稽之。見莫釐共宗譜例及我虞合譜之序。言輒心切切然。既幸而重以懼也。例之言曰。族外從者上席凡四。中席三下席尤夥。至於九。獨常邑一支地差近。授簡得以詳序之。言曰自元季來。虞譜不時輯。居庭公後。莫之詳者十之七。居安公後。莫之詳者十之三。輯雖成。遺憾猶有負者。嗟乎先王所以繫其民者。至矣。太宰九兩之法。牧以地得民。宗以族得民。以地則州長統之。民無輕去其鄉。以族則一姓之大宗專之。所謂上治旁治下治之道

倫迨夫井田廢世祿不行業樵而聽民自處而繁者解矣有仁人
者仿古旁行斜上之格為之譜而族賴以收於是族譜之權重然
譜立矣其散者或不能盡收收矣而越世不再輯即近者亦往往
昧沒而失次則又不徒恃譜之權重而恃繼脩者之約法勤焉我
席氏之譜莫釐職之虞陽匯之事始萬歷壬寅歷兩脩迄康熙巳
巳遂及於今夫十日十二子相配數窮六十準以繼世之率為三
十者二其期愈疎生愈衆析處愈多舉之愈難而勢愈不可待而
在吾虞又緩急謹懈視人為前郤而意不能以孤行然則幸與懼
并據而交深吾能無切于心也乎乃丁卯　月山中以書至曰譜

事繼舉議成矣然後懼釋而幸可知也敘叔氏　　屬　　釐舉
其才所堪者某某職諮訪某某職記注某某職秩文某某職會財
職支費雖叔氏與余實總厥成用是僕往視來并告山中而申儆
之自今繼事必程以世誕彌後之脩果率是常以釋吾懼焉族滋
幸矣若夫辨義例校書法前譜倫論之不敢襲而贅云

膠東周氏族譜序　笑託

半山王氏之論禮也曰知天而不知人則野知人而不知天則偽
禮莫著于尊親尊親之端莫著於氏族之譜荀卿子言欲觀先王
之跡則於其粲然者矣一家之跡此物比志天人允乎非此其粲
然者歟竊見俗之為譜者吾惑焉啟帙而翻其冠申卷而瞻其腠
其上必有所援而其旁必有所借希其通不愛其賤反此則又以
為利嫌所掠非其屬所急而湮或轉於其屬之寠且孤焉問孰尸
此則必其族所倚恃翹翹而秀出者也禮意於是掃地盡矣嘗激
而為之說曰譜與其天不足而僞有餘也寧人不足而野有餘有
周之老翁某者闖然來謁儀儴而訶簡手一橫軸一繕冊曰家譜
成入木且半顧有序問其里曰膠山之東問其世曰三十有　矣
膠東距吾家非遠其世又先吾前淵較遠而吾老曾未耳其地之
有周也進問其鄭營橋合乎曰否澤基合乎曰否算口幾何曰百

計而衍譜舊有諸無諱曰作始今日嗚是其不染世趣其全於天
者耶其尊不失尊親不失親禮失而野得之者耶夫其生見所習
不見外事甘其食共其力逸老任壯膢臘肸蠁之相收田廬之相
錯耶壠之相守是雖不為譜而譜之意顯顯若揭而行況其為之
無援也無借也無妄瞻無掠利無外掠而中湮也是可以愧夫翹
翹而秀之為者矣獨所謂世贏三十而遙者心不謂然乃發其軸
則色黯而跡實贗舉其著者若濂谿先生若惠簡公蔡孟公必太
皆在焉按其冊則膠東之祖始孟公之子綸而名孟公之父曰鑿
以為兄即蔡至其第一世遠自唐中葉者無論但質以宋史如上

三公代系邑里鮮一二符會譜若是又以衍世然都雖然吾弟論
其異乎趣〻而秀之為之也人於蒙非天於剝橫軸其先矚自論
其必信其是而奉之譜率以作非知其非是而演之其跡外其意
真善觀也者無以跡害意〻壹而物莫之攖油〻然真機日生而
俗流且轉孔子曰吾觀于鄉而知王道之易〻也余於斯譜亦云

培風集序　吳記

歲己未之冬郡教授浦某始至蘇會大中丞徐公領方岳下教
觀所屬人文某幸叨先展讀〻竟慨然慮為之易也故事監司以
上條舉管內事既釐既布乃次第徵藝文為麗辭好語備治具已

焉而公設誠致行以文體覘士習根極理要扶時俗之所爭騖而
破除其癥結原本朱子論科舉文字之言謂近年翻弄都無誠實
正當意思莫若取三十年前渾厚純正明白俊偉之文為法亦正
人心作士氣之一事也公下教大指若是憂患深而扶植遠誦其
言可以徵於蔵事矣旼歲諸屬文先後來集公乃纂嚴日課官書
試牘分暑而治得本末兼茂不盭于教所云者甲乙之以文等不
以庠均錄文四百有奇然思其倩也名覆其附郭者其遠者嚴飭
所在扃試之需之以互勘乃議獎焉獎視其等為差又懼其無別
也則又差其例正覆均者獎如例其覆勝或不如者並其等上下

之其絕不類而拙者飭以實告移其獎〻拔筆者而寬倩者之罰
無溢名無僭賞焉又恩其蔽美而不能程遠也乃拔其尤者進某
謳謠命之使執商訂之役授梓人焉一辭之未安趣遣往復四五
反不為病又其間或刊易其名或文存而名削或才而殁貧而得
有良覲者郵之風之梓既成又印行千本凡所錄士及所屬正官
學舍書院皆與須焉總所刊文百一十有餘篇於乎某自讀所下
教慨然慮易至觀所覆覈勸賞而諜然意開及躬親商訂之役見
稱量之入微而又戞〻然心惴翹〻然神躍也夫公非有持衡校
士之責其歎歷所至鞅掌王事宜去舉子業疏且久而中吳賦繁

人稠其任重事劇又數倍他省一日間率不得寸晷涉文事然以
瞬息公暇悉心誠求審利病盡情偽激勸以實人慶所遭加以甄
綜刷剔句咀字吮刊行而徧布之此豈公誇矜智能騁兼人之力
為愉快哉期力挽多士卑詭之習側跂之行相與偕于渾厚純正
明白俊偉之途文體正而人心士氣亦正焉耳多士三復是編檢
其前作而絜之按其名之明晦而循省之必有得于離合欺慊之
故而循聞句外顯〻然時遇公用志之周存神之溥誠感誠應勉
進於古而羽儀於
聖代行相率為真士夫其致獨文焉爾乎某承公命引其端謹述判

年之間所親見曲折鄭重者如此為多士正告之因以復于公云

讀杜心解序

西河不云乎在心為志發言為詩聲成文謂之音是故詩之興也心聲之其傳也心宅之作詩讀詩解詩胥是物焉千載遇之旦暮也毫釐失之千里也夫鋒叢於刄郤刃求鋒而尋諸歐冶則近而遠之也月入於欞倚櫺求月而問諸方空則遠而近之也吾讀杜十年索杜于杜弗得索杜於百氏詮釋之杜愈益弗得旣乃攝吾之心印杜之心吾之心悶悶然而往杜之心活活然而來邂逅於無何有之鄉而吾之解出焉合乎百氏之言十三離乎百氏之言十七合乎合不合乎不合有數存焉於其間吾還杜以詩吾還杜之詩以心吾敢謂信心之非師心與第懸吾解焉請自今與天下萬世之心乎杜者潔齋相見命曰讀杜心解别為發凡以繫之

序　廿三

詩運之杜子世運之管子也具有周公制作手段而氣或近於霸詩家之子美文家之子長也别出春秋紀載體材而義乃合乎風

太史公之言曰小雅怨誹而不亂杜集千四百有餘篇大抵皆怨詩也變雅也故其文為史記之繼别而其志則離騷之外篇須識取不亂處乃得

注與解體各不同注者其事辭解者其神吻也神吻由事辭而出事辭以神吻為準故體宜勿混而用貴相顧

騷漢鄴中江左諸詩代各有注李善五臣注選解行于注之中降自唐初以後詩注本漸少大都所謂流連景光陶寫性靈之什不注可也唯少陵義山兩家詩非注弗顯注本亦獨多然義山詩可注不可解少陵詩不可無注並不可無解

凡注之例三曰古事曰古語曰時事古事古語自魯訔王洙師氏夢弼之徒援据亦略備矣其謬者牧齋長孺駁正特多近時仇本搜羅更富集中節採大率本此三書間有參易論著十得二三耳至時事則例等於注而義通於解所引用諸書如新舊二史通鑑會要國史補明皇雜錄祿山事蹟之類出入比附先後主奴自錢朱以後諸家依傍黃鶴舊本互相違反其謬又與宋人等茲焉或仍或改務使本文主意與當年故實若符節之合水乳之投此中頗費苦心異同殆參半焉

序　廿四

虞山持論見于鼓吹者嘗言郝本專取注事猶得注家之遺頗以廖解為多事而其箋杜則解義間綴篇末至朱氏本亦錯見於節間是仍不廢解說矣此外則有若演義本義博議愚得會粹胥鈔說詩論文集註詳注杜通杜臆杜闡杜解杜釋律注律箋律解等書又青門邵氏旅農俞氏諸評本及唐氏唐詩解顧氏日知錄沈氏

别裁集所論載不下數十種句紬字繹解乃紛然競起焉雖然杜未有解杜自不亡杜未有解ゝ猶可不作吾嘗謂杜之禍一烈於宋人之注再烈於近世之解心解之所為不得已於作也

老杜天姿惇厚倫理最篤詩凡涉君臣父子兄弟夫婦朋友之間都從一副血誠流出而語及君臣者尤多虞山輕薄人每及明皇晚節肅宗内蔽廣平居儲諸事跡率以私智結習揣量周内因之編次失倫指斥過當繼有作者或附之以揚其波或糾之而不足關其口使藹然忠厚之本心千年負疚得罪此老不少愚不惜剖精盡氣疏通證明者於此益力

昔人云不讀萬卷書不行萬里地不可與言杜今且於開元天寶至德乾元上元寶應廣德永泰大歷三十餘年事勢胸中十分爛熟再於吳越齊趙東西京奉先白水鄜州鳳翔秦州同谷成都蜀縣梓閬夔州江陵潭衡公所至諸地面以及安孽之幽薊肅宗之朔方吐蕃之西域洎其出没之松維邠靈藩鎮之河北一帶地形胸中亦十分爛熟則於公詩亦思過半矣

詩中關合地志處不可悉數間又涉天官家言注家承訛於地志十有三四至舉天官等書則不謬者十無一二矣今地界則取衷於唐書而證之輿圖统志以求其合天文則取衷於晉書蓋晉天文志於諸史最詳其星象名號與世傳觀象清類所云並皆脗合歷歷白榆舉目瞭然也惟傷春詩之執法則指勢星而言晉志以後無此名叅之石氏星經始定

當時亂端不一其大頭腦前曰安史後曰吐蕃曰藩鎮他如蜀之徐知道段子璋崔旰湖南之臧玠輩又錯起其間注家遇說亂處往往東西混淆甲乙四迕此亦大費考覈又其時稔亂不已官豎典兵重帥權輕守令貴武夫賤儒術勞遣戍困征徭三致意焉最足攻鏡世變亦特為捻出

解之為道先篇義次節義次語義語失而節紊節紊而篇晦紊斯舛晦斯畔矣而說者每喜摘一句兩句甚或一兩字别出新論不顧篇幅宗主如何歸宿上下文勢如何連綴此最害事凡是必痛削之

孔氏序春秋正義曰經注易者必具飾以文辭理致難者乃不入其根節誠哉古今義疏之通病也杜自入蜀以後艱奧彌緊不揆檮昧妄意鉤索偏遇艱處奧處不肯一字放過不敢一言牽率蓋每讀一書必疏觀前後數冊而劖通其大致非鑴搜之難而穿穴之難讀書逞ゝ如此

凡見解之大反乎舊說者間舉一二相質辨皆最有關係處也其大

槩則直據臆見書之實則苟同者絕少然雖不攀舊說而拙解獨見處必一々疏言其故若曰意在矜伐性好非毀蠧生於木而還食其木律諸劉炫之攻武庫則予滋戚已

舊說合者採摭略盡更有幾處經友人酌定及弟手訂改俱不敢掩為己功其詩詞明了初學悉能通曉則不贅一語

注列句下解附篇末體例庶乎不紊引古必載某書遵往例也然多節文省方幅也再見則更節熟事則全省他如注本有句解可採亦列句下其篇後總解則低一格分書

編杜者編年為上古近分體次之分門為類者乃最劣蓋杜詩非循年貫串以地繫年以事繫地其解不的也余此本則寓編年於分體之中

忽古忽近忽五言忽七言初學觀詩每苦之今統分六卷一五古二七古三五律四七律五排律六絕句而每卷篇數不均則竊取詩傳之例各就卷內析之使楮葉停勻其七排五絕篇數最少則一附卷五之末一附卷六之前

集既離為六體而各體續年大非草々蓋舊本以編非其時而詩失其旨者動以百數也道在準居處酌時事證朋遊得者八九矣其無甚關係無從印合者略依舊次不敢妄有牽附馮錢氏識銓次

之勞比之鼷鼠食角余則謂汗漫之見特如矮人觀場正未可以相笑

古人遺集不得以年月限者其故有三生逢治朝無變故可稽一也居有定處無征途顯迹二也語在當身與庶務罕涉三也杜皆反是變故征途庶務交關而互勘而年月昭々矣惟天寶以前事端未起則不得泥詩亦寥々

少陵年譜輯自汲公權道魯黃諸家功不可泯行本小有異同例載卷首今則各依年分重加訂定析置逐卷之前以便觀省

詩雖編年體各分見則有同時各體詩須彼此叅看者即互注云有其篇見卷幾之幾又恐不能悉備特於卷首另列編年詩目譜一冊仍序時不序體使身事世事先後犁然

秦淮海論子美之長格窮蘇李之高妙氣埒曹劉之豪逸趣包陶阮之冲澹姿兼鮑謝之峻潔態備徐庾之藻麗儗諸孔子集清任和之大成信乎其為知言矣愚又謂子美往體詩不作古樂府及儗古篇最其超軼羣子處譬則胥董罷物肖古便是膺古惟命世豪傑卓然獨成乃所以為集大成

篇法變化至杜律而極後人執成法以繩杜如欲懲中四排比之患而為前解後解之說者又欲矯兩截判隔之失而為七轉八收之

說者槩乎未有當也夫杜一片神行而已烏乎執
法之變既不容以一律繩之乃其連章詩又通各首為大片段却極
整齊極完密少陵此體千古獨嚴要其融貫處在神理在紀法不
在字句也前人嘗論及之但標舉幾字為串插鉤帶實無當於位
置渾成之妙故不免來世口實
千言數百言長律自杜而開古今聖手無兩每見名家許杜至此尤
無把鼻其與閒緒論確有稟承者大率本元氏鋪陳排比之言為
之主張不知鋪陳排比但可槩長慶諸公鉅篇若杜排之忽遠忽
近虛之實之逆來順往奇正出沒種種家法未許尋行數墨者一

獵藩籬也唯斷句詩讓龍標太白獨步杜體自是旁宗然多疊章
而下須通長打片看去才顯真面目
自昔以攻杜為快者在宋惟楊大年在明則有王遵巖慎中鄭善夫
繼之郭相奎子章楊用脩眘譚友夏元春之數人者吾不責之而
哀之即看翡翠誰掣鯨魚可笑蚍蜉爭撼大樹南華老人云朝菌
不知晦朔蟪蛄不知春秋唯不知故不嘿也
題下篇中時載原注公自注也昔人以謂王原叔王彥輔諸家附益
今細繹之僞者文必平順其枯澀者斷屬的筆悉照原文登錄坊
本多任意削去或混列注中俱非體

今本於古體詩多將原句顛倒看來顛倒處反覺文法滅致蕆悉訂
正又集中有一二長題諸本亦輕為改竄悉不敢從
宋元諸刻傳寫字樣互有不同舊本刻某一作某最稱得體並兩存
之其決定譌易者則汰去
蔡傳卿草堂箋別為逸詩一卷蓋以載後來增益諸詩若卞圜吳若
員安宇裴煜輩所收是也錢朱因之仇則編入正集今從仇例但
仇本太無分辨今於題下明注集外二字庶不盡失其舊
書有圈點鉤勒始自前明中葉選刻時文陋習然行間字裏觸眼特
為爽豁故倣而用之但鉤勒祇可施之長古長排彼八句亦截者

非法也又如轉韻古風自宜依韻分截節族天然否則使讀者縮
腳停聲攔腰換調多少不自在
杜集中有同人酬唱詩舊本附載悉如本集大書之例頗似不辨主
客茲則低一格分書載本篇詩解後
集後有賦讚表狀策問記述說文碑誌一卷凡三十餘篇或且不能
悉舉其名矣今按諸篇于集中詩多有關會者亦用附載酬唱詩
例分錄詩篇之後各以類從學者或反因叅攷詩義逐一留覽似
為兩得此皆別立義例世或不病余妄
世既崇尚韓柳八家於三唐人古調別調之文不彈久矣杜賦直追

漢魏其襍文拙趣橫生最古最別然而人非屈到强與薦芰搔手去之矣故雖意有獨賞槩不詮釋論列

唐宋元明以來序記題咏及詩話積冊盈寸不復贅錄祇錄舊書新書本傳兩篇幷元微之譔工部墓係銘一篇列諸卷端

去者其遠矣後世誰相知定文棠也有猜焉小兒喜强作解事敢云往哲功臣祇益名流罪我揭來公棠罕襲舊窠勉就開雕徧呈生面文章有神交有道誰得其皮與其骨范范千載眇眇予懷吾恐乎使正之世豈無惠教者

事始辛丑夏五期而藁削又八月而藁一易又十一月藁再易寒暑

晦明居遊動息必於是焉勿敢廢也　龍也十齡號霜雙凋鬢雪擗擋時文分張兒輩乃者杜家驥子行居再索身共我長夭同潘瘞每一念及輒復潛然（仲兒敬輿字又陸頗悅學能文今春病歿年二十二）閉戶累歲終無送窮之方斷手茲晨轉益歛愁之具虞卿著書不其然乎

古文眉詮敘

甄錄課讀文章起春秋之世迄宋之南為鈔二十有七為卷七十有九顏曰眉詮刻既成乃第其緣起曰歲戊申膺薦至會城攜漢唐人文數冊自隨意到輒籍記之此點筆之始甲寅為山長滇南出所積散見本肆遠方學者就裒合之此彙鈔之始已未竊祿于蘇司教事又繙檢加塗乙覆謄之此定藁之始紫陽書院在學地東北隅稍出其書院舍院士樂觀之屬更商之辛酉冬請率錢鏤之版止之不可此開雕之始又三易歲而刻成計從事於此十有七年矣古者編摩之士窮該萬卷專攻一書一書註成舉世莫易沿及宋季佹而為許於是臆揣貌取傳相傚傚而作者之時之指寖以不講吾感焉吾審循其本一二而述焉詮於簡之額夫五官皆有職於面眉獨無有雖然眉弗具其字弗表春秋元命苞曰天有攝提人有兩眉為其表候詮於額猶眉著於面云爾其得歟失歟距而迎歟讀者事也吾何知焉惟十七年之勤與羣力之助不

忍沒也故志之非所謂敘也

古文眉詮鈔例

左傳鈔第一　左傳劉向別錄云左氏丘明所脩謂之左氏春秋其先離經自行自向子歆有丘明親見夫子引傳釋經創通大義之語而後傳始與經合杜氏預因之著集解復為釋例十五卷南宋鄭名世據姓氏書謂論語所稱乃左丘姓而明名又是一人愚按史記左丘失明厥有國語則已上二字連舉矣二劉特約其文言之也學者治春秋必主左氏左氏書非全治不可自選家取以壓卷而芟勦之病起焉余是鈔弗能革也鈔例一曰隨俗置題內外

傳國策原無題目相沿添設穩貼乃安無經之傳尤所加審一曰
連傳閒傳事隔首尾循事連合别傳列後有連斯有間矣一曰節
文曰摘録節文者節煩數也摘録者摘原委也一曰傳分註貫某
是某張本某是某歸局為點出之來去分明也又見宋本有杜氏
後序一篇述所獲汲冡科斗書事謂粗有益于左氏今皆無之附
識以備考覽

公羊穀梁鈔第二第三　公羊子齊人名高穀梁子魯人名赤一曰
名喜相傳皆子夏弟子其説錯見戴宏應劭顔師古諸記述孔穎
達作正義據之以謂卜商授二子春秋而各為之傳者也羅泌路
史言此姓自二子外不再見或以二姓切韻皆姜字疑為姜姓一
人假託説頗創闢柳亦喜新衒巧之為言歟二傳蓋古訓詁體皆
黏連逐句經文之下異乎左氏之但以年附者故題皆以經命之
二傳之作其時同其文約其格法略相類故鈔僅合卷但取成幅
者論著之録稍隘云

國語鈔第四　馬班二史丞稱國語皆定著撰人為左丘明後人或
疑其非是〻與非是可且勿論而號其書又曰外傳者吳侍中亭
陵侯韋昭叙云也宋崇文總目稱常氏參引鄭衆賈逵虞飛唐因
諸注為之觧多所發正世與内傳分行夫文不循經語可翼傳而

序　三三

是鈔乃以綴公穀後者劉都尉歆六藝略載春秋三十三家第其
先後如此柳州嘗作非國語仍曰緐之國語以博其趣斯善用國
語者也鈔内篇次一依原本分國其齊鄭吳並通一卷為一篇越
分上下篇四國文間有節句實全録之直曰齊語鄭語吳語越上
下語更不别置題目與他國循事分條者不同耳

戰國策鈔第五　鄱陽馬氏曰漢藝文志七畧無史類以戰國策附
春秋之後蓋春秋即古史其時史秩不多故不特立史部隋志始
有史類十三門戰國策在雜史門而記其下云劉向録高誘撰注
也案劉叙舊有國事〻語短長脩書等名而向則謂戰國游士策
謀宜為戰國策其事繼春秋之後訖楚漢之起皆定以殺青書後
来曾子固叙其目録言設心注意踰為一切之計然二百四十五
年之間行事固不得廢而吳師道輩推為先秦最古之書良然也
其文原以國别與國語同余以策士交馳語相錯迕非事比而時
次之則繙檢為勞如蘇秦約從六國地勢篇情相屬若截置各國
則索〻氣斷餘可類推矣是鈔不用劉本國别勿以變例訶之

莊子鈔第六　莊子名周蒙漆園吏學本老子漢志諸子略莊子五
十二篇晉書郭象傳向秀解莊未竟而卒象竊以為已注自注秋
水至樂二篇合之為三十三篇行于世〻乃盛稱郭注馬自唐尊

序　三四

老君而祖之於是弁尊諸為老氏言者文子曰通元列子曰沖靈而莊子則曰南華並進為經自此始儒者闢其言仍爭習讀其文其文誠一讀一快也篇名內篇皆三字莊子所自立文可意貫外雜諸篇則以篇首名之一篇之中多錯糅不必牽合余故於內篇有全鈔者餘第摘取之知不與割裂同譏

楚辭鈔第七　楚辭皆騷也騷賦之造端也班氏曰登高能賦可以為大夫春秋之後聘問歌詠不行於列國而賢人失志之賦作孫卿屈原離讒憂國咸有惻隱古詩之義黃長睿言諸騷皆楚語作楚聲紀楚地名楚物些只羌誶蹇紛侘語也悲壯頓挫或韻或否楚聲也沅澧脩門夏首楚地也蘭茝荃蕙楚物也故謂之楚辭通考錄訓釋本十有一家洎於今又指不勝屈矣畢竟王叔師紫陽二家是正本今棠集名弁宋玉景差淮南小山輩附入之故不專言屈通集諸鈔凡出一手者氏名爵里於鈔例見之文不一家則循題分注自此鈔始

序　三五

史記鈔第八　隋經籍志正史部六十七其首即史記百三十卷述曰漢武帝置太史令命司馬談為之天下計書先上太史副上丞相遺文古事靡不畢臻談卒子遷嗣遷自序言生龍門漢書傳贊遷據國語世本戰國策楚漢春秋接其後事訖於天漢馳騁古今上下數千載間斯已勤矣乃所為傳但仍史記舊文遂弁其字子長亦失書而於楊子法言始見之跡矣直齋陳氏書錄論立言著書六藝而後四人耳左撫實而文莊憑虛而理屈變詩而騷子長易編年而紀傳皆前未有比誠哉是言古文選家錄史書惟史記全載篇首尾餘史則否是鈔收者篇法盡變至論孝武紀之為寄見伯夷之為傳首韓非說難之附以存趙良諫商君之緣以正頗費尋繹顧與明者推之

漢文鈔第九　扶風班固孟堅撰漢書其敘傳曰漢紹堯運至于六世史臣私作本紀編于百王之末次於秦項之列因綴輯所聞起高祖終王莽之誅凡百篇夾漈鄭樵譏其斷漢為書失會通之旨攻之不遺餘力愚謂班之刺馬猶尊本朝也至樵欲自尊通志以斷漢為譏不知代相嬗史相接何不可通之有直妄說耳後漢書固本傳述自永平至建初積思二十餘年乃成而於其父彪則云釆前史作數十篇於其妹昭則云凡書八表天文志未竟和帝詔昭就東館藏書閣踵成之然則班史亦猶談遷繼世之述作要其書國史祖式也余是鈔曰漢文者所錄皆詔令書疏論議之篇敘事論贊皆不載論贊已是後漢文也然必史所有乃錄之時無傳集謹偽托也文以人繫人以時繫惟王言首列焉做唐志別立詔

序　三六

令門體也俗本漢文上加前字今不用

後漢文鈔第十　後漢文亦史家所載之文也宋書范曄傳曄字蔚宗刪衆家後漢書為一家之作衆家者見唐藝文志有謝承薛瑩司馬彪劉義慶華嶠謝沈袁山松前又有劉珍等東觀記南宋陳氏謂范史其初無志全國朝乾興初始補其闕蓋司馬彪著而閣本槩謂范作非也范寓書其甥自誇所為書體大而思精然其時文體濃重排疊開晉六朝之先余取萬逸有神者鈔存一卷末附諸葛出師表二篇二表載蜀志及裴松之注蜀固漢系而文更足以殿兩京當後勍也松之注三國史補也功高於其子駰之注史記與顏師古章懷太子之注二漢遠甚余與弟麟欲倣其體取南北朝八書分注李延壽二史惜皆老矣不能就此業泰興李氏有藁本曾一繙之心猶有未降者

文選鈔第十一　隋志列總集一門謂建安之後衆集滋廣晉摯虞於是條貫論之謂之流別選事自此權輿而馬氏通考仍以梁昭明太子統文選為總集之冠昭明序曰文之時義遠矣哉踵其事而增華變其事而加厲作者之致亦云備矣自非畧其蕪穢集其清英欲兼功太半難矣故雜而集之都三十卷自唐以來奉為選宗焉李善有注呂延濟劉良等五人有釋少陵詩亦曰熟精文選

理蓋屬辭之士覃奧取則誠有如隨志所云也論者進選則退史漢八家進史漢八家則退選愚意派別固殊源流斯在矜慎持擇以存一大段風會宜無不可至若宋玉之對李斯之書他卷罕嚴王褒之頌在漢為畀則藉是收焉而叔子平吳士治自理逸少蘭亭淵明桃源之類塾本流傳原集刊去則增為附焉又如詩賦韻語不妨略闌初體則類載鈔首餘文自以時次焉此皆斟酌位置差似得所

徐庾文鈔第十二十三　東海徐孝穆陵新野庾子山信皆梁人鈔內履事歷官略注題下陵終仕陳信奔魏留仕周傳尤詳此二書粲信傳父肩吾為梁太子中庶子徐摛為右衛率摛子陵及信並為抄撰學士父子在東宮盛才綺豔世號徐庾體今二集合稱蓋由於此通考經籍門庾開府集下引昭德晁氏讀書記亦言信與陵齊名而孝穆集在當日非難購者乃遺去不載未燭厥理今鈔二篇合置一卷仍史號也竇常述昭明選例在世不錄其文今錄以繼選補代闕也或言人止一篇太簡然觀陳周二史所載亦止是頗喜掇拾印合且以推知古人臨文定自果于割愛

宣公奏議鈔第十四　唐書本傳陸贄字敬輿蘇州嘉興人德宗朝官至同平章事帝用裴延齡判度支贄論其姦被讒貶忠州別駕

以卒順帝立贈尚書謚曰宣權載之序宣公集列制誥十三卷奏
草七卷中書奏議七卷又別集詩賦等十五卷而晁公武言舊集
有翰苑牓子等名今但稱奏議疑蘇子瞻乞校正進呈時改從今
名者是鈔決錄奉天興元中書諸奏草集重不能及制誥朱子語
錄推宣公論事委曲無滲漏人言宣公口說不出只是寫得出觀
所云面奉聖旨云云臣退而思之云云疑或然也愚謂古今章疏
無過賈生劉向後此惟宣公一人排而渾摯而暢識本經猷功高
武事學士家當常置研席不特後生循誦而已

昌黎文鈔第十五　韓公名愈字退之南陽人三歲孤隨兄會官嶺

表會卒嫂鄭鞠之長擢進士署董晉張建封推官調四門博士遷
御史貶陽山令稍內移分司東都令河華間復為博士歷郎署史
館脩撰知制誥以右庶子從裴度宣慰淮西領行軍司馬淮西平
遷刑部侍郎諫迎佛骨黜刺潮州移袁州召拜國子祭酒會鎮州
殺田弘正詔往宣諭以兵部侍郎行定亂還轉吏部謚曰文唐書
叙官如此昌黎伯乃宋封也書錄解題志其集特詳曰昌黎集四
十卷又外集一卷嘉祐蜀本所錄也附錄五卷集諸人論譔公者
亦曰韓公志也年譜一卷莆田方崧卿訂樊澤之本也舉正一卷
亦崧卿校本也外抄八卷凡石刻聯句他所雜取并考疑輯遺等

抄而刻之也後有朱子考定本世多有之其文自當日李漢皇甫
湜訖宋明歐蘇唐茅言之備矣愚綜括斷之曰後六經而成一家
者太史公振八代而反六經者韓文公也鈔內文大槪與歷官參
會故撮略如右

柳州文鈔第十六　柳州者河東柳宗元子厚刺史卒官世因號柳
柳州也新唐書本傳檃括昌黎誌墓語其誌於昌黎集鈔載之誌
所謂要人用事者王叔文王伾也陳氏振孫曰柳集四十五卷又
外集別錄摭異音釋附錄事迹本末共十卷方崧卿旣刻韓集於
南安嗣後江陰葛嶠為守刻柳集配之劉賓客夢得序曰三光五

岳之氣分太音不完必混一而大振貞元中天下文士如繁星麗
天而芒寒色正人望而敬者五行而已子厚斯人望而敬者歟近
選大率取歸安本而余鈔首列淮雅則出其外至南中諸記跋大
尉狀等釐分判合且并原集是正之蓋唐宋大家集刻雖多希得
善本固應別有會心

文苑英華鈔第十七　王氏揮麈錄云太平興國中諸降王舊臣或
宣怨言太宗收置館閣使脩羣書如冊府元龜太平御覽文苑英
華廣其帙厚其廩以役其心乃卒老於文字之間平園周益公跋
英華尾謂太宗既得諸國圖籍修三大書各一千卷英華所集止

唐文章真宗朝姚鉉銓擇十一號唐文粹今所鈔僅二卷名不以粹而以英華者所錄有出文粹外者也差等唐大家文者曰惟韓無對惟柳對韓既錄韓柳復為是鈔何曰韓柳擅大家非二家盡三唐也如老杜賦三禮小杜原十六衞魯公議謚文饒代言皆傑然者而習之可之則宜與儲氏且進八家為十世亦莫以為怪余謹擇其辭歸體要議裨世用者登之若初唐四子一輩手筆又下六朝愚所不取

六一文鈔第十八　　參宋史本傳及晁氏六一居士集志歐陽修字永叔吉州人四歲孤母鄭以荻畫地教書字舉進士有聲官館閣

序　四一

校勘知諫院掌制誥翰林學士參知政事每以質直見逐始惡高若訥謫夷陵繼不悅于夏竦黨論起污以甥女事左遷知滁州其後蔣之奇又用帷箔語誣之力辭機務出知亳州徙蔡州致仕卒謚文忠案六一者居士為自傳曰藏書一萬卷集金石遺文一千卷琴一張棊一局常置酒一壺以吾一翁老此五物間豈不為六一乎陳氏志其集凡十名而宋藝文志則有正集別集六一集及奏議內外制從諫集七名耳學文始末見記古本韓文後朱子云好處只不使差異底字換却尋常底字是鈔購有校本駁正頗多別有據理手擘者至唐五代史論茅氏收附之儲氏非之愚謂司馬歐陽二家綰十七史起止薈萃古文而以史體占之適此二家焉正是文章家天然公案附存何害

老泉文鈔第十九　　晁陳二氏記鈔蘇洵明允嘉祐集言明允眉山人初入京師歐陽永叔上其書二十二篇除校書郎與姚子張同編太常因革禮百卷其薦之歐陽者張益州也世知之有雷簡夫者薦尤力世罕知也南豐曾氏哀辭稱明允文侈能盡之約遠能見之近煩能不亂肆能不流若決江河而下若引星辰而上傾倒至矣朱子斥其論六經看聖人全以術欺天下而在陸以為有道而無術則道不行蓋欲以蘇張之術濟孟韓之道期於必行而行

序　四二

矣儲門之指大率祖漢而祧宋先蜀而後洛端倪於此今鈔置易禮樂詩書諸論而收幾策等竊謂縱橫家規時指事但率其言之所自至不必援經以飾之於世自有用

東坡文鈔第二十　　明允長子軾字子瞻至端明殿學士案史嘉祐中至京師歐陽修奇之曰當避此人出一頭地與王安石忤黃州安置在熙寧初以章蔡等進用連貶惠瓊在紹聖初還提舉玉局觀卒常州在元符末東坡則居黃自號也高宗時贈資政殿學士親製集贊崇贈太師謚曰文忠今考贈誥文忠蓋舊謚而集贊乃孝宗製史誤也集次為七載馬氏經籍考蘇氏之文制舉策論最

造極而長公才尤天授指近申韓其論新法等書又大相反如出
兩人迨觀辨試館職策問劉子自言可否相濟耳是鈔論策特富
錄所長也志林論古不與制舉論涵時異體異也佛法文字惟長
公一二入鈔徽宿慧也生平文章忠節具孝宗贊〻曰維古於文
言必己出綴辭緝句文之蟊賊手扶雲漢斡造化機氣高天下乃
克為之猗嗟古人冠冕百代忠言讜論不顧身害凜〻大節見於
立朝放浪嶺海侶於漁樵歲晚歸來其文益偉波瀾老成無所附
麗昭晰無疑優游有餘跨唐越漢自我師模賈馬豪奇韓柳雅健
前哲典刑未足多羡敬想高風恨不同時掩卷三嘆播以聲詩

序　四三

欒城文鈔第二十一　明允次子轍字子由隨父兄至京師與兄同
登進士書錄解題言蘇氏望趙郡欒城元魏時屬趙郡故云晚居
穎號穎濱遺老故集或名案史轍於仁宗規及禁庭於神宗論青
苗迕安石於哲宗論去章惇呂惠卿疏調停黨議非是奏止李清
臣蒲宗孟除尚書其他皆侃〻持正徽宗立蔡京當國罷祠居許
卒即穎上也淳熙中趙雄謚議云轍起草萊鯁亮震天下晚踐臺
省遂躋政塗長才讜論終始大節公論可考宜謚文定儲氏十家
錄紀欒城集五十卷自嘉祐迄元符作又二十四卷曰後集居穎
作間有放失第三集收拾之又進論進策十二卷集最處後肇最

屬先題曰應詔愚案應詔與兄同時皆少作子由文沖淡紆宕
善學之易散緩鈔故不多

臨川文鈔第二十二　王安石字介甫臨川人進士上第史言安石
屢辭館閣之命終英宗世名不起神宗在潁邸知之甫即位遂委
用之安石以經術經世對帝問何先曰變風俗立法度最急於是
新法並興天下騷然矣其壻蔡卞稱安石奮百世之下通乎晝夜
陰陽而神著雜說萬〻言與孟氏相上下著字說包括萬象與易
相表裏其所以阿之至於此余讀其書根柢有過人者因取不廢
言之義鈔列之置欒城鈔後兩人如參苓烏喙不可同器卷短故

序　四四

併之非與公穀徐庾例同日而語

南豐文鈔第二十三　南豐曾鞏子固嘉祐進士官久外徙史本傳
言通判越州知齊襄洪福明亳滄凡七州晚拜中書舍人居母憂
卒性孝友弟肇狀之韓持國碑之稱所著集曰元豐類藁五十卷
續集四十卷外集十卷朱子為作年譜開禧中建昌守趙汝礪得
於其族孫濰刻之至明中葉晉江王思道毘陵唐應德亟稱之余
鈔其尤合作者頗為不撿若鑑湖圖救菑記議諸篇尤非苟作者
案歐蘇而下六人茅氏合唐之韓柳定為大家三百年無異議或
曰毘陵唐氏元本也余見水心葉氏敘當代文運之興歐陽最有

力曾王蘇氏父子繼之始大振然則此六家並言於宋已然矣

宋文鑑鈔第二十四　益公之跋英華也述孝宗欲刻江細文海臣奏其去取差謬帝乃詔館閣裒集皇朝文鑑此編輯所由始也朝野雜記言文鑑者呂祖謙伯恭被詔編伯恭趙丞相薦之編類六十一門一百五十卷益公撰序焉孝宗實錄詆伯恭書有通經不能文者亦廁其間以矜黨同伐異之功蓋指伊川也時韓侂胄方用道學為禁故云朱子嘗說伯恭去取之文某平時有熟看底今揀得無巴鼻而晚年又謂此書所載奏議政治大節祖宗規模與後來中變盡在其間非選粹比愚案文鑑當時鮮定論若此今所

鈔間有別出或不余罪也宋世作者自歐蘇數家外魄力漸弱然有度越前人處措語必依傍經傳而余更藉是錄存濂洛關中諸緒言使儒宗大意集內亦不漏略

龍川文鈔第二十五　龍川傳略曰陳亮字同甫永康人才氣超邁喜談兵著酌古論郡以解頭薦上中興五論孝宗淳熙戊戌復詣闕上書天子震動欲牓朝堂名上殿擢用之大臣莫知所為已至金陵視形勢復上書是時孝宗將內禪不報由是在廷皆怒嘗落魄醉酒為大言或以首刑部下大理笞掠當以不軌帝廉知之得免無何家僮殺人又下理至是鄉人會宴同坐者暴死又下理皆得不死光宗策進士御筆擢第一授僉判建康未到官卒有集號龍川朱子與書往復謂金銀銅錫混為一罏葉正則序之曰同甫脩皇帝王霸之學考其合散發其秘藏皆今人所不講元晦意有不與而不能奪也同甫嘗與呂伯恭極論至夜分呂公歎曰虎帥以聽誰敢犯子同甫頗慰意焉是鈔中興論第一首及戊戌書皆在讀之使人氣豪

朱子大全集鈔第二十六　士毀齒讀朱子書便識朱子諱不敢誦言於口字曰元晦其師屏山劉先生所命也紹興末進士官至煥章閣待制侍講年七十一卒謚曰文理宗時贈太師封徽國公史

臣言登第五十年仕外僅九考立朝纔四十日寧宗初屢言韓侂胄將害政偽學議起黨禁急士之號儒者至更名他師易衣冠狎市肆以自別而朱子與諸生豆飯藜羹講學不休也所著自諸經章句集解或問語類小學家禮近二十種外又編次通鑑綱目宋名臣言行錄程氏遺書伊洛淵源錄旁及楚辭韓文等考注而自為文又百卷別錄十卷何其盛哉嘗以奉名行或要於路曰正心誠意之論上所厭聞勿以為言答曰吾平生所學惟此四字豈可隱默欺吾君乎是鈔不一味入道學語而言近指遠罔非道要文字光明邃密斷自過江來第一大家

文獻通考序鈔第二十七　文獻通考馬端臨貴與著其成書之歲見養吾李氏序曰過江四丁未而通考成蓋宋高宗以丁未南遷至是百八十年為元成宗十三年也其繕刻之由見饒州路總管公移曰粹德真人王壽衍移准中書省咨令本省謄寫鏤板則仁宗延祐六年也其生邑世履之略見壽衍進書表曰本路樂平州儒人宋丞相廷鸞之子見公移者曰前宰相碧梧先生子再任衢州路柯山書院山長蓋碧梧即廷鸞號而山長則以隱遯終也其書分類之目貴與自序詳之今存鈔內書成元代胄出宋卿身未通籍宋史既不為立傳元史又闕之則史氏之疏也余鈔其序為

古文之殿欲使讀者知古人為文非華言而無實即此二十四篇數千年治術具舉壽衍表云議論本諸經史而可據制度會之典禮而可行於乎如此方許著書豈易言哉豈易言哉

史通通釋敘

乾隆十有三年戊辰三山傖父年七十客將以其生之日為言以壽傖父謝曰壽孰如史壽人以言孰如壽言於史先是已未代匱蘇郡校坐春風亭抽架上書得史通循覽麗過旋舍去乙丑歸老諸知舊來起居傖父方手裒亂帙咸笑以謂書生習氣老彌故紙猶昔耶傖父唯唯則有蔡子敦復質所校字西江郭孔延評本騤對如略識面已益劉通大致云傖父曰稽古之途二經學史學儒矣六經之名始見莊列書史名尤古見於書論語自漢止立經博士而史不置師向歆七畧不著類至唐千年人為體例論罕適歸而史之失哤彭城劉子元知幾氏作奮筆為書原原委委併涉學家分滕叅觀得所為通行之宗改廢之部館撰山傳之殊制記今修往之殊時與夫合分全偏連斷之宜良識簡蕪核直夸浮之辨巔若畫井疆陳緜蕝豈非一大快歟矧夫衡史匹經比肩馬鄭而非蟲篆琱刻之纖纖者歟顧其書矜體眷名斥飾崇質跡創而派其設防或偏以苛甚者佹辭蠛古以名開臆評興而衷質蔽莫能

直也郭本其尤已進問春風亭本曰是出大梁王損仲冀除諸評世稱佳本然其蔽善匿蒙焉何豁譌焉何正脫焉何貫未見其能剔徹也且劉氏世職史而文沿齊梁距今又千年所進退摩冊已大半亾闕所建立標指又苦駢枝長語迷瞀主客此其可以履豨故智塞事乎吾嗤夫弋名治古而宿習之據於中者四焉剽也膠也漫與也冥行也躡亾闕之蹤蕞駢枝之竅而逆之以中據之封畛以求無蔽其與幾何傖父曰不空已於所入者不泂彼于所出亦適乎通者之衢而已用是疏而匯之一言之安一事之會周顧而旁質豐取而矜擇迎之以隟閒俟之以懸遇持之以不止濡首

送日以勸吾神而忘吾年會年六十九丁夘之歲除脫然不自知其業之集明年重自刊補有以比平新本至者互正又如干條盡九月為再周命曰史通通釋無負彼名云爾蓋七十叟之生十月三日也稱喜簡再輟而期再會也性不飲至是舉觴為起而為壽祝曰老子論交古制作前乎誰疇後誰酢書成生日對深酌侑我靈龜謝紛若于脊樂兮南杅秋浦起龍二田氏略事概弁其端三山傖父者晚自謂也歲十月初吉

上神宗皇帝書序　[illegible]

過灋莽之墟拾斷梗而不求其幹曰是木而已矣以是為能度材度材若是易乎昔胡夏客說老杜讀書難字過之句謂重難其意不輕放一字過也夏客說杜則非而論讀書則是其所謂難與吾所謂易正相發也敢復蔡子舊從吾遊吾實無以益敢復然吾讀書不敢以易心泳之獨此意敢復若心印然緣條探本必根抵見而後已此復晨夕王子五福相叩擊所闚尋日益富所穿穴塗畛日益邃彼掭斷梗以自憙者衆矣敢復息之深深於吾遊處中庶幾讀書種乎焉會閱蘇文忠集讀所上神宗皇帝書以為是言事最鉅之章關宋室盛衰之會不當與他文等因詳注其篇敢復胚胎撰述將有進乎此者此其嚆矢也夫

序　四九

内簡尺牘序　[illegible]

宋尚書晉陵孫覿仲益生值國故更事徽欽高孝四朝為文章容與詳贍淹貫衆體於昔廬陵南豐眉山諸老相繼徂謝仲益趾其後號作家所著鴻慶集行世久異時有議重鐫者格於物論而止仲益高官大年國史無傳略散見南遷帝紀中而世復佚其遺文君子懺時運述事變致論其所致然未嘗不為之徬徨沉吟搤腕太息獨其緒餘有尺牘十卷明中葉再三刻（成化辛丑仲益十一世孫蜀撫仁刻雲間錢尚書溥序嘉靖丁巳建陽守顧名儒刻自為跋萬歷庚辰淮陽學皡沛水李時成刻姚江葉逢春序）於今僅存版亦湮矣梅里蔡氏子弟風尚好古屬者初篁理故帙憫斯牘之傳不廣又病夫淺人者詭言門人夾注清漏乃與諸大阮體乾敦復用謙謀手辯而版行之於是用謙起為約剋日從事而吳門張蔭嘉以社會來集與勞焉刊正衆補捉鈔接校首尾纔五十日注本定諸子辱與予習每稾冊成趣以貽予予婢其敵促勤而樂其周審驚歎其脫手何敏也予惟考古之用博矣必有所托以行是讓讀者簡畢騰技諸子奚擇而主是西漢之季子雲子駿著作傾當時尚論者盱衡與敘於其人其文淼進退焉君子立言行世本末重輕有辯之者諸子奚擇而主是曰無他也邃覯焉邃傳焉且傳亦非一端而已傳之而有與為韋或有以為懼幸與懼殊趣而勸

序　五十

懲出仲益尺牘之傳，韋恥懼恥，庸詎知行世之非以持世耶。予曰：譆，得之矣。

乾隆十有二年丁卯春二月〻吉山僧浦起龍叙

詩學指南序　蓴花

詩有則焉，有指焉。則如伐柯之則，詩選是也。開之自晉摯舍人，及其流，無慮以百數。指即指南之指，詩話是也。開之自梁鍾記室，及其流亦無慮以百數。此二家者，紛綸汗漫，聞道者苦之。抑其被於用也又有辨。何者？詩教至梁陳間，漸講聲律。聲律興而條別宜忌，動輒有犯。初機之士，苟晦厥指，則雖陳莫尋其軌，犯輒不免焉。譬入匠氏之門，揣員方之成器，以為道盡此矣。捉斤削而從之，其不蹈於偭規矩而敗度者幾希。故詩選者，員方之成器也；詩話者，規矩也。此之不可不審也。我　國家中和化洽，自上下下，奉詔自今取士兼用詩，一時選帖四起，然未有以條別宜忌為世正告者。顧君苓窓乃扳行其手最叢話曰詩學指南者，問叙於僧叟。苓窓涇皋之秀，其家景行，洯汾中辰諸舊人，皆詩老也。濡染緒論，以出是編，比於行之有導，述為圖經，指南之云，誌所授也。其仍綴選略者，假住則，證今指也。賅而存焉，規矩班如矣。易曰：神而明之，存乎其人。神然後能用規矩，其勿以躪〻拘〻隘是哉。若夫拈示宗指，崇

序　五一

尚滄浪，或頗疑取捷襟靈，慮閉束書之逕，而又不然。滄浪固曰：詩有別材別趣，非多讀書，多窮理，不能極其至。噫，深於此者知之。（乾隆己卯季冬[illegible]同學弟山僧浦[illegible]書）

竿頭吟序　蓴花

駐雲南督標協府濟寧王子佩先生，予始聞其人於太守儲公。太守曰：協府文武忠孝，不私其家，然意量恢遠，孜〻喜賓接名士。吾子亦願見之乎？既乃識之督軍廳事之左，則長身赬面，鬚鬢〻半白，黑篤親愛君之志，結於其中，慨然激發於言辭，而吐屬淵雋。一澤以風雅，蓋造次莫能量其所藏也。既又造觀其幕，爐香綈几，淨潔無纖塵，左右圖史。予所箋少陵詩在焉，少陵箋予前致太守，協府蓋奪而有之也。壁間黏小照，袒腹赤髁，躡屩履直立，作罷釣圖。圖之旁懸一竿，密節而堅緻，蓋粵箭也。竿綴小輪，縈以緡，任卷舒焉。協府乃指而述曰：吾少以奉晨飧晚，以伴羈宦，皆於是竿焉托之。少陵所謂白柄長鑱，倚子為命者，類是矣。間喜吟小詩，因以竿頭命其集，而出詩請為序。協府年未壯，升于司馬，第進士，給侍周廬，馳驟宣曲，馬射長楊，交戟之間，久之，今閩泗城。泗城黔粵相錯，苗族長子孫，互為窟穴，屬當釐定其境土。協府減騎從，深入宣上德意，不折一矢，而砦洞悅附，相隨屬會，被譏入國門。世宗憲皇帝立雪其誣，遣赴雲南督軍幕下，遂協總戎事。協府年六十

序　五二

餘矣功名已暴於天下方且繪淩煙之閣而鏤冊府之版豈與夫
坐苔磯操蓬艇歌且歔於滄江寂寞之濱者同年而較論哉顧其
為詩直寫胸抱不屑〻研揣聲律而君親之念每飯不忘其他即
席分題老氣無敵未嘗假酬贈為干牘媒聲譽而梯勢位也今夫
聲譽之壘勢位之階或者餌而引之鉤而致之為術者甚巧果如
是以用其鉤餌辱此竿也莫大焉吾觀致物之術多矣鮮不出其
機械之變獨釣者之得魚悠然不膠于心鴻冥如子陵鷹揚如尚
父其迹殊其寓迹之心一也協府名其集其即協府之寓其心者
非耶少陵送孔巢父曰詩卷長留天地間釣竿欲拂珊瑚樹然此
專於遺世者之詞也祭征虜為將所至必投壺歌雅氣象固殊焉
夫進而折衝退而觴詠其致愈高其收功愈遠今天下方治平而
協府以其時倚馬麾毫化兵戎之氣而徹蠻烟瘴霧之封才名勳
績應時俱起吾又何能量協府於所到也然則斯編其百尺之竿
頭也夫旹
乾隆元年丙辰人日

序 五三

房師德州田彥威先生研思集叙
言詩者歸唐言唐者歸盛竊謂詩性情事非研揣怵肖其貌云爾
也龍年五十矣不以制舉義鳴代間好少陵詩著心解頗有所論
譔然質魯不工為詩卒無他長以鳴乃已酉秋薦出吾師德州之
門就謁師臼下望渴而喜狂意龍必老而嗜古者熟視泣下曰歔
所為少陵詩解謂於張賞益酬借聲譽過矣退而感嘆涕洟念吾
師以文章友教為性命則平生性情可知也明年春相繼遊京師
然後得受研思集讀之研思者吾師之祖司農公授師古硯以勗
家學師取以名集寄其先祖之思者也然則憑高弔古贈處留題
皆其孝敬之思繼繩之思之所溢而出也吾師之性情深矣少陵
每飯不忘君夫亦深于性情爾已吾師詩翛然塵壒之表在右丞
襄陽間貌不少陵也然性情少陵也州又聞昔人之贊研德者曰
筆動而研靜筆銳而研鈍吾師匪動且銳之思唯研是思毋乃與
世之逐聲利嗜苟得者背馳與龍老無他長絕意先鳴師吾師之
靜且鈍者以固其所存庶幾不負師承者歟柳州云受德者不待
成身而後拜賜感知而已德水流風古懽舊雨將遊而遊焉以陶
治其性情或於詩有少得也句吳門下士浦起龍

重刻今詩篋衍集序
丁丑戊寅之間吳門沈宗伯甄綜　國朝詩別裁集刻成首以見
遺得人九百九十有奇詩四千九十有奇可謂盛矣歲再易而吾
同年于華生天和取昔義興陳太史今詩篋衍舊刻新其板而謁

序 五四

乎為叙天和學敏而志遜顧於盛選流布之初飾已陳縮本若相
抗然卒未必勝毋乃非計歟而不然也篋衍出太史殁後漁洋緜
津皆驚賞之以為蹠越遺音持擇矜慎而宗伯舉例亦言諸選篋
衍為善獨其集限盡康熙癸丑後皆闕如是別裁所為作特以蔵
續録非以過前光也且夫博而反之約理有固然我　國家文教
誕敷卓範前古即詩之一途若全唐四朝會萃纖顯而方虎孟舉
俠君錫鬯諸作者各占一代網羅而表承之漸磨廣厲百有餘年
而鴻才麗製等身接踵斯亦博極而將反之約之會矣天和固善
遵其會者也蓋嘗於
宸編聖訓仰窺而得所宗焉
御選詩醇括千載以六家雅言庭命申二南於三百皆是物也尚約
也天和為此庶有合哉雖然約之為言非求勝之辭亦遜辭爾別
裁篋衍兩書具在學者各視其力以相取而用益宏吾見通衢環堵
和其聲以鳴　國家之盛所在同風必自於此矣天和其以吾言
過庭而正之

劍門詩鈔序　剛　葉記

有臺閣之詩有山林之詩昔人之品詩者二而已嗚呼詩之變豈
盡是哉臺閣之詩詳雅而嚴則在詩之雅曰鳳凰于飛翽翽其羽
此志存乎用世而世亦無所左之者也山林之詩潔白而閒澹在
詩之風曰蒹葭蒼蒼白露為霜此志存乎遺世而世亦無所攖之
者也是故詩也者聲也聲也者志也有用世之志入遺世之羣無
遺世之志窒用世之路于是乎不山林不臺閣之詩作而詩之變
極焉今夫水長川洪河會萬斛之舟坦若行地渾渾爾洞洞爾聲
沉而神穆所謂大含元氣是也深山之泉懸崖之磵渟泓靜止滐
雪腸胃蕭辰獨夜山腹滴瀝清響沁耳幽人以為水樂焉之二者
皆水也或樂為世用或甘與世遺若夫撐駛流犄田瀨桂或底之
峽或堆之其為勢也竅突而盤紆然後噌吰之響發作於中流澌
而即之為竅坎鏜鞳之聲如蘇子之誌石鐘者是聲也非求勝乎
大且幽者之二境也觸之而越搏之而鳴其有不得於中者歟其
於詩所謂不山林不臺閣者之聲歟嗚呼天之於物也有私乎無
私乎雲吾知其在上泥吾知其在下有人曰不泥不雲懸置於中
間不墜亦不升雖童子亦笑其悖奈何臺閣者什一山林者什二
三不山林不臺閣者什七八其在於人奚懸置者多耶其能不為
噌吰竅坎鏜鞳之激越而長鳴者耶韓子曰物不得其平則鳴歐
陽子曰詩人少達而多窮其果信矣乎陸子劍門濩落於遊跌宕於
酒悲賓戲而託寄於詩其於嚴則之音閒澹之韻合焉否焉吾不

得而知也鞭之而越搏之而鳴其志之所聲斯其大都也龍蓋觀夫紙鳶之為兒嬉者而悲之扶搖而起羣譟而送之若鹹鵾之蹤空將翔乎青冥騰乎寥廓然而縻之以修綆不至十仞惎其脫而去也劍門萬里身故不遇視縻綆之紙鳶如龍者何如也南郵學弟浦起龍序

校刊禹貢正義序　蕢祀

梅里泰伯祠奉祠事曹君峻授余其祖所著禹貢正義三卷曰峻無似去家髫齡為道士先祖遺緒斬然盡矣獨所守有是書將梓而傳之峻且老不然且墜言已三歎余受而題之為文稍釐其譌脫而歸之致是書之成在康熙甲寅是時德清胡氏錐指未出諸治經者全禹貢尤莽鹵無論二孔班酈雖蔡傳亦莫考尋其所自撥棄不復觀曹氏躬葦布闃然閉牖戶攝心印經準經判傳揆成言申獨斷為於舉世不為可謂獨立不懼者矣略揭其端曰通貢兼通商旅曰賦錯非訓間雜曰奠山奠川非複叙治水皆能確然不惑於舊說第其所謂治水治地不同時北江中江不同路則猶有待於論定者彼錐指之為書詳略固殊歸趣亦多各出至奮而與蔡氏爭得失難端往往而合也且夫讀古聖人書固非畏繁正畏簡耳將欲包舉萬里囊括四千年氣數人事屢變之地形一一規合

序　五七

於僅贏千字之遺經其不能有合而無離者勢也雖不能有合而無離而孤行苦志藉經以留終將自出者神也曹氏書成三十年一聞於陸鐵莊氏又四十餘年余始見之通七十年有奇藉其去家族之孫以播聞於時是何久晦瀕廢卒發而傳與毋其有神者司之與鼎銘之言曰君子論譔其先祖之美明著之後世其先祖有美而不知不明也知而不傳不仁也若峻者尤難能也曹氏名爾成字得忍晚自號藪菜生望亭讓里名家乾隆丙寅秋七月同邑三山儋父浦起龍書

東籬遺稿序　蕢祀

往余為讀杜心解海內見者無遺言以是誤得能詩名實不知詩也壬子秋還自南州士友以先集見屬者月三至最後族外侄陶子仲敦叔和持尊府君東籬稿介余族子繩霞請為序嗚呼余不知詩顧於所以詩之故昔者竊聞之昔者聖人之語孝也廣矣大矣謂孝塞天地橫四海推而放諸居處事君涖官朋友戰陳無之而非孝末之歧也無殊本光之遍也無殊明是說也義通於說詩今夫河山之盤桓游處之合離名蹟佳時之遷改卉植飛躍百物之森羅悲愉喜愕觸非一緒寫非一端斯亦盡詩人之情矣然離性言情非情也離性言詩非詩也東籬故孝子也東籬少孤擇業

序　五六

養母去爲賈人〻世莞枯凌負之事無所不更阻艱無所不涉瘏苦無所不集然而有匿貧之子無失懽之母有經時不依母之日無終身不孺子之年所觸皆至性所寫皆真詩悲愉喜愕無之而非孝子之心聲也情不必同〻於性詩不必同〻於孝夫豈篇蓼莪而句岵屺哉東籬晩節極賞余杜觧杜詩千四百有餘首言太夫人者止維南獻壽一詩然不得謂少陵非至性人序詵南陔白華孝子之養頋三百篇中獨其詞逸昔人云作詩必此詩定知非詩人嗚呼知所以詩之故可與讀東籬詩也已東籬爲詩緣手散棄仲敦叔和掇拾再決歲所得不及五六仲叔並年富有聲諸生亦孝子云

楊天培文藁序 冪記

制義爲決科先資所由達於用者資是以遇也坦而不隱直而不回安和而無所距詩曰好是正直易曰何天之衢亨爲之者順意適志行乎其所當行人之遇之得其句樂觀其股得其股樂觀其篇暢然一稱其意之所欲出文如是亦旣足乎其分無負焉爾矣適長安者之乎齊魯之道人稠馬閑安驅而即次掉鞅絶塵而惟所指之歸雖使童子由焉不掖而可以達有好異者過之以爲恒而弗由也寘行側塞甚者横騖乎畸詭謂吾有捷徑於此不知其去長安也益遠楊子天培梓其平日揣摩成之文若干首來就趣以寓余余讀之怡愉粹美理充而法自來會視先古之規矩無進退焉論者謂規矩之用能爲方員能不爲方員能爲不方員若是則神矣然不爲方員爲不方員卒無以易乎方員者其本也韓子曰醇也然後肆焉又曰與道大適是則吾楊子之文也楊子將爲郡博士以是式其弟子員無併岐觸胥而出於坦直安和之途循是以往或進行其教于成均成均亦然或轉而莅民社或陟曹郎以導其百姓以爲法於庶司亦胥而出於坦直安和之途則非猶是文焉而已率是道豈有旣哉吾邑籍庚戌者七人而以郡博士需於里則余與楊子及王子武沂三人也楊子處邑之北境余處東境相距九十里一歲無幾相見如異地然唯王子居邑中余與楊子過率由王子王子學加邃年又加長其以余言質之以爲何如

先正文讀本序 冪記

記曰甘受和白受采忠信可以學禮蓋言質也夫物過溢則濫沿而不知止泛洋而莫識所歸所以持其獘者質而已質所以持旣溢之弊而其用且致不匱之施夫質完然不露其肯綮而泊然常茹其聲光彼希世之寶走集五都吾乃僅而示之璞見者宜不反

顧況望能既其施乎道又存乎取質者善推其功用焉八股之盛未有逾於此時者也然質亦少漓矣族子繩霞起而程之以先正取憲彝武世穆神六朝之文甄綜之得名墨名稿各百篇離爲二集句疏字瀹理還理法還法既其篇終又隱括其義類標舉其體要露其不露之肯綮而發其常茹之聲光則不惟其弊之持而璞之示所謂能既厥施者矣大匠之制器也周之環如折之稜如怏之張之可使羸萬間之廣轉萬斛于江湖之險而達間其所揉規矩而止也出而誨人無他技巧之加也然苟衆著其用而神明其所以用雖窮遠盡變豈嘗病其不給哉繩霞忠信人少陵云吾宗

老孫子質樸古人風每對其人愈歎斯言有味忠信之人依於物者不違其類吾樂夫是書之行忠信昭而禮生質昭而文生三百焉三千焉日生日盛而終且弗漓也然則繩霞之功於八股文事也其亦豈已　宣統壬子上巳日[illegible]二田陰書

顧持國小題文序　茅記

吾鄉故多川巒之觀曉覽雲物而宵涉乎烟波信造物之無盡藏也吾據而有之莫吾奪也俄而客自楚越來則談赤城之奇洞庭之險吾雖有川巒雲烟勿敢終據爾矣然試與之馳八極乘六虛西靡崑崙東窮瀛海以奪乎楚越之所據意量又不侔也此非吾與容向者之所據一二無與於造物之藏造物無盡吾之取亦無盡君子不曰向者之可棄亦不曰可據而止也歲丙午顧五兄持國來爲兒子師宿疾初起橫經講肄之隙率屏去書冊以閒其心神凡如也久乃得其向所爲小題文讀之扶輿盤礴浸淫汪泫來莫尋其所起去莫測其所到越山不足奇而楚水不足險方幅之士操尋尺之繩墨莫得失於秒忽之間所閱歷不過一拳一勺難與論天下之觀矣然五兄之言曰自年十八九肆力於小題六七寒暑劌刷其情狀別出畦埒其隆隆而起也吾固勿爽之其汩汩乎來也吾固勿障之以達吾盛壯之氣而溢吾情焉此一冊者大

半是也年且三十乃始平吾情易吾氣折而入乎先民之步伐而心胸之疾作輒擱不復顧既于今三年非敢據而止也顧吾子籍記其歲時牘而存之蓋將由乎此以蘄至乎其所未至時一驗其力學氣候之淺深得有所考焉不可謂非取於造物者無盡之一徵也夫學據其所始非篤學者也學棄其所始亦非篤學者也奮身八極御氣六虛然後知蒸雲涌波以靡乎崑崙而窮乎瀛海非一朝一夕之故已五兄家學淵遠時文之外溢出爲詩歌雄長諸昆間諸昆皆擬拾甲科以去循行而起若需次然攄今之術往應之已不啻取償其所負然猶不自克方求盡乎不可算數之藏以

逞其顧之奢吾年且老而學益退讀五凡之文所由徬徨罔措彌日也司學小弟舊同籍南鄉浦起龍拜書於安隱窩

新刻注陳星齋稿箋注敘 芳花

弟子服先生長者之訓治四子藝於今日不可以易而承矣側聞往輩說書守顧劉縮本一冊其為文式以明中世之佻巧者又傳之小大試近牘百首或倍之能是者校者為老師受者為業就有一字一句逸出他書則鋤非其種若攘禁物然為世大戒是不亦偷而易盡乎訓之者曰古人立言有本其成也有物四子藝又言之純粹精者也以若所聞毋乃於本且物者未之思乎本且物者

序 六三

何謂耶理與事而已理於六經事於二十二家之史理貫而幻事同而岐旁見側出於子林說部以極類而盡變而一以四子書為之總是四子書者經史百氏之大綱而經史百氏其目也世未有以空綱致物者乃為四子藝廢經史百氏是棄綱而捴繩者也明（綱）文三變武世而上其辭渾後生畏之穆神之間其用圖病或[illegible]以遷嘉隆繼也而感時撫事之文作數典者以經證治忽者以史徵文譎諫者出入于與說之林由是言顯其物益尚通經學古而興運遂啓 國初諸先正匯萬有敷元毅金石韶濩其本厚矣嗣是生逢太平才議鮮所施用移其智慮務揣摩蘄速化[illegible]焉

刪去一人別已上若二字 無著者恬仍之

聖學代躋文治日上鄉校山館縹囊充棟士志乃大轉會朴山方氏起嚴睢（晚樓）一時笠山十區星齋數君子鼓其橐籥而通經學古之風復得於四子藝熾然共睹之今之少年學不知序窘步而捻觚非取此等合作亟肄之使知某見某經某見某史知某某見某子某部以治時而達古其何術為之嚮蕖耶蓋先生長者之為訓如此弟子退求其書籍記其所從出手胝目瞀作而曰學知不足教知困信夫竊見教者當困矣或乃扶易心以足已謂盡物焉學云乎哉積既久鍥陳稿先之諸 國初前後本俟嗣鍥云子王子疇稿也沖贊宮廟先生長者也述其端者弟子顧一經蔡巫堂肯堂也

序 六四

枕經樓試藝序 芳花

文之積理者曰有本之言立乎先不役乎其後而出之常有餘本之義有二曰本實曰本領性根之而學種之凡三畢而後及於文其及之愈後斯其出之愈盛故本貴也 國家造士令甲首性行次學植孝弟以觀其門內六經羣史以證其日力而寄其責於學官使別其可者申之視學之長而貢之成均優異之甚晚幸通籍就微祿得蘇之郡校樂與諸同類相劘切因而夷考其行能久之得吾方子駿公初駿公質其文醇白茂密異夫側行畸蹊敝精於鉤棘之末者繇其文知其人其克家也畜一身溥親惠而篤專其

弟定之於學定之先隽喜逾其自隽仍歲贍旅費相屬於道其居業也常以日晡事定篝燈治經術旁逮三史夜分乃息間捻題為制舉藝特隙晷耳然為之醇白茂密信有本之可貴也朱子嘗論李漢韓文序因文者貫道之器一句曰文從道中流出若以文貫道却是把末為本又語吳大年曰纔要作文章便是枝葉然則駿公之於文其積者其流者耶其合於朱子之云者耶其華之造士令甲而及程者耶由所謂本寔本領者而之焉雖以楷群倫經庶務莫之有易也又多乎哉駿公將北遊衷其頻年諸試牘如干首梓行之來問序纂歸盱二年別駿公久駿公不之乎重言之門而之乎窮老不奢出以為富而唯其甄錄可信者之為貿亦與夫役於末者異矣吾是以徵其本而為言金匱友弟浦○○

嵇王城文稿序 蔦花

自余庚戌秋杪與嵇子王城別京師距今丙寅十有七年矣嵇子名諸生膺薦入 覲蒙
特簡恩行樞曹試吏豫省由是累宰劇邑治皆最凡共事有能聲者一旦出其下積五六年竟以伏機猝中失官比得白計靡歲月與莅官之日略相當先是嵇子與余有族姻而余女又壻其姊子時鄉繼見相親善往往酒悲握手期以功名奮在京師周捄患苦既行部余亦幸通籍復共僦僧舍彌旬以別今夫人生相與久故間闊中更得喪如噩夢幻影年且老得再見宜刺刺絮語話行事本末或激為佗傺失意不平之詞不然則為達人懸解推挫廢棄一切之態人情類然嵇子顧皆不出此第手一冊示余曰此吾被議時與彼中諸髦士相往復為小題文諸髦士欲攫而登版堅拒弗獲者也散佚之餘篇不盈百子為我序其概吾將藉子語以委懷焉余懼然起未暇發冊揖而言曰超超乎吾子之幾乎道也不激而氣平不挫志而樂其羣可謂知命不惑君子矣夫文非外襲之器也依乎性情學問而出性情本諸天而待治于人學問徵諸人而毋損其天吾虞嵇子外劫而內靡而嵇子洒然若居無事而事其所事時吾慎也善吾與也知其性寧而學馴也夫文劫則躁靡則頹性寧學馴天人交定尚何躁且頹之為患而文有不工者哉徐而披視之越宿而盡其六七頗自喜其說之不誣證之其文而果可信也宜乎作者蘄之諸髦士攫而播之不相比而相成有是哉嵇子曰雖然是役也非吾志也出非其途而竊非其所據君子弗為也豫今寓人於此合背以來將守取以去吾方多懼是將益其疾奈何余應之曰無傷也豫之士行其志吾子明其志彼是各遂其分兩行焉其可也遂分而兩行焉者均之幾乎道者也是為

序

半白禪師退畊堂詩序　蕢記

自天而之性自性而之情自情而之辭而詩由是起焉自天四累而及於辭而其本天以乘夫物變之觸擊而儲以給其辭者性情也是故詩性情事也譬之樹焉天其所着之土耶性情其本實耶辭其萼而華者耶無其本而強設之是爲缾水之供不足其本而假物以助之是爲翦綵之觀如是以爲詩其詩爲僞種如是以稱人之詩其稱之者爲讕言此無他其真不屬焉耳虎丱首衆半白禪師儒而墨者也長身踈肩吐言簡澹見名理其於勢餃熱攜履跡落落然一二壞衲贏客擲疏留止或縱心孤尋其寄意於物在不遠不近間其得天者趣與詩近故其生平無雜嗜獨嗜詩施之而遠也委委而流也所過有題所鎦覽有憑有弔所睹聽人事有美有諷有歎同好之會有唱和別有處囑別有贈別矣不繼見有懷其歿也有哀外之乘者非一族中之觸者非一方然其天者一焉而已則是其性情之見端一焉而已斯其真半白之詩乎或者以爲是未足以張半白也必援往爲之價則且躋于唐爲岑孟爲大歷長慶或儕之宋爲都官六一爲蘇內翰爲黃豫章其於南也爲范陸爲四靈又或以爲金源之元爲元伯生曼碩又近之爲明之青丱北郭爲中葉之空同爲大復爲歷下瑯琊削其流別爲公安竟陵儗之不勝儗卒於半白未有處也假其似轉以喪其真余嘗一再過半白於虎丱戶扉却掃行其室積策橫陳雖譁喲其外其中宴如也因以知其先在王路王路驛騷之衝其宴如猶是也夫瑚題之眩目而紙牕木榻之逸吾神雲岑海濤之盪胸而挹近翠臨清飽之寧吾宇夫亦其天各足焉吾病夫說者之違其天也故爲道其真半白者以還之　會稽法嗣天濟の時 笑岩首

虎丱會川禪師法語五錄序　蕢記

儒之門道學興而六經十七史度爲外篇佛之門禪學興而三乘十二分教褫爲長物是二家者一以爲接心傳一以爲具眼藏學雖異路而攝體撥用實陰相借也其流也樂其便已相遯於顛頂蔑落之壞叩以館雖之所纂刻梵震之所結撰則目瞪而口呿如是而以寄心傳證眼藏甚乎否耶原夫教之興也凡以閑夫弊之沿而爲之救也昔之兩家蓋嘗溺詞章滯名相疲而不反乃有大師者出舉而空之空之既過且久弊更沿而愈下則亦轉救有待之秋也比年儒流頗翻然相振以服古而禪者之轉或寡持其說者大較言太上祖師禪其次如來禪最下文字禪其流竊之字可不識而授受可販居然抗顏首衆滾滾皆是矣得不頹落其聲價

而玷於其高坐耶且文字於禪奚厲哉信心之銘無相之頌孰非文字尒要主賓予奪孰非文字張公案印圓相孰非文字無論古悟勤慧杲諸辯才即如平陽木老本山洞老亦孰非假揮斥於諸外内文字者文字於禪奚厲哉半白大師會公平陽之亂洞老之再世根宿慧而貫世典者也歎我錫城寓舍鄰接而風生襟開而月映手出吟卷見端緒其後一再見更悉出其法語之冊披而繹之所稱禪云文字云者隨地隨時隨事一言一句乃至千百言句迅駭之機手腴之色液融劑合迸露腕底莊生有言神奇化為臭腐臭腐化為神奇非有蘊有悟誰與語此會公秉拂吳下垂三十年於王路於江城聖壽於今虎邱次第皆有錄刻斯其第五錄也余學于儒之徒不敢剿其牙後而自放其狂言喜是錄即文字即如來即祖師正如周徧咸三者異名同實庶乎愈下之沿將有轉也且以諗於吾徒於是乎書 時乾隆丙子梁溪[illegible]

序　究

書歙傚涇錢氏經始義田事 嵩記

累數驛而有名勝焉驟與喜事者競盡日以達雖強亦靡或請銘之曰期扼勝蹤耳靡日加何後即人樂往焉是故志澤物者因其資治十而擷一二從容為之若無所事擷半而罄深至七八則澤未究而身詘勳矣是杜天下之成也由此言之行善無竊靡無欲

速功於天下較博也歙傚涇二錢子賡颺吉臣以春三月來謁擓衣趋隅視下而辭巽曰敬奉母教顧有述也手一冊拱而授予予卒讀躍然起曰得仁術矣雖以仁天下不遠矣冊之言曰昔我先子士瀛府君嘗語我今母楊太君曰施仁自親始若聞范氏義田法乎吾懷此有年苦累重侵尋且沒齒異時兒曹幸有立其以是詔之備吾教小就可焉會仲嫂周近遣女撿奩租與所後之子均贏二頃許以畀下兩房夫弟子下兩房者賡也吉也私相謂雙遣有定分是浮沒者毋乃非據請於母母沉吟有間曰而父緒言在盡以是成之曰如太隘何曰以二百畝為權輿稍腴汰确不足我

序　七十

錢公輔字君倚武進人官天章閣待制忤王安石罷知江寧府治平初

仁宗享配事有詮 文鑑第廿頁 又公輔范氏義田記載古文觀止

昔臨川王氏作錢學士君倚母[illegible]述事[illegible]

栻也知古者歸使資之 有詮倚五九 癸未六月廿六日[illegible]記

辛巳秋九月二十四日[illegible]記

恥人情動義怯也獨患弗勝與義勝即怯可為勇不自此轉歟更小言之百畝數十畝贍止服屬亦孰非斠類而長善也歟綜錢之為式母訓延嫂恩蔵父志而愆義規一舉而四美具而吾尤樂表其愆義之美易人所難仁術誠無先此者理勢然也往者侍罪蘇郡校文登徐公祁陽陳公相次撫吳並折節假我殊禮時方擻行社倉法頗偕論忍患不究飭而撮將累盈誠以其貲易田而積之假如邑有萬頃區為十分得千畝以待積十積之為及稔請以是着令以厥最司牧者行之十年二十年可使有災歲無災民二公韙其議然卒以居官如置碁難其繼也寢不行吁州縣亦族黨

序　七十二

補之無常歛無預假積年五六息當倍有半畝盈五百於兹邁矣於是挾得常稔者畝百有六十補者四十新陳委輸慎選近屬有搽幹守見山者延掌之須其及程徐議贍欵獨淯約而姓衍取衆宜主歟傲友其推之有餘其攻之有止所當定著於始者既定籍其事於官用官簿實私議令不得終遯隐云爾方今兀兀首逐先生幸明教之以鼓興鞭後而眷至焉善夫是毋是予不能加而規模定昔人所謂約數明者是已抑聞之孔子觀於鄉而知王道之易易也而世所傳義田記若錢君倚樓攻媿之于范自邇又若楊鴻博主廷尉之於華人讀之忠慎而志弗勸也非以其事相澗絕

恥人情動義怯也獨患弗勝與義勝即怯可為勇不自此轉歟更小言之百畝數十畝贍止服屬亦孰非斠類而長善也歟綜錢之為式母訓延嫂恩蔵父志而愆義規一舉而四美具而吾尤樂表其愆義之美易人所難仁術誠無先此者理勢然也往者侍罪蘇郡校文登徐公祁陽陳公相次撫吳並折節假我殊禮時方擻行社倉法頗偕論忍患不究飭而撮將累盈誠以其貲易田而積之假如邑有萬頃區為十分得千畝以待積十積之為及稔請以是着令以厥最司牧者行之十年二十年可使有災歲無災民二公韙其議然卒以居官如置碁難其繼也寢不行吁州縣亦族黨

序　七十二

之積也振觸及之　乾隆廿有四年歲在屠維單閼壯月吉吳郡[illegible]氏書　時年八十有一

木鳶賦槀序　[illegible]

吳陽山朱子念祖名受新襄其所為騷體選體英華體諸賦顏曰木鳶賦槀揖予而言受新少好學為詩既又擬為小賦如千篇將以正於世之知言者詩嘗為歸愚沈先生攜入都鄴其序而薦之賦敢以先生言為弁冕之先以麗於詩之冊予因是有質于念祖昔班氏謂賦者古詩之流蓋詩而後有騷騷而後有賦風會之所趨才智之所溢而體變極焉而弁冕以詩序六義二曰賦之文釋之余嘗疑之詩序之云與比興之例同其名賦其實詩也況因物造

端引伸類長賦又訣比興而有之其得以六義之一蔽之乎然玄晏又言戰國時風雅寖頓詞賦作焉梁昭明述之以謂踵其事而增華變其本而加厲於是古詩之體全取賦名是則風會才智之詭也夫詩欲渾欲趣賦欲贍欲典大較然也抑又攷昭明之選詮次衆體賦第一騷若詩第二三其序既定文苑因之而姚氏之文粹呂氏之文鑒又因之及觀古流傳諸集其所詮次又不一揆豈選者宜若昭明氏而集不必然歟抑都不問體例錯而置之歟將毋用力勤而至於至者乃先之歟余於此往往疑不敢決欲就能者而質之也念祖為賦篇帙未廣而丹區禽族略已具體意必極

序　七十二

甄語必出塵讀數過切理而厭心歸愚子之稱其詩也大指亦然然則念祖之於二體者工均力敵宜皆用力勤而至於至者矣然必麗其賦於詩之冊之後者以為力不若詩而後之者耶或亦隨手詮次如古集之不一揆而不必若昭明氏之選者耶歸愚子又取吳中詩人青丘昌穀四皇甫兄弟擧似念祖詩歸愚子非苟而云者然吳之先賦未聞有專家焉又將誰擧而似之余告念祖其勿以人代畫焉爾已念祖覃思好古沿而不止余不知異時賦才與其詩果孰先孰後而二者之源委流別其於班氏玄晏氏之言果孰合孰離余繼是方當從念祖質之以釋其所疑不一問而止

今奚芝為念祖先也吳舊都讓山弟浦起龍書於蘇郡博士齋之春雨堂

平齋四六箋注序　[illegible]

厥夫驪米並流偶韻俱發慧地翁之耽賞聯詞也編字不隻摭句皆雙居巢叟之點唼敘事也藝林辨類詮鏡殊科都焉抑嘗靜驗化機博推芸品極焉而勾萌兩拆動焉而麗牡朋呼物鮮側立而畸行論奚偏聽而獨任古者日星藻火會繡施章黼紱旂旗文明發紀函京之匡劉條而整宛洛之班蔡瞻以駢七子鄴中六朝江左徐庾振梁陳之暮氣王盧導燕許之前旌摠八代姑置起衰沿五

序　七十三

季卑無高論要以儷中和之樂職詎宜祛拈揣之丰容顧文心有言言對為易事對為難蓋詞對者言陳而色弛事對者事遷而物化綜諸流別矯絕宋裁自擬脫帶馬而還及錫號梅亭以徃別有平齋洪氏允於俳語著聲平齋名咨夔字舜俞其莅官也正道直行其褒訓也鯁亮忠慤其典翰也王章職奏其邃學也經義漢鈔意四六餘座為兩疑三五嘒星而小雖然焦明藪澤岐差數者凡目也毫端制幢互藏納者達心也富矣哉阮錄荀編之部崖摹家出之儲洞冥虞初之談浮屠老子之記擧往近代之宏博蓄什伯番而倫睃海受百川源傾三峽橫峰側嶺面面開生翠竹黄花頭

頭是道無間然矣又多乎哉惜也版本久湮聞人罕述楊子其者道南世胄婁北門才澄心謐以恬波汲古搽之脩綆旁搜實逸劣得脊鈔病獺祭之為勞龔蟲篆而弗恤篇加子注字究母宗廣列異聞居然裴三國之釀蜜強作解事突過唐五臣之續貂紙昊都稱家鶴郛戶犀渠低眉武庫任稷下集輿雕龍髡炙轂杜口談天糜日力以成書君定昭明之李善傣山儋而問叙僕慚元晏於左思乾隆　年　月三山儋父浦起龍

顧寄園七十唱和詩序　萬花　須人侍門

占南極之老人榮光絕漢式東膠之髦士盛德為輿論交綺里宅邊逡句浣花溪畔可漁可濯盤徂復以徜徉阿段阿稽讓東西其榆枝問長生之訣小住禾年稱介壽之篇淹談五際古曰在昔今有斯人寄園先生者江東胄望硯北頭銜香山別號顧山三岔花縣柳市行看歸市一曲桃源（先生家近顧山村名柳市）暮靄簾前餘霞拖紫春風笛裏初日銜紅妝翁叟興悠然拂水新詞具在從來勝地留待高賢生於斯長於斯某水某邱游息行焉可藏焉可不夷不惠風期早窮帖括之単微潛按針芥晚覺韶華之耗減撥棄槧鉛餞彼居諸酣茲賦咏仲長統之樂志偃仰清娛潘安仁之閒居差池巧拙孺人稱和九九銷寒孝筍文芝三三開徑遂爾寫憂盈齒是吾

承悅生涯（寫憂先生集名承悅其字也）彈指流年願神壽域具慶古稀七十刪繁禮數三千茗椀薰爐素心屏止雪車氷柱綺語紛披駟壯盤桓鄭公鄉階紫書帶松陵唱和天隨子生罝筆床所言無不得其平有作則爭先欲睹入耆英之社鳴以友聲過履道之門醉而飽德蕙迎善氣典則高文錫甚百朋都為一裒仙蟠孔巢父詩卷留天地之間士皆徐孺君賓主盡東南之美是為序

酌中志序　萬花

劉若愚墮入貂璫斯志之作逆案稱占風望氣覆雨翻雲潛施鬼蜮之毒巧避虎彪之名者豈即指此歟抑其人果有嫉邪反正之思歟不可知也君子善善長以悲憫之懷諒之可已且其書為功國史非一如憂危兩議非此何由見之如客孽毅兩妃非此何由質之可作史補可作史證予故於其敘列臣名處取明史分注各見頭目其間頗有刊改字句薙削浮蕪者只還本等一歸簡淨非竄易也末更即所見黨榜逆案二項附錄為殿略見晚明國是閱鍵如此而於本志照應亦多用識其概卷首云　乾隆壬午含積八十四翁浦起龍二田氏

研北辨字略題辭　萬花

韓子曰為文宜略識字自夫小學廢亡俗益苟就襍以帝籍更版旧其見聞於是歸為識字者傳寫習讀沿譌踵謬相仍牘核不自知其偭背也乙丑十月客金陵逆旅無書為宝卯

三山老人不是集目錄

寧我齋藏稿

三山老人不是集　　寧我齋藏稿

記

虎阜寺補撰洞明禪師中興碑記　箸花

人境二字通首提綱

每見古宗家舉人境公案為唱酬綱領嘗試以是詔之諸山時節代興蘊義胞合有可參取而驗者虎阜者我聖祖敕定此名

頂境中志合本山

重犯聖師諱也其山培塿片石耳顧以郊於會城丹碧之觀日勝著自晉室之東累千餘稱而會逢世運重熙天光下賁崇而遂之蔚為行樂神阜此其據境以推法當代興者一驗也寺派源流

頂人中志合本宗

遠不具記濟宗自五季不競至宋靖炎而下隆睡虎受記勤巳子坐斷茲阜孤行十八傳得寄雲悟公播為十二家世稱隆祖肩擔

如上造語的是本地花月他山借樣不得

臨濟鼻吸天童而古今一轍薰徧寰內此則本人以推法當代興者又一驗也歲丁丑今堂頭滙川揭其所彙洞明禪師中興事冊造請撰記余故善滙川雖老諾而弃之再決歲石已礲矣迺展冊

拈合

而稱曰是果人境中興而吾說果驗者耶師天童下平陽再世宏覺公法孫原住虎阜節巖琇公法子當商邱宋公撫吳日琇公應請金粟遂折簡以師繼實康熙癸未也維時翠華三幸宸章賜

原中興作起

額之錫便蕃游至而師周履院宇撓折多楮撐不勝殆其完者釆遠而蛀穴其裏蓋距前[illegible]午閒起廢燼餘數寥十日十二子矣非師

句例与人境合

以載帝座繩祖烈漁然若負逋責于我生盟香舉游畫無弛日長無跡寒暑十三易果遂厥會剏有使務宰官商佃里望鑒誠欣

還正面

施練日鳩傭首事大雄殿五間極延鉅物氣勢軼舊觀橋堵覺闊以次即敘像座丹堊接時皆作寢後斥新藏閣改樓暨諸堂寮外內鐘皷鸞如翼如環瑋審栗綜先後料匠以項計番計工傭計通費白鏹八千六百兩有奇經始乙未歲尾斷手己亥秋更五稔事

天心月到水面風行

以大藏而白日矣盟斷所以仰對我皇我宗祖者願酬而克以大休歇越未識歲庚子夏秒溘然委化矣於諦現大士身乘願來去於師予見之師其隆公後身者歟滙川又言先是殿左右鑱石者鑱

記　二

記事本有懸四十年始及之勢文行情隨

再矣屬乾隆庚午臺教下所司以明年春至尊南巡宜覈所在赦祠晚出私紀分別存去無何並此二石去之八大懼師勛遂逸亦頗悔二石者一誌成績也近於顯已啓爭一杜散越也爍於執言

法執既通正是守株善巧

太峻願自今踵而化之偕我諸倫眷諸院長破除名相唯藹勞是思森森一洞老人在棟雲梁月之間非一切人境與寮俱奪俱不奪廓然淨掃同於太虛不壞其應幾乎較重以是諦曠哉斯言吾

收撒筆回顧入化

無以益也縷次之著於篇砍施名數織附廷尉李公煦三千二百榷關傅公逸其名五百洋商閩君在斯千一百淮鹺匯合二千

補表

百里善士錢君清臣募集又千有奇備見冊中得具書師諱元照

擇峯鳴廠

虞中丞不誅不竟

洪其姓歙人也秉真律提真宗學侶歲臻世壽六十有二臘四十有九塔在隆祖院左度法弟子二十五人嗣斯席者四人今堂頭其孫也僧住以歲戊辰兩際遘典蒙　賚逾昔續補殿閣又三曰藏像曰四面普門曰千頂雲亦一作家也別當有記時乾隆二十四年己卯皋月距中興遘事四十年古吳外史——補老耆年八十有一　碧雲續　衡山釋手謹補記

泰伯墓禁山碑亭鐫名石代　張禁山録

泰伯以天下讓吳民君之卒葬鴻山〻五百畝多木石之殖環山之民縣且伐之無完土據利偪聖狃為故常法不可後或曰天下不足有五百畝何有舊牘以與人爭捧手而奉其所讓伯誠有知必不受伯以讓今以爭於至德之義宜若無處然嗚呼韓子曰是自比於賊亂飾遥辭而助之攻也夫遺體魄茂如墨道也恣睢攫利聚黨賊聖無忌悍跖徒也諺曰欲投鼠而忌器一器之投尚猶忌之況聖人乎伯於鴻山靈爽是憑踐之蹴之戕敗之顧曰無傷可乎讓足以化三吳乃五百畝而以叢貪乎然則蔑且攫者為墨道為跖徒起而爭之者必為仁人為誼士為其不知讓而爭之與於讓者也卒皆斂手交讓而去之是與人為讓者也喬林令金匱之明年大中丞元謀陳公奉

記　三

命撫吳又明年丁未伯之鄉有君子曰楊君大猷蔡君家正浦君起龍司馬君毅走吳門以泰伯墓禁山請公即時飭行撫縣董厥事碑以永之脩鐫牧牛打石情跡并禁條於石以警來者夏五月喬祗謁墓下規左方以植碑〻翼以亭又五越月竣事碑之崇丈有三尺廣殺三之二亭以方計丈有二尺均其崇又贏四之一凡糜白金百七十兩有奇時則楊君物故蔵厥事者君之弟綸暨三君子者也禮三王之祭川先河而後海崇伯於錫猶先河之義焉吾金令錫之半適全有伯之鄉喬實首得之又過元謀公以名進士開府吾吳尊聖勵俗大愜衆請而喬得效毛髮之勤於伯之墟以無負風塵一出人地相遭之會可不謂厚幸與亭既成諸君請文其鐫名之石喬樂夫禁之行而山以得完也伯之化其未已也夫信乎爭以成讓者夫凡功於是役者以勞以貲例並得書

記　四

鄧尉山聖恩禅寺重建天王殿記　[illegible]

域內有奧區得人而顯人世有勝業得時而彰何謂時凡業之興也或自始而有之或繼廢而有之又或受成而有之論者皆以前之二者烈倍受成而事未可概也彼作始起廢示現非常見者聞者更相讚歎理有固然若其人處受成之會其純心厚力常晦沒於安隱循持之餘而世或莫聞而傳焉則時為之也然吾聞之時

會無常形誠則必形世有實力應時辦道其人則必不自異而天
異之固將為之時以震於世而暴其迹龍盖觀鄧尉芋園圓和上
天王殿之役蓋信天之巧於為人也吳郡鄧尉山聖恩禪寺當元
之季明之興萬峯蔚公始剏禪菴閱五傳規模大備得請於朝易
寺額厥後裂為房貿為別墅百有餘年蕩然廢毀訖愍帝時三峯
藏公道價高天下應請來為寺主承以剖石闢公而後殿堂樓閣
庫寮庖湢之為居像設鐘鼗藏經館之為製燦然具舉有嚴無斁
夫灌莽闢而寶坊起淪胥起而法運昌如蔚公闢公所謂起廢其
人是已今和上以雍正十一年冬秉拂斯席越明年甲寅二月天

記　五

王殿災踰歲而工起又踰歲而竣其楹間崇廣像壞位向如舊式
糜白金貳千貳百兩有奇出信施者十之八出兩序者一出其戒
弟子又一繼屬藁解若酬適賚寶乾隆二年丁巳春也明年正月
龍信宿山寺僧爲言災之起也有衣工見烟燄從佛口中出亟召
寮衆已熾然成火聚瓦皆作赤烏飛翔類世俗翁媼燃楮庫須臾
皆燼而殿左右廊欄無燎及者皆曰是天火也噫天固以茲一炬
震聳和上之精能使與蔚公闢公爭烈歟和上闢公之孫而霍山
志公之子四世九傳倫序及之世盛法隆師馴象伏戴其清靜引
而勿替已屬向非事起不意功成不日孰傳之而孰震之一旦轉

者墨道

無為〻有為身處受成功侔前烈成毀變現雷掣雲起不使純心
厚力佚於安隱循持而不出謂非一誠之應而天之巧于為時者
哉攷闢公遺緒天王殿實其始基在崇正乙亥距今之毀甲寅適
得百年夫十日十二子相配五子而甲一周又四甲而數一轉故
古今紀年率以百年為成數其人其時前後相際而功績相輝信
乎其不偶然矣和上震澤王氏子脫白吾邑北禪寺〻老宿懶牧
上人吾王母舅也自少以法器許之吾兄弟嘗聯研削叱壯歲負
擔行脚勘明箇事留侍志老人家久已乃應化接待陟金粟養晦
佛華與吾輩把臂曠絕會吾邑崇安大雄殿圮僧伽募建數輩皆

記　六

中罷咸以宿契屈致和上決歲晤語工漬于成方謀息機湖壖祖
庭折簡余有滇行遂別去及歸就訪入三門丹碧異舊合掌頂禮
徐乃得悉緣起且出一編皆入山來踞座普參文句曰序而記之
惟吾子宜龍不解佛法未暇以為近趣其門人德照理前說來請
龍方奉　命司教滁州時地會合姑記其有為世諦佛所稱第二義
者以復於和上如此或者曰劫灰影事眨眼虛空忉利化城彈指
出現於斯時也四方正信旁午而還來巨手鉗椎應機而疾發即
此第二義夫安知非第一義之權輿矛若夫修巒勢之盤紆駭湖
光之隱耀則陳比部亢宗吳司成偉業言之蓋詳茲不復云也非

敢學過量人語歷視山河謂不屑道也　諸弟子金修浦拜手識

擬五華書院碑記　代尹大人

滇處西南極邊崇山大川盤鬱瓌瑋人文往往輩出我　國家文
教覃敷漸被淪浹而山川清淑之氣應時効靈開豁呈露故萬里
外人知向學如此亦在有官君子並恢大而緜延之視中土所利頼
尤亟焉雍正十一年正月　皇上特諭天下督撫就所駐劄地建
立書院彙士居業給帑金千兩永永為膏火資而余適以是時奉
命總制滇黔粵三省駐節滇城至則因地設施所當緩急罷行
略有倫叙遂以造士之舉遠方為亟言於撫軍周諮牧伯僚吏務

記　七

規經久期上副　九重廣厲之至意下儲遠徼奏進之實學和衷參
交勸罔敢後時滇舊有昆明書院在會城之南教無專司規制未
備士子羸糧去留又無以致管內之遠者已乃得五華官廨蓋今
相國鄂公制滇時寔經始之稍增廓其未具者地總若干畝屋前
後總若干間樞定著為會城書院聚書有樓會講有堂坐誦有舍
庖湢之所上下偃息之室咸備飭藩司酌每歲所需師儒之費諸
生之餼廩足贍百人為率購置官莊若干頃畝租穀所入若干石
不約不侈有贏無缺延集學使者所擢置異等諸生並通行各屬
體訪舉報次第申送再加考驗拔其尤以時錄進而辟致舊所部

江南知名士來為院長別委教員司稽察支領而掌其籍一年之
後事集用充班班具有條理可以稱　上旨可以待後來五華者
小山也形家言會城地脉鍾結於此涵闤闠而不囂延清曠而不
寂遠山如屏昆池滉瀁如練其上　萬壽亭時節朝宿之所會也
其迤南而稍西為學宮月吉大昕釋菜先師之地也諸生朝夕於
斯一舉目一警心見禮義之門焉見威顏之咫尺焉仰止之思覲
光之慕有不油油然而動翹翹然而感且興者乎應對進退先生
前弟子後步趨得所準質問得所禀北方之學者莫之或先其不
自於此也乎余惟書院始自宋初其尤著者廬山之白鹿洞而潭

記　八

曰嶽麓衡曰石鼓汴京上下曰應天曰嵩陽曰茅山守臣先後奏
請賜額賜書賜田歷邀異數而濂洛關閩諸儒自是迭興上配鄒
魯其收效之盛至於如此然大半多在中土遠不過潭衡在楚南
而止至夫蒼山洱水之間爨僰之所都尊王有不問貢覲有不通
豈如今　聖天子遠軫邊嶠幅員所至比　祖宗朝日拓月闢一
遐邇同中外建學興賢不已又　敕封疆大臣主持化權其收效
之遠且大信有擴無外而貽無窮者雖我二三僚友莅此治此
職其敢不翊運振舉以需遠化之大成而後來嗣今莅此土治此
職又誰不踵事增美前規後模以率成效於勿替若其中間條件

或仍而不失或恢而彌廣一以俟之来者余既樂事之有成爲誤具梗槩代石隨置壁間俾後之人得以覽觀焉

重修南禪寺妙光塔記

笑論

聞之禪者之說有有爲法有無爲法無爲法名第一義有爲則落二落三吾嘗味其言而不直夫竊其言者久矣知其循聲捕影學語相標置於一切處地事功前人所論四衆儀心加而爲之者是僧藏經聽其播磨於塵境礙而弗顧曰吾有第一義存以自蓋其昧本而無能鳴吮謂教外別傳法固如是不而誣其祖矣吾邑南禪寺介城闉闤閭行旅自東南來者遙見浮圖插雲外曰此南

傳燈錄世尊在靈山會上拈花示衆是時衆皆默然唯迦葉尊者破顏微笑世尊曰吾有正法眼藏涅槃妙心實相無相微妙法門不立文字教外別傳付囑摩訶迦葉此記釋迦牟尼佛也

九

禪塔也南禪之名以塔故尤著於四方寺始梁太清年初名護國歷唐至宋名數易雍熙中定今名漢惠蛟尊屬有僧來言宜浮圖厭之爲封遺錫於壁人異之塔以此建塔內像設徵異夢迎自泗州與掛錫僧正肖其賜名妙光則崇寧三年也元明之間再燬三葺語具張觀察錢孝廉二記中邑縣志取以傳信者如此我 皇朝建國百年寺僧繼席非一迨我長慶安禪師鑫宿願來此自監院陟堂頭歷寢地垂二十年實集厥成焉妙光塔之修也距其前功三紀矣相輪之（合尖處　一作攲）歭而欹者瓦缺覆者堵裂者榱桷撓落者環瀆短約之填委而没者龕若像之漶者剝者層程級施以除以治更四暑寒而卒事會余自秣陵歸晚過托宿師導以登下而周覽出手疏始末一編請記之按疏事先於塔者十九居已於功者十一皆可書紀樓者則爲殿爲石經樓爲山門爲溫爲庫外垣廊爲四天王殿爲祖堂爲伽藍殿宇其事八紀觀飾則爲諸天殿爲鐘版爲彌勒龕爲水陸畫幀爲祖龕其事五而以塔務始終都華徵君斜光也捐世資家鉅者楊母顧太君也悉心傾鉢以佽諸興作者都監桂輪也先後協勞費不倦者天笙谷鴻也疏又列其檀越則事於塔者已再事於大雄大悲鐵佛諸興舉者又各一二又表其僧人曰古鏡公特開法者也曰吼公澄迅公裕繼事著勞績者也

記

十

曰秋公態了秦公漆園楊公左純檀施也終之以謙謙謹復曰願備述之佛來者有徵也嗚呼余心異夫學說之徒誠事功爲鮮通遇小動作輒郭邇裏壞過輒隨口賈鄙此種結習延及儒流遺日用談性命論高而難屈措於爲蠹於厥施善吾長師無其融二爲一者矣可以破學語之習矣然且不有而推之人其人之遠而懼其傳之失其用心之和直固又何如也余記塔之修不憚辭費以徹告於無窮使知歩歩有實地存是長師之志也

積功堂文昌閣記（代邑宰某）

笑論

仁人善士將欲被澤於時齊約於其所共事則必爲之總其會而

徽其志。使知有所稟承。循對以預戢其媮惰傷軼之萌。而後衆心一。而澤可廣于久遠。記曰。明則有禮樂。幽則有鬼神。是故令出於朝廷。而齊之必以官府也。會成於人士。而昭之必以神鑒也。其義一也。吳西郊之洞涇。有堂翼然。曰積功。蓋繼錫類廣仁二堂而起。寓蘇歙士汪君。。等協舉之。爲死財稽事之所。以棺且瘞其鄉之旅死者。有餘。又以收二堂之遺。而約法有加慎焉者也。夫錫類廣仁爲孤棺不葬者設也。孤棺不葬。在客尤可憫。而東南之俗歙半爲客。歙之客半於吳。吳之舍客。又半在西郭。距二堂頗遠。遠而其鄉人之告者踵至。積功之會。自此始。其法有運葬者。有棲棺

以傳致其屬。不至。然後葬。葬者葬又及非其鄉者與別婦女者。爲冢區三。爲棲舍一。咸錄于其堂。堂之中傳領勾莞各有掌。犁然具著于錄。乃爲閣其上。嚴以 文昌象設焉。文昌者。斗魁前六星名也。主集計天道。其言出漢甘石諸家。星而神之。又後世事。毋乃越禨楚鬼之流風余燄張乎。予謂衆星列布。體生於地。精成於天。在野象物。在朝象官。在人象神。則其發揚昭明。于鬼神之義爲近。亦未可謂無稽者歟。吾聞之。神聰明正直而壹。今以鄉羈魂。收露骼。寡難得之費。浮易散之力。逆而挈之。曰爾加以毫釐隱。而歲月弛。恐治吏有不及紳。明廟有不及幽者矣。故神道設教。嚴于事。會儒者不槩而非之。觀雅頌所稱。人神之應顯顯。若相告語。誠感而陰相理。固宜然。纂者吳中前輩在京師。爲埋骼之會。而難其事。時則有不勝棺不勝葬之嘆。使在今日。覩成效。其相與齋祓報饗。豈自後哉。若夫登斯堂也。陟斯閣也。俯原隰之平遠。睇山暉之靈微。視彼二堂不越闤闠。殆遠過之。讀書講道之士。暇時勝日。以文事來會。宜樂而相從于此。據文昌第四第五星。曰司祿。曰司命。寔執是柄焉。則又輔成聖也。文治之一端也。詩曰。豈弟君子。神所勞矣。皆守土者所樂道也。

宋村朱氏重建文公像祠碑記

蒙記

吾里西偏白檐山。有子朱子徽國文公像焉。像以周尺準之。高可七尺。傳自有宋之季。元兵躪徽。文公仲子埜三世孫伯通。爲避地計。斷木爲公像。奉之來錫。號其里曰宋村。至勝國初。族始蕃。林園墟墓相屬于山之陽。曰仲庸。曰鈇。其世望也。就山爲兩翁像。加飾而嚴以堂。奠世無廢祀焉。傳既久。有爲浮屠學于嵩山者曰正端。葺寺之餘。徙其義材。別構庵是山。爲禮佛之堂。以左室位公像。而身爲庵主人。蓋白檐距嵩三里而近。而正端。朱產也。其言曰。俾子學起者不時至。難守廟之誠。爲像故也。于時朱之族相與積私。而安之。且二百年所矣。今乾隆九年。伯通十三世孫紹修。余大母之

從孫也皆其族子友順行禔怵然曰天生我文公後孔子而紹其
統道統儼然而寄塵穢氏之門可乎乃相地之宜規為特祠為堂
三楹植門屏其前楹如堂之數繚以左右之垣制畧具合其族人
升公像奠告如禮〻成之明年某月某日某甲子也或問于余曰
禮繼别之義斷自别子而此無越於焉又禮有其舉之莫敢廢也因
而葺之者是更張之則非歟余曰不然宗村别祠寔首伯通而處其
所奉非越創然何名正端信像之功臣而寓之不于其所其何敢
非歟盖嘗論之禮有所自也而數典于其禮則不可以一日廢然
窮或有時而借而加思以通其正則適于義之為善哉又曰子朱
子之祠天下之公祠也烏得褻而私之余又曰不然堅頤踐然雖
仰履之遺猶將褻而奉之其所在過者式焉况其像之遺乎又况
其子孫者乎問者唯〻紹修曰修非習于禮者雖然宜有以示後
人子之先我之自出著始末惟子宜余曰然遂記之

記　圭

金邑司馬氏移建膠南温公祠堂碑記　萬記

古祀事達乎鄉國氏族有四途焉崇旌令則有典式之程仰遺澤
則有功施之報景先民則有望衍懷古之教而繹遠祖則有行庭
出戶日覩之思前之三途官職之後一途私家子孫職之官以導
化〻欲遠義徵諸觀家以合宗〻欲邇義徵諸萃交神之本一而

所履踐也按司馬氏望涑水自温國文正公所生鄉始里曰高堠
靖康之變北人以其徽朴等去竟斷問脫而南僅二人籍越者仍
在江左則嗣曾孫承事郎宗名依晉陵孫尚書覿為館甥覿有别
宅在錫距城東三十里即今金匱境東莊也以昇而家焉後更散
徙其徙不出鄉者曰北舍曰横塘為著初公有英宗所賜類郎書
二千四百二卷承事昇以來擕堂名賜書子孫以此不忘所自雖
去鄉必稱涑水其世譜云爾賀史籍皆信獨宗祠之設遠未有聞
國朝康熙中東莊有廢基始即而為之地置弗虔法當遷又隸祠
之田四十餘畝歲久多隱族後人相與白當道釐其租且議擇所

記　卋

置祠者於是横塘之裔長源起任之曰先志也買地膠南之西堠
負山臨流仍通厥宗更庭請履勘〻協乃選材庀匠而作焉為間
前後皆五南向阯厚而崇高堂祀門廡既整既聳黝堊之麗於
庭於門之達石於渚次第蕆事祠之基縱廣以弓計用物以枚計
文計斤計工以旬計籍其目凡費緡錢〇百〇十千有奇族之人
協心觀成趣繕故祖册悉額來隸將以改歲之吉奉公位升堂咸
以孝告先是有撓於列者曰祠不於慧而於膠不為典祀謀耶假
地僻為游談衆甚之謂其志將以先公稗販也請徵義為之記以
寤來者乃告之曰交神之本誠而已在易觀之象萃之初皆言有

孚是也。公亦言某平生用力只一誠字。誠自不妄語始。心法也。祭
義也。而二卦之象。翁張異焉。人或當翁而驚張。驚斯妄矣。公之祠
於斯也。義與萃宜者也。嘗試即事而微之。涑水之源流信。而膠南
之聲請酬。非有孚之大驗乎。志賑以闡觀始。而游談以亂萃廢。非
妄語之明鑑乎。不妄之孚。無間遠邇。公神式憑。凡百仰止。雖不慧
而膠。亦境內也。而典祀能外之乎。由彼則不終。由此則徯應。孰得
孰失。無愚智能辨之。夫何碁。龍竊不自揆。曩嘗從役公集。名廁卷
尾。今又僭為公祠堂樂石之文。古不云乎。為之執鞭。所欣慕焉。文
記　圭
於公事靡所摭述。捧土不能加泰山也。謹誦其臆測于易義者
以印公心法。而告於其後昆。其服乃祖訓。無斁焉。以妥斯祠也。奚
疚哉。登歌以聲之曰。
於烝溫公。宇宙一人。以活百姓。荆舒是懲。以鏡千秋。編年是經。公
彌宇宙。胡適匪神。唯膠及慧。修眉如繪。高埃于涑。西埃以會。烈烈
忠定。祠峙公背。子程子言。無獨有對。山有竹萌。實有乳泉。于茗于
湘。繁泂潦然。明明薦信。爾誠斯涓。誠中有孚。箴爾後賢。時乾隆癸酉嘉平月吉　金匱後學[illegible]謹
金陵方氏教忠祠記　代陳撫軍大受　[illegible]
館師靈皋方先生既致政。歸金陵。對敭　天休。詠思祖烈。為祠於
先世之塋曰教忠。于時駐節蘇臺。先生書來。副以別紙。具世系次
事略曰。願有記。某逡巡謝不敢為。則手牘敦促。再三至不倦。辭既
不獲。卒不能他有所論著。惟先生之志。崇本敬宗。以盡後。別紙備
矣。請揭而書之。其言曰。方氏故籍桐城。其始著金陵者。自太僕公
容菴始也。而桐城之祖。則斷事公。始大。斷事諱某。出正學先生門。
官於蜀。為都使司屬員。值金川門之變。泣不奉詔。遂逮詣獄。行次
三江口自沉。事載明史正學傳。桐城故有祠。子孫徙去鄉邑。展拜
禮廢。痛于厥心。自為諸生及于今。六十年所矣。禮凡始為卿大夫
者。義從別子。得立祠。況大節炳然。具國史。所在子孫祠而祀之。準之
記　夫
義尤合。此教忠祠所由作也。祠例有異室中室。既主斷事。由斷事
而上之凡四世。推所自也。祀西室。下之又○世。著派也。祀東室。皆
繫之教忠。雖然。遠舉而近遺。謂小宗何。太僕公是也。程子言士大
夫家。宜有四親廟。循太僕而洎於禰。為世適符。乃更置室於中室
之後。奉小宗四栗主。而太僕不祧焉。又曰。僕服官來。無一畝之殖。
吾何捺以庇而屋其祠耶。蓋自為弟子員。為鄉貢士。早具成摶。貯
胸中。先後買田於江寧。于高淳。積三百五十畝有奇。稍稍待其贏。
至是。願以償耳。既成。即籍其田繫之祠。使給供歲祀。以教忠攝者
二百。小宗攝者百五十。子孫得主其歲入。不得私其券契。庶循謹
者知所本。不肖者牽制之不敢以逞。是吾所以維之也。唯大府憫

其六十年之用心為記其事文成而崇立及予老眼之見以敎誠
於其私庭與其屬籍雖世世有以持其放廢則大府為德於吾方
氏先後世無涯也先生之書諈諉鄭重有若此某奚能溢一辭哉
數典莫先乎祖稽諸史而信也頌以敎忠臣之鵠也卿大夫之敎
也從以小宗而族於是焉敎孝也堂之壟如位之班如協於義而
協禮之善物也古者祭必有田祿處約而慮先之仁之植智之周
也辭徵之官事徵之世隄以閑其潰澤以演其流也某奚能溢一
辭哉謹述先生之指誦言於諸世講為之記拜以歸之

秦氏雙孝祠碑記　崇祀

記　七

雙孝祠者秦君五輯秉先人遺意重以諸伯仲諈諉即寄暢園之
左偏整故宇以奉二栗主顓祀事而昭世恩之所作也明英憲間
秦有永孚公與弟仲孚公先後遘父母癘甚危搯血舐膿應誠立
效事聞予特旌而雙孝稱焉顧且三百年祔祠遠祖藏祏未正先
是君之尊人漆園先生買地經始者再卒復中輟事以有待越惟
寄暢園則萬曆中中丞公實購築之四傳而主於一五傳而協以
四恭遇我
聖宗南巡
天光下矚寵以　宸翰合心謹護靡懈靡委迄又再傳卿才輩盛

振纓巖廊而山間一隅履跡少問矣迺其伯昆泉南先生偕仲叔
氏進群從而申警之曰不佞四五輩皆耄老念六世舊物七經
恩幸厥亦有後人位加於前力難於昔維廿二弟猶精殫練敏矢
愛敬繼自今咸秩尊親經畫是資其毋避事廿二者五輯君行也
君遜謝不獲命則奮曰先志也請以千日程假轡策於是次第即
功獲整其隅壁再葺糜白金二千兩未竟乃協諸昆議規其正中
堂皇欽奉　御書而祠雙孝公并配位六先生於所整之隅即左
偏是也祠依園而立園恃祠以為守又臨之以　君祖以敎孝而
作忠三善備焉君子曰禮於乎物於宇宙成毀變滅能据而終有

記　六

者尠矣獨忠孝之施引而愈長蘐而愈光其神之弗敝而物與永
久其本厚也夫一遊觀之區傳至三百年不易姓江表未有姓不
易支更未有獨秦氏有之又重振起之人咸言高位之秉厚有力
者之相際而吾一以歸於尊君敎祖之為敎也遠豈聽說歟昔人
論歐陽子蘇長公之文立言有本若海陵許氏靈壁張氏一園亭
記耳必推其人之孝友與其累世仕處忠謹之遺風諤如也然吾
考二家之作非其果與忠孝符會特二公工於命意以搆而為文
然且津津道之若此設二公而記斯祠理不待推而會原不待潛
而逢其忻慕贊歎當復何極歟涉泉源則思愛敬之流蔭林麓則

思尊親之庇豈與夫景光留連旦逆旅而暮蘧廬者同年而比倫
歟乃詩以繹之其辭曰
昭氏鼓琴有成與虧平泉綠野倏如舉碁唯鳳谷窩天水作之徙
不違宗年已百斯載祀二百　天光下垂自今伊始尊親之思有
嘉樹焉作雙孝祠配位惟六爵禺及熏閒府歸來雲容螌姿始頮
寄暢王內史詩有虞海翁邦之大者嗣啓爾宇後弗棄基宮論繩
繩漆園夔夔臥雲油油吳川遲遲以似以續兄弟具宜嵯峨老幹
其鱗之而厥本深培泰山四維敬告聳纘謨訓有辭念茲在茲釋
茲在茲

記　九

重建關橋碑記　某作

瀕宛山蕩之西重建關橋成周君（康騏）介余宗老（有棠）持舊石刻來學
舍求為記周君者與張君某（某顯）協輸重資以始事卒事者也石刻出
橋之腹文陋不足述然所志橋之名曰昇平造者曰曹塘周詢置
石之年曰弘治重光大淵獻蓋明孝宗四年（辛）亥也余聞橋舊有關
故名關廢置宜（攸）在明孝宗前石刻皆不詳不知昇平其故名與
其關廢為橋而易是名與文直云造者周詢也其先未有至是始
有之與抑今問之土人又何以莫舉其名與地當湖泊出口無錫
常熟兩邑之所交斷埌支汊盤迂走集之所望而涉橋據其衝宜
非始自近代者予早歲嘗流覽縣志搜弃既久臨文失據老學遺
忘行自愧也乃周君者起二百年之後睠此橋之就圮毅然撤而
新之撤得石刻而心益喜自賀舊績新功後先相望於其門一成
再成為不偶然也某論事切近有主本以節瑟瀕壹起其家不及
中人之產然里有興舉必身先而身竟之關橋之議修也久未有
應者某沉吟計費料歲入幸可半給遂走吳門倚其半於張君某
張實華產舊同里與錢通以故能力致之竟潰於成嗟夫席豐者
重閑積畜者厚施是可以易天下之所難而起百為之坐廢者矣
夫事壹則議論費人合則觀望多局張則時日需工久則願力懈
徃徃而是國家下一令費分慮渙傳相洽商動經歲月卒於輟議
而止故朋興之謀姑待之情狀皆足以挫勁氣而撓直情今某之
於此橋也盡氣以狥得助而志不貸宜其應念而副可為當事動
功者法也吾家有世墓及吾弟舍田為菴並廹橋趾而橋之舉吾
兄弟不能而周君能而張君者近又為余置奎閣於蕪之郡學俱
於余身有賴若償其宿負焉則書其事者唯予宜且以橋記為關
記之導亦唯予志也石材之費二百幾十兩有奇工食之費幾十
兩有奇總三百幾十兩有奇其成以乾隆某年某月予諾而記之
六年八月也

記　十

前澗浦氏宗祠記 代俞少司農

周禮太宰九兩繫民之法一曰牧二曰長三曰師四曰儒五曰宗
宗也者宗法也宗法繫之一姓而王者乃與牧長師儒相次列為
事守可謂重哉及觀春秋左氏書王國諸侯之卿大夫皆世其公
族而庶姓無聞焉則又以知宗法公族所必行而庶民之秀不盡
以適子當時已有未徧者也然而小宗伯所辨且及於三族而民
數之版王且拜受之君子於其一本之所自與其所分而出者顧
忍久而路視疏而途人而不為之法哉蓋嘗綜古今準情勢求其
可以通行而不廢者莫若宗之有祠々立則祭以時祭以時則族

記　三一

合歲之仲月祀事乃舉族之人無貴富賤貧自黃髮之老及子弟
勝衣以上皆扶攜後先薦食贊幣拜起於其庭飲福受餕於其室
派別遠者習而得其支名字不相記者循而得其輩其哀樂得以
相喻善敗得以相繩其有事公得以相贊私得以相語而卹此數
美者皆以一歲再三會得之然則祠之設與宗法之遺意亦差近
焉金匱之東偏石塘宛蕩之間前澗浦家著環數里皆一姓乾隆
戊午春進士君龍與其弟上舍麟以羅溪宅世守堂者為族之宗祠
祠其世祖隱德公曰先贈公一澗先生志也贈公安基里人先是
償其族大復售宅之直撤堂而新之疏泉疊石卉木映蔽以為別

館既懸置累歲乃有為祠之命今乃克踐其遺言於是浦之宗老
淇沚等皆曰前澗之祖四百年兩舍廢久矣越廢義也合族仁也
成先志孝也相與還其直之半而族皆踴躍趨事協繕其門垣其
冢距外衢石級由門以達于堂三重堂廣五室實以四月一日妥
廟祏合樂為享方謀祖入之田以經其久而請予為之記予自甲
辰乙巳奉　簡命視學江南數以職事來過落湖惠山酌泉於亭
上而樂之時進士君猶為諸生刻讀杜心解成適以遺予鑪烟燈
火茗椀船牕讀之中已盡半部已達澄江官舍掩卷太息以謂少
陵千載下有知己也自是益慕愛錫之風土而樂交其人士既然

記　三二

有卜居之思所謂羅溪世守堂者雖未至而心識之忽々十有餘
年予竟定居西溪蒙　恩解組以酬其素願而君已成進士堂易
為祠矣回念予老為寓公去父母之邦歲不得再上先祖之壠而
講族鄰之好乃今執筆以記浦氏之祠莊叟有言去人滋久思人
滋深不見其所敬所親見人之敬所敬親所親者其能無憮然有
槩於中耶抑吾聞之樂々其所自生禮不忘其本紫陽夫子懷思
其先子嘗誦其言而記其廳事甚懼後世之不守也今浦氏之祠
成以先志廣以孝思且仍其額曰世守為之繼前定以券無窮人
謂蘇長公為先人捨物圖所以守之者蘓子曰天下豈有無父之

人歟。若浦氏斯祠，信乎其為世守矣。以是復於進士君，其有合也夫。

南濠添設通衢水路碑記　代陳撫軍作　篆記

吳城之隍，繚西北隅者曰兩濠。當吳閶之門閶，南北可十里，五會之津也，而百物走滙。南濠視北濠尤夥。自門閶西涯左折為勾玉灣，行抵新開河，以丈計百六十有奇。緣濠對宇，比如櫛齒。間歲往往以火災告，地瀕濠，罷具人衆，而挽水苦不接，擾攘而視其延燒亘昏旦。君子病焉。予撫吳既閱月，問知其廬阯尺寸，收厚息壤無棄餘，行喘汗得通水衖，寬四尺許者，曰姚家，曰信心，總二道。以是故艱得水。乃下檄謀撤廣而析置之。於是濠之人及居貨之客陳天鈺等十有二人，准地贏縮，議加汲道二，寬以丈為率。通估所償壞值，一切甃磴門柵工費，需白金三千兩，而倡輸其五之一以為勸。條其議來白，請給薄募以蕆事。越明年，覺羅雅君移守至，蘇益勸增其道，且立之程。十二人者不懈，益勤行募，其里屢里屢亦勇義無梗。剋日資集，彙所輸溢於初估之額，遂增道三，晝北中南等之，而各徹其適中，寬並盈丈，歷月功濆於成。總其舊之二及其兩端所謂勾玉灣、新開河者，得通行之處，寬狹凡七汲及大便。嘗與雅君輩公暇循衢行，計武而見濠光之渺瀰，擔且負者齊驅掉臂而下上，輒舉手相賀。徼特功足以待不虞，即心目亦改而曠矣。予嘗人言：積油萬石，自然生火，況環之以百物之積，外塞而中堙，更藉是一得宣泄，又理勢之然者歟。於戲，簿領遝遻，事患旁午，法苟可以濟，雖勞費不得靳。聞者淮揚徐溢水，上軫宸憂，活數萬萬姓，其勞與費千百於斯不止。當職而勸功者，盡磊磊赴事會。若雅君其人，予從諸節使後交相倚以効成，其可舉以風也哉。予樂斯濠之有成績，別刻石列名陷壁間，茲用志始末，為來者告，毋規近利以遺遠憂。乃繫之詩曰：

水惟火牡，火實水妃。既濟而亨，徼祥與譏。南濠之上，垣闠有閱，物殄於泥。天戒以煬。南濠之涯，調水孔時。澤於闤闠，挹此漣漪。慶成有懌，援鞾勿黐。何以勸功，視此樂石。

記　十三　記　十四

南濠水路碑記　代雅太尊作　篆記

歲癸亥之二月，南濠新闢通汲水路成。大中丞祁陽陳公既總其衢首尾之阯，便汲分條之數，買地庀材鳩役之費，屢旅輸募之緣起，與其即功，大書深刻，樹穹石於其達，以謂因濠備燎，多途而利行，可以待不虞，宣堙勸。予讀之，舉義該備，喟然曰：美哉！是可旌效而勸後矣。吾聞立事有紀，始於激公義，中於勵輸作，終於警後來。予初調守是邦，弭櫛胥渡觀，所謂萬年橋者，舉堵朱闌，巨麗堅緻，行人如渡鰲背蓋前守觀察汪公閔病涉而作之而前中丞徐公倚任成事以誌之者也爲之緋細勝概偉其績以思嗣其聲及莅事濠之人以今中丞教令鋪燎通汲具白於庭余乃循濠履衢周視四塞議蓋增闢而明與之程秉銳以鼓之由是呼應疾贊力齊壞徹磴具竟以集事而中丞公遂樂爲文以張之牓余名以勸焉可謂厚幸也已然獨非濠之人之幸歟夫事之成也可喜其成而壞之也可惜思夫奮意聚議犯笑侮靡日力以既於績用功施於利賴循之既久日玩月忘沒其勤以迷其故迹者何可勝道今水路開展相望介列舊術閒如川之灑如守墉之啟舳艫可以疏販紆

記

圭

可以徑即有急挽者水四至僦船者物出分驟並騖不病其相擋豈不犁然踢遂哉人情無事則狃黠者又伺懈而渝之使扱纖焉則窒易垣以占畔焉則軼誠若是不盡故迹以失永利者有幾余所欲申警而勸後者此也南濠吳市之會起勾玉灣止新開河水路新闢而加寬者三舊有者二民衙客一人行者四其廣袤尺度別有勤董役者率財以先者官曰長洲縣丞某士商曰某某是爲記

淞陵學舍碑記 代雅本壽 茅花

自余飭整所在義學期與諸寮吏赴教徵微作始郡治之適中曰平江學舍者而六門交衢次第興舉誦習之聲相聞緩緩教澤滋起矣迺屬邑吳江以盛澤義學藏事來告且請名曰願有記其大略言江城沃區在鄉聚盛澤又鄉聚之大者其地南接吳興佃漁蠶織委輸四集足以歸宿全吳特分丞駐之訓方型俗宜於是乎在爰出所被檄具道勸廣教惠貧民之意士之人士爭奔走議所施設肩分其費而踵匯之大率一準平江首塾之成約而贊益華制法遂恢以遠崇門翼然縱二而廣三内爲重堂各五楹廂垣環周庭院軒敞庖湢偃寢之所咸具師以望族生徒以名秩校藝以月程一切膳脩課賞則廣置官屋取其償直羨息畜給之總爲基

記

実

若干畝有奇歲入之額若干兩有奇而其籍則注於丞副於縣申于府爲檔以倫考無廢蝕意勤而功可久若此余惟古者政教出于一後世政教出于二（政教出于二）故所教非所用而育材之術寖失其本且嘗見夫在官之師矣所司止于籍名額謹注記而進舍之權不與揮斥之令不行權不與令不行則師者過客弟子塗人亦所謂不適用之教亦惟名者懸焉其故何哉古者教人官立之師後世家自延師而無所事官之師則其趨于名也積勢以然嗚呼其終不能復古乎將欲起而振之非書院無以廣學宮之助而非義學又無以輔書院之所不及蓋義學所收皆孱戶所植皆困蒙故其爲

敬尤湛而澤克下究也然秋官自昔而沿著令有時而改至夫勸
于義而能為繼者又加少矣夫豈名可縻而實必不副歟將倡者
不力而應者寡歟抑謀始之未裕而其後無可因而守歟今盛澤
之學舍應時以起視平江首塾有過之無不及者吾見教之成相
感發不懈以復于古其必自於此矣江令丁侯元振樂善不倦得
丞某君。。而功舉丞又得諸人士之助而效捷凡在事皆得見
于文與碑之陰閱世以往摩挲氏名推為功首有不勇義而相勉
者哉吳江左川右浸襟帶明秀蓋古松陵地為全吳畫處而盛澤
又吳江畫處所謂全吳歸宿者也則以斯邑之古名名是鄉之學
舍誰曰不宜作松陵學舍記

天平山范氏義學碑記　黃[illegible]

吳中山水清淑故其人秀靈多能而天平山之萬笏峰獨多奇石
崛峰嶢巖崷矗若正人君子嚴毅峻潔令人望而生畏其下宋范
文正公之祖塋在焉公少年讀書講誦時即以先憂後樂為志厥
後出入將相與韓富諸公共任天下安危克行其道偉人傑士之
生雖不囿于風氣儻亦有地靈歟公自貴後以祿賜所入剏置贍
族義田又設義學以教羣族子弟斯蓋古聖賢由家及國親親而
仁民之意也子孫修而息之義田永永不廢而義學中頹元至元

記　圭

中公裔孫諱士貴者提管義莊與族屬邦瑞共卜地于天平山南
三讓里鳩工績建義學牟巘為之記松雪翁書之石然其廢又已
久矣今范君承尊人遺命既增廣義莊兼繕城莊書院而更慮遠
族之散處鄉里者有志向學而艱於脩脯或致廢棄遂因其尊人
祔食祖廟建祠山前拓其前楹聚族子弟講誦其中用廣文正公
之澤復提管公之舊而即以體先人未竟之緒是可謂善繼述者矣
余方奉　命守吳多設義學擇師訓課俾窮簷下里人知向學使
盡如君之用心各自厚其譜牒又何患　朝廷教澤之不溥耶余
故樂為嘉許顏之曰雲中書院君故為雲中守也君復請叙其緣
起遂為之記

軍將山錢氏世墓勒禁碑記　黃[illegible]

東南多巨浸而吾錫瀕焉者太湖天目饒歙山溜萬派來為滙而吳
興蘇常環若周垣外川莫能侵光與天侵光際此無異故源盛而
流無佚防造物者之所鍾而蓄也間行其西北涯求問軍將故鄣處
忘路遠近皆言錢氏墓世于此鷲絕特焉夫物於天與物於人大
且久不併矣物于人也必立之法而示之守要其效豈不待後人
哉案錢墓源流具文莊邵公記自承事公志寧主兆而往名塢者
四名嶺者三凡表柱之道抵隄之達窩祏贍守之田為畝三千有

記　夫

奇其封域之大至於此自作記之歲正德乙亥溯十有四世荼以
李茶陵錢氏譜序惟演再從孫進始居錫意創墓即始此距今且
七百年其閱世之久又如此詳哉言之矣獨所謂法立而可守者
不具書雖然畝三千年七百完安如故則是守在法故在也法在
而守替者無之守或替而法不弛者亦無之是故勵守視乎肅法
肅法視乎作氣作氣視乎赴機乾隆癸酉春墓之佃孫某盜鬻羨
地若干畝錢後人聞之履得實首於官榜而荷之校勒使疾反錮
其身長爲防首瞰下悉輸巷承乃屬余張其蹟於石牓耳目焉吁
錢後有人矣且法不必株要於適其會孫丁一戀人人帖耳更七
記　竟
百年此三千畝者完安弃如故一日之法百世守不可以不書意
在斯乎毋亦有充類而警告其族之人者乎嘗試登巨鄣之崇椒
覽三萬六千頃之流潤雲煙改化感慨寄之爲數當年國五季官
全宗一支來遷寄魄於此與湖山氣勢吐納千古信其有特鍾者
耶弃所待以無窮者物耶守是物者耶余行天下久過古名墟摩
洿斷石大卒有其大述其久有其久喪其大於戲其可感念也已
功是役者某某屬余記者孝廉某聿連得書

古朝陽菴碑記　篆記

嵩山古朝陽菴寺余樸如素禪師靜雄師意誠師玉田應禪師累
四葉而立者也寺在山塢如抱抱外坡營及者可一頃勢頹甌脱
蹦爲畜場蓁室秃糜主者苦之樸公首衆課松栽焉及退領雜余
結茆松旁守之菴之立自此始余即靜師意師也踰年易尾霞前
後皆三楹舒左右兩介落之諸浮屠氏居法當有者亦次第舉而
意師敏樹藝履夷疏畦先之以趍蔌壽度徒今玉公初字員機尤
練事鑿渠屋四圍蓋治田渠東得可稻者於坡十之一進稅額成
恒產渠以內礴礫而墝瘠而圃而墟其屋之陰家後加五楹其上
扶而拖汎除虖明顏曰我闌暇可以休賓至可以布坐而松風謖
謖拂户牖西眺鬱然山亦若加而深矣是役也自康熙歲辛寒暑
記　辛
五十易始斷手所成止是以是屬餘守志不忘其亦可已雖然本
所以寘此者豈封己爲己耶繕空賦弭竄牧樹聲援輔氣勢菴於
勞而寺於劾其指然也或者不察見有襲席徙位壇匡補而歸侵
年者輒謂此作之始吁是與於食木之蠹而助之藉口而寺住之
資緣日遺慮將不振此予所欲辭而闢之取忌怨有避者也玉公
秉拂三年還未幾頭岑岑且經歲乃記甚懇予往視之爲道其本
然者公曠然心開曰是能愈頭風彰往告來無以易此遂書以爲
記乾隆辛巳加日

前湖浦氏宗祠捐葺題名記　篆記

浦之著於錫實古。按世譜，曰平南將軍諱沖，宋初從曹武惠南下，始籍曹王涇，墓今存焉。曰指揮公諱隆緒，宋中興間定居馬橋宅，已田而名存焉。迄元之季，世曰隱德府君，奉母李遷石室山之前澗，前澗之名自此始。卒葬山脊之西，則本支禰也。由今溯之平南八百年，溯之指揮六百年，溯之本支之祖亦四百年矣。勝國時即山之丙舍為堂，子孫歲時祭掃讌酺之會畢萃於此。久之，丙舍廢，古堠蒼然，而尊祖敬宗收族之道寖失其初。先贈公常語小子龍兄弟，惓惓及之。羅溪有舊宅，族祖歲進士漸之公故業也。康熙五十年，贈公買葺之，徙以居。十年而返，遂空其宅。乾隆三年春，龍兄弟與漸之公子天嘉集宗老次瞻中在輩議，捐守堂為族之宗祠。堂之廣五楹，其前緐山疏池，左垣繚之，右廂環之。三楹池之前，廳事四楹，闢南北為軒檻。又前為面街之門，亦三楹。南距溪之石級。其堂則次瞻中在補其直者也。其集材任力附益以藏事者，群族之志於一本者也。堂祠本支始祖，而虛其西室，以待賢與貴之祔者，協于禮而協也。于是先贈公之遺意庶以不墜爾已。孔子嘗曰：厚于仁，薄于義，親而不尊；厚于義，薄于仁，尊而不親。義非仁不立也，仁非義不行也。蓋自宗法不行，而譜法行焉。譜所以維宗法也。輔譜法以合其族者，祠堂也。是皆孔子尊親仁義之旨也。今吾浦氏

記　圭

譜之不輯已七十年，而丙舍之廢更百年。如是而望四百六百八百年之族不為塗之人，豈可得哉？既葺祠事之有成，則豈嫌于自述勞績，而不以仁義尊親之訓告其後人哉？備書其名，凡以勸也，且以勵夫踵事于譜法者。

村南烟舍記

[illegible]說

自昔能詩之士，必有幽棲別築以託興焉，莫著於摩詰之輞川杜、子美成都之浣花、夔東南之屯之瀼。後人誦其遺篇，而想見其處，直名之詩藪可也。詩之與幽棲別築，一物也。然或牽於仕宦，或遷轉於客遊，有其處而不久其迹，讀所為鏃松筠封蜘網之句，則又不能無嘅然者矣。村南煙舍者，蔡子文清之所築也。連林篠之迴流，帶之啟扉，行竹个當風立，意似延客。行經坐止處，未欲止。問醉月軒以憩，天光澂豁，俯前池，斜睨釣艇，陸而闌檻者也。方倚榻箕踞，鳥館館聒軒後。起步雜木間，坡陀錯迕，可小閣可亭。諸主人曰：毋據今為斷手年也。相與啜果茗以反。同遊者王子五福，與主人而三。主人行唫坐哦，雅欲追摩詰子美而從之。惜予老退，未能即事小詠為茲遊發興。徙倚展王子便面，洛賞其新斷句而已。然吾觀主人曰涉於此，以邀月當軒為詩境，魚跳鳥哢為詩材，不官守而閒，不旅次而適，則詩懷淨，詩趣恬，輕舸短節，弟從之與偕，族鄙

記　圭

朋遊之與接。而詩侶亦萃。固將上下五柳玉山之間。視輞莊屯溪。
不能以詩鼇久其迹焉。蔡子所得。不既多乎。烟舍距蔡子家一里。
買其族之弃地為之。經始雍正辛亥。予與蔡世講。又姻附其令五
兄。蔡子屬予記。記之年。乾隆乙丑也。

盛橋新居碑記　壽祀

古官牌山林別墅。皆有記。予以占政教。稽逸蹟。而傳名賢散策之
流風。至於一身一家之守。則鮮有述焉。雖其傳世易姓。有足昭訓
而著戒。比屋皆是。不勝書也。信斯言也。盛橋新居曷以記焉。曰吾
善乎其居之者。乃以繫其居焉。爾吾見所謂故家者矣。其樹之有

記　一三三

模。其繼之有緒。必有人焉起而振頓之。吾前瀏之浦。於今四百年。
不可謂不久。老壯少之齒千。不可謂不蕃。門巷環帀。周十餘里。貲
財之贏者大萬。不可謂不廣。以殖名胄庠者。趾相躡。時起通仕版。
不可謂無聞。然嘗求問遺事。宗祐之藏何地。妝族何程。釐舉先烈。
數典不忘者誰某。膠口莫以應也。噫。昔吾先子及弟三玉。嘗先後
舉墜廢。戛戛然行無偶。唱無和。時則有叔父五厫考安愚翁公。獨終始
共之。而志常溢乎其事。已二十年。二老既殂。既零有把有時余弟亦奄逝。月五其亦思繼厥考安
愚翁志
亭哉。乃家牒廢矣。倡以輯敘以録也。旌祠橈矣。撤以新規以拓也。
宗祐之建。二老迹存焉。寖不可支矣。則盛頗以籌心以矢也。人世
經須共稱

用志之辨。無廣狹一也所爭私與公而已。人盡匿其私。謂之天下國家。近之州鄙。曰
非我獨也。又近之族姓。曰非我獨也。一人曰非我獨也。聽之人。人
皆曰非我獨也。公之事則卒誰能振之耶。吾善夫丹五之用志。將
揭以風族人焉。無所繫之。繫之其居焉。丹五居故石室之麓。盛
橋距其東南三里。業亦浦出。移為談近百年而復之。為間二百七十有
奇。重門堂寢。絃誦之館。場圃衡繚之埒。廓然具體。於是升庠繼完。
繁歲始斷。手會公績。以時舉。吾造其居落之。勸之酬以勞其勤。丹
五舉觴酢我。三歎。丹五之歎。私邪公邪。閱其購葺之難。善後而守
之又難耶。乃進告之曰。祖考子孫。一氣也。自宗法壞。廟汞寢薦之

記　一三四

制亡。而尊親仁義之恩薄。若譜若祠。所以挽也。非私不遺。公曷賴
焉。夫物私必泥。而公[illegible]不通。若泉焉。源濬被流溢。此吾以知此之
居必守。守必善。先祖之神。陰來相之。顧猶廣其後之人乎。詩曰。君
子有穀。詒孫子。其穀有是。其詒也遠矣。次其語作盛橋新居記。乾
隆重光協洽中支兄起龍岀年七十有四。

秦氏耆英里記　壽祀

皇帝乾隆十有六年。歲辛未之春。恭遇　皇太后六旬萬壽。
廣孝治。廵江浙。加意存老。輦駕臨無錫山泉。瞻　聖祖宸翰。遂
輦秦氏寄暢園。秦氏多壽老壽人。班衢跪迎。須眉皓白。　皇表愷

豫矢音飛豪有句云近族九人年六百耆英高會勝香山皇哉唐
哉古稱履道洛陽今遣　天葩家瑞於是臣孝然臣實然年冠九
老居連雙閈祗揭耆英二字額其里門以屬臣起龍志之龍業古
名里僅事若鄭之通德荀之高陽書於史形於學士之詩謌然皆
出於國邑大夫一時推稱之美而美非尚年ゝゝ不過七十上下無
論也至胡吉富文之儁勝流盛會世號稀闊先後皆尚年矣然亦
諸老盍簪自慶而年猶不能盈九十且非可以里屬也蓋維天之
篤於人ゝゝ不能并得者跡其難有六七焉天ゝ也君亦人之天也
天制人ゝゝ之天遠人于此有一得焉則已難兩得則難之難矣兩

記　壹

得矣或年非甚高ゝゝ矣人或未蕃ゝゝ矣不能聚ゝゝ矣不一姓一姓
矣不一家今秦氏更六七難得而皆備於其門又雖二老冠之而
肩差齒及諸皆不越道南道北閒　天光昭被榮均敬齋以是參
會古今若前所稱稀濶僅事乃總乃軼千載一有豈直瀛而倍蓰
乎抑既珉於園匾於閣而仍眉表之四望之程憲老敦敎其義不
尢衆著乎詩曰以引以翼豈弟君子四方爲則　龍書行歷望郡每
舉其事廣坐中鮮不捧手嘆未曾有爲之仰推　大化詳徵積澤
思一過而式之況其近里韻在紀犀者乎又況身其子孫而履蹈
其里者乎和氣沃而淳風被其培也有本其勸也無涯忠　國型

家觀感興起請進而賡歌其桑梓之篇矣

記　叁

三山老人不是集目錄

雜著

雜著目 一

三山老人不是集

雜著

謹堂說

易曰吉人之辭寡傳曰仁人之言其利溥哉夫利既溥矣言雖多何病宜與寡之義若相背然而非也夫言出而人利之則待命者衆待命者衆汎應則力有不給有應有不應則名闕取詈而言且重爲累故易與傳之云非相違也而相成也方子蔣庭以種德世其家無戚疏遠近以緩急告輒應曰諾既乃自知力不足以遍給而言且重爲累也遂以謹字名其堂觀其意殆將斟酌於戚疏遠近間而以辭之寡爲利之溥云爾倘謂繼自今且括囊卷舌等諸秦越人之肥瘠是懲噎而廢食也又豈謹字名堂之本志也哉夫謹非不言之謂也

讀書知又說 尚書 筭訖

曰若稽古典謨四句同文明是追述書法當代史臣不應有是語也左傳莊八僖二十四二十七襄二十六凡四引禹皐二謨並稱夏書可見虞書本出夏廷此顯證也唐孔疏以左之所引事關於禹故改稱夏殊爲曲說古書篇目一成後人憑臆移置有是理乎蔡傳析堯典十二節繫之虞作愚又嘗互參之如大學之文渾稱

雜著 一

帝典而伏生之舊典止一篇（原無帝舜重華一節二十八字恐原書本只名帝典也）初非的然有所謂二典者抑可悟析繫之云亦未必為篤論矣○先儒泥於五帝五典之說以為孔子刪書斷自唐虞遂疑二帝必當分有二典愚謂此亦過執

黎民於變時雍注云變〻惡為善也（孔蔡同）愚謂不如說個蒸變較（動變）穩遂古民氣只是蒙〻若草昧然决不似後世乖猾奪攘模樣變之云者身沐聖化頓然掉出新氣象来不合向惡那頭說到善這頭也時雍正與協和應時字作時會訓亦似較勝

堯時四仲昏星與今之春分井夏至亢秋分斗冬至奎相睽至五十餘度以一日當一度睽者且五十餘日矣恐無是理也且非（特）年遠到今而睽若是甚也驗之於周在記則始孟春參昏在詩則咏七月流火早已同於今日之睽是周之距今年且三千而適相準堯之距周年不過千而大相懸抑又理之不可通者也推其故令人但習蔡傳〻旨劃定分至一昏之刻以立說其睽遂至於此善乎漢唐二孔之說經也於仲春星鳥曰總舉七星（宿）其昏皆得見者於仲夏秋冬之星火虛昴則謂舉七宿之中一星以該總亦各於其昏皆見者則又詳申之曰仲春日在奎婁初昏井鬼在午柳星張在巳翼軫在辰仲夏日在井初昏角亢在午氐房心在巳尾箕在辰仲秋日在角初昏斗牛在午女虛危在巳室壁在辰仲冬日在斗初昏奎婁在午胃昴在巳畢觜參在辰是即所謂四仲初昏皆得見其七宿者也其說既不背經亦不違天最為明通蓋經舉四仲本未嘗劃定分至正日也乃為蔡說者摘其不黏正午譏以不曉歲差夫差有至五十餘度者乎徒欲强經以合節其能移天以置節乎聖經法簡而文約第為揭仲標位而以殷以正之的自可推而得之要之經非即曆也顧且欲執經盡曆乎事關天行不容不辯

井田寓兵於農（振旅治兵茇舍大閱）府兵寓農於兵（春蒐夏苗秋獮冬狩）

養老銀牌頌并序　茅九

古養老之文博矣庠上下膠東西以辨地深燕縞元以辨服臨雍袒割踵事加詳至夫巡方嶽引高年則孟子數典補見之而在所錫賚闕焉靡紀欽惟我　皇上再巡南服既越月有客来示臣（某）養老銀牌製用龍文楷字綴織成曰浙嘐民徐九儀跪迎河千年甲未盈頒騶垂素親奉　玉音賚及之希遇自天恭請載筆以具訓来者牌廣寸有六分縱贏寸有半九儀字漢英與臣（某）有姻連謹進頌曰

夢帝予齡遜爾神遇奉　天錫老昭哉躬際有杖斯鳩有觥斯兕粲〻白金葉之類楮服之斯膺古未覯止有文稜〻隅而揹之方

彼愚銘子孫其保叶之。乾隆丁丑夏初月書于吳门史立龍舍鐙滴。

恭述時年七十有九

代李東平恭紀 蓍花

皇帝乾隆二十有一年春二月。御駕東巡。祀孔子於闕里。道出

東平州。二十八日。駕抵州南行幄。就近有鳳凰臺。花木蒼鮮。亭

榭軒爽。恭敷 寶座。祗候 宸游。於時 皇上行幸登臨。案有

宋臣黃庭堅金剛經墨蹟一函。注視手撫。旋迴行幄。知州臣李時

乘。率領耆老士庶。俯伏道左。忭舞嵩呼。天顏喜悅。翌辰。幸曲阜。

三月朔。詣闕里。釋奠禮成。次日。在曲阜遣官馳賚 御製鳳凰臺

春望詩八韻。於初四日辰刻。臣署中。臣即恭摹上石。敬規臺左。

建立豐碑。俾彼雲章。昭茲玉版。唐哉皇哉。洵下州千載盛事也。初

六日午刻。駕復行幸鳳凰臺。見碑座巍然。諭令搨呈。温旨嘉

獎。留下搨本。是日傳 旨李時乘著記名以知府用。初七日。由東

平州 回鑾。臣跪送道旁。恭進前所陳設金剛經卷。并恭紀 聖

駕東巡闕里五言排律詩一百二十韻。蒙 恩收覽。覽畢。傳諭詩

冊收了。字冊著發還。臣敬謹跪領。伏思臣一介庸愚。欣瞻雲日。更

荷 天恩眷注。天語寵褒。鏤刻寸丹。踊躍無報。又念金經一冊。

既邀宸鑒。復奉手頒。遺墨之微。蒙被光寵。以此隆遇。臣何敢私。亡

惟壽以貞珉。用昭遐邇。茲已搨成。裝池上進。得備清燕之觀。恩

施與金石俱永矣。原任山東泰安府東平州知州臣李時乘恭紀

萬里程

雍正十一年甲寅正月十二到蘇州先是蘇藩傳致雲南辟書之

信期以初正晤語鮮民之生飢驅襆被自悲自責﹅我悲我在此

一行

十四謁蘇藩白公手授雲貴廣西制軍尚書尹公書幣掌教滇南

滇城五華山之麓今相國鄂公為制府時闢西林學舍藏 賜書

尹公至奉 上諭振文教就為省會書院白公口訂二十日起程

遂先達奏記於滇

十五歸質明告行於家祠

二十治裝行入城辭邑侯胡滁園大兒兩侄偕五遂舁辭轉

廿一同弟七兒晚行入郡時滇使泊船郡驛相待也

廿二過湖廣船即滇使所泊者别弟兒同事者頎八兄右卿同行

者武進許元起孝張子衣邑侯妹夫楊巽行貴州餘慶人

廿三雪泊丹陽夜半雪止

廿四霽抵鎮江陟金雞嶺登蒜山眺江城萬井巽行黔人雖来江

左東身縣署至是極覽户口𬏧市之盛張目歎不絕聲

廿五泊瓜步

廿六泊沙漫洲船人寄檣帆於此就而植檣酹江神
廿八停龍江西新關步入三山街遇小雨肩輿出
廿九在關口長行溯江而上自此所至皆生境矣泊芝麻河
二月初一過采石磯々在南涯船循北涯行遥指閒平挺戟處江
濶不能審也泊蕪湖蕪湖江介津要輸船稅
初二行十餘里泊羅港阻風
初三行十餘里阻三山口風愈厲而雲輕日煖信步得三山禪院
命酒榼就坡陀飲入講堂見江驚隣同年壽堂主障子文甚美驚
隣無為州人連軫出國門別四年矣寺僧云隔江即其家過訪甚

雜著　六

便明日風止早發回眄悵然
初四經荻港々汊入層山間觚稜粉堞參差深隱倘有趙自然其
人在耶入銅陵界泊大通亦蓄富九江漕艘來集
初五阻風不行循大通街左折得小山々半面皆市背喬木森蔭
卻而東憩野廟江柳初黃春趣入眼矣北涯安慶桐城地遠山烟
籠數叠龍眠在焉莫定所指
初六行二十里許風阻王家套兩涯並貴池地荒江少邨落殊悶
悶明日又停
初八過池州泊李楊驛雨距安慶六十里

初九抵安慶纔過午欲覽上江會城念郡博士張掌絲耐得冷淡
否雨濕怯登岸乃已
初十九十里過東流在江之南負山為城迤而西山起伏始奇峭
至馬當則彭澤界出省矣江之北猶安慶望江地也
十一二積所進得二十里阻俞家套船繫檝如碓雨斜飛入隙間寒
色淒緊雨既歇步入沙渚邨寺々僧設茶碟就問彭澤近遠僧指
點小孤尚三十里翠頂出林杪如簾額上露髻鬟也抵暮月華滿
江濤平睇未久便放船比曉盡失群山處
十三朝起已過五十里晚泊九江中間歷湖口㝡濶日光滉漾射

雜著　七

鄱陽仰見高空積雪頃刻萬狀不鮮何故久睇略辨山形乃廬阜
雲氣也可指名者石鐘豬矶鞵山是日行百八十里九江之北是
黃梅地
十四停關口船人辦稅也行負郭闤闠四顧見小湖曰甘棠湖
中有洲林亭倒影喚渡登鏡波樓上祀五賢晉陶淵明唐白香山
李少室宋周濂溪明王陽明五賢皆宦於此湖所由名也僧嗣磬
山者守之有壁外致匡廬全身直南牖惜康王谷瀑布不當北面
自湖口望雲氣神栩々已欲往令相距且四里不舍然者久之
十五日己酉從琵琶亭下過又西過龍坪佈穴皆山市有名者入

楚廣濟境江南則瑞昌仍隷九江行百十里
十六全脫江西界過道士洑山鐏江折有風險經蘄州黃岡見竹
樓屋凡四五風利行至達旦悶黃州蘇子賦赤壁處已夜過矣
十七午抵漢口計兩日行五百里漢口夾江爲城南武昌北漢陽
漢水入江於此漢流駛有聲商船高桅如葦荆湖間一大都會也
黃鶴樓翼然臨左前行未至遠見之
十八九傳船皆中流而碇排比如鷲毛呼小舟登岸舟類鯈魚兩槳
一人盪之迎距萬舶中笑呼四應交讓方不蹄寸無抵觸者上黃
鶴樓〻四層踞小山瞰長江漢陽對面雉堞相犄角依山佶曲爲
亭館之級有仙棗枯矣中皆純陽像坐者醉而臥者吹簫者鸚鵡
洲張翼其左
二十移船至漢陽上龜山〻僧云即大別也然培塿耳心頗疑之
上多釋老之宮綺靡闤膐大賈踞樓高會過者不得窺焉曉泊闤
口有船小稅
廿一泊沌口〻通襄陽與漢通豈即禹貢潛之在荆者與由漢陽
而上三十里
廿二過荆口荆水繞出荆州北又疑是禹貢荆之沱也龜山之山
沌口荆口之水誌以俟考泊排洲屬嘉魚縣行九十里

廿三過羅磯口經祭風臺之赤壁此孫曹戰處與蘇子賦者爲二
日晡泊毛步下界口神鴉喳〻集檣上相傳謂洞庭君使者篙師
加手於額曰渡湖平安信也撒腐肉空中飼之茹葷素者别羣接
食是日行百八十里
廿四泊臨鄉界行百里
廿五至岳州洞庭與江接城憑山俯湖岳陽樓其麗譙也已廢登
其基柱礎猶在少聞樓有孟襄陽杜少陵古石刻二詩不可得矣
予壬子秋至南昌滕王閣方燬於火世稱南中名勝黃鶴岳陽樓
與滕王閣而三予皆過之而失其二人世遇不遇豈少哉
廿六傳謁洞庭君廟庳猥不稱神居望君山鬱然雲濤中欲涉而
登無賈勇者時方築杜於洲〻在湖心當適長沙之道趨武陵者
上西湖弗由也沙灘產方石色質似鐵大不及骰子正方云能已
心疾廬陵集載偃虹隄記正當泊船處既去乃憶及之失按其存
廢追悔彌日
廿七湖行百五十里泊黃姑灘波靜如練平如鏡帆影際天日氣
濤光浩蕩一色大哉觀乎老於行者慶爲平安第一夜半小雨
廿八朝復雨即止放船七十里至冷淡洲有洞庭君老廟漸次收
港泊楊湖口龍陽縣界也

廿九漸收内小河泊下角

三十入武陵界過牛鼻潭泊白沙碧樹明河澄鮮交映桃花源去人不遠神復栩々兩日行百五十里

三月初一到常德八十里大木排首尾啣接皆下楊子江者不覺鄉思隨之也城東北十里德山林木蓊黑中藏古德門庭隱然可想常德滇黔要口湖廣船止此総停輿行凡四十日

初二清明微雨

初三午晴換秋船々腹容兩人所攜一童棲船尾名野雞窠同行分五號添麻陽船一尤窄晝坐者暴日中夜乃蛇行以入遇秦晉寄歸櫬會其令嗣照千司立寄家書

初四移泊花馬堤在西郭外滇使有舊識主人就浴其家主人具樽酒為歡

初五至桃源九十里水行猶坦

初六過白馬渡山勢變矣皆銳頂不負土前望若武夫屹然扼險立者穿石也盤行其下其高矗雲側視有穴洞腸架屋其中為浮屠居泊姊妹山九十里

初七由水心岩過界首入辰州沅陵界經箕子洞水愈迅石愈奇升崖而望如闘茘飣柈迫視之乃石筍千个各為根莖拔地起其

雜著 十

背露橫嶺日光映之金碧浮閃李伯時粉本也溯夬版上雷回石出江面類寶晉齋研山者所在皆是近桃花洪則交牙橫截疑無路泊洞庭碕八十里

初八自清浪灘至白容七十里清浪有廟俗謂之回々神寔祀馬新息灘接雷回故俗音譌也灘險山高而多杉林野棠山躑躅雜花映發可愛日方中船人伐薪斑竹谿隨而入清澗一道夾以翠屏度小橋泉淙々冐石面縈紆如玦二里許須跣涉乃得路澣巾而返

初九初開子規土人謂之催春歷橫石灘鮎魚灘抵辰州六十里牓曰天南鎖鑰知所歷即辰江也山稍夷灘多聚卵石者城之南河有兩口西河達重慶晤童子師朴而恭曰西境山外今為永順府俱土司界身已隣苗境矣由南口者入沅

初十風利過三洲行及响水洞石城斗出橫嶺上民居纍之少陵詩云閭閻繚繞接山巔夔土富與此略相似也業榨桐子油辰之境桐樹滿山時方花彌望皆退紅色迤南涯壁斧劈直下山臨河如半體壁面樓木屋皆無地絙而下上各數仭謂是營汎也泊鋪絲塘八十里灘涯鋪鑪絲々

十一連日乍雨乍霽過浦市為辰溪界市街亘二里亾荒寂中一

雜著 十一

喧境也抵邑城有河西上曰麻陽河云走銅仁道至羞溪口泊六
十里
十二經白面巖獦桂巖至江口四十里為溆浦出口又三十里泊
九廟塘
十三二十里過銅灣進黔陽界四十里泊毛渡崖間吠聲狺〻老
翁方就地吹黍索湯澡身盆買湯澡之覺體輕是日所過灘又多
大石橫亙者山又多銳頂不負土者
十四二十里過安江又六十里泊虹江乃灘行適中處靖中會同
縣境也喧鬧倍於浦市〻多江右人有會館通黎平苗境

雜著　十二

十五六十里泊黔陽城山東尤窄十尋一曲遮斷去路灘瀉如建
瓴始悟河身即衆山窪處舟從山上亂石間過也孝張云吾曹此
行日〻在瀑布裡做剌水魚相與失笑然春深林稠藍披黛掃人
行圖畫中予口集成語曰信美非吾土茲遊冠平生更共唫歎欷
歔不自勝城南別口通台拱
十六竟日直北行似故與所向背而去者其道之盤曲回遠大率
可知過高梁洞云有石梁水漲不見過蘇站中坊入沅州界是沅
江也泊楓木塘七十里
十七又北行三十里乃折而西而南二十里亦名馬當三十里至
皂角渡山坦而稀灘亦平
十八二十里達沅州城〻北長橋列肆亦楚南要津又西則楚黔
互錯矣山復盤欝灘更駛連屬不絕四十里泊美人溪正當連灘
之間
十九由便水驛泊新邨塘六十里兩日所過諸灘皆矛戟森布下
上於美人溪者曰亀曰打卦出便水而上者曰黃淌天星曰黃朕
曰大恣小恣綍者獸走篙者鳥翻殊死持之久乃進寸又進尺
二十山形踈豁過龍溪口泊愛民塘始見苗女赤脚持雜物易鹽
於柁師以掌大紙裹之而去如獲異寶焉是日行六十里灘不甚

雜著　十三

鉅然暴漲下如奔馬聞黔中連雨也挽而上者苦之
廿一經狗腦灘至玉屏為入黔首站隸思州舊屬湖南為衛今改
縣崖石亦可觀橫理厚寸許平上如堞垣砌縫楚〻
廿二至羊坪三十里泊清溪三十里縣亦湖南衛改屬者水湍處
置竹輪如繅車圍可十丈輪之周編竹為扇以受湍激則輪自轉
斜繫筒於編扇之間入水下向出水上仰至頂乃瀉當瀉處承以
槽而竿引之以灌田嘗見越人為舂轉激略似之皆農事之逸者
也江南水平不可用吳農蓋天下莫勞焉元起云楚南山動與行
云吳下水靜山水之性從兩人口易置之兩人各道其所創見故

確
廿三峽東又繁山皆稜起作个字形地雜漢苗六十里至桃溪入
鎮遠境又十里過閻王灘極迅猛舊令金壇王君（未詳其名）治縴道於
中流行者德之
廿四達鎮遠山具臺垣櫓堞諸形怪聳不可殫狀隘口天成石橋
鎖之過橋北涯為郡治其南涯樓閣嵌空隔水對之絕勝又西為
甘忠果公殉難處事在吳逆反間繁急時舊聞公淂乩仙兆云一
路功名到祥其處乃吉祥寺也今祠與寺並鎮遠負山面水而無
城寔滇黔之喉其水曰㵲水即九谿之一上源猶遠灰塞不可通

舟從此登陸矣自易秋船至此皆逆水而上若下者日可併程者
三
廿五停
廿六別楊巽行就竹輿凡五從者皆以馬是為山程之始陟相見
坡山盤磵回行人迭隐迭見進施秉界有華嚴洞可憩宿偏橋七
十里令移施秉治於此遇其尉云苗民近者仍受治土司縣所治
懸在百里外矣尉言之若有戚然途間驟雨即止
廿七六十里宿黃平州初入界觀飛雲洞石紋圖纈萬朶併成大
芝蓋下可布數席左幹樝枒橫挺如羣龍赴壑俯行其下復磴而
上憑亭瞰深磵磵外飛瀑凌青霄奔竄亂藤隋壁間灑入磵底聲
如吼向者不到康王谷對此可以釋憾少選出就輿時雖山行灘
聲猶斷續聒耳即㵲水河源也州隸平越
廿八午飯重安江客譁言苗女雲集蔽斷垣望之若講武未成列
者逾長板橋就觀衣皆織木棉為貝錦不褌而裙裙細摺不掩骭
行纏亦以雜綵跣雙足有負野蠶繭為纓絡者紅白黑種別人持
一雨繖間雜男子髻揷白雞翎蓋未娶者標以為識然此集非跳
月期也江有渡其委通湖南靖州宿清平七十里隸都匀
廿九飯楊老有舊臺廢市自黃平至平越其地皆楊氏播州南境

今雜作諸苗猶多楊姓者楊老豈其先與將及郡蓊秀特異度葛
鏡橋陰陽閑開帶暝色矣境内多張三丰遺蹟世傳建文遜國後
朝命蹤跡之過此故托云避邋遢
四月初一飰黃絲是日熱甚過冷溪潺湲之聲十餘里不絕心神
差爽至新添宿八十里今為貴定縣屬省郡薄暮雨已及宿頭矣
雨大下夜半乃止
初二飰新安宿龍里七十里稍見平地有寬二三頃者前五六日
所經無方丈許寬平也
初三居人植卉木為籬落近似越山飯谷脚至省城宿六十里坊

郭形制學步上國大概附省三二百里略有曠勢
初四過狗腸入安順清鎮界宿縣城七十里
初五飯蘆梯哨亦曰蘆荻宿安平六十里兩日所過皆平岡寬處
區為水田方播穀天光雲影相映入黔來所僅有
初六近中伙舖多石板屋歇安順八十里規模與省會相埒新建
統帥牙極雄壯
初七飯大山哨宿鎮寧州舊安莊衛也六十里兩日蒼峯離立道
甚闊平疇連畛胸眼開豁
初八路復不平胥站白河橋泉響震耳曰響雪岩水冒磐陀而下

雜著 十六

闊數丈落潭中巨來李公有長歌題壁間亦以康王谷瀑布為比
出市入新開驛〻口曰黃果樹進坡貢路不走關嶺盤江矣今相
國鄂公所開萬山切雲〻中梯棧一綫汎升語客云較關嶺差殺
也宿坡貢為永寧州境七十里
初九入郎岱路郎岱土司邑目也所歷坡頭頂效之間絕高過阿
羅乃有平坡歇郎岱五十里當七十里今以安順郡佐分轄名永
安分司駐此
初十上打鐵關嵐氣迷塞人對面悉隱不見入鼻喉氣腥惡欲噦
移晷稍開前望重嶺皆練帛橫棧微露尖頂深墨色下視茫〻不

知人世何處凡度嶺磴而陟者率倍於下坡故所至益高滇黔視
江南幾在半天毛口過津渡今曰西林渡誌鄂公績也有弁員鎮
之稍坦宿烈當七十里當九十里屬南安縣〻今隸新設南籠府
從安順劃屬者
十一尤盤紆切天曰斗狼箐本非人境萬木中開道如羊腸木縱
橫委路側大過牛胥者無算其植者皆產自太古蒙密蔽遮上漏
天光如是數里至鑵子窑宿五十里可七十里有驛丞署屬普安
州亦安順劃屬新南籠
十二曉雨初收朝暾平射重〻皆小李將軍着色泉石坡田層埒

雜著 十七

而下蜿蟺生動又似吳道子繪仙佛衣褶作行雲流水皴法土人
所謂梯田者也過康戌橋轉石磴多渟滀香乳泉舁夫掬飲之以
為甘露廕以承露亭皆鄂公建康戌者者紀年也宿劉官屯七十
里可九十里
十三廿五里出大山四歸舊道又五里為萬子卡喀讀如今譌海子
又三十五里歇亦資孔兩日皆普安境諺曰貴州路十當五又曰
天無三日晴地無三里平予行黔路十有八日一遇雨即止又兩
雨並在夜竊自賀云
十四有拽牛車者知道坦矣麥始登場村女郎以摺疊桿鞭之過

硝硐卡進滇界〻有坊曰滇南勝境置候館內觀石龍出地一尺強如螭蟠宦遠嶠者搜得之為美談耳非絕奇者出衢口平坡曠然眼界一換歇平彝曲靖屬邑也行五十餘里諺又云貴州雨雲南風行者宜以帕障面

十五出郊有清溪洞在僧院中早過扉尚闔六十里至白水驛又五里歇交水即霑益州亾隸曲靖滇使有奚奴交水人也其父探知入境具酒肴餡飲之并見餉

十六十里平田郵墟綠陰至茶亭制軍遣使持名刺接喜息足不遠矣而兩童子久不至深慮之交水別有入蜀道騎梢後遂他隊

盲行近午乃悟而反薄晚乃至馬宿馬龍州七十里亾隸曲靖

十七五十里至古城亾曰中版橋過小關索嶺上有諸葛廟俗傳征蠻會盟處然否未可知廟高而邃南左一亭覆古銅牛黝而澤小水環之至易隆宿八十里尋甸州境

十八飯湖口入嵩明州境風日暄妍湖光秀蔚曰秀崧湖嵩與崧古字通多漁艇〻挂小帆山行久不意見此景物如身到江村柳浪間矣面湖為茶亭壁間陷大理石刻亭左皆曲磴〻盡露臺方廠曰海潮寺殿左有泉有樓有軒寺僧以饍餐為茶具延賞久之出寺行不遠有毒泉出道旁立石戒飲者時崧湖水縮西南成路

循麥隄溪澗十餘里達楊林宿

十九五十里憩上板橋距省城四十里制軍兩遣役探接遂兼程行設點豐樂寺未至城十里內紀綱需於歸化寺前將命勞苦寺建自沐黔寧靚麗仿京華式宦遊者送寧迎客子處也進南教場客館設洗塵席自就輿行至是凡廿有三日自出門就道恰三市月

二十進制軍衙留館於內整息牙門距五華書院五百武而近

賓餞曲

［生扮文曲星雜扮朱衣隨從上］

［清平樂］文章左券青史朱門煥指日桂宮香霧滿看得意前茅高颭紫鳳雲車白鼻騧玉京清漏滿霜華光照東壁圖書府兆起南宮忠孝家吾乃梓潼司祿文曲星是也權衡桂籍叨鈐天上絲綸管領鵷班慣刷人間鸞鷟準舊例榜花初放籍查善果陰功譜新聲蟾窟齊探隊列仙音法曲會逼賢書之選好脩賓餞之儀且看魁府星精一道瑤光奕〻飛來也［內扮魁星上照常跳舞介］［生］今日江左大中丞文讌排場正為時下衆舉子賓興蕺輒看蟾際晴虹乍起平步昇雲喜階前雨鬣爭飛乘時破浪廣寒玉府飄來疊霓裳馥郁瓊膏潤斕斑〻豹霧趁此會月姬升殿侑諸生桂苑

分標列位元魁聽高歌引導者〔旦扮嫦娥仙姬隨侍上〕

〔步蟾宮〕江東從古多英彥更牛斗宵来光現看犁瞶毫彩洒雲烟同展天香高宴

玉宇無塵廣殿寒翠香深處珮珊〻月中一片閑田地種出人間換骨丹〔生旦見介生〕月妃玉斧長閑好與人間琢玉〔旦〕星主文峯挺秀還從天上衡文正是潼川別貯經綸簿蟾窟新栽棫樸詩〔合唱〕

〔昇平樂〕〔一名太平醉〕蓬瀛路顧駕虹橋穩度三山非遠飛騰上大羅天聯翩爭先齊奪錦標還這方是蕊宮精選彩毫脩撰丹成九轉萬選青錢〔風雲會〕〔一江風前〕羨當年午夜窺黃卷雨雪青燈剪〔駐雲飛後〕哦快着先鞭躬承天眷節鉞三吳盛舉賓興典好個蟾宮列綺筵幾曲霓裳引衆仙

〔雜奏細樂生頭班前進〕〔旦〕捧爵人進酒〔合唱〕

〔錦堂月〕鈴閣風清瀛臺影漾文光满城紅映人月雙輝玲瓏一奩氷鏡照天孫組就雲屏趂天闕香飄錦陣鼇頭穩躡過三汲飛濤幾多新景

〔雜奏細樂〕介白換二班字樣〔合唱〕

〔好事近〕風雅幾篇詩賞初筵鹿鳴瑩醴嘉賓式燕玉露下好秋天

雜著　二十

氣令時早則是荷香清暑聽歌處凝盼雲梯俺的個繞朝深意趕趂花鬃汗血雀桁標題

〔雜奏細樂〕介白換三班字樣〔合唱〕

〔節〻高〕芳菲桂子丹正榜花鮮飛虹那畔飛霞爍槐花院彈指閒桃花翁帝城兀的春城艷雲程趂的鵬程健只道題橋恁河千舉頭直到蓬壺苑

〔雜奏細樂〕介白換四班字樣〔合唱〕

〔朝天子〕過香叢桂叢乍花紅杏紅箕滚〻玉堂三生寵翩〻寶馬五陵風不同這公卿詩書種丹鉛呌幾冬紫緋呵超衆彩虹趂今朝揚鞭把鞚醮金巨連鑣送

〔生〕〔旦〕衆元魁得意飛騰去了俺門祝賀聖世多賢各歸洞府也

〔尾聲〕當空星渚水晶簾看攙掉銀河寶筏連引的那金殿夔龍陪翠輦

〔生〕桂子秋風撲畫垣〔旦〕杏花春雨謁金門〔衆〕萬年有道宣文教多士颺言拜聖恩

不二門請藏供藏始末述代僧覺仲等記

附於光緒碑記後

自傳一語也

大藏吾門第一法寶也請藏供藏吾門第一功輪也保護傳續奉

雜著　廿一

命以之家鄉以之吾門第一後昆也某老不聞道屏居舊門庭遂
螢光者未嘗睹日月酌潦水者未嘗窺淵海支一鎗自了者未嘗
闚三藏大全心常恨之丙子之秋臥雲秦封翁將為其亡友柏庭
呂公舉三十年不了公案委某以楞嚴坊請藏之役某神若加旺
然夲分老衲不習丐緣而孔焦心者歷年有半事克以集壬寅三
月也凡正供藏續藏并首裹總三百有六套費白金百十兩有奇視
呂公原納之貲且倍之當是几榻橫陳樂壯觀而惧屑越也再謀
所以嚴飾之主藏宜象設貯經宜櫥櫥之前宜案宜坐具飾宜丹
漆宜寶鈸屆戊之儀費又當前事三之一而踵事生叢緣益以淤

雜著　廿二

侵尋及於甲辰春首病作乃惧而督促歷夏甫竣而責逋者旁午
於是力大殫氣大索舉一甌糜若不克勝矣蓋始於積勞卒於
積憤討受事以來三值儉歲常若有所鬱結梗塞心事與詎因相
磨靡以入不復能解以去也嗟乎頭目髓腦直得恒沙諸佛歡
喜施舍心復何憾然憶大藏入山時敷座開帙矢以餘年閱一遍
而天不我假曾未妙分此事便已業積者障生德涼者福蹇有是
夫夫法寶之相值功輪之相成其難如此值矣成矣而手不得全
繙眼不得全見口不得全誦耳不得全聞仍遺一件不了公案也
彼後生盛年坐獲寶珠富有白日縱未能全繙全見全誦全聞亦亦

還念此老值之如是之苦成之如是之苦雖值亦虛雖成亦負更
有如是之苦得不猛然醒矍然起立以此大藏之文以此請藏供
藏之績為身命為家鄉而保護傳續歷劫勿替也哉不二門我先
師某和尚家息世祖作興之別席也禪室之上方則奉安　聖
祖御書之樓也洎今方冊莊嚴又恭遇我　新天子初服焉以一
門燈續之因際　三朝鼎興之會　皇風佛日披耀湖山非所稱
甚難希有之遭歟日者臥雲翁度世矣其刹那視息覿面非遙期
相與述感被而陳盛美開顏一笑向我佛證明其又敢以從前勞
勩執手告哀以互擾其靈明也耶囑咐典守之人曰舜仁我法眷

雜著　廿三

善公之弟子因果介我之弟子兩人者實而交好皆所謂後生
盛年皆嘗有功於是役者其能護身命保家鄉以啟其後之人無
疑矣仁乎介乎其不吝以第一等後昆為之

靈寶禮嚫福德樹燈大藏秘範

開壇讚

華燈寶樹光耀宸廷霞幢羽葆玉瓏玲鸞鶴舞青冥齋主齋心經
垣緯曜照虔誠頌聖祝天鈞法曲仙音盤旋應和遶壇星燁爍會
升恒春滿乾坤福德壽康寧（春滿二句複唱）

朝禮

燈光普照天尊

至道包無外　真科啓秘書　傾心望宸眖

稽首叩玉虛　遼鶴迎仙仗　神光煥羽車

萬彙遊昭曠　燈彩朗堪輿　高功具職　上啓

太陽黃道太陰清府配德同明星辰君主日帝月后天宮二曜皇君

天廷紫微上位北極宸樞太微天市三垣帝座星君

北斗帝車魁標布化七元解厄攝提輔弼九皇星君

東方震宮蒼龍寅卯辰三躔角亢氐房心尾箕七宿星君

北方坎宮玄武亥子丑三躔斗牛女虛危室壁七宿星君

西方兌宮白虎申酉戌三躔奎婁胃昴畢觜參七宿星君

南方離宮朱雀巳午未三躔井鬼柳星張翼軫七宿星君

春令青帝太昊司天執規施仁木德歲星貴爵星君

夏令赤帝祝融司天執衡典禮火德熒惑緋袍星君

秋令白帝少昊司天執矩秉義金德太白將軍星君

冬令黑帝顓頊司天執權明智水德辰星懿德星君

中央黃帝統令週天執誠履信土德鎭星老壽星君

上來列曜星君各各承天布德今宵壇下某供設轉輪寶樹燃點七級華燈具有情詞合當跪奏入意恭通已畢下悃具申聊

雜著　廿四

茲管籥之鳴布動宸垣之聽臣等就遵科欵披次敷陳

臣聞兩儀奠位覆育羣生四象凝精監臨下土煌煌帝命既布恭於六符睠睠天光更燭幽於九野偶小物之蒙昔早火觀之廓清倬彼宸墟曠何蔀障顧惟愆罔胃此肉根悵世濁之棼汨其神悟身塵之自封其識異超昏界端藉明輝列絳炬為火城應白榆而樹木層級等佛陀之塔圓輪同仙掌之盤庶仗燈勳儻徼星眖䇞氛銷於燼謝覗福薦於曒升臣等誠惶誠恐稽首頓首俯徹淵虛翹聲鞠衆為表願心之十二普昭法界之三千所有儲表須期遞佈高功具職恭叩

雜著　廿五

君曜第一

臣聞一陰一陽之謂道懸象著明有冬有夏以從星同民出治宏昭萬萬年之天眼洞透千千界之人心誠精故明容光必照徹寅恭於曜陛祈丙鑑於燈庭今宵壇下某志心皈命

太陽黃道太陰清府配德同明星辰君主日帝月后天宮二曜皇君

竊惟連通禪通之紀星合壁於斗牛羲仲和仲之元攝聯珠於卯酉日一周移一度期四時而歲成月一會起一初章七閏而時正協偶偶奇奇之策監朝朝夕夕之壇昧谷隅夷賓餞以太陽為統方諸陽燧精眞寔太素同功慶覩光華布遊復旦庭則

有燎民俗易之以燈紫不須燔仙家通之以樹觀竅觀妙為光
為章始皦皦其咸徵斯昭昭亦可大莫大乎日月萬象森然莫
徵於芹葵斯須敬在綱維衆曜鏡鑑單私為此開陳第一大願
伏願主宰一天星斗統領恩光君臨大地山河肅清下界瞳瞳
暄萬户衆中春盡芳郊朗朗即千川胸次霽開晴宇隨壇送烏
啣之福滿樹飄兎搗之香敎有神章衆真環諷

日出扶桑島　月啟廣寒宮　春苑杏花妍
秋階桂蕚紅　太陽太陰精　文火武火融
陶鈞福世丹　世興福同隆　高功具職　恭叩

雜著　廿六

天垣第二

臣聞四面拱辰象無為而成化中天御宇居最上而大臨五帝
巡輦道之藩九子直日中之市垣開三衛幬冒萬靈鑰扃恫之
君煮蒿詡際蟠之燈焰今宵壇下某志心皈命
天廷紫微上位北極神宸樞太微天市三垣帝座星君
竊惟在三宗極居五稱尊穆穆中樞機旋十日如一日隆隆當
宁化起前星興後星華蓋高擎勾陳儼衛轉閣道而趨掖望郎
員如聚碁是日太微之宮厥惟出政之座迴瞻朝市載數邦屏
道夾肆樓貯充穀帛屹爾象陪京之鼎峙定常奔行幄以鏘鳴

爍銀花卻似月臨元夕紅輪繞絳蠟由來堂歸聚星渺懸一昔
之心旌欽挹三垣之法度能為此開陳第二大願
伏願徽花吐蕊開來百億光中垣廩連墻樓滿十千耦畔署長
生之碧宇不妨身隱少微徽懸象之黄圖所弃代逢熙洽天上
呈休於罕固人生厚庇其惇龐敎有靈文經行朗頌

瘞此光明宇　送目鬱藍天　宸樞星弁會
帝座玉繩聯　咸英响嘹喨　章帔翔翩翩
前後陪朝市　鼎鼎籠祥烟　高功具職　恭叩

雜著　廿七

斗極第三

臣聞帝有鑾車布一四天之大化斗乘魁柄管十二舍之圜機
煥觚稜而號等穹辰森尉衛而勛崇茂對域中皆告報天下盡
文明燈熒尚巡禮先方宵今宵壇下某志心皈命
北斗帝車魁標布化七元解厄攝提輔弼九皇星君
竊惟循名考義世闡斗寔尚象之明徵欽昊授時天上斗乃握
機之主鑾尊列近樞而指遠妙能方體而用圓曰璇曰璣曰權
曰衡千古渾儀之祖主德主法主刑主令百王政府之經捧左
右而拱以攝提協凝丞而資之輔弼魁上戴匡承冕文運光昌
標端大角建麾政綱條暢居高燮理非火曷成調鼎之勳在下

明揚有燈以効陶輪之化轉宵作晝燄豐蔀之能隊繼晷加膏
類挹漿之取注七元被既九極均施為此開陳第三大願
伏願平章庶政即生人祿壽之原中乂方風乃御世弭災之本
風正而三光皆正燈引清光政調而六氣咸調星凝瑞氣身沐
金甌之化庭緜綵服之春敎有真言同聲讚演

望〻朝斗姥　心〻叩斗皇　煌〻玉臺燭
裊〻金爐香　七元布德澤　九皇單壽康
笙歌檀熾鈞　三終最吉祥　高功具職　恭叩

震宿第四

雜著　廿八

臣聞乾育長男陽搏陰而出地海蟠神物氣噓雲以行空時則
卯主春三位則房君震七燭睽蒼〻之沆瀣秀色飛来燈催殷
殷之雷靈生機躍起令宵壇下某志心皈命
東方震宮蒼龍寅卯辰三躔角亢氐房心尾箕七宿星君
竊惟龍從角聽象天高之聽畢角出龍頭揚日道之頭達眾邑
瑣闥亢主內朝瓔珞格宮氐占晏寢左驂右服騁房駟以驤雲
清廟明堂瑩心君於泰宇循〻魚貫尾兆熊祥小〻雞栖箕催
雁旭其德動而奮其神明且清曉幌幢矓快覩天光作始宵壇
熠燿會看人巧倖工東隅每藉手榆收功高代月西餞正需夫

燭照光可迎星豈驪睡之方酣何自珠来頷下陋燃犀之尚隱
譁言燈在樹間面協朝陽情均待漏為此開陳第四大願
伏願龍德推恩霆輝送喜天田天廟分渥澤於隴畔簷前天廐
天津引亨塗於川行陸走星夜識金銀之氣屋〻堆錢燈庭映
青紫之叢牀〻薦笏敎有鈞音揚言徐唱

出震羅芝蓋　乘龍侍玉皇　冕旒肴秀發
旌旆對飛揚　辰角天根本　天關耿炬光
多男序淋德　薦福慶穰〻　高功具職　恭叩

坎宿第五

雜著　廿九

臣聞乾中正體一畫心傳洛北神書九疇背負寶氣披冲霄之
舍領袖予宮文光覘魅物之躔韜鈐朔埜會三辰於子半統七
宿以虛中葭琯初飛銀燈可接令宵壇下某志心皈命
北方坎宮予武亥子丑三躔斗牛女虛危室壁七宿星君
竊惟天寶物華問球象起籌之度歷元星紀指斗牛騰彩之墟
雲衆爛而須女支機廟額巍而虛神典祏合占處所危宿居之
定方中之咏於詩土功始屆史左右之登於府經術綦隆彊盡
朔方室兼東壁並掌北門之管詛詢南燭之輝然氣有相衝而
根多互納龟朔將而藏息偏紹天明鼠子神而配虛反乘日曜

則夫燈樹之成象以炎上而麗長生原與幽都之列星合官鄉
而成配主其興也勃惟是焉先為此開陳第五大願
伏願兮冥東炬遇坎皆出險之塗真武揚旗從朔受延禧之籙
好與安居樂業長依治世福神噹々見星日華旋至明々觀火
天錫非遥數有靈文衆真環諷
北闕瞻兮帝　治世有福神　鬱羅臺嵩々
浩蕩揚星精　榮光大火聚　妙響仙韶音
朔易身安燠　大地來陽春　高功具職　恭叩

兌宿第六

雜著　三十

臣聞出門遇喜懸知兌說西來觀象生威會見參橫東轉方偃
武而嚴武庫紫電青霜非行春而爍春花白雲紅樹昴宿還藏
酉令宵燈可賽朝光令宵壇下某志心皈命
西方兌宮白虎申酉戌三躔奎婁胃昴畢觜參七宿星君
竊惟奎形如戴勝接東壁以連輝武備徹周廬並右文而分職
降婁擅宮衛之號藏胃豊穀府之倉五馬千旄昴專聽讞八紘
頫網畢盛羅賢儲葆旅於觜觽露斑文於參鉞禁闥顏稱白獸
皐比像悚金神壯其炳其蔚之觀援如火如荼之例樓角冬々
聽漏鼓壇心點々看星燈葉々枝々花開頃刻層々疊々臺轉盤

桓掣虎帳之烽烟通兌金之丁已恰喜焚膏適半夜語未央當
知刻燭如期星言稅駕為此開陳第六大願
伏願旂耀九斿捲災氛而舒瑞靄車明四柱撐豊業而奠泰基
吉慶年增平安歲報制乕蹄於玉井里絕虓兕眺旄罕於雲衢
庭興髦俊西園皆翰墨北闕侍綸章數有真言經行朗頌
虎氣必騰上　閶闔升高邛　庭看彪子戲
蠟鳳星光流　金華爍燈蕊　瑞氣蒸浮々
間歌再三終　仙伶六韻留　高功具職　恭叩

離宿第七

雜著　三十一

臣聞青鳥毓德離中駐亭午之輪赤鳳啣圖明兩照指南之軫
直初昏於大火法肇先初審正候於七星時宗夏正方起巳而
止未配陽燄以炎光令宵壇下某志心皈命
南方離宮朱雀巳午未三躔井鬼柳星張翼軫七宿星君
竊惟鴻逵刷羽凌霄景以叶蜚龍藻施章向陽明而尚赤覽九
芭之朱鳥捧一朵之紅雲垣趾井亭焰耀水衡之庫精連輿鬼
輝煌圭幣之庭宛轉鈎彎柳形象咮依稀斗正星位居腰張司
賚賞而秩叙惇翼長伶倫而戎荒格若乃鸞車之掌厥惟軫宿
之官七星中處而主垣正壇典之七巡相值七盞開科而應宿

啟燈層之七數相乘宮纏則西轉而南適從閬苑瑤臺歷過法
象則下如其上仍到玉呈香案邊來為此開陳第七大願
伏願鸞聲噦〻函傳介景之書鶉火焞〻燭遂伏連之影門闢
當陽之巷陌丙日敦臨世承積善之人家丁年惠吉故燒高燭
用薦靈臺統會天經僉酬人願教有神童抑揚宣唱
　金燈明爛爍　　琪樹揷崔嵬　　好從星月下
　延矚鳳凰臺　　瓊樓十二層　　喞得瑞圖來
　圜中何所有　　天膏赤玉杯　　高功具職　恭叩

木緯第八

　臣聞乾德曰元亨利貞元為之長歲功有春秋冬夏春履其端
故推民用之五行序莫先於木德以配天工之五緯吉莫大於
歲星爰繼經垣接敷燈典今宵壇下某志心皈命
春令青帝太昊司天執規施仁木德歲星貴爵星君
竊惟一元始物乘六位以御天五木函光應四時而出火爾乃
勾萌甲坼徵陽動之發擕馴而敷蕚抽條助春光之明媚生〻
不息仁苞衆善之根轉〻無停規運大圜之踸惟此三生八成
之木德主乎一紀再會之（歲星）太昊司辰綱維五始春王紀月氣象
一新匠協金吾不禁之期望星橋而撤鎖於稽寶籙垂勳之範

曬星耀以設燈琯律憑吹祇仗仙官唄諷鸞山負輦隨臨錦樹
瑤壇寵命翹需華光俟賁為此開陳第八大願
伏願靈莫錫祉若木陳禧蟠桃之華寔論千椿蔭之春秋過萬
晩翠一年常綠禁花十里皆紅佳哉蔚〻蔥〻鑑此烺〻炳〻
胥憑歲德永戴春恩教有鈞音同聲讚咏
　青帝行春令　　春臺銀蠟光　　瑞木向春榮
　蓂葉春風香　　歲星福德明　　十二周天長
　一紀一增慶　　揚花浩無疆　　高功具職　恭叩

火緯第九

　臣聞四月純陽九轉恰符乎大夏三時不害五辰方際乎明農
爍石威行當王者貴薰壇敞起同氣相求詎曰火濟火而加炎
惟期燈續燈而衍慶今宵壇下某志心皈命
夏令赤帝祝融司天執衡典禮火德熒惑緋袍星君
竊惟雲容疊盡如薰似灼以成峯格澤晶瑩上銳下豊而台火
母氣前通木氣取徵改燧之炎烱官權直東曦權跨歷重暉之
輦路稱熒曰惑神出虛而不居名祝為融物受鎔而入化爍百
千之經曲嘉禮揚其質文晰絲忽於毫芒平衡灼其辭顏顯是
燈王之現相宜催火部以揚靈星以類求燭從高照木通明而

檀心正燈無盡而棣蕚繁峰頭之玉生烟海上之槎貫日神湖
五層之星府照通一綫之心光為此開陳第九大願
伏願洪麻順布靜魔魔譆ゝ出ゝ之聲偉耀高騫赳丈夫烈
轟ゝ之概煦以氤氳之田燭樂民和而歲豊嘘其蝬蟽之蕭烟
占祀舉而祥降用知燈靄尤決炎恩教有靈文加持唱頌
薰風自南来　拂ゝ扇祥烟　炎皇秉火令
熊光赳燭天　平疇泰興ゝ　圖沼荷田ゝ
三ゝ合樂終　歡聲兆豊年　高功具職　恭叩

金緯第十

臣聞玉露瑩長庚月府下青娥之勅瑤毫明附日霜臺揚白幟
之麾當權在歲九秋厥用惟金三品嗣炎光而肅紀藉火鍊以
成能相得益彰於令為烈令宵壇下某忠心皈命
秋令白帝少昊司天執矩秉義金德太白将軍星君
竊惟淡月疎星光景獨清於秋夜罡風浩氣精神尤協乎道樞
天生五材金非一用利焉則龜貝錢刀流其寶威焉而魑魅魍
魎鑄其形惟太白為之主張有少昊司其律令義昭而道皆可
道若大路然矩設而觚無不觚孰推移是稽夫伏金根始逮兹
流火令行凉宵直接炎宵克我轉成生我故迄寒炯照通其照

雜著　三四

無若輪燈而烊化資勲酬厥勲亦須燿敭叩明ゝ之星曜凜肅
肅之金天裁氣及鋒藏衷披露為此開陳第十大願
伏願宵中之漏平ゝ長顧太平之福火鍊之剛久ゝ彌堅可久
之神璧月秋清璪聽囊螢雒誦金風氣爽佇看霧豹呈班秉燭
匪遊流光厚積教有真言循文演諷
秋容淨氛祲　秋月揚清輝　綺户轉珠閣
降真香篆霏　長庚接啟明　雲璈出雲逵
銀釭玉蟲喜　喜報福巍ゝ　高功具職　恭叩

水緯第十一

臣聞天心見復堦前數點梅花澤腹融堅壇内一輪燈火景運
如川之至在主運之得君明光若水之清惟涵光之有宰暖響
方騰暖屋圍燈恰應圍爐令宵壇下某志心皈命
冬令黑帝顓頊司天執權明智水德辰星懿德星君
竊惟流向東而主北認返本之家鄉運當旺而象休識潛精之
橐籥高穹以之津潤大塊以之渟涵主曰辰星尊為冬曜出晨
昏而半隱處伯仲而尚黑經躔密邇陽君畧後畧後緯道来隣
陰后匪亢匪卑權妙秤停形流而神止智終條理外晦而内明
水壯火妃藏化機之真偶輪圓燈轉煥福地之祥光供養淨筵

雜著　三五

錫名嘉樹植牙附幹蝎来七尺珊瑚錯落交葩滿暎千林琥珀
敬迓星槎於天漢蓂開草芥之塵胸爲此開陳第十一大願
伏願水功潤物漾千頃之恩波頊德培基裕八元之美澤湔其
黑眚被以紅光時已際乎先春行看舊祿增新祿心切希夫後
命報道来年勝去年教有神章仍煩讃念
天一烝長生　午夜初陽回　萬象一中起
百祿初中来　玉洞傳仙音　寶林艷三台
寥々何冷々　唐哉復皇哉　高功具職　恭叩

土緯第十二

臣聞含萬物而化光道凝得一履正位而居體理貫黃中東西
南朔之相環仰以觀乎中緯白黑青紅之交映俯以協乎黃裳
氣屬火生法將燈供今宵壇下某志心皈命
中央黃帝統令週天執繩履信土德鎮星老壽星君
竊惟軒皇御世治開宅土之正中鎮曜當天道在緯衆之最上
坐夏季巡叅季信兼四德之符居坤維對艮維繩直萬機之線
地盤三八龍而定鄕獨戊己之無方天位四七座以停驂慶中
央之有主神徽老壽待看延壽之燈齋啟籙壇合舉隨壇之典
磐陀植幹不萼生花火炬成林奇光出樹倩樹相作肉身燈相
藉火傳緣祖脉燈傳乾卦重三坤卦重三數滿四三之願雄鳴
六六雌鳴六六聲和二六之期爲此開陳第十二大願
伏願六府孔脩坐收水火金木土穀之利五神咸佑拜享門行
竈戶中霤之恩貞之下起元循環獲慶福之先曰壽純嘏来綏
冲氣甄陶陰陽和會法筵圓滿幽顯栽培教有鈞音衆真周諷
於穆五黃皇　安鎮大圜中　道淂一以寧
光昭六合同　宮旋律呂正　鳳舞聲冲融
三辰布數貢　景曜璇圖紅

收壇科讚

宵来敷歛典已告隆七々輪邊下上晴空一色三々宇際扶搖
碧落千班福此齋庭均諸信眷延白頭之蔗景振彩服之瓊姿
鶴趂芝田龍蟠柏寢先今總是光明境揚詡還留頌禱聲
芳騫林下廣樂聲中瑤燈錦樹月高春福曜照無窮頌德揚功
奕葉荷帡幪 末二句重唱
朝禮
燈光普照天尊 三聲
蘇藩觀風告示 寫記
爲云々事照淂海甸来宣禹貢之州圖次五地卿掌教周官之鄉

物維三欽　聖鑒之超倫學政文衡必極崇階首選稔神皋之英俞山堂院長咸遴邑望者英緣斯士為列服表儀在所司更傾懷軒舞鍾阜眺會城之鎮巨區延攬浪之輝玉粉凝峯下御瀛洲珠光射月上控淮淝信扶輿清淑之薰蒸徵道學文章之薈萃俗隆三讓人起四科雲聞二陸齊飛氣靡雅下江左六朝總軫聲掩鄴中范龍圖千載鈿儒叙德播公孫之頌觴玉局一門高第品流歸元祐之朋追函丈開而請席龜山識辯香遠而溯源伊水語壇輻輳學統淵涵又非徒文苑之瑞璘直競仰道山之屹峙況談時藝益證師宗數先河于化治正嘉群望祀者王唐瞿薛切舉高曾之

雜著　三八

近類仍馨俎豆於中吳童而肄焉所從來久矣長斯籓也可不謂盛哉本司參式禮闈濟更方岳躬簡書鞅掌職思莞鑰嚴稽而結習鉛膺時殫燈窮故篆宿契精能之詣鑽仰德清縱游闕肆之遠步趨太乙良以制科正脈斷須誦法先民其尊信者濂洛關閩之粹語其博綜者賈伽服鄭之義疏緬々緯史希羅左馬以還邱々畫沙約勒韓歐而並用代聖賢之胎卓垂根柢之模爾多士挺毓名都飫聆緒論家挾鄧輪之斧代擅良冶之裘擇傳韓杜鄧林探奇珍於荊穴爍矣穎占奪目雄哉敢懈披襟惟數言即明試之先資而考業乃承宣之本務煦念　化日渥始觀風為此示仰云々

在附城則剋日懸牌親試在各屬則當堂集衆折題緘衛門欄關防倩逾云々願諸生祓濯心神發舒抱蘊理也法也機也至無偏至篇焉股焉句焉成則渾成毋掠影而游光熟衍觳觫之套毋援徑以竊步怯移匜匜之陰毋矜厚肉肥皮鮮截膏之咀吮毋犯平頭上尾乘音調之鏗鏘紬金流火到之餘活水溢渠成之會元々本々徽平日道經服古之儲侃々闇々他年正色立朝之概潔齊相見禮遇有加云々

雲南道觀風告示

為觀風事照得禮樂同風萬里車書一統輶軒問俗五雲金碧雙

雜著　三九

摽馮卿至而鄉邑傳經師承若水龍種興而州城建學瑞啟昆池迨乎路置中書變俗則彝倫式叙爰及臺分御史開科則英俊馳聲恭遇　皇朝誕敷文德　聖天子涵濡雨露累葉甄陶大節使鼓吹笙簧分鑣揚搉開六詔鑾煙篝霧傳驛處頻來稚管風琴聽五華玉律金科許翰時饒逞韓潮蘇海信宇宙無方隅未顯而菁莪之樂育靡涯者也本道三晉迂儒西江薄宦仕學趣河汾故里謳回門墻皆公輔之儲人文關淮海通都庶幾寓主極東南之美茲者叨膺　簡命綰餉巖疆攬繪山程盈耳韓攀邠岐之謳下車省會驕肩挾鄒魯之書恰逢申甫名賢舊邦為還快睹膠庠雅化

新羽堪儀況今年桂殿傳香雕鶚厲横秋勁翮值此地荷亭却扇珠璣既銷夏奇珍擠嵗休哉遐不謂矣特舉觀風之盛典預覘入彀之先聲屬當兩邑多才宴啻百朋來錫月朗晚盤龍江上敢誇泰鏡交光風高激鼓浪山頭佇看御門連躍封題到日灑筆如雲本道拭目以需諸生探喉而出各抽妙緒毋襲陳言須至告示者

蘇府考試義學告示

為廣教澤以勵人文事照得吳郡號稱才藪子年適際賓興鞭爭祖逖之先策賴繞朝之助在學宮書院既造就之多方而敬業樂群貴觀摩之加廣本府職叨守土志切崇文期冨教之兼施憫困蒙之坐廢由是勸興學舍表倡率於一城因而慎選經師聚生徒者七處冀得収功養正化洽孤貧矣更思情可類而德皆通恒見事成此而功及彼規適中為領袖倍式廓其軒楹顏曰平江標名首塾彙一時之秀士作竟日之文場合先擬定課期預行出示榜諭為此示仰府屬與考生監人等知悉自本年三月為始除童生未便收試外凡屬勵志科場者或術業潛脩束身家食或敷學相長寄口硯田矣欲乘時許來赴會定期以每月廿日並集於平江講堂到必凌晨戒勿繼燭給分課卷薄具膳飧行文皆陶鑄群書驗因心之矩矱少頃盡煙雲滿紙快脱手之彈丸本府樂與秉鐸

諸賢披賞登壇傑構品題甲乙券擬元魁將見千鎮輝騰斗極挾蘇臺紫氣豈曰參苓畜進藥籠增刺史清光矣哉倘有跅弛儒裾胸無墨瀋窘當場而曳白圖倩客以亂朱立即繫爾鋃鐺試吾榎楚求榮反辱亦孔之羞願共懍之須至示者

祠堂規約

祠堂所以教尊親禮意貴於興廢墜吾宗饗室久廢今捐葺世守堂舊宅為　始祖之祠協力襄舉慶幸觀成但思倡建維艱益慎保守非易謹於入祠成禮之初酌立規條以垂永式以彰永戒所有規約開具如左

一謹祭式　春秋兩祭先十日傳單祭筵六葷四素十盆五菓酒三獻湯點茶飯各一獻官香三炷半宵燭一對大錠緞各二楮錠各十祭畢飲福六簋四碟額設五卓酒期適可毋得喧譁是為豐儉適宜勿歉勿過

一酬經久　歲祭既需常費祠宇又貴勤脩因集田貳拾畝與祠基合戶辦粮擇族內殷實老成者五人輪流掌管三年一交每歲除公費外總計羨餘照官息核數以辦工料准定一輪一脩倘因循坐廢輪者倍罰

一廣孝思　本宗繁衍凡屬子姓各有孝饗之思祀事自宜溥及

但有力薄不能捐田者每祭出銀五分先期五日送至輪祭之家以便添設飯席每卓六人為率不與者不强

一肅祠規　祠堂係　先靈式憑之地亾一姓公守之區理宜肅清法雖私便雖在子孫但許朔望祭享等期進謁點省平時毋許擅行出入屋宇甚寬更不得寄頓物件致滋猥褻違者即將所貯之物通族公責以歸公費嘗祠人重加責處

一嚴守護　守祠專職公揀小心勤朴家人嘗管門牕器物樹木承值掃抹啟閉澆灌并傳送知單催討祠租每歲給飯米三石六斗聽其耕殖生理非関祠內正事概不零雜使喚其一應物項毋

雜著　四十二

因畏狥移挪倘有失職家法究處不貸

一通公會　凡事有関係合族公舉如輯譜剞譜之類及賢子弟輪期會文者許得在前廳側厢內辦公聚課所以聯一本而勵後昆也届期必先粘單門首書明何事進祠仍封守大門以杜閑雜若涉他事斷不混入

以上諸欵俱係稟承　祖訓兼參取通邑鉅姓公規凡我族系永宜凜遵庶得　廟貌常新後賢蔚起今茲肅對几筵合詞設誓立此規約有嚴無繼戒之慎之

孝節祠祝文

維乾隆某年八二月　朔越　日無錫金匱縣知縣加級紀某謹以剛鬣柔毛之儀致祭於　誥旌孝子徵齋浦先生節婦浦門過孺人之靈曰孔曰成仁孟曰取義至孝以之蘭兮飲露菊兮餐英芳節是似茲届春秋丁恪遵祀典薦爵薦帛來格來歆尚饗

烈節祠祝文

維乾隆云云　誥旌烈女陳門聘妻浦氏暨同門諸貞節之靈曰一烈千秋閨閣義齊止水五題十節潤賓息照同門茲届云云

長生十二宮絕字辯

人生胎孕之初母氣貫輸之脉名曰繫胞五行有死氣無絕氣今堪輿書子午卯酉謂之四絕殊為悖理位當墓後胎前正是秉氣還元之地生機遞嬗在此而可絕乎長生十二宮獨此絕字余疑之久矣蘇歸理帙時見燕泉餘冬錄有條辯正此字乃繫胞二字也援据典確為之豁然蓋術家半文便筆寫作絕字并兩為一猶藥肆中人參作参生地作地之類也後遂譌絕為絕遺悞久矣特為辯之

雜著　四十三

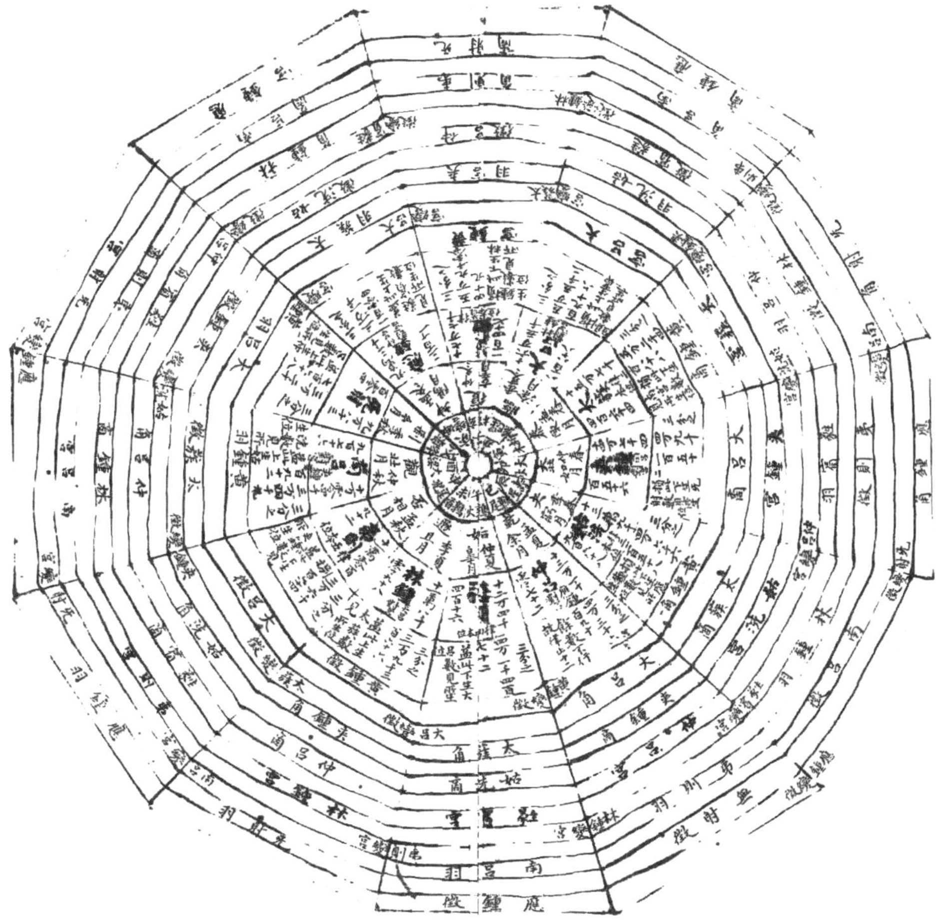

書律呂旋宮圖後（黄鍾八十一之數積而爲十七萬七十一百四十七每分該二十一百八十七）

此圖律數宮次內外分列大要兼舉法曰置一而十一三之得十七萬七千一百四十七以爲數元者即黄鍾八十一之本數析而極之也本數之生至六十有四而音備而三分之法窮析極微渺次第相生至十三萬一千零七十二而筭全而三分之法至是又窮故音止於五律止於十二皆自天定之非人巧所能與者又黄鍾爲萬事根本於樂較切所謂旋相爲宮八十四調原與十二筭相輔而行苟或不求其故未免拘一放一茲於律位之外增置十有二層按律標宮庶無偏漏他如首之以卦氣配之以月建縱賓以下損益點施音筦之間變半分見流行合同化機進反懸圓靜對皆悠然來會云

語録　門人楊希曾記

（此數條當併入知字論中不必另立名目）

孔子之道大，孟子之道高。惟大也，故一部論語所載平寔而無不包，合天下富貴貧賤知愚賢不肖之人，皆可學之。惟高也，故曰性善，曰知言養氣，非淺學所易窺尋。

性善一語，是孟子發前人所未發。若孔子只謂性相近也，習相遠也，意重在習。此習字即是學而時習之習。朱子詮學字而探本於人性皆善，終不得以孟子語為夫子語也。

六經經夫子序次，便一定而不可易，未嘗言刪詩書也。其言春秋，只曰其義則丘竊取之矣，若謂筆則筆，削則削，恐亦是後儒推測語。惟易經則夫子自註，而後世解易者未免舍夫子之註而穿鑿附會多矣。

大學是一篇文字，無聖經賢傳之分。

一物必有一格，學者欲使物歸其格，當從誠意着工夫。故大學從誠意說起，本無闕文，又何必補。

身與家國天下，皆可言物。若知與心意，不得以物字概之。

誠意是人禽之分，獨之不慎，意何由誠。所謂獨者，非單指暗室屋漏而言。即終日應事，終日接人，而人有人之獨，已有已之獨，口中雖說得好事，亦做得不差，而獨知獨覺之地，苟有一毫打不過處，便是自欺。

論語不言理而言禮，禮與刑對。惟曲禮三千，故五刑之屬三千。出乎禮即入乎刑。凡人起一念，發一言，行一事，稍有悖禮，即為犯法，所以君子懷刑。

學之不講，聖人所憂，而今且勿憂此。所重可憂者，惟在德之不脩，聞義不能徙，不善不能改耳。

行字與知字對，若圖聲與言字對。能知而不能行，知為虛。有言而無行，言淵寔，君子弗貴也。今之習舉業者，讀先輩文，非不曉然明白，皇然羨慕。看他人作，非不能議論長短。及自己握筆，果能寔其所知乎，果能逮其所言乎。吾人日力有限，此中難易緩急之辨，不可不審。

安人安百姓，固從敬字推出。若謂脩己以敬，夫子之言至矣盡矣。則子路兩問如斯而已乎，何不仍告之以脩己以敬，而必曰脩己以安人，以安人安百姓耶。人與百姓，安之非易，大有條目在。此處不加體察，未免有體而無用。近來講學家不涉於疎，即入於偽。古今事業都不在意，却被他說得高了，故易於遁耳。

一部周禮宜古而不宜今者，正多迂儒泥古，不知在古為良法，在今為弊政。即如井田學校，豈非治天下之大端。學校至今尚存，但

有名而無定耳至於井田必不能復亦不可復古時洪水既息耕
稼方興民知利出於田勢必相爭不已先王代為分之使各有界
限井田所由起也廢壞既久一旦復之不至擾亂天下不止況今
世催科之法極為盡善編定區都畫甲官銀粮米各有定額雖龍
子在今亦必曰治地莫善於貢莫不善於助矣若使賦無一定則
為州縣官者果能一切不理而日勘驗於田間乎即日為勘驗保
無有弄法舞文而作弊者乎偶遇注荒弊端百出況全無定額哉
五畝之宅句若依漢儒注疏解作二畝半在田二畝半在邑一歲
遷移兩次豈不為無益之費農時盡處於野而城內虛無人收穫

之後盡移在邑則鄉間安得有雞犬之聲相聞乎
圭田五十畝是米地增減予奪悉由於上至餘夫乃未授室之童
子似不宜據授以產況二十五畝取之何處必農夫之無後者方
得餘此一區此井無餘必藉他井他井又無餘離家愈遠矣且必
四夫合一區四夫未必出自一家棄父母背鄉里而使羣童聚處
恐未見其良法而美意也
樂正子強知多聞俱不足而孟子只取其好善則一鄉黨好善之
子皆能治民乎非也此章為政非農米錯事之謂乃身秉國鈞之
謂所謂一个臣者必斷斷無技休休有容不自恃其強知多聞而

好天下之強知多聞則合天下之強知多聞皆為我用故曰優於
天下樂正子未必能然孟子特因公孫丑之問而論為政之道如
此溫體仁為相十八載而有明三百年之天下送於其手正坐寔
不能容四字
乾坤二卦與元字相連此元字與他卦一例大哉乾元言其無所
不包也至哉坤元言其克承乎乾也乾不居二二乃君之德非君
之位坤不居五故曰黃裳元吉天玄而地黃上衣而下裳安可倒
置彼武則天勿論即宣仁皇后稱為女中堯舜終不是坤之正道
用九用六正言名分凜然天不至變而為地只是善用其剛猶龍

之剛猛而无為首也吉哉地不至變而為天故雖六爻皆變而能
永守其順之貞乃為利耳
先迷後得主謂倡首事則多所迷惟居後代終乃得所主而利
文言謂後得主而有常得主二字當連讀
大衍之數五十謂五與十也
子游說事君數朋友數數字所包者廣似不應專就進言上說
假如君臣朋友間形迹太密易開嫌隙之端便是取辱取疏之
道豈專主進言竟說為諫君數規友數矣如此看數字義較闊
遠後見前明凌若柯朋友數斯疏矣篇與拙解適相脗合

孟子曰都子論性善云乃若其情則善這情便是盡說云不善
非才之罪。這才便是盡能。
故君子必慎其獨也。而今都説謹獨説，看來念頭初動，固是關頭
其實這獨字。打常都有，任你待人處事動作云為，時々有箇獨在。
我國魏冢湯々伐桀，試之密須氏，此文王事也。詩云密人為湯不共其策
誤為湯。
同人　初九同人于門无咎　同之道以不暱于私為正，初同之始
也。門者，開通洞達之象。于門者，外向也，廓然無所係溺之義顯矣。已
會得出字意，故象傳特點醒之。
大有　九四象曰匪其彭，無咎，明辨晳也。文傳添出三字，由此文已涉繇
之體，故也。玩六五文辭曰厥孚交如威如，威亦讀作所畏也，不然則豈
暗六五柔而何以云明且威哉
否　否之匪人，不利君子貞，大往小來。泰則有否，天行也。而聖人必
歸其責于人，故曰否之匪人，言否者天，而否之者匪人也。匪人而既致
否矣，君子何得以正道與之抗。
剝　初六剝牀以足，蔑貞凶。貞謂陽德也。剝則何貞之有，剝之初即
始也，猶望其二以後之有貞者也。如始之繫陰不使進，乃得貞吉矣。
而乃蔑之，至于二之而仍蔑之，乃今無望也已。不然，蔑貞二字似贅。
●六五上九　剝不可極也，他卦以上為極，此獨以五為極，故即別設
義例，以奉上之一陽，至上則更不言剝而言碩矣。此文乃單象非
剝象也。其曰小人剝廬，則是為象爻之戒詞也。故此剝字，不入於
為象而置于上。

復　復亨，出入无疾，朋來无咎。彖則謂至日閉關，商旅不行，其
辭義正相反。此可悟程子周子說復字不同處。程子謂儒者言靜
見天地之心，某言動而見天地之心。程子自卦辭看出，周子從大象
看出也。故朱子云濂溪就利貞上說復字，伊川就元字頭說復字。
々初九不遠復，無祗悔，元吉。元大也，善也，仁也。易三百八十四爻，夫子
獨于此爻指出仁字，於何見之，於二象見之。二象云以下仁也，正謂
此故曰復其見天地之心顏氏之子其庶幾乎
大畜　上九何天之衢亨。玩何字有路々通達四無障阻，與他經
其所往之義。程傳以為誤加，意之便不能句，本義作何其，釋之以
未安。他家讀為荷，而吳氏澄引商頌何天之休、何天之龍相例。
然天之休龍可荷，衢不可言荷也。
復　六五敦復无悔。凡言敦者，居高無趾，而能固其存主之謂。
能人之所不能，所謂執德弘而信道篤也。故敦臨敦復皆無
應
无妄　六二不耕穫，不菑畬，則利有攸往。穫畬二固有之，耕菑本
當然之事。二向極難會。蓋凡人之情，才耕便道我穫了，才菑便道我
畬了，此便是計功之私，故不消說到穫畬，但一之耕菑，而營為期必之私已
伏。不之云者，事々而一如不事之，乃為私非淨盡也。若事所不當事而望穫者
則妄真，非所論于无妄已，故偏于當然之事上加兩不字，經語妙如此。
頤　六四顛頤，吉，虎視眈々，其欲逐々，无咎。象曰顛頤之吉，上施光也。
頤初以施養于民也，視眈則逐四自戒，以戒初之詞，謂非以奉己而然也。四入
民艸若象也。書曰顧畏民岩，上之畏民，常如負隅視我，常難無期，乃有
能顧畏民而得无咎矣。曰其者，指民而言也。虎不仁之物，欲貪得之積眈々
逐々注射無厭之意。而謂四之于初，常如此竊所未安。程傳特其說曰
養德六似乎心有未安也盛

三山老人不是集目錄

呈

三山老人不是集

呈

鴻山泰伯墓禁山錄弁語

鴻山何以禁衛古聖也古聖曰泰伯有廟有墓廟有守者墓於山無関焉牧則蹄石則碓無聖非法故請官碑之碑又亭之碑而亭故衛之也錄官事曰呈曰覆曰投結曰看詳曰批飭錄當事曰巡撫曰縣令并署令及學及貳錄任事曰倡善而資力倫者錄襄事曰資者力者錄文曰啟曰引曰鐫名記凡縣各有志金匱之志總於錫界而輯之寔首伯焉錄山禁備志採也

巡撫項下呈

為翼護古聖遺墟籲請憲文勒石飭法守以杜侵陵鐫教條以垂奕禩事竊惟錫山舊邑向推至德名邦金匱分符区領讓皇故里縣之南延鄉有山曰鴻山古所稱東皇山者也山有墓曰泰伯墓古所稱吳王墩者也十里平墟圭棠肅其原廟千年端委坏土表其幽宮碑版煌煌輿圖歷歷此則確然名蹟無俟卮言矣伏讀恩詔有飭修聖賢祠墓之條恭檢律文有禁止樵採古墓之令詎令泰伯墓旁土著地棍籠山牟利憑侵肆兊為害無窮大端有二其一樵牧之害腰鐮手斧連臂群行牛屯羊圈吁朋觸踐麗牲之

石供礪角以奚堪馬鬣之封比蹊田而無忌騰身踞頂鼓掌排墻
在神聖之寢園公然若此至士民之墳墓宜其蔑如其二開鑿之
害山形孤特非同複嶺重岡石脉綿延總賴團精蓄氣幽關之龍
沙作衛湮谷堪虞全鄉之風水攸關巨靈何狠振一椎則搖陵撼
壑下一楔則破塚遺骸既圖賣石身肥甚至塡塋膳售叢斯二害
剗冀一除今遇憲天公祖節鉞躬膺神人額手諮官內之遺跡宜
莫先三讓開吳滌民間之積弊在首絕群兇侮聖重關荊蠻之草
昧大彰景仰之風聲一禁牧豎驅牛如召伯甘棠始終勿翦一禁
鑿山伐石庶茂陵玉碗今古藏輝某等先曾請縣示懲再復叩轅
呈　二
碑禁大書深刻勒垂不刊之章頌德歌功名並茲山作鎮聖陵萬
代憲恩萬代上呈
　本縣葉下呈
為畏聖不如畏法安陵即可安民公懇遵憲叙詳恪候轉批勒石
事某等生長讓鄉薰陶至德童年讀論語識商周一聖採樂風高
土俗竝清明仰忠憲一碑過墟神悚詎料栖靈堂弇儀成藏疾山
藪有如鴻山泰伯墓附近居民目無聖寢砍及民墳樹櫪成林牛
羊塞路公行放牧公行打山者某等所由瀆臺案控撫轅節奉拘
查嚴懲不法而此輩畏威斂手撥案輸情信當官飭法警心垂恩

翼衛矣但風行草偃崇朝山鬼潛形風過浪平轉瞬神奸現相筆
踪易滅則鑿竹何裨石爛無期則磨崖並壽公叩父母師臺建保
障千秋之績秉法廉一德之期詳撫植碑賜文鐫勒一禁放牛蹴
踐一禁打石破傷使端委遺墟無似齊山濯濯而荊蠻撮土常如
魯殿巋巋甃覓捍網之桁楊永攝鑄金之魑魅庶頑革面奕禩銘
心上稟
　又呈
為永護至德之墳塋大振中吳之風教謹達叩轅輿論請詳勒禁
碑模事按南延鄉之鴻山有吳泰伯之古墓塚高一丈四尺周圍
呈　三
三十五步南徐記所云去泰伯宅東九里者是也烏頭雙表馬鬣
層封厥惟梅里之墟彰明可攷不似箕山之冢彷彿無徵而乃石
亂雲埋莫拜讓王之兆苔侵蘚蝕僅留高子之辭遂致蠢彼無知
公行作踐荒堦蔓草恣樵牧之來遊斫石樓山撼泉臺而罔顧擅
為利藪識者傷心緣是本鄉士類公籲憲文碑表以杜侵陵條鐫
以示奕禩禁全山之開鑿陰關斯安禁群牧之縱橫幽宮勿褻仰
循　恩詔修聖賢祠墓之遺俯徇群情護文明闢闢之祖以崇禮
讓將不言而成教以警僉頑頑不威而志肅伏望申之庚甲惕以
旬宣立石山椒用廣思敬思哀之義作屏陵寢永垂勿翦勿拜之

仁慰此都懷古之深情彰憲臺不刊之盛烈公同籲禁合懇申詳
上呈

新縣案下請關催呈

為政聲以衛聖為先憲法在剋期而立公叩關批督催碑禁事竊
金邑鴻山有泰伯聖墓古來誌乘炳若日星昔領袖東林之高子
立表於前朝洎擢陞兩廣之吳公增脩於　昭代近被鄉愚梗法
成群打石放牛爰叩撫轅賜文勒石隨蒙前縣捐俸建亭某等當
即具稟給批着石匠朱某前赴蘇郡吳邑向江某採買洞庭青石
碑料向錢某採買金山砂石亭料驗知在鋪鐫鑿已成剋定九月　呈　四
初旬建立祇因海塘工緊界口阻留懇期剋賜關催星行照運以
副憲程以隆聖寢庶碑立而樵蘇知儆風雲永護龍文亭成而陰
闕加崇巖壑如瞻象魏山輝古跡日麗新猷上稟

辭選舉孝友科　居家孝友行止端方才堪辦事立品可觀者此選舉科目也　某記

鉅典非妄攘之途盛名有難副之寔揣分陳情乞全微尚事生單
寒宿慕萑葦年華壽常不辦車裘老大不通羔鴈敍水乃其分內
鞭箠豈在人先偶因攷古之餘著有少陵之解流聞當事採聽平
生猥摘代名上塵薦牘以殷紅不染之絲而涉筐篚以斤削難施
之幹而倫梓材拜命汗霑升階口白庶幾閔子登孝友之科或則

董生應賢方之辟才不仕三宅何以立政文不本六經何以立言
脩省庸疎詎堪冒濫奈其時縣冊業蒙起送而府詳隨據轉申又
值前憲之量移久致中情之隱默今遇憲天大宗師振興鄉物權
度人材下車即奉檄催理宜候勘求席幸邀甄錄志切披陳譽者
咎之招寵者辱之漸章索而行瞻天咫非不知榮祿養而違奉親
年非不知感但逢時乏其利器而處士愧其虛聲敢云山外山中
探取終南之徑寔冀雲舒雲卷還伊研北之身為此懇恩俯移院
憲免掛生名寧辜一日之恩不累千秋之鑑上稟

五華書院肄業諸生謝　恩呈代　某記　呈　五

為請文達御恭謝　天恩事竊惟大化甄陶千載慶風雲之會
英才樂育八方賡棫樸之章值茲累洽重熙聲教決東西南朔加
以右文稽古膠庠偏羽籥詩書固已近切觀光遠希入彀矣猶勤
聖慮曲軫遐陬特沛綸音建興書院發帑金以資膏火充圖史
以迪畋漁擴登庸六詔峯煙士氣勸騰絕嶠鼓篋沸五華山麓書
聲朗徹層霄復荷憲仁廣推德意延名師於萬里人人韋立雪吟
風選賢鐸於庶僚事事式圖規加矩董仕並用經行交修惟期總
羣英高譽晨省而競勸備負耒春句日靡廩給以奠安某等菁雨
常滋星源甫潞恍似靈泉之出地匪非化澤之自天感激靡涯懇

祈積歉公叩董院老師賜文申憲披悃具題必俾王春材草之私
益勵尺壁分陰之志為此

請撤伯瀆柵呈

為柵多害集環籲憲恩核撤以復舊規以袪民患事金邑之伯瀆
港西接運河向於港口設柵外杜漏商內通土貨歷年已久商土
兩安其自港口東行至毛塘橋境雖有旁入支河其支口皆設巡
柵至於東南出望亭直東出蠡口亦並有守柵盤查則中間一路
何用重疊鎖扼乃於雍正八年奸巡巧誑添贅毛塘新柵半路擋
行自此土產之米穀荳麥資生之田餅布花以至日用之薪蔬田

呈　六

家之雜務鄉店之食物件件搜求重重勒索甚且越界伺人門坵
料罰進屋花包裝船則常例四五錢一載租船則甘結紙筆費百
文更有婦女探親婚喪事故延醫喚穩昏晚近家露泊待旦總之
雖屬空船決無輕放出閘觸網忍氣吞聲屢奉關部嚴飭而耳目
難周致滋叢害竊外商透漏諸弊已經口柵查攔則內地經行總
屬土裝土卸而農船免稅皆因路不由關是毛塘橋新柵之添無
裨國課分毫徒使蠹囊充飽其柵座相應刪去者也恭逢　聖
天子軫恤商民革浮減額猶慮疊柵滋擾分別去留節荷憲恩撤
飭該縣查明具詳以憑核奪此誠耕鑿小民幸生浩蕩之世克衝

額慶隱疾上聞用敢叩轅籲請撤去害民疊柵俾得農艇通行部
屋黎元生生頂戴上呈

呈蘇撫關柵條陳一通

條陳關勢情形備論柵欄存撤敬効芻蕘仰資博採事竊按滸墅一
關係吳會南北襟喉裕課通商重地所慮支港錯出越漏外商而
土著懸關非所注意故關政扼要之策貴嚴支口而不在腹心請
略言之滸墅上塘一面環繞太湖現設專員無庸置議惟東北西
三面延袤二百餘里內則運河沿塘港口守柵宜周外則沿海沿
江港口盤查宜密誠令藩籬加謹即不須堂奧徹防再按關舊例

呈　七

止於近關處所量設巡船其路不由關地界應土貨土卸不掛
榷政科條今自雍正八年專在腹裡內河紛紛置柵無補課額徒
飽蠹囊雖關部嚴行禁飭而耳目難周坐致物價高騰尤於儉歲
非便若云夜徹可資防禦寔亦僅托空言通盤籌算無一而可恭
逢我　皇上軫恤商民革浮減額仰荷我大憲公忠體國至仁
至明現在諮訪柵座去留謹據管窺略陳利弊以備芻採
一謹內口以充課額　內口者即運河沿塘之港口也最在上游
者為陽湖之戚墅堰一折入口可達江陰常熟者也其在金邑者
為轉水（即北柵口）伯瀆望亭三口並可抵蘇而會于蠡口者也其在近

關者則龍華竹青張家等三橋也今則近關三橋及金邑三口現在柵巡謹密控扼四蹊惟戚墅一處去蘇甚遠而北貨越入恒必由之向來滸關設有差船兩座仍舊駐防使北貨南來東歸一線則外商無漏危之隙而正課皆掌中物矣

一嚴外口以緝散商　外口迤邐東北西三面距江距海今除東境劉河另設海關外其自東而北則常昭之福山白茆諸處為要自北而西則江陰之黃田港為要謹查福山白茆諸處滸海兩關均有專役守巡分稽出入而黃田港對瀅每多揚泰通靖小商往來貿販相應循福茆之例撥委滸關第轄嚴設巡攔與海關分司稽察則北門鎖鑰呼吸相連而越漏之虞萬無遺慮如此而猶患課額之虧者無之

一靖腹地以惠土民　內口外口既經四面周防則凡在腹地與關無涉之境如常昭金匱江陰四邑三百餘里間皆聽民裝卸土物從無置柵之例者也由常昭而達金邑則有王莊陸市羊尖顧二房廊下等由江陰而達金邑則有嚴塘橫塘北角南角等是為三交界之內河其在金邑界內一曰九里橋是即轉水之內河一曰毛塘橋是即伯瀆之內河一曰南河橋一曰許責布橋是皆望亭之內河總之曰內河矣總在二百里間矣總皆土民裝卸土物與關無涉者矣而自雍正八年則到處布滿新柵其密如網其擾如蜂致使自物如偷自鄉如販將謂舊例有可援則關志何不載例將謂課額藉以足則歷來何不虧額竊以為一切宜刪者此也

一定巡界以嚴越詐　滸關舊例向於附近塘橋口柵量設巡船以資偵緝不許在不應抽納去處越界擾民按關志康熙年間皆部院干撫部院余檄禁紅白拉越詐一案內開錫之高橋等則連及王莊又開江邑之華市等則連及南北角並云俱係內河例不巡查據此則尤在內之內者其不得越巡斷斷如也奈日久禁弛一切小港支河橫行截詐無處無之急宜勒定界限過界即許商民協拿而舊禁重新矣夫巡且越例則柵之贅設可知而柵既議刪則巡之勒禁難緩惟兩害相均而裕課須兩法並舉而飭行衷此小民出門觸網一除百除正在此日

一通利害以均鄰邑　從來鄰邑相並貴於相恤茲緣內柵疊添偏擾常昭金江各境在愛民長吏各為其邑因而不暇顧及其鄰如常昭具詳極言縣處南偏不應添柵江陰續詳又言縣界隔遠不應添柵於是姑持要口在金之說全以柵累萃於一邑而金邑署令迭換未極查詳殊不知金邑與常昭江陰犬牙錯壤所有支港均屬路不由關之內河四縣同形寧有彼去此留之別故三縣

之栅可删即金邑之栅亦可删詎以詳文後先藉為鄰邑讓邑當
事廻而爭之勢必協同會勘必協議會詳竊謂四縣同形一語
寔非掠影游談

一平物價以資儉歲　洪範八政食〔貨〕居先況當儉歲減收尤賴土
物平價而本地編氓仰給於客產者十之四近取於土產者十之
六乃今多栅留攔米麥過則索之粞荳過則索之雞豚六畜過則
索之鄉店用物過則索之花布營生薪蔬零雜過則並索之索既
多端則售必滋貴其價隱昂於百物即其害暗集於貧民當此截
留廣糴發賑救飢之秋不乘此時撤去剝民財騰市價之重累則
機會可惜周禮荒政十二條其五曰舍禁凡禁在著令者猶將舍
之況米添贅之厲禁豈可仍而不舍切時之務莫此為先

平糶宜稍刪去

呈　十

一援汛例以備宵警　竊思立栅之始一以托言查稽一亦藉口
夜防然此可以飾聽聞而寔不足以備先事者也彼小竊夜行多
趨僻徑手挾背負不須操艇若多夥撑駕械船方且不畏開欄豈
畏二三栅役有時突遇正恐匿避不遑誰敢挺身出拒伏見蘇屬
長蕩本非運河卻於寂野曠之三家村許家瀆新設塘汛今金邑
近栅等處多有野曠村類者若毛塘橋以東之外庄口再東之羊
卷蕩若九里橋以上之新塘橋及以下之羅家港諸如此類不一
而足合無援長蕩非官塘設官汛之例酌立守汛易栅為營即移
栅料蓋搭而費不繁而就於塘兵口糧與栅夫飯食亦略相當似
於地勢時情不無小補　**書生愚戇隱切杞憂用參末議**

一護碑摹以永遵依　舊例凡恵民條教一俟妥議既定成案既
立之日勒石通衢用昭法守即如港栅一事在金邑之伯瀆蘇屬
之蠡口皆因士民呈請當年立有禁碑但在民則欲其永存在役
則冀其速朽始則敲平字樣漸且仆裂碑身久後或與執言了無
証據是雖禁猶不禁即暫禁非久禁矣竊意今事倘得議定案立
礱石竪碑擬置附近有名寺觀環以石欄責成僧道住持看管即

呈　十一

於石面大刻住持看管無許敲擊明文并給開載碑摹印帖責其
世守庶得法垂不刊恵澤長留矣

右條陳八欵緣目前檄議栅座去留事宜謹抒一得之愚用佐邇
言之察不揣狂戇冒瀆詢謀倘其漏略尚多伏冀加詳體訪不勝
戰惧悚切之至

嵩山禁山呈　附記

為目擊山田叢害懇恩詳憲勒碑以垂法禁以靖僧農事北延鄉
慎字圖有嵩山一座與鴻山泰伯墓憲禁碑亭南北相望山有禪
寺創自梁朝恭遇我　世祖章皇帝召進本山住僧杲禪師蒙

恩賜紫說法　内廷　給帑田南禺新祖席百年燈續代振宗
風寺有檀信捐施山塲水田三百餘畝壤錯民墓民田詎意邇年
以來有等近山無賴覬侮弱門砍樵漁牧罔顧放生佛地混侵民
户封疇強取黑偷肆無忌憚某等山麓環居見聞確寔似此成羣
不法匪萌恐致潛滋果其勒石禁碩鄰峯現收成效爲此　公懇父
臺嚴行出示具詳上憲早勒禁碑以衛千秋祝嘏之道塲以寧四
面鱗錯之民業可以翼兩山而互徼可以弭夥竊於將萌惠此一
方昭茲來許激切上呈

泰伯廟廣仁堂安卹會呈　簽

呈　十二

爲集田廣仁公叩詳題勒垂經久事竊惟惠政澤枯所宜切者樹
遺骸而封露䰟窮嫠矢志所極難者身完節而口斷飧邇見邑多
樂善之風倡舉安骸卹節之會現在東城置局堂號同仁仰推
帝德憲慈事登新志厥有成規矣抑思仁欲其廣局愈廣而後澤
愈敷廣欲其恒產可恒而後法可久良以迫迫百里徧至爲難邨
邨三屡赴聞多阻某等環行至德開基之梅里介在泰南北延之
適中添建廣仁一堂用便窮鄉領給再議[illegible]賞之法各皆量力捐
田益出之囊者不頻而產於地者不匱業自癸酉歲夏秋伊始集
有廣仁田壹伯六十畝零方在勸輸漸當日擴公舉庠生某耑董

其事住局收支棺槥口孀幾人月有要歲有會於以周僻遠處無
絕跡之蹊於以計久長沛若有源之水具茲情欵公叩父臺布鑒
徵勞賜詳大憲聲懇俯查廣仁安卹事由并田畝字號敘　題咨
部飭勒崇碑永杜動搖普昭觀感積百畝以幾千畝起一鄉以届
四鄉將見遍荒原弭草露之燐盡貧寡拭甑塵之淚倘沐　俞音
之誕布胥淪明府之仁波矣爲此懇切連名上呈

請立義田呈代　簽花

爲贍族恪循遺訓顧蠲田誼出同心懇鑒公[illegible]飭行加結事切　氏
夫錢偕登儉拓先疇仁敦一本宿慕范莊遺式屢爲向累中撙垂

呈　十三

恩甫暨其後昆蓄志弗酬而下世至仲兒季榮早年摧殞孤女方
狹賴寡媳周氏秉節支撐延祧鞠嗣均毛均裏裕聘裕奩可云子
云子雖亡而不亾矣遑冀義未沛而仍沛哉乃榮也盧舍永志之
悲而周也克効代終之職爰有遺田十頃内除膳身撥嗣共留六
頃外餘田四頃奉以三分贈裝兩分授姪者適會姊房群從交讓
歸公因推女意同仁酌中裁半由是懸存無著田貳伯捌拾畝請
命老身秉機副義氏思媳能普恵姑豈吝私隨劃膳田四槀拾成
三伯念畝蠲作贍族義田用酬兩世之初懐樂就一門之同善再
按夫宗派别令恩祇遠於嘯淫尚嫌公產額稿揣分蔑希乎　禔

典庶寶泉臺雖無愧色，免援塵案近沽名，應有規條續當繕款，謹此
上呈憲照，靜需取結俞音，關言瀆聽，冒勝惶悚。

禁籠棧呈　業皓　源錫　保手夫　勞化

敬作呈錫業源流，顧禁籠棧殃民事。切錫金仰食浙鹽，商業舊分三等：一掣銷之商，一居積之商，一拆販之商，共十餘鋪，並屬官商，散輸鄉店，各隨熟識，賒現循環，價準民安，疏通便利，章程久定，循守百年。突於七月間，有商蠹某等巧瞞浙憲，鈞牌，創興籠棧，括配兩邑額鹽三萬九千餘引，併堆一處，把扼羣商，秤價頓兆，人人駭愕。先是雍正年間，商有舊蠹，混借浙省常山棧例，串胥作俑，霸籠但常

呈　十四

山係山城，小邑境無支港，故於水次設棧停留，不過因地制宜，並非通例。若錫金兩邑，地廣民稠，處處通津，何須併貯，幸渠私自棄，更悞千憲飭，即創即停，乃令踵其故智，挾牌登壟，獨攬利權，船脚基租，名色叢起，坐使販商向拆罄貲而往，攢費而回，身重難行，勢必折夲，不堪連折，歇業必多，城既業拋，鄉皆販絕，必有土豪拆夲蔓延，擁騰昂，細民有幾，浮錢食淡，殃民流何底。且自上年武陽先試，尚猶平價通情，未敢放騰，蔓延及此，遂爾悍行，正恐各路效尤，章程橫扶，身生澤國，盡變窮山矣。伏望天光燭隱，杜創還原，飭毀舊規，禁堆籠棧，恩咨浙憲，立案勒碑，永遠遵行，施恩萬萬。須至稟者。

辭社長呈　代[illegible]　勞化

為社務才須兼練，書生膽怯冒充，據實縷陳，叩恩批免事。生忝蔭興居，墨守只空言故紙，杜門佔畢，程能媿疑，應兼材。側聞里社設創，信裕儲之良法，總見房兄輪曲，怵筦鑰之多疎，期值賤更倖寬譴責，詎意交關方兩，忽蒙推擇及之，聞命震驚，陳情惶遽。切生田無二頃，例未充堪，屋止數楹，地憐屆頓，況老父衰而七旬，侍材更懸，親逝而半載，倚廬遭遇同氣之三喪，代其強幹，勉血孤孩之廿指寄，以屠嬰擔重肩，病罕逢一喘息之暇，豫心忙意亂，猥膺千戶口之資儲，生靈視此盈虛，事任豈輕嘗試，與累知人之鑑，寧甘避事之譏。為此縷陳苦語，伏叩憲裁，批免任充，御恩無既，激切陳情

呈　十五

上稟

一　潤公舉鄉飲原呈

為公舉鄉飲大賓以光聖朝盛典事。竊思惇史有記，天子降尊而乞言，養老設庠，朝廷特詔，無北面蓋引年，尚齒用昭孝弟之儀，而授几肆筵，且勤哽噎之祝，溯虞夏以迄唐宋，由廟堂以逮鄉閭，必其人德之可稱，斯其禮行而不廢。恭惟我　皇上以孝為治，既已帛屢錫而粟屢頒，視學惟勤，不乏老有三而更有五，則凡州縣賓筵之選，豈徒燕饗具文之脩，生等苟非聞見之真，詎敢冒昧以

請伏見本縣北延鄉國學生侯贈文林郎浦長發性行樸茂學問
淵源謝塵市而樂山林不識長吏之庭爲何地業詩書而課子姪
惟奉先哲之言爲成規德孚鄉黨之間宵小多因易轍恩洽親朋
之遠緩急不俟叩門然且聲獨恥夫過情然且學自憂吾不講逃
名惟恐不及敢云徑有終南踰垣常慮不先豈但刺磨禰袖以茲
高致娩彼俗情迄今齒漸届於非熊尤羨子已驚乎變豹乃年彌
高者德彌劭其修己也尚勤〻於淇澳之章祿將逮而養將豊其
垂訓也必殷〻於素絲之什總生平之行事誠足以砥柱狂瀾考
既耄之居心自堪以筮簧賓燕爲此公籲師臺賜文牒縣詳憲擧

呈　十六

行不惟發潛闡幽即以激淸勸濁學校幸甚爲此連名上呈

辭鄉飮呈

稟爲遲暮屛居揣分辭榮事竊惟鄉飮酒禮　聖政所先必有德
與年齊聲實並茂懋模楷人倫者堪膺是典苟非其人寧曠無濫
自世専尚科名齒以位重而賓筵一擧禮意寢微矣某屛跡鄉閭
德凉齒暮徒以杜門敎子及見成名内計平生他無表著今於九
月十八日有某等具呈申擧鄉飮隨蒙批允取結聞命之餘撫躬
滋懼髦年知分　盛典難誣伏乞師臺免牒衰齡別求名德愼人
愛禮不勝幸甚上稟

擧鄉飮覆呈

爲遵批寔覆事生等看得浦長發性耽藝苑儼然坐擁百城躬礪
廉隅展也行同萬石幸戴堯天舜日稚高穎水箕山門内之倫聿
脩人言靡間意外之侮恒至自反益勤生居逃名棣蕚之鄉讓長
畏捷徑要津之健足鋤雲犁雨服田疇以答用一緩二之深恩祖
義本仁率閭黨而革瀾詐我虞之澆習曳杖而度阡越陌樂混跡
於老圃老農鍵户而說禮談詩必歸本於惟忠惟孝故一經敎子
久登作者之堂而三策獻言遂躁士林之譽然且抑而愈下仍安
布素儒風訓更加嚴勿負對揚初志加之學脩不倦德以老而彌

呈　十七

崇況乃任卹如常家雖貧而弗吝蓋其沐浴於詩書者久故其發
揮於心性者殊所惜韜晦日深半米莫由物色猶見幸聞相習膠
庠忽爾揄揚將援養老之成規以申敎孝之至意如斯人者復何
議焉茲蒙批示確査乃敢合詞上覆伏乞師臺賜文牒縣詳憲届
期敦請賓筵以光　盛典爲此連名具呈

節孝祠移坊呈　寫記

呈爲欽戴　恩綸崇修祠宇叩臺牒憲給示杜囂事竊惟旌門異
數至　昭代而極隆典祀邀榮萃同宗而增幸浦氏孝節烈之輩
出徵諸史志譜之迭書私世恩而公　國恩家金邑而祠錫邑屬

當修理。切有披陳。浦在前朝。有孝子諱劭。傳登明史。有節婦過氏。即孝子妻。並建坊本鄉。有貞烈女浦氏。載郡邑志。建祠惠山墓旁。均列祀典。我　朝康熙年間。祀祠圮而僻。鄉坊廢。族議就惠山祠址。改作浦氏三旌祠。同堂異室。具呈妥祀在案。續於雍正乾隆年間。本家又多貞節。遞舉。次第蒙旌。氏列金匱縣志。伏查雍正初元恩詔內一欵。旌表節義。給銀建坊。民間往往視為具文。恐仍湮沒。著於本地公所。設立祠宇。前後俱標姓氏。已故則設牌面祭祀。以闡幽光。欽此煒煌　天語。衆姓同歸。矧如奕葉宗祊。合祠允協。隨就本祠故宇。遵經鐫表。供牌頂。邀憲德之普存。慨覩舊椽之欹敝。幸族監桂馥。勇義倡新。詎匿名糊單。流言蠱惑。謂墓祠專屬。謂男婦混淆。不知旌非表墓而表貞。祭非享男而享女。今合貞烈節婦為一室。別奉孝節夫婦為一室。非亟須懸憲示。莫由屏息囂聲。為此頂叩師臺。星賜學牒。一面請文給示。一面彙稿通詳。再本祠石坊壓舊。酌移寬地。事關名器。理合并聲。沾恩上呈。[illegible]　乾隆十五年五月

呈　十八

覆呈

稟為遵批聲覆懇恩給示。關移立案事。某等於本年七月間將族祠一姓同歸等事具呈。蒙恩牒縣奉批。浦氏既有嵩祠在惠山之秀嶂街。則今此平列正向二堂。自必在於舊祠地基之內。既未佔別地。毋庸通詳立案。至石坊欲酌移寬所。並未聲明移於何地。是否官地民地。有無違礙。亦未便草率轉詳等因。奉此覆為石坊移建。祇因逼壓樓窗。溜雨易腐。今酌於內層空地居中建立。仍在本祠以內。並非別佔官民地基。但石坊名器攸關。理須申請給示。庶便轉移。竊思浦氏祠隸臺疆。族居分界。所有一應增修設位。陸續升祠。既不另文轉詳。合請近移金邑兩臺案。炳百世恩沾。再孝子浦諱邵。伏查欽頒明史。載在孝義傳中。國典特書。鄉賢靡愧。獨是俎豆瞽宗。呈乞有待。而惠麓之尊賢祠一席。則在縣憲特筆鈞批。為此仰叩師臺慈恩。轉牒幸逢修志。載筆增輝。不勝頂祝願望之至。上稟

呈　十九

詳報孝行呈　代　夏[illegible]

為孝行確有明徵。懇賜據情關達事。竊念故祖某世為吳縣民籍。生於前明崇禎十年。卒於康熙五十三年。方十餘歲。值鼎革初。鄉盜哨聚。父被生掠。母悴成病。故祖入窟請代。三反始得贖還。而母歿。寄棺村菴。又遭賊燹。故祖哭籲佛靈。旋於燼柩叢中。得轆板姓氏。拾骨置歸。是時父未老也。故祖哀慕不離。父不再娶。安受飽養。得以壽終。他若卹遺孤。澤癃殍。恩逮下賤。善不勝書。事具江南通志。追維故祖一生。身逢艱難。軀命不恤。處變處常。敦倫脩德。克享

大年稱曰孝子父近同詞恭際天恩搜揚至行例許本系自呈請
旌此正潛德顯揚之會謹具寔事上呈懇恩據情牒移會詳請題
旌表歿存啣結

看得某身膺世故性篤天真既父命於坎出坎之餘忘生死
而頻投斧鉞全母骸於焚輀棄輀之會待親迎而克正首邱所
難者義結於童年交頌者聲騰於學士他若履貧而至孝以及
錫類而推仁是皆不匱之隨遇而流更非一端之可舉而盡如
斯至行信有明徵按例請旌為情允愜

請舉孝行呈代　　呈　二十

呈為孝行允符　恩例叩文確叙請旌事切孝為順德首百行而
尤難運際昌期甄彝倫而悉顯伏念故父長洲縣儒學增廣生員
汪二覺心純本行骨立寒儒未冠而孤仰攬陟岵之衣孺針針慈
淚執書而慟對樹萱之軒檻句句哀音其於父也以未成立而負
痛終天其於母也以長貧賤而含悲跼地禱齡而神為增算泣墓
而烏不忍棲形之名輩謳歌諱以鮮民何有至如他行悉本孝思
弟鰥則均卵其雛姊寡則迎庇其孛曰是親心也郄節鎮三徵之
聘葬甥家五代之棺曰是慈訓也其推恩其養晦惟知善則歸親
若懿行若芳規自愧言不盡意名雖翳而衆著跡或久而漸湮恭

遇云云竊仰大觀在上容光有照物之明俯思庸行無奇至平有
格天之理故父既非若刻體膚以震俗亦不為逐薰焰以竊名而
皇仁以孝治為先即子職惟揚親是亟

看得某得天獨厚至性彌惇德先庸行之常寔基門內孝乃為
仁之本及物根深悲徹並念而呈子矣兩親一在存歿獨身而
任恤乎弱弟孤生篤同氣則暨其上世與後昆郄榮名則勿以
人稱移我志凡日用倫常之盡善皆天經地義之所流當時號
曰純儒推本僉云孝子揆之典旌宜非過情

請舉節呈　　呈　廿一

呈為苦節宜膺旌典遵查確寔覆陳事切某故曾祖母顏氏係故
曾故祖徐道統之妻十七來嬪六年早寡煢無子女孝養翁姑守
節五十一年畢生荼苦撫嗣沿今四代蹇運零丁誌帖班班確符
旌例祇緣某祖殀亡某父贅廢某兄連歿某身客羈因是沉延未
經瀝請上年某始歸里具呈署任吳案取結牒縣轉詳蒙撫憲批
開仰再確訪俟下屆另詳察核仍候督學二院批示繳結冊傳文
發還等因奉此再飭確查遵查得故曾祖母顏氏苦節事寔郡誌
載之憲獎帖匾家祠保之徽之門內遺言核以里中傳述同詞罔間
寔跡無虛若因飭訪之餘增加粉飾必涉浮誇之輩套反蹈欺誑

為此再行攄寔直陳伏乞師臺恩准牒縣叙詳請憲彙題旌表則
潛徽頓耀頂祝靡涯矣
會看得徐道統之妻顏氏郡誌流芳楣顏煥彩竹節婦心之對
夙植堅貞氷操矢篤之題頻仍激獎六年伉儷同心之歲月無
多七衷姑嫜養志之晨昏不改長齋供佛式穀傳經慨似續之
彫殘幸歸全而壽考身見　興朝之啟運深閨亡可錫遺（民）恩單
奕代之幽徽信史正堪徵逸女詳稽職志合請旌綸

請旌節呈　寫訖

呈為母節已符旌格遵例乞姓請恩事生親母許氏年二十二歲
歸故父道光有太姑有翁姑踰年故父身殘懷有遺腹即世變矣
志守節歷今二十八年切母氏一㭗奉情五月懷娠撫膺仰知所
天牽袂仰難入地嚬抽佇綿九迴曲曲之腸揮盡雙眉兩行重重
之揭嘟哀奉老數幸得男血滴佛而恥水熏螢尽尽哈淚點杼軸
嘟而获承繼嘗旦旦共雞聲慰高堂者在濟美以識丁涉遠道兮
遘遠道艱憂其旁乎質匹靡愧閨紀滋遭貞操半百載而逸集蓼
殆無與二旌例卅五年為率嚴霜已過其三母節子陳敢浮隻字
縣憑學勝（賜）鈞移為此仰叩師臺牒縣轉詳候題請卹俾無白之
母身沐旌榮御恩罔既矣

漢音家水泰為潘瀛氣汁也
唐書張右請使油業換兩石裏不要識一丁余拔能得
誤一丁字不則寫文个与丁相似傳寫麴作不

呈　廿三

三山老人不是集目録

疏

疏目　一

三山老人不是集

疏

謝　恩懺疏 菁花

伏以望圖翠作溪山煥彩於南中象帝高居樞斗呈輝於北極治世仰福神之庇大造同仁行宮統道法之宗真風遠暢恩覃萬彙節慶千春所有情詞謹當敷奏云云竊惟鴻鈞斡運羣生荷宇下之庥貝闕垂模清侶潔壇前之供維洞虛之左掖奉真武之神龕香火騰騰門庭肅肅緬九九飛昇之烈聲靈赫濯於瑶天届三三降誕之期景物陶鎔於青帝桃粧似錦明逾仙綬之花鶯語如簧巧叶雲璈之奏韵閒華林於上巳即席稱詩尋曲水於暮春同人脩禊轉祓除之故事開介福之齋筵毓秀當年與繞電流虹而並瑞陳筵此日共裁紅暈碧以爭輝羽帔霞裳方外非無綵服鶴書金檢洞中別有靈文大展仙家慶賀之儀式昭法運昌隆之會爲此定於云云伏願春臺並煦壽域同登武當山色映滄浪神游楚尾吳頭邀福在現前金闕泠節烟光緣履歷日麗湘絃薜鼓垂慈徧合屬珠宮旗閃七星永護功曹而演教劍瑩三尺詎煩鬱壘以除氛佑我　國家萬年有道之基瀝茲城社兩邑陽和之澤天人響應道俗瞻依凡此悃忱統希昭格謹疏

疏　一

黄漢階七十雙壽齋八仙疏 菁花

言念某同室某一生譽四七衰齋年舊德先疇東庭模而蟠述敦詩說禮尊紐訓以燕詒安絃冉冉到稀齡三陽慶衍藝晚森森迎瑞靄四代班隨俯芹波則春暖生香瞻梓殿待秋高送喜珷瑁梁歲歲雙栖晝永蓬萊島時時萬里神遊茲焉海屋籌行十洲載援意者石函鈐記八洞肖窺緬後漢以遠南唐證禦蹤之歷歷會炎樞而探西島參玉步之珊珊月在孟陬日臨乙未齋心澡祓露臆葵傾擁簪以潔塵區躋階而延羽蓋丹泉釀熟柿摯天際流霞碧字知傳勝晉人聞祿命爐噴氤氳之篆麗前對撫頌琴草鋪綠縟之茵砌畔勿抽書帶伯雅仲雅季雅俯仰如瓜之棗式飲庶幾升終笙簫閒終耽予若鼓之杞同聲相應仙居聽遠世眷情殷可與訪詩乃賡既醉之篇未能免俗不腆寓錢之將謹繕疏隨獻以聞

疏　二

禮大悲懺疏 代 菁花

竊念某氏根深宿植性切薰脩分支司冠崇階青緗第宅作配清河舊望白米湖鄉悲暮景之鸞孤幸前除之鵲起禮耕學耨早肯子業之成頻碧芹香晚覩孫枝之秀悲荷雲天而普被惟期歲月以加持填運經貲願倍司籌之歎蕩除孽穢情殷補漏之圖轉五部之金文徧三乘之海藏彼岸之航再渡後身之帑全儲檢點半

生函封九牒誠慮典曹之超轉宜申到庫之宏規矧茲壽軼稀齡恰符絳縣四百四萬且時逢浴節適近華林三月三神依物外禪關頂叩樓（頭）像設諒在千掌千眸之鑒照棯知一字一禮之翹勤爰啟大悲壇週隆七正日九天十地咸傾黙々葵心六道三塗盡仰溫々斛首是諸科要以次敷陳念人間翼子詒孫總出龍華之會敢自謂令妻壽母誇陳燕喜之詩九旬耄百年期海屋春臺等付衆生壽者一禪悅二法喜粥魚齋鼓常思供佛及僧所列資勳脊馮結集爲此

又 萬記

疏 三

竊惟氏也毓質禮宗齊牢吉士佩環鏗爾審世相之靡涯芝玉森然撫庭英之既挺頗憶根因之遠植信向靈々每繙寶（典）以如歸持循旦々覺與名山有契時於清夢相通佛筏喻的々真機波濤暗引梵頭陀迨々化跡寤寐神遊身雲忽轉於法輪天獅恍開於香界一道平行之路了知去々来々三生懸注之程直透元々本々久儲宏願脩裕先資皈命千手眼之慈尊洗心七晨昏之淨業爲此蠲於云々

頌壽 萬記

竊惟門襲儒宗履綏慈慶道脉人瞻山斗第詞源世擅水雲鄉五葉榜聯瀰自涇皋作始百齡閨瑞蔚爲星緯開先即今萱草堂陰介眉錫祉正是杏花春晝設帨陳釐謝家則培玉成林歐母則課紅猶績川南山右贊華年清白吏之風勢後分前迎穰歲艷陽天之景高寳幄庇延壽壇敷爲此

倪蘇 萬記

竊念魯庭問禮豐水稱詩欣一索而得男洊至協初陽之舊感三齡於興子勤敷慰肯穫之謀茲者受籙童某桐本特生蔓惟一乏情殷幼々丐来靈寳貞陶恩佑年々穩涉游環令序成童限過謝籙時臨三月花王洛下之名園送彩七雲仙祖華陽之行殿霏香乘烟景以翹依叩薇垣而飆拜摘獻金芽之露指參玉笋之班爲此

疏 四

廊下頌梁皇懺 萬記

言念氏施衿京兆結髮武陵家聲共究石齊標考詳視履母訓式竹林逸韵僾見音塵齋袚明々德隅抑々勤省循（於）夙夜幸坦涉乎夷庚曉露滋蘭慰藉有孫隨子繞溪煙進艇起居更婿挈甥遊荷天既之逾涯惧身生之逋責蓬窓自課梵英親繙年華已度古稀春色屬當月季經符闍庫懺展梁函爲此

華門朱氏預脩 所生子死夫現娶 娶于十月初旬 萬記

言念寡荼姿宿稟暮景將臨內政已來佐理之人閒身已是脩行之日緬維在昔募轉八十一卷之華嚴爰逮今茲虔禮五十七齡之食息慨空花於出腹寄碩果於抱孫少攢十指之餘薄殖三生之蓄繕陳庫座高植貲胥護慰藉於外庭聽延德侶更邀緣於稔歲脩闡齋勳為此

疏

竊念顧門氏根緣遠冑配協清門在御停喬久抱未亡之戚投懷志喜宿占有後之祥感世相之遷流幸身生之安隱來有來去有去威資管庫之司再而再三而三切稟焚薰之懺隨填□尚

虞吏典他除業積塵宿教查督亂舍行倒換別給闕陷非上叩於金科昌克滿為印令為此

疏

董習禮宗表儀閨範綽有舊家風味中外稱賢悵伊生命鎡基初終漸蹇嗟悲積素婦不及事其姑賷志奄辭力不足充其德值前閏月協彼誕辰再縈仲舍之思兼慨侍巾之幻補趁盂蘭之節班陳澗藻之供延款十師營齋一會

疏

慨念仲媳仁根所性禮幅厥躬佐饋調羹婦職克襄乎子職將離連乳形劬彌萃以神劬仰焉善體姑心無行不預旁更歡諧如輩有動必先緣之中表同聲共推閨範期彼唱隨偕老丕振家模傷哉年方富而弗延歲乍逾而若驟維莫之春再歷對花柳而含哀大悲之典七周炳香燈而遠耀用秉般若早證菩提

祈雨疏

竊惟脩祀典者以寔不以文迓神庥者有祈斯有告屬當巳月務亟栽秧念從歲首以來渴鮮雨膏之潤晴逾百日憂結三時況農在吾滇更候先他省值此村村袖手能無刻刻焦心職凡疆土攸司事則民天最急首躬齋祓合志翹勤虔叩靈壇敬披積愫惟瘠土全稀露稟而平疇半雜梯田詎堪昆海水波停但有恒風助熯慨播穀已憑乎手灌今抽苗且視其心枯不惟望缺懷新兼恐頑虛丞活彼林林總總其何罪乃赫赫炎炎之作威凡我有官為民請命敢曰誠能動物緣知德本好生轉憔悴者易為功緩須臾焉允罔濟期在一旬之內冀於羣望之通三日為霖西郊蒙澤定復率先士庶即時謝答恩施佇觀噓氣成雲快說隨車賜雨謹疏

疏

勉脩先業冀啟後昆物土開基每戴星而叱犢民天在食乃棄地以養禽粒粒思稼穡之艱詎播颺之狼戾心心比珍珠之愛即勤

慎之燕詒幸肴繞膝雙男更恤牽衣一幼延師式訓望成敦禮門
庭率祖增輝布就亢宗器宇積諸怳悃端藉林薰秉今樂土燈宵
趄建朝天寶懺為此

疏 同前 第化

思親日永撫序時移既萱範之遐捐悲深喂哺更岵瞻之告闋禮
届祥禫火樹燦星橋悵春榆之改火香花瓔蕊簡適宸寰之留
香三宿朝元為粒米為箕裘總是仰承先訓六時禮薦陳筥筐陳
蘊藻轉加遵演真科表佇兹慈表聲即吉

疏 中元专規

疏

七

德綿世濟運啬身圖人為勝而天不雕得初獨懋家累般而日不
給入後加艱幾在宥於諸雛痌胡慳於下壽哀哀孫露滚滚逝波
積辜生我之恩敬奉祖公之教皈誠大覺營薦中元

涇里朝天懺疏 在城隍行宮

某某等言念[illegible]景運精[illegible]名區屢壹壹詠年年道而[illegible]上際[illegible]戶戶樂且妄昳
[illegible]詩氣象瀾道經師[illegible]寶宜矜寶靳[illegible]揭谷既淋鉄孚誠
近局金謂雷閃電目色[illegible]幽贊贊權乃瞻涇常膠展里備靈魔魔鞋[illegible]廟貌[illegible]
冀堂皇籍建籙壇慶備法懺計神居與仙治理自融通[illegible]行院以朝天衮加
肅穆同心際佑合境潛庥為此
適三時玉燭光融局菊綻涼秋醮報寬饒化日
特十冊琅函韻遠映涇清勝壤壇重顯佑行宮

三山老人不是集

壽聯

泰階箕色運初符慶甲子平分籌協
豈水芑思謀更遠瞻攝提對建班聯
三更朝宵分金砌　　堯年徵舜日
萬國衣冠拜冕旒　　秋宇應春臺　三融俱令上卅歲蘇州萬壽宮
詠世德之駿烈增吾道光矣葉祖孫開繼遠
養國老於上庠為先生壽銘膺師友景行長　王蓼園八十

對

一

閭右飛艎萬斛引鳳毛淩漢書陳奇木白麐　閔上金觀翁五十
寡過未能提心衛瑗輪年際　年鶩衍策田觀日
知足不辱淌意商瞿著代餘　春到生稊慰意時　贈顧海门五十
清门四葉相於屬西餐朝典揖彼南山迭輝雙玉案
遠器一夔足矣待北籥雲階才諸東閣翹捧五花綸　許楚蕳尊六十
振休光花笑香中單精種學貽經與年俱懋
陳致語冰清暎處標準傳芳處得即事均陶　華儒席六十
鄉○邦○矩○矱○足○觀○摩○稱○古○人○頌○詩○書○是○尚○友○也○
婚○嫁○團○圞○陳○燕○喜○祝○有○穀○詒○孫○子○于○胥○樂○兮○　黃漢階六十双慶

文峯遺蔭惠圃羅生一堂家瞽春深觚稜獨歸
姚宿舒光霞觴對舉四代门才畫永接錫長康
七十同前

業恢舊閥堂皇伴奐爾游歲進霞膏閒紫障
功領通宗譜諜迪從子保日薰蘭畹長紅芽
丹五六十

邇西邨卜築南邨內外蓮鬧三度增年三進頌
循下壽階登上壽才賢輩出百齡表瑞百加恩
七十同前

身挂萊衣算海籌應許恒言稱老
庭栽謝樹儲朝幹侍看重慶題名
呂大文六十

北垞百年深澗月光分衣帶水

對 二

東瀛三島近庭珠香繞玉壺春
九成七十

堂上下三疊斑衣笑指舊巢新燕
席尊卑數行琴御羨盈孝筍慈烏
大年六十双壽

烏革翬飛次第營履春臺樂度酬肴案
水源木本尋常說規而舍勤思奐頟簷
七十同前

宗盟緬百里而遙孝弟力田敦古尚
壽算叨十年以長谿山排闥羨君龢
嘉貞七十

宋相接沙提黃封法授飧霞酒
唐仙留洞府綠字文傳種玉書
呂壽

玉茁斑行慶孟陬名長名卿胚胎駿烈
梅徵花信宜中聖難兄難弟佐佑歡顏
陳大椿六十

四百年喬木人家日曜硐源舒永晝
十三世帶經族籍遠班鴻漸振高门
上谷六十

天上玉波浮壽字
人間珠蕊煥文星

堂聯友恭經綸庭蓼中间德履還徵福履
閥顏馨烈長養國香次第斑衣迭尚緋衣
華聖將六十

積閥振三魚山林鐘鼎皆公輔姿遙溯冏西夫子
重雲騰二鶴鐃吹墳箎為先生壽定推江左夷吾
楊宸言六十

年距大名深函仙山桃赤如期慶鈞齊體

對 三

德延嘉績遠邇畫日驪黃即路恩游重闈
畢晉公双壽

人真友巢叟
天與漱嵩泉
許鳴山七十

江沱北阪峴山亭治世勛曹帶綬接鉅平賓
閬閩南驃鴻岫日持家肅範棠停閨德惺階

晚節蒼然亭亭山嶺峻松高福福光曰壽
崇極華止奕奕山輝澤媚貞之下起元
辛巳啟歲 華如秦太夫人六旬初度 讓里八十二翁○○拜進壽言

慶繹京徽姒媚之年壽域增滕王母樓頭日莫
謀詒蔦韡荊棠之第義門結軫孫曾坐上賓裾
蔡會周祖母

海山三樹畫棲鸞禮教相師共說十年以長
祿萬五樓皆餞玉聲華稽古還歌萬福攸同
薛居楊氏二姒婆成册年妯娌三人同登壽觴一七十一六十一五十又見弟三人敬撰楊居蔭成自莹及宝凡五位

冬嶺識冬榮節經九五廿丰樹彼西昌晚翠

碩人稱碩果坤協六三貞固歸如東魯靈光 蔡母黃太君

三百篇雎兆麟祥歷襄翼子更詒孫席玠裕獻
八千歲椿移萱蔭曩協令妻今壽母綸翰駢臏 北范衛母

賓燕喜如友如賓陳韲轉侑眉間案
誦鳩儀米對米菲演慶連孳掌上珠 陳大成德間

三年兩度長筵比德齊眷地望招尋名益遠
一水四圍樂國涵光照眼古風應讓意堪師 朱亭源母蔡太君六十

巳卯恭壽題亭源表姪亨惠岳母壽慶介壽 白華自歸与夫貞正禮捧和秉誠豐瀹齡綏 并很而朝君臣之教也測隱之體孝子之道也 會計有丞見弟之道也闡之而福席 之上朋友之道也

五百年道統名门更紹九峯傳母訓
七旬壽慈顏法服還循四禮繹庭闱 七十同前

對 四

懸圃記年華六曲雲屏分綵立
早花傳臘信兩階玉樹送香来 黃母鄒太君六十

善氣導迎賀中闺三壽作朋共前庭四坐
芳風清遠问貞遇十年以長有媲節雙鈣 七十同前

笙詩疊奏蘭陔看草綵前縈護風送暖
綸閤儲收葯籠報花紅上苑杏圃生香 黃是式令堂

晚翠暎慈雲松柏心培君子穀
朝陽開遠道鳳凰羽振吉人儀 黃母吳太君

雙表式姑章彤編會續劉中壘

七篇模女憲紫禁行迎漢惠班 硕母馬夫人

蕙茂北堂喜威鳳將雛接武聯栖阿閣迴
雲騰南浦竚蒼鵬奮翮搏風直上玉蠵垓

珠箔光搖鴻案酒 賡宋良卿仲長统人间福禄
玉田煙護鳳巢書 珍肴巨棗安期生海上冪来

神夤懷覩師莊謁閬门安讓風敦孔李
幽徽音徽肄稼芳羅奕祀凡規宛覩曹班 幸邑孟陈恭頌 安兄陈太母吕夫人八旬介壽 安弟偲浦 拜手

時年八十有三

椿蔭雲慈椿壽崇滿貯天倪緒衍造物甄陶 歲辛巳翰翁老年寶古稀重慶

蒼涧如滙蒼塘茂送櫻皇曉注灕盛周字宙间 調上八十三壽浦兰 拜題

對 五

戲聯

億萬山呼蘇臺偕嵩嶽同聲聽肆夏音諧譜成韶夏 八月十三日 蘇州萬壽宫

十千歲取吳苑與康衢共祝看香風時秀繪出豳風 画萬壽無疆

囊萸把菊攜尋楳藥高跳三千年華表歸来雲山似昔 鴻山至德墓 山歌

花鼓綉旛點綴文身舊俗五百里德星聚會衢蓋成陰 画高山仰止

夏麥熟秋穀熟太平世界大豐年徽絕頂句闌色目 繡像幽詩 醒眼醉心

北姜宗南嶽宗分段田塍連樂土領寬心買笑遨頭 此條燈聯

樂句明時條教穩 溪山映帶

照出偌多模樣好 人月双輝 山评呂兩推演 以上三聯俱寓集秀班

踏歌歡為長官清

現前都在影形间

對勾闌如對寫生圖著色描邠雅邠風憑伊西手
觀院本勝觀通俗鑑見身優旃優孟佐我遨頭（有）
秋水共長天阿段阿福道衆事今番熱鬧
南阡連北陌羣衆群（知）從費騷人幾許評章
這不是調笑棚頭倩個香楓時秀唱個嘉禾時秀
且撥轉登高傍齒擲了落帽參軍迎了傳粉參軍
非是天寒日暮才領遨頭追伊抹月批風者
直須滌盡潭清別開面引出陽春白雪來（生）
太平世界豐熟年成好結伴來耍子

對　六

湊巧時光新鮮腳色快煞人也麼哥
唧溜身材做一回蜂皮一回如仙爪錚爬着痒處
條苗腔口聽一齣滋味一齣賽老頭蔗咀出甜來
跳神作達為田祖揚靈豈逐兒買笑
泥飲追歡興社公促坐請看鮑老登場
萬寶成時憶護春華綻秋寔
三山秀處看攜舞袖上歌臺（秋天送花）
紅雨霏微占薄曛行看華鄂父柯柯結寔
綠陰疊迺遲重午會遣雲衣度曲曲爭妍（四月盡送花）

屢豐年試看秋水長天百年罕遇年年遇（小伶演戲是秋水大年堂）
繼學步便武陽春白雪初步能高步步高
志喜也（襟期千古　節物雙清）（拚浮等　果然有）（眼饒　心醉）
乘禁烟節會約山頭緝箱軼站狂踪聲之以鼕乎鼓軒乎舞
計鑄石年歌徵部頂品賽凌雲法曲叶而為前者于後者喁（偎）
一席雲山論至德　蝭扇鶯簧景物紛昭麗矚
二分春月壓揚州　銅琶鐵綽風威助鄺飛塵
鼇鐘先聲　倚翠春臺（上三联俱二月中鴻山薛家會耍戲）
風花月勒三分　鉢衣霞舉淩波穩

對　七

竹肉絲圓一串珠　翠管風踈夾岸清（承先樓落成演戲）
化理風清勝勝壤擊康衢踏臂迎春橋道穩
農祥晨正陌陌封彌比屋遨頭上福里名嘉　宜春令（考槃在澗）
是間好著樓臺
今會只談風月（以上兩联俱大孀頭小木橋改造石橋易名迎春落成演戲）
一鉤月沸清平調　錦城欲賽花卿譜
半角山環豐樂亭（青名橋）　紅豆應拈水調歌（西倉蔡氏送花）
千種相思對誰說
一生愛好自天然

堂室

居文正之居先憂後樂徵做秀才時我輩當許身何等 蘇州府學
任安定之任經義治事垂古教授式儒生豈備官未聞 至善堂
披帷坐萬里春風綠蘭豐顧還似談經江左
負郭課一樓山雨紅蘭舊史歸來尋壤天南 題滇南謝硯厚山樓 前皆學 江南
循布帛菽粟之風徵百行身先立本 數百年喬木名家都由勤德
講博習親師之範懋羣言道在尊經 第一等鑄人善物只要讀書
恭敬撙節退讓禮不去身 黃米飯香青菜熟
孝友睦婣任卹鄉之善物 烏皮几滑素書明
對 八
禮以立詩以言服訓孔庭惟謹
道無偏路無陂幅覶箕範是歸
歌風緼瑟雅移始肆之三天保斯千既醉
滴露研朱象彙多功之五坤裳晉福升階 新進蕃戊
十二世祖詒孫似保泰持盈慶肩隨賀廈雙栖撰杖南榮春晝永 上奉氏拓
三百年子孝臣忠尊經服訓盱膝下飛文五際會書東觀曙雲高 秀堂
捲簾第一溪山皺雨烘雲天教讀画 四照樓 鋼炎 張氏
弭檝無雙國士津令遠古日富浣書
文不在茲乎近聖人之居若此 心常存則事不苟
教亦多術矣非吾徒之與而誰 明倫堂 志未及而守有餘
百世高風槐里諫 兒孫歌舞詩書內 事為名教用
千秋正訓考亭書 用 朱氏可 此聯唯 鄉黨優游里讓中 德與和氣游
人結晚盟惟竹罷 萬卷雖多當具眼 無事此靜坐
物將春報有梅先 一言惟恕可銘膺 欲辨已忘言
過墻風報平安竹 諸君及熟史通子 問學兼儒釋
度臘先留貴春 梅 何代無賢桑大夫 交遊半士農
嚴立課程 識得仲尼之思齊浮有餘味
寬着意思 觀如山如緣如游來如加如川源 [illegible]
對 九

賽神

蜡國而欲狂土鼓吹豳王者一日之澤
儺雖禮而近戲朝衣立阼聖人百世之師
桔槔轉處沛甘霖西陌東阡總歸神貺
礡礴忙時也向祭左宜右有更慶人和 樂歲聲
爾酒清爾殽馨有告有祈有報
我黍與我稷翼如茨如坻如京 香塍秋興
慶三時笠雨蓑烟滿眼農祥山翠濕餘千畝綠
乘八月金風玉露傾心神貺黍珠香蘊九秋黃 豐樂亭

陌上閑行人踏臂看楚巫者舞
村南大作社跳神展幽雅之三
掌握民天
望歲禱除蟲心瑩秋露爭披露
揚靈沿祭佛食擅民天更戴天
郊原遠帶新晴色
人語中含樂歲聲
神歡人喜 民天穀我
場圃齊平神呪人罷三疊舞
畫圖瞭帶雁賓昵逐數行書

雞豚社合人聲樂
貓虎秋迎古意多
樂土屢逢年和陌上跳歌好生寫興
句闌爺
高秋大作社向風前買笑遍莫信層
甘澤謠

對　十

釋教

印昌西齋 二校撤桂 久昌之西 祖師 公之花竹坊丹

禪宗教宗闡震旦西萬林名此可東南少室
勲命慧命慶龍池一帆月問何如西北浮雲
嵩山寺正殿

頭陀初祖地
物外古禪林
二山門

巍巍堂堂一超直入
顯顯密密萬象森羅
法堂

轉藏契龍華有告有報有布性相植六波羅無礙智
嘗玢添燕喜皈命皈身皈禮光山映千手眼大悲心
陽和慶喜山門

虞陽讓里本同封無量壽有為勲脉脉翹勤山高境靜
熟食焚薰秉今節未來根現在果生生攝授春滿花香
嚴靜陀羅前壇

千手千眼大悲心鑑照提携覺性超登兜率界
三月三春脩禊節陀羅奉重薰壇普利總持門
美化

千眼炳神光所稱肉眼天眼慧眼佛眼眼眼無靑眼眼通明清淨
眼 法眼

一心勤頂禮驗取過心現心來心住心生心心心心貢赤心心攝授
大悲心 上四聯俱是大悲懺

怡老綠[illegible]靜展金經天許勝年填冥庫
留春白月廊[illegible]陳紺殿日暄清梵燦蒼穹
美化

四十二字字字培因預[illegible]寶庫先資懸待樂[illegible]樂國

對　十一
美化

五十三參參參證寔翹叩金文給勸好乘陽月應陽春
上兩聯做頂備

過現未叩契三生慶日麗護榮培壅須勤振飭
佛法僧科章四照感風移花信闡咨貴徧靈通
美化

天朗氣清流傳禊事暮春多何似陽平寶典
父慈子孝合并齋心生意滿為宣出幼金書

堂北護榮記當年從宦聽雞交警梵香通帝監
道南林茂謝此日分庭捧雉潔齋端笏覲天容

敲雲響落樓陰猛為提心呈地藏
照世光羅殿衛普教覿面證天堂
鐘樓下地藏十王殿

有誰敢議清風價　都把好山藏院裏
何樂能踰白日閒　肯將幽意落人間
疏隨隙地皆成圃　擡室頭頭是道　將心捧刹
竹長新梢已過牆　當窗面面皆山　合掌為花
幽齋事業誰同辦　贈震谷上人　染指不嫌朝滌硯
小斛叢蘭手自分　折腰何害晚澆花　狄翁句贈福元上人
一墻樹色雨軒借　卻青門句贈玉大和尚　停雲讓木廣泉處　匯陽深處　贈姑蘇要潤大師
三徑竹陰分院踈　舊雨愚公漫吏来
遂守阜師門松老朝陽還古蹟
對　十二

辦香拈祖句雲深物外像初寮　羊筌意識卿新堂戒題贈
具大乘根宏大乘器證大乘因算叶晨鐘聲百八　歲己巳日公大和尚十日吐子二週贈此為壽　師生於鑄鐘之歲　師与鐘皆翔唐之…
持真寔戒說真寔禪演真寔教輝騰祖印道參三　法弟三山德之浦紀龍懸并聯其頌言壽卷
竹護松遮盟晚節歲寒三友　調御丈夫說無量無邊壽命
地偏心遠採東籬林下一人　七十同前　尊重弟子寫自行自止襟懷　壽玉和尚
堂構答師恩直為朝陽還古蹟　月溪和尚六十壽聯　九衢協宗風五葉綿延中興庵樓中
辦香拈祖句由来彌勒本同龕　壽意識六十　典地
祝此翁四百有加甲子是臻無量壽　金文輝壽域
行其庭一毫不染風塵可称愛吾廬　同前七十　處

道教

龍鱗冑虎脊鞭谿落威神光攝三天九地　洞虛宮大门
雷火輪風旋帶翕張號令聲尊雨邑一宮
御炁總輪摩利支輝蘊一天星斗　乾隆庚辰良月神樂莊嚴　周淌同在宮斗姥閣
度生隱曜真尊道恩翔大地山河
道可道名可名神遊太始　诵黄老花旬口綴道德南華経　為太乙殿周鍊師房聯
然若然是若是樞得圜中
靜觀皆自得游物之初希聲東閣吟千慮　某鍊師七旬稱慶
緣皆以為經養生之主耽醉南華辰二篇
對　十五

境超塵鞅三三閒置春秋百二景
身介庭斑兩兩互繙道德五千文　上有師祖下有徒　贈鍊師六十
卅載侵尋方外交契抱一編秋水
三陽透漏春前信生香數點梅花　贈周鍊師
淞景遷流稔婦姑玉洞春生恩延世眷　八月某桂為其徒…花病　遍　魏襄天香
法筵馥郁積旦晝琅函香繞慶衍神麻
玉粒法當鋤謹乘玉燭光中延披玉筴
瑶臺情共賞望切瑶壇會裡催燦瑶林　壽記
梅信初回對壇前樹樹銀花情懸燧火　壽記

蓼原罔極隨庭隱僊、鶴鑒斑引織衣
炳水窟之扉光道烝彌淪威鎮支郡千丈鐵　女偃頫精才嫁
印地雷之犧畫天根摩盪姻綿宮線百年絲　即迎冬孟醮禳　妖邪夫歸如初
山呼十畧高真冬葉艷春花寶氣光浮桑酒鴻
期轉兩週法會孫枝榮祖幹雲達香透鳳巢書　丹五為孫廣周
溯三時玉燭光融屆菊綻涼秋醮報寬饒化日　涇里朝天公識
轉十冊琅函韵遞映涇清勝壤壇董顯佑行宮　煙浸城隍廟

聰明正直而壹 莊公三十二年
顧（賚）刑威曰君 昭公二十八年
見天地心　金匱城隍廟

曰孝曰節曰烈一族三旌想豆千秋綵
是子是婦是女同祠異室丕尝百世照溪山

對

聯

五十四

祠廟

薪傳道脉 朱海翁　炳遺書統宗定性 講學東林
歸全正性 就義止水
鼎峙山堂嚴典祀 惠山河塘　隣近元公 處子　望對文 溪山第一樓 霞墓 公 宋季 嶺北
高忠憲公祠　乾隆丙子歲　忠憲高夫子河坊祠開 廣川 十有八

春露秋霜涉河豈芑增思緜百世有先疇舊德
水源木本作廟倈松根緒贈兩言惟為善讀書　張嘉會家祠 昭祜堂 敦睦堂

孔曰成仁孟曰取義至孝以之　浦孝子徽齋先生墜
鄭節餓靏菊節霜菊節節是仰　節婦浦門馮孺人祠
一烈千秋閨閣義齊止水　浦氏節
五題十節澗濱恩照同門　烈祠

[illegible]

哀輓

棠陰滿東表雄封。柱下會苑循吏藁。

玉宇淨南華秋水。雲邊寄懷衙山游。

五年策杖巾車近

九日囊萸泛菊稀

飾吏治傅以經術。嗟難覯矣。

報國思。獨[illegible]文章。幸有存焉。

三聯俱輓李東平

履歷延恩子在懷。兩邑謠傳思母。

川原羅唱子無淹。千秋碑寄行人。

古之遺愛

侯翔九輓聯并額

風規應得门來

日承古稀人往

碧筠留刊神宗禮

彤史永輝班惠班

心上兩聯輓浦母華夫人

女史銷永儀勅儀遺徽。桓孟并鍾齊廟俠。

負識母勝夷式鬮辟雍。研方窮峰貯萱深

十五

輓浒關親母

會章含種

雜聯

臚唱郊祁還論齒

制科軾轍定齊名

兄弟同科

愛民如子真吾子

為國忘家即爾家

文示予之官

舉業挹朝暉。聲殷歌雅肆。三宜伐木斯干既醉。

含飴延午蔭。象叶玩占功五。得坤裳晉福升階。

石亭遷居

累爾不為名父子

嗟余遲作富民侯

鶴言驅石奏功初。歲在乾隆巳卯。

虹氣飲隄流響遠。人傳金匱西莊。

承先橋柱

吹簫吳市吃食淮陰豈尋哉許英雄曾向此間托足

盗裘王室竊柳侯门秀君輩達般技倆遂方書別處容身

酒樓戲聯

三山老人不是集目錄

傳

目錄

三山老人不是集　　寧我齋藏稿

傳

季封公眉山先生傳　芳記

先生諱椒森，字衡來，眉山，自號也。季之先，出魯公子友。宋中興初，有南呂公，占籍江陰。至明，蘭州守玉齋公，壻於無錫茹叅議，因家錫。三傳為如爵公，如爵生雍良公，皆鄉飲賓，先生曾祖、祖也。父進士閬清諸羅華容三縣令蒼洲公，諱麒光，先生自其曾祖稱素封，至縣令公始貴，而産頗以官減。先生生平，竟以貧諸生老於客，以佐官理為家，以讓口分為濟美，以京雒河山為舍宇，以詩篇朋友為命脉。卒以名德啟後，不墜清白吏遺法，而身當開繼之會，能守以待前後交受成焉。先生之從於閬也，閬清小而瘠，諸羅又外洋新造，一切悉公私區先後濟，有無皆井井中窾。會其間兩值母夫人陳太父雍良公之喪，胥倚以辦，不少貽其父當官內疚也。至華容，更事益熟，適於在閬時，迨隨侍解官歸，旋奉蒼洲公諱，送老厚終，供子職無遺憾者。先生清宦後，又再以田廬推予其諸父兄，自是客游謀養，命脉於詩篇朋友間矣。方澤州當國，纂修皇輿韻府、字典諸書，會先生入都，邀領局務，懽如平生數年。始先生年少，在閬識西堂尤先生於逆旅，又交四明沈斯菴、會稽陳易佩，皆前

華忘年者。至是交澤州兩嗣君儀部學士。及鹽官查初白。廣陵官
揔堂。雲間周寒溪。晉陵錢絅菴。姑蘇顧秀野。家後下榻松坪王司
空邸第。而足跡所至。幾遍海宇。歷燕市。抵塞外熱河。陟五臺紫荊
雁門。上太行。踰關隴。經歷下豫章嶺表。先生於是遇所與遊。輒留
連贈答。刻燭分題。而志其行役。則一至再至三四至之所紀述。酒
闌耳熱。懷古悲秋之所詠歎。或逸於賓館。妝於老校。或散見於旅
店郵亭。與其弃置於篋衍。掇拾菁華。多且等身。夫交得遊益肆。遊
得交益彰。交遊得詩。詩得交遊。益遒邁而淋漓。馳龍門。躡杜陵所
謂老而彌壯。窮而愈工者。先生是也。先生豈一世之士哉。雍正庚

傳　二

戌。長君璟第進士。習吏治中州。甲寅。得鞏縣。先生趨裝至署。教之
曰。拙莫若勤。廉莫若儉。洪祖訓也。明年。　皇上御極。封如璟官。
又明年四月。壽七十。新安呂宗華先生為文慶。舉人得明府由先
生教也。是歲南歸。又明年丁巳。卒於家。所著膠山草堂集。紀遊燕
餘詠物等詩。元配贈孺人陳氏。淑慎修婦職。前卒。葬麻圻祖塋。璟
與其弟曰珪曰瑗。以先生匶合孺人兆。曰瑗。繼配封孺人孫氏出。
贊曰。邑有兩膠山。東膠安氏西林集行於世。先生所家。蓋西膠也。
芙蓉湖匯其下。後有徵文者。流風配饗焉。龍始識先生於姻家王
氏。維笙所。未幾。與先生長君廣平友。維笙孟兄武沂同庚戌籍。是

科邑士七人。而年丈人五。先生與王丈郷梵先生。及先贈公。其三
也。乃今丈人行盡矣。鮮民之生。能不悲哉。每觀古人行世之集。例
附載其誌傳。龍何敢一辭。贊先生。顧其名得附膠山集以傳。則厚
幸也。廣平。蓋璟字云。

纘緒華先生傳

[illegible]

有先贈公執友西莊華先生纘緒。諱振先。予兄弟自童子時與先
生子沅沖等交。在兩世。往往扶所課藝徵逐。爭雄長。造次不敢起
居先生。先生間見之。必卒交遇予。未嘗以文人行抗後進也。先贈
公告教予兄弟每舉里中尊齒長德以為楷式。必首先生焉。先生

傳　三

幼孤。性警敏。大父始教之。為文出語如宿成。弱冠補邑諸生。時大
父已歿。先生蓋冢孫也。且免喪矣。試省闈不見收。依大母母以孺
子慕終其身。先生之為孤也。生甫七月耳。母年少勵節。每乳兒淚
常漬兒衣。大母哀憐之尤甚。哺孤孫亦如母。自先生兒時以往。所
積聞于耳者。皆二母歎泣聲也。諸父嘗與均產。先生得東城別舍
東城距西莊四十里。二母相持不忍離。先生乃結廬舍旁。竟棄東
城居。嘗言得美官不如得母懽。以是雖應舉。進取不以易一日之
養也。及大母母一歲中先後卒。先生年三十九矣。與失乳兒不異。
喪既除。又心持之三年。當祭淚盈睫。累日語二母。輒嗚咽泣母

苦節四十年竊當事未得請作泣血吟見者不忍卒讀云葬氏世
重祠墓祭若南齋孝子祠宗元五大墓先生循舉之盡力且廣其
田邺舅氏寧其生厚送其死庇賴其後人與人交無久近冷熱掃
室莊坐常竟日喜讀書為詩古文仁音藹然蓋先贈公舉先生純
孝本行為楷式庭內如此先生教子尤有節度沉翀等遂以經行
有聲循其法接武庠校三世將益大而所謂四十年苦節卒賴沉
得請於當事聞於　朝以旌其門成先生志焉大父者諱某父諱
某大母許母金節母也舅氏曰孟明娶某卒年六十有八著有也
菴集也菴先生自號也

傳　四

贊曰先生豐頤長髯不言而躬行厚積而薄發其儲報於後若持
左契未艾也予家距西莊一牛鳴地詩有之維桑與梓必恭敬止
夫譔次人事行至自誦其庭內之遺訓以為之徵庶幾無愧辭也
已

常熟縣學教諭容軒華先生家傳　茅花

吾婣友壬子雖元常熟縣學教諭華大兄在西以乾隆壬戌九月
二十六日卒於官在西諱秉綱自號容軒族大甲於錫之邑與予
世同里兩人遂為碩交兄之年後予三歲又其從兄鵬遠予弟西
疇年先後皆如之四人者挽手婣婭至老相稱謂不以婣常以兄

油然親伯仲肩隨也童子時郡試予謬首選而兄名竟遺落懼不
敢庭謁語所親家母夫人出私貲囑其姻以他名應學使者試與
予並見收即今名也初予兩人入嚴其祖父出飭其師雖相知名
不出門相見也至是始論交於四人中迹尤數出有事必偕焉兄
自少出元明張先生之門先生邑所推大師都講也兄秉其指授
所號揣摹家言規循墨守不啻令甲然文脫手若瓢水亦以服習
其庠從諸子往往進取有名收厚效而兄卒濡首不偶英華銷退
偃偃走京師始魁南士人方者誦其墨義謂先民元脉真種子而
兄年已逾待予俾僑時逾五十老矣嗚呼以予才分寡下荒經廢

傳　五

業晚乃労得一第容身典校之官誠為過之若兄之壹其信守如
守此無間於其年加如此宜乎滿積溢發播和聲鳴盛與張吾軍
以大覺何徼遇遲所就卑以棲遺　恩例司教鄉邑浮沉簡冷泰
都間而又不久其官以終豈非其命也哉兄為人溫溫視下造次
不能竟其蓄於其長老之所待知其器之遠於其戚疏交舊之所
歸知其志之仁於其鄉與庠之從遊弟子居而樂行而思既歿而
悲以慕也知其閫於用之有本以為不偭視其所繳可以得其概矣
兄生卒皆壬戌壽六十一大父父覺非省菴公並有學行娶張夫
人即元明先生女繼顧夫人子三女二撫女一張夫人出腹止一

女妻予亡仲兄敬輿者也兄之季殿颺六兄撫其孤將渴葬以合於張夫人之兆而屬予為家傳六兄之言曰子兩人里閈同始進之日同得舉於師之門亦同官典官之郡又全積之以游處重之以婚姻庶其言之有徵也嗚呼自予仲兄亡十有八年撫甫有室仲婦亦亡回之挽手戲笑者相繼為姻講而鵬遠又下世矣四人者予與予弟兩疇在焉嗚呼日月如流逝者不可作微六兄言其窮已於後死之懷哉於是涔溢泚筆為牽連述之

起龍聞之蘊生黃子曰行不可以飾而傳譬之繪像而事之有毫髮不似則心不安飾虛美以傳者是以不似為安也予拙於論次顧交之真且久如吾在西循々無所效於當世徒以負其羈窮神苦塙溺於清門舊學之餘而連蹇略予類者述為篇不敢高[illegible]髮飾美誣吾死友則猶黃子之志也夫

傳　　六

張孝廉鳳舉傳　秀訛

吾少時讀滬君成詩集序竊訝蕪子命意造端道次莫探其歸趣所會讀至其子補之出君詩一語霍然眸開補之故鄰門高弟為望後儒節以出此乃歎古人雖酬請為文必不苟而與樂與然後動與之駿慨如見也吾習張生玉穀十五年悅其根性剴豁薰習有基本因以得其尊人鳳舉君之生平心佩之而會生纂以家傳請嗚呼吾能無以酬補之々酬々生平君諱一鳴字龍客鳳舉號也遠祖吳縣尉光世始籍吳貫橫涇明公再世孫八傳曰甘白先生工詩與高青丘徐北郭齊名明初又八傳為奉儀奉儀生厚梅厚梅生社師涵高涵高生州司馬倫高君考也自奉儀下皆擅醫束脩多闕為吳遺獻君幼廓清溫而自刻於學羈貫問業義門義門不凡兒畜也壯為諸生張清恪公方撫吳創開課士院選學籍君得君大賞之尋而公以誣撤候勘錮江上君身先蹈險庇迹之公益心重之事解延聲京輦雍正初以例貢北上海虞文肅蔣公析簡致邸第將剡君名君力辭乙卯始雋京兆年且艾矣又二年

傳　　七

年五十一旅卒嗚呼君質學通敏遘會大君子游加刮劘卒頓其鋒晚乃得一當仍拙以死造物者奪予之取精從其後而掣之而獨何哉嗚呼獨君也哉君沒々志耀其親及親病且殆刻由剔瘡不反顧親在殯隣火來延以死攔棺號返風更收畜其鄰如婦節句嘗辦嚴赴都過一少年泣河干言淮陰某家子戴士良挾所期於杭當得二十千死先人喪不虞其賺也今死耳君立倒橐畀以其數復還贋予錢乃行君觸眼物物不覆情偽多此類亦以此家大困然不能庇其婁然君一不以關念無居與行卒其故步時々西命簡勗於其子夫觀人者觀之識尚遠韻而胎胎見焉吾於斯也

頂居字

頂佇字

佩君矣君知予吾黨之知予君娶華氏仰尊俯子半倚之生同君年
先一年卒有二子長玉瑞才而斷殂客楚南吾未識也次即玉穀
少遊吾鄉吾客之吾子敬敦造進之今為名諸生克以力自致妥
羨君夫婦鄧尉卧龍之先塋聚浦孫一人大鎔穀出也君所著時
藝古文詞積藁尺餘上張撫飭吏議十數[illegible]注杜樊川集十六卷
然則君之學非規規于兔園生活也佚京邸殆盡惜哉
浦子曰穀嘗示我張氏世譜由明公而下訖明宣廟時忠節文苑
烺烺國史郡乘累世不絕關西道脉之遠如此其後皆不仕君志
一大振之學克不[illegible][illegible]勤齋以逝矣柳蘇子不云乎補之於文無

傳　八

所不能博辯俊偉絕人遠甚將必顯於世嗚呼吾其敢望蘇門穀
也其為補之哉

九秩叟謀菴秦先生傳　篆九

司馬公壽文潞公八十詩曰歲歷行開九秩新洪景盧謂古
語十年為一秩由其說數起于一陽盈於九十乃移矣累秩
至九不已允乎乾隆辛未春
皇上南巡秦氏九老伏謁山園蒙　錫耆英高會勝香山長句詩
蓋長慶之人九洛之會年首八十九七字函舉真
天文也認菴先生者九老第二人癸酉十月之十六以八十九令
終起龍謹題傳首稱九秩叟猶古意云先生諱寶然字涑子
宮諭對巖先生子給諫南沙先生弟出為從叔氏燈巖先生
後生世清顯才高而不踈識洽而有斷急義間不內顧贏絀
積聲滿鄉國然非相知深原本根性或反以他名掩懼非質
也龍竊有徵焉
世宗初欽奉　上諭一條先生以給諫故失以其身共兄難臺憲不
可又應知多出後因揮出則因請簿問于庭臺憲曰若胡為
於此株且不及婦若平人且出嗣則對曰出嗣者今同生者
身不救者　國恩不移者天性外此復何言兄存與存兄亡

傳　九

與亡耶聲淚慷慨一時盈庭肯舉手稱歎久之獄漸緩又久
之獲奉
特恩矜豁乃北首荷再生會兄子游蹟九列於是白頭兄弟舒
眉晚節又垂十年嗚呼性之適也毛髮利害趨走如避螫至
呼吸瀕於死波且及身無他借口猶鄉率一膊人情類然議
者不以怪也假若不測之地雖親踪非已涉又例得引卻籠
手立視自其素然進此或能匿聲遁隱探護其人已可矜重
顧肯反是急而為衛寧氏之愚嗚呼先生令得伍而致身其
慟愧共載肯後哉先生席重闈清望之蔭所執持田幹隨地

周渼栥及免疑微暖間誼羨恩明壹徵之根性居可概已若
夫卿乏弱社貧寡椎叠延誨在先生第平行不屑〻詳也先
生由縣校貢成均重交遊持論有本末總配鮑夫人之葬也
先生之甥余竿姻友王先生蓼邃著為傳子春田孫鴻鈞龍
鈞廣鈞寶鈞應鏞應鐸鳳鈞曾孫沛瀛沁先生于龍為父接地蹤
而意覩每過從徑造寢止處談宴移日
哀章耆英之錫侔為里閈記且曰紫欲自志生壙脫未就子為我
識年月既卒之七日鴻鈞寶鈞應鏞墨以赴拜致苦懊語曰治命
速葬渴矣遺言在礱石無及請為傳壽家牒焉嗚呼龍亦老

矣還數羈卯游屐丈人行盡矣恤然不敢辭乃系用誌叙例
詮次之葬之日十一月廿一壬申阡曰大池
誤曰語云圖難于其易為大于其細龍以為無易也無細也
細莫大焉易莫難焉本行是已觀蓼邃所撰鮑夫人傳紆餘
芊綿獨禮待前姑女弟一事三致意焉古一行之傳于後良
史類不綴餘事而言益信持古法論撰當世如先生急難從
寬真性激露有若此可以興矣又勿予誚
鴻博庶常德興縣尹蘭齋楊先生傳代顧樸溪贅記
乾隆癸酉夏季光自京師歸將赴瀘謁吾師蘭齋先生請吏道先

國維二拾月韓元子喻老篇

生曰潔已愛民吾當年坐右四字銘也官程繫命酒河干執手丁
寧以別其後郵牘往復大指無出此四字丁丑十月月始虧有快
步以訃厝行狀至言前月念七先生卒〻之再越月念六兆食厝
期矣以綦通門屬為傳曰先志也綦手狀哭失聲南北遼遠不可
以親應達淹日潮於是夜不寐詰朝州接快步遞反命請就精能
者質焉先生姓楊氏諱度汪字若千遠祖東漢關西夫子歷宋迨
元僑南籍錫世胄詳家牒明初有孟聲公者自鴻山遷寺頭八傳
為邑諸生文叔公生明經例州司馬左純公並以湯陰令綱章先
生貴贈封如其官先生曾大父大父也考明經例州司馬封庶常

自亭公妣朱太孺人繼黃繼顧並贈封孺人先生八齡越歲再失
恃鞠於顧太孺人而自亭公有器鑑決知遠到責望奔焉先生自
少嶷然露性局塾間見師席遺片紙凌雲志三字即其左書三字
曰向日心某年大水西門橋闌折人墜水多聞之瘖炭灑筆作好生
論淋漓半壁綱章先生先生世太父也樂從之遊預聞止靜定性
胞與一體諸緒論問難得其端倪生平學殖趣嚮蓋定於此年漸
富講求經術經世原委秩如本正而末暢由是文章政事隨所應
之不離其宗先生回翔庠校久聲大起雍正末選拔入都　朝試
首擧當得縣會歲丁巳　皇上初元嗣前己未開選博學鴻詞

溧陽任宗伯以先生名應選遂中選 授翰林院庶吉士先生益
欽然篤專於學因自號晶齋志警也比散館 改授知縣得饒之
德興江右俗澆而黠德在萬山中俗深險尤汩法券積如亂麻先
生鉅細研核無遺照至梗阻又甚傾命叢發手搘而匿般木探而
坐以人般不可殚究則躡屣攀藤窮日力有弗避得實乃已皆愕
曰是怯書生乃能爾耶人自此莫敢欺尤卓卓者嘗行經山僻曉
魆所謂周將軍者鐃鼓巫覡聲駭耳瀝雞狗血且咒且灑隊相踵
不絕先生震怒曰狄梁公正民俗前事師也命毀之衆縮頸先生
赴奪挺手自撞之乃皆前撲撒之竟無他患庶乃寤民間溺女沿

為俗先生亟下令禁不許處格於貧而女多者教之置育嬰堂如
吳中法為籌處經費而捐俸率之令可久有識者曰命之貫新息
也饒食淮鹽價倍浙直而浙引行鄰郡劃界在婺之小港德興小港
通樂平次之民弱便賤故浙私闌入募及腹陬先生至適該管臺
檄飭議杜私法時乃規各隘口駐緝事宜會樂令議上既上先生
惻然久之通三省形便為民制法盡若令饒管之德樂鄱浮萬五
縣移食浙鹽除安餘兩縣仍舊俾與接界之廣信隸浙引者概歸
淮引以抵移額則商各不虧而民皆稱便札詢樂令亦以為然稿
既繕而遘外艱議竟寢嗚呼昔人言自古論事名言著在史乘當

時不能用後世師而用之方今 聖明在上曠覽長布四方向
使此議聞而果行他方類此者仿而通之其為德於元元豈有涯
量哉先生為治尤軫恤孱弱見之臨漕試士多可書而獨特揭其
措施議論可以追配前古留遺後來者推明而大書之先生學根
性命通經服古名登聞世之科甫躋清班仍靡下邑而不久其官
人或為先生惜先生怡然本失念報 國恩酬親志空文孰如實
效徽父往矣奉身退矣君烟景延春暉培舊聞以溉後起詠歌直
熙超遠特祿春秋五十有六含然一往莊生曰吾生也有涯可以
養親可以盡年又奚怯焉解組垂二十年褒舉善事周於鄉里並

有程紀在先生為平行所著賜書樓詩文集藏於家先生寔旁尚
有侍生卒月日配嗣姻連史家傳例所不詳以俟誌板
贊曰嗚呼先生儒林導其先文學循吏適其會一什高逸反其真
畢類博而崖略見卒不占一名蓋其恃源以往乘遇而不流有似此
嗚呼楚南鮑繫彈指五年迴首河干渺焉嘆逝悲夫
先生字春薪巖傳　代泰和州　謹記
乾隆乙亥五月二十八日族祖 誥授中憲大夫福寧府知府薪
巖先生壽六十有八卒於家得吉卜秋七月四日丙子禮葬於嶺
之嶼合元繼配三恭人兆孤子叔元賜等向余泣而言曰古史氏

著臣傳必下採家人法宜家傳先之吾子嘗直東觀適在里門侍
其何辭余於先生屬疏而誼戚先生母徐太恭人我先恭人近屬
姑也先生素以姊稱吾母余後先生年十三時節過從自兒時
迨今矣遂不敢辭先生姓秦氏無錫人新巖别字也諱仁字體國
與余同出淮海先生系瑞五公後至明宮保尚書端敏公諱金開
第西關為先生七世祖而我之先著籍六箭河上支由此兩出焉
端敏之下曰姚安知府汴曰邑諸生楷兩世皆先生厚出財保其
塋者又下曰湯溪公延默曰穉長邑生重采並以先生從祖會元
大叅公鉽貴贈中大夫又下即先生祖庠生　贈文林郎蒙自公

傳　卣

寅考　加贈中憲大夫福寧公汝溥而妣即　旌節　晉贈恭人
徐太恭人余稱外祖姑者也生子二長民寧翁越歲先生生七年
而徐太恭人寡家奇貧先生幼遭巨創與兄共刻於學矢成名以
報如是者逾紀相次名諸生授經養母母稍稍意闌余時亦向學
矣對先生若大師顧累屢鄉書已登北乙科年且四旬報志猶鬱
會　世宗憲皇帝詔舉茂異同邑侍御陶公以名上得　旨
試官於滇歷富民彌勒決滯獄辨急饟皆得當歲辛亥乃真授蒙
自始有祿以養而母節亦前被　旌馳信使請兄御母以南萬里
不異進內志自此始申焉滇地漢倮相阨所在州縣率腹漢而邊

倮漢多猾民蠹倮產由田而里愈蠹愈入張炸里砦亂及婦女倮
不勝憤賊殺煽畔相挺起蔓不可猝薙致煩國力若甲寅乙卯間
普洱思茅之變皆是也蒙隸臨安為南交門戶其腹裏有三爀五一
屯一所邊有里十二以分處漢倮而爀屯所諸猾蠹倮里如其土
習先生至下令歸倮田撤漢肆帖耳莫敢梗頗竊語長官何遽也
迨普思變起延元江被府境呼吸亘千里殲漢種幾盡始大悟明
府活我諸里砦亦堅誓不背德縣境銀錫課龍樹個舊芭蕉三廠近
賊衝祇河底一衣帶水限馬足乃設行營木花果結游弁駐兵控
之其西河泥一里狐懸府目龍土司衆始則賊勾之又怵脅之繼

傳　圭

又龍土司遮而陷之卒之死無貳志恩信淪浹遐邇一致志由歸
田撤肆銷釁事先效收一邑而法足以靖全滇者此也闢在道書
院立程而饍課之手批口講文教亦甲南服恭遇我　皇上登
極　恩貤兩世時先生治行循卓聲實並茂計最北還奉母過家
上冢入京引　見奏乞便養得移[illegible]山左之東阿皆一時異數云
阿南北衝也蒞治之三年夏久不雨既雨積數尺壞田廬無算榮
為旋渟履村聚皆徧食居兼籌更請入　告貤秋稅卹及醝商卻
饋金三百兩治橋道作濟具寓工淹時行人闕民並賴之分校東
闈拔異才冠其房學政降鶩賞特鑒轉新添兗曹沂捕盜丞上官

撴購滋陽詭教民秦之道之道罨漏法至是乃䕶詰其寔志袛誘
食耳之道尋毙餘輕比不株在阿當創一賽泰瓊而莠民斂跡其
寬嚴各得多類此是歲計復寂委攝登府毋訃至既行有赴閩之
命服除起攝邵武丞筦儲餉萬石收支例皆糙白米有檄改穀
條上運碾費增請如舊便得不改戊辰陞授福寧府於是官八徙
矣所屬寧德实海涯穀土狹有曠壖可秔稻汩於潮潮退壤見彌
望平濶稱東西二湖者宋世嘗捍而田之雍正末有議復者官費
鉅事寢先生銳欲復之行縣履得潮上之度隄當出土七尺强先
規其在東者創下占築議民計費樂趨三歲隄成六百七十丈作

傳　十六

斗門二函洞四視潮衡幾處分施之得田百頃析所費畝三金耳
力紓而食以裕此又先生功在百世者府治鼓樓廢稚善中明亭
未備次第興搆事無牘羣壬申秋方閱事堂皇氣逆而仆竟謁告
歸不復出時年六十五也先生根柢至性遇事明決一歸渾厚所
至人受其福憶余弱冠後客遊泊通籍去鄉三十有餘年通歲
天子命習民事為守土吏艱歸而先生亦適解組夫以母姑親
串別去如是久乃克繼見職守又同得質所施設奉明法庶幾繼
此小有報稱計官事蕆了尋後期當不遠乃余方免喪辦嚴而先
生長社不返矣悲哉先生凡三娶元配鮑恭人繼陳恭人再繼葉恭

人其樓奉　皇太后萬壽錫類加今秩　恩逮兩世則甲戌
秋也生卒月日誌狀具之子四元鶚元騫元篤元騰孫一如筠
贊曰史稱端敏公砥節廷諍清嚴不苟先生信清白吏子孫歟聞
易簀前神遊口占長句跨海便乘雙白鶴出門唯見一青松曰此
去大快樂也死生之際端倪軒然豈逃虛汗漫可托而倫飲自端
敏百二十年而大恭振之又八十年先生振之用皆究於外吏大
恭見堯峯汪氏集余畧先生從政始末著於篇詞不文而事核徵
循吏者庶有攷焉

贈奉政大夫牛君季文傳代　[illegible]

傳　十七

贈公牛君諱光數字季文牛為氏自隋僕射奇章公里仁賜姓始
及唐相文貞公僧孺世仍以奇章目之為安定積閥至近世移籍
潞河長治曰西淮運判諱崇仁內院中舍諱射斗隱君諱奭則君
高大父下三世祖也考諱鍾瑞晉贈中憲大夫妣張太宜人君行
在第四性純慈篤本而近仁讀書領取大處襟度清遠有父中憲
遺風中憲好客名天下豪俊滿坐視私財若公素中歲後家大絀
然多才子善委任從家天津令而長君綰鹽筴好客如故而籌笇
橫陳神弗與也君會老人指屬河北滄縣有便房奉居之晨夕承
恍極溫凊久之忘懷有無而津業乃大起而昆需次占仕籍君至

是年御二親返津舍遂長為畿南人出津城少北而西場務在焉
有西淀巨浸也可游可眺而南谿多嘉木邃谷規以為別墅風日
清美縱棹攀檻相扶攜天屬晚節於是家焉居無何二親相繼棄
養其天遂尉褒事終制而昆先後謁選去仲潟蒲圻令叔得處州
貳守晉　贈考妣用處州例君奉　冊以告碩常對影忽忽更累
歲喪同氣家後處州下世哭泣於悒過時不解竟鬱鬱成疾以卒
年五十三嗚呼向非根性壹志不以豐悴移其慼欣亦奚遽然乎
君疏財自其世風所居鄉遠近無悄瘠者露骸淹瘞者行病涉者
至他所加厚焉取懷出之及君沒望門赴哭聲相屬也有劉某者

傳　六

曰是公折券完我世業者也陳叟公遠攜其孫哭益哀曰是公懷
金以室吾子生此者也聞者始訝且歎謂不近名尤難之跡君興
寄在菰蘆葦水之墟帶陂塘翳菰蔣當其得意遊人過者延坐傾
壺盡歡狎至渾亦引避不恡去住以為常嗚呼西淀南谿在近而
遠激懷廓然覽浮雲之不居仰太守之無濟昔是占占為德鄉里
足加毫末於其靈府哉可謂君子矣君娶鄭氏有婦德後君十年
卒子綸官常州司馬兆恒兆晉從以綸貴　贈奉政大夫鄭　贈
宜人墓在津南程家甸請圻君諱光敷處州君諱光敏
贊曰昔先大夫畢精理數際　皇祖殊遇客京師予小子賓
從遊津淀定交紀齊間自此始乾隆壬申予懸車為秦淮寓公恭
遇　翠華南幸祇候常潤界上而郡司馬某適官於常道左邂逅
喜動顏色已後會別降階肅拜以家傳請為著是篇時司馬從事
未數月也而籍甚稱家自與人以達於方伯連帥無異辭信乎君
子之流風自遠益耀而吾言傳之其必傳于後如今無惑焉已

鄉飲賓博士生上舍蕙文楊君傳　萼花

乾隆庚午縣大夫鳳巢王侯有事邑志以余攸其役念　國家久
道化成人所在敦名義崇年德議廣獨行者碩二門然樂取善而
恥狗物是二門者聲績不追於名鄉賢大夫至循循舊德更非有

傳　九

畸御偏至可震世者則入格又加嚴焉乃一時同聲歸善愛而書
之有楊君蕙文為諸碩殿越明年君之令子國學生燾造余謝且
手次君事行請遂傳之余適然內喜曰可哉志以信傳傳亦以信
志徵外舉覈裹言出嚴格之餘交相取以為信其免於愧辭矣乎
君諱國藩蕙文其字宋道南先生文靖公時二十一世孫文靖籍
南劍嘗講學於錫為寓公其築居太伯瀆南雙版橋則自四世孫
倅常州諱航始後人號其地曰楊墓所謂歌哭于斯長子孫以世
者也衍為湊上為薛店夜柝相聞而君薛店人大父魁玉諱省魁
家非贏餘嘗出百石米佐當賑生起鵬字雲卿年不甚永有二子

君其長也為博士生而尨家事早乃以例入成均君性姿素朴澹嗜好悲父棄養若終身喪養母終身若孺子同氣不言有無貧交戚屬不弛誼恤鄉里一牢其大父行義而紓之使可繼每出給穀斂常相半受者可飽而施不置佃有逋歛則除之又汰其入之額生平不干名不飾情人樂親之若冬日年七十禮于賓筵以牢余初不識君自燾之來請間以訪友經宿其家見其𢋝從長幼退然修子弟之行讀書嘐嘐達齋寢喜依就長老拈義問答動作有度耳聞徽不聞聲余愛之重之蓋信其風尚有本蓋君尊師近道老疾不去書更自號曉鍾所警覺垂法深遠也

三山傖父曰令子燾亦吉士也吾友云嘗以嬉得子求助遂除別館需焉將及門而副室子生報至幡然曰吾有所處此矣少間呼女傧使鍵戶陪寢無滅燭及明傧出語之曰吾夜來得好語吾有子吾何復累此其以見于中庭吾女字之為擇良對耳會荆谿舊班寀方來錫遣使賀新寵則對以是語班更欲〔喜〕狂曰天其蹇脩我耶居半歲得能文子徐傣人班以書當乘韋即厚治具而歸之班寀者辛酉令校得燾卷薦而惜其遺以締通家者也女鄭氏傣人明陽羨相國文靖公溥六世孫傖父曰令子燾信吉士也為尊府君傳寀連書之

傳　二十

邸學姻家華君〔先生〕彭園傳

寀記

昔者孔子封其先墓於防崇四尺墓崩孔子泫然流涕曰吾聞之古不脩墓嗚呼魯聖人而坐視圯敗置沸理乎斯言也聖人之情見乎辭曰此何事也豈不慎以至斯也吾以是推之能慎其𡉏墓者善會聖人言外意者也吾鄉華氏慎守先墓推江左第一家逮林翁然氣完而物古過而式者回翔慕歎曰非代有人不及此余感是作華君彭園傳彭園諱顧沅字鵬遠人取其聲近稱彭園自少補蘇府學官弟子行純學粹一執於孝誠事其親也養先生善體志時節觴詠於陶寫景物以忘其年先生故喜為詩也母早世慕戀其女兄白頭迎聚悲母遺也其於鄉斑倫歲之諱者戒所在濟田漁以工窮賑撫葬收餓以治而田封便之其議實吾弟三玉蓑之彭園勸尤力當事取其法為著例其練事適變多此類彭園之有事於其世墓也具三善焉緝祖訓勸歸厚警陵越法當特書邑古墓名者曰華氏隆亭五大墓與宋終始凡十世於今八百年其族皆祖之繼此而下支乃判在膠山者又歷世七自宋季逮明中葉於今五百年則闔上支祖之是彭園分祖也五墓之規木蔭畝者千計丙舍以十計歲祭歲葺歲守之費以百計額𡉏產而經舉之訓本其先慮得集傳久矣膠山支出之力也十不逮一而遺法

傳　二十一

弛。堂壞材木耗。彭園從祖覺非先生有憂之。擇財而任之。彭園以
是沉責也。於是募本條出田以儲費。積六十畝有奇。庠業守者。樹
籍見數。堂寢次第還舊觀。加堅實。自始暨卒事。祺被而身履其役。
還以復於從祖。合支屬嚴約條而報成焉。曰毋墜訓矣。嗚呼。佑之
嫌也。往往後其所先。耶。由三世而豐其墟者。已少於服絕之墟。則
又少既墜而起之。則又少。今彭園距其分祖之世十有。。又其事
以一傳。計甚難。卒大勉而六五墓為闢是舉者。屬子惰孫能不泚
其顙也哉。吾故曰。繩祖訓。勸歸厚。警陽哀。豈非然哉。彭園與余交
五十秊。卒年六十有七。子某。名同大父 先孫景嵩皆餼於庠。某之弟日躋

傳　圭

有大[illegible]女余孫利和

贊曰。余既善彭園能振墓塋。又有感於族葬之義焉。周禮大司徒
以本俗六安萬民。二曰族墳墓。掌其令者家人墓大夫。去古漸遠
人亡一壞。至宋趙昞氏。循古族葬法。為之圖。昭穆、如廟制。而親親
尊尊之道備。所以祛安而還淳者意亦著矣。近時士大夫溺形家
言。微名附利。相推致以御其術。日轉甚也。乃葬之先十世七世而
族葬法與趙氏殊。而意同。子孫數萬甲。科仕宦都厚貲者。累世不
絕。八百年。昭昭也。為彼術者。古意非所聞。即以規貴富。不於其效
者而歸罪其未效者。左矣哉。況族為而加合。以守墓森勢尤厚也。

席武九先生傳　[illegible]

武九先生者。席其姓。遜諱也。吳中名族。席家綿遠。其以世紀者。自
唐武衛將軍溫僑洞庭始。越二十一傳。處士彥英。遷常熟之楊尖。
又九傳邑諸生荊生公。積田多。又闢居其南十里曰北邑宅。新舊
析為二。始析宅時。子仲叔及虞出者。得南。伯與季得北。季即先生
也。九歲失怙。年饑歛苛。官吏務武健供時需。而田為科首。先生少
有識度。謂伯兄止辦做秀才耳。獨兄仲可寄急難。而仲於昆弟亦
樂為之盡。卒濟於艱。以護前而基後。仲之功。亦明於寄者之功也。
其後更定所居。獨仲終留南。而先生來並居之。未幾。兄仲及壯子

傳　圭

永恒相繼卒。遺一牧子。甫有室。先生持之。嗷然而慟曰。我不天。賴
爾父以有今日。業少定矣。終遠兄弟。單孱若此耶。爾能立。爾維舊
德。爾之弗立。則惟予辜。用是周頤動息。所以夾介之甚至。嘗先後
遊一師之門。師所居僻左。念不置。謀共買屋城東館置之。曰行城
城數。時相見也。其不獨為君子多類此。先生好行其德。讓饍產。獨
息錢。翼貧族於學。然不欲廣修其名。意即欲云何。固自匿也。蓋先
生娶於瞿。實文懿公女孫。黽勉一德。嘗陰誡之曰。吾受先業六百
畝。吾與若約身口而儲其羨。華今且三之。止一子。遺之倍先所受
有餘矣。所贏四頃有奇。當以其半均五女。日者謂我壽不及週甲

子而汝當大年其舅姑以終而年昔疏仲翁曰增益贏餘教子孫
情耳賢則憤其志愚則益其過吾懼後之益子過也其必擇所置
之母食吾言瞿夫人緣是以雍正甲辰陳其語於官官大嘉歎如
所請以百畝贍族屬掌之宗老百畝以給席邛普濟堂鐫樂石永
之聞者曰賢哉丈夫女夫人謝曰吾夫子教澂誠云爾老婦何有
焉
三山僧父曰先生嗣君緒長用世才也交於予廿有餘年矣人言
乃公能以財豪舉者吾觀兩世相保持交盡恩誼蓋皆得天厚耳
天厚故性厚性厚故倫厚豈為財狥耶不以財狥而以財豪耶知
天之所為知人之所為其人之本末見矣乃其用藏而顯辭名而
名隨之先生善誠夫人善承奇矣哉兄仲者扶九翁牧子謂向曙
翁即我同年大父父追為表及誌者也所館置師潘君教修也緒
長名永世先生貳張出張又賢足副女君云

席氏兩世雙節傳　墨花

邑庠士荆生席先生晚歲卜蓬沈氏有身既卒而生子進字錫九
錫九幼依仲兄扶九翁居北苑娶於顧仲兄有當室子永恒字向
盈先錫九七年生其配蕭亦長於顧六年顧來歸蕭矢節三年矣
蕭雖子婦行顧常莊禮之以為壺師及錫九反故里楊共無幾何

傳　壹

顧亦以節聞後於蕭者九年也兩氏皆無腹出子鮮贏負而心秳
鞠卒皆效於晚牧人以是交口推席氏雙節云凡慘遇遇所親訣
死一人死耳而向盈之死以哭父錫九以哭所生母劍鉅滅性均
不逾旬浹閒計此旬浹閒其婦閉身而泣旋面而匿哀中心熬煎
合并失據罹禍變至於此生不如死矣然兩氏忍死定志寧為其
難荷重寄不憚遠遠竟首途焉碩之婿也年二十四即時斷肉痛
沈姑無他息而夫遺止一女巫子其所宜後永謙歲仍饑饋師迎
婦送女皆侍十指子又不年有孫祜益祜莘又翼成之如子曾孫
紹箕紹芳今巍然生順治丙申卒雍正甲寅治葬地主沈姑而以
夫與己祔曰蕭孺人先我去常恐愧之今免矣性介而慧屏不履
諸房族戶韋指囷及有筐篋贏又以邮鄰逮下不宿蓄人曰老佛
老佛乃者余過年友祜智有曰偉者以年家子見進止詳雅流涕
爲言大母偉蕭之孫父祜仁即年友之伯兄方在乳蕭抱而子之
者也蕭時年二十三有繼姑相勞苦視顧似差愈然顧有女蕭并
無之又不及婦其親姑多隱痛并心於鞠子始知學祝曰是實繼
禰庶亢而宗培護之至成德器意少慰又諄諄曰我親姑王也猶
有高年母在其體我意始終之長孫雄國子生年不副才次即偉
將於是乎大世爽世燦世英皆孫也順治辛卯雍正壬子生卒年

傳　壹

也。營兆甚字圩惟謹吉卜也。先是席之外內族。於康熙三十八年。
舉蕭節。逾三十年為雍正十一年。舉頎節。先後皆蒙　旌。皆逮其
存。而頎年七十九，蕭又過之。孫曾更起上壽。所謂晚收非歟。故東
節及三十年格滿。兩氏至老不釋所負。更倍其年。非難之難者歟。
旌曰。頎之先裕懋岳岳。為時名賢。蕭也三世詩書田。禮宗家法兩
美傳胡奇之遠。不延爾所天。豈嚴風繁霜。特以撼礧砢。淩娉娟。乃
更著寒而碧鮮。烏頭雙表。南垞北壘。壁有芷蘺。畹有蓀荃。擷之登
之。雲中日邊。曰是娉節之滋植然

族父安愚浦翁家傳　芳沆

孝子之欲不沒其親也至矣誌于墓表於道又傳其事行上以副
史館而下以鐫于其族之譜牒以謂石有時而泐史牒無時而軼
也蓋皆本於古者論譔先祖功德之遺意而傳之為言可以傳也
其名義尤顯以遂嗚呼孝子之欲不沒其親也至矣抑其所以不
沒者其不可以苟而得焉審矣作安愚翁傳
翁姓浦氏諱沚字中在一字安愚籍無錫今為金匱人所居號前
澗里曰隱德公諱振者為別子于其里者也演而為東西中三大
支翁之先西支也曰諱仲仁諱士利者高曾考也曰諱汝成諱汝
昌者本生及嗣祖考也曰諱慎行配司馬者考妣也慎行號雲軒

傳　実

翁龍少時猶識之年後于吾祖而先于先贈公履歷觥籌相錯迕
酒酣以往常不可一切聲發如裂竹往往驚其比隣誤以讙笑為
怒詈已而扶攜出門浩落揮手然後知其相愛好無間也翁其長
子酷類所生學小成棄去課樹藝戴笠躡屐周履田塍間薅除罔
蝓穀入率倍他穫早作晏眠庀外內井井以此起其家闢宅東巖
畦為複屋屋跨二小谿連林雜卉烟霭蔽虧望而知是中有佳處
人慕羨焉翁為人重坊表惇本原尊祖而敬宗自其天性吾家石
室山丙舍世為宗祊又族有三旌舊別置祠康熙中慧山旌烈祠
圮先贈公唱議請于官建復之為異室于一祠遷孝節二旌祊妥
焉以便官奠是時贊決其議者自翁始也丙舍廢又久龍兄弟議
以所遺別居在羅溪者葺之以補石室之廢聞於翁翁躍然曰盛
事也諸葺費請為族先遂竭蹷董其成洎卒事糜白金幾二百翁
一人當渾族且十之四語詳少司農俞公所為前澗宗祠記中先
是葺祠方殷而慧山祠有再修之議計三旌之合又逾三十年所
矣族先後邀　國朝卹典者又十人議準　部檄合坊例浦故有
同姓祠十人者合尤允於是翁又領其役彙衆資新其外樓墍石
表襆被糲食儉甚不言疲匝一月規制畧備蓋兩地之舉翁年已
七十四矣人情私所有于身莫若力與財其自營也角奇而爭肉

傳　圭

薄而赴，曾不少愛。或告以族姓將落，先祖且失其棲，則泄泄如無聞，曰：盡子孫也，獨我耶？欲破其絲粟之財、毫毛之力，周章四顧，匿不予焉。翁獨捐所私，于費等勞均之地，一再竭猶不止，曰：吾老矣，不可以後之今。榱題綽楔，兩地翼然，微翁不及此，豈易得哉！豈易得哉！既成，將復出其餘，葺小宗祠于居之別室，以合其服屬。需而未果。嗚呼！人志于其所不敝，其可以不沒矣。

大翁之生（另行起）康熙四年乙巳十二月初六日，其卒乾隆六年辛酉九月十四日，壽七十有七。配錢孺人，先一年生，後五日卒，協德于翁，稱令妻。以卒之年十月三十日合葬巷西橋新阡。子桂馥，國學生，娶華氏，繼顧氏、華氏。椿齡，娶錢氏。杏尭，娶錢氏，繼錢氏。凡三人。孫燾、暉，國學生，煥章、炳謨、爍、奎、焯、如燿、南照、容炯、文熙、敬（烈佑），凡十人。孫女七人。曾孫培源、培本，凡二人。曾孫女三人。婚嫁皆名族，有幼未聘未字者。

贊曰：水夾山曰澗，前澗由石窗山得名。今浦之族被于東偏，距澗殊四遠，吾家稍近之，獨翁所居實逼山足。詩有之：無念爾祖，聿修厥德。我翁念之矣。詩又有之：以似以續，續古之人。吾徵於其續，而果似焉。桂馥介余弟來請曰：不肖孤無狀，翼日已竭，不能乞言於鉅人，敢以家傳累兄。兄於譜牒，其不與石俱泐也。吾熟翁三世，不辭而為之傳，并具系略於其末。

傳　二六

薛翁海籌先生傳　秀詑

薛翁海籌，諱元龍，字雨仙。遠祖收，傳河汾王氏元經者也。於宋曰武，進令吳，僑江陰。明初處士某，由江邑遷錫之寺頭。八傳曰光祿丞，諱之鴻，再由寺頭遷虹橋，遂為虹橋薛氏，翁大父也。光祿五子，諸生公豪，諱鼎興，配華；次公彥，諱鼎新，配錢。公彥未有子，卒，翁故公豪子，光祿命後公彥。由國子上舍考授縣貳，非其志也。始諸父皆迴翔庠校，獨翁少稟不羈，類河朔子弟，嘗詭言就塾，逸出郭門外，驟馬角技擊為笑樂。公豪闚怒抶之，聳置小室，撻其扉，監試之。立成三義。公豪又喜過望，扶以質先生，又共譙褫之，曰：若能是，乃自棄耶？翁立自責，折節委已於學，夜就枕不過二十刻，偏鐙火者幾與晝日等。目精憊，盲廢且二年。於悒歎詫，常塞默思過。忽夢關壯繆公降，其遑諭勉深切，許後驗。既寤，果覯異方，治如法，入眼未幾，當沐，膜兩片落盤水中，明遽復初。翁自此奉神訓，徙業為眼醫。公豪公亦不復以制舉業繩之矣。翁既出後，孝於其本生不衰。華母嘗病，翁疏叩岳祠，乞減已算益母筭，而同產弟御仙亦以手疏至。意良合，偕禱歸，又偕露禱，值晦夜，夜向午，光發遑際，兩人惝怳失故處，乘光行隱隱，聞空中語嘖，而母年二紀。母既差，以其語語母，後果符其數云。錢母以苦節貞，翁事之悲敬交至，而承以愉色，還

傳　二七

娄巷常相依及公豪公病曉暮四五反一日閒色戚愉適變皆誠
歎於中非強作者翁之以眼鹽名一時也法所用藥率異常品須
重貲翁不少靳擇良而製精求調術者無貴富賤貧等予之旹盡
乃已不受直每凌晨門啓躡踵爭進户內外皆滿急應而舒治之
卒不言倦人由是無過他醫者他醫謀結隊圜而譟而翁揖入之
譪然曰吾伎不廿私也使伎益加博功加廣尤吾願也公等無躁
乃皆意滿願受學環謝去翁平生忠信樂義多類此元配孫夫人
與翁一德事兩姑均疏穀兩姑均愛而心樂之反私室糲食躬勲
作佐翁起其家生子邑諸生鐃次文芳文芳娶而夭鐃婦顧方盛
年聞徐氏有女賢趣使蓮生奇賞翁得孫色喜而多其子婦顧曰
是可為吾門婦則矣翁以七十有七壽考終奇賞亦諸生弟奇逵
為後文芳翁從子簡州君余同學余於翁稱後進云
三山倌父曰曩余承乏蘇郡學博士監紫陽書院事奇賞以　今
巡撫祁陽公觀風首拔士來肄院中課往往先其實然居院常屏
處簡徵遂喜接對長者長者徵其業必曰讀書不多又曰宜何先
夫不多乃多也瞻洛之詩曰唯其有之是以似之吾又以徵海籌
翁壽其後家法有源本所涵濡遠矣

修職郎鄉飲賓東白錢君傳（誠齋）　籌記

傳　三十

雍正辛亥澄江江水溢浸及江錫兩邑界錫善士倡同志載粟與
糕連舸赴拯殣得以甦漂者得收以殮會所司以履災至目擊是
舉大韙之丞牒諸共事主名申大吏大吏鼓舞入　告奉　溫
旨鐫石紀事以風厲鄉俗由是錢君一珠名在所標籍甚人口而
余懷貯君自此矣乾隆乙亥君之孤士鏜等狀君事行請為傳余
遂不辭而詮次之曰錢自吳越武肅王十一傳至宗承事郎迪析
徙來錫家堠山後有占籍城西者爲君之祖棟　國初與大圜蘗
菴諸老結白業有高行是生青陽學諭表英有經師人師之目君
考也妣吳孺人一珠即君諱字東白晚更號誠齋君胎性仁孝而
根植德門自幼濡以游內見聞視善事為樂地若原泉之出遇坎
不止焉君童年失母由侍疾至奉含臨窆綵歷時月見者詫謂易
形年過中遘父學諭危疾禱籲於天冀及老人身被　朝命果應
願至事庶母及仲叔季父撫同異腹諸弟並篤恩禮無降殺所服
行訓行恪稟學諭遺教所謂立品治家待人擇婚節財平氣等六
條以幅其身範其嗣人而主之以恭己恕施其根柢性習如此以
此因心流播雖累見旌異而非以善為市也凡為善樂與同人共
之其循之若常職者善澤有定程遍除隱賑有定會其聞告恐後
時者有嬰郎即紫衣方藥有離應至值暵潦艱得米則朋糴減糶

傳　圭

市價以平。繕水龍。紓道客。返舊門。驚息牧族。保墓。知無不為。有前
四鄰。生平仁敎被遠邇。而余獨私以其始所知名。在江溢一事。乃
揭其端以推覈其內行。信夫施於物如取諸其懷者。其積之必深。
或徒緣物以狥名。溝澮之盈而已。其可以識本也夫。其以稱於吾
黨曰善士。以是夫。君年六十有二。以癸酉秋卒。德配袁孺人。自君
卒後。晨夕舉君所卒訓條敎。提命諸子。諸子士鍠、士鐄、士鏞皆克委身
於學。潔白善養。蒸蒸且日上云。君生年卒葬月日。具進士盧溪令
顧君奎光所譔誌中。茲不書。

傳　圭

論曰。往余嘗覽漢東京風俗。寖淳茂。士升於朝。經術本行為舉首。
范史列傳自雲臺勲爵後。襄然即以卓子康劉文饒伏惠公韋孟
達諸人。表儀一代。所不一書者。大要云忠孝之人。持心近厚。厚性
寬中近於仁。情懋德滿。人感興行。娓娓言之。若不足。善夫。君生平
性行。庶幾似之。向使君壽若子康七十餘。安知優辭聘命。不逮其
躬。而年頗少嗇焉。惜哉。雖然。鄉飲酒之義。六十者坐。歲壬申。邑士
以君名行相推舉。縣大夫式之。以幣敬為。以比象焉。君子曰禮。

蔡孝子爾敬君傳　黃花

蔡孝子諱咸正。字爾敬。無錫版鄉人。析縣後隸金匱。元承事郎希逸。
自吳洞庭始來徙。至孝子。十有七世矣。父孟先。母錢氏。孝子朴僿

南齊庾黔婁父易疾醫云欲知差劇但嘗糞甜苦易泄利黔婁嘗之。易庚父糞甜者劇苦者差

純質。諸有益事。本分事。在髫齔知悅親。至有室以往。盡親年。無
改度也。孟先產不及中人。然性豪。喜賓客。慕義損己。恥居人後。有
無不反顧。孝子率曉起。戒其內。咄嗟設具。而身孜孜。辦預應命。事
摒擋。無稽晷者。先奉母諱顯箕不效。痛自創。及父病耳。松郡有善
醫。巧父宮四人。謀諧開襟。極往就理。無計費。浹旬而病轉益。既返。
沈綿再币月。宵晝羞痒。比易簀。孝子已柴立矣。孝子〻烈〻語余曰。
此兩月中。一切溲溺。爲具勤慎。數滌除。皆吾父手親之。細意循撫
曝炊須。楷不一假力侍人也。余曰。是謂然曰。孝哉。昔石奮子建取
親中帬廁腧。身自澣洒。而班史與周仁垢汙同類識之。噫。班氏其

傳　圭

失言乎。彼周仁者。匿褻溺袴。入宮狎秘戲。特鄙夫之尤猥賤者耳。
萬石君家世以孝謹聞郡國。豈其儔乎。父子天合。君臣義合。臣敗
檢則義亡。子愈踰則天亡。古孝子至舐糞甜苦。未聞與齧癰鄧臣
同日而語。當怪班史敍傳。述纂史事。事已而幾其父作。是心何心。
宜其持論若此。由斯以推論若此者。君子闢之。行反此者。君子進
之矣。然則大書蔡子孝子也。君子豈不回信矣乎。孝子憫季父子
爾寧孤。翼之終身。室其從父子友之。友之死。收其發。與婦同寢處。而身屏
別室三年。母家以發之。乃已。子之師之父葬錫三。老而失依。迎來
弁饍之。爲別合徙以廩之。其行事多類此。記曰。孝。順德也。推而放

見漢萬石君傳

之皆準綴書之亦以徵禮經之訓孝子又號湛庵年五十四雍正五年卒烈雍正丙午鄉舉注選衛守備烈弟照邑諸生

蔡烈山補傳　以前記

邑北郊烈山蔡氏裔某手書其始遷祖諱烙事云出自逸譜謂予補為傳烈山即諱烙者字也其略曰公以元至正中由西禧遷邑之蓉湖蓮莱莊湖南有別墅遺跡存焉公西為郡守自開封移荊州明兵掠定湖廣屬郡相繼下及荊督降公不屈問何縣人公惧累家族不言屬籍曰某職守土死職耳遂遇害族亦遂隱其人獨傳有墓在西神山草庵下配曰沈自是族凡輯譜於頂五公下

獨蓉湖支皆書未詳關者八世汜乃於族人壁間故書中獲逸譜讀而觀之得如上所云者並世次犁然不覺握卷起舞喜且泣下曰忠義顯氣不可銷蝕晦沒四百年一旦昭察宇宙間有是哉繕彝惟謹今板村宗會議續譜宰先生株家逸文補為傳徵特光我家牒以闡遺烈屬世教亦立言長者所樂予也其請繼至益勤至是曰謝劂氏行索藁矣予感其誠也紬讀再過則切然大疑案史荊楚之地元至正十一年蘄寇徐壽輝盜取又八年偽漢陳友諒襲殺壽輝盡有江西湖廣地又五年明祖殲友諒鄱陽明年始命左相徐達等進取江陵實至正二十四年也是荊之不為元有也十有四年矣譜乃云明兵掠之公其先河偽命耶明祖義旗所指首戒安撫遇有守臣殉義輒加禮顯旌所云懼累隱族尤錯謬據在元時開封號汴梁荊號江陵路郡地又失攷至謂墓在草庵下草庵創自晚明涇皋顧氏前此未有而西禧何處歸櫬誰紀亦多脫漏予初計須其再至還邵之乃屢候其久久然後竊譜之云當由輓近傳述而非厥初書事之遺也蓋於其墓地指名見之更於其托辭隱族意似彌縫晦闕者蓋瞭然決之矣夫子脩春秋是非二百四十二年行事三傳異同不可一二數況乎人非左邱高赤代軼隱栖定哀傳聞舛謬固所應有然則何如曰時或誤以後掩前

而事不容以無為有其曰公以守土死者事信也曰公死以明兵督者時忤也君子徵其事斷其時大書曰元至正中蘄寇陷江陵守臣某不屈死之如此則幽酹埽而正義申烈山之烈千古如矣作補傳

外史氏曰自古逸民烈士如國史傳闕後世追而補為之有諸乎有之宋涑水司馬氏補隋王通傳近義興存研樓儲氏補漢末沮授傳皆是也司馬之補定疑也儲之補表忠也今於蔡公烙定疑表忠兼用之易曰微顯闡幽語曰樂道人之善吁述者之積願固如是矣

次瞻浦翁家傳　芙沚

族世父次瞻翁諱淇潔已樂志年德並長能亢宗者也浦故錫之世族而支為前硎者曰隱德公諱振又别為中行者曰宗賢公諱賢五傳性成公諱繼道早世配華完節立孤近循　恩例請旌撫檄徵軼狀即翁高祖考妣也生振泉翁諱思義配王振泉生庠彥伯朝翁諱一聘配殷伯朝生彥庠位三翁諱復爾配華是為翁曾祖父三世考妣也位三翁幼依婦舍生翁四歲還置家太平莊翁弱不好弄十四能屬文見器於長老然多病輟其業者數歲位三翁已棄養矣忽自鏃厲廢食與寢治故業遂補諸生又十三年循

傳　三六

例入太學翁未弱冠而孤體孱弟妹幼有田二十畝取入於償耕者病不能給朝晡以重母憂常不言而泣比壯歲就婚紫陽華翁家佐華翁司莞庫自以奩入之贏節嗇恢生産當是時職婦家之計而衛人子之恤旦局暮鑰一旬三反人咸謂翁贏縮挹注之間可以掩非其有可以匿所得私而翁潔白純至析居積清注記絶欺隱介其志而不衰於顧養速其身而不隔於屬毛徐而弟以室妹以家母憂以釋於是無内外疏戚乃皆信翁臨財辨而植性篤也上世壽安堂之廢且百年矣翁不忘故里恚復其址誅茅而構居焉連閎廣宇為族之冠曰非以侈後觀無逸前規也母既喪卜壤鄧尉合舉親匶無靡費無諉勞歲時家祭及諱辰略仿外家應得集一將以誠敬教二子延師不専文譽必以行己方幅為範於少成故二子皆能文不染薄習長君汝亨試於縣名在第二有諷翁為院試媒者翁堅拒之次君汝正尤克家而年不永有三男子翁教之視教子加縝慮以年衰恩勝疎其檢而敗其成也家不入戲具不通褻客為子孫男女擇對必問其家法不以財有弟與立割田以為之資浦氏始以石室山丙舍為祠祠圮無舉之者翁倡議為堂於羅溪之東迨乾隆戊午議以先瞻公所置世守堂制僑而宅曠奉世祖祏棲其中翁闢厚斂葺費撤東堂以其直與族輔成

傳　三七

之不居首功焉縣博士及長吏累以鄉飲徵翁俯首謙讓卒不應也翁為人和易善下人遇事輒屏已於後群言坌起初不能無少格退而規事變審避就卒不怫於時議平居閉户簡出是非翻覆如在世外以是謐其身以是式其子孫踽踽姁姁慎於律僃而柔於處女故所居内外家若鴛湖前硎皆黠悍咸聚喜事釁至過翁父子始而諱中而喪其群終乃闃然自解以去也中歲一再試於鄉不見收無怨懟勸其後以學諸孫偘偘咸喜親師友不域於尋丈而止者其將有收與汝亨娶朱汝正娶華即舅之女其二子也思學娶陳志學聘華亦舅之女念學聘倪姑之女其三孫也並國學

生履祥幼未聘其曾孫也女四適華元德華球呂俔在田華宣謨女孫一適諸生尤公名女曾孫二未字翁之生爲順治十五年卒爲乾隆四年壽八十一華孺人先翁一年生先翁四年卒壽七十八孺人具婦德奉翁以禮約己以儉訓子孫内外以法其倫福與翁準翁之六十也爲文自譜其年藏於家古者傳例不詳生卒年壽子孫婚配今汝亨纕絰踵門曰將以四月初九日乙酉合葬先人於吳郡鄧尉山祖墓之昭汝亨寡外交不得能言者誌其壙敢以家傳累允必破例具列之倫他日宗乘載筆焉謙諉鄭重遂狥其意如右

傳　三八

龍既傳翁梗槩乃喟然嘆曰翁殁而族之以年德爲望者盡矣族教之微也人爭陷入於蒱博徵逐之好彊者結吏胥角鬬訟以自雄而悦學好修之風益鮮嗚呼彼豈唯族之羞亦鄉俗之蠹也翁以其德薰於家以其年尚於里猶有秉彝或忌而斂焉夫族之人相引重無若先贈公與翁俱以祖謝語有之古曰在昔〻曰先民予小子烏能不怵然而懼以思也

奉祠生朱君振武家傳

白檐山之陽宗邨邑朱氏自婺析而來者占籍實始宋李文公四世孫諱杺振武君者家洋共距宗邨二十里則枋公七世孫諱朴從析之支也朴公又八世得君〻諱繼發其上二世諱重華諱昭時僅中人產有善蹟君生十歲孤洎成童即檀心計每棹放鉅細涉利息倍稱若良梓之植膏壤數寒暑鬱然成偉觀祖考母暮皆心開且樂其養君故有兄振文別治室屋兩兩闢安故處不欲移而君亦喜晨夕親辭色如是者逾紀先後奉終事禮費胥出單加會兄產累析閱多喪子乃更謹毗之妹死卵其二子有成焉本君勤身治生裁節物力不啻護膚革顧睛〻忽侮怒椎伍所繼食不反顧人以此難之寡君生平於平交則鄉邑親知於雜應則牙販莊佃廝養凡所施償所紿介所累而塾所遍而釋餼而隱多所六百四百少而不減於百件而徵之作者倍之贍而會之千者繼之〻然君一不以毛髮挂于其胸頃德色罟無怍色蹤見無惡色及夫楮之儲橋道之作里民撤柵之名略率皆晦惠而陰紓其藏蓄也類乎藏愚之爲之者財利人之大命也能通於世者鮮矣通而數則又鮮有其通有其數而更不有其有則益鮮乃僅而得君豈不難哉君好談古史事滾〻過老儒叩其學曰我未涉也嗚呼果老氏之謂深藏者歟元配王孺人與君合力造家奉尊章恩均異腹姒有異腹子幼孀君撫產毋低昂疾急時猶諄〻嗚嗚乎壹詩人義之柳婦德之難者君壽六十九卒乾隆壬申孺人長於君一

傳　三九

歲少君壽二歲子六人孫曾之生方未已騤騤以經術起初宋邸之系遷建文公像祠君力攸之以聞於曲阜聖府俾奉祠事然頗以所居遠不以世也行推擇其通宗邸者

浦子曰人非位望通顯而名行可傳於是國史設為類傳而郡邑志例又頗廣之以屬世章教非光于有家而止也攷邑志孝友者碩傳君之父祖分見焉僕不敏隱括君家狀為之傳脩異時續志者之所取徵郡君又嘗在獨得之義聞郎以徵于有家光亦善繩矣嗚呼君事事不自有卒顯顯人口人可不務修名行哉

楊君兆偉家傳 蒼佗

傳 罕

楊君兆偉諱大猷行健翁長子也余既銘翁墓其弟綸文具君狀屬為君傳余交君伯仲自君始不敢辭傳曰君自少工八股制舉藝時有以文射會習挽強者君戲與之角蹇輒中竟以是占學籍非其好也君家世以孝友聞自行健翁隆師傅禮闢風氣而君具厚力實身為之樞君於翁之棄養也母年衰兩弟業未大就君娛母以孺子嬉二弟以嚴君相其材所宜稱分侯延經師射師謹除舍豐治具一視翁所以盡心者而加意考稽忻勤而戚怠不啻過之久之弟綸弟大嶽皆以決科名當時逮其母之存人咸言君荷翁重寄若償主貲子本倍稱及期而還之古所謂養志者耶楊氏多古墓仍世久遠躪為牧場彭祖墩尤甚君躡芒蹻跣而伺有牛來蹊執以諗其主事已復然直之官至再卒奉約束次東渚村次行慶觀咸反所侵地加封植焉鴻山者泰伯葬所也山故多石村民持鐵斧尋井徑無虛日治當禁絕君起為倡里諸君子贊決之謁撫行縣立石刊禁條又山之四周冢纍纍叢石間滋不勝毒賴是舉聖寢肅而澤施於枯骴所全安冢大規略定度為亭以障之君忽疾上逆噤不出語一昔卒雍正丁未八月也年五十九可悲也已配華氏後君卒一子振麟副宮李出幼諸父養教之君兄弟前後交相成一門風氣至於今不衰其本有自君平生侃侃矜名義族黨倚任無巨細來就其平甚多不具書書其大者

傳 罕

三山傖父曰當鴻山之役與楊子共事者蔡子文寧與余及司馬子健九也四人者遇事楊子之才練蔡子以眷司馬子以斷而余戇乃見收及是覽狀四人之中耳鳴手戰獨余在耳或墓有宿草或過其倚廬而式之因憶韓愈氏久觀居世之語不能不涕落而援筆也

胄彥閑雲華君家傳 蒼佗

胄彥閑雲華君諱啓楠字石蔭一字實君閑雲其晚自號也華甲族著通邑遠祖不具書籍鵞湖者支較蕃君則縣尹公西橋先生

後，所稱角上支者也。大父考授州貳牧紫陽公諱鈃，父明經需次學訓華文公諱瀾，前妣錢太孺人，繼妣顧太孺人。學訓六子，君最少。既析居，獨君留侍側。君自少得親心，恒在意先，而學訓夫婦春秋漸高，起居應唯君益習，動中窾會，以是造次不可違遠，乃吾於此徵孝焉。君家自貳牧世隆〻起，迨學訓晚節，析益多，耗矣。每有隱願，不克遂。君熟見老人行經家祠及歲時展墓舍，意忽〻不樂。間請故，曰：噫，是先人神依魄藏所也。適者湫，曠者不理，且寖久能勿恫乎？君猛然心惻，不敢忘。已二親殁，猶就塾內自念咿唔挾策博五斗何日，親志不逮養，或逮成，爲人子期答所生耳。遂審計捺

傳　卌三

家務，腹縮手拾，垂三十年，而舊物悉還。恢〻視貳牧時矣。由是規其舍前谿南爲四親祠，五楹三重，閎深堊丹，以享以侑。又拓其左右偏爲齋（圓）周垣環之，鷁木芬郁。令群後起相招來課肄其中。向之適且湫者，肅而不睽，敝又廣也。墓於膠陰之左域者，爲南坡湛宇兩公，於禮爲五四兩世。有東饗堂，老屋撐拒厚出，覺領屬朽材，撤而新之。諸藩籬古木，并城南三世塋松楸工築，皆以時勤省，懲損而護完。向之曠不理者，翼然森然，有舉無墜也。始時自分願以成志，當養志。至是鑿〻皆酬。夫志豈有涯量，而分固有等差，滿分則已愜。又奚恔焉。嗚呼，習之媮也，或諱而糜，或惰而墮，鮮能營業者

私其身，溺其子孫，慮未嘗一反其本。嵩長訶之，則匿自語曰：胡乃逭共委而諉獨當也。卒卻以延，是猶涉忘載，登忘階。識本之謂何。今闔雲氏幹力衆著有若此。其將有易慮而興者乎。詩言孝思不匱。無錫闔顯然則功於世也遠矣。學訓又嘗爲漢前將軍關侯立廟，肚口。而功未竟，君復竟之，並爲法以瞻守者，平居約己而急人，繁靡鞋樸之施無虛歲，凡所推而博於德又若此，皆可書。君邁以乾隆戊寅三月十九夜忽下世，距其生康熙辛巳十二月十二年五十有八。壽不副德，君子惜之。卒之七日，吾族子志學奉君行事梗概，銜其孤殿光語曰：孤無狀，卜壤未預隧中石，未期懼先羨之久

傳　卌四

湮而闕也，敢以家傳請。余辭不獲，既論著其大者，并闌取志例綴其略曰：君德配孺人滕，生子二，長即殿光，次即宮先。女一，婿即志學。孫景增、兆域、慶增、春城、進堦，凡五人。女孫亦五人。

三山僧父曰：家之興也，闔門之助半之。吾覆重族子志學並其伯昆愚學尺寸繩母訓，行其涯倡〻如也。因推本其大父以來，婿於君家蓋三世焉。其流風所從來久，即君家法可知矣。古人論治曰先定其規模，然後從事，家國一揆。規模不肅而能振起者無之。夫家法者，起家之柱礎也。余曰是證而知之。

能勝王君家傳　□記

王君能勝諱之棰甘露里人也其先徙自常熟東沙更五傳為君曾大父衷素浦之自出生眉生眉生生天一君考也妣樹孺人王氏繫籍甘露且三百年植本繼序以學行積聲庠校常相屬君家故約素及君考貧益甚年又不永僅逾四十君時甫十九未娶一切楄於棺衾絞於體獨身營之周恙副母志有弟之棣女弟三人並幼君根柢胎性而濟之以精心銜哀相時年什一以養以撫尊幼皆忘其艱既免喪得良對朱并心縮口表裏作力審次第視緩急銖絫而佰耦進而畝鏄珥阯柘十年之間中腴而外潤老屋易新而弟婚以時女弟醮以序不祿義而敦厚凡所操術以置已與

所以置其天屬者用志鈞也於是宗黨之譽歸之曰天一有子君聞之泫然曰枉何以有此老母早夜瞯覷孤藐泛泛然聽懼一息愯愉提耳而策之曰枉而忘爾父之名爾字爾我悲夫天或監從枉者居者之隱偶稱之仰荅如今日焉枉也何以有此呀是其為能勝者歟其非自有餘者歟是不死其父而遠慰其於生者歟無何母棄養殫心盡制有踰於前既終事仍挾弟以居久之家更起乃平昇其殖而之棣夫婦壽相繼殞復收兩孫如撫弟妹時為完室而導之捺業然後悉籍所贏以授而儲亦如昇弟殖時至其他戚里有善舉頗復出餘力及之而君亦老矣詩有之孝子不匱永錫爾類君庶幾近之矣乎君生卒具譜牒晚有二子某某俱側出君之壻冬蘭解省都司僉書荊湖衛守備楊大嶽嶽峻與余石交而有姻連手君事行屬為傳嶽峻篤信不阿君子也乃刪次其語書之

三山傖父曰史家列孝行傳自沈氏宋書始後遂仍之不敢闕庸德碩訓君相不謂僭予也然且曰吾隱間閭詒被百一云爾余傳能勝異時拜華者紬史氏之藏備拾遺之採或有賴於斯焉

文學許君大賓傳

第九

舟行梅里聚循至德廟而西食頃達蘇圍有讀書獨行君子許君

大賓諱國尊吾得其人於楊子[illegible]楊子溫之其中確然有分辨語予曰弟子先是賓於大賓大賓以種學聞每課餘叩檗軒諮徵至信非涉道淺者能逮也有聞喟然三歎曰為人子謙稱讀書不及父母在小小致兩期尚如此於入數中此書子轉頭老大便乃公今日矣目睨口誠而意實自鄙艾大賓蓋仁孝人也旨傷孤生卅歲學垂成而尊甫爾文翁嚮褰馴至棄養十年之間力劬而心感業遂以撤予是溯常承晤晨夕寡母之側獨痛自刻也自刻奈何母錢太君惠而下其時親故有耗落者及諸女生予踵相襲孔邇人無塵邇毋意乃如大賓知指恒備豫臧少後即大志斥所進

食不御。自累土塊。欲屏居。大賓倉皇內袒跪請罪。唯所命。久然後意許已。又復然。內袒請如前。更席蒙戲趺叢兒來匿饋。或護寢麾使去。曰。大母于我所養。我安敢養耶。如是者數焉。亦且十年。所卒有慕無懟也。大賓性行孚於鄉里。銖兩曲直咸取平。值旱歲。有比黨過飢口者。復區大困。殺然疏利病。白邑長。無所鯁避。產僅給經費。常損已殉所親。羸訕不返顧。蘇其子於學。曰。繼以補我憾耳。如鄉舉念。必依于親。弟予心傾大賓仁孝。蓋如此許之。先自宋登仕公希道。占籍邑關。代代多聞人。錄其鄉許舍。其為別子於蘇園者明初宗道公。五傳曰胄。彥州貳牧。異吾公。大賓貳牧下三世也。生

傳　　罢

康熙庚辰。卒乾隆丁丑。配楊繼周。生子啓源。遵源。撫子濬源。有孫四人。方未艾。楊子曰。啓導皆從弟子游。志不朽其考。介而謁文於夫子。不遇。至泣下。唯夫子哀憐之。予傾聽疊疊。而多楊子之確也。乃次其語為之傳如右。

外史氏曰。賈傅言子壯出分。俗流失也。蓋遠今一以母別治錄。至酷罰其身。為齋章子之續。此在古猶難之。或乃謂此近愚。且病毋德宜隱。而非也。諦毋下。特過乎仁已爾。何病愚。乃天見天之德也。鄉知而益流。唯愚實障之。而豈遺行。吾表而出之。加詳稱曰讀書獨行君。予附孟義云。

敕封儒林郎布政司理問陳公翔九傳　冀光

陳君翔九諱鵬起。世家邑東陳著自北延朱舍橋。朱舍之陳。見邵文莊容春堂集中。故望姓也。予姓支分。遠近非一。始遷芙蓉橋者愛郊公。即君五世祖。四傳為　貤贈理問仲林公。娶顧。贈安人。君考妣也。橋以塘名。距膠南安氏二里。安我之自出。船如母家。必出橋下。嘗晤君外弟所。重遲簡言笑。時出一語。必切事有真味。繼此四十年。予孫恒為章句師。館君舍。偶言有兒七齡未就學。君懷廓然。曰盍挈以來。高誼如此。予後過君。君病痺。強起禮接極恭。因留宿。恒孫遂為予述君平生。予卧聽疊疊不寐。誦董子處善循理之云。庶幾是哉。

傳　　罢

育嬰堂者。法昉自宋。名舉子倉。後人做為之。然有者卒鮮。乾隆初。深澤王侯知金邑事。起諸廢甚力。時方創立城隍新廟。議規其右偏寘是堂。君聞議。走白於庭。請身任之。侯大喜。刻日經始。躬畚鍤。謹率作。不踰時落成。總堂廡廊房十有六間。門以外。接嬰棨櫃咸具。兼助廟工。糜貲及千兩。堂至今兩邑共之。芙蓉之塘。廣十有餘丈。舊時板橋亘五屬。屬皆二丈許。方容單行。陰雨晦夜。罙險。又數壞。君宿願矢易以石。而婚嫁相踵。又累困誣構。多方奪之。迨歲辛巳。諸嗣君舉君七十觴。君懼終已。激為危語曰。吾居世不久矣。吾自知之。橋不易。吾其賚志行矣。乃皆矍然。即時呼

石師蕞材若工，費當五百貫，於是鎸於諸交舊曰：鄉里之務，與官務殊，古人恥獨爲君子，今橋役有程矣，願與諸君共之，以半費見委所樂承也。環應如響，貲大集，堤其兩端，達諸涯，訖爲南北坦道。予近過之，猶幟縱步，爲賦由庚補亡，手額焉。君之授田子舍也，畝義頃，自館汜曾孫生，立諸長幼於庭，指繈負者曰：自吾先世來是里，至此兒九葉矣。愛郊公實本支別子，仲林公生我者也。廟祏闕如，曷以收族？吾積慮蓋久，非三百畝不足經遠。仍歲以來，差足及額，諏日當在邇，即不逮，毋墜老子遺志。吁，述至此而君之真乃見。水之瀾也，源必深；向者諸興作，實恃源出之。豈與夫翯然弋浮譽徒爲其外者儔歟？且君之初，產僅中下，勞生起家，不封而溥其度量，又豈猶人者歟？君之卒，即卒己歲，除距其生康熙壬申，春秋七十。先是戊寅，叔子達例　授儒林郎布政司理問，君得　封如其銜。三娶皆前卒，前葬，元配顧　贈安人，繼司馬，再繼華。子汝賢、汝爲、達即理問、汝礪、汝霖，凡五。汝爲早世。女二。孫十一，女孫九，曾孫一。婿、媾皆右族。壬午正月，旬有浹，君之女夫過君曰旦，介吾通家張子蔭嘉來謁曰：桂諸婦弟將以二月六日祔翁柩臧姬墩祖墓之昭，與司馬、華兩配合，渴甚，亟窀不及。乞請爲傳，聿生時功緒不終沒也。唯先生之賜。敢拜稽首。予沉吟久之，卒不忍拒，乃假忠志

例爲之。嗚呼，君之善不勝書，書其功鉅而及遠者。君不亡已。顧安人別兆禁字畬。

外史氏曰：昔者蘇長公嘗持不作文字戒，曰若復一作，決壞藩墻。後仍滾滾多言矣。予自年八十，亦持是戒，乃歲仍改，而應請仍滾滾耶？蓋其人卒皆跡不出里閈，而篤親徹利，足爲世表，名湮滅而不稱，君子又重悲之。若陳君，其尤也。苟非是則戒，故如律，然則余之藩故未嘗決，而言故未嘗多也。

葉善人傳　紫記

善人諱茂德，字聖裕，其叔子汝奎以歲庚辰既治葬之秋，介吾友楊子申一手狀，系求爲傳。余生鮮汎交，五十以往，旅羈官縶，垂二十年，晚歸却埽，益與俗遠。楊子道其人娓娓，余胷無有，曰：漫應中未許也。然心異之。於是遇其族屬，輒詢之，則曰其人長者，雖別籍而仁端義倪，於本宗外繼間，不學而天至。及叩其所親，則曰吾屬貧者，婚以時，淹遷以舉，戇者訟以靖，胥是焉賴。又禨訪之，皆曰是吾鄉三十年司命也。眾媒構瘠保，鏊療疢，歲爲常。又勸廣之，而隱佃道，懷塈穉，疏渠，利橋道，全人息與產，償辦值事未易悉舉也。聞又與僧者語及之，僧曰：是與羽人衲子寡緣，然熟知之，真能善世者。蓋距叔子別判年，得之衆口有此，參會研覈，以證合其手所陳。

件盡得實信矣夫善人而生並時居近舍幾幾失之況推而論世知人余之失可勝既耶然善人嘗言吾年四十五見善始大明如青天白日見明而後行果前此尚在黑暗中以是推之計其力善之初正余客遊之始向之失之有可以解而得與於文字之役則又今之厚幸已善人本華姓為貞固先生後其支曰孔堅生九年喪父教之及母陳有兄堅然無以相活葉明甫者欽人僦舍膠南不娶而子戴氏子升之至是得善人不自子命子之戴亦未娶也所執藝微自得善人繳而斂人爭致之羨畜滋起越三歲戴乃娶劉劉不宜子又遷周又子其姪啓宗食指衆越歲又十室鄒氏鄒

傳　卒

有同德傾已狗公心甘之無何明甫升之友劉一時暴殞營兆膠叢石馬灣葬以禮當是時義兄義弟胄葉而安之素矣而戴緣私宗微有挾善人慨然卻而南舍太平橋轉中安中安遷南接孔墅又南石室山世墓在焉居以是定記有之樂樂其所自生禮不忘其本而人稱之曰讓泼之乎窺善人也嗚呼善人少孤貧其所依又貧卻而南又貧皇皇求仁義法又當貧乃其為之報焉而充翼為而裕指囷倒廩與求田閒舍相乘除直若鬼神異物陰來相之以大慈其施則何也無他本諸孝弟而已矣善人內外周親先後澌盡獨遺一身源函委布矣誠信以壹之卒皆生有養死有歸魂有依祀有主其孝其悌岐而究其本移而固本固故末榮末榮故蔭溥天道也天心也相之慈之奚惑焉善人生康熙甲子卒年七十有六配鄒後四年生先八年卒葬祔石室世墓子四芳侶嗣同堂兄弟芳隣後葉汝奎芳林自後繼出後自後孫六曾孫二方未已

外史氏曰史言馬少游鄉里稱善人但取衣食裁足守墳墓夫如是善聲焉以歸焉以吾度之少游息新息侯弟又外戚其家豈待求而盈乃云徒自苦耳知其被於物者博矣歐陽子作范希文神道碑不及義田事古人文不取盡多類此不然世常說今人不如古人豈篤論歟

傳　至

時代蔡氏族人作刊於其族族譜今既入本集措謂便不合
行僕心與應作傳
箴已卯某甲行僕心與應案有鈔積貯資遺戒出麿觀其師楊光人弟子通方規作功積龕於隨勤布馱布夫地藏凡四像應矜其行苦而憫其浚也具隘壁立而屬書之以心盟丹盡五十三下鞋時

蔡敦復小傳

焯字敦復初習制舉即務為有本之學從山僧浦師游以讀書貞種許之歲丁丑購得舊本史通持以相質僻語晦指錯簡誤文累葉皆是注家踈謬相仍請為舉正補遺因成通釋一書其閒檢討援据出焯手者十三四首尾五年稾四易定本甫繕焯遽奄逝師聞哭失聲者累日又喜讀蘇氏應詔論策謂足以起孱化懦因為注證其公上神宗書以造其端又嘗博觀宋代遺文若孫氏覿鴻慶全集舉世罕有僅存尺牘小簡亦殘缺不多覯矜其并湮為刊

年近壯篤志經學而執業恪循餘其女欲膺稱和作務而居人先食常居人後不淨入第於一鄉不求遠有此其若行事如是已至其不恐後之也會有梓人汪麟角者捨工不受直類小義若此事浮陽書皆乾隆二十六年辛巳 月石澗東八十三老居士浦□記

訂以廣之其勤懈古學如此生平不出一浮率語自號訥夫其檢身亦略可概矣配許氏有賢操莫父墓之穆子一

節硐浦氏旌門十傳 勝涌孫錄訂正

國家旌門之典與律意相表裏律所不及而旌行焉蓋曰不能是無罰能是則有賞逸其文於律而彰其勸於旌而勵恥之坊立此聖人準情為世之微權也欽惟我皇上紹登大寶繼述中勅許本家的孫自行陳請的屬裡直自陳所在瀝臣時請聞恩綸旁昭隆古未有於憲考加意飭行嚴飭學校廣行採訪於我是我前澗浦氏先後與被貞節之旌者十人吾弟起麟彙事行為冊起龍書其事集而辭信也依據詮次為小傳十通

傳

垩

陳氏第一 茅記

節婦陳氏浦鈗妻也十七來嫁嫁六年而寡生一子潛三歲鈗之殁也鈗母周故無留婦意久之謂其已懈也微喻之陳瞿然曰悲哉執志不固而猶入吾姑室新婦久婦志有未諒者耶立起自刻厲無毫髮甚其始赴勞役加勤苦如是至三四竟伸其志潛既長傭耕以活倚寡母執爨饈常充母腹常忍飢也族父程九翁者其鄰也久於予舍每為言節婦苦補衣穿空時朔風正厲至為之酸歸陳有三孫年七十一以壽終雍正九年 旌其門族有宗祠之乾隆三年族有宗祠之舉其季孫元德襄事甚著勞績尤徵遺教云

侯氏第二 茅記

浦時叙妻節婦侯氏常熟人也時叙攻舉子業侯工繪事閨房間類士友聯研席者十年時叙死乳孤克纘幼其家齋蕬橋通衢廈屋為前澗甲諸門族婦以致名師膳饈相耀為名高而侯中更死喪家益困獨習其孤於農事以肄其筋力即窮而貧無負名也舊所拈筆墨事一一昔焚棄不令兒見之但手勤績紡時時易一餐飼之曰加可肄體不可瘠也及老諸孫皆偉丈夫知其不許言及節既卒孫虞球泣陳宗黨之列庠校者始以雍正十二年 旌壽七十有六

傳

垩

王氏第三 茅記

節婦王氏鶯湖人鄉大耋培元之女縣諸生今 贈翰林院庶吉士起鴻之姊也王氏家法謹譁內外教如一故節婦歸於浦不閫以一語輕過語先其門內諸弟行諸弟行撥之逖如也翁慎修失明易怒夫治嬰羸疾雖子在時翁常受婦養易氣而安之素矣舉二子不任保姆既寡一切備事家務條理盡其勸于夫在時終從其常舉事舉而禮神不虞稱無憾也色焉雍正四年首十人得 旌予距節婦之門數勝自其翁以暨其子森孫烈習者四世矣皆朴質無華言其漸于母之教深也昔萬石君家世子不言而躬行碩女誠無聞焉鶯湖王氏殆過之歟

鄒氏第四　萼花

浦氏推紱師人師高者元四五世文行克似續者首省灘鄉飲賓之門鄉飲再傳嘉尹名諸生者六人矣嘉尹子子雲孫娶鄒氏乾隆二年　題節者也雲孫死鄒年二十八又四十六年〻七十三卒鄒故世家子節婦澤詩禮爲雲孫婦雲孫文聲譽重偶閒相樂也姑華早棄養翁常友教客四方訖夫殁門戶瘁倚鄒枝撐維期功近親非有故無敢履其堂階者翁長髮盛氣概每時節辭歸戶履灘觴詠連日夕進具整潔忘其爲清素孤嫠之家也一子　元春再期失怙鞠之至能讀父祖書且世其業於孫　兆麟入邑鄉飲之門者聲未墜也節婦之澤也

傳　五四

鄒氏第五　萼花

浦一時兩鄒節婦生同年嬪同門　旌同請鄉族歎爲雙美而先一年寡後五年卒壽七十八者浦友直妻也友直世居桑園桑園亦先世廣宅半废爲園田遂爲田家也節婦儒家女怡然樂之友直勤田作鄒常收錄助田佐勞以身伴之夫既喪奉尊章翼兩雛雛饋不異常慶兒勝衣趣使習勤並有成業前戊子里病疫有嬬而染者鄒往問撫嬬以歸守視之嬬聞兒相告謹避鄒節婦無難也宗祠之役凡節婦後任勞者三人俊德奔走盡氣四十四年潰于成爲功首是爲鄒家孫

陳氏第六　萼花

節婦陳氏十八歲嫁二百日嫁夫浦如璣先已屬疾陳至謹護事之竟不起危險之夕慟不絕聲〻漸微良久疾遽呼天者三俄而喉間咯〻聲出外家人趨視之經遷側矣急解之乃甦陳父母之戚有安人者期與婦面父母紿使歸將到門一二少年躡父後睨之稍逼婦覺出聲詈入室已陳席矣破其礎父母始息意焉久之夫弟如衡有子惠穢而子之以養以教以室二孫繞膝前節婦今六十八矣惠遵　恩例自陳生得　旌惠亦任祠事者一人也以善養聞

傳　五五

呂氏第七　萼花

節婦呂氏嫁浦宣成家水櫃二年而喪其夫未有子至翹死翁嘉昆力止之無遽夫有弟生子即汝子也既有艷之者唱翁利翁心動婦聞之曰翁止婦無死乃今速婦死耶翁斂手謝焉姑善病婦事悉呂條之屋既不完至執爨蓋以炊後以夫弟子　維周繼稍〻積刀尺奇零構數椽水櫃東時則子且有媳矣而長孫死婦少會　維周以母節請毋故遲之已沉吟起立執新寡手曰爲爾先也嘉昆之將屬纊也召所親徧告之曰人知此真節婦不知真孝婦吾

入冥祝掌年耤者壽其身耳節婦今踰七十（尚櫂家女年五十一歲）人

朱氏第八

浦癸毓妻節婦朱氏者予王母舅俊明翁女予蒙師諱華芳婦今
諸孫師垂裕母也其歸癸毓也吾祖為之媒八年而寡癸毓疾革
握婦臂語不可乃節婦領之曰吾會君而言必不負君翁常客遊
姑年衰節婦炊匄米為飯自挑野菜和豆粉糜而啜之背嘗尺媟
繼違旦不使老稚失溫飽也子即垂裕為童子師有名一女寧其
徒夫兄丁毓亦早世與姒氏同處每奉姑饍輒延以侍食歲癸丑
六十長匏起龍起麟沐洗進曰先世過節母坊圮矣姑其近屬也
德音不遐敬請加庇節婦故族祖母稱謂以中表姑從少習也垂
裕館予家遂偕起麟與廷俊妻華氏節並請於官以 旌

華氏第九

節婦華氏者浦廷俊妻廷俊吾兄弟行父逢源族父也於分為近
有二子俱不得孫又鮮近的屬逢源長子死提逢源提三從孫某後其冢婦
周周不能撫廷俊其季也前死時華年二十四截頂髮結棺以殉
女一壻華萬邦始逢源病滯縱橫被面諦天罰不爽若汝婦華者
仁者宜動心焉屬纊而求之共分其可也居數年無應者華時時
泣曰寡婦紡四壁耳念吾翁長者遂為餒鬼乎（何以慰我之其嗣）至是起麟以季子
錦爵為之子華娟夫姊適錢者先寡一子殤華請於翁迎姑以為
伴相依而相成也今兩家並以所後子申毋節請 旌過所期焉

華氏第十

貞女華氏者節婦侯外從孫女也父肇禘壻於浦浦弟克紹生子
九峰浦愛之以女字焉年十五喪母浦而九峰訃亦至貞女忽然
身無恥許且許身者母志也母亡而棄其許乎堅以所志達之內
外翁遂縗經來歸姑性褊而有癇疾貞女躬滌溺漱滌之後謹詞
諫之無怠容肇祥又失子遺孳斬然貞女歲數往來慰晨夕兩家
上下藉貞女相勞苦常恐不勝也撫子繞算即節婦侯尚孫督就
外傅歸輒自授以小學諸書貞女雅能書然不以稽畫示兒落外
人眼過年今過五十先是營夫葬治雙穴待終焉嗚呼婦德無過
節與貞然夷考 旌冊貞之數百不二三蓋尤難之

右節婦九人貞女一人物故生存相半大抵艱苦無憑藉又不免
旁撓陰敗之卒不少挫蝎嘆乎士窮見節義浦之門多賢婦人而
士顧不概見何哉勝國時浦之被是典者三人丈夫得一焉（柳貴）尚
（明史自正德之季傳訛刻舊相代為禮部過所在巡按御史奏列孝節行義請旌表議）
有關者亦婦節也曰志學妻華曰繼道妻華每請輒格而節最烈
（准山西近例子該旌者所建二石坊分書男婦亦揚由是給銀坊之令卒格不行而息數者謂矣）
言者悲之至於今不獨其子孫也嗚呼節之遇而有幸有不幸與以
傚志行類壹遇不遇非所問獨幸而遇如今日聞風者宜益勉自激勵焉

況文夫者歟

端卿華君德配　皇清候贈錢孺人傳　英記

始余試童子歲識馬橋成九錢君錢君年已倍余進余為畏友已從塾師過西莊謁華丈睿思而交其伯子繼韓率歲一再會忽忽六十年渺焉皆隔世人矣余晚節頗有論著然頗自愛非其分弗應比余負痾客舍華丈叔子端卿之孫景栻奉其祖所為狀前致辭曰栻大母喪自決矣吾祖閔後之弗競圖不朽於先生識母以疏經過高年謹墨以拜請為傳嗜所狀即成九君息女也栻又嘗受學於余撫今悼往不能以不應也狀之言曰吾妻之來歸也年

二十三家時四壁立吾作力穡拾歲常去家無寧處諸門內事太半皆倚吾妻積艱苦者垂三十年請略其概仰為吾父耄手一編書遘貞疾賴吾母汪調膳之吾於母實首出子以故二人終呲不畨適猁為育息蓄肩荷歲加重推而豎焉吾仲嫠婺巍孤煢然吾舅氏老提一孫不自庇吾外父母晚亦喪子貧落也當是時環嚮所萃凡悉而發者餌以劑者餙終而時薦者養不嚴教而室家之旨推食攜撫旁流而迄有終始者閨閤踵步吾妻焦然瘁形神矣誠信一皆品節適分彌縫我闕遺雖其久吾幸稍稍贏餘寸直而補之而功於我家相我也厚矣又曰邇吾闢舍老屋東得卜矣吾妻告我曰闢之築室者首營藏祏之室君其預此乎吾愫然經始作之嗚呼其於禮習有聞者耶其根性近道基於孝者耶悲夫今其去我矣狀之言云爾吾無以易之也稍刪次之如右卒之年七十有二實乾隆丙子生五男子一女子十孫六女孫三曾孫女

贊曰禮曰君子將營宮室宗廟為先讀狀末語何其動與古會也蓋余悲其外內尊屬皆通經名當世其薰習有本固宜歸為禮宗昌讓焉於乎是足以昭彤史矣昔臨川王氏作錢學士君倚母誌述事行止五六語復書拒求益者曰鄙文不可益也老去與古日接心日小寧削毋綴俟後世不誣耳栻也知言者歸使質之

周母浦節婦傳　英記

余宦於蘇好求附郭三邑婦節之褒而微者詳慎具耆結請輒得嘗念在籍時族婦得請而列于坊者十人人立小傳以藏于家以載其文於家之譜嗚呼寶惟無真真必不蝕鉛鏃之入地久而為泥其精金也雖屑如粟粒晦沒既久一出而其光爍然夫節固宜其傳也抑余之樂為傳之亦自其性然表外弟安鳴雝以其妻之母節來求為傳母浦姓也於族已疏而外弟之言親外弟妻死而求傳其母之節意益勤而又余之性樂為役也遂為之傳母生十九年歸周大德父子聲翁居曾堰大德父贊曾翁居曾塘兩家皆

有田業畦塍趾錯服業相勞苦質僿更共見婦孺為朴俗母既至
椎髻操婦事儉而度敏而倍其工舅姑大喜曰真我家婦也舉二
女十一年而寡夫病且革曰吾弟生子汝子之又十年起綱生俟
其朞能食啟舅與姑奠於夫之祏斂以拜曰有子矣蓋寡之年三
十有子之年四十也母之為婦也饋食不衰于既寡赴勞勤身先
婦姒舅姑安之忘其失一子也其母起綱也神周于自乳就塾敎
禮其師成人列其名上舍比于出腹女恩均而義不私裝遣有紀
而悉所業屬之子而謹闗其出入顧其業皆縮衣食自積之毫毛
不闌公產其循分而能持大體多類此俗以上巳前後為天竺香

傳　六十

市男女雜遝幾及旬而反謂之朝山歲例母老矣有勸者辭曰寡
婦何禱哉願以來生矣　世廟廣厲志節不遺幽側我
皇上繼之並廓除積例許本家所後自陳於是起綱再誦　殊恩
于母戚色曰吾知為婦當如是耳吾不知節也嗚呼溺莫如俗矜
莫如名母以不學無聞之身砥其隅而息意于其所爭慕襲千金
之璧不以撥沙礫並不以薦瑚几可謂慎守寶矣而善賺者必踵
其門余故謂寶惟無真真必不蝕豈不然與豈不然與母卒以乾
隆五年九月二十九日距其生康熙六年三月十七日壽七十有
四起綱其嗣子女之壻長華鋹次即安鳴雖也

浦子曰予嘗過所謂曹塘者距曾堰一牛鳴地宛水襟之宛山珥
之水漪不滓山業不徙不滓不徙母節之似嗚呼惟其有之是以
似之

誥旌節婦朱母蔣太君家傳

節母郡城蔣氏女明南臺御史諱亨四世孫坤其父也家法有源
本節母自少能通孝經女誡諸書其大義言動皆幅於尺度年十九
歸吾邑朱君永治子國英國英攻制舉業既有室不渝其志常自
克於學竟以羸疾畜其年節母時年二十有八矣有子滙未彌月
也念遺以身徇尊章加痛失予奈何又益之痛哺以都加在乳所

傳　六十一

天一線誰復保任其長而成者又默自念一朝遂志慨然之難耳
志誠堅詎與夫濡忍不斷或敗其守者同取詒病耶遂強起執勞
御以事以字倍其平時久之有撼而撓者莫能動也節母敏治具
翁若姑安意于其養而性命於藐孤極護之百方既歷年所其老
者忘其死之如吾眼也其幼者不知其命之不全於天也其婦而
能子母而能父蓋如此翁下世依老姑與同臥起且廿年於其閒
延師以成子擇佳婦以室子嗣益衍且賢於是姻鄰黨交口曰節母
有後洎其姑以大耋終節母年亦六十有六凡飾終襄事子滙既
自樹立猶鉅細請於母而後行終其喪戚而易姻鄰黨又曰朱氏之

有禮也。遐哉母氏之爲教，御史公之遺風遠也。節母後其姑三年，以康熙四十五年卒，距其生崇禎十一年，六十有九。其居節之年四十有一，至乾隆□年，始以母之節聞於　朝，坊其閭以旌之。嗚呼！節母爲無忝矣。子一，即漼；孫三，滐、棨、巢；今曾孫五，煌、焯、焜、爍、炌。

三山傖父曰：國家郵典施及婦人者，例曰節婦之門。吾謂節之難於其身焉止耳。夫節之遇，惟有子之責焉，有成其子之責焉。是不惟其身，其家寠賴之。能此者謂之節，而孝尤大而難也。朱氏之母，殆其人矣。節而孝者矣，能子、能成其子者矣，尤大而難者矣。朱氏家邑東北隅之羊尖，派由紫陽之來宋邨者，宋邨距吾家尤近。先贈公乃其自出，吾是以知之。吾平生不喜爲媚人諛，吾傳節母，備其所知於昔者如是，可徵而信也。

傳　　卒

三山老人不是集目錄

啟

啟目　一

三山老人不是集

啟

旌烈徵詩啟 并序 實記

正紅旗宗人故陝臬覺羅某有子曰三品蔭生隆德能讀書挽強
年二十四失幼弟時父母俱棄養哭之過哀而殞繼娶東鄂氏故
黑龍江將軍某之女也躬喪葬以禮既畢遂經以殉年二十事
聞蒙　恩旌烈表其閭有日矣烈婦之歸蔭生也悲不及見尊章
然竊幸所事脩潔有幹畧根本孝弟而澤詩書以文其質亢宗型
家必大且遠不虞歲未期且無子遽舍以去也旗故事夫死剪髮

披麻以為制從死則否當是時烈婦暈絕而甦護其髮曰行以全
歸耳戚屬環持之不得閒為(披)剪髮如法且舒之若常制然伺守者
少懈以某月某日黎明趣語侍婢治湯飲婢去躡廁藩閒解約髮
帖縊焉蓋夫葬後五日也烈婦服古訓鏡大義自其性然性定故
識定識定故力定雖其生長貴族近連　宗潢所涵濡者誠厚藉
非篤於天而摯於志能若是安貞獲死所乎夫風上鳴而下應聲
順呼而加疾奇節閒氣鍾於世鬧其足以砥俗尤遠賢公名卿揚
榷而廣厲之宜恐後也已謹疏其略而為之引

蓋聞風琴化美趣教必以閨門剪字香成流徽播之金石磨　王
言其如綺倚學士以揮毫樂羊之有貞妻榮以大夫殊數中壘之
編列女垂為惇史補遺大義炳麟奇文蔚豹所自来矣　詔旌烈
婦東鄂氏者生由將種儷叶宗盟公子不鏤而雕碩人尚錦以絅
瓊田合璧藝自王孫銀漢雙星光連戚里礪學喻機然手斷程材
喜羽簫腰懸敏夙夜以婦功式威儀於朝典信高甍之二妙期著
代以一齊者也爾乃玉臺鏡剖露砌孤桐痛所天至性過人生胡
無祿念何地全軀置我死復奚疑卵未育而巢傾淚旋枯而血繼
不諒人只守者成圍是有道焉徐之則解姑授棺以縢髮需共穴
以結心衆也少安時乎勿失尺帛豈不祥之物甘已如飴廁牏非

可到之隅芳常在骨顏靡戚若氣迺浩然一切輕塵弱草之言與
夫泰山鴻毛之論計無反顧悲等外篇恭惟　聖政之明揚必本
人倫之正始表厥宅里申以巽風載颺　絲綸分挾絺績梁孟齊
眉之案想像溝南韓何嬈德之枝紛披硯北寫學識性情之能事
繪從容慷慨之全神鑑中之影交輝竹上之斑不滅紙長三過讀
祇候詩筒匯合一編書備宣史館謹啟

江蘇大中丞文登徐公入名宦祠啟 實記

經國儒宗作人哲匠讀聖主得賢臣之頌交以泰而志同求忠臣
於孝子之門根之沃者寔茂爰稽通籍以溯歷官来從不夜城遷

聲動未央前殿簪花杏苑早觀韓雲染翰綸扉爭看謝鳳郎官明
列宿出刑入禮分曹地合春秋太守比諸侯帶楚襟吳領郡天開
圖畫皖江澤遠旋通香水溪頭嶺海風清佇到金閶亭畔秉臬則
五嶽峻絕春迴夜燭之書理藩則九式兼綜雲護泉刀之府洎專
節鉞彌甓封疆當豐歲為脩預之儲社倉被野涉大川著分畝之
績穹石題橋萬選青錢講院擢三吳之秀一清素履行廚式貳壼
之遺頒座右為訓辭湔除俗吏舊塵襟庶僚滌胃餞賓興為祖席
唱徹中丞新樂府多士彈冠事盡設誠而致行人皆合敬而同愛
爾乃培風集在方當戶誦家絃倏焉表海人亡遽見途悲巷泣緣

啟　三

去　國離親之日久致思　君念母之而疾生　天子聞之遣
醫國人走而請禱復自　上方孽出章從至性披陳溥錫類以推
恩假期覲省負沉疴而就道入夢承歡渺々長淮恍忽白雲慈舍
悠々逝魄凄迷碧落仙都竟邈彌留伏枕悃款殷然至頓拳々保
治之餘思語不及私浩々全歸之正氣震於　宸眷感在輿情挹
清輝則秋水南華翹宿望則泰山北斗初終一節則餵驢夜起不
墜師言尸祝千年則跨鶴文登長懸子惠既極哀榮之鉅典俎豆
賢良宜循瞻戀之群心苾芬名宦

募脩元壇火神殿啟　某記

洞虛宮大殿之東北隅舊有元壇火神古殿々後有樓供奉火德
神君傾圮多年因循積久竊按元壇職財源之柄火神司炎令之
權不但方外之觀瞻寔掌人間之祿命所當興建通邑同心本殿
道士某等矢願重新復還舊制非仗大檀之協力曷冀勝舉之樂
成用是裝冊分呈傳知善信敬懇壓居碩望遠集尊商設法勸捐
助成盛事無邊利賴遐邇沾滋指日功隆群情額慶謹啟

建奎星閣啟　某記

府學有奎閣之舉矣先是禮器既備筦庫闕如地曠署懸慢藏滋
懼遂於四月間聲詳各憲蒙委三邑會省具圖計貲七百大為粗定

啟　四

竊意奎樓拔地寔稱神居而學校作人奉崇奎象告於士友僉曰
具宜廼覬者年首先倡助人情誰不欲善君子豈其獨為遍觀厥
成是在吾黨蠲無定數會付各工事只從心財不過乎吉方既擇
經始嘉平年際賓興成將不日方且巍科並隽豈惟樂石題名
吾知見者聞者皆踴躍讚歎曰府學有奎閣之舉矣謹啟

碑亭傳募捐資啟　[illegible]　某記

原夫入廟過墟識思敬思哀之義讀書懷古仰作邦作對之風如
泰伯讓王者以南郊配帝之耳孫為南國人文之鼻祖身持前後
兩朝之脈商六百祀周八百年地隅東西九里之隆梅里一祠鴻

峯一墓爾乃山龍華冢瞻廟貌者巋然如魯靈光奈何風雨荒陵遅樵蘇者曾不及柳季壟值今甲脩聖賢之遺趾更輶軒挈政教之先聲士林歎具陳詞懇檄禁懸勒石我侯則再三申命恢建亭墓之規計費須百五萬金藉將伯助予之力屬在讓鄉門閥宜為聖墓金湯碑費分擔拱壁擬延陵十字亭工陸續樊籬軼守冢萬家將使雉兎芻蕘不關岐周行見車旂玉帛長繞禹陵千年丁令威歸認山頭之表一代文章伯續編越絕之書協力觧囊按名鐫石謹啟

嵩山寺請日和尚啟

佛祖拈花肇宗風於廿載人皇賜紫揚法席於諸方由來教外別傳貴識衆中真宰燈燈續燄罏罏成金恭惟日公和尚眼目分明身心供養麈尾常懸早堪入室鑁鑺健擧具作家脫白樸老和尚門中既根塵之不染受記善老和尚位下復水乳之交融爰當方丈代嬗之期公承後句丁寧之囑惟此嵩山法會本 國師演化之場況推濟派宗支寔梵祖分輝之地既當倫敘勿用撝謙仰希象教昭回廓除人相我相行見龍天呵護永得時亨道亨

嵩山寺再請日和尚啟

從来知止知足緇素同茲達生觀色觀空青冥矢其高躅夫有而不有固功遂身退之通懷然有與俱非情隨事遷之陳迹維嵩山老方丈梅月公大和尚者依樸翁而雜染侍善叟而印契東律精嚴乘權顯圓迦蒲賚交加之會正畝收歎竭之秋宇盡漏天室如懸罄乃改歲而甘流香續更接時而吉兆棟隆未及三周具興百廢若夫鐘鳴殿角園無聲遠之樓土淨山門臺鮮砥平之地影堂黤黮方丈偏仳經藏則逍邑寥山園則行蹟凡諸曉典迭煥新構雖都監院之克勤熟新主庭之多助而公所就者勳亦偉哉頃此無成將遠謝吾儕護念嚋忍舍旃念謂之粗完足當之小隱自行自止非即非離待問道於已經仍出從初之誓願欲息機而懷古可龍遯老之聲塵右啟

請嵩山寺方丈月公和尚啟

法曰無為亦曰有為果辨公以辨功奚憖辨道觀第一義及第二義審即佛於即物直指即心表裏非歧精粗共觀貫道視替隆而趣價心何自他之横生寔從顛根中躬身便是智海會真開士吾鄉嵩麓禪席寔嗣龍池作家歷世四傳開堂九易後先續踵皆金渕第恢張頭頭是道乃者梅老和尚之匡領星紀再旬歷於院左畔之叢林功雙監縈以息機普請爰為繼響僉謀恭惟月公大和尚性相不離聲光久露自昔一家贊理齋鼓旁搗從令

四衆皈投。法輪遍轉。寒山拾得閙渠熟我熟人。龍樹馬鳴仗此同
被同斡了未了之公案。莊嚴典藏。勉結崇勲。宜重宣之倡言。廣大
阿羅胥憑賽来。無邊事緒。方富年華。頓兹寶所盛稱揚。令我檀那
大歡喜。右啟

又代楊某請啟

嵩山禪席者。合里高檀之閭蔭。寒門舊澤之宿因。每銓擇於廣庭。
必議叅於末座。今當臘律。會轉法輪。徵四衆之攸皈。僉一辭之共
許。惟我月公大和尚。宗家料揀。道踞規恢。钁頭邊覓取個人。搭承
個事。隔眼裡過来多日。跂仰多時。繼難繼之成模。竿上還須進步。

啟　七

提侍提之正令。毫端悲與開光。鑒兹婆子心。闢出娘生面。

請嵩山方丈玉田大和尚啟

蓋聞人傳道。得人則有興而罔替。道大者能博。向道則不介
而皆孚。矧象教之流通。乘法輪之轉斡。際九〻銷寒之會。證三〻
應識之辰者耶。吾里嵩山禪寺者。廢基載起。寔仰　國恩。歷事增
輝。咸甄派望。詎比卯之碣〻。任斯迦畧之悠〻。羊角弗搏。六月息
而成習。棲頭未醒。一鳴驚以何期。後甲斯終。先庚伊始。屬丁神之
氣旺。披葦序以公推。爰有東山玉公禪師。啐啄迎機。鉗鎚蘊抱。同
門共乳。相好豈在相尤。猶接軫揚鑣。我行由得我到。切資慭餘。虔
懇承當。自殿祖堂。拈古細看。無縫樸。從中達去。待令重唱。繼聲歌。
這回時節因緣。端的工夫次第。胥憑作者。努力仔肩。即功懋哉。具
瞻仁者。

請嵩山慈和尚啟

蓋聞法庭之匡領。猶仕籍之踐更。每值瓜期。一新印令。維嵩麓之
崇古席。際　國朝而逢大緣。時閱百年。延年罔替。代傳五葉。累葉
數榮。緬彼蠡湖。宿儲倫派。儀東山其勇退。鼓西櫂以遥飛。四衆云
何。僉曰將心奉剎。三門甚幸。會看踵事增華。乾隆二十四年己卯嘉平月吉立

啟　八

三山老人不是集目錄

讚

康熙臨風白吐芳穠姿矣矣爛生光鐵摩不懸年紅
撼國色天然勝碧裝驛貢遠疑叢粉蝶寶掘
近侯失琳琅花王若与凡華競爲爰清端宜袁是

三山老人不是集

讚

汪母頌節編卷端讚有序 篔記

汪氏子爲母節徵詩，以引見屬，而余變文爲之。其說略具序中，不引而讚，即讚而引也。作其始，可以騰驤其成，可以弁之以發傳觀者一發云。

詩之興也，動於天者，不言而同然，其至矣乎。人情曠世相感，長吟不已，況其桉里閈，挹風徽，鼓舞激發，同聲而競響者歟。碩樂安海門，以書寓僕曰：有城南汪生世夔，累造余述其母嗚咽涕洟曰：吾母春秋五十，苦節二十有八年，於此藐孤夔，笠日奉 著令請邮典在邇矣，主臣，安得如林藝壇，借以鴻翰，與漆書銀牓，相後先，砌金石，惟夫子左右之。於是謬以僕年先邑里，屬爲引。僕得書，卓然驚曰：是使僕荒言先人也，夫何敢。且引胡爲者哉，引之於行，徵於未集。徵於未集，有徵而未必集者矣，折簡來，竿牘往，來有挾而往有援，若此類蹈道君子，方敎豪郤之，烏在其能引之。能至若其動以天也，又烏在其引之。後至吁，汪氏之母，其天至乎，德道於植幹力貞于經，遠啇其遺，坪其責，億其鞠而峻其庸，而壹以老其節，厥維艱哉。僕家邑東陬，道其里，芳聞習習，徹廣陌，而搖觚之士，襲其聞以爲著書材料，攟而囊者，惟恐後期會，見荒言未出，而尺一之

筒縱橫几格間爛然耳又奚事引無已請為群言讚屛處後焉昌
為之是今日適越而昔至也僕應之曰不聞司馬長卿之言封禪
乎事當勸始而頌越事先彼誇且逢我信奚遷遂為之讚而疏舉
其說以歸之其辭曰
易有之九五甘節吉往有尚敷于表署佇　帝之眖詩有之民
之秉彝好是懿德風聲弗墜槧鉛是職𤧫川湯湯有美孔揚厥氏
曰許来堅於汪帀歲爾堅重泉爾誓悁悁雙闈怛焉爾寄娘遺五
月命懸一髮忍死俟期赤手汗血縗絰褓褓臆淚乳潼悲偎惏飢
以裹以充不寒而凌去靡寧匪風我室子室我躬夫躬磧面以灤

讚　二

茹荼若蘗緜歷星紀節嗇黍米爰耦其粗爰材其梓翼此孱雛烝
為髦士髦士齎咨毋德之訏　殊恩曠古過時曷需蕩蕩天咫彬
彬我里會裒彤韋儲副青史疇歟津逮翹然行去葦如雲膚寸崇
朝鞭韃乃謂耄倦作意先鳴挈領裘挔合樂金聲僖曰否否有孚
盈缶王化之始人倫之首崇臺像峻樂石讓堅其孚夲天不言同
然通懷播芬高情激濁歆泣歆歌胡豁胡鐸述追塲黷方憪意隤
鋪陳揚詡在困心開八音協諧五緯比爛鬱為緯楔光稽此卷端
讚

蔡氏雙孝讚　有序

蔡元鋭太學生居楂江门經倭犯其母奉父精入城父来即行賊衛至乃与弟元鐸翼其父而升諸屋鋭為賊所執父得救乃道中鐸以父免未知鋭死明日持金贖賊求鋭賊因并遇害事聞旌其门曰孝友雙節又見文苑下
元鋭無錫人與弟元鐸並孝友倭犯錫入元鋭家兄弟急扶父升屋賊逼而元鋭為賊執欲言父所在堅不從賊見殺元鐸不知兄死明日持重貲往贖並被殺嘉靖三十八年旌送蔡之文曰下

吾錫風尚名義而孝之國史以孝予登類傳者卜邵錦年之間得
四人焉曰華諱寶見南齊書曰蔡諱元鋭元鐸及浦諱助並見明
史如是而已豈非難哉蔡之文曰眞明史此史文也又文曰眞錫
志此邑志文也視史少加詳然寔非有軼於史之云者乾隆丁丑
元鋭公之世孫某介其板村宗人来謁請為雙孝傳補續譜故也
辛巳又請至乃告之曰君家兩公以　欽定明史不朽矣即官志
猶屛處後焉尚安以私傳為哉夫鄉曲之眦篤親蒙難名湮沒而
不稱所在多有即僕患言之同邑孝子死者又有俞紹祖旌不及
而史逸浦吾遠族祖也史有之矣徒以旌在萬歷年遂與合祟黔

讚　三

茹荼若蘗緜歷星紀節嗇黍米爰耦其粗爰材其梓翼此孱雛烝
為髦士髦士齎咨毋德之訏　殊恩曠古過時曷需蕩蕩天咫彬
彬我里會裒彤韋儲副青史疇歟津逮翹然行去葦如雲膚寸崇
朝鞭韃乃謂耄倦作意先鳴挈領裘挔合樂金聲僖曰否否有孚
盈缶王化之始人倫之首崇臺像峻樂石讓堅其孚夲天不言同
然通懷播芬高情激濁歆泣歆歌胡豁胡鐸述追塲黷方憪意隤
鋪陳揚詡在困心開八音協諧五緯比爛鬱為緯楔光稽此卷端
讚

蔡氏雙孝讚　有序

皇明史吳錫志六字須空 注從吳明史錫志原文補入 可去此六字 公之二字下須空二格半 詳其世 數也

吾錫風尚名義，而考之國史，以孝子登類傳者，卜相錫年之間，得四人焉。曰華諱寶，見南齋書。曰蔡諱元鍁、元鐸及浦諱勁，並見明史。如是而已，豈非難哉。蔡之文曰吳明史，此史文也；又文曰吳錫志，此邑志文也。視史少加詳，然寔非有軼於史之云者。乾隆丁丑，元鍁公之世孫某介其板村宗人来謁，請為雙孝傳，續譜故也。辛巳又請，至乃告之曰：君家兩公，以欽定明史不朽矣，即官志猶屏處後焉，尚安以私傳為哉。夫鄉曲之彦，篤親蒙難，名湮沒而不稱，所在多有，即僕患言之同邑孝子死者，又有俞紹祖，旌不及而史逸，浦吾遠族祖也，史有之矣，徒以旌在萬歷年，遂與合案黔

民同傳，猶頗失寔，惟二蔡為得其真。嗚呼，余文不逮古人，然遇風義烈烈，至於斷脰穴胸、籍史大書，不一書而遺者，附顯訛者，附正，固其宿懷所樂為。後哉，然非別有逸蹟明文可依據，則卒不敢一字增多，信史然，又樂其得見於予文，而予文亦卒藉以傳也。乃作蔡氏雙孝贊，贊曰：

不媮者生，橫塞者氣，擽今抽古，成仁取義。九乘堇家，雙孝屹峙，彖予友予，驂首遂志。越廿二史，炳六十字，惟直惟覈，是昂是彔。時俞若浦，闕書誤記，孰則補遺，疇其考異。不遺不異，有鐸配鍁，繹我四詒，倬彼千禩。

族父安愚翁像讚

族父安愚携横軸小照索題琳琅盈丐，自禆技窮，拜手為之讚

兀乎其若愚，泊乎其忘言。夫其托物者偶，而得天者全。石髮芸芸，羽衣蹮蹮，相與無相與，其然乎不然。志且勿役乎香山之與長統，斯人乎將毋古所云喬松耶，云羨門。

趙惠卿配德圖贊有序

浦子讀書鄺豊部，每有論定，輙遵會庬劂氏累百三十卷，而介以行者，吳閶趙君鴻儒也。趙君市業而士行，比偕其弟鴻文奉翁媪尊像冣履略，載拜稽首，請即圖額昭旌紀，盍嘗心異趙氏庭内風

義，乃今知熏習有自也。翁諱廷寀，字惠卿，生康熙丙辰，卒乾隆丁丑，為人篤天顯，厚推而辨取，惜陰養福，以勤以倹，德配周，協心同功，朏如瞿如，克相而成，生之歲後翁七，先翁逝者廿有三，翁義不貳偶，荼和盡年再臍。恩錫温淳，渟涵之氣，延及嗣世，而諸孫漸見頭角，凡五語有之，仁者必有後，燕山之祥，意兆斯乎。為之贊曰：

桂㭧青青兮露濡，葉有堂翼然兮書之業。書業堂，翁所自署坊名也。鄺爾架兮惠爾車，厥命昌以兮以畋以勴，我𤀹兮子珮，有相兮厚，厥載敷繹思兮勿忘，云誰之思兮遺像在堂。

懶牧小照讚

代天台和尚

蠹字須重寫

昔船子誠與雲嵓道。吾輩同印心於藥山。諸人各被化一方。船曰。吾率性踈野。樂情自遣。無所能也。然其後卒轉授夾山。囑曰。但向深山裡钁頭邊。覓取一個半個。無令斷絕去。噫。古人流傳個事。顯晦一揆。蓋如此。予三十年前到無錫。識新長老。宛若宿契。後又就訪法喜。心許以藥山之印。船子者印之。令雍正甲辰。其徒孫𦶜送羅漢進山。就捧遺照。乞予讚。具言師翁順世。 年矣。予展視惘然。不忍遂廢初心。於其行。出所為讚。并衣法源流授之。成予其為船子也。讚曰。

渠儂一身。頭腦布露。癡癡懃懃。無田無互。邊表廓然。牢籠透破。闢市𡑞中混趁。禪悅味裏結課。末後平田遇了。贏得一頭奇貨。大衆認者。是錫山懶道人。是天台新上座。噫。且喜眼目端的。覓取夾山那個。

讚　五

三山老人不是集目錄

引

引目　一

引

嵩山禪寺興建鐘樓方丈募緣引　某花

吾邑嵩山寺者千二百年古叢席也開於梁延於唐於宋顯晦支
綴於元明而我　朝為盛自玹師印法龍池受知　世祖賜帑
鼎興克還舊觀一傳為不師再傳璞師善師三傳廓師儆師赿師
洎今之日師自不師而下代有恢置而日師為盛以累朝洪護之
脉鍾於一朝以諸師綿衍之神會於一師時與人合寺之興也無
疑矣嵩山邑東四十里翁勃蒼秀寺負山之陽有塢藏之層級之
門像設之殿藏經禮佛之閣卓拂之席止靜安禪之寮齋序泡湢
田作之舍日師領衆次第增新頓立而事集而日事師曰鐘在殿
隅聲弗遠也丈室在閣隅氣弗揚也度地寺之東偏將為迷樓以
覆鐘為堂以安据室之座計需貲七百有奇請予為其緣之引方
日師初承寺事垣歃瓦脫囷無斗儲積私宦逋且二百而五年之
間舉廢補缺贏粟益阜以往訫令理宜可據會予與邑明府王公
遇於客廨語及之公欣然樂為之倡蓋公嘗以事至嵩山喜其寺
得地而僧不汩法出俸餘給茶本使種茶茶盈麓矣公於斯如有
宿契而樂為邑人士之先吾見緣之合將不脛而來而鐘樓丈室

引　一

之成將不轉瞬而覩則寺之興信其時日師信其人也無疑矣

[illegible]　嵩山禪寺陞塑全堂羅漢四大金剛募緣引　某花

羅漢者佛世聲聞大比丘也金剛者梵天護教大威德也聲聞之
體幹崇則道隆象序護教之觀瞻偉則慶衍檀門緇素憑焉魁梧
崇矣吾里嵩陽古刹似扇圈地興級層聯兩紀於茲百為赳瘵惟
環衛之丰輝未振並座趺之配設相因漏訛作家迅申新命荷今
慈老和尚頓秉宿誓運會年豐縱四五二九以和鄰舉丁費半卜
而扇鼎三洲遐邇顯山卜加宣響荅然彼曲曰能生信心我經云
自求多福如是如是善哉善哉

嵩山禪寺鐘樓嚴供地藏十王裝金鰲座募緣引　某花

鐘樓藏像相鮮為用以醒耳而悚目此自古權巧覺昏寂勝福德
幢也自歲辛酉嵩山寺建樓與隅陞鐘震遠尋復棲塑地藏十王
坯模粗具而短貲百兩所餘塗金龕供砌地務姑懸以有待詎繼
軫秦越仍年坐糜糜劉喜今日堂頭衆頓振舉浸以及斯乞言為
導偈叟作而拱手曰曠哉斯舉樂成善也然成己善不若成人善
善獨成不若與衆成亮諸法雜塵土放光權巧愈奇福德愈遠立
可俟矣請徵諸方望善善者普證明之　乾隆戊寅桂香佳節東里八衮　翁山僧浦□□華沐拜引

嵩山禪寺募世尊裝金引　代衲某花

引　二

殿宇之有主象猶禪林之有主席也。主席重而禪林興，主象隆而
扁宇煥。諸方梵刹，今古一揆。嵩山寺創始梁朝，我鼓祖邀榮
世廟，殿制加崇，像設未改，因循由舊，從来久矣。衲承之祖庭，德涼
願鉅。門廡堂閣，次第更新，皆賴四衆之勤，以成不世之業。惟大殿
陞塑金身，纔就正中一座，即左右兩尊，勢難延緩。衲聞之，世運與
法運相維持。今　天子神聖，豐功具舉，普陀天竺，咸奉　欽工，
輪轉日煇，於斯為盛。而我鄉邑士族，壽考吉祥，科名昴貴，歲有增
加。孰非　帝德佛恩交相宏護，以克臻此。聞是舉也，踴躍布施，
徧十方界，有不率先，恐後者乎。衲作是念言，諸大檀信亦作是念

引　三

言，一彈指頃，光聯丈六，道合參三，主象之功德既全，即主席之願
心克副。衲惟五體作禮，焚薰佈祝　國，則又合掌曰：抑惟諸長者
之勳，信心無量之福，是為引

嵩山禪寺請藏供藏引　冥化

儒有六經，聲史，佛有三乘十二部，信納流之淵海，而利涉之舟航
也。自繳前指教開，旦隙光暮，印可攜得，從多不識字，拈花，昔漢靈
地，開堂反呵。他結集老相流傳，故紙其熾也，儒亦慕之，相與講静
坐，歸遺文，不知賈鄭服戴為何人，長編細傳為何物，嗚呼，其始有蟫
其習有據，要其學寡，而歸高已耳。嵩山禪寺地偏林深，　國家百
餘年来，繼序得人，規模歲茂，而閣中猶有虛左侍者，惟大藏經。歲
戊辰，三山居士年七十，詣寺燃辦香，新舊堂頭，賓接有禮，坐定，居
士曰：叨延世算，貧不任作佛事，敬為寶坊圖奉寶典，請以一毫轉
全輪，閑願可乎。堂上下皆狂大歡喜，會有機湊，迎而起，因距今三
年，願未盈，資少集，核之有錢六十緡矣。計請供各費，尚需倍是者
三。於是主席日公，任事月長老来告曰：居士有願而豈懸諸。居士
笑曰：昔人云不勉己而勉人，難哉，雖然，世不能讀書，種子空果，感者
空華，應寫法讒者寫學，興假一旦，鐘響鼓騰，囊裝擔運，者充棟，而
騎絮，舁禪，舉而經寫，是吾徒志士環而覆之，有不矍然自扣其家寶

引　四

者，非情也。則是三乘十二部之請之供，乃吾徒續經覽史之大導
師也。方今　聖治右文，徵召寔學，吾士友咸志服古，居士舉斯言
為提唱，將不待辭畢而踵輸而尖合可必矣。何懸願之足云。旹乾隆
十有六年辛未夏五三山居士浦□□董未恭引

恭請方冊三藏大經圓願引　代慧山不二門懷一師　冥化

大藏經者，諸佛之命脈，三乘之海會。我邑名區藏舊多闕，茲仗檀
護之宿因，已納經資之少半，短價尚逾百兩，交期定在冬閒，比工
覺紳矢願圓成，尅日彙集，敬告達官長者，慧業文人，以四衆善男
女等，信心而助世資，合掌以迎法寶，作是語已，復說偈言。
惠山不二門　南國所瞻仰　願此正法藏　供養常恭敬

我今為演說了大事因緣 持用布施者 悉圓於種智

四六 募脩崇安寺引 篑花

從来法幢日麗占斷山林寶剎雲連莊嚴象設乃舍山林而聳觀城市且瞻象設而屏息感顏世出世間融為一相天上天下並顯一尊尤足警闤闠之聾聵肅堂廡於咫尺則莫如崇安教寺為祝
聖道場者焉於稽創始寔自梁朝厥後舃新近沿明代中間脩廢舉墜之績多在康熙累洽之朝比歲以来舊觀全隳人天兩泣龍象塵埋非仗大檀誰圖勝果行僧某發真寔心持堅固力五年展拜四衆環觀庶發驟來為山不已磨磚作鏡緣是竹籬分設城户容收日久計觀木值粗具然而百費倍蓰衆信遷延開時節之因緣指河清其難幾必得宰官居士為之鼓舞率先近市遠鄉相與飛輪恐後大功斯舉不日可期某仰切臣庶之嵩呼普念并廣之翔晷目擊僧伽之熱竈心憂齋事之森范潔志陳詞設法廣募行見佛日輝而 皇圖鞏法輪轉而 帝道固福德海量悃忱天鑒

引 五

犁尖菴重移門像引 篑花

直太伯瀆而東三十里曰犁尖走錫蘇腹裏之衝也遠近居人僦船而下上咸頓於此地故有申明亭就結小菴為讀法之所門其前楹闢聖像臨之始自勝國廢舉者數矣比歲甲戌圮落又甚里善士蔡君初葺復起而普新之門易東向而嚴像於其內定光堂之右遠褻也蚨以貫計費幾及百翼如邃如誦騰衆口俄乙丙間游苦飢癘則轉咎門像易處變誦而騰謗有曉者折之曰災募江浙何預片墟有職災者神詎是攬明神正直胡災之延而斷斷為昨也誦今也謗且奚以質於蔡君蔡君乃闢之曰是且啟爭毗於神而爭於人明者不然還舊觀便於是更多其不我執也復轉謗而騰誦議既定門室門闢有費夔堵石堵步廊有費葺座[illegible]像寧舉神有費則咸曰是在書舉耳盡概其尤昆以聲之抑無令甲戌之續遂掩也乃為之引

募化文星閣引 代僧 篑花

事有相須而成時有相偶而集志動緣湊善乘者樂趣而應之先是山衲作鐘樓於寺之巽隅以其羸材闢丈室於樓之北甫植而風拔之或曰是腹背受壓宜其然也無已徙南而上出以為閣法乃稱於是僝工庀材遷延久之比者將用或人法畢我前闡得地甚善吾黨月一再會必於是盡肖文星像位之以名閣而布詞於會者有不足則衆擎焉山衲躍然拊髀因憶里長者補齋浦居士言覲於鄉而遊士族之隆替於其佛宇之喧涼驗之信斯言也吾

引 六

見士風文價蒸蒸日上者，必此鄉也夫。是為引。

募建觀音菴引 代衲

僧伽橋口，嵩山寺南，有牧牛兒，裝菩薩像，靈異驟著，香火熾然。許願如雲，應願如響，於是諸聞者，名曰活觀音。就近舍田，謀營佛宇，來召山衲，成就功勳。設此簿書，而為說偈。

大士慈悲靈感，一時如是我聞。前村了角兒童，帶水拖泥要去。出現善才掌上，團團圓圓相莊嚴。衲僧略彴經行，驀入香雲法界。贊歎得未曾有，剎那布地金成。誓願湧起化城，將此身心供養。

引

七

稽首十方四衆，發心發了願心。即時千手齊擎，不日千人隨喜。大慈大悲菩薩，無量無邊福田。

募建席阜千頃雲閣引 雲花

每行眺席阜、哈坡、老雲、水千頃，句意此繁會場，當日猶延野趣也。按千頃於文，從田，起義假于細碧瀰矚之表，創開層軒，平疇一覽，足以激重農警俗之思，即識治體者，觀興。恐後焉。阜背舊有閣，始南宋時，區以坡語意與此會廢，來益久，乃者半白師秉拂茲山，百廢具舉，循次及之，且恭竢翠華三至，陳農祥，實曠觀。於是焉在徒以計費半，和進止。維谷會儀，叟度歲山寮，囑聲緣起，儀叟軒然

東坡居士嘗詩：可軒有佳致，中千頃翠千峰照，覽其物華，竟莫破淒人。

振筆曰：王政加本，象數利生，一以貫之，纖此意也。以佐都加大君，予合詞曰：善，其勸是哉！其勸是哉！乾隆丁丑嚴瑞三山信父書錫浦，照手書，皆年八十。

聖裔吳氏脩墓引 代 漢人蒙山錄

為鄉之人與為後於其人，孰觀倡善樂義與追遠返始之情孰切？疎而親之難乎？親者也。泛而切之難乎？切者也。吾吳氏寔祖泰伯，伯故廟於梅里矣，而鴻山古墓相望不數里間。我朝自三韓留邶公以伯裔來尹，規而葺之，市以周垣，甃以層級，綽楔以神道，閱五十年於此。比者里中數君子慫惥牧之混與採石之逼也，請命上臺，碑禁永永。邑侯臨拜，倡建碑亭，指鉅制之聳觀，竚落成其有

引

八

日不以恩吾吳也，維墓之壖圮者，歆者次第待舉。吾族人尚復袖手局外，疎其所親，泛其所切，安乎否乎？願與族人約，無隱費，無壓勞，無隕越三韓成烈，以興諸君子相周旋，勉旃勉旃。

附在山各姓公呈公劄小引 代 上人蒙山錄中

鴻山古皇山也，以讓皇墓得名，而叢塚滿山，殆亦鄉土之北邙云。自古狠禁弛，樵蘇充斥，纍纍者久已躪為牧場。近年居人又擅利採石，萬鈞之塊，衝壓洞穿。我子孫歲時上塚，顧為之泚。今通邑仁人公籲，當道勒石，聖墓禁絕侵穢，全山寔嘉賴之。視埋一骴，掩一骼者，功相萬也。我子孫既不能泥首官堦，效啣結之報，又不能側身

士列表涓埃之忱計惟妙選清歌登場揚扢張一時之高會揭千
秋之義聲顯謝公恩隱伸私慶豈與夫閭左狎遊歛金作劇者同
年而語哉寄語吾曹豈約以力無拘數無慢期通邑仁人將於我
乎觀禮是為引

婦為人倫之首

公設甪直鎮同仁局規條小引

蓋聞樂善不倦者仁人之本心推類無窮者仁術之集事吳中近
建錫類堂澤枯骨也續舉廣仁會晉麥誼也凡沿途而露殯者錫
類主之其望壟而餘淹者廣仁主之我恤我收既公既溥碩六門
環繞郊原之利賴為多而兩會嗣興簿領之職司分判若乃邨墟

引　九

遼濶頗患鞭長至乎蓬顆懸虛難均醃掩有遐觀之善士覽甪直
之名區襟山帶湖淼炊烟其萬井孝阡漏澤宏覆露如一家就當
互市之衢公啟同仁之局合錫類廣仁而會通其意統羈骸宿草
而博被其施指城闉於雲邊帷蓋無虞其偏遠眺川原於日落魂
游悉妥其棲依彌擴彌周而僻壤而隣封自此迭相觀感可大可
久而歷年而奕葉賴茲詳定規條爰採成式於二堂司櫃司書煥
新酌梜永矢初心於一德閱人閱世終古昭垂是為引

廣安卹會小引

易序卦下篇有夫婦然後有父子有父子然後有君臣

人道之終人倫之亂君子盡心焉其事仁義之端也以導惻隱而
維蓋惡善用賙都澤施而教寓其中則可謂能擇術矣邑有安卹
卹節之會踵同善而起未久也縣大夫輯新來喜其切要裨教書
其始事之堂於官廨之門額澤欲其廣易曰麗澤兌澤益乃悅郎
廣之義歟於是碩君楊君躍然交勸謀益斯會自城達之鄉馴達
之通邑之鄉損私財以為倡嗟夫人莫悲於死未死而生也莫苦
於饑況乎死無以為死饑無以為饑是謂悲之悲苦之苦君子者
絞衾而棺之舉而壤瘞之而骸獲安制法以贍之有仰俛之藉者
終之成之而節獲全貴不病已而補非一端激性分之良彌造物
之憾厲風化之美翼王政之先教有切於此者乎曹煦煦之澤之

引　十

施已乎古之人樂為君子恥獨為君子而吾鄉道南之鄉固君子
之鄉也君子豈募而後至惻或聞之未偏也輒贊其舉以廣之皆

乾隆十有七年歲在元默涒灘余月三山信文甫書

三山老人不是集目錄

題跋

三山老人不是集

題跋

題王子佩漁者相樣小照代雲南制軍尹 篆記

子佩小照，作漁者相。子佩喜為詩，自謂濟水漁人。何其托於漁者不置也。貌隱淪而遺今，我不已左乎。昔之時，鑒池習戰，鱗甲秋風志遠略焉。子佩身來滇，總戎旅，其不能以濟水蓮窓易昆池棋影亦明矣。或曰：子佩漁者相，現宰官身，何妨以宰官身現漁者相。子佩，達者也。然吾讀子佩詩，忠君愛國，每飯不忘，非果於江湖者。吾為子佩歌沫之濡，鯨波宴如，貔貅脫緻，舉網而得，鱸炙方無事，厲其故吾，其以慶時之遭也夫。

題嵇展成倡隨行樂圖 篆記

十年辭故里，軒然大波起，甚蹈且壓矣，上矣。我紱子佩，我負子戴，歸來乎西谿之沚。夫夫也，豈古之惡員之士。己歲上巳題奉桐苦老先生大人嘉會，壬午學弟山信捕。

題仲清弟小照 篆記

明神宗之季，吾錫端文顧先生、忠憲高先生相繼振講習於邑弓河之上，曰東林。一時學士奔湊，聲震朝右。其在吾家，則心台、斗涵、伯仲兩先生，咸連鳳超華先生，論學相契重，均入忠憲之室。未數載，謠諑橫作，燎原毀熾，兩先生屹然底其末流。偕同志吴素衣、鄒公寧二三君子風雨維持，存一綫之緒於埽地之餘，為絕續關鍵，端文從孫前孝廉柄，稱兩人知明守確，功彌苦而搽彌堅者是也。仲清益心台先生四世孫云。余自少庭內耳熟先生凡六子，咸胚胎家學。拱垣公為之長，跡不越縣校，而模楷四方。再傳象垣公，三傳炎岙公，是生仲清鯀〻。因歎諺曰：醫不三世，不服其藥。今自仲清而上，百三四十年，經師人師，世更五葉，又過於諺所云。以是遠邇相延致，式為養正種子，宜矣哉。仲清館虞山久，將從客官所，出小照傳觀，鉅公名賢，歌詠成冊，以余屬近而齒先，謂題其首。余為元本其所自如此。仲清善事兄誠明，誠明族明推鄉祭酒，而子道宗癖嗜墨蘭，薰以庭闈，宜不以藝止者。遐哉！古曰在昔，來者難誣，徵斯冊也。誦君子有穀之詩，其有可深長思也夫。乾隆甲戌孟秋三日兄三山偃父。。識，時年七十有六

題子壻王郎小照　芳石

國子生王郎一鶴，字逸群，吾壻也。王翁維寧頻歲旅食，郎君稱予就余舍，偕兒曹受書一先生之門。予視王郎如子，王郎視予無間所生。兒曹刺促研削，闇相視亦如親昴弟，稱謂以行次，不以主客也。王郎娓〻倚讓，自少如勝冠子弟，清剡為文，苦入而難出。既婚，育一男。三歲，吾女卒，王郎久而神傷，繼以係，育一女。終若憶吾女，浸以多病。予勵有滇行，送予河滸，淚雪襟。吾輿之期，三年行復相聚耶。嗚呼，孰意明年書至，報王郎死耶。王郎既生，其庭產雙槐，距檻如綽楔之柿。豈植物無知，不預人榮落耶？將驗而翁於晚成耶？抑將兆其孤之成長而遠到耶？孤之生也，翁命之曰綿，大雅綿之序曰：文王之興，本由太王也。翁興孫常相待，此其懸契歟。王郎生以乙酉年，三十卒以甲寅。其葬也，壙未有誌，為識梗概於其遺照，而繫之辭：

我來東里，連疊廣廈，天水甲之，太原趾美。容觀玉聲，有韻爾似，稱其家兒。瑶環瑜珥，郎我甥館，跧降陋廡。吾女之嬪，如賓燕喜。詎不中道，芝焚蕙燬，爾聞來滇，我驚杜紙。歸櫬方羣，潚沈瀾〻。嗚呼傷哉！槐陰連〻，瓜瓞綿〻，爾孤是瞬，聲聞於天。

題適王氏女封姐照　芳石

嗚呼，此吾適王氏女封姐也。吾女既瞑，始命工圖其影，貌之既失神，於何有予？嗚呼傷哉，願吾謂世無百年之人，其識貌者，外內戚屬前後三四世止耳。將以遺其子之子孫之孫，以既于無窮，昔人以為遺所不知誰何者也。又安以其似為哉？其得焉不可知也，其失焉不可知也。惟其子孫曰：是吾某先人也，即貌不得神，反得焉己。丙戌正月，吾母沒之日，吾女以生，皆曰大母後身也。生八年而失母，依太母扶掖眠食，二年，太母又以壽終，吾女哀〻，委命老媼

矣比其長及笄常濆於頤也喜識字工線縷勤織績能自開動
止無歆視疾詞既饋其尊屬咸誦余家範余寔未嘗瑣瑣教誡蓋
性成爾也予屈首諸生試三十年試輒爲余禱乃余以己酉秋隽
而吾女先以六月亡不得見也己酉之春猶爲余於家其行也哭失
聲遂隱反顧若長辭者傷哉年止二十有四孫兒今年十有三見
輒牽衣余袂鬢嫗或背呼予不以母兒必怒詈之翁兮翁兮爾以
母故暱外翁余能無以爾母故暱外孫哉辭曰

我四男兮女則單兮情之所鍾鎮盤桓兮我喪一子女竟殫兮悲
不能仰浩長歎兮風櫺月小涼露溥兮女容朝覿幘幅端兮花蔫

題跋　四

霧晦露素納兮其容已非其神不移兮雒浦明珠價琅玕兮蘊蘭
青青莖葉摶兮自有美兮無爲寡歡兮

題善達禪師遺像

善公兩主嵩山法席重脩慧山大殿繕完不二門庭具有勞績者　翼沙

我聞法說第一義諦不落名相着何言句明明善公具無礙智嵩
席慧庭一身兩寄兩本一祖嵩有傳序置慧若遺空楣不二瞿瞿
懷老晚来搘拄寔公雖炷公住是攸左之右之乃蔵厥緒外殿中
樓屹屹崇峙即有爲法蘊無爲義向貌索者無有是處維嵩之歸
維慧之蹠跋香廣堂清風百世

題鄧尉裕遠和尚像

鄧山裕公非世外交而已吾錫北禪有懶牧尊宿頎然長身貫内
外典寔我王母弟於公爲派長小年長相從問字輒與俱焉似研
席生魚魚如也中歲後屬公建化息機邑侯延領崇安殿工續相
游處吾年六十泛舟鄧山橋探梅公時總持聖恩假榻共晨夕會
重構天王殿成作記而返自頃公之嗣佛華菴主朗乾奉公像請
著語軸端捉筆憮然數入寐之年旬再浹矣對此莊莊都成影事
爲綴偈言

公去大寐光　　云何此靚面　　對此感前塵
湖山諸化影　　就問的的意　　靚面非真寔

題跋　五

云何得真寔　　認無位真人　　無位何處位
無位無不位　　原来的的意　　即此面門是

乾隆辛巳相月[illegible]東山居士[illegible]合十書時八十三歲

題華在西遺閒像

[illegible]

量爲華在兄傳曰兩人里閈同始進同南宮北闈師之門六同官
與官之地又同積之以游處重之以婚姻回數生交視蘇長公
叙文與可交親厚無閒奚啻過之與可殁長公曝書見畫竹哭失
聲令兄子賓日邁之二十稔啟冊相視人遠交親吾能觸而無痌
乎乃爲楚聲書其像曰

吾所思兮永思（永思在兄堂名）側身東望兮郙灣水湄美人兮誰留羌焉

得兮復見之咀遺墨兮籌短檠魂留惋涕縱橫奚遲回兮應感而因任兮性情（二句約在兄閒里中語主司咀吟竟日以此冠南士）先一飦兮甄胄絃琴兮北首佇夫君兮禮耕以耨三秋兮鴐焉驂追昔兮進艇坐我古桐兮風折頂陳逸册之平遠兮燦聲言之光迴開罇兮對斟酌之摩渟兮酩酊昴哉乎嗣君有之兮似之徵獻與文爾後之競兮亦張吾軍

乾隆辛巳炯學弟三山老儒浦 拜書時年八十有三

題雪邨楊氏滋蘭養竹二軒跋 [illegible]

文靖楊公嘗作東西二軒分植蘭竹所傳感物詩榮悴不攖其心見大儒氣象焉雪村楊氏公裔也同居以世自聽事以達深堂為樓五重而衡其前之左个曰滋蘭右曰養竹文靖心無榮悴乃六百年下子孫結宇而誦芬蒸蒸至德之鄉可以徵儁彬已若夫靈均長樂意寄清遠蓋其外篇云昔乾隆李丙中元三山僊父浦起龍跋本固性直心空節貞樂天記養竹亭以為竹似賢而君子則之倅德類物美矣倫矣而楊君宏穀濬如豎芝山輩諸賢從則舉意法祖尤深切可思也軒與滋蘭東西相望事指於東已悉不復云山僊起龍

合樂天常樂里閒居偶題云窗前有竹玩士幻有滴詁何以待君子歲竿第一叢樂天養竹記竹似賢何哉竹本固固以樹德君子見其本則思善建不拔者竹性直直以立身君子見其性則思中立不倚者竹心空空以體道君子見其心則思應用虛受者竹節貞貞以立志君子見其節則思砥礪名行夷險一致者

讀衛孝子傳 [illegible]

國家設旌門之典凡孝節貞烈皆得以名聞然閒檢官籍百人之中孝子不得一人焉豈丈夫之不若女婦歟非然也吾以勤孝道之大而難居也婦行難矣而格為之程格及焉無以苛於格之外孝無格也夫孝根於天性循而程之事天無全量事性無全功事其所生無全分非無全也莫竟其所止故曰大而難居吾嘗承乏蘇校歲上旌冊五年不及一孝子有來請者瞿然不敢以應也重其事難其人將有懇其動且難而寔至而弗居有賢子孫而嘿不敢請者乃其人田耶今讀海虞見復陳君所為衛孝子傳其幾遇者耶孝子貧而孤忘其口以豊養窮蹈奇厄脫母於至危刑舉門內孔噎而舐翳遠存而以其節顯生祇事之逾七十年死廬其塋所三年孝子可謂寔至而弗居矣孝子今大耋矣多令子而孫名高科矣慮無不欲聞傳其父祖而綽楔其里閈者然莫不以違於所司則其深懇而禁不許請可知也其斂然不居而以為無全分者也以為無全乃全也嗚呼學校之積輕久矣獨所在表名行必是焉先向也吾失之吾失而人得其繼今者之責也夫

讀單貞姬彰義卷跋後三則 [illegible]

女之德莫盛於貞在易坤之彖曰安貞吉其變之用曰利永貞所謂地道也臣道也妻道也通女婦之言也迨乎節以婦顯而貞之名如未行者得專之列女傳者漢成哀閒劉氏向作也史家因之增列女門始後漢書由是晉宋隋唐而下相仍以入國史蓋綦重

焉獨怪其中未行之女志守所字夫者更數千載直至明初纂元
史首見趙氏玉兒一人何其寡哉豈元之前莫或舉而上之史氏
無從載筆歟將上之而不行不欲訓俗以其所過難者歟然玉兒
卒以入史矣非不以訓者則豈非難之又難絕無而僅有其人也
歟其難也若此幸復一有之前賢相與振發之至於世遠境遷㦖
且墜癈為之後者可勿傍徨屏營[illegible]故牒而大彰之歟嗚呼此單
氏彰義銘而為重揭而行之汲汲也
論貞義之義宜何居曰名過之而寔功之斯以得其平矣昔者歸
子熙甫以女未嫁而死其夫與不改適者為乖陰陽而過乎禮鄙

題跋　八

子半谷惧其裂也因單姬事摘所論力排之其言核而辨辨然為
過難之行者率必溢乎其分而俗從以激焉溢其分者過也夫子
曰人之過也各於其黨觀過斯知仁矣狂之高獧之狷可謂非過耶
然容容之世得一二魁磊涓潔之士磨其鈍而砥其末流聖賢正
樂收其過而用之貞義之義非其不可不然而然蓋其可以不然
而然者可以不然顧且獨行其所必然而必曰非過也舉世不為
此而禮亦莫之禁者反得轉而相難今而曰是過也而聞者之情
平情平而羞惡之隱彝好之良油油然而生不自知其非禮之萌
神糾氣欲中沮而不敢蹈即過之功不較多乎故曰名過之而寔

功之斯以得其平矣若夫居貞者之初心則固不及此知行吾志
已爾過也功也何知焉 歸子又有張氏女貞節記高其義與前論相激發
吾邑前明時以室女專俎豆慧山者二一即單貞姬一則吾家浦
烈女也先後與華坡孝子祠參立而三華亦未娉皆編户也奇矣
哉古稱不依形而立不恃勢而存者斯其是哉單得文莊邵公華
聲當事浦得文肅馬公華膺特旌祠以此建尚矣獨念此二祠厄
多而近歿請誦所聞為守者告乎單祠脩廢在明世者前賢記
之不具述入　國初守漸懈替主入之客喧甚主名幾隱久之室
壞併羣主遷於浦浦受喧如單而單止空楣遂中廢又久之浦祠

題跋　九

反正香浜祠趣單隨羣主再遷比近歲始還舊觀而乾隆丙寅部
檄通釐祀典縣胥汩法妄汰十七八先是浦祠追舉其先孝子幼
公分室以妥及是并華祠等並在所汰中己巳談裔三十輩請即
所留費鈞羣祠撫司報可祀延如綫至乙亥制府鄂飭駁非典趣
徹無礙疑乃得學祖存項數給之大復始矣然據令縣有孝節公
祠循名移合者四蓋未詳公祠所祀盡女婦也再白覆之而後華
浦兩孝祠得留貞與烈卒飭移合如前令祠聽自存而已甚哉祭義
之難詁也或僥得之而安其享或論定在昔而時移變數懸置焉
如二祠可勝歎哉然則如何而可曰為令計鈞費議乃可援耶

額以當祝。時年八十有一。

窣堵趺跋　芳記

樓之上有銅浮屠，舌藏舍利。茲堂其趺坐也，因以名之。質諸無礙上人。

茹棠堂跋　芳記

聲倍姻世兄胚胎家學，過庭二妙，先後飛英。會新堂成，請名於予。時方倚醉談易，因即取諸泰初，比於張老之頌云。

讀王荆石印以漢下蓋德銘書其首　芳記

闕下以獻帝建安五年封漢壽亭侯，漢壽本地名，如何截去漢字，不考甚矣。時趙雪封承呂亭侯，亦兩字地名也，亦截去承字耶。誤認漢為漢代，則張桓侯之始封新亭，馬威侯之始封都亭，亦同是漢封，又何不亦加漢字耶。

題跋　十二

書唐書食貨志後

今日競言營田矣。愚意邊屯多旱原墳土，物土宜以課種，其獲宜可坐。若積為濤漁，而責以水田之植，慫力憊而顧虛也。

不是集目次

又
小清源
王尹 原 七
與曹王制 二
與李天根 又代孫
與許九功
與錢階登 二
與錢大成 寫訖
與蔡文虞 寫訖
與某
致某
致某
啓某
致某
致某
與許 趙 三 寫訖
是式
府學周寅兄 寫訖

代有常叔請尤岸仙
代丹五致蘭潔
答錢乾御 代
與錢正馬 寫訖
與蔣長丙兄 二 寫訖
與黃丹英 二
與楊宸言 寫訖
致碩右卿 二 寫訖
與蔡體乾 七 寫訖
二
致某
致某
啓雲南協府王子佩先生 寫訖
致邑明府胡公
致某
致[illegible]
與施[illegible]文 代王 又[illegible]
上[illegible]林先生
致常郡學博樸存胡年兄 寫訖

明府馮公
寶山學洪寅兄 寫訖
致常熟明府畊山唐年 寫訖
致邑侯王濟光
與陳大成 二
與惠文弟
致常邑明府陳公
上開府徐雨峰 寫訖
致葛橋[illegible] 寫訖
致其德 寫訖
致吳牧園先生 寫訖
與南禪寺[illegible]和尚 寫訖
與高山日和尚 又代[illegible] 寫訖
上楊鹽道臺吳公 寫訖
與楊慎餘
楊徵峻
蔡敦復 十三
會

致元和明府金公
上開府陳榕門 五
致震澤明府劉公
與華聲求
與丹五弟
與蔡思兼 寫訖
與楊聖功
與蔡啓輔 寫訖
工集公 寫訖
三
致楊天墻 寫訖
致溥若族兄 寫訖
上惠潮道汪公
與王五福 五
致方尊庭 五 寫訖
致蔡恩皇 三
上中堂陳可齋
與安天順
與潘南一 二

詞二　箋札
弘輪禪社長　箋子
又頑復泆二
與華居敬
啓頑司空
與楊[illegible]　箋札
致頑海門三
答萬南園四
與周漢階内弟二　箋札
致熊庫大使　箋子
與秦賡和二
與倪時行
與黃大山内姪二
與張亮揆　箋札
致吳英翁同年[illegible]　箋札
以許修來四
[illegible]鼎齋
自山　箋札

簡華世美代孫
致顧稪初二　箋札
致郭端叔二　箋札
復席[illegible]吾　箋札
與淮揚道吳年兄[illegible]
與王宗伊　箋札
致[illegible]府王鳳巢　箋子
與虎邱方丈半白大師三
致吳縣學博廣東舉
四
與華宗彥二
與許鳴山
與華聲培二
與楊足山　箋札
與楊申一　箋札
致衆源和尚　箋札
與汪介人
與楊朝宗
與二宜弟　箋札

上沈宗伯[illegible]先生　箋札
[illegible]喬　箋札
上王廷尉[illegible]　箋札
[illegible]都憲[illegible]　箋札
與陳緒尊　箋札
[illegible]　箋札
示大兒敬[illegible]　[illegible]
[illegible]　箋札　[illegible]
[illegible]
[illegible]
[illegible]
[illegible]
五

老人不是集

書

上雲貴制軍尹[illegible]　[illegible]

稟者萬里依歸。三年〻　仰荷大人忘分下交。推誠曲體。恩同
天地父母。周於至纖至[illegible]。感結五中。雖累千百言。不能罄寫。[illegible]自
九月十七稟辭就道。山程迢遞。夫馬全安。行過清平。將近舟次。適
遇大阿哥。叩致謝悃。遂不具帖。追鎮遠舟行以下。分合遞進。換船
者三。所過灘隘關津。並極順利。臘月初三入鎮江口。總計水陸七
十餘日。皆戴大人[illegible]惠以行。茲緣鄧官頭追欲回滇。[illegible][illegible]郡辭轉。

書　一

因即舟次繕呈手稟。官頭朴質周慎。就其兩次護行。人〻愜意。可
信平時辦事。處〻小心。望大人錄其勞效。格外賞拔。是亦同行者
之公願也。諸凡套語。不敢贅瀆。謹稟。

又。　[illegible]

五月中閱邸鈔。伏見　　命周浹。就便擇期。萬里之外。親於函語
父子家人。無以逾此。　[illegible]籍未有比倫。竊計大人七月[illegible]達。八
月覲省。入奉　都俞。[illegible][illegible]。[illegible]進退。君親之[illegible]。[illegible]愛交[illegible][illegible][illegible]
盛[illegible]。遭逢之至。榮[illegible][illegible]。[illegible]伏遙[illegible]。神[illegible]當不在[illegible]。[illegible][illegible][illegible]
〻年[illegible]被頂[illegible]二天。一動一言。無非至教。夙夜內失。終身[illegible]

〻[illegible]畫[illegible]勝[illegible]。[illegible]涯[illegible][illegible]。[illegible][illegible]節[illegible]。何預[illegible]。而[illegible]敢以[illegible]詞[illegible]
數[illegible][illegible]。[illegible]某舊緣親老。退就散衙。需次杜門。是其本分。[illegible][illegible]
[illegible]鄉[illegible][illegible]之[illegible]際。　中[illegible][illegible]。[illegible]機[illegible][illegible]。[illegible]得依日月。[illegible]光。是[illegible]
[illegible][illegible][illegible]動之下[illegible]。而[illegible]　[illegible][illegible]。[illegible][illegible]敢[illegible]。[illegible][illegible]即[illegible]當許幕入
都。繕稟祇候師相大人〻　人并諸位阿哥崇祉。暨同幕知交福履。
伏祈開宥疏慢。謹稟。

又。　[illegible]

竊某類老已甚。跧伏田間。三載以來。疏於稟謁。緬維[illegible]臺敷政施
惠。秋肅春溫。澤沛三江。碑騰萬口。某得扶杖邱園。飫聞德化。屬在

書　二

青睞。曷勝歡忭。茲稟者。某一生迂謹。癖嗜讀書。歲月既多。譾成簡
帙。前所著讀杜心解。一時評騭。未窺子美藩籬。不期工達　宸聰。
御選唐宋詩醇。竟叨採錄[illegible][illegible]。[illegible]得[illegible]　[illegible][illegible]之[illegible]。[illegible][illegible][illegible]
際。此[illegible]遇。伏念某曩時著述。尚有史通〻釋一書。曾經付梓。昨晤
金匱韓令。推為有用之〻[illegible]　[illegible][illegible][illegible][illegible]之[illegible][illegible]文[illegible]即[illegible]之會。
願捐拙刻。可以進呈。　[illegible]之年。曾膺祿仕。身已耄老。非有他望。
祇因半生精血。都耗此〻[illegible]。得重邀　天眷。俯賜留覽。[illegible][illegible][illegible]
〻[illegible]被春[illegible]。涓滴細流。盡歸滄海。[illegible]願畢矣。某擬將所著史通〻
〻書。併前讀杜心解一書。敬謹裝套。於惠山接　駕處所。道左

平理合稟聞伏祈鈞鑒。

南歸道經德州上　田夫子。　笑花

一旹受知。兩旬蒙誨。此和如鄭自有至鈔處。淺深固不因乎離合
也。門集于四月間遷　一一　叔頑不即與分省試縣諸人一時挑放
候至九月初三挨班引　見。幸　聖恩高厚。曲遂寸私。從此需次
里門。早歸侍養。斯於　君父。兩無疚心。是即門集自信尊師和知
一二得加之。兩見衛吾夫子盛。亦許其擯加審處。不致以晚晚踪
急取。鳳師於都庶其在此。南歸道經德水。請訊有期。而同譜結伴
者八人。歸務疾于舍矣。乘舟徑過。獲罪實多。因挑燈旅店。附達一

三　旹

緘。聊表心曲。謹此並起居太老夫子老夫子老師母金安。并四位世
兄就將新棠天既作合於前。或者假緣于後。有時繼見。大慰離索
之思。喜可知已。定當何日也。家學切磨。為國為道。韓歐門父子復
見于師門。二千里外。引領翹瞻矣。臨池神往　不宣

叔。　笑花

六百日之別。二千里。德音在耳。清夢縈心。表海襟江之間。置
吾師弟子。數人如塊。展才盈何日。賢人聚動太史之書也。昔夏得截
五科之信。不禁栩栩色飛。知弁冕班行者。必吾夫子也。竊計文
事聚其邇常相左。而其用常相成。謂天下文章知在南宮之讀
書之林。貽文章之價重。向使非南宮。非東觀。諸一切民功史治
非兩閱。則文章之價不輕。　聖主勤勞宵旰。鼓一世之精采。競
旹於功名。吾夫子其勿以吏於遇而怯於用也。當世事業。鞏文章
夫子文章。據事業吾。　文章之門集歸。一省徹底。有親無以具
菽水。有子無以資膏火。坐守一氈。如待兔然。平生術業。尔以章句
為之。負師門遠大之望。如何如何。家姑丈錢息園亦預截取之例。
於其行。附達一啟。稟候榮禧。不盡馳溯。

啓元亮族兄。　笑花

累膺帝簡。千載一時。冠古齊華。宗盟興望。壽常楮墨。莫㲉揚於億

四　旹

大兄先生賜第旋里。枉訪寒門。二十年所矣。家大人以兒孫衆多
鞠謀勞苦。荏苒七旬。徙紫念誦。弟集輩俯仰庭除。晨安鵝壽。不思
早自振拔。垂老無聞。當途之人。宜共唾棄。詎意高懷存注。尚復垂
念老人。自賓蘇老伯歸津。序述手致大壽長律。傳觀雄頌。何翅
珠璧。而喜長筵甫畢。集兄弟便思千里馳謁。舒雁行於麾事前。飈
言鳴謝。而集也從事生　凌詩鑴工未竣。需其成。乃行也。夫心思
仰加。不專於當世之科舉。而傷於千年之老枊。討而左矣。自離十
塲屋。進取已灰。顧於左史漢魏六朝三唐諸書。仰窺及天文律
加數。莊騷以下於古。稍窺其端緒。而究其指歸。興子名心破

於盡觴少陵下書於古今世宙之故靡而不包而自宋以還
百家罕有得其肯綮者遂奮然援筆舉其世年之學而托諸一
物之書隔古人之生面覓單生之苦心如是而已五年於茲歷秋
可竟行花其書以就正於大兄先生之前庶以見旋廟之次而尚未
一知半解挺出於叢蘆間者當爲大兄老先生而急欲引而教之
而不忍比於蘿柳者也茲者舍弟某導其先路稅駕高齋藉爲觀
光之梯級大兄老先生從一本起見飲食之教誨之噓枯吹生引
之於當道乘機赴會蒼遇可期於君子器使之容有取焉某肇負
鵷鸞之姿搞鯤鵬之路行路皆知究之而大兄先生宏獎風流栢
興門第當必有以處之耶數歷既深於用不遠持衡留藻鑑翹佇
工星辰可勝欣忭繕寫杜詩二十四卷先此呈覽係是初稿其刻
本尚有數處更定致裁尺素請候萬安

工王淞江師

登海石堂清風颯然而至令人神思沖舉恭遇太師母長筵預沾
高讌愧未能從山陰恭事耳茲有顧五兄持國係西溪諸名流之
弟即右八兄之從姪也文章風雅兩臻逸品於群萃中推爲第一
某年格尤俊爽拔俗而羈縻村館不足以給朝夕門某比在吳門
提臺大人延訪經師持兄克勝斯席不特楷模卑比兼堪參佐

乎吾師倘不吝齒芬推鳥扶進拜惠有道身受矣肯志尚未
前此謬塵啓事心感栽培曾否接有回答不識可復請乎并附
謝附懇祈候榮禧臧泐不莊

致華劍光

客夏抵滇制軍待之有加禮手致台函即殷問近謹推愛推誠久
且益洽皆先生賜也初時即奉小札想竟浮沉今三月中接得尊教
字字肝膈言簡意周藹然見古人贈處之義讀之令人感注蒙致
瀰盧宮札即日到鄉已接有家信矣制府鹿浮淺幸慕附先生能
諒而安之殆有宿緣頗謂平生此遊少有得力習典君子居此其
效也鴻博之選意高瞻必能觸然魁海內重翻望徽鴻獻流傳絕業
其事皆在百世而先生遂去彼取此所尚識高矣毋乃非當世之
思乎制軍欲盧翁先生作行書千字文一本命筆請懇并爲裝潢
小冊爲妙皆前輩彥接翅聯飛萬里外跂踵望之兒村駑鈍委卷
偷安未能執子姪之業不學墻面是用慨然雲山阻深判年乃一
通問惟爲道加攝幸復不備

又

某括百氏覃精六經銓材寡聞稽首至地日者邑明府到蘇把晤
久具說吾鄉多隽忽有非意煩言物勸鉤稽既殘而止於和潤

師長兄先生因心如用足以定衆志而感羣情語有之鴻飛冥
弋者何慕誠使知我者翻然于嬗變之外當見淨豁盡廓聊聞
訂刊高子遺書嘉惠靡極書成得賜一帙珍逾百朋矣附候崇禧
諸容續佈不盡

又 菁花

比聞先生有淮上之行歷時不奉德音矣弟以公事羈崑四十日
會府主汪公亦在彼每燕見縷縷吾鄉藝壇之盛必首先生及石
潭寓公中心藏之頗交蓋久屬香江萬年橋成翼以題名石之閣
閣又成橋則中丞徐公記之而山左左手生書之題名則汪公自

書 七

爲記而磬石以待其事與其文與書相輔以不朽舍石翁其誰汪
公丁寧爲介者再三附名刺敦請然舍先生又無以致石翁也言
不盡意

致陸龍岡 菁花

引幻歸來躬覲葬水自是廷跡位置正須門大兄輩回翔閣部潤
色鴻猷爲吾黨交遊光寵而南轅拜濟飽德之思正復與途俱遠
蔡監到錫在十月中浣本家備預有素而紀綱始以事羈絆又以
入秋別項逗留而月比其歸則弟又襄事溧陽至臘月之望纔得
一結其三五零頭及年及色悉遵原議過繳諒宅報中必一一合

入照也華監於看敏手遞接無爲急脈緩受則先聲動人聞風
當交應而環至矣暇日汲引親知來春定有四五處入數但惠
顧者頗以身重爲難除蔡華監原數外嗣後倘能減去五金尤易
得手要之連篇累牘而來雖氣味少薄自可衷然成帙耳弟宜情
殊淡然分內應得固亦欲之其上肩有無候補或單或雙及日後
缺出先後高下統望知己留神偏偏喬遷榮擢老嫂世兄聚順在
邇顒顒賀賀家嚴叱候舍弟均候陸年先生嵩鄉老先生暨諸同鄉同學叔祉
且傳李鴻不具 并候門下老先生友

又、 菁花

歲底尺一裁答想入尊覽久矣改歲以來福履日增可勝翹溯所

書 八

囑華監捷遞敏捷門長兄定應心照近聞歸部之信停而復續幸
勿以多人凝積落爲緩局則全信寔多蓋弟於他處留心汲引專
看此信靈通以徵速效耳

又 菁花

杜門卻掃翹首京華日盼榮擢之音且跂且賀華監照議繳訖所
以稍遲時日者緣弟前歲出門買在項內那費此番措補出自窘
手故耳嗣後問途者必一一隨到隨究再無擔擱矣現在來寒宗
以秀一名千乞門長兄剋日上庫飛寄部照此間即飛會塾費時
一一靈通自然八面討好再嚴鄉類有捐職請諳者假如就州司馬

封所生實費若干。祈示的數。諸容續候不既。

又、　篤記

鄉居不少佳致。只坐一脊字。便令神志俱索。未堪爲知己道也。前
此寒宗一四。先有集者與吳門宗處。議捐雲貴開墾之例。信去。判
年有餘。其議便解。及改議奉札後。而六月間忽到點者洛收。因勸
寒宗兩孫分就。故有志學改爲思學之札。想入台照矣。別無他故
也。茲有沈姓一四。係單共啟戶。只看轉信神捷。便有加職邀　封
之典。且其地肥饒。頗多樂就者。望敏手飛行絕迹。則鼓動一方矣。
寒宗亦望速到。切囑切囑。

書　九

又　篤記

每從紀綱處。問訊定報。得悉榮禧。近聞寒宗一四。的用後札之名。
所全寔多。但凝盼久矣。望將一浦一沈。即日上庫。即日郵寄。此間
亦即日過割。庶足忻動後來者。千萬千萬。再有人要注名供事。給
與咨帖。所費若干。祈示的數。并及。

又、　篤記

八月秋。遂使北上。附致一行。起居榮履。去後始得七月廿一手翰。
與知換准浦名。時則沈四尚未入覽。而弟已于七月初委志郵寄。
必今百日有餘。想在記室久矣。洗耳遐聽。久虛德音。兩家倫物以
致顧溢疑慮。望剋期壓輸馳照。以解其惑。以杜此局。再內供一事
係蘇州封銀待命。亦祈明示的費。以便往覆。激切申懇。順候近禧。
不任飢渴仰望之至。

又、　篤記

得九月廿九手教。承垂問近好。近復何好。只是退窮不去耳。久盼
頭擢之音。我爲眼穿。寒宗捐照接到。只在數日內。如前議歸繳萬
無遲誤。沈四係單共啟戶。捷至後尚有續舉。不料七月初五之信。
轉輾遲回。迄今未登記室。及晤令舅。知已轉附馬舍親朝勳入都。
然寧再補一單。務懇隨到隨授。如響之應聲。則彼此兩利也。復歷

書　十

如左。

又　篤記

湖鄉跧伏。翹首京華。邈然天際。每遇親朋着鞭。未嘗不神與俱遠。
敝姻家華在兄粹然。養到掉鞅春明。廿年門誼。必有以相處也。客
冬得大札杜寒宗捐事。隨懇沈項速到。而音塵闃絕。望之望之。順
候台禧。不盡悚企。

致王繼篁臺灣幕簡　篤記

天南鰲背。萬里神馳。時從子婿叩老親臺節次安報。知旋帆不遠。
叫近信。又云留連幕府。暫歇秋闈。我時定翦燭西牕。郵話珊瑚拂

乙、筆也。弟年來行止，不改故吾。篆書寄閻誤傳小草，且感且恧。老眼知分當事強所不欲，名玷薦剡，累撫藩撫懇辭，幸已得全微尚矣。所可對良友無愧詞者，還留此一副本來面孔耳。小女體質孱弱，賴邇適良醫，都云不害。老伯杖履康強，逢吉。觀毋俯仰勤劬，冀孱稍能替力，不廢書卷。阿綿短小硬絃，有筋骨，且喜學識字矣。謹附宅報，請候台祉，臧泐不莊。

又　篆花

十一月初得安報，見手書圓潤，知腕力柔和，私心大慰。所苦嶺海迢遙，尺一往返，瞬息判年，用是惆悵久之。宅報已三至矣，情境瘦遷，料應委悉。吾兩人平生久要，諒終不以新故易交，寸心耿耿。容旋旆時揮泪傾倒耳。某按老荒落，分不作功名中人。秋間緣當事敦促，蒙恥入場，不自意名玷榜尾，真夢想所不到。近喜大親翁歸自粤東，訂期臘月初附驥入都，遂隊隨行，一了故事，便當歸杜衡門，作太平幸民，終不負守拙心期，致滋愛我者詬病也。老親翁久托風塵，攝心養晦，姑以九萬南溟爲六月之息，佇看子毋連翩金昆賢阮青雲振翮，而目前兩切切勉勵者，望來春南風解慍早覲故園，爲令郎重慶前期，則泰在葭莩，心儀心寫，言欲茹而仍一吐者也。老伯暨闔潭清泰，令孫強勁勝前，行且就傅，心目春存，視此

書　十一

之相矣。春中家三房二令叔太親翁不棄，辱以令孫愛許字二房小孫，姻盟世講，恩誼正長。寒舍叨安，家嚴道候。舍弟均此。去年歸階下世，蘭潔遊庠，又是相知中一一段悲喜情事。天南氣煖，順時愛祉。附報種種，百端交集，曷罄神馳。

又　篆花

村居杜門，每踈城市音問，嗣得傳言，文旌已北轅矣。祖道闕如，歉仄彌日。七夕左右，接奉誨言，已繕一緘，而鴻飛高遠，鄙情負慝，略憑儀封明府札中，比復荷明府厚誼遠存，晤對乞吃，名頌德闇，稜悵以來，得意適皆，欣羡欣羨。會文田詹有成議，難于換局，杜制久矣。綿外孫目昔淹久，深憂之，近喜翳去，不害也。來年坐地甚妥，老姻臺定所委悉。弟窮年兀兀，坐守枯株，未知棲泊何所，聊一及之。惟候新禧，唐道情抒，舍弟附叩，不名勉仰。

又　篆花

獻歲逢春，適值老姻翁學長先生七旬大慶，授剌進祝，始知壯心未已，復賦遠遊，悵快延佇者久之。回憶五年前扁舟越角，避喧決月，隱情正兩相似，非與世好爲異，實自顧難爲工也。爲之一慨。群處田間，鄉城隔濶，至夏初又聞行旌所指，本赴寧化之約，而中途乃遂館置南平，到處逢迎，又復躍然一喜。更喜賢主人於吾兩家均叨世講，便擬一函藉達，附致頌言，而老袖世緣，芝顏未接，且俟

書　十二

大械然前癸甲間與賢主尊人握手吳門往來甚密謬承推許訂
遊木瀆俄驚諱聞涕泪霑襟此段情悰至今感臆祈吾姻長先適
宿昔心期續當顧踏中候耳客懷超曠佳的充囊姻母高年頤養
外孫微疴已愈現在闔潭康強逢吉弟家亦托庇如常茲乘魯琴宗
信之便候報鈞安臨穎神馳切以時止樂貧為最不倫

致稼農盛

莫記

六月尾接讀瑤函沖懷厚意溢於毫素弟昨歲蕭然出都屬老親
臺靜攝西中缺為面別抵家即把晤令弟令郎叩請太夫人老親
母金安外隨為傳報客中逢吉兩各、治生悅學傾聽提、兩心

書　圭

暢然後每從逸羣處動詢宅報知即日蜀府四部其精勤敏練邀
賞中樞固所身親心折者特未解入奏愆期尚稽大用耳弟歸侍
白髮老親私喜酒愫如昔而閨房絕續感歎實多又時、自笑祿
祿偷安廊廟間不堪濫廁山水間復慳清福閉門兀坐如老諸生
所加於前此者只博得一貧字也頗雄才偉略奮建勳名於吾黨
中出一頭地所謂家貧望鄰富直為此惓惓也家嚴舍弟均候榮
禧蘭漈暨歸孝峰鳴致雲間主人鄭重道念兩纓特識言及之俯
不棄前諾心感心感令弟年世叔昇諸同年同鄉統希叱候瑣渺
不倫

又

莫記

萬里歸人驚綠綿翼稱時却掃門巷草深俄聞雲外傳書慰存疇
昔如傾蓋喜溢眉宇也結習迂遲身同蛹縮採得令弟二長兄
建旆有期繕就候纂箋無賸餞呼童走城鋪又不得現成丹素正
啓四十里回往兩番二兄已帆指毘陵矣弟為有道割棄詎意老
親臺先生千頃汪函平心潰論兼投雅韻四章拜誦之餘俯躬無
地明公盤根游刃聲徹九天兩編河源　恩貺甲第雄才榮遇寵
被知交豈胃祭卿翁所堪梯接弟自解民社痛盡蠶宿蠢菁露寶
烟飢驅委頓言旋料檢害步彌艱浪擲年華笑人窮、但摩挲左

書　卤

史以還六朝唐宋迄于勝國文章取次成六十卷幷上下千載顛
寄緒記聞則靜對大易一編夙日明聰從吾所好如是而已比在
南中晤秦常自顧司馬兩同學諸宮遊瀛嚼者菁華望無踰二
公鑒類以鋒鍔逼人久乃得逢意都都論而采之不足示居器之
善物乎知我愛我薦其聲說狂妄故態宿在胸興中矜其愚以容
與勗勗盛勗盛爾叩崇禧傾耳超擢神溯不宣

又

莫記

夏間耳接快論口誦快文向飛眉舞尋承諄復諄諄着語簡端不
揆檮昧略依大教稍詮次之草本奉呈原以待正有道不謂登版

若是遽也既得良友挹摘周慎自宜一一改去聞過則喜廬中槧
善正學者小心受益處但改處頗難伸縮字句曲就行款刓補之
誤恐不可行累損刻貲如何如何且更須加意無再遽也蒙惠初
印佳刻傳示諸稚孫開發機竅需益多矣兩序并棣庭原札附到
南禪脩建記以中秋為期有札致彼頗聞王師屬疾不聞寓錫心
竊惓憂眉註正在刷印需其成當貲書候之兩序刻再成仍希見
賜幸復不一

致秦蘄巖　　[illegible]

書　十五

憶建行旌四易歲序以特達之器膺特達之賞此日撫循遠嶠即
他年敭歷先聲為捧觴家增一段精采差強人意也弟局守殘編
幸邀一第而就教歸來需次下里修蕣水之晨昏講杏蒲之晴雨
雖羈宦寒氊職掌不越尋行數墨間於吾長兄無能為役矣俛世
兄坐困宿道句留邸館得鼎力提攜不致作任彥升兒欣慰欣慰
茲因其赴命之便附報太夫人老嫂金安兼候榮祉臧泐不莊

致侯端木　　[illegible]

溧陽往復隨年長兄後宵旦留連轉憶京邸相過從彌年景趣得
此再續竊計朋友在五倫內適莊諧之中而彌離合之際此樂最
未易多得自台旌迅發闕為折柳雲泥從此判絕矣念吾長兄三
千里歸藝王田不先不後蘭茁其芽大福德人獲大喜慶世間功
名進步到得心應手時大率類此不日崇班薦歷迎家置五色雲
邊再索三索與聲華資望相輔而起即以是徵之蓋將不一慶而
足也弟以高堂白髮還桂初衣昨出都時有句云百年炎冷從
庚戌一昔雄雌混甲辰自冷自哂頗謂灑然冷人慣作冷語遂
以冷淡置之行且徹骨望吾年長兄時為留意銓曹倘遇相應缺
到即與注名便是不費之綿花也長安知交統希叱致武沂兄囑
筆順候榮禧臨穎依馳不盡

致　　[illegible]

書　十六

客歲小春正欲繕札通賀輒復中止新春榮禧蔣至中賀正未有
已晤過蘭兄知將有迎家京邸之喜凡在舊好無不踴躍贊成人
在勸駕佳氣開圖將再索三索不一喜而足也華在兄眷老舊同
門也到都定應進謁為商一位置良策自是年長老先生汲引素
心弟自溧陽握手後歲紀過一周矣白髮堂陔栖遲粥水出與田
夫老農歌詠塾化聞者以為至樂詎奈窮鬼揶揄潦倒益甚鄭虔
之飯不足況與杜也更何暇問酒錢乎倘于銓曹有閒气留神垂
注不盡依馳

致呂晉東　　[illegible]

北里花主人。別有花事。醵金之議寢矣。小庭數本。花不多。聊可解
嘲。十四日。訂華丁諸西席。仗張兄作遨頭。過午即屆到舍。無費下
書人腳力。感感。
知。　萼花

執熱勞駕。苦役也。然圖南萬里。暫為榆枋一飛。所不得辭矣。臣卜
其晝。君秉曉涼。清蕈蹤薰。設以相待。率此。

又。　萼花

弟之不良於行。闕為拜送。兄所悉也。直以經年分首。重此把臂。故
敢以不情之事相強耳。兄肯鑒其誠否。到即澡以盆湯。晚旋駕。

書　岩

何如。辛此中懇。　附衍暑衫圍膓。勿莊也。附衍

又　萼花

肝膈知交。經年書斷。行者之悵。居者之罪也。弟自臨岐拜送以後。
失一仲兒。神摧淚枯。對影伶俜。舍弟又汲汲。北遊蓋復無聊。舊雨
遺忘。職此之故。冬初始得老世兄三月信。而贅勞況悴。已略得之
傳聞。晤老世伯諸世兄輩。勤懇問訊。區區之意。未達左右。當不如
筆。所固然矣。遠移新寧。風土固殊。然習之既久。當復安之。腰髀潤
色。便應快整歸鞭。怡神甘旨。兼餍華顛。舊遊是所願也。寒齋追既
略可謂知己道者。弟社箋刻成。頗見許人口。舍弟亦復歸張。大兒
又僥倖游庠。三事差堪為老人開顏。而愚兄弟兩家。爭先掉臂而
窘鄉中選校。猶又足供方家一笑者也。為道保重。不盡翹跂。

致朱菱一　代弟。　萼花

誼忝肺腑。頻年曠濶。忽枉瑤函。歡逾良覿。老長兄娴臺出于黔濟
為天下者不顧家。馳騖於河濤湍悍之涯。憑陵於漕艘飛輸之口。
參伍於金錢輻輳之綱。提埽之殷繁。樓船之唧撲。管籥之綦嚴。非
辦全副精神十分經綸。鮮不坐困者。而娴臺歷事以來。條條井井。
所至有聲。累邀制府大人青睞。委任棫樸。訏膺顯擢。鄙人逖聽。額
慶無已。然細讀來教。覺世味酸甜。仕途鄙曲。深嘗備歷。愈沙愈難。

書　六

所惑以一言進者。顯處能晦。競處能恬。譁處能彌。結處能解。如是
而已。至於進退徬徨。則非弟之所得知也。弟病魔稍去。苦為窮鬼
揶揄。剩廿畝賣存瘠產。不足辦小女奩租。即略有所補。只好償閏
中典衣之費。總賴太姻母姻母。養育訓誨。恩均二天。弟唯撫躬滋
愧。感泌心脾。已耳。來歲桃花浪暖。或當裹糧相從。一觀偉略。一罄
濶悰。翦燈促膝。會有日也。寒舍上下叨安。家嚴家孟。命筆順候鴻
禧。便明泐復。不盡馳企。

致蔡暘谷　萼花

仁孝如吾長兄。可謂盡倫盡制矣。茲的於廿一晚妥事。先此報命

但弟與健兄遵教，輕許屈尊，即過山南，而久待不至，深悔失言。然
如兩勞人，爲先友故，不憚朔風寒夜，僕僕五六反，較之居子職者
爲尊人故，略一軼身，必有間矣。如可曲從，請切勿後期，事固有需而
敗成者。言盡於此，不再。

又、　笑花

發棠之請，莫止六七，不獨爲士者笑之，然猶反覆不已者，如檢契
一說，蒙見諾者六七，因而決許之亦六七，因而坐待台裁者，又不
止六七。現今彼便在舍矣，奈何奈何。不揣樸鄙，陷身居間，然亦何
罪而使一面罰誓，一面乞憐，無恥無骨，一至此極。大凡逸樂養尊
者，不識介紹煩難之苦。設長兄不意中預此等事，到得如許舌僵
口燥，年盡歲畢，亦必有厭見厭聞，自悔自恨，而艴然不懌者。請設
身處地，爲弟籌之，爲所事籌之，遂歇手乎，遂過年乎，將除夜僕僕
乎，抑獻歲曉曉乎。若云黃處一詘，未及弟亦擔當歸趙可也。若云
繳出黃議，恐日後無憑，仍執原賣契可也。或弟輩亦蹈襲故事，商
立公議，亦可也。更或即以前日所壓者，作此契贖價，亦無不可也。
且契即見擲，弟輩亦且留而不與，俟議定後過割耳。目下不過出
契以示，使勿懷疑也。縷縷苦衷，如此其矜而諒之。所言過戇，不恤
相怪，并謝嘉貺，不宣。

書　十九

復靖安明府嵇傳孫年姻臺。　笑佳

去年秋杪，得榮任靖安之信，靖安璞翁先生舊治也，文章政事，師
友淵源，後先彪炳，不日　璽書褒擢，爲吾黨光，賀賀賀賀。只今州
縣積規，剔除殆盡，與正與平生志節相副，知光霽胸懷，固所樂居
者。從吉弟孽重罪深，先嚴棄養，諒已委悉，治喪粗了，幾無以自存，
而滇聘適至，萬里飢驅，良非得已。到滇更十四絃望矣。幸制撫各
臺相待有加禮，失心劘切，文風改觀，當事久而彌敬，差用自慰。客
冬寄濟家乏，內顧稍寬，四月閏月，黔苗蠢動，頗憂道梗，不久撲平。
擬到年尾年頭，力辭歸里，而間行顧八兄，握手不走洞庭，取道江
右。大約來春二三月間，必在百花洲畔，未審得天假之緣，一把晤
劇談否。茲乘建昌公旋旆之便，附候親臺年老先生、親母年嫂夫
人金安，并郎令愛諸親家福履，想更孫枝挺秀，樂何如之。七子舍
亦得子矣，賤體叨庇平安，顧八兄囑筆道候。小草室函慚恧無地，
不盡神依。

書　二十

又　笑花

客冬建昌公徐老先生自滇旋旆，曾附一函，遙候崇祉，想已鄰達
記室。年長姻臺推誠保赤，循卓政成，屬在親知，頻頻手額。弟飢驅
萬里，步櫚看山，遠雲對影，自憐行自哂也。邠榜既懸，　恩科續

樂當道扳留懇摯，誼不得抗意掉頭，今已擇定重陽後三日東裝
行矣。決計取道豫章，十一月末當泊滕王閣下，有緣叙濶，或未可
知。比有貴鄰治星士李道安，足跡遍天下，所至名公卿輙引至座
隅，並由盤粤旋里，顧一識韓，弟藉為魚雁，叩賀近禧，暨年嫂親母
福履，令郎令愛諸世姻庭前具慶，冀遂推烏延入，李友陪話一夕，
亦緣法之適相值者。克兄靚臺在署，均此候謝，顧右兄囑筆道意。
客中經年不得家書，諸候抵舍後續報。不莊。

又　篤祀

三年乞食，日月如馳，歸遂准欲取道豫章，就問年老先生老親臺

書　呈

政教設施，作一快晤，不圖行及常德，天星湖水盡涸，只得仍向岳
陽。接讀瑶函，以迓過見呵，其實非也。吾輩誦法前哲，要以通塞不
移，乃見所守。聞有同志中離疏釋儒，而目如初，正是好消息。承示
親友若挾宿怨，輒怨者果小怨小怨，弟當小賀之；更大怨大怨，弟
人之怨怨，弟當大賀之耳。時時賀之，何者？必其能特立者也，百折
不回者也，又不狥物情以便身圖者也。弟於循聲服教，奉為宗仰
之不暇，而又何憾焉。弟首蓿一盤，需之既久而不至，命亦蹇矣，並
順聽之。歲在冬春間耳。滇歸添兩孫，近俱出痘，阿常更堅實，即年
老先生外孫也。無論將來喫飯地，目前殊自可喜。壬年兄兩袖脩

然，疎簾點易，足為氣類增價。七兒荷蒭勺之賜，附稟謝私。臨池順
候年老先生老親臺、年老夫人老親母，并鄉前珠玉榮履，邸居闔
啓。希恕不莊。

答陳兩顏　篤祀

漁灣蟹舍，判與鷗鷺尋盟，對溪帶水，彼有人焉，渺然天際，未嘗以
尺素相通，非敢怠也，不敢梯接耳。裕兄來，忽枉霞上之札，數年闊
別，尚蒙存想，眉宇欲飛。驕省之戚，弟亦抱此數年矣。執書之頃，攤
撥舊愁，以同病之憐，為同聲之應，是所不辭，然蕪辭無當，徒慚織
渰太虛，先惠一軸，庶足發其肥和，尚此附懇。

書　呈

又代呂裕生　篤祀

忝附世講，未炙珠玉，偶以代庖決句，得聆清誨，但弟知識淺短，不
獲窺見淵源耳。弟困處荒郊，求一就食之地，了不可得，欲納細流，
須問滄海，老世兄於親知之求吹噓斥席，銘感不獨寸心也。

與錢霞嫂　篤祀

儀且以歸下老兄，以吾嫂之行卜宗風之振，勉乎哉！水涸不通舟，
關為握送，需構首之致，想知白頭兄嫂耶。

與丁紉菴　篤祀

相知有我人，一別動輒判歲，既經拜謝，復聞晤言，風雨雞鳴，時縈

晤思耳。初三之訂，已囑内弟移舫相邀，章先期致翰秦雪兄，一圖
過我。略話濶悰，信宿觴心，諒弗外也。雪兄不另札。

又、　笑花

伏枕經旬，病起即入城應酬人事，勞頓已甚。渴欲造候，足力未健
也。城南避逅，未得接談，爲悵。啓者，弟與福謙交在紀群，可謂深矣。
如鴻山壞地，風雨昏暮，踯躅周旋，可謂盡力矣。以弟之貧落，從未
強顔稱貸，自取賤辱。意謂情理所通，猶望推及屋烏，不虞不留餘
地，以處其同懷之一弟也。舍弟急而質產，十年有餘，貽僧相售，未
便啓齒，至今秋，始托鼎言道意，承許回贖，再四稽防，一一依允，豈
料計出掩襲，迅如疾雷，聞之心駭。舍弟寡人，何敢高聲，獨念弟廿
載趨承，而受侮即於同氣，不能不爲世道歎耳。耑渺如面。

書　壹

又　笑花

早既太甚，少雨未霑，尚有車薪杯水之慮，爲之奈何。弟進取已灰，
長夏病目，兩月未復，近來繙閱杜詩，獨闢長孺箋本，頗力乞之，寶
笈中想不斷也。此時刻倣宋本因不適集不能求，附因得一睹，中峯此囑，候弟尾不備。

又、　笑花

春准判袂，雨下銷沉，災荒游臻，釜塵是慮。河上之歌不云乎：同病
相憐，同憂相救。今也有相憐無相救矣。先生其謂之何。光長兄曾

傳諭，會期稍緩，今照例已遲一月。諸友都不肯假借，賤名致饒非
方命也。弟判年相對，只有杜陵老子，握晤有期，賞奇不遠。讀書不
療飢，聊此遣晨夕耳。幸此不恭。

又、　笑花

前月尾曾致王武兄札云：極冷之官，極忙之缺，六時五應，客十日
七鄉，起不勝殆也。又奈苜蓿一盤，叢而食之者三十口，稍暇唯仰
屋自歎而已。承惠德音，未遑作答，歉仄無似。初六日，敢復來留止
一宿，幸是兩隐。差簡酬應，短檠晤語，想起通候宿倩，急抽筆作了
世事語附報知已。但博開緘一笑，勿以其言之扯淡，責其慢也。備
有意訪滄浪亭中寓邀時苜蓿盤，亦可餬客。又勿以我斥有告者。舍
錢過熟，是乃真知己耶。叩賀近餽，莊語只此四字。

書　叁

殷奕年先生、　笑花

清算疏簾，道匿一扇，先生便是羲皇上人。於節間到城，歸舟緊廸
不暇走候，自顧一身鄉氣，打掃不落。啓者：春初致陳先生銀五兩
遵諭以會事不集，即作脩金銷筭，夏秋以前，不便扣除，嗣後須杜
此一項，乞乘間爲言致聲，否咸煩大兄傳稟，庶於交誼上婉轉有
步驟。率此佈懇，兼候道履，不一。

致宋載培、　笑花

白門握別仰羨老世臺金昆輩雲漢騫騰弟為轅下駒二十年爾
矣昨識往來過　景滿意請謁衙齋叙述世舊而同行韋辛不遑
稍戀徒切神依八月中遵教入蘇又值養重靜攝未便造御披情
悒快而退隨聞軒蓋過存河滸而匆遽解維恝然不少待是用負
歉耳枉手書委杜捐項弟本居局外念三家世講義難袖手前僦
後已先人茲復苦語移日始得如數報命外應酌補欠色但裕兄
親書期券并項藉使附納解鈴於兩繫合留於再離頗費幾許曲
折不敢言功庶幾免咎如是而已草率奉覆順候榮禧餘泐不莊

與司馬健九　書　笑花

書　[illegible]

俗情兩化不復以一飯之德膚詞道謝也矣閱渠頭鼓吹有一語足
証杜句者尚僅借覽檢覈後即完趙也幸此

又代弟　笑花

老大頭顱屆前就諸生識箇中人不敢以俗詞揚厲也頃者弟侍
宿憂猥以趨職之事累兄往返作合備承得請盍可知也忽復傳
諭述敝親家姊文移賤見責不禁悚然出而節自取訕笑繼如此
鄭及訪諸將命者以謂求允之後分文未惠罪我相輕則又懊悔
弟初以廣趙君常品樸倨嚴承親家不廣轉以此當詬也憶掌珠
上頭時曾奉斤金代禮憐而見卻至拜納聘田之日連此一節統

書田三十畝原訂輸租三熟即議完婚今除上年不算外租已及
格若而兩備歉收則罪尚可恥又謂春頭啟請及秋相逼竊謂懸
期三月麗具薄儀而為悖謬男長女大何過之有另單開來各項
節眼兒之否龜不能下也所云廿八之期方且思慮遏縮而不敢
踐當時待親家之相卻之乎吾兄行期匆迫敢佈腹心候旋旆
時踵門負荊以謝負不能為禮之罪愧赧愧赧不宣

又　笑花

禎礦兒郎加之雕鑿可得鑄縫否種種容當面頌啟者敝世叔呂
寧翁將有浙西之行有一令孫器宇絕佳良質也渠自不便攜帶

書　[illegible]

問師於弟意在吾表兄但授經清況艱措膳資詢其數若難於出
口者擬在禁烟節後訂歸虔門下倘可容納徐商脩脯大抵以薄
為其道也是否示一回音弟顯患目眚不及面致幸此

又　笑花

連擬走候屬有他阻啟者會事早已杜局而吾兄會物久不如何弟
忝為首會而收會者却係幼輩尤覺無詞以對承云糯稻拖債所
訂之期忽焉已過朋友之交高談道義往往以錢財敗之里中如
吾輩相與落落幾人幸勿以交財一節為無關輕重也況此項小
兒作抵贖當所嘗者又替玥之屬乃係閨閣中物不得湊手未免

嘖有煩言。且當息輕會息重矣。擔遲於吾兄甚不利也。弟六七
年來手頭乾燥。每辦一事。毫無把握。百孔千瘡以全信行。無錢之
苦。備嘗之矣。兄業之不厚。而歲收之甚歉。豈不知之。而所重有甚
於財者。故君子畏之。誼同金石。其言過戇。罪我恕我。所不敢恤。肯
此。不恭。

又、 萬記

勞駕者判年。夢思者累夜。每相知過予。輒問動履。而良晤實難。真
覺鄙吝復生也。日和尚來。言及鍾樓文室。欲與克昌表弟結一善
緣。同是老親。弟反以新親故。未便緩頰。須吾表兄一言致之。弟曾　書　壹
荷克昌表弟緩急。冬間決當繳去。并及。不一。
老表兄一生轟轟烈烈。亦拚十金垂不朽名。何如。弟已任三十
金矣。又行

代秦雪堂致某書。 萬記

漕河俊館。人地兼資。吾叔父盤錯優游。許膺保擢。家門私慶。眷守
欲飛。冬首五哥旋里。恭請萬安。知圖署清嘉。尤深欣忭。具聞叔父
公餘南眺。[illegible]注故鄉。輒下羣騶。還棠剪刷。即如伯兄某前歲空囊
晉謁。誨養有加。歸述津津。二天長戴矣。姪八歲失怙。家難頻仍。兩
孤俱在童稚。皆產蕩然。伯兄稍得故交援手。出贅郡中。姪則悵悵
何之。年踰弱冠。尚賴老母紉補。冀得一邨館。少助白頭饘粥。而年
歉歲學。十家而九。百方奔走。仍剩閒身。搖尾誰憐。向隅竊嘆。不敢
以語外人。而告之至愛至密之叔父。然究轉哀鳴。聲不出旁舍。而
望徹于千里之聽。多見其不知量也。准倫來春。行纏襆被。步詣膝
前。將必有覩枯槁之色。而仁心惻然者矣。或我徽有以相處。使不
至顛躓於道途。則幸何如之。感何如之。叔父人倫模楷。即公爾忘
私。豈薄其所厚。五哥轉覬散布腹心。為國家為門第。千萬珍重。不宣。

與華光烈、 萬記

節前入城時。道中黽力送脩金并十家叔手書一函。到館而先生　書　貳
已撥節歸之櫂。至城鹿鹿。又無暇遣力出南關。遂原函帶回。貯篋
中數日矣。適尊札又來。對館使而歉然也。藉手附上。幸鑑種種。家
兆即以原函奉致。不另作答。并及。不悉。

又、 萬記

雪壓牡丹蕊。花不甚盛。然亦未可感然泠落。座無雜客。唯丁孔兄
馮健兄輩。皆忘形知己。至期小艇奉邀。幸携諸及門一過。勿相外
也。所謂供具草草。未免花王笑人。小東預致。不備。

又、 晴橋[illegible] 在[illegible]江[illegible] 萬記

生徒事宜。悉仗先生。且又齒於資斧。提容面謝致歉耳。啓者。二兒

一秋向可近日轉劇地中方家不過爾ゝ意唯請邑鄭君爲有仙
授渠有令兄在敝鄉行青烏術岡曾相訪云此時定就澄江之試
特遣人舟轉浼先生於請邑諸同人中探其的實敢請來合議不
就試亦即向諸同人訪其家巷并設法遣人渡江造請摠祈多方
計較以必到爲期諒先生不吝心力也𢗷ゝ筆謝不足盡

又　篆花

悠ゝ我思不日不月去冬爲小兒僕ゝ未盡區ゝ之意侯省門握
手粗倫一叅資耳第偕丁四兄同行准期十六日城中取齊恐駕
已先發不及面晤盛猶未行尚可到府一候也據小兒說有鈔錄

書　壳

尚書文一本在先生處幸付來手文殊不佳爲末學應急之具而
已幸此不具

請泰松耕先生　篆花

昨拉舍一鼓矣連日局中勝負何如囊已罄否頗以不得點蕁爲
恨午間煮豆腐一碗屈過一談并拉對局人來均此

又　篆花

濕過花間杜少陵不因泥雨怯出可謂勇於赴飲者矣天公不做
美顧先生傍險一行應不減古人風致

致崇安芋和尚　篆花

具眞實行頭便是時節因緣巍ゝ堂ゝ事業原只在折脚鐺邊也
大殿瓦工春和始動有舍親韓五衡者陸墓著姓領袖窑行篤誠
開爽終始不二値其來可即呼集瓦匠新舊配樣面定價直者得
將來到地覓行講價種ゝ煩勞耳

與錢左言

縱棹湖濱不復覿庄同載天不做美歸途悵然吾兄省行之伴堅
所約否昨丁四兄來札云五甦足矣與賢師弟合伴數適相符也
果否何如尚佇申請不一

致宋　書　手

廿年托契帶水間之承聞斑衣旋旆驥子彈冠雖稱賀闌如時復
神往耳客冬有舍弟援例一事與戴兄定議期以春季眼穿旌捷
轉瞬一年弟亦頗知彼中周折而鄉曲聞見不以爲所事浮沉則
以爲居間度闍本人遂欲向弟解議[illegible]將來之項誰任不解則得
信之期有然特請台示祈望答教種ゝ榮遇容候頌不宜

與安岐山　篆花

不久又當續勝遊矣前費郇廚到後遊作別時併維道謝也承諭
來年西席所注意之有常叔僕歸時渠已接鴻山聘書脩額稍積
爲貧者擇多而就恒情類然僕不得再下苦口而柱官之須督課

又不可不急擇一師有敝世兄晋亦表弟所熟識也來歲尚屢
坐地其字音書法俱好而未有室家之戀且在貴鄉無他交往出
入必簡至脩金亦不甚較即以家叔之數相處足矣吾表弟幸酌裁
之僕雖不韓為泛交饒舌知其可而言之必不肯於至親中表有
誤薦舉之誅也本擬專伻持札適乘便附達即示回音不盡

與華容齋、

別後即往諫里丁孔兄意以祗大兄一人則可再有所挈則不可
渠正欲別圖合伴且已添出孔兄之叔多人亦嫌嘈雜兩邊避就
弟非有所擇於其間但與彼成言在先又係舊西席勢難中斷故

書　呈

敢走筆奉商覘之不能不與聲兄豫兄猶弟之於丁黃矣何去何
從幸有以相示幸此不備

又、

河干作別留滯吳門懸憶蓉湖行色至今神溯承聞弁冕群雖先
聲三捷通都士友眉舞色飛弟於春暮就館西倉寄廡自給對影失
笑六月中赴院就看西江分校行且及期未定行止行則回還須
以百日鄙賀秋隽懼負後至之愆先此道喜老伯親母暨閤潭俱
勝寒舍叨安華郎亦不弱弟坐守枯株有所聞諒能關照唯日々
翹首天衢想精采十倍不勞尺素閒勸加飯也依馳不盡

與秦雪堂、　寄信

頗疑春首遐遺及童子往返驚聞大故不覺心駭淚落擬致簿於
恐乖會面容補表區々耳未竟之書重蒙金諾兩投尊札具見成
全雅意久欲馳稟緣文兄未踐遂爾遲々兹亦尚少數頁再當續
送寒食在邇胥一相顧否幸此不備

又、　秀抱

一館落手伺之者數人窘步以趨而先之者得之矣所云兩坐地
都成子虛殊自愧易其言亦可以義一慨也幸此附復幸諒不具

與某、

書　呈

窘鄉風味淡泊相與望親臺為鮑叔久矣有敝世兄秦雪堂者能
句讀能文章更善書法其為人亦方亦圓洵通俗良師也聞令嫂
處尚缺西席大堪勝任特此走筆諸不備

請鄭濟川

得親炙決旬躁心都釋不特刀圭立起令人感佩耳啓者冬至前
期宿蒙金諾盼望四五日矣知先生定多世故纏身特專力候駕
萬祈降重全奏成功則銘心無既禱切禱切不備

又

擬駕已回請煩晤華中兄知尚留湖上也前呂舍親處重勞徒步

往返後心甚歉。幸服尊劑後，熱勢全減，但胸膈略寬，尚未豁然，胃
氣亦未大起，特托朱舍親囑筆仲致。曦舟候過，一覆意甚諄懇，雖
圖報涼薄，知大雅君子必能鑒其意而畧其文也。率此代致，并乞
便道過舍，不悉

與華廷遠

高誼如雲，非寸私可報。又以年歲底、累之二兒沉疴不起，心緒
亂如紛然，不及拜命，容正初專賀新禧耳。前日蔡初兄令郎到舍，
偶談及徐冲繳廬，承渠盛意，有迫欲曲就之情，并囑姪轉懇老伯
新正於其令祖前力為玉成，事誠兩便，顧留神於此。諸容踵賀時
面頌，面懇，不既

書　　臺。

又

二兄枉過，適俱入城，不免避客之罪矣。兒輩傳諭老表伯有初十
到舍之約，是日適訂嵩山賑廠，當事欲圖快晤，實兩便也。姪所欲奉
商者多，統容面致，早光是幸。

與蔡楚材

眼中絕少任事之人，如公等幾欲獨為君子矣。弟別後入城，昨晚
抵舍，議者且謂其借薄究作廠地也。茲擬初十日粗具一飯，屈鄧
父母薛先生及表兄輩暫過寓齋，略弛勞勩，煩為勸駕，各力相外。

至於議論之末，自分識力淺短，所不敢參。率訂不柬。

代有常叔請尤岸仙

前日蒙長途勞頓，具慈青雲高誼，茲稟有常家叔晚節只仗一子，
目前之病，吾姆蜀診過脈息，稔知費手。別後反覆轉劇，有叔只有
對人哭泣，不能出語而已。茲愚兄弟及諸相知輩公議湊分，專力
到府延請，乞即自命輿夫即刻南來一看，不獨家叔感泣，即同人
盡皆額手，禱切禱切。家叔已儘量賣田矣，斷斷不負。

與陳清源

書　　啚

忝附戚末，向蹤親炙，神遊几席間也。啓者，二兒需參甚迫，據舍姪
云，親翁處有珍藏佳品，茲特遣力走懇，萬望慨惠，并判價直，俟五
六日內即便奉上，無悞。

代丹五致蘭潔

二月初五日，陪祀山祠，瑶函適至，時與安基三兄輩即席傳觀，具
感曲成雅意。因促愚往返鄉城，備物如數，而三兄隨往學前，圖全
兩美，既歷歷勉循尊教矣。但欲藉手成事，似宜先事預白，語吾姪
之於庶常，前此既未面談，後此復欠專札，則隔鞾搔癢，代斷怨傷，
宜其賫物相投，而閽者逡巡却顧也。維自今，如原約可践，則照到
過割，略無退阻。如勢必不能，則許盱楚璧之返，無使斗筲下秀，望

眼欲穿。拜賜實多、、耳。臨池麴潮。附候台禧。不莊

致同年王蓼原先生

棣庭促膝。嘐口論詩。言之不作。為識者笑。弟自顧顛毛半白。曳尾泥中。偶借案頭杜老一破窂愁。每有會心。書眉劄記。不自意遂成一書也。歲月磨耗。刪薰再三。強顏授梓。登版僅半。未便持贈。特簡寫本每冊各三卷呈政。聊用舉隅。九、銷寒薰爐絹几。取膺本互勘。摘意靜思。或當有奇賞疑析之歎焉。文章千古。得失寸心。此外直一人之事。一世之業。其中紕繆宏多。不妨往復訂政。心乎愛矣。遐不謂矣。期有以相襄也。五律繞起繕寫。故不寄。弃業後幸返原冊。容補送拙刻耳。令弟三覲翁。專精制舉大業。不敢以閒雜詩文相撓。非及相遺也。并致。不既

書　三五

又

前日家移短櫂。乞米東家。乘便歸覲。還便來。隨同到館。即以尊札遍致其家金昆贊阮。並云未暇及此。弟之為顏帖陶詩者為之笑。年長先生者毋乃操之瑟也。如何如何。

又、

房山畫遲回半月。無有是處。囊軸歸趙。大拙今之以背聞者。幸得贓氣之宗物。固有適時者。有不適時者。拙此物歸吾曹。而人相

[illegible]

懸殷拍寂寞之滿而已。月初或當一晤。不盡

又

極冷之署。極忙之缺。一月十早起不勝怠也。聞新安有乞休之信。榮補定當不遠。承委已遣敝書查確。上年六月府文到司。七月司中院。八月院咨部。並無延閣。謹此奉覆。棣庭寄海昌之函廿二日遞往孫鋪。并聞有便乞示我。周行勿作世故語為感

又、

終歲塵、、。虛脾泥愛。不過無謂之應酬。虛廢日力。知交隔越。書問濶疏。讀盤錯間官奉符絡繹之句。可為長歎。吾長兄高懷樂志。竟返初服。倘謂心竊非之者。溺也。謂心竊慕之者。欺也。弟自料非館不生。即令雖媿倚席。猶倫晨炊。任運而已。東林講幄。早晚偕語及之。公田二星。此日無從徹覽。須劍光先生連夜挈伴入蘇。藩期在廿九。撫則當以月朔。巡准未有定程也。二世兄。弟與院長屢念之。但吳風近益涼薄。無可為地者。第列名院冊。月應兩課。或可圖耳。學齋酸齏之味。兄故熟嘗之。況南州不再。強同獨木。更非棲鳳之地也。佳章數過讀矣。未獲步及後塵。可愧可憫。天水使歸。順候近祉。三兄均致。深更不及另札。統希慈宥。不盡依切

又、

書　三六

外孫將行，作附謝小簡付之。趙宵而吳尊兄至，出示明訓，比者江皋于役，繞城經過，祇以措僦船小費，開罪親知，訓我恕我，有弗恤已。去夏令弟三哥辱賜手問，有意督過之。撫今追昔，杼柚予懷，姑以不辯拜過，非不答也。茲復倚重責所許，豈敢食言，但自慨運命貧薄，經度得耗費，年造次未有以應，且此外孫物也，需其合巹禮成，爲閨中添喜，於情事差稱，謹此佈復，希婉致謝東并達諸不具。

又　寄礼

老去頗近枯禪，不以孤另增悽也。承慰附謝，皋比清暇，賦詩不輟，所望都爲一集，得快讀之。外孫歸，順候闔第福履不具。

書　三五

答錢乾御代。

家嚴昨更深抵家，今早繹致尊札及蔡氏行略，但剡下又截米入倉，須逗留三日，家嚴殊甚躊躇，恐不及赴命，如必欲爲之，須初八晚間篝燈作草，諭筆請閱大伯處祭文稿，以此篇亦須大伯出名，一莫再莫筃中大有文情，疑不至有雷同矛盾等病也，率此

與曾王制。

庚集得尊註本，豁然拙評內已標穎引重矣。茲奉繳，并南北周史三本及後漢全冊俱繳，再王逸少晉里乞檢本傳錄示，再敦復有皇甫君帖，乞借示，再拙評國語、國策已有稿本，送上請政，幸摘糾繆示之，勿傳他處，再治河疏寫來，竟容暫留，率此不及

又。　寄礼

拙鈔就正，承以嚴課之隙，加意細論，如祭公篇一劑一訓，兩層提掇，少一蹤忽便爾溷點，其他謬處，當復多端，然非先生，誰肯於不急之務，微至若此。嚮望始終訓定之，不相促迫也。屈騷甚納，亦已脫藁，并壓槃頭，儲穀架一本，附繳。最有致者，第熟腸不冷，爲米饒舌，濫入清聽矣。別後嚴拒延緩者四五日，至於勢必不免，只得差排三小兒以刻日東出之館，槃栗應之，此兒量小如芥，新花上市，只在月初，決於一行矣。懇撥意驥乾霜之轉致代斷者，傳已及手。

書　三六

但望運斤者捷于成風，感感，且無涯。率泐不恭。

致錢正馬。　寄礼

淄淄南國，如學長兄洵第一輩人，秋風不遠，吾鄉乙酉後有嗣音矣，非私祝也。敝年兄以房山畫乞靈於賓東質庫，計非得已，遣力至再，深人不爲淺語，唯在囊茗一歆動間，冀於二十之數，緊緊求義，唯以私於知己，千萬千萬，不備。

致李天根。　寄礼

日長炎炎，想賢賓主分庭銷夏，清尊踈簾，令人忘暑。房山軸洵四百年物，經法眼鑒賞，畫亦遇知己也。敝年兄鏞遣候信，祈九鼎一

言必剴兩請即連典票封發拜嘉有適身受懇懇不忘

又代孫

準音頃晉家祖口授言種承枉顧報禮闕如志局羈遲終歲脫稿
尊甫先生傳編高隱太夫人則予穢識著述兩編再表之向辱謙誘
特此報命啟者君家蔡家廟奴僑主事過境遷太虛浮雲知胥次
瀟洒廓然久矣而蔡則累次乞言家祖亦渴罔叙闕擬選良日瀹
茗陸子泉下邀同兩家高親坐春水船談望章事溪山改觀勝遊
彌日其快何如適以斯言聞之醇齋家表兄亦數掌稱妙諒在高
懷不我遐棄先並佈愫容日傳賤家祖近日未便書名投刺特命

書　堯

筆道悃附候崇禧不宣

與內弟黃濬長

藥記

種承珍貺報稱無由容當踵謝懇者許衿丈會銀容冬知其驟催
變故不便啟齒今則時屆開徵萬無一措所望甚迫吾舅非鮮終
之人衿丈非逋債之輩何至相忌若此弟與[illegible]自老舅視之郎舅
均也得無有碑厚瓦薄之情耶詞旨激切未免開罪定當自判人
窮則出言無狀宜有以諒之不一

又

箬記

剴來便已判年弟自遠遊歸卧起兩弓地坐踞腳咻對陳編數十

冊口吟手披爲老書生懶種出門酬應然二三親膺經時無我相
見每一觸懷未嘗不神飛座右也比聞道路之言今歲貴西窗頭
意思牴牾未審確否如其言果信則有一澂窗席華隆元本寒門
宅相坐莞齋三年矣與吾舅亦舊相識教法出自鵞湖王氏最清
真善啟發單原與訂定久文但弟除目不遠來年當有之官之
紉意將挈孫而行而隆元兩尊人必不令其遠去鄉命遂堅辭膺
約弟敢斗膽奉聞一商此局并爲傳致鄰兄通相裁酌俟聽回示
想中元節間別有延之者幸勿稍緩爲囑弟於高門並翼之謀凡
三推擇矣輒有相得益彰之效其不敢輕率銳古定能諒之秋諒

書　甲

圖一快叙切切不多及

與許九功

兩地神馳彼此均切詢知福履如接寤言歲底承應歲切五中久
思本利齊繳而多費之餘提襟肘露非敢向尋我者飾詞也

與（重出）

黍附歲末向晤親炙神遊几席間也啟者二兒需參甚迫據舍姪
云親翁處有珍藏品佳茲特遣力走懇萬望慨惠并判價直俟五
六日內即便奉上無誤

與黃丹吳

一春康、未及叩謝負歉良多初三之期炳枉棹到丁孔兄處拉
同過舍道遠不及再速也平此

又、

承吾舅及學兄鄭兄慨允緩急感謝多、矣前諭鄭兄以三冬多
務届期不得降重則斷、不可會中如嘯傲泩之錢、甘露之陳俱
係生客倘兩親不集未免起董友之疑故特嵩便申懇經萬、鄭
兄不來必吾舅與學兄一至乃為萬全既破寶釣復破工夫明知
不情已甚然左右玉成不嫌討盡便宜耳禱切禱切

與錢階登、　書　罣

九月中晉暮叩門仰叨雲誼頃呈拙卷兼唁騎省之戚再荷珍施
嗚謝罔既弟年來深入窘鄉忝與計偕前途艱費曾囑家表兄聖
翼兄轉致集會之舉瀆請援踵自顧汗顏然幸不棄於鄉里親知
或亦平日間硜、素行略有以取信人口也茲特托舍弟中懇倘
得曲鑒寸私則鄙人此去得遂謁國門皆親臺之賜也今午弟拜懇
陳清源學曾兩親家並蒙慨允顯望玉成感激無地不莊

又、　茅龍

崇搆甲吳下暑退後為親臺敬賦斯干也有高房山真蹟一大軸
本西林舊物後歸敝同年王武沂之高祖通邑知為世寶曾有題

仕者百金購之未許茲武兄為扺五十金通項出此為質弟筆酌
減其數可且二十兩為率兩相配無適大廈者壯哉方壺崑崙圖
掛君高堂之素壁豪興欲飛矣甯力馳到無使空返赤日中為德
不細蔡舍親單囑致不一

致楊宸言　茅龍

早擬造府而不果行天漏誰能補奈何奈何詰朝衝泥入城當迂
道請謁先此馳訂范鴻儒想當留也率此

致錢大成、　茅龍

聞行旌已建拜送闕如一出而結主知傾物望在此行矣忻賀忻
賀附一啓上歙房師德水田公幸訪致之　書　罣

致顧右卿、　茅龍

喜聞鄙邑指日榮遇容申面賀比過吳淞謁雲間主人具問赴省
彼中郡試在八月盡間意以閱卷相屬但其潔已有素苦潤筆不
豊耳囑為傳語倘不碍此行請及期一往允否預須鄙示以便專
人敦請云有留錫守者致札甚易也

又、　茅龍

廿七日入城知門長兄已赴雲間之約弟曾在吳閶聞提臺大人
延訪經師意惟令姪持五兄才地相稱因到西溪面語之五兄雖

叙緬就。而一言作合。須得王老師予後慈。則相遇可期。弟已專札稟請矣。為良友。為所親。其情均也。兄豈或後之乎。為具言貧窘而才賢于我師之前。宜無不得當者。幸此不既。

與蔡文虞　　第記

周旋窮交。誼敦古處。身受而不知愧且感者。世間必無此麼麼之人。特目前如舟行閣淺。稍得升斗之水。必有以相償也。啓者。有舍表弟安宇向在典庫涉歷。其為人誠謹而多能。尊典此時正在需人之會。敢進之左右。硜硜之人。不為誑語。幸召而試之。不敢過望厚賜也。

書　罣

與蔡體乾　　第記

除目已注。給憑須夏秋。出門當以中秋為率耳。今表叔非不樂于相與。緣近日親友囑托者填門。尺水豈能為丈波。只得一概謝絕。統俟臨期酌定。目前實未便輕諾也。金昆新沐雨化。容當刮目相實。不一

又　　第記

好雨應候。當有豐年之慶矣。欲借尊軒。為西庄祝釐之行。用過即歸趙。專此。

又　　第記

飢驅萬里。准准在誥朝。草此作別。懇者。有典票二紙。力不能應期歸杜。而小物又不忍輕棄。乞格外留之時。雖遠必贖也。寠人瑣瑣大雅所嗤。或能情諒耳。耑此不盡。

又　　第記

官書紫迫。倉忙就道。而館候西江聘調。止蘇又須經旬。徒于教學之資。多費數日。此心關懸耳。向說所需未暇他及。惟絲粟之請。再需二肩。過庭希致。捉筆汗顏。不一。

又　　第記

出門當以月杪。不及辭行為歉。院試在邇。晤諸君風簷競秀。為友生增價耳。家大人應蔵處題主之請。暫假幃軒綾套以行。老人硜硜。歸趙必不踰日。幸即檢付。命筆專此。

書　罣

又　　第記

頃乘一便舟到嵩山。愚兄弟且就花下一宿矣。蘇信何如。金昆及起居兩兄。花間一晤為妙。望即移玉。不一

又　　第記

屢費盤飧。再承饋歲。瓊敷關如。拜嘉悚切。尊大人前席。希趨庭申致種種。謝私僅歸傳諭許借紅氈吉服。為敝滽家花燭增彩。亡用好間佳話也。幸付來手。當歸趙。縷縷不宣。

典
昏黑竟去彌日不安青蓮行橐蕭然舊交豈容漠〻兔湊一金尚
出轉借害兒若此難爲良者告也強顔應命愧歉不如率此
致某　　蕃祉
同在大江之南心依宗匠爲日久矣乃從萬里外得識丰裁榮幸
何似加之飲醇既洽嘉貺續來落〻蹤跡忻愧并集側聞老先生
德化風行計日　璽書褒美黃潁川以二千石入登公輔于今拭
目見之某樸樕無聞遠司院訓准擬去臘言旋而恭遇　恩詔開
科上憲惓〻不舍勉強逗留彌增懸悰浩然歸志秋以爲期再奉鈞
書　　置
誨會當何日唯心口念誦弗諼耳茲承章先生入幕之便藴函申
謝兼叩崇禧不任馳溯
致某　　蕃祉
滇南士習文風得當代大君子文加淬厲宜其鼓舞無已而老先
生式化新疆勤〻懇〻尤爲度越尋常觀所以嘉惠李生者而梟
育郡上之盛心如揭日月矣李生來賫攜珍貺兼讀鴻篇運密法
于精理之中每當提綱振領抗要爭奇鎔成一片更有大氣以
舉之揣摩心得洵堪模楷多士合院傳鈔欣獲拱璧也某塾守章
句謬塵講席唯以平日所聞與諸賢晨夕切劘而情殷效薄久已

勇退盟心奈上憲惓〻會來　恩綸開榜勉留向月補劾他山益
凜報稱維艱耳祗佩訓詞肅緘鳴謝附叩崇祉不盡翹依
致某　　蕃祉
聞邇習風土者極道貴治彌陽之勝爲滇省名區而人文輩出亡
號南中淵藪得老先生崇獎陶成使文章風雅與山水秀靈相輔
而益上洵　聖朝文治得人而愈盛者也熊兄至捧接台函兼讀
制義全帙理充氣沛博大昌明令人頫首至地回憶甘園握手隨
諷崖兩軒詩心脾藻雪又增一倍傾仰矣弟輩留滯五華晨夕閒
麗澤相滋既未敢輕言小補而筐篚鼓吹又未得遙相應和追步
書　　置
後塵是用深愧天南卉木四序敷榮唯高懷遺興時〻放入錦囊
想政治之暇佳篇與榮祉日增也附答蕪緘申候申頌不盡依馳
致某　　蕃祉
去家萬里流寓三年全得遠邇當道鉅公手輸齒芬揄揚獎借自
顧楞然無有轉益汗顏不如老先生賜問頻仍眷存加厚私心尤
切仰止而良覿緣慳時〻三復大刻學殖治效具見於文章經術
之中便如親炙座右比接來諭云將彙編鉅帙繕刻壽世彌復懽
忻踴躍希得綜覽其全可以極天下之大觀而無憾奈歸心既切
行期又緊匆遽治裝顧莫之遂所望濟川崇階移旌吳會爲部下

民庶以蠡測管窺之臆，抱龍光而頌鴻㮣，斯爲慶快耳。月朔赦騰
院生儁者九人，而李生不售，惟焉以仰體教思無窮，斂志息心，信加
刻勵，以無負樂育盛意。臨歧懇懇，少効切偲者如此。台旌詣貯行
麓，至晚輩聞散人耳。氏名不必留，甚頻聞承諭惓惓。另單呈上，茲
準于十七就道，敬達蕪緘，附申報謝，并以言別，仰溯榮禧，曷勝馳
戀。

啓　雲南督糧協府濟寧王子佩先生　　菁莪

老先生儀幹偉然，忠誠激發，建牙列閫，綏輯蠻陬，威惠所敷，威名
彪炳。樓船暫息，不得專美于前矣。某蹤落落，幸邂青睞，頻承
書　　罷
高誼，并得三復生平著述，每讀一篇，覺藹然君父之思，都從至性
至情流出。而高懷遠韻，仍復掩映行間。古所稱儒將風流，如祭征
虜之雅歌投壺，羊叔子之輕裘緩帶，又兼而有之。中心傾倒，每以
時相接對爲樂也。自旌麾擢駐開陽，日夕馳思左右。恰承手書存
注，感佩彌深。茲擇定九月十七，同顧先生襆被出滇，面懇制撫兩
臺，俱已得請，謹繕函叩候鈞安，并附謝附復。不獲親拜崇墀，肅此
言別，不盡依溯。

啓　某　　菁莪

五華拜賜，三載銘心，回憶夾道旌麾，長貴台光遠照，而棠陰溥被
廣置院田，滇省學者人人沐浴膏澤，感頌之私，非特某寸衷棠結
已也。年來每從藩憲陳公暨令弟老先生閣前，叩請崇高福履，兼
稔仁育義正，百粵從風，時時望雲額手，而繕稟遲緩，深愧疏野，負
慈。某在滇晨夕切劘院生，稍知學術趨向。去秋榜發，獲隽連翩，使
擬結束行裝，取道白邑，經行部下，紆軫八桂堂前，就瞻冬日，一罄平
葵向之忱。而各上憲慰留數四，接春恩詔開科，遂復稽遲一載。茲
襆于重九節後整輯歸鞭，而黔境廓清，掛帆湘浦，路出豫章，無由
拜手台階，是用耿耿。敬附手帖，稟伸謝悃，願望大憲開府全吳，爲
方伯連帥之長，恩覃江國，澤被無涯，某等托覆宇下，將共海澨父
老，謳歌德政，其爲慶幸，當復何如。臨穎曷勝翹企，謹稟
書　　罷

致邑明府胡口

初聞移惠京江，如失慈母，續得福星重照，遙想兒童竹馬於舞郊
衢，萬里羈懸，爲之頓釋。令親精敏溫文，同行深受教益，治制弟學
殖疏淺，小草遠遊，蒙尚書節使謬加許可，在書院中日夕與顧澂
友左提右挈，殫力切劘，頗覺皆欣欣，向榮風氣日上。凡期無負　聖
朝作人雅化，以仰答所知，即無負生平而已。舍弟小兒屏居鄉僻
俱碌碌，質朴章杭宇下，兩露霑涵，感沁心脾。尚望噓之植之，明年
春夏之交，當歸抱仁風也。茲乘滇憲鴻便，恰接徐使君捧至瑤函

存注深厚截復再一衆請鈞禧臨池依溯不既

致某、　　蓉卿

晤黄龍老知有大札相敎因得榮任赴局先後日期盤錯與利器
相逈發硎游刃恢恢有餘地少陵詩雷霆走精銳冰雪淨聰明意
象差堪擬似也語有之易與樂成難與圖始雄才措置故應不同
唯易而持之以難即成可握於其始原在知愛跂予望之院中碌
碌經義時務併日程功春深夏永為日正多為功未卜其何以教
我二十八范兄赴幕附候崇祉餘俟續緘不既

致某、　書　蓉卿　晃

前年拜賜感銘五中并合院諸生食德靡竟每從滇藩陳老先生
暨令弟老先生閣前叩候榮禧兼穡仁心為賀時時望雲額手而
稟問瀏踈寸衷慚悤茲（晚輩）准于重九節間東裝還里附達蕪函顒望
鈞座開府全吳恩覃江國霑沐尤無既矣謹稟

致某、　蓉卿

五華拜賜三載銘心每從藩憲陳公暨令弟老先生閣前叩問崇
高福祉兼穡仁育義正百粵從風時時望雲額手而繕稟遲瀏踈
野負從某在滇兩送秋闈所幸院生連翩獲雋茲准于重九節間
整鞭歸里乘有吉江星士遨遊鄙下附貴手帖敬達謝私顒望大
憲開府全吳恩覃江國社覆宇下霑被尤無既矣

致黄山長同年某、　蓉卿

五年契闊萬里晤言而老年臺先生德望才猷文學積業即榮膺
簡任以行歷指陪遊侍誨曾不得浹日相依此一方民之慶而弟
輩之薄緣也遙意齋月開襟光風被野以淵涵之度宏愷悌之仁
友誼羣情一時丕應誠能動物在指顧間翹賀翹賀五華一席承
乏後塵弟輩日夕交勉懼弗克荷唯竭愚悃斯與諸同學相得
益彰庶令培桃李欣欣向榮為先生行教澤于無窮是則兩心
共矢未敢失墜者瑤函獎借夫何敢當

書　辛

致許元起、　蓉卿

三年心照形骸盡釋歸路崎嶇均以坦夷之素苦於樅霙之防潯
陽江頭黯然一別知非本懷對影相思無緣一晤此抱然而胸吞
雲夢眼白分明想浩落襟情烏能為有無也茫茫三萬六千頃大
椒積翠指顧隱約彼有人焉先生晝行湖上山夜坐湖上月領略
鄉趣亦既肴矣令郎世兄宿疾良已玉田新種蒔芽又萌書復何
如先生非山中人南轅既息北轍將循鷹隼出風塵秋高定是翩
翩時矣滇中主人蒙　恩入覲機緣際會良覲非遙附致蟻忱伏
懇留神閩注弟杜門郤掃不作分外功名想感此生稍有伸眉之

日良心不昧未必賴于翻手輕薄孝兄子兄近得作的否師甯兄
所遇若何判年總遣荒函依湖舄既

又　　榮祀

客齋傾蓋快論驚筵不吝指迷豈勝感佩瀕行口訂承有附驥之
諾茲復申以瑤函蓋稔古誼照人然弟輩自闈事既竣入院緩頰
披露情愫各大人留之甚堅然歸志固自不移也祗盼駕臨以決
行計耳貴東嚴老先生純孝性植談入省時當誠拜懸乞叱名道
悃幸此附復并候嘉祉不盡馳溯尊謙謹壁初值國喪弟名不敢
丹肅

書　　奉一

又　　榮祀

酬晤闊遠接到德音珍既感荷非一承諭摯致稟函謹附上鄙意
咸有小京職機緣姑妄言之先生亦姑妄聽之可耳再封典援在
籍之例本不費周折但請封不無小費所需若干乞為留意便間
鄙示一音尤為感切晤兩賢阮乞道念孝兄東床大魁之喜并道
賀行旌甚迫祖送闕如奉教愈難後期何日翹溯不盡

代五五福施福文

城南晤語具知好古慕學之誠弟薄遊硎里于今三年主人晨夕
相索每歉然自下意念深矣到館後以所言致之輒以不敢自信

為辭適歸自滇南論定古文上自左國史漢下逮唐宋大家已脫
稿成十六百紙矣明年將再易藁正須同學互參如有意相觀而
善興於斯役實不朽盛業也率此佈復不具

與黃是式

承顧遽別歉然之甚寒氈本色如此知與大兒訂來春同伴入都
之約但冷署介居省會承應煩多唯大兒稍有知識必得伴處半
年庶免隔越且俟來秋再商行止此事勢使然非兒之負約也謹
此佈悃

上梁中相國蕉林先生　書　　奉

昨歲旌麾遠賁兼傳年伯老大人尊諭蟲及少陵拙箋折節下交
虛懷采菲顧惟何人得荷斯寵及於旌旆正值負疴望拜河干彌
增罪戾回憶甲午追陪年伯老大人蘇臺講藝心佩誨言越十餘
年隨班子職而知分自屏南北遐遺詎望五雲尚叨慈覆蓋者小
兒具偕其研友瞻溯帝京坐日即令摳衣叩見叩謝伏懇垂袖噓
植致之實錄之館供謄寫之役得秋試不廢而即次有資則所以
大造於愚父子者二天未足為喻也肅此泐悃臨楮不勝悚切懇
祈之至

致揚州府學周寅兄　榮祀

水東良晤一紀于玆風雨河山予懷杼柚年老先生吾曾領褒維
揚佳勝人文蔚興聞聲景慕者神馳卄四橋頭濤光月色助發清
暉也弟德凉福淺曾除此席譬如海上三山船且泊風引之而去
家無儋石萬里滇雲飄然蓬轉承乏蘇臺勤勞淡泊藉以容身庶
幾循分自効顧舉示成式加諸訓詞茲有敝鄉盛君名鄉之後裔
薄無慳膝術相人重跡養母福世叔輩引致梅花院長冀其濡沫
誼未有適樂國而不躡崇堦者非敢望脫衆援張惟與院長諸老
左提而右挈之即已飫仁者之衆矣蕪函肅候甂叩榮禧統希丙
照不宣

書

臺

致常郡學博樸存胡年兄

[illegible]

連乾出郡遂踰十載文旆戾止未及掾艤入郡就請年老伯暨崇
高福履修年家子之職罪何可逃但日聞鄉邑士友披春風沐化
雨揚於無異辭爲之加手於額賴年長先生一張吾軍也弟於十
年之間遭喪乞食行止輒軻不堪爲知己道客冬承乏蘇庠寀適
工寒綆短汲深獨用惴慄其清況則彼此共之不待言也茲值郡
試囑（含）弟章小孫某（惟晉）晉謁崇墀顧候榮祉諸孫輩觀場者四人某（惟晉）爲
畏粗知文理奉撫憲取入書院望先生加意提獎感在五中諒能
心照也臨池依溯不任主臣

致長洲明府馮公

種承面命積奉手書謡諑鄰重懼不敢當顧惟名邦多紫弁冕東
南父臺老先生以廉絃清暇考獻徵文洵茂宰之盛心政成之明
效當此郡乘局開名賢薈萃就便兼纂實一大機會也弟意于領
局諸公中專請一先生任之差易即事前已囑胡寅兄轉達矣所
有倫考事宜除當條開還照但札論云有台銜一扣並未帶到想
函封遺漏時偶遺之也謹此附復順候崇禧

書

臺

致元和明府金公

屏跡蕭齋拘文牽義重蒙賜兩銘戢不勝日來細讀大令郎新課
才華英邁一往跅弛之氣超越之姿正如千里霜蹄不受羈勒洵
未易才而弟癡直不諳世故每于鄙心蓄疑處輒注一二商語知
老父臺虛己之懷賢公子謙受之意必不說以爲妄而河漢其言
掌教牧園先生喜接後進倘有意來遊書院定能相得益彰弟已
先致矣辛泐佈悃不悉

致寶山學洪寅兄

[illegible]

素心宗仰瓣香遥叩時在春風座隅弟累歲飢驅行蹤萬里即如
宗契濡發葦經年不一二（細）見然每見輒自謂出門有功老寅臺老
先生則師事其人也弟以是獨切溯回客冬承乏郡庠私喜得遊

不遠而帶水睽違顧復未遂前日萬老長兄惠然戾止手致訓辭
恍同良覿釁及拙箋深慚紕繆新正走謁學憲曾有墨選付梓之
諭歷今三月並未發來不審胡寅翁年長兄處曾否領刻都無音
耗承命之辱無以應也至末學踈陋僥倖弋獲闈中殘卷無一存
者重蒙搜覽自顧栩然益增悚汗歲內不及科試玉峯握手當在明
春謹叩屬萬老晉賀祟禧并藉手附復臨穎翹依不盡

上閩府陳梠門

八月廿八日恭接憲帖自惟微末閒員常蒙恩眷殷殷記存昌黎
稱于公居連帥之尊蓄不世之才而與卑鄙庸陋相酬答如響應　書　叠
是誠千載一遇於卑職得此何地可容眉詮一書重蒙賞給刻資
而三年始告竣事迫欲寄呈憲閲道遠莫致適乘令便附上墨印
太史經一部謹已裝函白綿紙一部期促散帙乞東伏祈鑒納凡
有紕繆并祈諭誨紫陽書院仍是次山先生主席來年大抵仍舊
卑職已致憲指命華道謝奉詢堪任山長而肯膺遠聘者意中惟
有原任奉常海虞陶稚衷先生名正靖係與卑職同年現館蘇州
蔣氏、春間送徒入京非其志也累有南來書寄勇退之志溢于言
表九月中决旋里矣卑職騷擕大憲折致定當應聘所謂淵博有
根柢端重足為人師者洵其人也需其歸卑職當與次山先生交
口苦勸之如果契合亟再繕摺稟聞葛黄諸先生順候近履肅此
稟申須至稟者

又

於六月中接到憲諭展誦之餘仰荷獎許過分所辦進呈書多糜
重費又蒙温語假借寬其冒昧之愆感戴何極萃古齋書尚未銷
訖謹遵備紙之諭冬閒可以商辦也

又

累奉憲帖下頒撝謙忘分獎借逾涯彌增悚惕稟者涑水傳家集
梓工於二月杪竣事俐裝各工於三月杪竣事茲將版片書帙箱　書　巽
夾裝護點交蔣丞押繳憲轅伏候憲鑒茲集校刊頗極詳慎足稱
全璧其中不無口眼順溜偶一差譌古今鋟版盡然諒或可幸無
罪惟裝潢進呈書一件卑職初次辦理未諳事宜稟訓靡從剋期
又緊時凜不純不備之虞因而問道已經若卯北崖何心友諸老
宿並云寧敬謹有餘無踈略耶庶遂爾切訪料工喚集名手正在
督辦十部間隨接憲諭須備二十部即又趣各工在局續辦齊全
至三月廿八功已垂成矣復接脚子齋回憲飭進呈書不必過于
華麗其後十部可以已之展誦之餘徬徨罔措奈成事難以復回
謹將二十部全數繳呈以備揀用其半年以來一應工費并發送

繳存各書開具清數一本備呈憲驗舊刻傳家集四部序文附錄年譜各種本及文獻通考二函並繳至蒙憲賞書貲又垂問眉詮刻事緣春間併工專辦憲項以故甲職登版書成卷無多容俟後刻成一種陸續遞呈憲鑒感戢忡營五內交集牧園先生命筆附謝謹此具稟　再進呈書內憲序繕寫一遵來式嗣又博訪前輩恐須通幅低二格寫以避雙擡字樣令蔣丞續備寫照格二十副續後進呈

又　菁花

書
臺

上年秋冬之間兩奉憲諭委擇掌教屬意在紫泉公而歲底忽復中止某已經繕稟附聞茲二月中黃先生旋里復接諭帖知此稟未到目下想可到矣據黃先生口述大人台指陶倘不行即轉延北崖邵老先生北翁現掌蘇府志局某晨夕把晤謹即啣指敦請而北翁須謝憲恩遙暄隨云二十年來患苦脾疾再車勞頓不任遠行再三言之主意堅決因復就商別請又少愜當者竊思延一山長到年未有定局逡巡不敢稟復某自去冬中早決去官之志今已得請歸田黃先生一得此信特地到齋慫恿某駑慷退避續思末學寢錄[illegible]一紀於茲其書院教席應再妙選高明而憲諭中提撕纂輯通考一事或者以寬閒晚境擊一知書兒子依附大人鈞閣勉副昔年成命得遂掛名末簡則誠宿世之幸而不世之光也眉詮再當覓便寄呈肅此具稟

又

書
賚

伏自滇陽吳會領厚戴高懌懞在昔前歲接侍坐隅溫顏槪問作養下逮孫兒加賜壽籐珍食恩施稠疊報稱末由九月廿六日有種德堂董事蘇府學生員王汝楫賚奉鈞批并連名聘啓到鄉延任本堂監會某八旬重聽揣分固辭而談生語諄意切感動惻隱素懷勉赴承應即以廿九日赴轅稟叩憲駕適巡淮右因遂候閱堂事情形伏查此堂地介閶胥衢滙積多殍骸露棺先是有原董事王某置瘞壇殮具勉行救卹至乾隆五年呈准前撫憲陳題勉壇粮撥給廢寺錫名開局但是薄力苦支別無存積迄今先後經董伊族王大森并汝楫等又復有碩無貲閱視之下敗屋空虛俯仰無措隨晤沈宗伯具陳大憲許題將通崇連界漲沙多頃酌撥老婦善濟育嬰種德永仁等有底無底四堂低昂充實照例具題用垂永久仰見憲仁至公至溥澤遍陌連朽枯即某所領一堂可得不煩萬目貲充事舉受成監核久之永遵曷勝慶幸再某管見更有養節一項錫金兩邑現行蘇郡各堂未舉凡民間苦志孤孀寡無存活者行令各該地方具給開報酌給月粮養成完節實于

風化有裨應否并將此條續編種德堂內一并聲奏垂爲成法伏
候憲奪爲此繕摺肅稟統祈憲鑒

與常熟明府耕山詹年兄　蒙記

接武彤墀分襟廿載福星所指近在鄰封曷勝雀躍弟枉老杜門
家徒四壁冬烘冒絮僕僕維艱遣姪某叩賀崇祉舍姪某廢口習
業周慎不欺年老先生以子行畜之使供币月之役稍可御冬拜
恩厚矣弟父子俗傳寄生研北紫紆晴聽統具口陳情炎於中語
無倫次春水一葉尚當親奉德音臨穎悚切不任依馳

與震澤明府劉公　書　堯

公所識韓合座能德仰見老父臺岳峙淵渟普容羅附而洽官乾
繫縫此多暎儀奉霞札如親台宇以盤錯紛絮之下留神學校令
之明府罕覩其儔如諭陳設官懸以副稽古盛心使乎邁返寸緘
附報藉候崇禧不任翹切

與邑侯王濟光　蒙記

逐路撫憲准于廿四日出府巡勘海塘先是班傳來候主講東已
到而復以他事中止并延飲亦不及矣伏稔老父臺一片婆心弟
與主講再四揆情莫如于里紳預備乃得行所無事若在當道似
難法外主張即東林助費亦思鴻爪留痕也弟有別札詳囑劍光

矣監價本色若干穀懇一示時值的數申懇不盡

與華聲求

滄浪一晤未嘗鄙私苜蓿寒齋不能作東道主人深用慚赧啓者吾
邑古名刹自邑城以東鵝湖以西嵩山爲冠國初泫公大禪師奉
章皇內台賜還檄帑重興今主席日公和尚其嗣法曾孫也修
廢舉墜甲於一邑邑先達皆極口首推之茲將補所未備造鐘樓
一座丈室數間須工料銀六百兩吾邑好義而有力者亦金昆爲
冠以第一流善士結本鄉第一流善緣今山左右諸姓皆在下風
豈非盛事敦請到山一覽大局當有快然樂就者肅此代致

書　卒

與陳大成

種承嘉惠未展寸私茲有嵩山日和尚來蘇云秉此歲豐于九月
中起手作鐘樓丈室得數大緣便可成功且以每分三十爲度吾
賢手創盛業里中親友人人欲納交然後者賢昆當此倡一不朽
勝緣將見人人尤俯躬頌義不特山中人而已幸此先容不一

又

頻老畏寒擁敝裘若蠶蛹誰復念及者忽奉雅餉高誼不敢孤敬
當以拜有來無往口占陳簉偶的并祝熊祥明當書上窮秀才故
態可發一噱也

與冉五弟　芳花

相距六十里。相違三百日。便似遥々曠隔。念吾弟過庭順旨。家道隆々益起。尤足感發。故園心也。啟者。嵩山禪林。吾鄉四五姓。實主持之。今主席者秉真實法。發廣大願。創建鐘樓文室。一振宏遠規模。吾宗陽主里中。豈可讓義他族。領袖斯舉。非喬梓而誰。各親友議叙十份。每份三十金。愚勉當一份矣。吾弟幸力任一份。值此豐歲。踴躍讚嘆而為之。為一鄉生色。大快大快。不他及。宗望

與惠文弟　書　空

吾宗後起如兩弟天性孝友。肯為慈親種無量福田。大難大難。今於九月間嵩山興起鐘樓方丈。是一件六七百金大緣。寔千載流傳之業。兩弟於嵩山有種々宿緣。兹再承一緣。分倡集銀三十兩以襄善果。則高堂之祿壽膝下聲英之鵲起。與佛宇俱崇矣。便間來晤何如

與蔡思兼　芳花

今兄一出名世。弟當額手預賀。而嵩山衲卻束手自危。謂將有鐘樓丈室之舉。大護法獨當一面者。今且高遠難攀矣。弟解之曰。不然。有難弟可仗也。其樂善之心。勇義之力。與大護法並駕齊驅。吾為諸禪德保任之。蓋日和尚來蘇。問答之語如此。茲為老長兄述其語。渠意不過集里中數份。每分三十兩為率。貴宅東巷。山衲自致外。吾長兄必為擔任一份。無使鄙言不酬。是所願望。專渺佈意。

與常熟明府陳

甫階崇墀便飫醇德仁聲。遠被洋溢。郡城可勝額慶。有浦曹氏之子浦三舍者。貧未寒宗。佃田自活。緣不協于田主姚姓者。致將失業。皆其自取。可否一綫垂慈。憐其孤寡。全其故業。俾得免于老弱轉徙。此則老父臺先生法外之仁恩。同覆載者也。弟硜拙性成。非分之言。從不越俎。祗以四窮之户一本之推。不思避嫌。昔為饒舌仰希台照。順叩崇禧不宣　書　空

與楊聖功　書　空

前接郵。厨容當踵謝。茲有維揚孫君元廷。本儒家子。好為四方之遊。工偃師之術。而口技尤絕。敝郡當事及薦紳並加青盼。今特欲晉謁貴處士夫。獻渾脫瀏漓之藝。以博鼓掌。惟賢甥坦進之。座右試其擅長。并廣為游揚。俾遊興行囊兩不落寞。則推烏之愛感佩者不獨孫君之身受矣。率渺布瀆。附候崇祉

上開府徐雨峯　芳花

今現呈繳刻様六篇。并訂改常府屬文牘本八篇。原稿八篇。伏候鑒驗。前月二十六日。徽驗太倉州屬訂改諸篇。倘蒙鑒定。乞賜發

下以便付寫登極

與蔡階輔　箋記

改月來，欲就尊二房金昆面商一語，暑雨相屬，行行且止。東兄為朱門懿親，朱有遺發棄不收邮，以果窮老戚屬，殊似礙理。此言唯懿親可緣以曲達，節近恐當入城，先此乞致容，即敦懇，并謝前韻。不備。

致葛禮[illegible]　箋記

周行惠示，既隔同城，追遙南州，更懸異地，秋杜縈懷，何時可釋。辭刊涑水遺編，自是老拔書分內事，旁搜故策，几榻橫陳，判年寢處

書　室

于斯。至是一弛負擔，但自冬秋以暨春深，日睹歸飆，攤書就正，不可得為悵悵爾。裝備　進呈書，吳中名手只有數人，能事居奇，大言高價，促辦添辦，錐費多糜，獨此一節，中心維谷，略已稟達大人。維先生鑒照之。所贈十書，端陽後當以試事到仁里，手致世兄也。弟上蒙賞如數，並希聲謝。拙詮鄙淺，不過兔園中物，書院同人嗜痂疪梓，不圖謬承，即可兼邀大冠賜資，撫躬增恧。侯有成卷附政。張少兄抱疴握晤稀簡，鄙梓與王梓兩局互賽，終始可嘉。拙剡資淺，未得多人，肴將來機會是否遵教，強舍親閒居寂寂，未審可嘱座隅。去冬小隂大世兄榮發，秉燭狂顧，忽卒闕于繕候，並兼暢思兄之便順賀崇祺。呂舍親不別札，乞道念。種荷覆露，感戴無涯。臨穎溯洄，專復不一。

工東公　箋記

庚戌春首得望清光，秋杪南轅，遂及一紀。飢驅天末，還綻痛種養拙蕭齋，馳思鈐閣，雲深日遠，披愫無由，手擷庭蔬，知分自屏。茲者兒子[illegible]依隨研友，恫恫入都，種族單寒，才質駑下，獨具墨守繩尺，頗能跬步不移，非敢逾涯，有所陳乞。緣已旅食，希就京闈，但外省諸生例不得入，惟列名諸館，可與觀光。因念騰寫實錄，需人戡定，冀欲注名，循例趨事，伏祈老大人憐之恤之，曲遂私請，使得就便

書　畜

應試，即次無虞，則進退不致兩窮，而恩賜直同再造矣。有此敬謹繕稟，不勝悚切懇祈之至。須名另肅

與邵其德　箋記

昨歲冬中接展教函，曲折懇到，紙長三四讀不能釋手。吾賢濟附清華，不忘疏懶，膺契造詣愈深，甲牧愈甚，且感且慚。杜箋得陳鄴架，用代蚼夕神交。翦兄奄逝（歡君有一子甚幼），捧吟四詩，增我腹痛。賻邮毋誼更見古風。茲小兒某孟浪入都，得其研友作作，而外省諸生例不得與京試，計欲上名實錄館，供謄寫之役，一可得即次之資，一可遂觀場之志。仰惟高厚，推所以周旋[illegible]誼者周旋小子，知必能左右之。

鄒武虎兄猶未對文舉漢宮納聲聲未殖述述沈歸有待此不可字法便修通相承獻華通三兩頂痛勿慮

使之必得幸不躐于前途。愚父子均叨慈蔭也。蕪緘奉復，奉讞肅
候崇禧。不莊。

致何楊[illegible]、　　某頓

[illegible]

書　室

癸冬拜別以後，躡遊天末，蜀雲萬里。旋閱除目，喜吾年臺先生於
同鄉同譜中，文步戒一鞭，為之北望額手。弟依人留滯，亡聊以賓
師餬口。然視年臺坐擁皋比，近在江天數百里間，其為心境佳惡，
相距何啻逕庭。客冬旋里，於臘月初泊采石，登太白樓，同眺清景，
神栩栩欲飛也。啓者，新正晤涑翁秦六先生云，遇一安氏子，從姑
熟歸，久在高齋侍書，其初蓋假他姓委身，幸受畜養，顧念此子係
舊家親故，因集有二金，急切附上，易取傳別，以還本宗，想吾年臺
一悉此因，當亦快然樂應耳。弟亦安之自出，濡筆致語，顒望兩照。[illegible]
千萬千萬。便間幸惠德音，鄙所未逮，甚感甚感。祗候年嫂崇禧，
并世兄輩近業。曷勝馳企。

致吳牧園　　某頓

多生宿幸，近接清光，緣過結鄰，時逾三載，自顧麓鄙之質，謬態之
解，晨夕左右，所得于陶鎔滋長間，不啻草木之於雨露，鉛汞之在
鑪錘也。情隨境遷，俯仰興懷，世事類然。大抵換一番景象，必多一
番布置，或者以未相孚之志氣，為強相合之更張，往往齟齬而難
入，卒亦泊然中止。念遺教以來，將二年於此，徒使身際其事者失
所憑依于前，轉多凋劇于後，迴翔往復，釋茲在茲，詠雞鳴如晦之
詩，耿耿不寐，兩矣。辟書游至，慎重登車，其於行止遲速之義，不敢
參預一詞。所冀道出晉江，假以良晤，桃李不言，故蹊如昨，春風所
被，虛谷為暄，快何如之。拙詮鍰版，工及九分，琬琰之錫，敢用申請。
茲乘秦生湯生晉謁之便，附達蕪緘，二生遠到之器，必有以拔而
進之。敦兄福祿，稟請崇祉，臨池依仰，不盡。

致族兄[illegible]淳若、時[illegible]高陽縣令　　某頓

書　實

弟[illegible]頓首[illegible]鈞安
吾兄游臨鐵望縣，歷戚華緣，經術飭吏治，政日益懋，聲日益弦，所
由叶公評而褒異等者，皆原于間世一出之至行，自非無本速化
號能吏者可得比倫。方今孝治郅隆，畫書表章，自是本分，顒仰顒
仰。弟官冷事稠，馴致聾瞶，去秋檄辦有試，冬中一病幾危，决計歸
田。已於夏初旋里，鄙居郡郭，絕迹城闉，累有南歸族屬如繩霞輩
聞其在此，常奉誨言，而鄉郭迢遙，尚未及一就問吾兄年時顧歷，
斯亦耄及之一徵也。尊行紀述，顧五兄曾郵札促之，然在蘇竟少
寧晷，且不敢輕遽握筆，而天挺至性，守內洋溢，亦亦不得以是當等
閒竿牘者，遲之正所以重之。然急亦甚矣，客有以為復茲有舍姪
某育而失學，頗能念切先河，蓋明初世祖舍人公祠在惠山之麓，

志圖增葺于其北游晉謁書以先之順叩崇祉公子業當大成騰
騫非遠臨穎翹勤曷罄池跂

致南禪寺大和尚

寬禧

偶因昏暮托宿得睹寶所一新作者具真實力見者生歡喜心委
記始末忻然不讓然終愧門外漢道屋裡話未必親切又老懶胛
枯不能健運以此蹉跎久之承教督促當稍待涼爽用世間語闡
出世間相惟在中秋前草寄座右工拙所不計也比聞老和尚功
成身退高遠絕俗然太遽矣顯望再豎法幢當廁聽法之列幸恕
附復不具

書　窆

上惠潮道臺汪公

某承乏蘇庠荷叨宇庇教訓栽培恩深父子三年一日及大人超
擢分巡經臨過蘇猶蒙垂問篤念廢材何幸得此刻心不忘近聞
駐節惠潮郵稟叩頌稟者職自乙丑病餘請老歸田囊無十金樂
貧安分不料連年乖蹇去歲自春及秋失一孫兩曾孫最後又亡
一長媳因此大兒某家計蕩盡無可存身適有舍親秦山公數年
客館歸善兼復攝館博羅歲久思歸兩兩地主人篤留必須得替
始放冬間家信到錫覓一替人傳致職兒職兒臘底就道至二月
到粵則兩館一仍舊一另延皆已定局矣渺渺窮途進退失據欣
遇大人福星遠耀如旱渴睹雲甦枯有望用敢奮筆飛函命某踵
叩憲轅口陳涸轍伏望檄知所屬預定來年坐地轉講堅而雅席
之恩逾再造矣職兒某在蘇時荷雅大人拔閱府試卷蘇士允服
謬加激賞倘大人採風屬郡呼使品隲便可驗其寸長職不敢以
譽兒妄語塵黷憲鑒也再稟職年七十猶幸身健眼明懸于策大
人席間呼名齒及當年尹大人制滇之日曾經招致五華掌教三
年事宜素習設或省院需替一紙台移尚堪鞭策不致虛糜俾老
年父子聚首於大憲封疆此又望外痴想姑妄及之大人或不嫌
其隴蜀頤耆平恃恩露悃恭祝崇禧

書　窆

致嵩山方丈和尚

寬禧

近荷精修兼饗香積合掌頂禮啟者嵩山自公接席彈指九年自
廢具興益增舊制事有一舉畢舉之勢功在將成未成之間時非
可前可卻之秋人非可有可無之數驚若農者望雨陳雲既合忽
然解散人人失望矣故曰行百里者半九十此言努力正在到頭
一節也和尚若從初休去歇去也無可惜正為承當個事竪起剎
竿莫像他指關話頭成然道只道得八成乃真可惜也近聞和尚
頗作退轉想不嫌唐突特進此語望慈悲證明鄙衷十方四眾皆
當五體投地

代日和尚辭壽　篤訖

山僧甲子草〻一週。快雪初晴。放船三浙。薄遊匝月。預白檀者。聞
寂山扉。敬辭高駕。開罪開罪。

與王五敏齋、

某白。不相接對。彈指判年。我輩以詩書。朋友。爲性命。比來。却不能
謁客。貧又不能致客。晨興兀坐。兀思。愁歎之境。攖于其心。而斷不
絶于耳。獨喜架上書來鬻觀書。老眼未眊。與古人把臂入林。虛懷
往稽天之於僊民。而不窒其生趣者。有此耳。眷我者。其謂我何。史
通〻釋三易稿。内篇喜竟。儒文當仁不讓。我行我法。成我說部。自

書　究

謂晚歲。絶業。可爲知者道也。寫出繞二卷。輙遣送閱。以當覿面。是
非離合。具眼辨之。其有不合。爲指駁之。讀一二過。仍以原册見還。
續再還送後卷。衰邁。孤別。一一申。紙擱筆。便百感。范〻。欲歌欲泣。吾
五兄知我者。聊相爲言之。頭卷敢煩見過。次卷可轉示。并達體乾
丁孔兄。得有間否。甚念。不一

又

親賢鼓舞後生。甚盛甚盛。四生卷乞付手。俾閱評教。加惠實多。聞
欲留贊後期。贊無益也。秋涼弟合渠必赴可耳

又

別來十餘日。爲孫子病。憂不食者三日。又聞吳中夫已氏之敗。極
情盡態。喜更欲狂。人生。知。有。我。乘除。都可付之一。嘯。在尊館時
曾及敦復延師事。爲諸孫某緩頰語。次沉吟。弟故揣知之矣。一爲
其人汩於衰。習慮。質性之蹊蹺。一爲其言出自鄙人。慮弊止之。慮
此在恒情有所必至。而以弟揆之。此二慮者。直須破除。某爲人
見色地。愛朋友。甘澹泊。於痒從中頗爲別出。一不足慮也。至夫老
饕餟舌。更屬行雲流水。睽合去留。自有定分。修金膳顧。悉是外篇
二不足慮也。緣此申致高明。並非膠柱強合。但望捐諸浮慮。存之
以備採擇之數而已。月初弟作計入城。何日放解。可圖一晤。史通

書　辛

序稿草率。尚須更定。數處乞致敦復檢還。不一

又、

昨漏下二十刻。抵舍遠。欲踵叩。老不任筋力。諒在汪涵。衰門連歲
騎駁。兹于仆地矣。孫郎寸進。出自望外。由吾先生口誨翼獲。稍見
頭角。恩逾再造。而白髮頹態。但知鏤感。心髓別無絲粟之報。可嗤
亦可憫也。十九辰刻。艤舟唐界橋候駕。同行入城。先此告訂。及是
寫懷不一

又　篤訖

衰年厥事。酬應覺來。雖誦瑤篇。企和玉節。以懸國門。無能易一字

者獨篇數淳一或置之次或尾之前酌去其一否則中幅數陳處
併江渊爲一亦可傳諭着一小序力疾呼孫坐側口授具草殊愧
土飯塵羹見者欲嘔妄斷傷手恐不勝斧削耳率復不一笑

上淮揚鹽法道臺吳　　寓記

東請年大人鈞安
偶涉邗水晋謁鈐轅渊昔論今加禮優厚感泌心脾歸語兒孫舉
家頂頌茲有稟者兒子某久困諸生授經給養孫某蒙莊大人拔
取入泮文理書法並荷面獎而性姿恍學略曉尺素體裁因憶前
時語次垂訪書記一席竊附古人內舉之遺如孫某者或堪仰備
菲釆惟我年大人通懷樂育樾飭甘庠郵聲下里則帶水非遠淡

書　　奎

句之間可使聽命幕下誠幸收錄處之鈔胥甄陶所被靡有涯矣
伏候惡奪其樸學寡侶著有讀杜心解二十四卷古文眉詮八十
卷前後問世擬授孫某賫行以當奉雉近又成史通通釋一書開
雕未竣容俟乞言冒昧繕稟曷勝悚切延跂之至

致方蒔亭　　寓記

頻承嘉貺非言可酬感藏靡已十餘旬間陟清塗掇巍科璜璜膺
秘北堂燕喜剩聞之下喙欲起舞孝友于克施有政效速而大
諸福之物畢至我高賢左券致之深使我輩學人堅爲善之志所
遂知兹夏五已臨何日榮旋神馳賀喜萬寅宗轄譜之役錮留之

未審後期幾時得傾例懷抱也史通釋話頗寓苦心實衰遲之年
一件抗手千秋事假使問世成言在昔是否緊慢願望德音尚力
叩賀以當良覿依渊不宣

又　　寓記

得報書計欲入蘇老懶瑟縮懷不能已史通內篇十卷印成附塵
緋几希鑒指紕繆閑官冷局坐對腥膻勢同冰炭固不敢以分外
相苦也或諸高第弟子别有具眼可着一二爲終事之助者望爲
留意官梅東閣仰候德音不盡依切

又　　寓記

書　　奎

知已曠遠勞結千日正思暑退涉江寫心屬聞高旆省覲旋里得
信踊躍史通通釋凡四脫稿近分所有補宜易置誠懇毫髮貴盛
也去歲寓邑城忽冬中有幾同志踊躍請梓判年之間竟成十卷
功適得半矣現舍印工刷樣須其排帖成冊攜之就正接對當析
在決旬間掛帆何日統容口頌

又　　寓記

聞腮孤居每念人世難艱盛境如尊太夫人大年重慶色養仕養
禁禧洊至覺太和景運萃於一門願羨願羨其也近遭子喪老懷
作惡舉目所見飢渗滿野吾友兄胞與爲懷觀此歲運亦當有感

然而靡寧者如何如何准孫餬口蔡氏賓主交深屬有就教來遊
德門令渠口薦頌言仍擘短箋通候闔潭崇祉神溯不盡

又　　菊花

慈壽仙遊扁舟赴唁後至為罪啓者舍親宗鄉王公讀禮寓舍請
風鑒人所以講席樂窮名郡廣文中有欲捧雉問字者羅而致之
擬為道其先路即吾友兄所以嘘及朽枯雅意亦寓諸此矣把萸
節適會當賀隽玉階時行復盤頌耳準恆兩孫來歲坐地未有定
止並祈不斷精神各樓人地兩有以位置之否必居一於此則河
潤所被彌不可以里計也禱切禱切

書　十三

又代弟

突如請候重擾郇廚種種謝私筆不能罄少陵有言故人有孫寧
高義薄層雲延客已睡黑張燈啓重門此情此景於老世臺先生
髣髴見之初十晚泊船鋼共十一黎明入城訪問其人在家便是
好消息只須掉三寸舌引入轂中而紈袴習氣大來驕蹇不受牢
籠束縛馳驟急則生變面訂之期可再展數日倘月底不到另覓
機緣未晚也恐以愆期之故遽爾寒盟故特走筆奉聞餘容面陳
不宣

致楊慎餘　　菊花

十年不晤一昔披襟方以行速為悵越兩日小孫抵家具述情事
醼幕先已得人江都則意有專屬旁推更非本懷定言附復彌增
悒快然以吾友才名不減阮元瑜禮幣相尋指顧間事或里耳別
聞機湊當以轉聞不悉

致蔡思皇　　菊花

五日前孫農到舍與細談鴻山事但無由通與福謙弟又不便遽
造恐遭按劍之眄耳幸致不悉

又

一別三年馳跂偉幹靡間晨夕洞庭雲夢胸吞八九更當助發雄
略傾企傾企適日嵩山正當旺氣足為吾地士大夫增色微聞主
席日公有倦勤勇退之心弟已專札致勸矣望吾長兄重以鼎言
攀挽戢其初翮而翼其成功亦吾輩方外宿因不動地根緣也特
此佈意並候崇禧不備

書　十四

又　　菊花

前遊仁里承存念老饕張具烹鮮回味無已啓者史通後半陸續
閱畢曾以借力延陵為請儻有意乎或應或否祈候報章容繳謝
不備

致楊嶽峻　　菊花

拜賜拜識。有施無報。感戢增慚。弟前囑相宅徐君。浼渠過舍。規理
門路。在廿四五間。特搽艇扱行。渠值他出。訂准的期。以便相迓。希
三日前示信。不備。

上陳可齋。

自甲子冬中鄉中稟楫日月逾邁于今三年側聞節鉞內移聽依
孔邇蓬邦跧伏恭記鼎囬屬以訪舊維揚值餘艘南下有總爲荆
州右衛守備衛官領運粮千總事楊某係是某同里親姻押綱適
至喜不自勝一縷衔忱庶緣批露稟者某垂橐言歸家徒四壁田
膝遶舍富以其鄰兒畫無能書回寄口所幸寸心未老兩眼猶明

書　奩

該立之爲一卷之師職廉之以郡乘州乘之役尚可謁其駑鈍効
力鞭策我大人怙恃爲懷優容在昔鴻鈞所被品彙蒙亨雖其材
質既枯而以比於一物之數當亦胞與所弗遺也某竊自省悼愚
戇直廿處不爭之地終嫌非據之乘排擠趨于同儕恬澹遂其素
履人之情僞盡知之矣白雲黃鶴惆悵舊遊倘遂依仁真成再造
位分迢絕敢罄狂言知於慈父之前有犯無隱楊某鄉樸不欺未
雕未琢感戢思造仰就礲磨再次客途匆促繕稟情縷屏營湏至
稟者

與蔡敵復、

陰晴靡定行且入梅握晤漸左矣明早倘得天霽可否訂同愚兄
到嵩山僧舍商量一局爲紫陽昆仲解圍屬在親故誼應爾也幸
趨庭請進止不備

又

歸語舍姪孫忻然應命不多日繕寫兩卷訖似此七十日可卒事
矣兩卷者送覽史官古史二卷開寫未如不耐煩可并還委之須
筆數枝有則先付三兩枝應手僕曾懇王先生索兼毫健筆歸日
忘取乞并致付

擬寫點煩篇者其中別立義例正恒覆竟便擬寫出人言點煩

書　箕

無措意處不知正不省手必將原史條、標勘才少有分相應
應其中有斷文有脫字有後人妄削句有側書加字混入句由
是而有補有注有小字與大字紊行乎不得不行矣此卷點
滅、竟存不爲無功贊及

又

近換得前表前後漢紀廿本甚喜繙檢援据殊不餒矣僕每治一
書必有應期而至之助亦一奇也三覆稿巧夕恰周兩日來差得
甚
息肩快德星又抄滿一卷此後并歸房表房表復完二卷共三卷
擲送覽又前所檢卷一中數處並覆定并附驗諸春中凡有脫卯

望丞墨出王右丞蘭裴廸秀才云非子天樸、清妙安能以此不急之務相邀吾輩今日相與正似此也傭書者筆又禿矣再得兩三枝為囑家生兒各自謀食遣役有難色此後涉向一遣尊力取携兩便草卒

書　老

又、

邊事寧麥秋到景氣清佳正我輩書生暢意時史通得吾賢商定條件一一是正矣外又更數十處凡蓄疑未安及信心逕過諸疵纇都無滲漏矣真樂也僕擬廿五六間返舍賞析非遠當到高齋兩日縱談諒不外也有雖無老成人尚有典型二句晉人語及之閱史失記何人語世說似有章預緒檢不宜

書　老

又

房表比來往吳江謁師歸來又大發寒熱寫書恐有半月擔閣頗陶元發興作舉業長編自明初以迄今代人編一集約以萬篇為斷其日加以三五年為期其言曰近文如蘢篁亂草打掃開了然後及於先正已成順治朝十餘冊千篇矣此事原自予發之須其成果是繳百年第一壯觀也國語十六國春秋繳還郭評育本付來欲將本傳增注也節節

又、

久不到山中適病起船到水橋午過入山信宿駕可乘便把晤禪閱竟日夕亦遊好之樂也來時帶錄出諸卷或有商量處

又

初五六間到嵩山可一晤申左篇尼父鄭穆一條略一疏懶便誤賴有世德堂六子考正之注書之不可急易如此史通一一身整頓須費三番周折才可奠脫初稿今內篇第一番工夫取次有緒其中舛譌百出使人悶絕一理出之輒又快絕望吾賢便可來舍挑燈確論學者事在千古非一人一時句當生活毋謂不急之務也何役役爾也特此

書　关

是書之作起予者寔由吾友也頭尾俱就竟成完書矣三年苦心一朝脫手如行者之到家荷者之弛擔為之曠然序稍冗長然頗自謂入彀別本三序不可少篇皆有摘棄其人書原委略具雖本傳居後大概已可覩矣舉例借筆增光顧闢新樣可喜言雖詳盡亦無飾說就附總目非贅也舉要數則作通釋起本故編在例後大致舉矣亦不可少已上統編正書原序目之前新書本傳作附錄中亦有彙後又有跋本書有者傳中節之新傳刪者以舊書補之並皆注出可用此為全書之殿章分別審觀之是否如何也郭評頭本并北平黃本六本並送上煩仔細校對對畢要將黃本還

劍光閣凡觀書所以應合叅換處須通寫一處僕亦隨所得汴錄
一通訂于何日相聚一兩日分條補入之幸甚幸甚

又

曹先生秋來興味頗頗減意其慈幃棄養也倘有開弔之期千萬
傳示茲欲借閱五代史幷儲選歐文布即檢付專此

又

明日值七房子舍五七之期虎暋舍孫婿獻齋四日懺師止宿少
蚊帳五六頂無可措辦𠦄膽向尊賢庫暫借應用期滿即返幸推
雅愛飭莞庫如數揀付所全實多耑此懇懇萬無他虞二十邊要

書　　　　乞

到水橋便問或到山寺倘可一晤否至期再遣信不備

又

昨晡時到山尊紀適在問知見君意閒深用為慰蔭嘉病癱大窘
計以在館書籍𢙇零費書目已附達寺役至可檢付之幷目一張
亦付專此

內有詞綜六本是寒齋者可倂付來其行遠集則存之再史通
本現在留寫蚊帳偶忘明日當繳

又、

每沃令叔珍貺遲迴躑躅愧不敢當敬嘗以拜閏仲叔不以口腹
累人有愧古人多矣謝謝韓詩非淺學所能窺測屬多聞歐尚木
卒業少須數日當以復命史通留閱不妨現在覆過十卷又將以
他事間之續俟繕出逐卷送覽謹復弁懇過庭道頌不一

又

杜刻二部換尺牘將有所用之也頃檢收檢付史通設無作輟早
竣事矣然已了十九卷所未斷手二十之一耳繕稿者猶頗缺望
希就酌存稍厭其求過嚴尚須湊合賢庫錢強顏浼請宴人子不
能自特如此一歎

又

書　　　　仐

延綠閣史道久當歸還明欲入城倘校過須可檢與小力蔭嘉賓
席可否惟命负罝不荅自咎失言幷叉

與安天順、

神馳叅宇積歲羈閟我勞如何外弟紲勛一出名世同研皆斂手
推避清暇中興端在于此别後時籽軸予懷也其自去冬一病百
日中間又遭手足之變萬念俱冷決計歸田掃軌兀坐人事都謝
啓者舍姪其貧薄多累不能遠客志在近里圖一館席貫地張四
兄家來歲延師未定唯九兆一言足當指南茲舍姪躬自請謁仰
希吾母舅多方玉成則大有造於弟門即其同身受矣舍姪人甚

敏亮句讀所不待言臨馳翹冀不宣

與張嘉會。

百里紫宮故鄉親友疎於過從時縈晤思如老姊丈家聲蔚起尤令咸神馳左右也啓者吳穀兄先生下榻尊齋計偕不遠來歲西賓勢須推擇有舍姪孫杲自少從遊名宿章句理解俱有師承兼復侃侃自好足當此席弟雖不善循俗薦剡所言必諒而後進前已遣七兒道及復此申說量不河漢也

與滿南一。　書　全

前適有事入邑城駕來不值歸晤嵩山監院酌商現成經藏之局渠意分三段講價但有正藏用價七十若兼有續藏用價九十前後俱全滿數以百金為斷此蓋指通身函帙完好無缺無霉浥無蠹穿者論之或有諸等瑕疵估准減算鄙意十分贊勸勸彼既發心願恰值機緣還該略放寬綽然大段規模多寡不甚相遠矣須知藏經佛門法寶究竟不比儒書且呆夯身重更非輕巧燥貨又俗語說裁衣不直緞價人人所曉也滩擱三年二年不如得脫手須脫手尊意以為何如倘算合得通轉船即付回音專此

又　勞花

白首騰翁寄情山水前與梅老人約臘尾啓行泛舟蘇杭過燈節而返因思寶坊藏經缺帙是一件未了公案此行略一繞道身到嘉興經坊酌量甚便惟仁慈大力預即裒合前存錢串以便隨身帶行實一巧會機緣也恰叟日又常師業不及通札希者通白希此告言不備

與蔡文清。　勞花

高朋滿座選勝徵歌掌齋盟都一玉山主人亦顧盼自豪矣鐵笛劉郎龍洗耳下風切切。

又　勞

月彩花光與舞筵歌板有雙美而無兩傷稍遲則粘一放一矣勿合人有不給賞之歎

書　全

代孫德星簡華世美。

歲在乙丑附歸止宿高誼殷然歲序屢更種種失禮啓者板橋村家與嵋傲涇李家兒女至戚也去歲以減覆小故稍睽親誼并天根世好過從亦疎家祖於兩家俱係親知久欲澆此塊壘遂意將艤舟惠麓共踐勝遊聞老表兄先生於李氏尤稱莫逆特懇轉致積愫并有尚函兼希附達容即踵叩縷盡委曲家祖命筆先此佈意不宣

致杜輪禪社長。尊師　勞花

夢遊花徑有閑身無閑日大是苦海家生兒時姓脫力積年追就

法眼診調，倘可療者，須費若干，揩上取藥。涼秋放櫂，頌德寫懷不盡。

致顧復初先生　芳花

昨惠德音，適行東野，歸寓展函，紙長三過，讀語誘，隄防而又周，慎有味哉。頌揚清芬，方愧腕屠不振，謬云簡潔，毋乃失言。摘改疎謬，可勝闡喜。天根書至，尚在局先。近繙廣行以附覽，以見說所自來，非謂其當然也。昌言開曉，誰不首肯。柳復細意甄存，牽連不一書，渠自知感會，有別語，嘗就簡寄泉南，他無位置，茹金再作商量。二鄭宦望，乃其故方。弟已編次多時，其中採摭明史與錄，示暗合。

書　全

無有來告者，亦不必告也。竊意東林為晚明關鍵，奄黨局脂爭涓潮時衡平議與由陵南北同是也。邊兼除事耶，輕事功，軒心性。吾鄉濡染結習，外論殊不爾。且宦遊即必家列傳分類，都次之即以宗論，若韓范司馬歸鄉，豈能獨出其上耶。況分類中儒林又次循吏後，為正史所例耶。頗不樂以此門進退分榮辱也。放言各罵耶，一及之，實門十節，今止兩人在耶年皆望之，且已沒，稱諂耶。與蓋棺之論，似有不同。生存不入志，將擬年譜冊，而有意耶否。趙舜隣叙遠夾入已檢收，効力議叙，與舉辟不同門，承示五項極是。然非弟所參預，至東書通融，難為秉筆，固鄙性所砥執也。豈惟難在筆底，道德申韓，取識在前。嘗攷班范二史，所收不及六百人，宋史年代邁而人乃五倍，同時邁會人數獨不在列，合之當不下四千人。何由抑之，如而晚覓之多，所懇正在此。顧相與持之詞無詮次，無曰此妄人也。不肖教誨，謹復。

又　芳花

承示吳張武三傳，并承下問吳傳長否，具樣虛懷，竊以文無定體，如遷變謝公居官有歸傳，何取於豐約，而文之長短因之，而幅非所論也。吳傳內三藩法當書，遂自餘送字偽字可渾融否，如較此體與本籍先賢不同，渾而罨之，宜詳後來動伐，經略，主客之辨也。

書　答

此處稍節之是否，舉辟効用二表并三傳並繳，諸俟晤言。名東泐。

致南禪和尚　重出

偶因昏暮托宿，得瞻寶所一新，作者具真實力，見者生歡喜心。委記始末，忻然不讓，然終恐門外漢道屋裡話，未必親切。又老嬾脾枯，不能健運，以此蹉跎久之。承教督促，當稍待涼爽，用世間語闡出世間相，准在中秋前草寄座右，工拙所不計也。比聞老和尚功成身退，高遠絕俗，然太遠矣。願望再豎法幢，當廁聽法之列，手泐附候不具

致顧雙溪　芳花

附達過姚甯飲一件。當已鑒錄矣。史通半帙，曾否瀏覽，為乖為合
頗聞法言。癡人妄想，輒以不急之務，强所不欲之施。每念不禁自
哂。直緣丙定河干，開心一諾。其肯興於斯者，决非世眼輩流。故胄
以雕工賠索為懇。誠如得請，四五日間，當遣鑒領付也。歲內弟儻
入城，可圖一晤。諸不悉

又、

月初曾一入城，信宿而返。得南野之問，吾黨失一老成，惻愴久
之。志中諸條補登板竟。未知友多有請觀者，及早斲手，為妙拙刻
史通內篇十卷既竣，遺塵歸几，希指糾繆，所請終事之助，有其匠
可善為推致，不愛忘其醜，傾耳德音，晤盡不備

書　箋

致龔端叔、昌符兩門人

始聞潭府恩命，嗣聞二妙蜚聲，劇欲踵賀崇墀，而帶水迢迢，衰遲
怯出。天衢接翮，齊張吾軍，光遠益擢耳。趨侍重闈，幸為縷頌。茲有
一緘，欲致薛衖老人，而村僕鄙野，懼或見擯，吾賢幸飭一紀綱為
尊先路。諒在雅愛，必不吝假我一緣也。跂踵神親，寤言有日。呵凍
手顫，筆不能書，率爾不備

瑞城昌符二雅甚友

又、

箋記

春中信宿高齋，屬仲吾神趣小減，想即復常。秋老氣清，尊重闈勝
履萬福。伯俅、伯儀榜錄有名廷者，是否即難弟耶。前時尊甫曾
以令妹姻連見囑，所云天水二昆，並已受官郡縣，隸遠者，通問非
便。近晤嵇少宰言之。少宰郎年不相若，因言其懿親楊晶齋第
四子。家良而相當，齠齡既學，無岐好。文有賦心，英物也。晶齋丙辰
鴻博館選，於僕亦世講雅知之，嵩力走閩，希即趨庭稟商，用備埋
擇。倘緣未他合，則鄙言非誑。道遠力守領降答，竚候德音定進
止。跂踵誼戚，言不盡意。

興華居敬

讌集高齋，喜氣稠疊，尊人厚誼，久銘於心。屬有鄙衷，須一面晤乞

書　箋

便移玉

復席若

箋記

溪北溪南，青廬蔔曠，接教驚聞，年嫂仙游，追維蘭譜三年之間，疊
增歎逝之感，傷也何如。詢使者，并知春首既辰，初度前令種種欠
禮。兹何可言。本應即時走唁，緣敝邑志事尚有補苴，而禮奠之期
又復不遠，謹至九月初依期踵赴耳。名銜別紙開上，本復不具

致顧司空

晚某頓首。歸田以來，鍵關卻掃，歲已已，假館汾陽，幸陪色笑，自爾
睽隔，彈指兩年。遙溯舅大人端居蓄重，杖履安和，私心依切。近因

訪一門下士薄遊邗江會聞貴通家江都趙公欲延訪經師兼工
書法者有小孫果文理粗通已倖入泮書法頗蒙莊大人許可之
此席伏惟雨露育材扶植後進夙所嚮荷仰懇賜吕一言揄揚汲
引則生我成我被及子孫紉結靡既矣肅此遣力守領容當專叩
崇祉并聲謝私不任馳企

致淮揚道吳年兄 名嗣爵 臺大人鈞座字諱

前日晋謁鈐閣豢諭書記一席適有函戚同譜孫翰編瑞人令姪
名汝元向隨雲廣學幕人品凝重學問淵邃書法亦極佳實堪叅
佐簡畢更有兼人肄應之長現從京師南下路過邗江邂逅語及
書 箋
可否率今稟見冕鑒高遠定當刮目伏候明示為此稟呈 此下書補錄一札

致楊[illegible]公 箋

得陪高會後旋即入蘇又薄遊陽羨浪跡三旬歸乃遍體發癢爬
搔晝夜至十指不能屈伸又帀月有餘以此拋棄研削忽接手教
兼讀諸名作老氣横空轉益退舍或不拘時節急當呈拙耳山樓
勝舉搔手眞應唯蘇譚顧生來銀一封貯篋俟寄聞有心許者需
應顧乃酬贈未敢遽以副命也率此奉復濡滯增悚

致王宗伊 箋記

歲首人事費日自適始克屬稿竭力馳覽文不敢言工然泛套語
刊削殆盡矣啓者誌銘既合尊考即宗伯傳理當合編又尊親述
略若作今來補撰即篇冒悉當竄改今既仍之則卒年以下並是
附行之文其間定應添註否則前後都不照矣再傳體不書生卒
葬日誌後所書殊苦無根亦應於述略後表見其故梓工何啓明
住虹橋其人信實有家可以任之付梓時須嚴渠悉照傳樣寫刻
庶免一本兩式是則傳板宜并付去今其同印編訂以上皆款式
所關不憚煩瀆縷特此筆意 大寧 徐秉

致顧海門 箋記

別來經月承委曠時凡載筆述事述婦節家苦非難也其事千人一轍
書 箋
其文亦千篇一律躊躕久之因取別徑以讚當引即可用作傳戚
入覽時勿訝以為悞也晤汪氏子可與說之特此奉復并餉饒渡
不遠倘有興與大兒入城可以握晤不一

又

兒輩積蒙孛庇感戢寸衷獻歲崇祉未及踵賀抱歉十分聾瞶衰
遲屛絕人事已久乃年尾年頭為中郎家難匍匐草間以火急事
訴向冰冷人更值歲儉費多之日所訂屋直正如黃楊厄閏名世
之實不及絳縣甲子矣據四官言歲底面許目前祇得酬償毋數
或現具或呈存票無悞其子金須寬至事平補足萬懇矜諒所事

稔知高誼可以手談一局了却圍妙假令少有來到亦必竭慶應命
統望一服靈丹百病捐除為禱千萬千萬稍霽當入城面罄種種
念齋畝世臺并希叱致幸復不一

又　　荛記

須晩授餐累施不報而不倦謝何以堪別後不敢懈怠情形已悉
寄兒紙中遺信稍遲重煩尊教讀竟憮然隨同紀綱到地申論實
值有出無入時何以一券取信要之事患慮出意表耳若此人
此項直是寄之外府雖老憨不善機心億逆然素多過手交易信
在已往即可卜其後來也謹此複萬勿以前境增疑而遠嚴窮

書　　宅

我秉太常齋禁競渡在邇入城恐吹觴魚怏晤有日幸而不備

致王鳳巢明府　太倉州尊　荛記

棠陰遺老眷念老祖積素孱茫每懷靡及望不日開閫編覆
江郊興情共禱茲有剞劂氏潘立犀者本貫秣陵久遊茂苑為人
藝工而行信當代名賢如沈宗伯輩所有大刻悉委領承近聞台
憲將有長編鋟版之舉艱以未技無路躋階特自蘇來鄉謁階汲
進其從前問世諸刻亦其手辦熟知可托用是不非所請俾得捧
緘叩轅并藉口桌鄙懐依切八十冒絮翁年來叨庇健飯風日清
佳有興萬杭請訓容有日也統希丙照不盡瀾回

答龔南園　荛記

投老田園詠歌化日懸跂老先生以經術經世務聲高北斗為吾
道先觀賀觀賀客冬貴姻家秦七兄令孫庠弟預沾文讌席間
叙及潤悰正期囑筆脩候頃二月望後偶入邑城恰喜貴友張先
生兩舟相值接頌德音隨即同赴寶恩代申盛意七兄高梓欣然
靜候大世兄首夏回南擇吉行聘因而酌商嘉禮之會約以聘後
決議為期肅此附復並候闔第崇祉為國為民保泰是荷

又　　書　九十

志局羈身經歲不得入蘇飢渴之懷曷云能釋老長兄先生雄才
偉鞣聲震江表司土賢勞皆望風退舍騫騰瞬息所不待言為吟
官吐氣大快事也某投老食貧宿家丙照來歲栖栖靡所繫泊倘
鄰近有修輯志乘或山長宜缺統希几照俾得一席為喫飯地拜
賜不獨一身口而已茲有張某來錫返蘇之便附懇附叩容便聞
踵頌不盡依切

又　　荛記

寄身老學究中謝遣世事簡曠之罪幸以度外容之前荷鮑知籌
及澄江坐地某已他就而止來歲彼局可續商否再紫陽一席徹
聞動轉倘接對大憲時語次及之尤所深望極廣其途以曲為留

意舉家鎮感筆不能達乞一覽即付丙不盡

又　萼花

客冬進叩行麾一言所及即時援手解痠民數年坐困之後為積既厚而誼重推烏合義艄首至地老先生以幹練宏才洊官試手舉重若輕能吏人人咋舌一時大憲推轂相先祖令簡畀望縣恢恢展布晉邀特達之知當不須時耳敢效贈言者既以樹心出政職其居仍以斂鍔韜光藏其用則功越而忌不生是區區寨拙情愛而欲繼頌以規者也天水高親嵩函賀祉藉請鈞安持書者名係九襄翁身畔廝養可供清宴使令附及之寒舍叨畏臨池依

書　上

淵不莊

致佛寧寺方丈半白大師　萼花

頻仍法施報稱末由惶恐惶恐中興記成會敝友來舊筆點勘未暇再寫即以呈政不審得當否篇中尊法名法表書對祖而稱禮宜然也其空格請填寫某姓壽詩現在抄閱期半月訖事附繳備晤希代白之尊續稿需次再繳諸容涼信至謁誨不備

又、

中秋曾到海珠欲訪山庭被風遏返衰老善病雜應紛拏大集淹久案頭悚汗悚汗近始卒業並草弁語兩則書識佛頭專僮繳呈并請政或不河漢我耶俟便領誨不悉

又、　萼花

三復尊製二冊妄為缽盂柴柄齣辭飾置敢望報乎嵩山老人賞致慈函并盛貺多品彌增悚息傳諭不得復返銷璧謹登果餌復襪拜德多多矣来春晴暖手捧縑緘到山頂叩轉附借花獻佛物之義即是身叨衣被也嵩老回蘇先此鳴頌尊洞祖中興碑俟晤言酌定何如種種馳淵不盡

與内弟黄漢階　萼花

信音希簡鞅復判弁我懷如何某也閲世荏苒十日十二子便已相配一周顧影蹉跎不覺失笑昔人謂增年是減年今下一轉語謂忘年即大年也竊欲越此偷度流光已僦一扁舟定於改歲之二日挈諸郎探梅杭越作二十日天隨子泛宅故事一切親朋酬應都為謝卻恐吾舅輩未曉此意或循舊例往來未免徒費周折專奴奉白當以二月初率兒輩踵門握手笑致鄙悰耳諸不悉

書　呈

又　萼花

適在城寓一閑院集即知接庭四姪避席私喜前時心賞不爽高門旺氣川至方臻吾舅晚節樂事正如啖蔗老頭愈甜容俟送學時踵賀先遣某人進叩數期并請筆叩喜不備

與吳縣學博虞東皋

存念有加，蒙轉涸鮒斗水，皆由大賜，感豈剎忘。汾陽高楠以微言採來歲之局，鄙心內勝。兩孫失學，既舍其田，不芸而芸人之田，藐視倚薄。以此溯吟，未許，倘留意果識，不必別有議加，但挈兩孫以柳則，猶可相就否？柳鄰簡馬不絕，此棧面也。我輩寒素皆知愛鼎都，姑妄言之，而轉聞之，非有所待也。容頌不既

與 直出

昏黑竟去，徧日不安。青蓮行橐蕭然，舊交豈容漠漠，勉湊一金，尚出轉貸，窘況若此，難為長者告也。強顏應命，媿赧不如，弃此

書　九二

致熊庫大使 蕙

公事合辦，務在均勻，乃得兩不偏枯。目下刻工將起，其銀數之多寡可以不論，只照字數算派可耳。但國朝文篇幅長，正嘉慶歷文篇幅短，長則板滿，短則板空。若彼此認闕，則板數不齊，而刻匠刮板上樣之工亦復不等，是分辦空板者喫虧多矣。特此奉商，須將各集文兩邊打合分任，庶為妥協，希鑒不一

與華宗彥

勇義敦交，隆情可佩。頃聞聖將親家寄語云：貴里有一小坐地，為金君所遺，六小兒居間無事，不計膳修，可以相就，望吾力玉成之

瑣瑣，頃濱頻厚，取笑恃知己之鑒我也。耑此不備

又

前晚客歸，覽然奉札，比又聞已訂時兄家好家好，適聞信來，渠意以廿四金挈一子為請，囑筆轉達，似亦非過，可否應遣，靜候尊奪。耑此　別有一言，當候面請 又行

與秦廣和

適日過舍不晤為悵。史通雕板過半，梓人索貲促迫，懇為轉達春星令叔，慨賜解囊，切囑切囑。令叔法眼高出輩流，而弟與七哥往復周旋，不為不多，敢敢徑情啓請，希諒不備

書　九三

又

比日吾長兄往復周旋，甚數談及史通雕板事，承云此書可共千古，春星令叔和義，令弟皆識，解越俗，又皆世講，足以借力助辦。近知並蒙許諾，廑荷感荷。茲雕板過半，梓人索貲促迫，懇即此言轉達，應副所需，不啻長兄惠我多矣。懇切懇切。兩房令弟名表并寫示入城時，容各踵頌，耑此不一

與許鳴山

山中解逅，席不暇暖，欲言未言，中懷耿耿。前日到寺，坐未久，日和尚即以退院為辭，節鄰叩之，曰已白衆矣，品翁切日料理矣，轉叩

之雲棲師亦曰確知再四叩之曰御知決絕作別以來蹤影杳然
十日之間剎那便過元叢窗魏鄉吾聞先靜後過未聞先過後靜
又聞出外告靜未聞坐家不告不問似要知靜過不靜則如何請
人此廟體其聽客耶穩手不識啓請耶諸穩不足掛齒耶細思附
近諸檀良不足畏有飯喫者不開口開口者沒飯喫然吾儒者
之言曰非畏入畏聞亦可畏也昨晚蔡思兄附信囑撰請新方丈
啓不好萬地下筆特此請教吾兄以為何如

與倪時行　書　　　　奎

久欲以局詮拙刻倫令郎輩講解雪深寒緊蘇坊印工不到一俟
刷有成書當即送應綿兒小孫傳諭吳氏高足許辦史通一卷極
承鼎力招致梓氏歲租索貲促迫潰懇即日再寄一言慨付為妙
謹此申請希諒不備

與華聲培

劇欲踵晤老懶怯出六小兒系姻高門最撫不得一坐地悵悵無
所之姻老世臺望重海虞通都聲應萬懇俯推宿誼曲為覔一的
讀之館不敢奢冀聊為托鉢行腳即所賜多矣容走謝種種不既

又　　笑記

仰承高宴定為閒事荷荊萊且謝且賀大令云虞校多有欲帶印
御纂三禮者比印匠來言隨時可以開板部數愈多愈便幸即傳
知賜答並頒劄從墨跋

與黃大山內姪

諭聽勸勵為爾寂寂然論傳來陶且高遇之耳尊慈泊闔府內外
長良清佳為我溥請鈞安也僕老退殘年耽書備嘗史通論着日
力已深不知者曰不急之務與知者曰不朽之業同伴相褒瀕已
到半功前承雅愛督刊一卷會剞氏索貲促迫特專僮走領希即
慨付禱切禱切便間當踵領快談不盡

又　書　笑仁　　奎

得兩來足機似稍轉或不終墳耶兩賢者行合伴定否孫子德星
與張蔭嘉及二蔡訂準矣嫌走試俗忌四人意欲偕駕為侶正廎
一元五睢之數若論虞山同則七子高會亦頗名也倘以為可定
期於十六日集於邑城合喚滿江紅多寡適中時運選專佇德音
切

與楊芝山　笑記

老去簡酬接刪遊閒得一人若置郵殊可喜而蔭嘉撤席東遊惆
悵如有所失吾學兄高樓妙的相輔增奇未知何日憑臨三過讀
也比時運叩近佳并取東都事略五車韻瑞二書洪五筆留閱後

織闍潭道念

與張亮揆　　　　箬菴

南園遺教禪指七年懷昔尊師再造藉手重生中心藏之與時俱
永比者薄遊廣陵旅遇快士何兄秉恒為述洞垣道價眉宇欲飛
值彼言旋附抒感頌弟自歸田郄埽坐卧史林因檢唐賢史通一
書討尋阡陌朗朗如皓月入懷兩告注本歷封舊筆觸刷日力滋
深頗露生面客冬一二同好勸之問世幸錢開雕工已得半矣附
塵緗几宿荷嗜痂希先引重使閒踵謁當復劇談容自訒晚節成
就堪偕不朽也縷縷不具

書　　卅五

與楊申一壹叟　　　　箬菴

老耄聾瞶判年就食城寓無幾在家會晤隔濶一切外間事不聞
亦不問久矣比有寒門世佃提燈擡轎之盛姓者得時財旺遣其
小豎問字高門其意不在學問而在假塗張傲為懦懼淩人張本
私習手搆圖助言辭頗有族弟輩以此相語僕但領之而已昨忽見
吾賢致小孫一札紙長不暇竟讀中多憤辭為之駭然呼訊其由
知為舍弟煥章邨館搖兀之故煥章亦教下寒苦之子也其上世
為東林舊人而于僕為本支近屬僕方心感吾賢栽培孤子乃厠
一小豎鬍髭致將餬口無路以此諸孫輩與緊佈惆惟希法語平
施繼彼拯此以終始令德其意似乎非過不期誤會逢怒一至於
此僕非不知有教無類大道為公然如此豎所儕不獨在世類而
在氣類其相從本确固在彼不在此也世界有黄叔度乎雖牛醫
兒僕亦當刮目矣以今所聞寒門雖衰替決不許此輩扳談世講
也手顫不成字草草

與吳英蔺同年吳某　　　　箬

投老杜門席賀蔬食翹首膺遊雖帶水非遥如在千里年寅臺所
至善得士心堂課公餘藝花琢句致足樂也正恐交章卓薦不復
久駐閶曹耳啟者弟有嫡姪國子生錦雲字章徽久餍文戰而薄有

書　　卅六

練才臨事不苟前此曾於昭文於長洲等處効監倉務頗承諸令
君識賞日下收漕在邇厰口需人所望一言九鼎勿拘常昭兩邑
酌為汲引俾得一當稍需𡑞炭微資則拜惠不翅指囷而弟亦直
如身被矣茲特踵叩崇墀合渠普請鈞安口陳積悃春煖花香容
當面頌不既

致张源和尚　　　　箬菴

別來五百稘回憶經年患好時縈寤寐近聞駐錫豆腐巷別整門
庭為之深喜茲有敝親家華在兄老成宿學銳志入都倘有容膝
地乎幸推烏留意閩山迢遞法會何年晤五愚師乞為道念種種

不悉

致許修来、　箸記

不晤歲餘每吳興客至輒問購寅異書多少知插架愈富壯哉觀
乎忻忻黯黯、史通登版實賴高賢發軔延緬再期猶未訢手信同
好之難遇偶益嘆吾賢雅尚校出流俗也今則僅餘兩卷待遘機緣
其遺於成日可幾矣初意事苟可集不欲復向左藏乞靈而緣慳
如此只得囁嚅請益再懇貳十金始之終之以一人之力當十數
人之力就於弁語加意揚厲允為不朽盛業回憶從前盛意原有
後期續應之約特以鄙言重出之口故停閣及今而迄不免重尋
書　究
舊諾汪波千頃載不嫌其妄而卒貴玉其成耶二年来中間數改又
有廿餘條真無憂髮遺憾反因局緩得之所竊喜者此也惶恐待
命不盡依切　脩来吾友三千

又　箸記

城市跡疎曠年離索我懷如何先是有族弟手錯類林十數冊今
已下世其嗣子不忍遺墨湮沒圖為付梓表出之恐其中有舛譌
不根之處造請是正所苦藏書不多欲從鄴架借淵鑑類函參相
校核但部帙浩繁不便全攜約將一套或十本更番倒換請自首
帙為始特囑何啓明領力造府希即檢付萬無點汙遺悮特此草

懇

又　箸記

北里逗留時擬再晤不果　欽頒蘇藩三禮刊竣一年矣目今行
本僅紙生煤定價八兩欲購一善本萬不可得會有便在蘇特赴
該管司署面談自備純墨嗔匠加工定刷當經面允通計料工每
部六兩費省四之一兩書樣出色最為得算曾與某輩言之皆樂
於從事僕於驥尾泛舟東下度歲避喧可乘便挈錢辦此吾賢倘
有意乎失此一機後難再遘京板尤不易得價更昂也率此如面

又　書　百

適際悪懷便問入邑托宿東平高齋吾黨之士唯賢與濱篁好尚
略同真與俗殊酸鹹也濱篁有意纂述蒐羅宋元以来遺集頗富
君家架上定多逸本意欲陸續借鈔并兩家各有所無亟可互寫
一顧之諒知必不作此過慮僕行矣留此數行代相聯絡不備

與汪介仁、

每過膠南時承款接去年邂逅嵩寮匆匆別去来稔後此良覿更
在何日啓者三兒行六頗嫻經訓為人拘謹不妄交遊連歲館鴻
山鄒氏来年覓谷主不得而兒意亦復洒然不欲久戀聞高齋蒙
養方殷機會似逢其適不嫌內舉走筆為容希照是荷老顏有覥

知能鑒之不備

與楊晶齋

菊綻蟹肥，高懷朗暢，老去則澹與泊邈相，朝氣暮氣不同，宜爾屬
者賀，然以四令郎姻事，致札吳門郭徒，聞渠過庭之餘，重聞喜躍，
大似宿緣天定，接有報章，并鄙札稿，遺送記室，種種節文，更須往
復成說，訂於舟九之介，一葦經遊，何如。

與楊朝宗　　書　亘

廿一日遣時運送札吳門郭徒，說四房令兄第四子姻事，彼處欣
然樂從，以六肴款使者，面詢甲第大槩，即付回札，今并鄙札稿送
令兄覽知原委，煩駕即乘時運過塘，面達其事，須更一番往返開
說，約於月尾月頭，囑令兄備舟還价，與吾姪坦同作氷人，商略應
何成禮，乘此走筆

與穆自山　　笑花

孫兒有歸，佚述良晤，幾及衰殘，肝腸似雪，方洗耳捷音，不圖遽奉
大諱，驟悼彌月，張子來傳示尊甫大集，驚才絕艷，迥出意表，古人
云某之不足以盡君才，有如此射矣，於斯集亦云，承委是正，稍詮
次之，具見集中屬既卒業，特專力奉繳，惟敬謹復勘，然否何如，老
憊畏寒，有失踵唁，謹附素簡，聊致慨忱，俟春裘有日，當挈舟行助
執紼也，報罔極者甚遠甚大，節哀為囑，不備

與族弟二宜弟　　笑花

承顧談及祠事，出於折一補一之策，備見苦心，別後即商之族人，
又特商之盛家橋，皆云日削月割，終歸盡廢，間然一詞，墨既窮且
髮，令祭蠲祠之譏，口衆我寡，誠畏之，誠痛之，本期報候，行行且止，
付之浩歎而已，草此謝復，罪罪。

致顧嶼齋　　笑花

向若滄茫，每懷靡及，浮文貢諛，非所施之石交，往秋及冬，累晤令
五兄，知化成平進，自是意中事，並聞議緝里志，錯手主文，荏苒判
年，局開何日，屬者放艇蘇郡，本指玉山，[illegible]以事羈，且遽返，識候崇
履，顯謝德音，主臣恕荏。　　書　亘

與洮宗伯　　笑花

晚學集，前月廿日旋里，有失踵謝，閣下忘加下交，晚一切不敢以
時態相承接，正如涓塵之於海嶽也，有子墨客卿徐行三，新安曹
素功之自出也，其兄業鹽筴於敝邑長安里，因攜其外家易水
法游錫十年所矣，為人本色無華，邑同花咸樂與之交，用敢通於
記室大人，倘於當道於通門，借以口頰，當知所言不誣，其謁閣之
期，不[illegible]早晚，敢此先容，不一

上張都憲有容先生書　茅記

閣散詮伏蹌三十年，記昔襄事溧陽師門，會軒蓋旋里之日，衆中引手道舊，及後次孫遊京，重蒙大造，生成長育，徵草凡所以下逮不佞者如此，其也曾不削寸牘誦私感，蓋聞知卯自屏素然矣。日者吳門敝姻戚顧生某，新薦贄書，將僧工計吏車來告行，其中心延跂文章道德，情溢於詞，而力不能具脩脡，徬徨伍數，其心惘之。卿思古者尊賢相答如響，而歐陽子嘗誦世俗書状，外陽相尊敬而相卻。某也不敢希風古人，而閣下今之古大賢也，則又奚必泊泊於地，卻濶絶而不以古之道相推挽乎？用敢直以書鳳薦某名

書

葦秀埜先生的屬也，門才墜而復起，君子樂得而扶進之。閣下菁莪樂育，所以相處，以小孫例之，或當不後焉。篤老放軼，蹌兮無狀，栖臺叩頭，希賞不宣。

上王廷尉晉川先生　茅記

竊惟籍邑東陽，相距不遠，輕舠短節，移時可達，加以世戚世交，素心相索，遂既然不敢襲手板具文，非其不知所懼質之濡也。某於世篤廢久矣，頗聞猶挂齒乎間，而回數往今，曾不脩詞矜誦，自其老嬾積習然然，其勤心不若書之怠，如歐陽子之云，洵不誣也。屬有秋薦敝姻親顧生某者，其所從受業師為李進士敏成名章墉，實大人重門下士也，為原衣鉢所自，望走高闕，得若昌黎之喜接後進，則感慶靡涯矣。臨穎翹溯，潦草不莊。

答侯　茅記

空谷銷聲，摧頽送老，心企老表兄英聲蓋世，如鵉生之於暴公子，而跡類逃虛，知愧良覿，不期春中於客寮水次，代木詩人以此鳴豫，已接誨言，首叙東籬，搆知是書為誰，其沉閣久矣，非怠報也。承屬纂廣崇臺警訓，善夫陸放翁有云：遠聞佳士輙心許，老見異書猶眼明。知茲佳士非遠，而書出桂林開府，宿蒙折節手授訓佑者，敢力奔命推護耶？但敝里詹遊近多凋落，容鼓興入城，與一二所

函

知權之，倘有應者，謂宜并合四編，一式鋟布，尤為快事，然恐難必也。高駕迅遽，懼不復追蹤，繞朝愧罪無似，馳此轉復顒望，不次。為國保愛，圖馨頎言。

與陳繡尊　茅記

謙六堂前，半容對挹，聞與吳君縱論經史，相悅以解，餘懽猶未歇也。比聞令弟署兄寓階虛位，有舍親北錢子來章，人文秀雅，恬素清真，當亦在採穗中，假以齒芬，頌虎叶應。鄙人頗持妄語戒，風吹別調之憲，可以不設，緣筵緩頰，靜候德音。令弟前希叱致，明春鼓興披帷，容或有日。諸不具。蘭譜

示大兒敬敷　寯花

宋史繁蕪。正本未曾携入城來。詳節一書。無從比校。是非倉卒間所能辨其優劣者。世傳名筆。只有前明中州王損仲删節本。為虞山錢氏所推重。原稿已翻落黃河。虞山曾鈔得之。又付絳雲一炬。今云抄自汲古。則必七星毛氏轉從錢鈔本鈔出。理或然也。我在蘇時有太倉族人浦心一者。亦名諸生也。嘗持伊戚家舊鈔部頭。并目録兩本。到郡學署。托我轉達前撫軍陳公。云共八十本。要售銀三百兩。說合不成。我見之的是損仲本。頗憶其中三蘇傳與脫脫史改易門類。今云四十本。或厚薄不同耶。試取三蘇傳一對何如。若另有別本。則吾不知之矣。又崑山徐冠卿亦有改本。即在宋史原本上細書勾勒。其書已籍沒入宮。外無抄本。亦不甚著名。華本看來筆亦乾淨。不過四金。微乎微耳。傭貲亦須得七八金也。收入質庫。不妨略嫌卷頭處自署。宋史三蘇傳一分一合。為脫脫與王編之辨。眼見如此。但何本分何本合。都記不清。今鈔本已分矣。只取廿二史中本子一查即得。

書　夏

與張蔭嘉

石林遺稿。訪索殊費日力。詩清而隽。且兩本複出。選録當不多。其徒珍若拱璧。千萬囑還原本。

又

聞行近矣。道殊久病甫闻。此回只好傳試老懷悒悒。吾賢今何伴我行何日。省可坊舊本翻杜刻久行一說。佇計自行。然若費又不任勞。夫遺時暨一往。則今附載備須要復。便可留用。亦是踏喚甦手也。可否佇商。諸希鮮照。悉。三傳

與淵士姪

老倉老月就養西庄。六房孫子要晤。賓日可予仁里作劇。時同過馬齋。兼候孙師。且請倉曰頗不在世俗影觀。若氣宿信信一循相知。极想乃惟於須相戒。毋浮費。毋羅多品。可將此意所向君倌曰可我倌且有切己語相致。但飭厨人無措。火力疲憊力已矣。賓日之為捧腹大笑。倌於金兄觀厚。云聞又八十翁不嫌老懶。見惡於所言。乎亦好笑。知不以為怪也

致庸阜寺半白大師

藤庵門風翁孫振緒勞績茂矣。而功成勇退。彌仰高風。達衰踰歲。壇枯及厚。素餘曆迎春後當體頌磐抱。生門兩賢如諭作答。稱稱容容不宜

致楓橋朱

峻節高門。孝悌信世。軸轆闌闠間。別有風氣。是爾傾欽風雅。遺徽冒莱求益心窃郁之久矣。得函讀東郊春到花信風來。望被斷卷重以半白公手書命往遠涉。不敢相外。對此藉復。不久當造西宗授晤。為幸。賓而君一頓

恬聖示卅篇極佳古來今。文字請張之詠。正少陵所謂語不驚人死不休也。客荆門六閱月。朝夕誦讀。剞不忘。釋。章窺藩籬矣。至景諸人。不適株柃嗜餘。自離騷及漁父八篇而外。余拔概無錄也。

三山老人不是集目錄

墓誌銘

目錄　一

三山老人不是集　　　　　　　　寧我齋藏稿

墓誌銘

誥贈通奉大夫宗人府丞邑庠生王漁石暨配錢太夫人合

葬墓誌銘　　箸記

起龍自爲諸生，頗知慎交遊，辨氣類，有與施鈞禮者，中心嚴事如良師者，得三四人，其一人，即鵝湖漁石王先生。先生本深養定，不騰口說，而躬君子之行，粹然儒者也。不幸僅及中壽，乙亥六月，先生猶嗣宗卿會浴，在籍丁母太夫人艱，既逾月，用治命卜考妣葬有日，麻絰造門，請文其隧中石。宗卿躬躋九列，追顯所生，宜之乎

銘　一

[illegible]

無許鉅望，而乃之傖楚材散木以極甲觀，避不敢勝。宗卿曰：望而崇，無若知而信，固苦之，固辭之，卒弗獲，謹拜手按狀志而銘之。先生諱起鴻，字周翰，漁石其號也。望出太原，始來南者宋建炎初太尉諱皋，籍蘇之荻扁。後有右正言諱述祖，疏劾賈似道，著直聲。九傳玉山公，徙常熟。又三傳諱道昌，明天啓丁卯舉武科，累秩懷遠將軍，鎮撫薊州，遭世難，充驛事。生三子，仲即先生王考誠齋公，諱煥，依婦翁蔡於無錫鵝湖，遂家焉。生懋齋公，諱培元，娶於鄒，兩世閒關隱約，服循忠恕三自反之旨，用能單門肇起，著世法守，並以宗卿貴，贈通奉大夫，妣皆贈太夫人。子三人，長即先生，以名諸生

膺優薦，贈通奉大夫宗人府丞；次廣颺先生，舉壬申鄉書；次商霖先生，國學生。三人衣舊德，迎協氣，積以昌世。先生外家蔡，故郡庠也。少學於郡城，穎姿超衆，小試輒第一，久之名溢庠校，爲文章溫淳涵渟，絶浮勦，湛根柢，自六經、群史、子集、辭詩，皆搴條茹英，旁更兼綜兵陳、律曆、輿地、方藥、釋、老家言，包萬有，故造次莫能跡其一有所謂物物者不物者也。康熙中，商邱宋公撫吳，好汲獎聲氣，採所部風，得先生諸體文卷，歎爲國器，下教所司徵致之。先生笑曰：秀才固當謁上官耶？謝不往。是時士頗鶩延引，往往而獲，獨先生退然慎失己，而世亦竟以此失先生。先生研說理要，通會雒閩金

銘　二

谿河津姚江諸心髓語，鞭逼著裏，積三十年。吳中書院初興，人校讎，訟排陸王，依傍粵人學蔀小辨，擬爲談柄。先生懸爲戒，子弟曰：人果志爲君子，雖通言亦資徵發，況儒先緒論，敢輕訾警乎？平時提誨宗指，第一在嚴義利關，見利不苟，則心體清明，可以漸銷偏蔽，而喫緊則在時時反求。於戲！先生教法，即其家法，閑檢直截，由之必爲君子。龍鹿矣，剥閘在昔，世往而神迎，古人典型之思，至假之像貌間，豈飾情歟？先生性肫懇，懋齋翁耋老，嚴明，終身如負重戚，身爲家督，事巨細無專己，必共之乃安。執友惟卜臣吳先生，過必出質新得，切劘日力，不作世情語。所著漁石詩藁三卷，詩説

二卷小序辨疑一卷三禮叢義四卷左氏兵謀地志略四卷雍正
戊申 詔天下學政審舉優行以次錄用學使東昌鄧公得先生
恨晚上名于 朝先生以年老辭闕歲己酉正月十三日遽卒距
其生康熙庚戌八月廿四日春秋六十 德配 誥封太夫人錢夫
人生同邑歙徵涇年二十歸先生恭儉勤審先生身常斆學重闈
饌勞一以任之咸得歡心子皆自乳宗卿幼病悸常終夜抱行撫
摩至中旦遍妯娌均忻感中年後專務織紝冬襦萊把夏浥麫糜
為常餐而蠲祀饋爛必禮以時猶積十指義錢增田舍先後以貫
計且累數百也宗卿官翰林嘗就養京邸仍率子婦理麻枲長嗣

銘 三

司訓涇學亦一至校署歸未久涇訓卒官夫人痛之明年宗卿得
請歸侍解豪蕭然夫人喜曰知汝為清官不負而父義方而母素
尚矣宗卿稍置屋蘇城輕舠扶携舒暮景者二年夫人之生前於
先生一年爲康熙己酉九月十四日卒以乾隆乙亥六月八日後
先生者二十六年壽八十有七子三會瀛即涇訓以歲貢得官卒
娶鄒偕劉會洽即宗卿丁巳進士由翰詹歷少司馬右少宰左授
廷尉副還今官宗人府丞娶錢 誥贈夫人卒會淇國學生娶尤
孫六鶴詒今承重龍見副貢生鳳喈鶯飛相英應珍孫女九曾孫
四旃銘記宗承宗繼凱曾孫女四婿連皆名族前購吉壤吳縣玉

屏山穴舍石閒至是孤宗卿會洽等遵以太夫人卒之九月十有
一日壬午奉二親匶合兆新阡禮也龍昔輯縣乘時先生家皆宦
遊懸為恕齋立傳偶覩井里小紀中有耆舊誠齋名不詳代繫以
姓同綴傳末近乃知其誤因書連志之銘曰
水之朝宗厥初濫觴木之寸萌迺挺豫章載德既世先生循墻清
望有子先生樹坊行文淵涵蓄腹之邑持志壁立滌胄之光彼還
名疆彼呶講堂柏肩宣浙哆口陸王先生曰嗟是奚足臧風寧浪
恬彼平月汪以淪虛明而模義方偕爾齊體儐爾大房君子如祉
命服斯皇玉屏之陽石穴之良韜者于窾覷者于岡行人式之是維

銘 四

比亞季尹漁石先生之藏

誥授朝議大夫原任山西布政司直隸清河道陶木堂墓誌銘
原任山西布政司使今直隸清河叅政道木堂陶公以勤事卒官
寔乾隆己巳九月五日
天子聞而悼惜會 車駕經古北口問疾回年壽於其僚吏之在
謁者既悉徐曰陶某忠厚誠實是個正經人夫以疏秩外賚蒙記
若此以此仰見 皇上始終屬意無毫髮成心而公竟止是不及
大展識者為當世人材惜焉公起家詞臣以罷識異等受知
世廟服官近三十年留侍苑臺止什之一公少入講肆即自念 國

家儲材將在周民隱劾時需徒工擊恍無益用能會經殖史練達
古今更事　兩朝澤民福國追後棘其身於不退不遂之地而
罔有變渝由定於始志然矣案狀公雍正初成進士改庶吉士逾
年揀辦刑部務旋冠館試仍還館食編修俸充治河方略纂修官
丙午秋以御史分校順天鄉試稱得士冬巡察畿輔再決歲補廣
東粮驛道是為受任監司之始而歷官亦惟是家久丙辰　皇上
龍飛改元邀　恩三世及冬連丁內外艱服闋赴補除熱河道熱
河始開缺也明年量移天津屬首薦擢任直隸臬司自是始正方
面甫三月陞任山西藩司任內護理巡撫印務者再尋中以狗庇

銘　五

優柔蒲守朱蕤事左降直隸清河道即今職時則丁卯夏也公所
至有惠愛初巡道畿職察吏耳即出手除宿惠畿民舊苦宗室旗
而旂莊圈屯冊內貯隱佔多又領催非人公疏請權歸州縣而民
居田址始寧帖灤州人朱烈婦沉獄底七年矣公按部夫兄殺其
寃公曰　聖明在上而使匹夫匹婦覆盆入地乎乃疏其備主豈
潤猾民劉姓者強污艷夫其婦不從歷懇庚死狀于　朝竟得殺
辜猾民如法而婦烈以申灤豐民皆稱快嶺之南粵東冣大省而
粮不京輸為利藪其進南而東皆岈大海其右偏錯連湖南廣西
界箐猺盤互號難治公於叢利中身以潔白為官吏先岈居蛋户

例得將墾舉僻所撥地懸遠業曠公請改撥新漲各沙坦該户樂
受而附畊之爭者亦息肇高雷廉諸府屬田半不治時方飭行捐
墾例一切名募安插悉公任之公酌行量家令邊議常居法應者
輒奏又其屬有艱食處所額荒而賦等及州縣奉　詔清丈報出
欺隱田糧應不能無張數公請一照下則例科徵粵有地曰崑崙
山正箐猺錯畊之衝公請縣其地名窩山控制形要非鶩廣比益
公　陛辭日特賜摺匣言事前後條畫　允行非一聲績大著熱
河灘事日淺然所轄八溝為踏爾沁諸蕃門户市易充斥併承德
州並抽稅要隘公釐其籍名籠取者較舉其額浮者大都牙儈部

銘　六

胥相首尾亟請立禁而酌裁之為永制　皇上駐蹕圍營謁對稱
旨罷公能是時畿南旱蝗屢告而水利議興需佐理材即　命
揵任天津津之境潭潭淀交會之委也獨恃一子牙河而淤不能
受霖潦至霸為數百里閘成巨浸大吏憂之問策於公公曰欲出
地當毋惜地河旁皆下區多淀淀蕩泊也河故有堤歲久日圮河
日堙誠能不惜勞費疏濬大施使淀深而河流暢藉其積土益堤
令高厚則濫水有歸溢水有捍通船溉田百世利也大吏悅即疏
公言以　聞首薦公而仍以辦賑留時災所被廣河津二府以州
縣計至二十有七民流塞塗軫　宵旰憂急下路河漕佐以大司

裹金錢悉屬公董督公復以其間行令所在作起百工給行者還
里費諭居者還勿動量借牛種章有程矣廣選屬僚分地司事戒
以剔胃補漏抑强振弱而兩司之優與怠者有罰文書旁午鈎稽
不假侍史五閱月民安堵公殆神明於趙公抃救越菑遺法而隨
宜變通於此見讀書致寔用之效云而子牙堤淀次第底績公官已
再徙大吏寓書推事始謂功自公出也是役也三奉　獎訓一
硃批褒賑疏云看來陶某能辦此事一擢直臬時請　聖訓硃批
云汝諸事寔心而今年辦賑尤堪嘉悅用汝為按察明刑弼教之
意汝其勉之一　面諭撫臣云陶某竟是有體有用之材嗚呼儒

銘　七

生遭此亦榮矣哉公之蒞晉藩也尤協心共功時也以鎮靜弭忮
俗以軼格卹邊灾以傳檄訹桃法以辦種廣播植以闢民自首散
邪教以度閻寢事杜礦梟以妙選山長端士風以矜容庶司展治
效凡以恢崇　國體八事最大而循省端倪衹畏自此深焉丙寅
九月　皇上將奉五臺撫臣以病在告事無稟承群情疑懼公亟
匍伏迎謁待罪而　聖心簡節疎目　賜筵宴克食荷包對袋
恩過望越明年夏蒙　諭旨委曲明白重違白簡議指所摘蒲守
事示之而清河之　命下自是又官近畿矣甫對　天顏即降意
慰勉公謹奏臣願始終寔心為民盡已供職　上大喜曰這纔是

汝做去朕自知道凡有　巡幸輒召問並令扈行　賜賚連屬而
風露淩兢則勞當熱審時攝臬篆則難獨求平允又勞恭值謁
景陵大事則又勞飭理調征金川逆酋旂官兵去來程站供億帖妥
則更勞今年六月推列京貳班八月於口地　詔帶引　見駸駸
嚮用矣而委身盡瘁倉卒遠逝記曰以死勤事非歟宜乎　聖天
子諄復垂注惓惓不奢無已也昔者史臣贊堯曰其仁如天人在
堯朝即其在太和宇宙乃務赫赫者鑿空束濕名能見風力其或
行仁政而居罷乎勝負固殊焉則又何也吁不師曾相之戒獄市
而慕汲黯之均茵伏自古以然此下里老生讀公行狀不能不廢

銘　八

卷而長喟也抑愚嘗謂宋世官人凡進士必先試以民事然後召
試館職遷入秘省最為良法近世不然士名一第士班便分號清
班者率以俗吏目外班外班亦相指目訕笑之曰空文不習事要
用之於是同膀參於路視矣果何扶以相勝耶以公數歷與宋法
互而相準可無疇於趨造矣夫公諱正中字田見未堂其號也其
先本錢氏壻于陶為陶後至公已七傳　誥贈如公蒞粵時官階
恭菴公者公祖考也　敕封文林郎翰林院庶吉士晉如前官階
樸齋公配王太恭人者公考妣也樸齋公三子孟叔曰素脩敦真
兩先生公居仲早已文譽壓名輩而講求（嗜好）尤在經世書如忠宣奏

議涑水傳家集恒不去手僞癸巳提癸卯並　恩科篤天屬不飾
而摯不遺窮交不抗同官倫部文莊公墓鐫文履牲之石其古今
文及韻語皆典貴可傳不以自名生康熙戊辰八月二十一日距
今已巳壽六十有二十二月初二日遷還里門德配周氏　誥封
恭人例晉夫人子男子六慶翁國學生次景翁國學生次源翁附
貢生次祖脩次瀚邑諸生次遹留子女子三孫男六鑽鈺鐔劍鉞
釪孫女十一婚嫁聘字詳狀中卒之歲十二月十六日禮葬吳塘
祖塋之穆既得吉卜謁銘於山僧浦起龍起龍何能文惑其老而
戇不善媚人辭拙而事無巧飾乎乃矜眘持擇所狀中政教尤關
銘　九
要者為之敘而繫以銘曰
邑有通儒　國唯幹臣寄商七族寔蕃後人　皇祖周甲賢書
之隽　皇考府圖禮闈之後東觀西臺驄馬綉衣北堂南嶠霜
驛春暉無忝所生廿年將毋惟　上所使三釜隘口我　皇曰洛
甸畿股憂爾職也才瞑潦具謀搴泉于藩斯孺斯翰于甸于宣毋
狥毋渙旋下　明訓復來近畿適觀厥成職思其居業業小心駿
駿大用鞠躬盡瘁卿　悉賚痛德在吾民契我我大君惇彼青史
乘彼白雲從親此兆教忠資孝我作銘章光遠有耀
中憲大夫福寧府知府秦蘄巖[illegible]墓誌銘　[illegible]

余家邑東鄙歲壬申十月自蘇來邑城舟繫虹橋下拄笻起有下
與布鞍武迎語者福寧太守蘄巖秦二兄先生也於是別已六年
驚喜立語不能竟明日造而對餐竟前語知先生歸在月前且相
謂自今得尋初服遊也越歲新適可之居卓延爽之亭紆以庭石
藹木蔽虧東會蓼原王大兄及余凡五人酒間言此會當嘗為矣幸
時踐之拈題送老無令醉吟翁笑人先生曰我於諸君齒不及旬
請為狀蕉蓍可斯言其息壤矣乃乙亥六月四日先生之孫元驄
介倪子時行放船來謁銘曰先生卒已六日葬且有日矣嗷然哭
失聲嗚呼追念前語踐會未參蓼原亦先下世物可久者果誰耶
銘　十
轉詑曰久自在人耳敦迫為後屬之不足久之言之或轉以先生
久此余三復前卻卒不能以固而拒者也秦無錫著貫遠系不書
者自明者為支二先生支出西關西關自宮保尚書端敏公諱金
始大五傳庠士諱寅六傳諱汝溥即祖考考也妣旌節徐太恭人
詳未堂陶公誌中先生諱仁字體國蘄巖其自號以警志者同生
二人兄民寧長僅一歲考之卒先生始七歲即與兄共矢必學成
報親乃為克子太恭人以嚴掩慈先生謹奉教賓退自嚴也文一
出早壓諸生上顧蹇於闈舉中年一雋副車而入仕乃以茂異科
審計去就銜報志而吐苦衷一生出處本末光明遂斷於此先生

歷官凡八徙為治秉恵而貌威一秉毋恭人教子法設誠而致行之大較然也雍正己酉始赴滇承決滯獄々剖試理富民彌勤事事治遂諭臨安之蒙自滇地漢猓(音果)盤互猓纍積由漢猾此寇通患蒙外障交阯巖邑也腹有三壩二屯一所並漢疆沿箐僻落釐為十二里猓疆也漢之猾者以利啖猓々溺之割田來抵既又睚以雜罷物猓又欲之遂憲以入張肆村砦馴乃狎淫其女妻而猾入滋多相糾結猓積恚始悟落漢套已莫能誰何於是蝟起而畔萌亦動矣先生及其未也下令猓中速償漢直反其田又令諸漢撤肆回毋逗遛抗不遵者痛之法行而人未知感追後普洱恩茅

銘　十一

在屢蠢動殲殄種無噍類而蒙帖然此滇政出手援福本是以經百世者也方普恩之熾也自元江及府境一帶望風懷貳獨蒙人決愚信識順逆里最遠者名河泥孤懸府目龍土司界龍土司庸材不能鈐所部懼罪及規假以御屬河泥有避賊行者遮於道誣以導賊請勦而上游持不覆密緘往來誣立解是役也非夙誠有素流毒彩矣蒙邑重寄在廠課而個舊龍樹芭蕉三銀錫廠邊河底逼賊衝河底者即河泥里界水也擇得形勝地木花果設行營請遊升領軍駐控推心結之以是歷軍興始終蒙人如在衽席焉當是時余忝庠五華長先生奉調來會城事寧聲起下石者至余狹中欲噬其人而先生頫然三大聲主牌々然適以其會最計首公忠契合仕路自此一轉故事卓異官既引　見田舊候補先生以母老乞近省得泰安之東阿中土與邊險異所至裕民食除民蠹最切賽泰瑱者土霸也至即予重創民大靖明年夏始旱而後潦道上水深數尺田廬盡淹籌振煮食與居斗升釐毫吏洗手莫敢隱更請入　告緩其秋糧鹺商失鹽核豁其賠課商以白金三百來謝笑而麾之曰若輩豈知我者以餘力設筏補道行人賴之移攝新添充丞職捕盜並轄曹沂濟道經馬自昔為萑苻藪先生至三路屏息濮陽漏法民泰之道所稱三元教主者也奉檄令

銘　十二

購治卒獲之然其人志止誘口食耳竟事民無染者是歲外計冣復冣移攝登府內艱歸有　旨赴補福建服闋行攝邵武管糧丞邵倉例貯米九千備輸餉有檄改穀計腳力碾耗當倍條請如舊便竟得請逾年補福寧是為最後任乾隆丙寅坐福寧由州升府模表未稱治既洽闢以鼓樓又亭其前旌善申明二而樓乃前明牧秦䌹嘗作之族上世也伐石記其事所屬縣福鼎蔓獄起鞫之瀕海之寧德多山產穀少食仰外販縣有東西二湖故海壖也皆平壤宜秔稻湖上高不過六尺宋世隄以為田廢久矣先生銳欲復之請命於撫々言且為弁程遂規其在東者先是雍正末嘗議

及之壽費於官費鉅止不行先生内計田成圍以賦民何若許民占築費必不及田直宜有應者令下果然工大起隄亘六百七十丈豐前酒嶼當其衝作斗門二古溪猴毛佛塔次之作函洞四三年告成得田萬畝費視畝之數僅三之此又先生績在百世即西湖或有緣之繼起者壬申中秋有公讞忽厥於座小閘竟謁告歸與余立語虹橋下即是冬也嗚呼先生其悴於積勞耶抑其中有不自得者耶惜夫先生年四十始膺薦受知同邑陶公及涖官遇特鑒者長白鄂公尹公三韓張公桂林陳公朱公長白喀公昆陵諸公皆終身志不忘追榮兩世至再前遇今　上御極恩後遇

皇太后萬壽錫類恩祖考妣考妣並同本身及妻之典先生秉親恭兄結自根性矜貧族破重貲完世墓與人交郵及子孫弗替遇寮屬有貲意雖下石者死仍經紀其喪以歸公稍暇不輟故業老益精能演中文教自蒙始分校東闈拔士具特鑒技柱學政來著賀皆盛事也生平不談遺世語及撒手行雜吟曰跨海便乘雙白鶴出門唯見一青松嗚呼豈凡植哉先生生康熙戊辰十一月二十四日卒乾隆乙亥五月二十八日壽六十有八元配鮑恭人後三歲八月初八日生年二十七康熙丁酉十一月十四日卒繼陳恭人又後鮑七歲十二月初一日生年三十五雍正辛亥八月初十日卒再繼華恭人生康熙乙酉十月二十六日先二年乾隆癸酉九月十七日卒年四十九三恭人皆有賢行固亨異遇而承歡贊業功寔均前葬矣今奉先生匶合窆即卒之歲七月四日丙子也墓在小嶺𡾊子男四（元[illegible]元[illegible]元[illegible]元騰）女二孫男一孫女五婿聘適字詳狀中余交先生非一日之積讀狀意怦怦動輒一二有所綴附且繼以銘曰

懋學維何自其性有沛用維何自其體厚令德孝恭政本之阜筮始滇南齋中閩後疆謐靡巖人飽靡荒獲上治民有孚盈缶鎮山餘餘小嶺蜿蜒作京兆阡爾後之儆樅以三毋於萬斯年

滁州府學訓導青來徐先生墓誌銘

[illegible]

余老而得良友焉余戇吾友綸余躁吾友靜余好盡吾友藹而能持余積嬾而疎吾友周慎而勤以密余循事自反隨悔隨犯自吾友之字而處一語默作止動之不敢戒而心怵久且漸化而移其故也昔郭有道下帷而拜仇太學曰君泰之師非泰之友也吾友之謂與吾友者滁郡學司訓青來徐先生也先生諱銑字貢三世為江陰青山里人祖爾正公父贈儒林郎有卲公並高才生母朱安人有卲公徙家長涇萬歲橋先生因自號青來不忘所始也先生胚胎家學適冠偶童子試再試充餼額餼滿貢成均積為邑大

師有詔徵孝友端方之士。縣大夫趣上先生名。先生辭。又越二十年。循次來訓於蘇。余時代匱教授。始判年。蓋先生不幸不以甲科歷清顯。而實余之厚幸。嘗授余愛孟於先生。稱吾老友。世余家距長涇六十里。然識吾友晚。及與之習。見吾友服餌精慎。手集方案甚夥。嘗出侍母疾時。知吾友孝。見吾友遇令子至。裘口必問諸父諸母安。對曰安。則頹然解。知吾友友。見吾友於同官於弟子貧有不克其所事。必百計為之盡。且繼以錢物。有報謝則卻之。知吾友任卹於鄉里。余既心信其然。已而先後歸老。余閒一至長涇。信宿談讌。觀其創建祠室。曰此先志之存。遵例　馳贈以同産第六品銜上

銘　圭

所生。曰吾長貴當以至其粟錢棉凍瘞淹暴斃窮嫠合男女之失時。又嘆曰於其鄉老之已。又聞其解官時。令勿撤所置房室版闥。曰以貽後嗣。已蘇之舊人。賓余於講席。所遇無不追問徐先生。歎為真人師。然則余向者之信。為果不爽。而吾友長德。又不徒謟默作此。足以移余悔而已。吾友少遊文定楊公之門。公。余謂之慎齋。請為弟子。幸見錄。公教之曰。聖賢為學之要。只是敬義夾持。夾持故德立。立故不孤。以公之言。證之吾友之行。若合符契。忽忽五年。而吾友長已矣。悲夫。其又能無鄙惜復前之懼。如古所云者邪。吾友生康熙辛亥七月二十七日。卒乾隆己巳九月初四日。壽七十有八。德配周孺人。康熙壬子十二月戊申日生。先二十八年辛丑三月二十八日卒。壽五十。子三。濟。庠生。淮洙。國學生。女二。婿繆義持。國學生。巫慎言。孫十。梁。庠生。棟林。桂。機。棣。柱。楝。梧。相。孫女八。曾孫六。炳。煒。熙。燦。焯。照。曾孫女三。婚嫁皆名族。濟等今以庠午十二月某日。敦葬事於青山祖塋之穆。來請銘。嗚呼。是余所謂友而師者。其何敢辭。銘曰。

君子哉吾師乎。德充而符。歸爾奥區。爾庭孔都。維瑤及瑜。吾也謂後勿渝。

扶九席先生墓表

銘　夫

龍歸田三年。同己酉薦。席君祐知要余過其宋相見廿五年矣。君以足疾龍以老。罷人事。歔欷久之。扶而言曰。我祖父積憂勤遠覆露窀穸之文闕然。智易時頻意。奮有待。不幸遽末疾。無能從興計。恐他日先矣。及今不一列其概。使子孫也口身享而忘其所自則先德之堙自不肖孤。不肖孤將何以見地下。惟吾子之言質願為表其阡。或追誌之竊有請也。龍蹴踏不敢辭。乃表其祖之墓曰。扶九先生者。姓席氏。諱遵。其家由吳縣洞庭來常熟之楊尖。又徙北苑。凡三遷。皆在季世。唐季武衛將軍温。元季處士彥英。明季縣博士姓荊生公。先生即公再索男也。世方擾。民大扣皆失業。白先生

史記酷吏傳其爪牙吏虎而冠

能支拄外内陟更化而復完寔於其身維繫之先生同母兄弟
四人父殁時貳母方娠須其免能言五分所受田人畝六百其始
来北苑先生從定居餘行留不時定南北相距數里為宅二當是
時群不逞窟湖蕩白晝出焚掠兩宅皆當其衝先生佐若翁謹團
約力衛不懈比小戢歲禱某令者虎而冠任用豪惡吏誅取無藝
有田者争棄之謡曰昔富庶今累頸亟逃亡誰為收於是西門上
下謀寄人田以幾免先生曰是衣食源可絶耶與免他人寧免我
遂悉籍其田來先生曰如饔飱何其各以五十畝去無有所與凡
更五寒暑籌輸貲出抵悍吏至身繫圜户弗視者趣使歸曰得

銘 七

輸矣無亂吾意其犯難久益甚之會于令弟反前政民得出湯火
予令名宗堯年未弱冠錢神君虞民至今俎豆者也先生時尚未
釋值自比吏呼遽連應曰来哉来哉令笑亦揶揄音曰打哉打哉
先生曰知今日必見餽曰有説乎曰有築水其城琴堂其名鳴絃
其聲待以和鳴令大笑遽脱之事定籍五年費存節用會諸伯仲
出故籍弗歸之房族出受其成累也者先生奉委身紓患之加也
先生少負膽決趨義必果諸父多名輩富述作先生亦喜放筆為古文
文值多事不竟學事親巨細無遺悔壽五十一娶王氏繼孫氏孫
夫人年寂高八十有八子永惇永升先生前奘和字圩雍正甲辰

宋之盟見表二十七

邊優字圩二夫人從昔宋之盟趙孟過鄭印段賦蟋蟀趙孟曰善
哉保家之主也先生殆其人乎然蟋蟀之詩加樂而戒荒盡於無
荒也耶先生保其家若涉巨浸衝狂風隊舟叫號群驚命一舵師
固維之以出險其難易何如也吾於二令之事慨然矣某令剝及
民膚誅終不足額于令反之而民樂輸尸祝至今龔渤海對宣帝
曰陛下使臣勝之耶將安之也有長民者過先生之墓讀而思之
加有味其言也夫

虞年伯向曙先生墓誌銘　[illegible]孔

吾讀圓沙錢氏所為向曙先生傳喟然而歎傳其人之肄達再世師

銘 六

友之間三復而不已必其所致之有盈而溢其外者矣外濡於師
友即天屬可知也其天屬漸其人生平可知也吾年友祜智曰是
我先子也先子棄養時吾兄弟長者十二歲幼始二歲未曉所謂
不朽其先者此傳後從調運齋集内繙得之龍又數異之令人遇
親喪例為美詞相傳襯或以賂或托之非真文之不足以其寔不
待展誦已知其中大率云云矣有言之自他致者誰乎况必信無
疑如圓沙氏之言者乎然則奚以多辭為也疏舉其文足以誌先
生矣傳曰君早慧為舉子業洋纚貫串蓋為不究於成惜也多難
故他又曰以童子扞父於難是指抉九公肩役累時言童子表天

性也又曰扶九疾數月滌溲溺器不假手敵以下敵謂所儷也其
事必身親之不則婦親之為欲審視質色且非是或不盡淨也又
曰遷前母王合父母棺歷枯腊見哀踊手縫囊而匱周之慟不止
路人太息稱孝予是言致哀致愨於非所生尤人所難也又曰母
孫太君偕闇待六十製新衣并衣諸世母以恍之減祖入為惠以
廣之蓋為母迓遐祉也又緫其備德曰勸助選者郤之送其妹厚
齋之疵其從孤子全安之重其嫂蕭之節敬事之娛其母以遠母
父母生迎而沒葬之凡是皆不匱之推也乃所謂事達三後者曰
少受書潘君敎脩掬溜潔廊三年禮極恭敬脩寓家芝川後來過
銘　丸
留必數月不得已去〻必厚遺之延首望帆影行適東北必祈冀
遇之已乃與世父式九翁買屋城東延以居曰行數莫如城得常
過也敬脩者于席于錢皆世講詳諸圓沙為傳之如此皆寔錄也
先生姓席氏諱永昇扶九公次子龍表扶九公墓世系具表中母
即孫太君配范夫人〇〇〇諱〇〇　女性至孝合志於先生比先生
卒事姑之年又倍之侍飧依寢寒鑪暑扇孫太君老而忘其失子
者以有夫人也先生卒以康熙丙子距其生順治丙申年四十有
一范夫人後一年生卒又後二十三年年六十有四又踰年孫太
君乃卒先生有兄諱永恒早世子五人祜仁出為兄後扈義上舍

生祜禮祜智雍正己酉舉人祜哲女祭壻〇〇〇孫男　女　曾孫
男　女　婦壻皆右族葬以雍正甲辰祔父墓之昭葬十三年乾
隆丙辰嫺鄉舉先生孝行撫部公以　聞於朝　詔表其閭又十
二年丁卯年家子浦起龍追誌之系之以銘曰
宛之瀾清且漪有先民丈人行父同生先贈公亦丙申生子同臏躬至行
綸音颺于胥樂厥宗允從覲其居萬古藏
常熟同年席勉齋合葬墓碑銘　蔣花
有同舉賢書異縣而表交過同邑者常熟席三兄勉齋先生兩家
夾宛水以居屬令而地邇然耶抑深於是而然者耶頑子於先生
銘　干
伉儷賀吉弔凶比兩歲當四至而事三阻最後乃一及其兩孤治
母喪之期留止三日夕蓋予之欝誠積抱懷不能已者數矣于時
兩孤拜稽顙泣而曰不肖兄弟仍歲侍先子疾奉諱無狀喪未免
又奪母年行擇壤茂終事惟墓中石非年丈人言不親以信敢以
請予衰且病而義不可止曰俟壤定以遠日聞請為之比葬則壤
日並時邊勢不及以聞既事〻始克論次其世系志行之略俾揭
之宰樹之道因以志予之悲席於蘇洞庭最巨遠祖唐武衛將軍
温自關中來徙明初有庭松者還常熟之楊尖十傳為高才生荊
生始定居宛東釣渚渡生扶九公扶九生　詔旌孝子向曙公先

生大父ゝ也世有令德嘗見於予文先生諱祜智字睿若勉齋其
所著讀書處有三兄一弟長安若出繼世父故行以仲為孟而身
居叔甫受書即喪父自是所遠事唯大母孫母范痛往而奉居已
如成人為文章師其里宿單君文聲下筆纚ゝ千言不休文聲奇
愛之字以息女即德配也然才豐而遇嗇二十六始弟於學官越
十有五年始雋於鄉三年就看注縣選仍紫計偕卒見挫丁巳南
轅非意嬰末疾沈綿十年竟不起惜哉先生ゝ介同產閒歔父孝
孟母病禮葬再世棺常以已先而造進其聲從之才者產給其孱
者卯其女之無母者於婦父風所受學養盡年而厚其終授二子
銘　　主
田栽令足給而寬留其畝三百以贍鄉里别其籍曰强恕户曰可
大曰可久又隄其宛諸之壖五百步以利涉其措之也有次序而
制法有定方苟不止於是放豈小補乃有若錮之使如是止是可
為天下惜也已單孺人自父而上五世名諸生漸禮教十八歸先
生奉兩世慈養懽退則儆于室曰內事有婦在必不嫌君志君自
有丈夫事績學崇德志壹以致遠庶有幾乎諸一切工職莞庫禮
過悉縝悉周恳及姒氏女孝不衰於所生雖皆秉夫指而躬蒞所
事實一出孺人至出田贍貧窮初故畝二百以內勸廣至三百識
量出常流類如此蓋先生失怙孺人失恃同在七歲並彊力自致
而有立以此稱德配誠哉配德者與鴻嗚呼交道之移久矣雖所號
雅故太半貌與而衷不必與每過先生屏除客氣稔貧彌操古義
相咨叩既屬疾命毋款致或軟輿出或徑造寢榻一見懷吐釋然
以衷信宿過夜今亦不翕然以熱違去久而味油然以長也聞先
生辰已閒留京却掃如在田墅要路有屬致者置不答先生我自
得也嘻斯其有類于予ゝ私幸窮不失已恃餘誨以固而存而不
見且五年矣斯其積不能已筆欲下而悲來不自知者夫先生ゝ
康熙庚午卒乾隆己巳孺人生卒並後二年ゝ並六十七子歲貢生
紹堯紹虞孫世泰世宏女一孫女五墓在楊共北諸家灣葬以歲
銘　　主
癸酉　月　日婦氏壻名具壙覺禮士廟有碑記云實至當碑揖
是也廟與墓於義均先生名在選籍七品得有之既誌不及時遂
文而碑之復長言以銘之曰
有美有美宛水濱行純品介躬周仁首路已酉佇絕塵進胡邅如
六二屯錮之欲問高蒼旻有相厥美共窶窀何以報之玕琪珣於
其子孫如其身不信視此八尺碣

鴻博庶常德興縣尹勗齋楊君墓誌銘代嵇宗伯

鴻博庶常改授德興縣尹楊君勗齋以乾隆丁丑九月廿有七日
卒於里第再越月權厝鳳皇山於今　年矣君自少善迎親志姿

頴而篤於學始授句讀即能拈成語匿書屬對警絶遇有感䕫零
煤退筆觸手寫胸臆所傳茶鑪壁間好生之德論其少作也學文
於鄒進士振羽學書於邵先輩㫁園早有能稱及壯所造皆邃則
自其世父湯陰公絅章先生培溉成之先生私淑高子搽執静定
晚得君喜謂家有傳人也而君久抑諸生更肆力六經庠集邃益
周究庶務蓋其生平植學節度大段若此歲乙卯選拔入 都際
雍正乾隆之交既 朝試第一需次縣缺尋以博學鴻詞通仕籍
授翰林院庶吉士丙辰九月也人咸言吾鄉才望有關必占蒼峴
秋水遺風得君不墜明年丁巳散館仍改知縣得饒之德興言者

銘　三三

為君搤腕君曰是非吾學内事耶吾勉試之耳比下車聞民間生
女輙溺峻法禁止隨相地置育嬰堂措經費布敎令為饒境先行
態所過周將軍廟見金鼓讙呶結庠攤巫磔生鷄狗血謀而鬥隊
去隊來君慂視良久命撤此兜偶手械橦之衆相顧毛畀竪卒空
其宇食鹽判畀自明祖為邉饟也計引以配屯盡疆以行引商靡
越爭塞上粟滋阜及中葉改屯為課屯廢而畀一成所在五口私
販日蔓法當酌變久矣饒領縣七五隣徽郡惟安仁餘干南錯廣
信畀饒食淮鹽〻直倍浙徽及廣食浙鹽而廣介常玉山直亦昂
時方飭議杜私君思乘機變通計可分近徽五邑改隷浙引置安

餘以章廣屬移抵淮虧則課符民便而私自息是議也審勢之長
筭而蹈常者所却步也亦會任解中輟論者惜之其他履險摘伏
郵孱户甄寒畯治蹟非一而列其尤矯之者足以徵學識矣君以
奉父諱解官里居不再出範家善俗坐誦硊〻若書生無毫髪加
其初服凡十有八年晚自讐其詩文彙為賜書堂集吾喜誦蘇文
忠句外慕漸少由中充君殆是歟嗚呼吾元室晋一品夫人君從
妹也絅章先生即吾外父吾少侍先文敏於淮於濟闗陪子列於
講席而敵己論交無如勗齋君當君貢入館選閒晨夕相從挑燈
賞析意謂君雖十年以長並在盛强共朝列方日永僅三易歲中

銘　三四

外紆軫比君歸園田脱塵鞅而吾以乙亥秋蒙 恩許侍舊鐳始
再握慺又僅餘歲奉 命貳揔清口距家衣帶水跡已再睽乃此
一别遂盡交期可悲也已孤廷彬等以今年穆卜某月某日自厝
所奉君匶禮葬於某地之原來乞銘嗚呼撫棖觸之百端追感悼
之巳事忍拒弗應乃系而銘之君諱度汪字若千勗齋號也邑稱
四知楊胄望自後漢闗西始歷宋元閒析而南籍錫之鴻山代有
聞人明初曰孟聲公者遷寺頭十一傳而得君曰明經例州司馬
封湯陰縣知縣左純公明經例州司馬封翰林院庶吉士自亭公
君大父〻也母贈孺人朱太孺人繼黄繼顧贈封皆孺人君生康

熙壬午九月廿四屆卒之年﹅五十有六元配黃贈孺人太學揚
三公女前君二年庚辰七月四日生其卒以雍正壬子九月廿日
年三十有三前葬鳳皇山君所厝即其處也有婦德自所承事所
相所字俛仰一遵其父稱女宗葬之時尊章在誌版未具今移祔
君兆當補書繼侯封孺人太學允陟公女子廷琳前卒廷彬廷蓮
並國子生黃出廷棻後君弟若與廷某殤侯出女六黃出者五侯
出者一孫炳承重燿煌焯煒煜燮女孫五人婚嫁聘字皆鉅望廷
蓮即吾亡女之婿也銘曰
謂君過通詞苑之雄風塵是藝謂君道屈治蹟之蔚華實並茁人
銘　圭
孰我止人頹我理展也君子有封烝然有闕胐然轟其後賢

旨庵華君暨配錢孺人墓誌銘 代任宗伯　篤花

士大夫得君而仕擇地而置家方其服官未忘其子弟家食之觀
省與夫異日懸車尚齒藍輿鳩杖之盤桓者於衍而職思其友君
子或不厚非其用心也予少從先大夫于錫樂觀其禮讓遺俗而
先民之思古處之義然有存者通籍以來宸眷隆渥在匠子
今罔敢遽便其私然使予予端書即而家焉夫有所導之也華
君省庵所稱先民古處者予弟移式而列年捘分宛在一方者此
其七世君之子秉綱予壬子北闈首得南士也嘗拜手誦庭訓請
予文壽君之七旬也而秉綱下第歸旬有餘日為手帖并君
之事狀以予予之請﹅銘其先墓予驗而悲之烟霞期許倏若
向辰之星於初心有切﹅焉按狀華於錫自南齋孝子始著國史
自貞固先生宅鵝湖始大自鄉飲賓懷原公始更拓業西莊君為
其元孫諱上印字蒼霖省庵其別號也自父以上皆諸生父曰歲
貢生考授州司馬覺非公諱藻勇義而工文辭註感應篇成鉅帙
為世法戒搆園亭曰天然逸趣君因之以闢濬若軒者也母范太
君﹅纘成舊德自少負才名遊郡庠而伯兄出後諸父兩弟弱又
早世以是內外事繼交加并營不竟其初業生平強學致身之志
銘　矣
一移之以教子以為繼述宜無大焉者君事親孝與兄弟後己而
維其遇群從以制贍族屬歲舊為頒為德於鄉閭無貴賤合好
弭釁而成人志節辨基糧里繇清族逋急官務累除而功博行己
酬物剛直自任蓋其天素定雖涉世久莫能揉而瀉也嗚呼其蓄
也厚矣其以裕後昆也遠矣抑予重感其延師教秉綱者治
盤飧獨於奉師之典君必越而優其事雖醬齊必謹既撤猶詳加
檢視以驗其旨否歷年久而弗懈今人於待師之意衰替矣其
號為師者率亦苟而相就夫以滸植之解行其聊且剽取之術以
求其子之出群而名世是猶揉絲以禦隆冬而望其體之燠也

然秉綱辭以誠動有本至邀　睿鑒褒然作二百七十士眉目然
則君之收報由此見端播穫其未可量也聞君之風其亦有省也
哉予蒙被　恩私游歷清要夢未嘗不在山泉湖藕之鄉而予子
更與秉綱同榜鴛卜宅之素心尋通門之佳話予子以子友之禮
先而予容以　賜閒投老涉君之園甩澹若之軒索笑攔花對吟
臘月兩家子或仕或處其處者奉杖相從涵濡緒論克施有政資
孝教忠是則予壽君之初心而向者先民古處之期意誠在此惜
乎君既歿矣予是以悲君生以康熙甲辰九月初三日得年七
十而卒為雍正癸丑七月十九日配錢孺人能以柔婉審濟君
之剛直與君同年生生之日為六月十七卒以康熙乙酉八月初
二日得年四十有二先葬子男子五長即秉綱次太學文崗文瑞
諸生文璋文琇文崗出嗣文瑞文璋先卒女子四孫男九孫女十
曾孫女一今以君卒之年葬君常熟縣釣渚渡祖塋之穆與錢孺
人兆合銘曰
古曰在昔昔曰先民[illegible]其嗣人[illegible]如綸
綽楔如闌于千百禩堂斧嶙峋

外父六黄先生合葬墓誌銘

讓鄉之南境數門才老碩望橋黃氏起龍妻族也明經候選學訓
子六先生蓋外父云龍適甥館自歲庚辰再及庚而先生卒僅逾
十年先五年外母鄒孺人卒後先生三年吾妻亦卒距今前後且
四十年而過從不衰於初習其外内本行文以信其嗣人龍之職
也先生諱晟白皙長鬚豪於酒而律已不放篤天屬負時略自考
及身惟兩房皆一人共財以世推予所同生女兄弟如兄弟于外
家兩世養盡其年而庀其首絰給里之娶者窶者賸額于庭程以
月里有競者理替挫銳俗為之靜望亭北橋工起與邑長者分事
而身先之橋之南曰柵口柵口東出其西涯舊名洪牌太湖之水輸
焉頗號風險明世實以土為石塘柵左右田受溉者病之會塘壞
建議穿二港東以斗門時閉啓避而民遂其利後有形家過之曰
是於柵口墳穴法大合墳即先生世墓也先生無位任而致於所
施者如此試者闡親歿後漸息意然苦心藝業原本海虞圓沙
錢氏服其緒論絶去骫骳有贍宏縢棄黃自牖頭來徙至先生六
世以禮教開風氣摩從支屬踵之而起有聲藝林四五人且未已
後來望祀者君宗辯香必曰先生焉然則先生之施亦遠矣鄒孺
人生禮宗始至謹鑰牡以一先生於學最大事必以制著字有慮
周于長幼恩而有廢比先生遘貞疾憊忘其勞以此自隕孺人於
先生所謂盡悴而後已者先生年十七補學官弟子越廿年貢上

舍注訓導籍考華卿翁妣錢孺人世父錫卿翁從兄子盛翁共財
以世者也鄒燕祥白漢昭吳旦升女兄弟之夫也子男子五育者
三蟾發鳳起國子生仕雉子女子三其一 贈孺人即起龍妻也
孫男六女八曾孫男七女三婚嫁字聘詳蟾義所述行畧中皆右
族先生々康熙癸卯十月十四日卒庚寅六月六日鄒孺人生乙
巳二月四日卒乙酉三月九日孺人已前葬桐口墓之再穆蟾發今
得考卜將以乾隆十三年十月十四日奉先生匶合兆泣而曰願
論譔為之傳起龍曰傳者傳也吾言不足傳請銘諸幽亦足以徵
譜牒矣銘曰

銘 三九

位不及而施是亦政也羽可用為儀漫以進也具區之委輸積之
盛也演之慶也言無溢辭其女夫職之斯近信也

[illegible] 黃文學鄭仙墓誌銘 [illegible]

歲在癸未春暮外父業巖先生以余攝課子之乏於時先生之族
子有褱君以其子鄭仙來共學鄭仙始操筆為文能見理而達於
辭舉止斂退揖值非意則應變若練事人余歲盡別去相晨夕非
甚久然心器鄭仙知其有幹局非汶々者鄭仙生最遲既壯有室
尊人有褱君已衰老々屋數楹桑條卷場圃耕傭蠶婦畜指常逾
百早起宴眠身忘其罷於是鄭仙學業成翩然內訟曰狂故策而
勤我老親得為人子耶乃去綜百務應時揮斥動中窾會久之益
茂以蓄老人顧之顏開余間過之支節緩步談諧任真曰救斷家
事久行自署逸老耳余以此知君口無溢詞而心多其子占才明
天懷夷曠恬如也然鄭仙碩屏故策不事乃舉而措之往々見端
緒有本有元大參馬公下諸生議蘆課灘征則縷々為鄒君拱北
析之鄒君濈々書之議出而人々嵌筆縣大夫王公講蠶政則款
門諮取古今物土樹藝而布之教條中丞徐公飭行社倉則融會
朱子遺法出納于其鄉數年貸偏而儲日阜然後知鄭仙得力有
本由其根性嗜書貯書至盈萬卷所屏特其浮文實乃培其種而

銘 三十

加耨者也余向者器之猶淺惜明時之坐失如余之不能盡鄭仙
雖然其樹得地者其敷榮遠擇術專後有若此余之惜之其猶視
乎籔澤哉鄭仙之歿里之待專斟者負而受平者皆歎或至泣下
煩不具書々其大致若前所稱抑嘗入其居怪其隅關而行紆曰
彼有樹先人手植勿敢移也過其廬之右庭宇斬新曰從吾諸父
昆弟後創搆之以奉遷祖之祏且教孝也善夫本又有先焉者夫
宜特書鄭仙其姓黃其諱廷球余所稱者其字也其分祖曰聖瀆
三房培竹公性六傳即有褱君諱世珍生廷珙殤晚得鄭仙生康
熙戊辰卒乾隆庚午元配顧孺人同年生先二十有六年雍正甲

辰甫免身而哭姑以卒稱孝婦子數前卒統邑諸生和愷蔵皆顧
孺人出繼繼配令注内事楊孺人出女三人孫八人孫女三人顧
孺人前祔葬望亭柵口北長邑鹹字圩翁墓之昭統等今以尊甫
卒之年十一月二十一日庚申奉柩往合兆介余妻之弟來謁銘
妻之弟漢階君往與二弟及鄴仙共學者也四人者止君一人在
焉余老又可知矣衰遲振觸烏能不悲銘曰
迢迢御亭蒼蒼古陌鬱鬱書城緋緋手澤遺澤斯遠幽堂是反蒸
為國香視爾庭皖

昆陽李太學仲長墓碣銘　嵩龍

銘　圭

余之客滇也昆陽李生蘇學來問字暇則道其先世遺事百餘年
來元元本本具見於名賢論著歌咏之冊蓋其家衰而帙之以信
後者也李氏多賢子孫抑其先德源流可謂遠矣太學公生明晚
葉學既成入　國朝不以干祿顯歷死喪禍亂手濟艱難瀕於殆
蓋固以安父士聘公司訓廬江值獻賊來冦捍城城陷不屈死從
死者幼子潔其後走萬里負骨歸者第六子澄二子於太學並為
弟是時滇復多故流寇山猓先後募延更數歲兄源兄淮相繼遇
賊害太學孤窮一身支撐門戶翼遺孳以庇而生父若弟骨未歸
引領北首泣叱至瞽窀穸成禮偕弟澄奉老母豐養而厚終雖位
傯必以誠信急切具父死事狀白州府聞於　朝得予特祠城西
里額曰靖忠太學為忠臣子為孝子兄嗚呼是謂克子是謂難兄
也已太學為人沉毅有執守以篤行完其身以危身完其家以通
力後已完其交戚宗黨漂搖震撼卒以不仆且其置身介是父是
弟間能以艱貞一行與家門忠節相參立嗚呼豈惟舍生矢死為
不沒與抑太學者豈非出坎身屯力持成毀之會稱其家兒者與
太學諱演字仲長號彌也其先來自浙之蘭溪著籍昆陽入明有
諱慶者積功拜武德將軍始祖也傳至孝廉諱滄購書江南滿萬
卷至比部郎鋼仁守諱資坤復購書萬卷再傳即太學曾祖庠生

銘　圭

諱應春祖曰龍泉令諱桂是生司訓公士聘諱兆旂司訓八子太
學行四晚唯與弟澄吝饌分勞歸然老壽為太平逸民稱碩果焉
太學之生以萬歷庚戌三月十八日卒以康熙庚申二月二十一
日壽七十有一德配楊孺人先公一年生後公八年卒合葬冠蓋
山之先塋子從邕澂江教授孫二曉畹皆諸生曾孫七敬學穎學
聖學相學堯學曉出蘇學歐學晩出敦學蘇學諸生也先是蘇學
寓其從祖父命請為先烈詩蓋以入之論著歌咏之冊者也至是
復請文太學公墓道之石謹敘而銘之銘曰
碩果不食天孕其植其植實好如稼而穡作廟渠渠公手拮据公

帙遺書。後昆念誦。孰高其閭。庭有璠璵。

張復齋先生墓表代　叢花

吾楚之南。有名德舊望曰乙丑進士華容張丈復齋。名名華。字實君。所學有實用。仕不苟進。樂家食。古所稱鄉先生。殆其人歟。自余以己酉拔薦成均。識先生仲子同年生奎祥於京師。是時先生殁已四年。仲子與余語。輙嗚咽。誦言其庭聞。痛其積於中者厚。而發之薄也。及仲子由縣令緊官同州守。贈先生如其官。余巡撫江南。仲子三千里以書來。裒諸名賢所著先生事略。曰先生墓有誌。事行有傳有狀。惟是表於道者闕焉。用拜稽首以請。嗚呼。先生於余丈人行。言徵而事信。余其敢不承。按先生通籍四十年。筮仕閩之晋江令。會縻徼徼逋賦。有以鬻子輸者。捐俸入贖而歸之。聞者競勸而民知義。痛懲不令之子。暴所賂金於庭。畀其父曰。以是贍爾餘年。子慚受朴。而民知有本有守。園瓜而夜斃者。園通社廟。往驗畢入廟。衆隨入。令皆袒。指一膚體傷者。趣鋃鐺牽去。其人駭服。而民不敢設詐。治且寂。壽以憶母乞養歸。且二十年。補任江右金谿。值歲不登。籌賑且貸。具有方法。及其贏。繕學宮。聲大起。而先生素强項。失上官意。竟投劾去。自此不復出。計先後歷官。纔四年耳。先生晚歲為三老之會。觴詠移日。興至。杖策幽討。窮川源。覽山脈。証以形家言。別成一書。翛然獨貴。以物外老焉。然先生雖遺榮謝政。遇利害。輙侃侃無少緩避。華容者。瀕湖沮洳之邑也。　國初承明季流亡。報賦率十畝損四畝。後稍稍增墾。而清丈令下。刮出之以全額上。民將不勝病。先生慨然詣當事者曰。民瘠久矣。畝額不可隱。畝賦可則也。湖鄉上地糧畝五升贏。下鄉畝一升。今新墾皆下濕。明府幸準此定賦額。無隱而民亦安。不爾民且逃。他日獨不為官累耶。當事者悟。遂如先生言。民蒙其利至於今。嗚呼。士生無所短長。營營嗜進取。吾見其概也。內無所取重。而外失人望。出有應時折減之譏。處有虛聲之誚。今先生再歷官。而奉身勇退。其處已可知矣。居於里而官政取辦。即居官又可知矣。進退有本末。立言行事有操執。身沒而人懷之。仲子其無嫌於薄蕆哉。嗚呼。此吾楚之南名德舊望鄉先生也。藏於是。昌厥世於是。過者其式之。

華毅菴暨配鄒孺人合葬墓誌銘　叢花

乾隆甲戌三月一日辛亥。余姨母兄華君毅菴之孫綏福綏壽綏祿。襆葬君暨君元室鄒嫂於南莊新阡。兄之母。吾母安太孺人族姊也。安有二宗。常賓遇其別。而內其本。所內者。雖畦隔巷斷絕服。如同堂子。以母親也。而余兩家又隣壤。今已不見久。猶能道平生也。銘其分也。兄諱泰。字襄周。華之共祖不書。書其析自鶩湖口築

居劉圃者冠帶澗松公也七傳即姨之夫侍臣翁兄其仲子姨毋
無再出男而習其幼稱之四兄也兄學於施戶部明經授職始冠
即以翁命辦家務疾舒因時內外治也人易其少欲害之刻其家
有所排當蘖而譁至形脅聲喝不色遽也剔畫理解人人意銷去
一不以惱乃公仍內庀操執井如也翁喜過望曰是我才子兄不
自才也竊父志成子造家用此試也意加績事加練而業亦加殖
也里中人更來取平以鉏植行剸決也篤可繼法救寒餓不病竭
也人望之如務所之標路岐之輨日出之危也聲大起曰其智給
其義圓得其似也不知其衆以効所生周於物者當於親也斯之

銘　三五

謂以志養斯之謂兄之孝也若其父母之養不旁委也母貞疾肢
輭繫短與舒意體也恭伯兄友叔季繼解推也身迎母腹肺於膝
毋沒尤數手調藥也是謂形孝又其事同心飲之鄒嫂有共功亦
能博惠也先是君家芋園嘗作仲子傳詘幹才信性行謹以昌替
之報在此不在彼正論也然古語謂狀人如寫真今狀兄為人言
性而幹不見言幹而性見嘗顧二之而余一之也謂如其親所望
我者取懷而還之是兄孝也是兄真也猶記一二事可述也某翁
者愿人也方其時邊湖以訛警聞司土以風聲慴游覬以技餂中
掩捕蠢午地羹沸而人蜎縮也兄直前犯難破其罔疑豁魔挫事
頓平也某姓者故竈下養也挾恃而亢媾宗女張寵賂也兄闌力
抵之短垣在不可踰也禦彊持堅至決歲與援斷乃解公定而坊
立也是其晚節餘勇翁所許是子才兄老自策曰毅不誣也華與
鄒世姻嫂年十九歸兄與職內外奉舅姑懽勸遺蓄有稱一德也
兄年六十有六生康熙壬子卒乾隆丁巳也鄒嫂同年生後二年
己未卒也子男子三人名前見子女子五人也孫男麟紱麟圖龍
翔鳳池鳳岡鳳彩長出二仲出一幼出三凡六人孫女十人也婚
嫁聘字皆世講右族也銘曰
是毅蒼華君之藏也厥用咸也覯志康也弗試於巖廊也務後昌

銘　三六

也百歲之繼千秋之光也

庠考慎齋王君暨配黃孺人合兆墓誌銘　寶琨

余年八十斷弃研削歲且暮瞻橋二王子恩志思尚將以明年春
葬毋厥考之兆造余以毋卒時述畧拜為銘余辭以耄則重拜以
請且示余今大宗伯沈公向所為厥考傳傳用史氏法生年像配
不書卒不日且不遠葬乃告之曰考未有銘而妣專之非體以傳
當之又弗備其別紙補備來可則又重拜之曰幸甚別紙至改歲
乃次而銘之慎齋王君者諱直字子馨與其仲氏子任君同貫蘇
籍補諸生系本蘇之萩扁籍瞻橋自信十公始其後曰孝垂公發

世配　旌節呂坊閭右者是也。是生見素公，娶楊，即君祖考妣。考
妣也。古學之中絕也，明中葉八股擯摩，淛行而擯身高頭四子摘
本一經盡之，自餘無問。錄略庫部，即他經不知何語，見越涉者，號
之為腐腸毒物，習陋至余冠有家年間，極矣。當是時，有嗜書瞻古
犯訕笑不易處者，於南城則吾友華君芋園，於泰伯擴之委所謂
贍博者，則君伯仲此三人，落落相望五十里，可不謂勇過孟賁哉。
君於書，儲富而執要，嘗言六經而下，為世用莫如史，以是經有日
箋，史則見端緒。於錫山文獻病邑誌之漏缺，偕其仲氏分門砥勤，
仿涑水作長編法，閱書千卷，有干即注，寧失繁，毋失略之意。窮年

銘　三五

矻矻，垂成而疾作，與仲訣，仲曰請為班氏聊領之，仍戒勿輕問世，
其矜重若此。又豈嘗病宋史之蕪，志汰蕪勒成一家，義例既立，亦折
於年，不果。昔時中州王損仲嘗為此，其事[illegible]鉅，未易言，然非胸貫
全史，詎敢議此，亦以概君識力矣。余與君生同年，僅識面，設今而
在，怖為執鞭，雖無因，猶將從他所論著，牽連及君，以附知言之末。
況二子都請銘其墓，有弗棄之一傾所願矣，況又體固宜然者矣。
顧君卒之年，志也始四歲，尚之生三月耳，卒能御謹保世，先後圖
不朽於其所生，孰植之，孰庸之耶？卓哉黃孺人，故孏里名胄，禮宗
也。父庠生璽基公。孺人十六歸於王，佐養兩尊親，趨事恒在意先。

晋書王述傳名父之子不患無祿

年三十，丞勸進，是得厥副錢，尋相次舉志及尚，志及尚自少不知
異母也。方尚生而遭大戚也，繇達五六年，更兩世之喪，三忍死綜
庶務，措百艱，勞勤備於[illegible]閭，頻呼二雛，振警之曰：兒曹為無父
難，為名父子較難，而父自命何等，是架上者，吾見其束而牛矣，忍
見其飽蠹耶？以志尚咕有立，沛之植不少，繼及晚節，指尚兒諸志
曰：自渠母來，吾得助多，今老矣，行牽袂從而父泉下，無相違也。必
以神鳴咽，其能人所難，而因心以出者耶！慎齋君寫論於古孺人
知古而不膠於古，皆可書。君生康熙己未正月五日，卒戊戌閏八
月二十九日，年四十。孺人後君三年十四月二十六日生，卒年六

銘　三六

十有一，為乾隆壬戌十月廿四，以己卯三月四日合君兆，距葬君
之葬雍正甲寅四月二十六日，廿有五年矣。錢亦以是日祔，其壽
六十有六。兆在積字圩見素公墓之昭。子二，並國子生，思志，黃出；
思尚，錢出。孫男五，女二。姻連並名閥。君所遺又有小集
雜著藏於家。銘曰：
梁溪貯書古遂初，末學囚首延州閭，一二尚古心所於，庭有牧子
閨慧訓，祝雛標不隕厥郎，重為名父遺讀鄰之子，罔極不死其
親兮，惟文是職，儒沛苏兮堂斧即，邁稱其後兮占以臆。

行徒楊翁墓系銘　蔣說

楊之先澹成先生為文莊邵公所推重稱其德可以蔭近遠比之大木為天下祝竊疑先生晚得第官止壽籓不及年以歸而老邵公之言宜若未信然々邵公卒以其言信後世蓋士立德而功見不待大行而足乎理者可推而知也行徒翁寔澹成先生七世孫云翁秉資異凡兒嚮學遠自負而生窮約始受炊平得半盎米七升耳移其力謀朝夕學廢久之乃以絫黍之積削體腹之羨被於仰父俯子承啓之間戚疏待命之會而施不匱故雖跡不踰戶限名行不越乎鄉閭而論者重與之曰澹成先生後一人焉翁諱纘高初字子昌父孟祥公其上五世皆潛耀孟祥嬰羸疾尤苦首受

銘　三九

抑侮翁趣力持之寧其親以攝養父早世母司馬太君故丈夫女怯不得竟子於學念且劬之諸孫而翁竟成之子大猷方長傾身致時譽士為之師及於綸於大淞弗懈又屬猷勉卒之其奉子師如奉親曰是某所以承親也常稱貸以豐膳弗悔也其誠如此楊氏世孝友翁尤篤于周親有兩世父妣之終身弟歿無子使綸子之而歸其女田妹早寡捍其夫族之暴而老其節族著鴻山世遠祠廢叶議掇復之且經其可久為人解紛訟贖質子皆能人所難翁蓋蹈禮誼而樂為仁者歟節道之輕于世也度其無他籌策傒而護之蓋下其直意豈有幸也誠矯俗崇禮以信其志則報必及之若呼者之望應雖甚懸渺久而必聞翁是已觀于庠大猷有聲於十月牓綸大淞有名大淞且為選首方待次為衛倫理判府也比大縣敦樸不欺上官將大任屬之而綸堅不謁選總家務弟綸壹志於其官於是翁之蔭將益遠而吾以推其效于尊師豈不然哉其可風也哉翁壽五十有七順治某年月日康熙某年月日其生卒也後翁一年某月日生雍正某年月日卒壽八十有七稱配德者司馬太君也距其家半里有橋曰西成以雍正某年月日葬其原者新阡也子男三長即大猷娶華今皆卒綸娶蔡大淞娶王女一孫男五女六曾孫男六女二乾隆丁卯三月綸以狀來曰先

銘　卌

人體魄即于土者十五年矣隧石未礲傷哉貧也吾子交寂深又有連願有揭於阡龍退自念其言徵無邵公之望未必能信翁然翁之事行信藉翁以信吾言庶有徵也銘曰

狀系厥始關西伯起不遐以稽澹成是似孝豈在纖啓後用占啓後維何道尊師嚴西成之原堂斧孔寔既寔而宏徵余不律

元聘妻從兄曰能陳君暨配周孺人合葬墓誌銘　萬花

余髫齔締婚於陳十有三年不卒娶而陳女歿陳與浦世有連而余往來更不以新故易以是習其近昆皆敦樸多古意自今念之偘々殖文之間能為風氣者也其尤自克而狷以潔者曰能君余

始識君君居憂而簡出亦其性少當意寡酬接以然顧獨嚴重余不憚數也余是時所知於君者遺殖已削堅坐老屋下蹇然書生不苟一介遇所需則鬻田而為之盡已乃淹羸疾年遂以不長嗚呼君其嗇于天者耶及余羈紲遊宦垂二十年洎歸老則君之子上舍棟松諸生植相率來謁摳衣趨隅禮恭而辭遠要余過其先子之居則恢以閎矣殖之羸者什伯矣母孺人方八十請以禮見則趨而入傳命而辭問其起居曰老母猶不廢績諸婦時其候進飴而以孫撓之則穀而弄之爾嗚呼天嗇君之身而享其配若將酬報然其有操庚契而致者乎追孺人之以壽終也棟等以狀來則

銘　卌一

誦其母之言曰爾父十歲而孤執喪若成人服訓若壯子自吾來爾家才辦飦粥耳婚弟嫁妹鉅細必滌姑意又汲汲旁睨其周覬越吾姑棄養遂傾其所遺餘曰與無以為子寧無以為生也棟等述至此栖毫而慟又申誦之曰爾父貞疾十年而殞罄餌擣樹紋衾之費寔恃而能具爾曹身口日廣一切脯脩匳篋送女迎婦之相迫寔恃而能支吾轃釜忍飢作勞待旦雖靜夜無衾貼席時幸今爾輩能養睞吾手胝厚如重繭未退也棟等述至此栖毫而又慟嗚呼余乃後知向者之知尚淺天嗇之而致享之果有所操而致然也人之生也有本其職也有分本因乎天而分屬諸人薄其本急其分是謂蔑天而棄人蔑天而棄人雖享必嗇且行不必奇業不必有建豎要於志之盡而精誠不踰於所輸則亦足以砥夫涼俗惰習而天必償其後而勸之也已涼州之歌曰力子天所富棟松植三子是也非君夫婦有克家子者幾人哉君諱濟曰能其字也與余元聘妻共祖伯宣公父金閣翁生康熙乙巳卒距其生五十四年戊戌孺人姓周氏父潔雲翁後君一年丙午生又後君之卒三十有一年乾隆己巳八月卒壽八十有四子即棟松植球光斗光文光奎光朝光劍光其孫也彪曾孫也孫女八曾孫女一男女並姻右族君葬宛濱丁家橋父墓之昭實雍正甲寅誌石未

銘　卌二

具今以母卒之踰月二十一日啓兆合窆追請為之銘嗚呼念悲外父經傳所後之不競余窮且老又未有以振卹之為黯然也因不辭而寄余之思銘曰

有蔚者封宛水之濆妥爾尊章歸惟婦勤從爾君子歸其左垠君子友于右亦墳之家之氳之百世其殷之於戲余有概乎其中而能勿以云

守愚蔡先生合葬墓誌銘　[illegible]

秉日起之運迎而導之有神焉而非其名之謂也有風尚焉而非其事事之謂也的然而為之或色取而聲附和焉義好盡矣善秉

者不然循其所可常而虔浒其所不可懈不必某事某事可指而
數也而名亦莫為之奉斯日可受而不盈矣守愚先生者姓蔡氏
諱兆熊字文虞少遊於庠不競進父考授州司馬景鴻公諱鶴齡
其家中江前輩所推有道仁人者也有六子胚胎舊德皆與余年
少長伯君博愛而好禮仲完璞不雕叔憫物而仁其下二昆愿而
確脩潔而肆好吾翁介於其間不矯不隨仰有所順成而身不居
旁有所逮而人不見德內樂其配美婦姒之間賢相師誶語相忍
而外不聞聲惟是行其庭善氣充蘊義方嚴明績學方桀之士招
延敬共薰習劘切數學昌於門內令子尤鍾異者覃精經史創通

銘 四三

該貫識者以謂是中真種也後且名世蓋吾所能言於翁者如此
嗟乎人世缺陷之端君子不免翁早失元配中間失子四及子之
婦三其終也配又先之人言天奪其所鍾異而心大傷為翁病余
曰不然根性明達其識也壽考令終其福也愛子失而子名遠生
平所蒐羅有居業氏書功在庠史亡猶不亡也家督有通才肩隨
有競秀諸似續有妝子承者光而引者長也頑欲指事而陳之斷
以一名名我翁卒不足以盡翁唯久與之習者心諭之其神恬故
達之不驟其風尚堅定故氣類應之門成講肆將厚獲焉余嘗師
其三子又結姻其家君所謂習者也於其宅穸之石道其受而不

盈者而綴以長言曰
莫釐之峰巨浸所滙梅里之墟至德所墍蔡来自東於焉長世曰
篤景鴻守愚是嗣孝乎唯孝友于兄弟里閭爾濡里巷爾術維張
配德不遐以躋陸圩歸藏燿烱依侍繼德維華協心合志仁質禮
文琴言詩思訓子徽絃尊師用礪嚴君勖之慈訓佽之曰煌曰焯
首途試之曰炳曰烔因材器之曰枎曰煒樂群肆之煜後季父周
專利之蘭茁其晼九又二之嘉樹垂條珠榮與悴次三次五後先
殞墜美哉焯也書種攸寄覃研經疏貫穿史事亦越吾曹有求其
類已已矜秋胡然奄棄翁志瘏矣毋心悴矣厥悴靡寧逾月逝矣

銘 四四

翁志則瘏翁神則泰老友維余改歲再會搽告余言于彼賓位每
飯諸詢詢余饋食日居月諸德音儀閫嗚呼噫嘻繄余誰甈康熙
戊午距今之歲壽七十三生卒我記九月三日十月廿四配亞七
年卒先一祀生之月三下旬方始卒以十月初五者是乾隆庚午
格爾泰筮筮臘之三即爾福地金圩羊羊鬱蔥佳氣焯也穆祔斗
間鬱蘇炳及婦楊烔婦錢氏冢三以拱穴二以次田畈張原深林
對峙鶴語表端天錫蕃庶昭兹受祜徽余此誌

鄉飲大賓一澗府君暨安孺人行述

不孝起龍起麟年垂老廢蔭下戴天而忘其高者五十餘年忽以

數刻之間瞬不及轉手足不及措奪其所覆庇痛哉痛哉畫室大
小一朝孤露驚遽魂飛存全路絕轉痛吾母棄養距今二十有八
年怙恃具違罪辜盈貫當欸〻呼父母之時爲慘〻憶生平之語
其思至痛其詞至質其懇禱覬望之私至迫伏惟　當代大君子
哀憫睨覯降意甄錄焉府君姓浦氏諱長發字其祥一字文坡例
太學生所居當石室之第一澗因自號一澗始祖宋平南將軍諱
冲從曹武惠南下家無錫南宋浙西指揮諱隆結邊馬橋而來支
世祖爲元季隱德公諱振奉生母李避地今分金匱縣北延鄉石
室山前澗與明初十子晉府引禮舍人長源公諱源者兄弟也九

行述　　四五

傳爲孝義公諱守義始築居第一澗之安基里是爲安基分祖於
府君爲曾祖生四子幼即曾王父時泉公諱佑昌有厚德焚遺券
稱五老佛配曾王母華太君生王父聖修公諱日新配王母朱太
君生我府君焉府君生有異徵曾王父母寶愛之總斷乳華太君
即抱持而寢處性英銳十七娶吾母安孺人逾年而王父綿歷病
鄉曾王父老耄以家務屬府君初廢制舉義業是時三逆軍興雜
徭蠭午里胥攬計簿相上下責甲首所浮額至不可詰吾家自曾
王父足不履縣庭纖悉委命坐是大困府君出而人易其弱也更
共漁獵之府君挺〻不撓正雜課不時至輸〔植輸〕倉一無所假手獎率

通甲所辦顆最卒莫敢誰何者府君出禦侮入稽田歲無寧晷而
朝夕奉王父藥糜代問曾王父母寢膳無少闕晷其恭謹相佽助
尤倚吾母云吾母之來也年亦十七外王父南仲公諱永圖亦婿
於浦與王父交相善習知吾母在室時能食貧勤織紡而不私寸
縷以爲賢甫至即換總粧執爨汲兩闈皆大喜服勞奉養兼而任
之而外以飯傭作者常數百指無不應候周給尊章一詞皆曰好
媳婦好媳婦府君亦交加禮重以爲得一良友可以弛內顧給外
務矣府君憂王父病嘗請禱於杭之天竺凡三往其始至杭也亦
病瘧甚憊偕行者兩人皆精強既拜出肩臂相扶夾府君其中及

行述　　四六

于三門燃香入者如潮上擠而仆無生理俄舒一大足提府君出
萬人叢負牆立而兩人皆斃一時嘆異冬府君輸粟於倉忽心動
乘夜歸則曾王父疾篤曰吾忍死待汝半日矣命焚竹篋券即其
時也燼滅而瞑府君痛曾王父之遽又痛王父病不能當大事惟
是孫承子職令親心有含衰衰無留悔也又二年王父病良已曰
若能勝家吾撒擔作閒人耳又二年而朱太君所撫從姑嫁於滕
從姑者太君以失幼女抱育之吾父吾母懽如親妹姑及是吾母
悉出已奩資送無幾微恡色奚山沈紫甫歲祲且病疫攜其室來
依所親莫有顧者王父憐而收之紫甫遂拜曰重生父母也府君

語之曰能力田乎曰能府君進曰兒寡兄弟其以寄手足可也令
領農事農事治即昇田五畝公藝而使私穫之十年而贏者百更
割產屬之西鄰三世於今矣又撫遠房妹之孤者曰五姑時吾母
方專中饋得榮甫室而喜曰吾有嬸矣從姑去而五姑來則又喜
曰吾仍有姑矣始終不異天合也外王父故有家而中年大匱有
兩舅氏長元度公府君親授之經周謀其生產幼元量公痘而傷
目即妻以所撫五姑而贍之田已而外王父與元度公內外一月
三喪殮而葬胥倚辦于吾母遺表妹一弟一撫而歸以養以教以
婚嫁數年而表弟及其室亦然也府君始視舅如弟繼視孤與餘

行述　四五

子如子迄吾母之逝幾三十年而篤誼不衰方從姑適滕之年府
君病目當晝如晦就醫邑北禪寺之香林半歲時起龍生六歲年
矣投母懷卧吾母淚無夜不漬枕函者曰而父負經世之略于雲
之志遂自此廢乎孺子其有知乎秋深天淨曾王母坐右廂木榻
王母紡吾母織斜日在檐際忽府君謦欬入戶皆驚曰歸來耶曰
歸矣前夜嚮辰忽睹窗間白拂急呼舅〻示吾面吾識之乃喜而
歸耳舅即香林堂主懶牧上人王母弟也歸三日即聘定吾師族
曾祖澄羡先生乙丑師至觴於堂俗以投瓊命觴適膽甁梅放師
令曰得梅者飲投而得梅五次當王父投得梅六皆飲極歡止弗

投府君鎮以白金庋閣三日曰是兒宜有成者是歲起麟生至七
年易師而起麟與起龍連几讀府君先後延師皆名流備極尊禮
而吾母奉師必親治具尤加謹歷三十年不懈嗚呼豈不以于雲
之志經世之略俟之其子耶而不孝起龍起麟並以弱冠補諸生
汩〻三十年起龍僅一通籍而報　國未期顧親何日得比數於
人列哉丙寅曾王母去世王父以前喪病廢轉益衰毀幾滅性府
君送往事居筋力為竭嗣後家隆〻起專意承歡闢業展拓前模
矣安基之始築也當明神宗之季中田為廬四分之而曾王父有
其一已而相繼來併迄府君盡恢其舊遂次第新之門閭改觀焉

行述　四六

明有旌烈祠在惠山秀嶂街歷歲久而的系微康熙初他氏主叢
祔以祭至五十一家就與之直軌新縣志以塞口府君倡二三族
屬昌言排之以祠在墓前兩朝歸戶為證乃始歸復先是有孝子
齋體活父諱劬登明史妻節母過孺人坊廢而祀闕　　年矣會
修秀嶂祠府君議拓其堂為二傚古者同祠異室之制并奉孝節
主分妥焉又捐田以永之府君十七承其貴族著三旌崇祀錄詳
其事旺家橋近宅而當孔道吾家累世易其板屋崇而闊行者危
之府君環以石梁永〻稱便自安基宅次第改觀起龍等皆娶婦
生子為王父母觴古稀稱重慶鄉里羨之王父乃言曰吾老矣其

急謀先人殯相地毋太遠俾老人勤視松楸也府君敬諾乃卜壤鴻山巷西橋方治葬王父母七旬斷肉而府君襄事盡禮白衣盈道皆曰老佛有後未久而吾母安孺人即世府君之締搆新堂也歷年四五始成於時館師雜賓及諸大小役作具食分數等悉經吾母指畫乃始井井繼以吉凶禮數無虛歲又冢孫敬數痘大險越月而死者三吾母憂不食目不交睫三十日有奇於是中氣大鑠漸遘中滿之證丙戌歲首吾母許願長齋曰幸而起供大士別室凡事付兩新婦無更關白我也詎意腹脹彌劇廿八夜起麟方爇火浣參甌起龍默禱隨手揭易象遇小過初六曰飛鳥以凶黎

行述　卌九

明而血湧遂脫嗚呼痛忍追憶哉又二年王父年七十五又卒府君慟將營葬王母曰無遷也服除而有羅溪之徙羅溪奕義堂七世族產也距安基北三里自前明相承族故多巨宅羅絡周十里皆頹破獨此尚仍舊觀累質他族府君贖復之二千金重堂複閣以次增搆翼起麟居之府君輕軒奉母閑八十長筵履綦交錯鄉里又義之是秋起龍婦黃氏歿黃氏順而知禮勤婦職王母悼惜過甚明年冬王母疾作曰吾必反安基徑爾先子也府君又隨而南及卒不孝等泣請曰大人宜以歲底完王父母殯事且羅溪非久懸置者府君泣而頷之終虞而舉殯於曾王父母之昭而府君自

是頗研心形家言往往周覽徬徨意似未愜者王母弟後民公無子為經紀其存歿資嫁其女即吾師澄義先生媳又寡遺子曰絡先叔今猶延為師訓諸後起而王母又一弟即懶牧上人為邑尊宿闢法喜門庭飯行腳府君佐成勝果焉羅溪迤北而東曰宛溪有圩百畝已耋也旁圩相比如鱗次名魚排圩形家以為合古沙水法且體勢寬移步成局可離立三四塋不相淩逼仍符王父無太遠之指不孝起龍起麟請命府君為吾母營兆而府君決意奉遷曾王父母王父母柩於其圩東向取正局乃命起龍等以康熙五十六年丁酉十月二十三日卯時殯吾母安孺人南向距祖墓

行述　五十

之東二百武曰吾百年後長相從也當兩墓之中又南更可立並穴不孝兄弟亦庶幾永依云羅溪多游閒子弟起麟頗困冗食而諸子長又懼其染也數迴旋舊里起龍覺之相與請于府君府君曰吾難若輩耳去此何怯遂復合如初所去宅則公置之以俟來者而府君日相度於屋之東畔歲有增月有闢積五六年規模又與舊並略相等曰吾子孫多可以處兩房矣有未竟者曰吾力既竭容有待也癸卯奉藩檄司賑嵩山粥廠府君議以煮賑遵教令以米賑通事宜曰按畝審給於饑口便時廠分四鄉皆倣行之當事以嵩廠為最未幾起麟北遊戒以無希詭遇乙巳冢孫敬數遊

邑庠已酉起龍領鄉薦兩事稍〻闗顏庚戌起龍捷南宮賜手書
曰始爾為父母之身今為　國家之身矣不負　君即不負親又
曰人生進步無自後亦無先人及聞起龍遵　特旨有親老家貧
者就郡教則拜手曰　聖恩如天以教孝也九月初三起龍赴
　圓明園引　見需次歸則又面命曰　皇上教孝以教忠也學
校起化之地此職亦不易稱壬子春鄉校議舉賔筵首推府君府
君瞿然謝有寧曠毋濫慎人愛禮之語辭不獲命則曰使予遲暮
益凜氷淵耳秋起龍應江西闈聘掣得空籤歸遊龍虎山會族兄
鳳巢奉　命督修上清宮工竣共舟返府君問仙巖之勝談笑為
樂無他介意也癸丑二月大選起龍得揚州教授入秋憑到府君
擬一覽平山堂謂老不任輿馬衣帶水可坐而至即此便是
天恩也起龍準以八月十八早赴蘇領憑入辭行則已起坐矣曰五
鼓覺體寒加重衾天曉不耐臃擁衣倚醉公牀差舒意耳起龍不
還行猶促之午刻氣上升目定起龍乃大驚呼俟而甦問所患苦
曰無先一日命三孫錦雲輸秋課適歸曰給截票乎曰給矣呼便
溺甚急既淨溫布拭之易大禪椅坐眾問皆曰無所苦日加申餘
瞑而化嗚呼〻天歸救其何及哉起龍痛恨以事羈于城及抵家已
易衣矣探手指猶溫軟嗚呼雖擗踊搶地欲死尚何自解哉隔晚

行述　卅二

猶拄杖周行舍宇前後怡然就寢而遽至是哉二十年來起極早
盥漱畢誦金剛經一卷心經大悲咒具有定數如生徒課程尤喜
觀大圓居士金剛廣衍於應無所住而生其心一語寔有証悟又
閱紀事本末恰一周今五月甲午日家謂之天赦悉焚所遺券於
後圃揚灰巨浪不使子孫知所存止田契租冊稅簿而已意比者
王父所焚更不知幾倍也府君少所承田三百畝拓及二千所積
廬舍加於舊數倍晚節漸耗於二子計今未去者四分之一耳而
府君措意闊達亦不戚〻戒子孫讀書敦本首辦官課肅內外有
紀遏早幼詞色煦〻咸愛樂而不敢犯饋祀省墓竭誠而不靡朔
望焚香頓首謝穜〻身被之恩篤老益虔禁捕博謹嗜好飲酒可
數升終夜不亂過六十飭斷觴政酣然而止喜圍碁下午令諸孫
番進對奕瑣〻爭一二子以為樂仍不廢時事一切公義善緣當
捐舍隨應而授晚益耳重嘈〻滿堂不謹避亦不問也春秋佳日
一至靈巖虎丘寬袍短節鬚髮皓白見者指目推高年物望云府
君生於順治十三年丙申三月十三日申時卒於雍正十一年癸
丑八月十八日申時年七十有八吾母安孺人同府君年五月十
二日丑時生康熙四十五年丙戌正月二十九日寅時卒年五十
有一克儉克勤能慰府君於晚景子二起龍雍正庚戌進士選授

行述　卅三

揚州府學教授聘陳氏文學經傳公女伯先公孫女娶黃氏歲貢生候選學博子六公女華卿公孫女黃氏卒起麟邑庠歲貢生候選訓導娶朱氏文學天和公女退庵公孫女皆吾母安孺人出孫男九敬敷邑庠生娶錢氏庠彥例太學文台公女庠彥例太學養素公孫女敬輿卒娶華氏雍正壬子順天南元容軒公女郡庠彥候贈省庵公孫女敬疇娶吳門韓氏文學玉衡公女玉衡公本姓王氏于王為　公孫女萬歷癸丑進士刑部侍郎純甫公曾孫女敬思娶顧氏文學蘭若公女康熙壬子舉人公惠公孫女繼孫氏雍正庚戌進士分江西省候補知縣山傳公女太學候贈文林郎起蓍公孫女起龍出錦雲娶華氏太學霑餘公女太學考授縣佐養氏公孫女錦雷娶陳氏太學楚珩公女庠彥西航公孫女錦雯聘華氏歲貢生候選學博襄周公女母姨文侍臣公孫女娶陳氏文學德滋公女　公孫女錦霖聘朱氏文學南谷公女天懿公孫女錦雰聘安氏文學　公女族母舅定周公孫女起麟出孫女二一適王阜鶴庠彥維笙公子太學候封文林郎府學教授郟埜公孫起龍出一適楊學海歲貢考授州佐再程公子庠彥誥封文林郎湯陰縣知縣左純公孫起麟出曾孫十一元福聘尤氏文學雨施公女表母舅岸先公孫女元位元調未聘敬敷出通儒

行述　五十三

聘王氏太學賢若公女庠彥貽六公孫女敬輿出利見利萬未聘敬疇出正恒未聘敬思出鴻策未聘錦雲出鴻圖未聘鴻慶府君卒後二十八日生錦雷出鴻寶未聘錦雯出曾孫女四一字陳岱松太學南賢公子太學楚珩公孫敬敷出一未字敬思出一未字錦雲出一未字錦雯出今奉遺命謹卜慶內十月初三日卯時扶柩安葬宜字魚排圩之新阡啓吾母安孺人兆合焉子午向兼癸丁二分庚子庚午縫針不孝起龍起麟瞀亂荒遽神魂崩摧排次蕪舛伏惟　當代大君子節略採錄賜之誌銘傳表　命世大集傳之無窮附以不朽不勝大願敢瀝血搏顙以請

行述　五十四

晉寧楊母趙節婦墓碣文

嗚呼。此晉寧楊母趙氏節母之墓。節母年十八。歸文學某君諱爵一。歸七年而寡。節母時年二十四。有子二女一。又二十八年。年五十一以卒。父曰州庠彥某公諱某。翁某公諱某。居相距不數舍。兩翁故石交。趙翁甚賢其女。而才楊氏子。遂許字焉。母自少節身節口。一秉禮度。既成婦。自其姑張以下。交口稱說之。曰能敬事於庭。莊於室。宜於內伯仲。云。節母既寡。提其孤引屏別舍。翁家故寒素。田以畝計。不過二十。由是三分之。然節母止受四畝。曰寡婦無外事。費省。倚十指足辦三孤飽也。孤長次第使從師學。女亦擇名族

歸之。其執內外喪。盡哀備物。不以褻故自後。長子哲亦早殁。翼其
婦與撫共室以處。而次子膺推擇為掾史。教以陰行善以佐其長。膺
遂有子。為諸生。孫四人。宏曾。哲之孫。順曾。璠曾。珣曾。膺出。順曾。
諸生也。今　天子詔天下開造士院。省城順曾來肄於院。而余
就辟為院長。順曾銜父命。述其大母略如右。曰大母尚在淺土。將
以今雍正十三年乙卯十月某日。葬某地之新阡。而大父匱祔祖
墓久。不能合也。願志其略。將礱石以揭焉。嗚呼。節母潔白其身。以
庇賴其子孫。可謂完人矣。　令甲褒異民閒志行予坊表。如節母
宜預　朝典。顧闕焉。豈非子孫者之責與。順曾有聲庠校。厚積而

鈔　三五

薄發。其必自於此矣。姑揭于阡之碣以俟

旌節華母申孺人墓誌銘并序　[illegible]

叙曰。始余舅弟童冠時試郡縣。角藝里中。則有西新庄諸華庠徒
合四五輩。年相亞。林盧驊望。雨牛鳴地。邑長老往往指目之曰是
中有人焉。閱時非久。乃失一人。曰待聘君。鄉先正覺非先生晚出
子。今節母申孺人。即君配也。節母之歸。年逾其長。次姒不啻以倍
舅瀕七旬。所生姑管亦踰艾。以此子婦少。合通卧闈。不扶以侍。有
受必屏處。後有勞必先。賢聲翕然。再決歲遷。適不造。願不為毀容
激誓。謂婦道從一。自常俗事。況堂上老方神傷。忍更以呼搶承之。
獨乳下一孤。肩重寄。首長途。没齒以之耳。其識力堅明見諸此。節
母躬儉德。居已富子。一以是為恒。食取裕養。不逐嗜。衣取攝儀。不
街炙。置宅邑城東。帶河上。免舅喪後。徙居之地。故不離市。置及是
兩版扉。常闔。孤時踰冠有室矣。一切聲氣之遊。年少趾高之跡。並
令謝遣。在邑如在盧谷閒。所親戚言禮始諸儉。誠是也。奈何并以
儉見聞。節母曰。我寡婦門。此子寡婦子。耳目開諸薰染習氣皆開。
制法自我。審地叙則然矣。然孤卒以是成獨行君子。世尋節之義。
與儉相表裏。傳曰。儉。德之共也。易節之象曰。君子以制數度議德
行。宋張相知白。家法清約。謚文節。溫公取之為訓儉式。卒是道也。

鈔　三六

余於斯母大書曰節母。其有徵矣夫。其貞節母矣夫。節母之孤。介
其祖兒姪聲倍君。以母墓銘見屬。余驚而愕。馴而伸紙振觸。念當
年四五輩。獨余耳聾臂枯。猶生人世。在曹偶中。待聘君人文如玉。
尤秀出。而奪之尤遽也。人老而感易生。為誦韓退之觀居此世語。
不自知臨文意緒紛出也。君前葬。隧石未具。乃偕而係之。
係曰。待聘君諱上珍。系詳尊考歲進士覺非先生諱允蓀家傳中。
生康熙辛酉八月十四日。年三十。卒申十一月四日。費志卒。葬祔鈞渚渡
考墓之穆。時乾隆辛酉十一月五日也。節母申孺人。世冑吳縣明
相國文定公五世女孫。大父諱允端。尚寶丞。父諱成玉。考授州別

駕。母龔安人生同夫年五月十七。以乾隆己卯八月十三。端逝舊
第之寢。春秋七十有九。居節者五十有六年。雍正中。奉　恩詔旌
門廬。乾隆中。奉　皇太后萬壽恩賚帛肉。子一。即乳下孤名文
濟。娶侯。孫二。士儀娶秦。士儼娶滕。曾孫三。達行思紱。士儀出。樾禔
士儼出。士儀及二子皆前歿。女孫二。一適諸生孫永清。一適庠世
燦。女曾孫三。翰林院檢討侯公陳齡明經學訓封中憲大夫。欽
命配享雙孝祠秦公瑞熙國子生滕公來鳳德州貳牧移判兗府
汝河徐公廷鏞國子生庠公偉。皆姻連也。越十月七日。文濟循踰月
之制。禮奉尊妣匶合於尊考之兆。（另行起）嗚呼。節母行矣。自今從問前事

銘　五七

能言之者鮮矣。惟余老耄猶習之。而孤之外父侯檢討。又余世中
表。同鄉耆舊。聲信君尊考。即又四五輩者之一也。銘責余宜。銘曰。
（另行頂格寫）銘曰。穀于室。幾移星。儷于原。無算春。賢師儉。古所陳。儉合節。蘊其
型。百世下。徵余銘。

附致華孝信札

閲芝庭大棣狂喜欣舞。容讀容頌七六房銘業馳啟。
別無行述。叙系不得不詳。悠篇幅稍省。乃用元撰之
志杜工部三截體。非騰挨後植也。幸詳之。

三山老人不是集目録

祭文

目録　一

三山老人不是集

祭文

敬菴先生曾[illegible]錫邑香君先生則以崇文衡秉鉞開端揆家居以澤及桑梓直通篇之集

公祭任新菴太夫子 [illegible]

蓋聞功莫深於教澤道莫顯於文章故喬年之蘊釀溫醇寔開徽
國而永州之孕含今古原本瀧岡海後河先望祀識百川之祖芒
寒色正壽源瞻五緯之光於堂室而彌恢李桃多種仰斗山而有
耀球璣戴笠自古在昔國家吏老流風餘韻人物表坊緬功德之
栽培在後學而矜式華棫樸以為樵寔積茯苓其預植蓋公生金瀨
之陽而化洽蓉湖之側籍聲望於科名垂典刑於楷則既閱世而
陶甄庶前脩之髣髴維公之教孝友身先子鵠弟鶴雅範風維
公之文桀蒦心宗薪傳燈傳金鐘大鏞稽周室之育材曰賓賢興
鄉物公舉此以聲之必黜浮而崇寔洎蘇湖之司訓曰治事與經
義公繩墨以陳之必先器而後藝故當年之稱譽飾者望而知遊
名德之門迨我曹之撫今昔者慨然欲躡先民之矯矩模型之丹
壘周情孔思更輕帆帶水以魯柳邾聞晨汲九峯之液暮寧

一統志于宮湖在溧陽縣西今崖某寺

和里之蕚鄭草幽境而猶挹韋經傳世而多繙如某等者能不溯
瓣香而吟誦勤息侍函丈而起我煩仍者子頹世德之作求驗師
門而大顯代君宗於匠石家淵源於輪扁甲第雲深鶚奎秋晚一

探銅柱雕題繪齒之鄉六秉玉衡星驛天衢之館歲行庚戌月在
己卯帝曰秩宗汝偕傳傳裁五千之論亦樹四百之儀表英林
盡玉路馳驅光華輿慶雲繚緲以是而宏教澤地負海涵以是而
昭文章天晶月杲信乎鯉堂起化龍門發軔於三魚宜其　楓陛
陳辭　鳳詔推恩於雙旌爾乃旋還下里軒蓋成陰若夫衢去寂
天川原猶昔吾夫子親傳日下之音太老師快弭雲中之節諏初
臘之嘉平趨佳城之窀穸命鸞旂以飛塗偕象服而同穴洵極禮
數之哀榮廣孝思之鬱結者某等或後門寒素或緩帶清羸
或華顛而行蹶或弱冠而隙閱並翦影於驪黃之外悉襲芬於芥
瀣之遺凡茲感激曷竟悲思盤山之曲溧水之隈崇公之表有道
之碑文苑斯傳儒林是師生芻一束後車載馳邀不謂鄙予以奠
之尚饗

公祭江蘇大中丞雨峯徐公 [illegible]

嗚呼讀聖主得賢臣之頌世際明良信忠臣出於孝子之門德先
基本惟其根於性者厚故其結於衷者懇惟其幽獨不欺者雖特
立而不孤故其精白無疵者常通格而無隱以此徽　宥密之知
以此偹哀郇之軫況屬吏之親炙尤深宜閱時而增思彌迥爰溯
清閟積洽浮釀敦純孝者累世萃　殊榮於我公簪花匼匝染翰

曈曨參佐中樞之署回翔典禮之宗郞位星明一麾出守江光練白兩腋生風曰汝陳於臬事廼應及於遐封陟大藩而中東敭歷擢開府而官民肅雝所至有因心之化所膺皆不世之逢抑公奚以臻玆其道揆之至要本順親以得君寔移忠而資孝上下交而志同性情至而神告其行已也清畏人知與白華致潔而同辭其事上也遠瞻天咫與斑綵承顔而並耀其養民也下吏孚其惠心仁育即親々之效其使民也訓俗昭其定志義正亦夔々之教通乎君子之道四純乎大義之在三人見其和衷協恭不知即合敬同愛之意所渾而涵人見其嚴氣正性不知即立身行道之素所

表而暈蓋有本則其出不窮若偫儲之盈廪立誠則所發皆盛若蒸霱之成嵐如我公者真一心拱北為百爾指南者乎恭覽遺章伏讀　御札涕泗交頤神魂悚骨曰熙洽大倫合政事人民而並揭曰終始永圖禀對揚丕顯而毋忽表懿行於所生祈　睿鑒以加惧意思深長精誠激發既遺章兮語々曲至更　御札兮心々照察謂其鞠躬以致沉痾昭臣節如日月謂其力疾以圖侍母貯臣衷如溟渤　旌以賢良從祀之鉅典逾晉錫兮馨香曠越冠以忠孝性成之一言比乾象兮文言包括然則我公之靖獻其雲漢為昭而我公之蒙被其圭璋特達者矣嗚呼惟公之業共長江其無斁某等之心擬函丈其彌真爲其朝夕於訓詞爲其歲月於陶鈞悵揚舲兮覲省冀奉匜兮娛親胡遽秉兮箕尾杳歸化兮淮濟東海兮城有閭南陌兮車停輪兒心兮向辰兒齒兮含辛固知夫君恩之不匱子志之終伸其如此屬僚之失顧羣情之若湮醴薦斯陳豆登是儐旨酒既醇我恍孔禋嗚呼尚饗

公祭詰封驛道世襲博士孔公文 萬記

於維先生令儀壽考舊史世家盛朝國老章掖淵源斗山標表北闕雲深南榮日皎式彼盈庭被於遠道嘏錫爾常德涵衆飽胡天不憖斯人遂杳先生之居彼汶濟如雲浮海岱野入青徐通都大

邑左圖右書積厚而發寔至而譽先生之胄循墻誰負一命而僂再命而傴先祖是皇生民未有克襲其前益壽其後懿夫天顯秩爾天親五世一堂五人一身常也皆良實也並惇咸厥兄是詢寔先生是臻孝乎惟孝政亦既陳食云則食豆亦既儐仲握虎符百粵来旬季長烏臺九列邁倫而經術之醇乃元昆以津暨夫羣玉郁若叢蕊緄々武接嶽々趾美冶悉能裘畚兼蔭梓軼彼荀慈與彼周士星爍九宮乾成六子手探月窟足躡天咫短簿分鑣高科繼軌曾是發軔繫其始履選於哲嗣起為大吏先生所鍾　天子所寵鄒都既覊吳土斯寄作我憲臣陳汝臬事弊絶蠹除民懷官

惴式訓在庭行法在位先生之教茲焉乃試先生之懷茲焉克遂一德有儚二天為庇切所心儀冀及身示以沃誨言以程職志謂筭無涯為世上瑞嗒焉形化怦然神悖皃繹之宮徂徠之松東郡来同南國率從某等或城社於躬或奔走自公具此生芻揭余渺衷絜酒醲矣粢饎崇矣滋益恭矣罔時恫矣嗚呼尚饗

祭南子材 代制軍 [illegible]

維年月日某謹以剛鬣柔毛之儀致祭於榮祿大夫雲南楚姚蒙景鎮總兵官加都督僉事子材南公之靈曰嗚呼南公子材以忠勤服官政以孝友篤倫紀出處本末身名泰然余聞之久矣余之

在江南也今大同總戎南君諱天祥者方轄軍其地天祥者子材仲弟也每以官事相周旋遇輒道其兄生平事行與所以友教諸弟者曰吾家累世以効命鋒鏑積功受　國恩吾與若唯毋荒爾志毋怠爾力以紹前光倘一日之驅使此孝之本也而忠以資焉迨乎先後得官則又曰　國恩稠疊且身被之矣吾與若總自今益精白爾志殫竭爾力以毋曠職業毋墜永世之門閥此忠之分也而孝以廣焉蓋朝夕提撕造次未嘗廢此言也故其履官恪慎始終一節肅軍伍得將士心蒙被　兩朝面諭庶幾不負任使者而邀　眷方深慈母見背積哀灑悃得遂歸田歲時展拜邱墓涕

淚泠淫又造次未嘗不以　恩寵之難酬舊勳之難副怵肺腑而形夢寐也其誦述子材者如此余心識之曰古人所謂進思盡忠退思補過子材近之矣及余奉滇黔之　命心喜遊子材之鄉而樂識其人思與共事而子材請告已久無幾相見也既又得其季弟天章參戎幕於此時時就聞子材則天章之所以誦述其長兄者無以異於天祥也嗚呼人無間於門內之言往往難之今子材飭官著訓由其弟言之前後參會如出一口曾無闕然余雖晤語疎簡能無愛重其人哉子材年近七十矍鑠如少壯人嫺臨任邮及於宗黨宗黨咸倚賴之見其康彊老壽以為幸而子材以今四

月棄世矣余雖與子材交不深而因其二弟之言以心交於子材者亦不為淺於其家之為位也釃酒以奠之而敘余所得於聞見者以告焉嗚呼尚饗

又 代 [illegible]

嗚呼南公子材僑家滇中世有勳伐出為封疆敵愾之臣處為桑梓敬恭之老奉身進退聲名泰然存順沒寧俯仰無憾可以風有位而勵末俗矣余始聞其名既覿其面後益識其居心立品不苟也恪慎在公而志不汩於榮利董率同氣而語不涉於隱私進不尸其官退不辱其身余用是聞其名而慕覿其面而喜識其心其

品而信以服而因以樂其壽考而不能不惜其一旦順世以卒也
子材以父左都督公官於滇著籍爲土從事戎行歷楚姚蒙縣總兵
官練軍寔勵士心身邊陲宴然未嘗弛備被　聖祖　世宗兩朝
知遇晉錫有加子材受寵若驚深自抑損有二弟先後從戎凡口
語手書必以竭忠盡力圖報　國恩諄切教誡焉今其仲弟總戎
大同季弟參戎靈武皆勤敏著寔而子材則垂老乞身十年在告
敬宗睦姻爲德於鄉里非公事無所造請官府之庭履跡可數也
余昔在江南今大同總戎方提督松鎮每相遇必誦其兄所以教
誡之者余心識子材自此始今來滇其季弟參戎屬在幕下子材

一二來見唯囑以常所教誡者重以壹長命教誡之無一語及私
也余視其貌温如也察其言辭動作樸質無浮華懿如也昔萬石
君家不言而躬行齊魯諸儒質行皆自以爲不及嗚呼子材其近
之與余久而益信以服其以是與夏四月子材以疾卒於家年近
七十庶幾令終有俳者矣而余不能無重惜焉南中邊嶠老成衰
少縉紳無所禮其廬居守執事政有所疑無所諮而廢視昌黎送
行之言則已過之語有之古曰在昔昔曰先民余釃酒執奠以寫
其綾綾於子材者夫亦先民在昔之思也與嗚呼尚饗

祭先贈公一淵翁　代

古云既醉之詩與洪範之五福諸福之物德爲之鵠而君子疏觀
次九之文領乃福其綱而德其目益言德植諸已福降自天譬若
嘉種宗生天賜之霖霂是未可以幾庶致之其致之者常百求一
二而不足然書曾不及於孫子而詩言錫類而有僕益以補洪範
之闕略而覘造物者注意之尤決嗚呼先生斯可與歌既醉而陳
嘉告者乎於維先生昂然長軀有仄者蹺而孝友以爲儀有弟者
畦而經史以爲畬弗車馬之驅弗衣裳之妻忠信其輿禮樂其橋
食先疇之德光於乃祖乃父高明與突奕乎夏屋之渠渠而盡箸
華山敦彝閒錯眼中絪插架之書教誨爾子爰暨厥孫以畋以漁

即之既久淵乎韻乎澄波之渟涵洲氣之薰蒸而文綦佩玉盈庭
雅雅而魚魚座上窮交常滿邯鄲舉火需其困儲膧相躡而仲不
一處時乎赴義執言毅然出乎明白果決罔或卻顧而治且嗚呼
先生殆乎脩德罔宜畢至之福輻輳而駢臻嗚呼先生不詘不傲
亦越吾黨是則是傚維書曰壽詩曰萬年先生穹齡而眸然爾貌
維書曰富詩曰爾祿先生亢宗而爾後斯熾書曰康寧詩曰有融
而春在杖履晚糟選勝而登嶠書曰攸好詩曰既飽而如玉在璞
光踰潛而莫梅自他之耀書曰考終詩曰令終先生怡然沒寧無
斯須患苦皎若乘輕雲而翺乎秋宇之白曜而先生有子策名

天家有孫有魯庠校接武龍章五花會將游至而加號茲洪範
所不及陳而永錫祚胤詩詞往復而樂道吾黨所為稱既醉以告
先生而先生於五福殆有過之其無弗到用是敬陳絜酒為先生
醻者也嗚呼先生湖山芊々湖水漣漪也潛々人也儳々而某等
或齊年而執手亦尚齒而隨肩有托契為子友而頎然楷則於吾
前先生往矣能勿臨風灑涕頎影乎沈瀾有歛有馨于豆于籩侑
此蘋蘩先生其聽旃嗚呼哀哉尚饗

祭貫觀察 代制軍 某記

嗚呼貫觀察其長逝不返矣自余以癸丑之春奉 簡命涖滇黔
皆軍政既入黔問土俗吏治所至識其大夫士之官斯土者時則
觀察為副使于黔西駐安順年最老而恪於其職視其人溫然而
不矜介然而不流君子人也當是時滇黔相次新廓苗疆黔尤在
萬山中苗種菑獷悍難治雖其向化來歸猝不得繩以齊民一切
之法所恃以勞來還定安集之者非得持大體不苛細之吏循之
以歲月則不能相習而相靡觀察殆其人歟夫乘進取之會者精
強年少之材得時而騁者也務懷輯之方者厚重老成之器坐壽
而理者也觀察不競功不爭名初若無所長久之而獷者以馴悍
者以帖以厚重持進取交相為濟而不伐其能則余向者之識之

祭文 九

以為君子人者信不誣也歲乙卯當省試之歲例以守巡道協董
場務觀察以其職赴會城年已七十餘矣竣其所事累晝夜不得
寧息觀察亦不以其年力之既衰讓勞於同官也訖竣事還而心
神乃耗竭不支遂卒於官嗚呼觀察其長逝不返矣抑余所以重
觀察而悲之者廉潔有守終始一節凡大夫士之於外者尤難之
觀察為守巡之官南北量移垂三十年不為不遇且久矣今其稍
染指豈至垂空橐無一有今聞其卒也至不能備物以成禮觀人
者要於其後而平生可知我 國家勸廉吏至深切矣是誠可風
也哉其可悲也哉嗚呼觀察其長逝不返矣儉於其生者天必豐

祭文 十

其後清白吏子孫往々多顯者況如觀察不驚赫々之功亦不求
赫々之名功名之途造物者恒靳其太盡而償其有餘詩曰豈弟
君子神所勞矣然則觀察之所以留其後而覆露其子孫者將不
一償而足也已余職封疆徒以牲醴之陳歛芬之具寄奠一樽於
觀察之靈其以余之識君於三年也而頷之嗚呼尚饗

祭冢宰太翁楊先生 代藩臺 某花

天邏間氣蓄積淳厖人敦太朴韜函固藏如玉在璞如金韞鋌璞
有不剖々為大璋鋌有不發々為干將翊溯星源靈承駿烈胚胎
前光醞釀來哲條々者株繇々者旐閣望顒昂表儀耆耋荷 天

之寵作世之則胡川方至而日斯昃於武先生武陵鼎胄偉績匾
中名勲朝右高岸既傾長木亾化命也靡常德惟求舊王孫公子
不雕自鏤遺族故家肯穫以槙擅譽髫年彙精韋編姬情孔思濂
脉伊傳四庫漁獵六經蹄筌龍賓十二蛾術三千躡月之窟陟峯
之巔角於其偶輩無或先蹴踏詞場翶翔類渚沅芷芬芳江颿渺
瀰吞若雲夢滌以朗水揮毫成霞纂言散綺台則有階天惟距咫
占拔茅焉譽拾芥耳乃瞻棣鄂丹輪畫熊乃擢箭班絳霄翥鴻而
我先生曾弗與同擲爾風駿升爾桂叢爾桂伊何賓樹連五爾叢
昌先馬着獨鞭激玉西崑采珠南浦黼維冢宰肇開節府游歷清

要趨庭飫聞累持鑒衡秉訓蒐犨　御庚偕餉中樞甃軍率紹爾
衣冏濆爾垠洎總両江叨藩半壁誨及承流惧滋捧檄謂膺　帝
簡先生惕焉謂詰戎機先生怒焉不競不絿慎赴的焉如履如臨
戒胥溺焉凡是惴惴悉本兢兢大師仁覆先生德施大師威行先
生義彌總師政成先生則怡上卿秩進先生曰咨　錫履加崇寨
闢愈危是身教者我心佩之於爍先生風欽道貌作範清閟寔膺
群眊敷政有紀踐形惟肖資以教忠資以教孝厥年彌永厥德彌
劭是訓是行是則是傚是恭而期是祀而禱奚磨蝎之孽而尾箕
是乘仁者壽世理豈莫憑德也得天去而上升洞庭波起日極濤

騰桃源路杳魂驚霧罘維先生名繼繩無忝維先生澤覆露攸汙
倫萃哀榮稠增　邮典白雲為鄉蒼烟結篆私淋誼深遣奠儀簡
竊比生芻敬陳祝板鑒此絮辭歆此瑤餞

又代撫軍　第十

嗚呼詩有之自古在昔先民有作謂太音其已希緬古處而爰度
詩又有之維桑與梓必恭敬止溯予懷於彼方迺不遠而具邇當
吾世兮吾師心藏之兮心寫接官程兮有美稔庭聞兮訓辭傾我
近極一星之望愜我異時千里之思何為刷清風於弓治而舍然
乘灝氣於尾箕翔呼吸之相召挾轁軿而載馳霜柯摧玉柱摧

類能不遑回悵冈沾灑漣而者乎於爍先生仍世旌閥降割所生
早歲晻忽介福王母殷情魏闕孝密喞哀弔影形王裒輟卷空皮
骨恫積勲於銜絚矢教忠於遺笏祖武再布燕山五樹臺如重璧
逵似連璐疇寔邁倫曰有踵附誕維冢嗣蔚為冢臣　天子曰咨
鞠旅以陳假爾節旄稅於江滸予時来旬予時展覲兩戒畺疆之
怙萬石内行之馴北眺則瞻雲近咫南迎則愛日生春某也方膺
璽書建牙灊皖縈帶水以中分駛湘帆而乍偃齒髮皤皤威儀
反反吟每懷之駪駪誠匪躬之蹇蹇拜手明訓錫我百朋避席贈
言禮先一飯婆娑先正之型繾綣老成之悃詎遲後間之緘倏閱

公歸之家驚心累月翹首重山洎終堂斧祥禫之制旋耀星辰履
舄之班仰百僚之首占三載之間盧上卿之左待舊學之還嗚呼
負痛終天泣盡又繼以血持忠入地淚枯寧駐其顏恭惟冢宰孟
班先生親志善繼親心克享爲不二心之臣乃第一義之養陟詞
垣砥清滉望摛文柄仍清況尹京於陪旁麾樂浪筦國之計上摛韓
滉敬刑研夜燭之書秉鉞肅星軺之帳亘大江南北東西整歷服
藩僚鎮將憂乎　乙夜之知展也六官之長出則周諮入焉弼亮
凡以矢精白者答覲心即以懷明哉者酬　君既謂蓋臣兮奚慙
謂象賢兮奚讓洵是父兮是子今安仰兮安放日月有幾啓齒當

祭文　十三

年公齡虎踞我鎮龍眠嚴尊提耳使相隨肩寔左右之共休戚焉
嗚呼詠奕葉之駿烈誦敦史之鴻篇非覲止其似續猶念昔而延
緣況畢萬後昌可庆契致紀群世講若交臂然宏我服官之訓博
我經國之詮又況澧蘭沅芷瀟雨湘煙洞庭波兮木落黃姑渚兮
雲連本是鄉邦錯壤匪徒津筏名賢者哉生芻一束其人如玉霜
丹荔蕉露碧醴酥歆是有飲辭無更僕嗚呼哀哉尚饗

祭古堂王封翁 代撫軍　畀化

嗚呼南極潛輝老成遽謝少微隕石名宿云亡逝學海之波瀾飄
蕭夜雨落藝林之柯葉懍冽秋霜淮海邦潰隣停相杵珠江庾嶺

巷罷歌簧令範雖遙義方猶在芳徽可溯餘慶宜長於維先生瑯
邪舊族台輔星躔播爲巷之家風望隆朝野大青緗之世澤輝映
後先緬河嶽以鍾秀溯伊洛而沿緣力闡天人之秘識參造化之
權辨惑析疑淺儒先之奧旨躬行心得符道法於前賢惟克家乎
家學故獨得其真詮至若默識闇脩淡泊寧靜士類君宗人倫表
準箕裘是似綿奕世之留貽棣蕚孔懷怏一堂之考証早重雞林
之價宛陵則日課無荒屢司牛耳之盟汝陰則旦評交引詎矢裁
以穿楊儒囊蔵而韜穎成均拔萃掌裕經綸稽古遺榮心安義命
爾乃瑞叶麟祥謀詒翼成歷謝家之庭砌玉樹成行過薛氏之門閭

祭文　十四

鳳毛分茁既群從之瓌奇尤長君之英特繙書　紫禁迴翔瑣闥
之除獻賦　彤廷烜赫瑞林之席壬秋奉命六鰲揚霄漢之光丙
夜銜文八閩壯風雲之色洊登坊府揮羽瓊條旋指粵疆程才玉
尺晉秩必手訓淩霜迎養近親庭愛日　天顏有喜頻獎借以超
班地望加崇勵恪恭而襄職惟嚴父之秉承著作人之偉績迨乎
衮繡東歸軒驂北首　九重恩寵疊被所生半載岩廊遂遷司寇
巍階陟而快溢觀濤公望歸而儼如瞻斗占落鑑以氷清寄鑽鑰
而符剖陛辭則　主眷彌隆語洽而覲年入奏頒來紫誥廷臣畢
此殊榮襲以黃封家乘垂爲不朽擴覲仁於阜俗寧民凜彝訓如

踈鐘清漏掾風紀激揚之柄大法小廉展淵源作述之模公先私
後夫其龍節之張弛悉是鯉庭之授受於斯時也鶴齡矍鑠鳩杖
逍遙福集箕疇艷數行而呈彩年忘絳甲軼百歲而後凋何圖志
厭塵寰天上則白榆歷々身騎列宿人間則逝水滔々訃聞行路
慟淌江郊某轄淮壖為簿領眺仁里而神傷覡庚信之銘言求工
揚托讀張憑之哀誄冒棼悽愴絜酒明忱追惟髣髴生芻致奠寄
灑淋浪白馬素車隘鳴珂之巨巷虞歌薤露喧通德之名坊信哀
榮其備至徽慶衍之難量用敬陳夫腆祭庶監格於帷堂嗚呼尚
饗

公祭座主蔣文肅公　代作

維年月日相國文肅公座主夫子喪歸虞山禮　賜全葬門弟子
某々等奠而執紼為文哭之其詞曰蓋夫樞軸鴻鈞鉅不遺乎其
細涓涵偃腹公而掾之若私領與測洪河之深淺睨泰岱之崇卑
詎蠡斟其可量而圭揣之能規如某々者冒比數於尊聞之末具
蒙被乎大賢之知惟無飾其無能以叨承吏隱猶不屏為不肖而
諄予訓詞謂身預半通之綬即道存一弓之師乃浮沉里門憶耳
提其顯覿而表儀　朝宁馭尾宿乎遄馳嗚呼先生徹懸　宸極
銘勳鼎彝丹青掩色簪亦纏悲緬夫五行之布宣其氣一日之遇
淪其肌施者何心偕之物化被者當體動以天倪奈何予既跕踈
於請席旋涕隕於扳輀嗚呼先生哀榮備矣寂勿齋滔迴穆々
其留眷知沾々者非宜然而滴水亦汪波合味油雲豈膚寸殊姿
所由筆滌點塵滓太虛其蔑有淚濡尺素蔣束芻而焚之靡小効
於節文耿壹結其戀思嗚呼先生尚鑒於斯

祭金鰲墩鄒太翁　代作

蓋聞金之利也在鍔而為鋒山之峻也得石而為骨故非勇而義
不伸非義而仁不立柔以劑濟愛以威克理國者必維其樞行師
者必謹其律家亦有政身為之則翳維太翁夙植英姿內[illegible]而人

莫之奪敦信而物莫之欺入而閑家寧為嗃々無為嘻々出而閱
世勿或茹之詎或吐之一昔而振惰窳之習奕葉而留緊韄之思
載啟後人兩丈夫子禮樂以為干櫓詩書以為耒耜理秩々其有
條業隆々其日起取諸大壯上棟而下宇譬諸作洛幹年而幹止
詒厥孫謀繩其祖武瞳聲譽於辟雝擅才華於稽古雍容乎釋菜
之班詳步乎鼓篋之府如徹舞乎総干之發揚而朔節乎鳴球之
搏拊胡厥子之肯搆乃克家而不咸蘭茁其芽以承爾大父兕捄
其角以介爾大年計鳳歷之展為鶴算之添壽登八袠賓盟肆筵
三黨進凫鷖之祝五福徵洪範之篇耿視日以頹影倏乘雲而上

仙爰有女孫嬪余子舍九十其儀百兩以嫁溫溫內則之嫻歷歷太翁之誡薦新閨之棗栗洗手羹湯出在筍之衣襦幅躬袍褫兒之奠雁方倚玉而神傷婦也鳴鸞溯含飴而淚下念我先人克儉以勤以炊其子以暨厥孫帳棄捐於在昔庶親串之是程余小子不類貽羞燕翼肆成人有造竊附嚶聲賴太岳之為庇或兒曹其克承嗚呼噫嘻望而趨敬者耆年大耋日以衰謝者先正典刑夫既莫覯其範而又何適為情嗚呼噫嘻翁家次公吾家快倩我之締盟翁寔深眷甫璧合而珠聯旋芝焚而蕙歎次公先以半載而翁遽焉一旦翁之全歸歲則既改翁之大葬月纔兩換撫今襄之

祭文　十七

變遷欲揚詡而淒斷嗚呼噫嘻雕龍著談天之辯金鏊乃聚族之區越陌度阡晨夕而攜杖屨吹豳飲社話言不越枌榆乃卜斯兆容適其居佇一日之　絲綸爲頭對其綽楔護千秋之松檟馬鬣遠夫樵蘇爰東我帛爰褫我雛醴以清酒藉以生芻言之無文靈其有孚嗚呼哀哉尚饗

吳母黃太夫人哀辭 并序　賈記

太夫人梁溪黃氏歸於吳家侑曖黃與吳俱名閥父華卿翁與吳翁再凡又石交擇對得文學旦升公為良偶黃翁子子六公明經高第寔余婦翁而太夫人則予妻之姑也予以故習兩家內治甚

東昌相逢皆貴也謝安雲□詩
同歌道旁賤聊用布視我

悉知余數　皇贈孺人嘗語余曰吾故有三姑而吳氏姑生寔後吾於同產又寔先得侍姑於在室姑閑我以曲禮句授我以風詩雖姑我不啻師保我也吾母嬖弟妹多教節於而姑節專也洎其嫁而歸寧吾漸長則竊聞其嬪於尊章宜於夫毋於兒女子君於臧獲勝駿都鉅細盡於姑言之若重有負然而吾謹志之則無一非禮與詩之積於素著見於行事又不翅身教我然也蓋吾姑逮事君舅君繼姑護痾飾終必勿貽夫子悔於前後姑遺息迎其嫁而寡孱飭其未字而孤者恩久而稽而侑畯當南北稅濤五都之豪觿至姑之夫喜客耽眺詠往往假輕齋躡遠交於淮於楚之薦所至

祭文　十六

幽討懋嘆以寓其心計居積以稍贏而家內外百需率大半倚吾姑十指也無祿姑之夫即世外兄弟俱幼侍養以教家大耗吁吾不知其所終然以吾姑之嫻禮與詩之澤宜遠且厚吾逆意其將必有成也嗚呼余妻生平語余以太夫人者如此妻之亡且三十有四年矣籍也援老通籍繼世累一官如行雲棄而歸如脫屣念落落舊親串日以衰少振攜當時諸言渺然隔世事悲從中來烏能已哉然三十年來太夫人躋八袠壽考令終兩嗣君淹雅多文辭能率承訓振往緒士林咸慕與游處所以壽其後方未艾然則予妻之言果驗而君家先予名二子曰禮曰詩適與其言相證

[illegible]

畔信母德之遠有獲焉夫又奚悲積於衷也誦令德之遺徽觸老懷之秋感苦語質言相迫而出有不自意其然者[illegible]辭曰

余始冠之三加兮嬪讓里乎委禽伊執笄之自決兮袒重闈而濯蘭嗟燕女而溺第兮勗帷齋以書漢訢宜男之綬茵兮教又胎夫[illegible]紛賢聲其合詞兮謂明詩而習禮[illegible]師氏為良導兮昌踵脩而趾美懿哉母德閨閫君宗翼以姒訓珩璜德容姑德兮伊何壼式兮孔多孺之慕兮少長性之嫺兮表儀吽讓而受兮取下視則祥兮無頗靡ゝ兮饋餌軋ゝ兮機梭疏也敵膌帛也屏羅安貞而吉從容以和馴茲素履往即嗚珂甫至兮昏賀閔時兮靡蹉夫全

祭文　十九

孝兮我伊夫壯遊兮我循吽羌中道兮昊天不弔謇予訌兮我躬則那母而父兮勤予以播穫母而師兮成予於切劘保勵初兮有終脩其勸兮卒讀靜好在苜楷則是似夙所心儀[illegible]此姑氏宜壽考兮令聞訖全歸兮順世余竊悲今之日兮婉從姑其偕杳也余欲觀居此世兮眼中人乎吾老也歎前街柏咸里兮母歸然而華少也濊上征於仙治兮余兀爾而神惝也匏瓜之無匹兮曠負軛此周道碩果之不食兮期渴興乎群表慈雲冪其曖ゝ兮籠淋氣之緲ゝ孝筍挺其林ゝ兮嗇良材之矯ゝ率滸濱兮高鶱儀延陵兮遠耀匪下走之貢諛[illegible]申哀衷以為尊

時乾隆[illegible]有一年歲在丙寅又三月初吉　[illegible]

祭太恭人代

於赫有邦卿貳職亾越有家相維貳室福履之綏翕羽斯蟄榮貤之賁釐第是匹冨壽爾康子孫逢吉姚峯胡摧婺彩胡匿訃及媚姬神為惝惻翳太恭人著族漁陽溯厥冑閥勲在旂常生而淑慎長益端莊同懷起敬具言後昌惟大農公少佁計吏甫[illegible]春明兆徵夜寐雲現蚴蟉門迎婉媚遂掇巍科遂副嘉會克贊女君克襄婦事謹執撝謙巾幘以勸孝奉尊章盥匜以佽紫鳳集府亦駒在堂克闓慶快崇[illegible]塤朗緜緜勤劬岐嶷倜儻白皙就塾青燈暎幌遅以深更促以昧典義方式訓慈教彌廣卯秋副北予闈捷南

祭文　廿

母心稍慰庭闈克堪曹郎游歷泉局預叅寄語什伯郵書再三謂仕遷登謂職未諳　國恩世受官守身擔毋爾隮聲母爾貽慙如臨坎窞如御朋驂　寵星教錫　天恩用覃始舒蓼集徐臻蔗甘倏也不造大農捐館擗膺欲從忍泪俯欵惧兒致毀留躬以侔殫力歸窆瘞形忘殯白馬素車金甕玉椽罔不盡誠訖於無憾爰逮終制母近古稀長統樂志安仁閒居板輿筍席梁柿張梨棲遅子舍蔚起孫枝瀛洲繼武柱史重披易占介福詩頌維祺晉秩烏臺覲親白帢堂北循陔堂前周甲萊衣數行謝家三匝步障團環笏床填壓四代盈庭五花淌篋懿茲休美昌馨懽洽八旬既邁如日

之春一朝乘化如金之鎔囑爾孫謀思爾祖庸橫雲綿綿羣峯所宗燕樹迢迢吾梓必恭有母之餋荷天之龍何以報之曰惟靖共顧予小子一麾出守今也五湖昔也三泖叶仰止高甍眷言太母太母從孫吾女佳耦冀儀閫門俾習奉帚詎知永棄棄誨弗久紀羣之交范張之友升堂溢喟異地遥叩敬繕蕪詞侑斟絜酒靈其降格歆此中卣

祭蔡母華太安人 代錢 芳記

嗚呼蓋嘗三復予心始之義歷徵予趣化之原推鴻業之所自本淵德而為言葛覃覃其無斁瓞緜緜而寔繁詎家國之岐軌壹仁孝之蟠根夫其令聞昭融譜琴徽於三族渴不須聲繁會帨丹史於一門翳我太君武陵毓秀歸我封公煥章分青鶩湖月朗道南留伊洛譜梅里春深道北擅藉咸文繡詩禮其宿世之田機緫其居業之圖女於室而罔間思勤婦於家而相莊佐佑昔也來嬪翁也不年封公結其孺慕安人對而淚漣在姑之側如母之前每先意而將事恒夙興而晏眠婉娩進承歡之乜靜嘉佐儷鬼之邁訶氣是毅封公最篤於妹飭奩於弟課讀於寡娣兮巢護於孤螟兮鞠育安人同心兮裨二天彼車有輻兮共一轂封公追遠築堂於西廟貌有翼廟祏斯樓安人順時兮手飣粔籹佐公齋宿兮躬

祭文 廿二

薦盤匜緬有子而毅諭視尊師以津逮誠經俘其明脩必敬悉而貿對封公之博徵名碩如渴斯飢安人之家節甘肥無明與晦故謝庭則有砌皆蘭而賓圃則無株不桂乃農祥莫先於樹藝而水利寔主其灌輸或敢宣之未預致旱潦之非時公堤而濬安人餽漿公廩而賑安人煮糜而全活者加二十里賴收穫者萬二千畦益夫善必陰行封公肩其任職必陰相安人胎於性書曰惠迪易曰餘慶宜其百年家服表人瑞於 皇朝奈何一旦鸞鏡孤鶴夢於仙乘嗚呼哀哉姒孔云其在昔光遠耀而自他我有兒孫牽絲於散錦我有婦孺結縭於餘覼憶秋之大家之範我珊珊王母之軌述著祀者既醉之熏五福稱壽考者大還之擬三華事直以模言大非嬆當年遠海申江表封公以貞石此日陳陶朱里繪安人之副珈見者推為寔錄讀竟重以洛唸箕山之隱陽月之吉先公之思潛德之匹白衣會葬五代曾元丹旐揚靈千秋兆域積厚之流不匱煥經國之文事追崇之典無涯叠自 天之綸綍嗚呼尚饗

祭文 廿三

又代華 芳記

嗚呼世德作求天命不僭民之儀刑俗以令善豈惟哲人亦惟賢媛蘭蕙之熏芬於甲煎蘋蘩之腆渥於珍膳純嘏是遐茀祿有行

前立之程左掾之券惇史不亾徽音未遠詎予屬籍後爾親串安
人植其德厚植厥基曰陳節母古處之思方幅慗潔匪澣於流澌
安人養其福遵養厥時曰趙太君壽後之師含育溫醇匪渾於澆
漓根培而蓄膏沃而晞降慮得之門克秉厥彝配奎章之裔克昌
厥支及笄而來姑燮翁往起敬起孝隙乃職紡羹有陪硎繅無留
綴擧案而齊夫誦婦績交儆交脩旁猶問隱燈不孤青月寧虛白
曰予為母卒瘏予口衣必再濯肉勿更取讀腆外傅婚昏佳偶曰
予為姑如離爾膚佚毋棄禮勸不及瘉過先兒雛含代孫餔五代
克庭八旬強飯版輿輕軒粥魚清梵韡々堂背長春有㰚熒々佛

祭文　廿三

龕長明續燦吁嗟安人猗歟壽筭封公治生安人素之封公肯構
安人落之封公致客安人臛之封公濟貧安人瘼之潜耀如斯
天子爍之　綸音至止邦人樂之嗚呼曷歸展也孔悲將以教孝
惟棬與杯將以教從惟壚與培將以教慈子身則纕將以教順婦
淚在頰嗚呼哀哉懿我家乘輝以女史惟安人德以獲斯祉惟安
人福以酬斯美閒我諸姑遂及伯姊德以型汝福以忻汝謂予不
信視此遺軌屬辭以奠卮事以文吾宗之㝡安人則聞治裾會送
平墟之昀翹首延望奚山之雲有襲其芬有來其歆嗚呼尚饗

祭黔臬母許太淑人　代制軍　[illegible]

黔臬方君以母許太淑人艱請終制也予惜方君忠勤才武嚴疆
倚重一旦以憂去而予因以聞太淑人慈訓嚴明能成就其子之
志行而方君所以服官莅事不懇不撓者其本為有自也予癸丑
春膺滇黔皆軍之　命時則黔苗甫靖新疆鮮寧間苗境形要則
台拱寔扼其喉閒制置台拱勞績則方臬蹈險城築寔固其圉予
乃喟然曰方君所謂矯々不欺其志以是長風憲為法紀司可以
無愧矣然是時圍守隔絕聲息譌錯太淑人方就養在途譁言新
臬出匕首激將士心且捐生矣太淑人聞之且泣且自忖曰信如
是々不負國者也是吾兒也嗚呼人情履危途驚禍變其不懼痛

祭文　廿四

欲絕周章而失據者幾何哉而太淑人乃以大義自克不少懟豈
非通識道理不惑於志者耶然則其以教於平日期許於其子者
豈比夫世俗庸々媮一切以苟安其身者耶太淑人性行純備尊
嫜嫿姒交稱之不私所親而溥惠於夫族賙捄其邑里掩露胔利
津渡有善必為下逮臧獲恩意曲到獨其教子則寓慈於嚴雖弱
歲不假辭色擧五男兒皆雋才而尤發聞於其長君孫曾滿前享
有壽考躬遇　覃恩荷天休命其食報於樂善之施義方之訓者
亦已厚矣嗚呼方其譌言流聞中途還反不自意弟祿洊至慈孝
洽而歲月增如此也雖如此然而㝡其子者精白盡瘁終始一節

志未嘗少回易也。今年春二月，方君奉檄調赴軍前，太淑人瞿然
趨具裝，仍以不避艱難正言屬勉，方君受命慨然以行，曾不浹旬
而太淑人下世矣。予則以知太淑人怡然順化，無毫髮恡於其心
也，忘私而殉公，固其素也。吾又以歎方君顯親承志，能規於遠者
大者，無負賢母期許也。予於方君，千里同官，一觴寄奠，爲道其母
子之相成，以廣其心之哀毁，而以薦於繐幃，其足以和神聽也夫。

祭某夫人 代制軍 雲龍

予去家之萬里兮，繫官予昆海之東，意落落其寡合兮，乃交臂而
得吾宗。儼塤吹而篪應兮，職分樂而道同。悲生我之棄子兮，吾弟

祭文 廿五

於天屬而獨豐，渺燕雲與滇樹兮，曠夕飧與朝饔，有惠連之俊秀
兮，視寢膳之雝雝，佇遠道以將車兮，迎椿日而接護，鄉鄰兮行郎
和亭兮，班次第於蕙叢，映枝瓊之容輝兮，聽瑤琳之琤瑽璁瓏古韻（倉琳[illegible]）
婺之晦芒兮，期未遠而游乎閬圃之宮，日月忽其改歲兮，耿予心
之忡忡。緬嬌姊之純懿兮，式陰教之遺則，望碣石兮驪城，嬉仙根（碣石在北平郡驪城縣西南）
兮海嶽，玉質兮天成，蘭心兮性植，羌習禮而明詩兮，擅清文與朗
識。幼儀淑其不佻兮，鉛華屏而不飾，贄榛栗於姑嫜兮，謁婉娩其
容色。歷事居與送往兮，每銜哀而飲惻，明禋潔其梧棬兮，將事徵
其悃愊，擘家政而分理兮，事成文而從律，妯娌挾而愛成兮，譽祁

以下數行想是模出宇之旁綴別紙

法於仰型，興臺悕而遵命兮，罔有頗於勞逸，惠族屬與親串兮，時
緩急而任卹，亦何有而何無兮，惟身口之節，錢輔吾此兮繼承專
吾弟兮遂息，啟佑兮龍光，助成兮燕翼，嗚呼！此吾弟侍御之筆述
而口陳兮，語至是嗚咽而聲不能出，越侍御之騫飛兮，正 主極
之承庥，高翺翔以振彩兮，候天藻於詞頭，陟曹郎以敏練兮，邀
帝眷而疊稠，肅風紀於臺綱兮，摶秋隼而下鞲，超數歷以騁遠兮，
曾驥足而弗逾，歷貴山而來雲嶠兮，偉籌邊之壯猷，迴慈顏之紫
蔓兮，果傳聞於置郵，遽綫帙以達情兮，天子曲加以慰留，予申
申其撫勸兮，翻觸緒而增愁，夫豈不知心目之恨恨兮，穆 國恤

祭文 廿六

而私不忍謗也。矧嚴君之勗以通義兮，凡匪躬而弟居憂也。夫何
烏頭之對起兮，矗雲表而侵漢，惟大孝之顯揚兮，標清聯而張之
以 宸翰，謂蹇蹇之王臣兮，偉妝圉而爲捍，陳鼻事以彌勸兮，沛
文綺於雙闕，申庭訓之教忠兮，詠徽音之交贊，翁華寵而拜予兮，
啟長筵而燕衎，姆潛輝而祇服兮，光泉壤其有爛，抑嬌姆其默佑
兮，眷連闡之高閣，家嗣之晉秩兮，蔚爲外臺之冠，介弟之羽儀兮，
屹雙玉而爲槃，予屢蹙之如長兮，其猶及此而强健，固將趨府以
拜庭兮，侍大耋以酬歡，袝今絜酒之盈尊兮，篢嬌姆而先之以券
豈玉虛之清邃兮，與人世而殊觀，鬱予懷其未格兮，倩楚些而用

勸。嗚呼尚饗

祭浦母華太夫人 代 寅記

維德門之隆起，則必有儲德之婦，祇德之妻，迪德之母。一身而維數世之綱，刔其福綏儀壹淩寒碧而筠滋附植之蒼莨，允斯為閑家之則，啟宇之光。頤稀古之齎未已，而飾終之赴方將，誦言靦纏，含毫盡傷。緬我太君之作嬪也，娙其從姑。婦也猶子，不暱而恃其尊嫜，不抉而易其伯姒，益翁之先身館置兮，貳室志曷興兮故里，翼訓之基，壽安之阯，駐此懷來，棘其經始。故太君履之，秉循紉之佐，歡而規配主之濟美。蓋其為婦之初，度越尋常也遠矣。泉太君之柄内也，我特兮翁雲之駿，我職兮譬旦之雞。頤匹兮壁洊之孑頤為兮輓汲之妻，抑又難者，蚤幕爾進，勿枯而稊。急得倪也，如娣袟良，均兒褓携，樂絜齊也。日車驟風輪，吷塗甫半，柱中折，發兩稚三環，跡陻陻。造物者固將膚若烈，咸若孽寄之攝，鯀荷重仔千鈞。而猶掇茲，則太君之為妻殆貞履，而陟嶬者耶。齡夫盛節以往，垂四十年。百為具舉，厥績懋旃。念高堂之悼，力子為踵事其所天。念積閱之聲，藝圃為播學於介田。念締搆之遲斷，手為稽其面勢，而考室寄然。念冢適之斵繼體，為捐其腹出，而守祧秩焉。念門習之屏畸衰，為申厲禁，博徒狎客，影滅而絶緣。念支孛之懸脊嗣，為宣治命，法立義侍，畜需而夾延。其存也徬徨周浹，其施也溉潅中邊。至乎端已翼副，肫肫懇懇，盡其年如一而不遷。森門衛之六枳，軼女憲之七篇，茲乃太君之為母君者，造次罔罄其言詮。於戲，綜晚節之偏德，遡為婦為妻而協勸，譬齋糧之豫，而槖橐類儲種之待，而嬰覿逝者妥之靡恫，居者愜之靡憾，洵數世毗其總持。詎一昔弛其負擔，悅失憑焉。不獨其天屬也，戚里閭之，能勿拊膺而太息者三。於戲，康强逢吉兮，壽考令終，人世之謂偷福兮，何若偷德之在躬。資深而福汲，諸此揚詡而禮行其中，異時 貤五花，硼八尺，追榮而表式之曰。其諸德門之禮宗，有牲斯腯，有醑斯醲，其鑒斯不牘之非誣也。竚輜軿兮來御之匪匪，伏惟尚饗。

祭文　廿七

祭文　廿八

祭儲贈金母楊太夫人 寅記

曰列女登史，范氏首膺言行，罷識博稽廣綜，每繹斯篇，質今禮宗，遴我尊姻，脩積厥躬，維太夫人，清門遠胄，曲道斬勤，栽學稱具，太母儀續太翁，佐夙興晏寢，扉腆黼緗，齋心荐馨，遴志懷舊，阜翁生産，悏翁意趣，叶垂世陰騭，唯擧子翁，即今育嬰慝、檄飭行太翁樂之，歸圖往襄，太母詡之，指囷傾橐，收族本根，推先祖廟，是寓宗法，圭田孝告，太翁什之，陳困羡耗，太母犢之，嘘枯振槁，覿火隕霜，除道成梁，利濟一切，勸輸百方，應和鐘呂，挈提領綱，太母佐翁度

青嬰堂法昉自宋公名莘子倉

什之者廣五十之數為五百也

越尋常普我載書莅蘇郡學始耳高甍環穹拱崿時我太翁已翔
寥廓蒼巖晚翠有孫泆若擇儷萬萊奉絲帷幄我歸耘鋤賓館谿
閣相攜覲讌〻重闈照之愛日歡之吉暉太母有言爾出晝帷勤
爾戒曰無即相嬉太母有言爾生德基培爾翰䘵無習相濟嗚呼
噫嘻胡忍追復曾是判歲孫倩不祿殘矢指軀婢奔指腹悚譬醜
纏屋冕抱犢嗚呼噫嘻太母拭淚誠言自令無過悲慟〻多血戲
殤哺歿稀誠言自令無苦繫靡〻久氣鬱猶稟不舒千鈞擔荷恬
安免墮而地天親往來孰嗔惠風協之德宇謐之飲食教誨太母
戳之曾是佩膺胡能遽舍伶仃貌焉逍遙去者或曰咈哉吾子過
矣維太夫人既集蕃祉五葉當前三闕大啟黃髮酡顏鮐背兒齒
逍遙仙遊胡不湎〻一〻或曰否〻請陳內則其行洲慎其藏任卹
視微焉從緩急攸適一姓弗留靡今匪昔太空冥〻百感歷〻嗚
呼曷歸遺罰在茲我豈敢私母〻奚悲〻在輿情式範念茲百感
歷〻如之何勿思嗚呼哀哉絜酒宿〻危言告〻維太夫人陟降
矚〻嗚呼尚饗

祭某太宜人

翳壼德之云懋寔門祚之攸秉矧黼國之華閥藉瓊田之綺縢保
其世以滋大信所翼而為憑詎靈輦兮總軫震戚旣兮填膺我太姻

家武繩姬後我太宜人冑冠江右先受坐兮鄉祭酒曰大耋年耦終
慶兮地行仙曰令妻壽母人之稱斯五福之阜我所思兮四德之
茂緬宜人之始饋際重闈之高堂慭躬滌磧洗手羹湯王母介而
色喜君姑拊而意慊持戶則維〻健者克閫則纍〻攜將襄事以
禮必誠而信委子於學敎怠而遑信閑家之楷則殆啟宇之津梁
以是而佐恩勤以是而徵善報榮名捧檄熒〻穎水之星入仕牽
絲兮〻浚郊之蠹訓深而率乃攸行光遠而自他有耀仲氏俣〻
兮符荊楚炳子越〻棹鞅京闕對樹而素緘哦松一麾而朱輪控
軏睠文孫兮家適接奉簡書樂李君兮履綏陪秋瞿弟南宮裘治
壓輦下之羣英北砌裾綦登膝前而競蔚況斯時也梁棐午萊庭
曙鮑車懸潘輿御惠班之誠家置一通蕙英之明人欽片語蘭交
萃拜母之儀綸史晉自天之譽休哉畢至而來適展也蓄深而儲
預縱參商到眼非無一二嬰心而歛錫歸懷宜可萬千釋慮爾乃
唐年雙鶴失侶雄飛姚馭三湘淒神夢蟲七十載齊牢歲月霜裏
青林二六時老淚晨昏雲横碧落孰哀而禮教彌周忘憊而精華
頓索憊告孝告兮反覆諄〻受全歸全兮去来戀〻嗚呼哀哉徽
音兮誰嗣仙遊兮不回澤之留兮毖在養之潔兮蘭摧懿親兮耳
煢內行兮身謨閨門兮黃髮之為傅倚玉兮蒹葭之為栽豈與夫

瑣瑣之姻婭聊盡此惘惘之悲哀擷蘋兮酌潦奠筆兮陳羞降鑒兮庭止居歆兮佩來嗚呼尚饗

公祭迤東道王太淋人 代滇黔學吳軒史倫等江西建昌府推官滇臨安府丞永昌司馬頓田等

嗚呼自國家設科取士士敦同譜之誼遂用古人孺子禮升堂拜母比於猶子之為義昔范巨卿張元伯千里結言不後期以至益共學之興通籍其道一而不二則是同譜之母其存也無遠近固將捧帨而趨侍況乎籍同譜又仕同方母猶吾母有不心依而神企而或天南地北一朝違養則豈惟人子之悲而誼均猶子亦亦且交頤而淚下若我年老伯母王太淋人同年大侍御提刑滇左臺憲王公之母也臺憲將安車迎養愛日周旋而年伯母先以寅歲之春辭年伯而上仙臺憲守官俟　命詎岩疆重寄不得以其私自便乃杖而趨幾不欲全即年家子某輩或以奉使或以屬員或仕異地以公事來於滇奔問拜慰亦情合誼重不覺臨風而潸然久且飫聆慈範喟然益歎夫賢母之賢乃知臺憲獲上信友固本之過庭之訓而胝胝慈教養成已在保抱之年益我年伯母之奉尊章也先意以承非形聲之視聽臺憲法之公忠體國志孚於傒應年伯母之宜室家也示儉以禮謹節度之豊約臺憲法之清慎當官事程於令格年伯母之睦娣姒也推逸就勞與我寔惟臺憲法之唯寅恭之交儆罔卸於佐僚年伯母之御臧獲也分甘卹苦予爾寧處臺憲法之唯蠹胥之必懲罔苛於青伍閭德為師之紀之綱凡以納身於軌物而翼子於義方故我年伯稱之族黨曰閨中良友而臺憲歷詞翰吏臺郎出領法紀之章亦如歐陽子推太夫人之所以教其来有自而善無不報者事理之常嗚呼年伯母諧白頭靜好之歡安季子孝廉之養方委迤象服綽楔烏頭下天門之詄蕩即於今玉鏡沉輝朱紘閟響而封章贈典將不踰時賁存沒其交晃乘雲駢而祇受其何有於悒怏在鴻案之追思亦可弛其餘懷獨廷下肩隨且泣且感悲忻兼兩而年家子輩迭慶迭慰頷手而頌　聖恩之崇獎於斯之時惟臺憲難兄難弟勵氷櫱而彌堅干雲階而直上以答　宸眖於至厚至深報慈德於愈周愈廣介爾大耋期頤豈盡則豈非純孝純忠顯榮高朗為當世人臣人子則儆而宗仰也哉某等潔茗醴陳東蜀延佇乎庭之隅碧城十二跨威鳳而御瑞罔上以署長生之字下以券壽後之符使謝家之樹分蔭庭椿晞日影於雲露之扶蘇此則猶子之至願儼如猶子之拜母而獻其愚其鑒此悃忱歆此醇醲而無以其說之蕪嗚呼尚饗

寧國郡博同年鄭君朱太翁誄并序○代鄒豐祉

蓋聞[illegible]

祭文 至

祭文 卅二

惟其屢積而薄發所由繼高出之御前年老先生蹣跚儒林崢嶸道帳子姓弟
論而知為哲宗徂徠經師人師總其說曰中錄施孟京乃青袍北轍笑詠人間閣在之詞
白香南宮謹傳楊雄香奕之向酒活都年而詩篇漫興鐸聲晴雨詩庠模陳獨鳥孤
雲公綽鄭谷展揚聲水西憲江城若夫太液池邊鳳毛分賦行雨亭山畔亂絲論
其節枝門蓬蓬此之品稱身膺既醉之五福斯則人倫模楷久屬期頤京第雄嵩安
物仙隱也綴蘭言之未籍寄紫騂之遐蹤何駐柚簪歡談視膳蒲楷置醴樽
來桑日壹齊紅樂和題補入循陔卷內信晚節之希覯而 天恩之至榮者矣下
走有懷先生於法餘丁靡出宰還朝蓮製初衣府一志猶遺澗下邇冊車部落而詣
象靈光之如昨自陽崇幽區陸士衡之擬今唯悲逝者狀中郎而為誄嗟有
道其不可誄曰
不耕而穫之雕如攫不菑而畬之雕如儲於維先生壽爾攸居誦之頌堅垣墉之貞
誦之蘭用樸歸之趣於維先生圖有循矩先生之道無以載輕先生之祉哀矣
余宗臣伯伊臨作歆斯蘭慶裁揚詞異徵之浦

釀蜜集

（清）浦起龍 撰

《釀蜜集》，清浦起龍撰，光緒二十七年静寄東軒家塾刻本，起龍五世孫錫齡校訂出版。全書四卷，收録文稿一百一十五篇，以論、説、解、注、考爲主，内容涉及『經誼史裁、天文地理、兵陣算術』等。書前分别有潘遵祁、陳開騏、費念慈序和浦霖《宗老山倫公傳》。

起龍爲雍乾間耆儒，其對古文的點評尤得張之洞推許。《釀蜜集》主要是其詩論、史論之作，集中有《詩學源流》、《漢魏六朝詩》、《唐人詩》、《宋以後詩》諸篇，謂『詩有相師，然貴師其意而不師其詞，師其神而不師其形』，體現了作者『詩主性情』的詩學思想。卷二《班馬異同》則明確表示不同意史學界頌馬斥班的觀點。《宗老山倫公傳》評其：『今世所謂讀書人者，吾知之，臆選應制文數帙，簡練揣摩，句雕字琢，以掇巍科，而要駿譽，四書五經外，無他物也。即或持聰明，通今古，口頭籍籍，亦如滿屋散錢，無一索子貫。若精心汲古，終其身如一日者，則錫山之我宗老焉。』

本書據光緒二十七年静寄東軒家塾刻本影印。

（蔡家彬　錢建中）

釀蜜集

長洲章鈺署

光緒二十七年孟春工竣板藏靜寄東軒家塾

浦二田先生家金匱之澗東官蘇州教授晚年自署三山傖叟學者稱爲山傖先生著有讀杜心解史通通釋古文眉詮等書行於世積學砥行負海內重望喆嗣芋香先生又刊其平日講授前明　國朝諸大家名家時文五集膾炙人口久矣今　先生之五世孫錫齡以未刊稿釀蜜集四卷見示蒐羅博洽採摭精純實足爲嗜古者之一助惟我

朝人文蔚起家抱靈蛇之珠人握荊山之玉自玉峯顧亭林先生首以宏博橫絕一代厥後婺源江氏吳中惠氏接踵而起考覈精粹爲前朝所未有今讀　先生遺書益歎

聖代右文稽古之盛夙學如　先生雖吉光片羽能使後進英髦咸資準的不徒以詩古文辭嘉惠士林也是爲序

吳縣潘遵祁序

金匱浦二田先生博聞多識綜貫古今于攷据致精微于誼理宗純正所箸史通通釋讀杜心解久已收入　四庫載之提要又有古文眉詮評論盡善亦風行四海家置一編今其裔孫鑑庭世丈復以先生所譔醲蜜集四卷見示蓋猶未刋之遺稿也屬爲校訂并系弁言流覽一周洵乎攷据誼理兼而具之第此本當係他人傳寫譌文尚夥次序或淆殆非手定如以周易折衷凡例附于三易篇下而顧亭林論三易反附于古本周易篇下韵學二篇前後隔越核其語意小异大同至禘祫辨篇末忽攙入他人駮語若并存之恐乖通例且其所引證閒有不符者茲特釐正舛訛删除複衍以冀流傳于世不失名儒纂述之苦心惟愚蠡測管窺姑俟大雅君子匡所未逮焉其閒經誼史裁天文地理兵陣祘術曁字學詩學之屬凡諸繁賾靡不賅備寔有用書也溯是書命名之恉則先生之于學猶蜂之于華擷菁英去糟粕醖釀既深厚然後吐而爲蜜其勤篤如此抑嘗聞乾嘉遺老言先生幼時資質魯鈍好學不倦困而知之豁然開朗庶幾曾子之以魯悟道歟是以生當隆盛之時而究穫隆盛之名也聞其餘文集尚有未梓者則隱晦艮多矣晚近之士或專習舉業或爭治異端而于實事求是之道茫無所得是有愧于二田先生至爲子孫者往往任其先人之楹書或弃如敝屣或祕若鴻寶

致日久就湮不免散佚是又有愧于鑑庭世丈也舉此足以風世矣

光緒二十有四年戊戌閏三月長洲後學陳開驥謹識于讀士禮居

浦君鑑庭將校刊其先世二田先生釀蜜集以寫本示余蓋
鑑庭護持於兵火之餘者也原稿斷爛譌敓幾不可讀陳孝
廉開驥理董之爲四卷先生在康雍間以文學教授鄉里著
書滿家史通通釋古文眉銓讀杜心解刊行已久茲編自羣
經子史詩歌文辭以及名物典章聲音訓詁天文步祘之學
皆條舉件系發其大凡殆爲家塾讀書之階梯開示學僮道
以逕路其言一準繩墨先生之學無所不窺而一以程朱爲
歸故雖泛濫百家篤信謹守粹然一出於正不可以其似策
畧而少之也年來新說日滋離經畔道非聖無法之言簧鼓
未已甚至誣篾經常變亂彝夏而少年才俊樂其無檢靡然

從之遂爲人心風俗之大憂安得老師宿儒如先生者數十
人以端崇養而翼名教俾承學之士中有所主庶衰說橫議
無自而興其有關於世變甚大則鑑庭茲刻又不徒表章其
先德已也武進費念慈

校刊同人姓氏

吳縣潘遵祁順之
秀水沈衛淇泉
武進費念慈屺懷
長洲章鈺式之
長洲陳開驥晉翼
無錫鄒仁溥渭清
無錫朱鑑章達夫
無錫王綜昜丹
無錫秦寶瓚岐臣

吳縣鄒鳳標子君
同里華鴻謨子才
同里華秉鈞魯堂
同里鄒登瀛黼卿
同里鄒登泰文卿
族裔同瑞祝春
族裔樹青君千
族裔大澄觀瀾

宗老山倉公傳

乾隆乙未進士族姪霖蘇亭

今世所謂讀書人者吾知之臆選應制文數帙簡練揣摩句雕字琢以掇巍科而要駿譽四書五經外無他物也即或恃聰明通今古口頭籍籍亦如滿屋散錢無一索子貫若精心汲古終其身如一日者則惟錫山之吾宗老焉宗老者與余同祖平南將軍庚戌進士蘇郡學博山倉公也公諱起龍字二田山倉其晚自號公家甚貧書甚富口甚拙手甚敏待人甚厚而校書甚嚴故於左史漢魏六朝三唐宋明諸著作旁及釋典道藏天人律歷形勢建革上下千古皆嘗窺其端緒而究其指歸然非倖而獲驟而至也公自束髮就傳而迄乎

杖鄉杖國杖朝伏處蓬茅而及乎服官羈旅晦明風雨無不載書以行是殆好之樂之而不啻其性之也慨自末俗澆漓尚虛假而後仁義篤於書者或轉以受摧折公任學博時監紫陽書院事一日祁陽陳公甄別院士品題甲乙而親發落爲成例撫軍至則藩臬皆集藩乃專一吏治翰墨事不贊一辭正滋慙恧而適撫軍偶徵一典招公上而講之且命之坐公則原原本本如數家珍時皆悅服不意因羞成怒者毛舉不告坐之微疵而陡思下石雖若撫若臬交相慰留而公竟蕭然遠矣曰吾幸架上書未竊觀書老眼未眊自有以遣年送老耳奚以官爲是故事不關乎書者縱其來也非無因受之也若非分則却之或固却而卒不得則勉承之若舉孝友科鄉飲賓者是則事雖公而仍不離乎書者如邑乘譜牒禁山諸舉則毅然任之而不讓曰吾輩事也雖欲諉之焉得而諉之且夫資之也深則達之也遠讀公所著讀杜心解古文眉詮史通通釋不是集莫不別開生面發人所未發又非炫異矜奇而適得廬山眞面宜乎書一出而上達　寖聽風行海內即榕門牧園復初歸愚諸鉅公見之亦頫首至地曰眞不愧爲讀書人也嗚呼魏塘去前澗水程僅二百餘耳矧公歿之年爲壬午余生雖晚猶可見之乃委巷偷安徒知捧讀著作遙致崇仰之意於簡策之中而不一登堂就政祗領誨

言親炙門墻而無憾古人出門有功不遠千里遇一飽學之士雖異姓尚師事之況地近而復同譜者乎是則余之過抑亦余之不幸也夫甲午夏承乏農曹公孫秀應試來京寓於余而以家傳請嗚呼余不及見公矣能勿以素欣慕乎簡編者歎公爲眞讀書人也至其他事行詳行述內不具書

釀蜜集目錄

卷三

目終

釀蜜集卷一

金匱浦起龍二田著　　五世孫錫齡校

三易

三易之說一出於易緯一出於周禮易緯曰易一名而含三義所謂易(音異)也變易也不易也又云易者其德也光明四通簡易立節此易字作難易之音變易者其氣也天地不變不能通不易者其位也天上地下君南面臣北面父坐子伏此其不易也鄭康成依此義作易贊及易論亦曰易簡一也變易二也不易三也周管子云易者易(音亦)也不易也變易也易者取有無相代彼此相易之義變易者相改換之名愚按孔穎達正義雖引此說而其論易則曰易者變化之總名改換之殊稱則所重者變易之義朱子論易亦謂有變易交易之義蓋變易指其流行者言如生陰生陽之謂交易指其對待者言如分陰分陽之類然則易之爲義大端以變化爲言代易交易亦不出變化之意不易已非正諦而以簡易爲易者蓋失之鑿矣周禮春官太卜掌三易之法一曰連山二曰歸藏三曰周易鄭氏云夏曰連山殷曰歸藏周曰周易又曰連山者象山之出雲連連不絕歸藏者萬物莫不歸藏於其中周易者言易道周偏按鄭氏言三代之易是也而以周爲普偏之義則非且夫連山首艮艮爲山萬物之所成終而成始

也故首之何必以出雲爲言乎歸藏首坤坤也者萬物之所養也故曰歸藏焉而周也者自是岐周之周以國號系之何必曲其説而以爲周偏乎世譜諸書則又曰神農一曰連山氏黃帝一曰歸藏氏是又因周爲國號並連山歸藏亦以爲號焉又推而遠之以爲神農黃帝之易恐不足據也連山歸藏之易不傳於後而禮運記夫子之言曰吾欲觀殷道是故之宋而不足徵也吾得坤乾焉夫歸藏首坤故曰坤乾此明屬之殷矣而誰曰黃帝乎然則周禮三易之説其時代當從鄭氏而其訓義則鄭氏猶爲未的云

顧寧人論三易見日知錄附

夫子言庖羲氏始畫八卦不言作易而曰易之興也其於中古乎又曰易之興也其當殷之末世周之盛德耶當文王與紂之事耶是文王所作之詞始名爲易而周官太卜掌三易之法一曰連山二曰歸藏三曰周易連山歸藏非易也而云三易者因易之名以名之也猶之墨子書言周之春秋燕之春秋宋之春秋齊之春秋周燕齊宋之史非必皆春秋也而云春秋者因魯史之名以名之也

古本易經

今易經次第蓋非復古本矣易自伏羲畫卦文王作彖詞周公作爻詞謂之經分上下二篇孔子作十翼謂之傳傳分十

篇彖傳上下二篇象傳上下二篇繫辭傳上下二篇文言說卦傳序卦傳雜卦傳各一篇自漢以來爲費直鄭玄王弼所亂取孔子之言逐條附於卦爻之下程傳因之及朱子本義始依古文故於周易上經條下云中間頗爲諸儒所亂近世晁氏始正其失而未能盡合古文呂氏又更定著爲經二卷傳十卷乃復孔氏之舊云洪武初頒五經天下儒學而易兼用程朱二氏亦各自爲書永樂中修大全乃取朱子卷次割裂附之程傳之後而朱子所定之古文仍復殽亂士子厭程傳之多棄去不讀專用本義而大全之本乃朝廷所頒不敢輒改遂卽監板傳義之本刋去程傳而以程之次序爲朱之

次序相傳二百年矣惜乎朱子定正之書竟不得見於世豈非此經之不幸也哉又按孔氏正義曰夫子所作彖辭原在經辭之後以自卑退不欲干亂先聖正經王輔嗣之意以爲象者本釋經文宜相附近其義易了故分爻之象辭各附其當爻下是謂連合經傳始於輔嗣不知其實本於康成也魏志高貴鄉公問湻于俊彖象不與經文相連而註連之何也俊對曰鄭玄合彖象於經者欲使學者尋省易了也是則康成之書已先合之不自輔嗣始矣乃漢書儒林傳云費直治易無章句徒以彖象繫辭文言解說上下經則以傳附經又不自康成始朱子記晁氏說謂初亂古制時猶若今之乾卦蓋

自坤以下皆依此後人又散之各爻之下而獨存乾一卦以見舊本相傳之樣式耳今以其說推之乾卦彖曰爲一條象曰爲一條疑此費直所附之原本坤卦以小象散於各爻之下其爲象曰八餘卦則爲象曰七此鄭玄之所連也　按今

御纂周易折中悉依朱子古本

周易折中凡例撮略八條附

一依朱子本義原本　易經二篇傳十篇在古原不相混費直王弼乃以傳附經而程子從之朱子本義悉依古本明修大全乃破析本義以從程傳今經傳次第悉依本義原本

一竝採周張邵三子說爲綱領三篇　大全有綱領一篇止

存程朱之說今竝採三子

一博採古今說易諸家　大全所採惟宋元爲多今所收上自漢晉下迄元明二千年易道淵源皆可覽見列朱義於前程傳次之漢唐晉宋元明諸儒又系程朱之後

一芟除象數穿鑿之說　易之書雖根象數而作但焦贛京房以來穿鑿太甚惟康節所發明圖卦蓍策乃易學本根故本義寔參程邵兩家成書至近代離經測數之說皆從芟薙以還潔淨精微之舊

一折中程朱不合處　先以本義爲主與程傳不合者則稍爲折中歷代之諸說竝爲折中或前人未言　上特出已意

參錯其間

一全載朱子易學啟蒙　大全不全載今全載又作啟蒙附論於歷象九章之奥河洛本原先後天位置以至大衍推迎之法皆暢厥旨以附於啟蒙之後

一為序卦雜卦明義　夫子十翼以序卦雜卦終篇諸儒多置而不講今特為明義以終編焉

河洛異同

漢劉歆云伏羲繼天而王受河圖而畫之八卦是也禹治洪水錫洛書法而陳之九疇是也河圖洛書相為經緯八卦九疇相為表裏今以河圖之位言之則一六居下二七居上三

八居左四九居右五十居中以五行之相生為序而左行者是也以洛書之位言之則戴九履一左三右七二四為肩六八為足以五行之相尅為序而右轉者是也朱子曰河圖以五生數統五成數而同處其方蓋揭其全以示人而道其常數之體也洛書以五奇數統四偶數而各居其所蓋主於陽以統陰而肇其變數之用也至其異同之說則陳潛室嘗言之謂圖書奇偶方位雖不同然一必配六二必配七三必配八四必配九五必居中而配十則未嘗不相似也且同方者有內外之分是河圖猶洛書也異位者有比肩之義是洛書猶河圖也又如河圖則備數之全洛書則缺數之十此疑若相戾矣然河圖之全數乃皆自五而來所謂十者乃五得五而成十實未嘗有十也洛書雖缺十而皆有含十之義如一得九而含十三對七而含十推之其餘皆然亦未嘗無十也此圖書異同之大略也易稱河出圖洛出書聖人則之則圖書皆可以畫卦朱子亦云洛書固可以為易而河圖亦可以為範由是言之八卦九疇之理乃聖人心中所自有特因端而發之非必圖書既出然後一一比擬而合之使無圖書而八卦九疇亦未嘗不作也大抵理無形而數有紀聖人假數以明理非強理以配數後之聖人能積數以觀理則理無不明存理以該數則數無不舉紛紛異同之說固不必一一

而辨也吾聞羲皇之易必首乾元禹列九疇尤重建極此圖書之精意帝王所共由而不可以同異論者誠能體天立極以存其理則一言一動無適而不脗合乎圖書又奚假龜龍之瑞以為神哉

用九用六論

孔氏正義云陽爻稱九陰爻稱六其說有二一者乾體有三畫坤體有六畫陽得兼陰故其數九陰不得兼陽故其數六二者老陽數九老陰數六老陽老陰皆變周易以變者為占故稱九稱六二者朱子取後說焉故本義釋乾坤用九用六而言凡筮得陽爻者皆用九而不用七筮得陰爻者皆用六而

不用八也所以老陽數九老陰數六者易說卦傳曰參天兩地而倚數天圓地方圓者一而圍三三各一奇故參天而爲三陽用其全用三之全故揲蓍三變之末一奇爲三三奇則三三而九矣三者皆奇故九爲老陽也方者一而圍四四合二偶故兩地而爲二陰用其半用四之半故揲蓍三變之末其餘一偶爲二二三偶則三二而爲六矣三者皆偶故六爲老陰也若兩偶一奇則兩二一三而爲七是爲少陽若兩奇一偶則兩三一偶而爲八是爲少陰少不變老則變易之占卦皆用其老而變者焉故曰用九用六也凡陰陽老少之數皆倚參天兩地而起焉故曰參天兩地而倚數先儒馬融王肅等則云天

數五地數五五位相合以陰從陽天得三合謂一三與五也一三五參而爲九故稱九地得兩合謂二與四也二四兩而爲六故稱六用生數不用成數以成數卽生數之合而成者也王輔嗣韓康伯皆不用其說其解參天兩地而倚數第曰參奇也兩耦也七九陽數六八陰數以兩爲偶數之始而三爲奇數之始不以一爲奇者以三中含兩有一以包兩之義明天有包地之理也按此參兩之說亦不若圍三圍四用全用半之說焉

附

案九六之義唐僧一行又云十八變之間有八卦焉變之扐有多少其一變也不五則九其二與三也不四則八八與九爲多五與四爲少少多者奇偶之象也三變皆少則乾之象也乾所以爲老陽而數其餘得九故以九名之三變皆多則坤之象也坤所以爲老陰而數其餘得六故以六名之朱子曰九八七六向亦不知其數如何元來只是十數太陽居一除本身是九太陰居四除本身是六少陽居三除本身是七少陰居二除本身是八

大衍

易大傳曰大衍之數五十其用四十有九漢京房疏五十之說謂十日十二辰二十八宿最爲傅會及諸說紛紛皆穿鑿

不足信王弼以爲演天地之數所賴者五十也其言亦略而未暢嘗讀朱子易學啟蒙而得之啟蒙云河圖洛書之中數皆五衍之而各極其數以至於十則合爲五十矣又曰河圖積數五十五其五十者皆因五而後得獨五自無所因故虛之則但爲五十又五十五之中其四十者分爲陰陽老少之數而其五與十者無所爲則又以五乘十以十乘五而亦皆爲五十矣洛書積數四十五而其四十者散布於外分陰陽老少之數唯五居中而無所爲則亦自合五數而爲五十矣其說最明而顧云大衍者何歟衍者推而極之也中五之數自一點小衍之則自一至十而爲十合五點大衍之各自一

至十則適爲五十矣蓋五者數之祖一者數之始而十者數之終也所謂大衍之數五十者皆祖五而自一至十以衍之其餘數家之說多不同而猶可存者則謂天地之數五十有五除金木水火土五數并天一便四十有九朱子亦有取焉天生神物蓍草一根百莖可當大衍之數二而置一不用者象太極也虛一所以見太極之無不存其不用者所以爲用之原歟

無極而太極

易大傳曰易有太極周子因之作太極圖說曰無極而太極太極而益之以無極何歟豈太極之外復有無極歟抑太極

之前先有無極歟曰非也無極正所以明太極也太極者理而已理寓於形不可謂無理超於形不可謂有執太極而求之人將認太極爲一物而不知其本無極也若謂太極之外復有無極則視太極爲粗而無極爲精不幾類於佛氏以虛空爲性而以諸法爲妄者乎若謂太極之前先有無極不幾類老氏之有生於無而謂道生一者乎是皆岐無極太極而二之也不知周子而字之義正合而一之無彼此無先後以爲無則無之中確然有理矣以爲有則有之中寂然無形矣無形而有理故朱子曰上天之載無聲無臭而實造化之樞紐品彙之根抵也而陸子靜之流苦譏之謂其加無極於太極之上彼烏知其立說之無弊乎抑無極之說不起於周子也康節曰無極之前陽含陰也夫無極既無矣不可更言前然邵子無極之說本指先天圖坤復之間而言其曰無極之前則自坤反姤也與周子之說微有不同一自理本無形者言之一自氣之未生者言之耳張横渠作正蒙復有太虛之說夫太虛卽無極也又云太和所謂道則就氣以明理卽太極之寓於陰陽者也明乎無極太極合一之旨而知世之言理者鶩於虛或滯於迹皆非道矣易雖止言太極不言無極然所謂發微不可見者非無極乎所謂無思無爲而寂然者非無極乎得其意而通之則謂六十四卦三百八十四爻皆

太極卽皆無極可也豈等於二氏之所謂無者哉

大哉乾元論

孔子贊易於乾元獨稱大哉何也乾元之大不可見吾卽於其萬物資始者見之號物之數不止於萬推而極之天地亦物也萬物之充塞於兩間者如此其無窮也而其始則一元之所分給則卽其含元未發之際而至大之體已具焉所謂發微不可見充周不可窮也卽其渾淪磅礴之際而元始之理貫焉所謂放之則彌六合卷之則退藏於密也坤亦有元然言至不言大蓋坤之德能助乾而生萬物其至極與天同而天之至極能包乎地則至者未可言大大者已包乎至焉

是則地之元亦卽天之元也且夫乾有四德元以始之而後亨以通之利以遂之貞以成之亨也利也貞也皆一元之相爲通復而已是則天之亨利貞亦卽天之元也萬物皆資始于元地之元亦卽天之元天之亨利貞亦卽天之元故曰大也天以元而始萬物聖人之體乾也亦以元而始萬物是故仁義禮智根於心而尤以仁爲本仁爲心之德卽乾之剛健中正純粹精也仁爲愛之理卽乾始之能以美利利天下不言所利也體仁足以長人長人者其卽資始之謂乎聖人之德與天同卽一生德之大與天同周書曰位在德元其謂此歟胡氏之說春秋元年也曰乾元天之用坤元地之用成位

乎中與天地參故體元者君職而調元者相事其亦得元之義矣

七日來復解

易復卦彖辭曰反復其道七日來復復者剛反也而曰七日者何歟程子曰姤陽之始消也七變而成復故云七日謂七更也朱子曰五月姤卦一陰始生至此七爻而一陽來復七日者所占來復之期也李氏舜臣曰易於臨言八月於復言七日陽消而數月者幸其消之遲陽長而數日者幸其長之速也鄭氏剛中曰七者陽數日者陽精故於陽長言七日合諸說以觀而七日之義可識矣而京房焦贛之徒創爲卦氣候

緯諸論以爲七日者繼坤而言非繼姤而言以卦配日每卦各得六日七分剝盡陽復隔十月純坤之一卦正合六日七分之算曰七日者擧成數也竊以爲其說迂而難通聖人作經第擧陰陽消長大數而言之何至屑屑然以卦配日較量毫釐分寸之間又參差不合遂以成數槪之哉歷家建破以七日而更醫家論傳經亦以七日爲審七日約略言七位而已陰陽平分其數各六升降往來至七而還其位大數然也幷不必言變月言日亦不必拘陽數陽精譬如十年不字豈必定是十年三歲不興豈必定是三歲聖人假象以明大義而已矣故七日之說不如從程朱爲的

復見天心解

天地以生物爲心無時不然卽無時不可見也而曰復其見天地之心者何歟蓋天地當發生盛長之時人但見萬物蕃新而天地之心反若難辨惟當天地凝靜之時而一陽忽動在積陰之中自有不可揜者此天地生物之心正於幾不可見之中而居然可見者也猶之晝不稱光而昧爽稱光爲夜無光而始動於晨耳其在人心寂然不動感而遂通亦復之天心也又如人心當陷溺之際一點靈明之心惺然不昧此亦天地之生機可見者也故曰不遠復又曰復以自知

周子程子言復不同

周子曰利貞誠之復又曰誠心復其不動之善而已郤就來歸處說也程子則在動處說周子於利貞上認復程子於元字頭上認復旨各不同就七日來復一陽動於重陰之下言之則程說爲正

同聲相應論

易文言釋乾九五利見之義曰同聲相應孔穎達曰若彈宮宮應彈角角動之類竊以爲天地間相感之至神者莫如聲試卽物以觀理則如鶴鳴在陰其子和之父子之相應也嚶其鳴矣求其友聲朋友之相應也伯氏吹壎仲氏吹篪兄弟之相應也如鼓瑟琴倡予和汝夫婦之相應也歌喜起賡明良南風之絃可以解慍君與臣民之相應也推而言之有以聲感氣者如韶樂作而鳳凰儀百獸舞六變八變九變而天神地祇人鬼可得而禮是也有以氣感聲者如春至而鶬鶊鳴秋至而蟋蟀吟之類是也其於人也出其言善則千里之外應之德修於已而遠方之朋來皆聲所感也其在於聖人也則訏謨辰告渙其大號而四海之應捷於桴鼓卷阿矢音高岡致頌鹿鳴宴饗天保興歌亦皆聲之相應也故曰聖人作而萬物覩然則聖人存不顯無聲之妙而發爲天地之元聲將使不同者胥歸於同而豈特鼓宮宮應鼓角角動之謂哉

尚書古文今文

孔子刪書斷自唐虞定爲百篇及遭秦火百篇亡闕漢武帝時濟南伏生年九十餘故爲秦博士習尚書帝令鼂錯往受之口傳二十八篇謂之今文孝宣時大小夏侯(大名勝 小名建)歐陽高並傳其業而所謂古文尚書則漢武帝時魯共王壞孔子宅壁得之字皆科斗孔安國以今文校之得二十五篇與伏生所誦合者五篇安國並依古文開其篇第以隸古字寫之合成五十八篇此尚書古文今文之說也臨川吳氏曰孔壁眞古文不傳漢張霸僞作二十四篇自爲古文不重於世晉梅賾奏上二十五篇自賾之書出則凡傳記所引書語註家指爲逸書者收拾無遺既有証驗而其言悉依於理比張霸僞書遼絕矣析伏生二十八篇爲三十三篇(伏生堯典舜典本合今析爲二益稷合皐陶謨今亦析爲二盤庚三篇合今析爲三康王之誥合於顧命今析爲二或以爲孔安國所分今吳氏以爲出於梅賾云)襍以新出之書通爲五十八篇并書序一篇爲五十九篇有孔安國傳及序世遂以爲眞古文也(由吳氏之說推之孔安國序皆僞皆東晉梅頤僞作也朱子亦曰孔氏書序不類漢文) 歸震川曰余少讀尚書卽疑古今文之說後見吳文正公序錄欣然以爲有當於心因念聖人之書存者年代久遠多爲後儒所亂其可賴以別其眞僞惟其文詞格製之不同後之人雖悉力摹擬終無以得其萬一之似今伏生書與孔壁所傳其辭之不同固不待別白而可

知昔班固志藝文有尚書二十九篇古經十六篇古經漢世之僞書別於經不以相混葢當時儒者之愼重如此而唐之諸臣不能深攷猥以晩晉雜亂之書定爲義疏而漢魏專門之學遂以廢絶朱子葢有所不安而未及是正吳公實有以成之而今列於學官者旣有著令薦紳先生莫知廣石渠白虎之異義學者蹈常襲故湯不復有尋省以數千年雜亂之書表章於一代大儒之手而世亦莫能以尊信之可歎也朱子云某疑孔書是假

愚按震川所云文辭格製不同不待別可知最爲確論今尚書中古文語皆排偶淺近其有數語古質者則皆從諸書採

輯者也又今文眞者必有一時切實之言不容僞者如立政司寇蘇公洛誥秬鬯二卣逸祝冊牧誓庸蜀羌髳益稷辛壬癸甲費誓三郊三遂之類皆是後人撰造不出若古文所言雖一依於理理則憑空可說如惟天無親克敬惟親后克艱厥后等皆後人常語可以揑造方靈皐謂古文恐是後人將本文用平易語換易原文若史記引用禹貢之例此說恐亦未然

顧寧人古文尚書考 節錄

漢時尚書今文與古文爲二而古文又自有二漢藝文志曰尚書古文經四十六卷爲五十七篇又曰經二十九卷師古云此二十九卷伏生傳授者此今文與古文爲二也又曰古文尚書者出孔氏壁中武帝末魯共王壞孔子宅欲以廣其宮而得古文尚書孔安國者孔子後也悉得其書以考二十九篇得多十六篇（師古曰二十九篇之外得十六篇）安國獻之遭巫蠱事未列於學官王莽時嘗立博士赤眉之亂燒殘無餘又曰世所傳百兩篇者出東萊張覇分析合二十九篇以爲數十又采左氏傳書序爲作首尾凡百二篇篇或數簡文意淺陋此又孔氏古文與張覇之書爲二也後漢書儒林傳曰孔僖魯國人也自安國以下世傳古文尚書又曰扶風杜林傳古文尚書林同郡賈逵爲之作訓馬融作傳鄭玄注解由是古文尚

書遂顯於世然攷孔僖所受之安國者竟無其傳而杜林賈逵馬融鄭玄則不見安國之傳而爲之作訓傳注解此則孔鄭之學又當爲二矣隋書經籍志曰馬融鄭玄所傳唯二十九篇又雜以今文非孔子舊書晉世秘府所存有古文尚書經文今無有傳者及永嘉之亂歐陽大小夏侯尚書並亡至東晉豫章內史梅賾始得安國之傳上之增多二十五篇以合於伏生之二十八篇而去其僞泰誓又分舜典益稷盤庚中下康王之誥各自爲篇則爲今之五十八篇矣孟子曰盡信書則不如無書於今日而益驗之

愚按約而言之伏生所傳二十九篇今文是眞孔壁所藏安

國所獻之古文尚書眞僞不可知而後已無傳張霸僞古文尚書則當時原不重不列於學官及東晉梅賾古文尚書出襍取經傳之言綴輯成文遂與伏生所授之經并合而傳於後至今列於學官然博雅之士如吳臨川歸震川輩皆明以古文爲僞云顧寗人先生亦云盡信書不如無書蓋亦以古文爲僞也

尚書古文今文歌附篇目及宋註

伏生口授是爲眞孔壁古文今不存張霸僞書多淺陋梅賾所定今則行四十八篇今古襍綴輯經傳爲書經

今文尚書　堯典　舜典　臯陶謨　益稷　禹貢　甘誓

湯誓　盤庚上中下　高宗肜日　西伯戡黎　微子之命　牧誓　洪範　金縢　大誥　康誥酒誥　梓材　召誥　洛誥　多士　無逸　君奭　多方　立政　顧命　康王之誥　呂刑　文侯之命　費誓　秦誓

古文外多二十五篇　大禹謨　五子之歌　允征　仲虺之誥　湯誓　伊訓　太甲上中下　咸有一德　說命上中下　泰誓上中下　武成　旅獒　微子之命　蔡仲之命　周官　君陳　畢命　君牙　冏命

宋註朱子所取者四家然王安石傷於鑿蘇軾傷於略呂祖謙傷于巧林之奇傷于煩後乃屬之九峰蔡氏

洪範九疇

易繫辭傳曰河出圖洛出書聖人則之劉歆以爲伏羲繫天而王河出圖則而畫之八卦是也禹治洪水錫洛書法而陳之洪範是也孔氏傳則以爲天與禹洛出書神龜負文而出列於背有數至於九禹因而第之以成九類常道所以次序夫龍負圖龜負書之說經無其事蓋出於緯書而緯書固不足信也然而從來學者必相傳此說故孔傳云然且易既云洛出書矣書何故出於洛則其事必有所因而說者多云天錫禹洪範九疇者卽如天乃錫王勇智之錫尚書言必稱天也又云洛書所敘九疇每疇之首不過以數起之與所敘之

疇絕無關涉聖人胸中有全經而不在紛紛點畫之盈縮也余按此言甚高然書稱湯之智勇爲天錫智勇非有名數則錫之也亦無其形今曰錫禹洪範九疇則確有其法與數焉不得謂禹憑心而造而遂曰天錫也且易所云洛出書者何謂歟特謂九類各有文字則不可信正義謂天神言語必當簡要亦涉於誕大約洛出書僅有一二三四五六七八九之數耳禹因其數而次第之其間初一曰五行次二曰五事以至次九曰嚮用五福威用六極之類其各各分屬者不可謂全無義亦不可過泥其義聖人因端而發其胸中之蘊以立萬世治天下之經不可謂全無因亦不可謂盡由於因畫卦

亦然聖人因河圖而畫卦固也然使無河圖八卦遂不畫乎易言河出圖洛出書聖人則之則洛書亦可以爲易而河圖亦可以敘疇要之聖人非全倚圖書也箕子言九疇猶中庸言九經又何必有所因乎

歐陽公言河圖洛書乃怪妄之尤者所見亦高無奈繫辭先言河出圖洛出書而歐陽亦以繫辭爲僞

洪範五行 采熊氏說

箕子勸武王修禹舊法疏別條敎粲然如指掌漢儒不識其指方以五事配合五行牽引周衰春秋以往事證分剔附著而使洪範經世之成法降爲災異陰陽之書春秋以來凡爲

變兆離析剝辭門類而戶分之以是爲格王正事則委巷小夫巫瞽之說夫豈不然而謂篤學好古自名如仲舒向歆者亦當爾歟

歸震川洪範傳曰以洛書爲九疇者孔安國之說以初一至六極六十五字爲洛書者二劉之說以戴九履一爲洛書者關朗之說關朗之說儒者用之又曰易之道甚明而儒者以河圖亂之洪範之義甚明而儒者以洛書亂之其始起於緯書而晚出於養生之家

四始六義

詩序云詩有六義焉一曰風二曰賦三曰比四曰興五曰雅六曰頌又以風小雅大雅頌有四始風始關睢雅始鹿鳴大雅始文王頌始淸廟四始六義之說其來久矣竊攷周禮春官大師所云敎六詩者亦與詩序同孔子謂風雅頌皆以興比賦爲之如此則詩不過風雅頌三體而就其中各有興比賦之三義耳未可以云六也蓋六義所云風雅頌者非指其篇指其義耳義存乎風動卽爲風義存乎正言卽爲雅義存乎稱美卽爲頌故得與敷陳之賦直比之比感物之興並列爲六焉而四始之風雅頌序則別言之意可識矣四始者序以爲詩之至豈非以關睢得性情之正鹿鳴極和平之情文王淸廟極齊莊中正盛德形容之美以是爲詩之至足以該

乎四詩之全故以託始乎夫一詩也而分風雅頌一雅也而又分大小彼其體自不同焉風之爲體多出於里巷歌謠之作而雅頌則朝廷郊廟之辭其類旣不同矣而小雅則多言政事而兼風大雅則多言君德而兼頌而頌則其辭從容悠遠亦自不得混而同之也獨六義中比興賦之說朱子每章各分而屬之則其義似有未可盡拘者夫凡詩莫不托始於興其意象附合則爲比鋪敘摠括則爲賦興也比也賦也一體不備不足以爲詩而豈必各主其一而不相通哉如關睢爲興而取其摯而有別則亦比淑女好逑則亦賦如此之類不容過拘書曰詩言志志鬱於中而歌永之則比事屬辭旁

通曲證六義不期而皆備四始殊用而相通豈必屑屑焉區而別之哉

五際

漢書翼奉傳翼奉初學齊詩知五際之要詩大序疏云午亥之際爲革命卯酉爲改正辰在天門出入候聽卯天保也酉祈父也午采芑也亥大明也亥爲革命一際也辰則爲天門出入候聽二際也卯爲陰陽交際三際也午爲陽謝陰興四際也酉爲陰盛陽微五際也其詩含此五際又翼奉傳云易有陰陽詩有五際應劭曰君臣父子兄弟夫婦朋友也孟康曰詩內傳曰五際卯酉午戌亥也陰陽始終際會之歲於此有改歲之政也

三禮

三禮者儀禮禮記周禮也儀禮亦曰禮經禮記亦曰小戴禮周禮亦曰周官自秦焚典籍漢興魯高堂生傳儀禮十七篇又有古經出於淹中而河間獻王收集餘燼得而獻之合五十六篇並威儀之事至宣帝時后蒼最明其業乃爲曲臺記爲之注者鄭康成爲之疏者賈公彥也禮記卽小戴記自后蒼以儀禮授梁人戴德及德從兄子聖德作傳記八十五篇所謂大戴記也聖刪之爲四十六篇所謂小戴記也漢末馬融傳小戴之學又足月令一篇明堂位一篇樂記一篇合四十九篇而鄭氏爲之注爲周禮漢武時河間獻王得而上之帝以爲瀆亂不經之書作十論七難排之藏於秘府不列於學官成帝時詔劉向校錄經傳向子歆繼之謂周禮爲周公致太平之迹王莽時歆始爲置博士以行於世杜子春年九十能通其說鄭康成徧覽羣籍以爲經世大法具載周禮爲之條注亦賈公彥爲之疏云此三禮之大略也宋寧宗時朱子乞修三禮劄子曰周官一書固爲禮之綱領至其儀法度數則儀禮乃其本經而禮記特其義疏耳王安石廢罷儀禮而獨存禮記之科棄經任傳遺本宗末其失已甚臣欲以儀禮爲經而取禮記及諸經史襍書所載有及於禮者皆以附於本經之下其說未行

竊嘗攷之儀禮一書雖頗殘缺韓昌黎亦苦其難讀然其爲聖人遺經無疑禮記則後人附會之說居多胡寅以爲出於孔子弟子恐未必然如月令出於呂氏緇衣作於公孫王制則漢文集博士爲之學記則荀子舊文而已惟曲禮少儀檀弓等篇則古人之文也至若周禮一書後人疑之者尤多何休以爲六國陰謀之書歐陽公蘇潁濱皆疑之而或者以爲直劉歆附益以佐王莽耳用其說而敗者蘇威叢怨於前安石騰謗於後此豈書之過歟抑後人不善用書之過歟朱子則以爲周禮布護周密是周公運用天理之書則亦未可輕議也

黃氏日抄附

周禮出於王莽之世未必皆周公之眞即如鈎金束矢之說若先要取金而後與之聽訟雖昏亂之世不爲況成周之治哉或者劉歆輩欲假此爲植貨張本已而卽激天下之亂不及施行也耶

附

周禮缺冬官劉歆補以考工記或者以爲冬官襍出於五官元吳澄作三禮考注則謂冬官未嘗亡而地官之文實亡儀禮十七篇目士冠禮士昏禮士相見禮鄉飮酒禮鄉射禮燕禮大射禮聘禮覲禮公食大夫禮喪服士喪禮旣夕士虞禮

特牲饋食禮少牢饋食禮有司徹禮記內大學中庸二篇程朱表章之列於四書朱子與呂東萊商訂三禮篇次欲取戴記中之有關於儀禮者附之經其不係於儀禮者仍別爲記

樂記

漢興制氏以雅樂聲律世在學官頗能紀其鏗鏘鼓舞而不能言其義魏文侯最爲好古孝文時得其樂人竇公(年百八十歲兩目皆瞽)獻其書乃周官大宗伯之大司樂章也武帝時河間獻王與毛生等共採周官及諸子言樂事者以作樂記獻八佾之舞與制氏不相遠其內史丞王定傳之以授常山王禹禹成帝時爲謁者數言其義獻二十四卷劉向校書得其記二十三篇與禹不同其道寖以益微陳氏曰劉歆班固雖皆以禮樂著之六藝略要皆非孔氏之舊也然三禮猶是先漢舊傳而所謂樂六家者影響不復存矣竇公之大司樂章旣已見於周禮河間獻王之樂記亦已錄於小戴則古樂已不復有書而前志相承乃取樂府敎坊琵琶羯鼓之類以充樂類與聖經並列不亦悖乎

十三經異同

今之列於學宮用以取士者五經而十三經不可不詳也今之說經者悉遵宋儒而古註疏不可不究也夫所謂十三經者易書詩三禮春秋三傳孝經論語孟子爾雅是已易爲秦

火未焚之書漢儒言易者約有三家其一田何授丁寬再傳而得孟喜梁丘賀此則始於子夏遠有端緖者也其一焦延壽授京房其說長於灾變其一費直費直興而田何遂息鄭玄王弼皆傳之王弼主理略數天下宗之孔穎達獨取弼爲之正義焉書有今文古文今文出於伏生之口授傳之者歐陽大小夏侯也古文出於孔壁字皆科斗孔安國定爲五十八篇而或者以爲古文出於東晉梅賾所假託耳然自唐之學者已不能辨矣漢之說詩者分四家一曰魯詩始於申培而盛於韋賢一曰齊詩始於轅固而盛於匡衡一曰韓詩始於韓嬰而盛於王吉一曰毛詩始於毛公(名萇)而顯於鄭玄

齊詩亡於曹魏魯詩亡於西晉韓詩亡於隋今世所傳者獨毛詩而已春秋有公羊傳穀梁傳左氏傳漢初公穀列於學宮而左氏至東漢始立博士傳左氏者以杜預之集解爲最註公羊者則何休註穀梁者則范甯也昔人以爲左氏艷而富其失也誣公羊辨而裁其失也俗穀梁清而婉其失也短要之左氏之傳實勝公穀焉三禮者一爲儀禮出於孔壁后蒼最明其業作曲臺記一爲周禮至劉歆而始著一爲禮記卽小戴記也注三禮者皆鄭玄先儒以爲儀禮乃本經而禮記特其義疏周禮則周公未成之書也孝經倡於河間顏芝與古文尚書同出劉向典校經籍定爲十八章唐明皇自爲

之注韶元澹爲疏列於學官論語在漢時有齊魯之異傳齊論者王吉獨名家傳魯論者張禹最後而最行於世又有古論語與古文尚書同出孔壁今所傳者獨魯論而已註之者何晏也孟子七篇注自趙岐爾雅世傳爲周公之書葢諸經之注釋也而注爾雅者則晉之郭璞茲十三經之大略也自宋儒出而爲注爲傳爲章句其於漢唐之注疏博取而會其歸折衷而去其隙學者便之而古學亦因以荒矣明初取士易主程傳朱子本義書主蔡氏詩主朱子集注禮記主古注疏春秋主三傳及胡氏張洽傳至永樂修四書五經大全易書詩如舊惟春秋則宗胡氏禮記則加陳澔集註焉而今因之要而論之古注詳核各有師承然多駁而未醕宋儒刋落衆家之煩蕪取便學者之誦讀而學者因其便易遂不復考其源流由是經學日荒求如漢儒之專門名家者無有也亦可惜已有志之士宜博稽而詳究之卽朱傳所以折衷去取之故亦於是而可攷焉貞觀十四年大徵天下名儒爲學官數幸國子監使之講論學生能名一大經以上皆得補官

唐制取士以禮記春秋左氏傳爲大經詩儀禮周禮爲中經易尚書春秋公羊穀梁傳爲小經　上以師說多門章句繁穰命孔頴達與諸儒撰定五經疏謂之正義令學者習之

朱陸異同

宋之理學始於濂溪繼以二程爲得聖賢宗旨其立言各成一家者有張橫渠之理教邵康節之數學而集其成者朱子也又有永康（葉適）之學永嘉（陳亮）之學而爲之冠者象山也朱陸之不同其來久矣宋史亦云九淵嘗與朱會於鵝湖論辨所學多不合及朱子守南康陸訪之俱至白鹿洞陸爲講君子小人喻義喻利章聽者至有泣下朱子以爲切中學者隱微深錮之病至於無極而太極之辨則遺書往來論難不置焉要之朱陸之不同者朱務於實陸涉於虛故陸以告子爲高釋氏與吾儒所見亦同又云克己復禮只有一念要做聖賢便不可又云涵養是主人翁省察是奴婢其意但欲專務虛

靜完養精神此象山之定論也若朱子之學則主敬涵養以立其本讀書窮理以致其知身體力行以踐其實三者交修並盡此朱子之定說也虛實不同議論自不得强合說者乃謂陸子專務尊德性而朱子專言道問學豈知德性不本於問學則德性俱虛而道問學正所以尊德性朱子原非專務於外乎元明諸儒許魯齋之先篤實薛文清之本居敬皆宗朱也陳白沙主於明心王文成主於致知皆宗陸也宗朱而不及猶不失拘謹之儒宗陸而不及弊將入於禪悟而不覺故陽明高弟爲泰州王艮龍溪王畿二人泰州之學一傳而爲顏山農均再傳而爲羅近溪汝芳趙大洲貞吉龍溪之學一傳而爲

何心隱本名梁汝元再傳而爲李卓吾則純乎禪矣朱陸之源不同故其流各異而後人强欲合之如程篁墩敏政著道一編分朱陸異同爲三節始焉如冰炭之相反中焉則疑信之相半終焉若輔車之相倚朱陸早異晚同之說于是乎成王陽明因之遂有朱子晚年論定之錄專取朱子議論與象山合者與道一編輔車之說正相唱和矣凡此皆顛倒早晚以彌縫陸學而不顧矯誣朱子誑誤後學之深者也東莞陳建乃作學蔀通辨以明其不然亦足爲中流之砥柱矣

老孟論

昔邵康節有言老子得易之體孟子得易之用夫所謂得易之體者何也豈非以無思無爲寂然不動者易之體而老子之學所謂致虛極守靜篤歸根曰靜靜曰復命者固有合於體之寂焉者乎夫所謂得易之用者何也豈非以變動不居上下無常者易之用而孟子之學所謂仕止久速願學孔子辭受進退不膠於一者固有合於用之通焉者乎然而是說也朱子嘗非之以其體用自分兩截也蓋天下無無用之體有體無用則其體亦同於枯槁而非生生之體也天下無無體之用有用無體則其用亦出於有意而非自然之用也老子掊擊仁義絕聖去智專取無爲不知仁義正無爲之妙而欲以無爲決仁義之防易有之立人之道曰仁與義既詆仁

義矣而又可曰得易之體乎若夫孟子七篇固未嘗一言及於易也而無一義不準於易也謂之得易之用固宜而苟非有體以立乎其先而何以爲致用之本乎特體無可見必於用焉見之體無可言可言者皆易之用而已且夫老子之學述於莊周而流爲申韓使其眞得易體而何以其流之弊若此也孟子之學出於子思而源於孔子使其但得易用而何以其源之邃如此也然則體用不可分老孟不可同而謂其各有所得毋乃非定論歟我
皇上湛深易學著先天後天之論嘗以一言斷之曰朕思得易之體者私其利於已得易之用者公其理於人也大哉
王言更有出於先儒論

斷之外者臣伏而思之老子以致虛守靜爲學而其效止於長生久視又曰柔勝剛弱勝強非皆私其利者乎孟子願學孔子而其志在於黜伯崇王息邪正經故曰王如用予天下之民舉安非皆公其理者乎然則老子之體未足爲體孟子之用不止於用固已包舉於　聖訓二言之中臣敬推衍其義而申論之

楊氏太玄關氏洞極司馬氏潛虛邵子先天周子太極蔡氏洪範皇極内篇異同

昔者聖人作易本天地自然之理數而畫卦繫辭雖所列者不過六十四卦三百八十四爻而天地古今人物之理悉備

後之人不可以有加矣而諸子本易之意各爲演說以成一家之言其異同得失亦有可論者焉昔漢之楊雄嘗作太玄經以擬易易之用二而玄之用三用二故二其二以爲四遞推之以至於六十四用三故三其三以爲九遞推之以至於八十一易立天地人之道曰陰陽剛柔仁義故其畫不過於一奇一偶之兩端玄立天地人之道曰始中終思禍福下中上其畫遂有三體一二三蓋易以兩之玄以參之也用雖不同而所同者體數雖不同而所同者理然易之理與數出於自然而玄之方州部家分綴附會求律曆節候而強其合則不免出於臆見而已故先儒譏其僭朱子亦謂其拙而宋之司馬氏酷嗜之乃準太玄以作潛虛爲萬物皆祖於虛生於氣氣以成體體以受性性以辨名名以立行行以俟命故潛虛有六圖五十五行要皆本乎河圖而以意乘除之雖亦自有所見而亦不免與太玄同譏至關氏之洞極二十七象其尤爲強作者也故先儒皆譏以爲不知而作焉至於邵子之先天則本乎易有太極是生兩儀兩儀生四象四象生八卦依其自然之序而爲横圖爲圓圖方圖以姤復爲月窟天根以坤復之間爲無極而圖則皆從中起故曰先天心學也其旨深矣周子太極亦本於易有太極之說而其言無極也則指太極之無形者言之與邵子無極之説微有不同其言二氣

五行萬物生生自然之妙以及於聖人主靜立極之功眞得千聖不傳之秘非灼見道體者能之乎其與邵子先天之圖其理未始不同而其說則各有所主要皆得易理之精者也至於蔡氏皇極内篇則本之洪範九疇其數亦極於九九八十一其自序曰易更四聖而象已著範錫神禹而數不傳余讀洪範而有感焉上稽天文下察地理中參人物古今之變窮義理之精微究興亡之徵兆粗述所見辭雖未備而義則著矣故其書八十一章吉凶悔吝災祥休咎莫不見焉其原雖出於範其體究同於易故謝無懋稱之以爲未嘗不與易同功其亦亞於邵周之書而可駕出於太玄洞極潛虛之上

矣要之諸子之書皆易之支流餘派惟其出於自然而不煩牽合者貴焉若先儒之所尤尊而盛傳於後者則莫過於周子太極圖說云

諸子

六經之書聖人之道若日月經天江河行地故曰遊於聖人之門者難爲言然諸子百家之書雖純襍不同亦多可採者焉其中一二巨儒則尤當表而出之而不沒其任道之功者也昔老子作道德經五千言以淸淨無爲爲宗莊周列禦寇之徒皆本之立說而莊之書尤汪洋奇詭然其中亦多至理存焉至其論六經之旨後之儒者亦採之不可槪指爲道家

者流而棄之也素問陰符皆出于黃帝未必其然要亦三代先秦之遺也孫武吳起呂望黃石公之書是謂兵家所言戰陳機謀之事井然有條而孫子尤善管子一書伯者之略具焉申不害韓非商鞅則刑名慘刻之談耳荀況議論過高好奇致有性惡之說然其王伯之辨仁義之言則大醇也楊雄作法言以擬論語作太玄以擬易法言後世盛行太玄不甚顯蘇子瞻謂其以艱險之詞文其膚淺之理而司馬溫公獨推重之以爲在荀孟之上要之擇焉不精語焉不詳昌黎之評爲當也陸賈有新語賈誼有新書董仲舒有春秋繁露劉向有新序說苑皆有可觀而或未免戰國縱橫之習惟董子

天人三策明白純正孟氏之亞非劉賈可幾文中子王通生於南北偏駮之時隋政橫流之際而立敎河汾作成將相基唐之治可謂盛矣故宋儒獨取之韓文公詆排異端攘斥佛老不獨李唐一代之原氣實與孟子之私淑孔氏者同功殆當與孔門諸子並論矣總而論之諸子之書大約皆六經之支流餘派而戰國秦漢時獨多重道家兵家刑名諸書而儒術轉微自宋儒於諸子中獨表漢之董子隋之文中子唐之韓子以爲有聞於聖道而諸子乃絀然學者欲考百家之異以歸於同則諸子之書俱當涉其流而識其趣云

朱子說

朱子云董仲舒識得本原又云本領純正　或問文中子仲淹之學固不得爲孟氏之倫其視荀楊韓氏亦有可得而優劣者耶曰荀卿之學襍於申商子雲之學本於黃老非如仲淹之學頗近於正而粗有可用之實也至於退之之原道諸篇則於道之大原若有非荀楊仲淹之所及者然考其生平意向之所在終不免文士浮華放浪之習時俗富貴利達之求而其覽觀古人之美將以措諸事業者恐未必如仲淹之致懇惻而有條理也故予於仲淹獨深惜之　又曰韓愈亦近世豪傑士如原道中言語雖有病然自孟子而後能將許大見識尋求者纔見此人

釀蜜集卷一終

釀蜜集卷二

金匱浦起龍二田著　　五世孫錫齡校

經史異同

經與史同乎異乎蘇洵曰史與經皆憂小人而作其義一也其義一其體二故曰史焉曰經焉大凡文之用四事以實之辭以章之道以通之法以檢之此經史之所兼而有之者也雖然經以道法勝史以事辭勝經不得史無以證其褒貶史不得經無以酌其輕重經非一代之實錄史非萬世之常法體不相沿而用實相資焉此蘇氏之說也愚以爲經史殊體而同用其說是矣至謂經但以道法勝史但以事辭勝經非

實錄史非常法則猶有可議焉夫古人之經卽古人之史葢史之爲義所以備勸戒也試以經言之易非以吉凶勸戒人者乎史以紀往易以紀來來不可名故示之以象試求之諸史得失成敗孰能踰之者故曰易亦史也禮亦然懸之爲規蹈之爲繩曰如此則合禮宜與否則敗勸戒昭焉史法也詩以道性情爲美爲刺紀盛紀衰亦史法也書則當時之史體也然其所舉者皆弘綱而不詳其目於世次尤略要之史道備矣若夫春秋之爲史昭昭也顧孔子當日豈若後人之沾沾紀述舊聞哉葢將以正彝倫維王迹其旨殆與易詩書禮一而已矣而左氏公羊穀梁三子爲釋之傳之且敘其事以明之而史法由之而起故卽編年敘事之中而紀傳表志之體皆具焉由是言之經以道法勝而兼事辭卽爲一代之實錄可知矣後之爲史者首推司馬遷遷之意亦豈爲史乎欲成一家之言以繼周公孔子之後故爲十二本紀以明治亂之統十表以明廢興之變八書以憂當世之務三十世家七十列傳以述諸侯卿相之任意何如者亦不自知其爲史也其言時或詭於正而法戒之旨亦婉而可思若班固以下則專爲史矣其事詳則謂之該其詞勝則謂之贍而學術之異同政治之興衰彼無與焉葢若僅供其事者而非吾之有所見也至其流弊則有謂之陋者謂之穢者謂之如襍記者謂

之冗者葢事辭且然而道法何有故不足爲萬世之常法而與經若判然者則史之流失然也宋司馬光復變紀傳爲編年成資治通鑑而朱子復集其成爲綱目綱倣春秋之經目倣左傳進善而黜惡顯微而闡幽其義正其旨彰于是法戒明而道法備可以紹孔子之意於數千年之後此卽史卽經者也又豈不足爲萬世之常法乎蘇氏之言經史也雖曰其義一猶岐而二之吾則以爲古之經卽古之史今之史其不足爲經者并不足爲史也學者先窮經而後讀史亦常讀史以證經斯紛紛異同之見亦可以不設也夫

二十一史得失

晋劉知幾唐人著史通論史有三長一曰才一曰學一曰識袁松晋人又有五難之說一曰煩而不整一曰俗而不典一曰書不實錄一曰賞罰不中一曰文不勝質然則作史者能兼其三長而去其五難斯良矣古者左史記事右史記言言爲尚書事爲春秋至司馬遷爲史記始合事與言一之其體有五曰本紀曰表曰書曰世家曰列傳後之作者莫不秉爲法程焉漢書祖史記而稍整齊之其法較密二史者殆爲諸史之冠矣顧遷之史善矣善序事理辨而不華質而不俚不虛美不隱惡可謂實錄而班固譏其是非頗謬於聖人固之史亦善矣不激詭不抑抗贍而不穢詳而有體而范蔚宗鄭樵輩又

譏之豈文人相非自古而然乎范之後漢書自謂無愧良史而序倫佻巧又失之誕其去班書又遠矣自是以後陳壽作三國志辭多勸戒有益風化然帝魏退蜀又謂諸葛不長將略毋亦有好惡任情者乎宋書成於沈約齊書成於蕭子顯較之史漢蓋在自鄶無譏之列矣唐修晋書及梁陳後魏北齊後周隋史內晋書事多舛錯叢冗尤甚然鄭夾漈謂晋隋二志高於古今而隋志尤詳明焉李延壽作南北史敘事簡徑殊勝本書司馬光以爲陳壽之亞然詳於北而略於南又所取多小說與晋書同弊焉唐書分新舊舊者修於石晋宰相劉昫董其事文氣卑靡詳略失宜宋慶歷中命歐陽修撰

紀表宋祁撰列傳其進表稱事增於昔文省於舊而劉摯以爲新書之失正在於此亦通論也且舊書事實有新書所不載者舊書固不可廢也五代史作於歐陽論者謂其可步武史遷而劉攽輩又譏之要其議論純正感托遙深亦近代之良史矣宋史最爲煩蕪冗蔓明儒歸有光則謂人嫌宋史太詳吾正嫌其略耳豈非謂宜略者反詳而宜詳者反略乎遼居塞外記註荒陋金志本元好問遺稿故三史之中金爲最優元史六閱月而成自古修史未有若此之速者後之人能取宋遼金元之史翦其煩而補其闕訂正其是非庶不失史漢之遺意可踵十七史之後矣

二十一史書名及作者姓氏

第一史	史記	司馬遷作裴駰集解	有良史才而議論或駁而未純
第二史	漢書	班固作顏師古注	原出於遷而較密而范曄鄭樵皆譏之
第三史	後漢書	范曄作	自負無愧良史然失之誕
第四史	三國志	陳壽作裴松之作注	帝魏退蜀其失非淺
第五史	晋書	房玄齡等撰	文多駢麗有失史體
第六史	南史	李延壽作	温公以佳史稱之然
第七史	北史	李延壽作	詳於北而略於南
第八史	宋書	沈約作	
第九史	南齊書	蕭子顯作	

第十史　梁書　姚思廉作
第十一史　陳書　姚思廉作
第十二史　北魏書　魏收作　世謂之穢史
第十三史　北齊書　李百藥作
第十四史　後周書　令狐德棻等作
第十五史　隋書　魏徵等作　鄭夾漈謂其極有倫理
第十六史　唐書舊新　劉昫作　歐陽修作　新書文簡於前事詳於舊
第十七史　五代史　歐陽修作　議論純正多感慨以上十七史
第十八史　宋史　托克托作
第十九史　遼史　托克托作

第二十史　金史　托克托作
第二十一史　元史　宋濂等作　以上合為二十一史

史記呂后本紀為其臨朝稱制耳漢書改為外戚傳是也而後漢書復為皇后紀何義乎表及古今人物志及符瑞靈異大乖遷旨漢諸王食租衣稅而已與周制異故班史廢世家而概為列傳五代之僭國皆各私其土帝制自為故歐陽修復立世家此皆因革之得其宜者也

班馬異同

從來稱良史者莫如馬其次莫如班司馬遷之學本於父談又負邁世之氣登龍門探禹穴網羅異聞採六經世本國語國策諸書運以奇恣逸宕之筆誠曠代傑出者也班固為蘭臺令亦承父彪家學倣史遷為漢書發凡起例或芟成益整齊變通爛然成一代之書亦范陳以下所不逮者矣顧其間異同得失論者紛紛竊以為二書固亦未可強同者史記本為歷代之史漢書則為一代之史體製不同遷才高識超不拘拘於繩墨固言必矩度有阡陌可尋其格力不同遷多憤時嫉俗感慨寄託之辭而固則但取中正無疵而已其意致不同即如遷作本紀世家列傳或進或退或合或分各出心裁初無一定語故項羽可本紀陳涉可世家屈賈老莊申韓可以合傳如此之類非固所能學而亦非固所宜學也何也

固所修者漢書則所奉者一王之制所編者宜有一定之程不得任意為參差故史記無惠帝紀而漢書有之項羽陳涉皆為列傳彼其體固宜爾也亦何必強同哉然固之書實有未及遷者遷敘事多以詳入妙班務從裁省嘗有增損一二句一二字而頓失神理者其表書之類輕變史記之例亦多可議至若古今人物一表牽率支綴強分九品并闌入莊列寓言無實之人尤為識者所笑也總之固欲以整齊勝遷之詼諧不知固之所言皆遷之所知而遷之所言恐多固所未知者焉昔鄭樵為通志囊括羣史極斥班書未免太過劉知幾互有褒貶王充又確奉蘭臺以為作史之繩尺要而論之

之文章議論之高班不及馬而後人無遷之才則寧學固不可學遷以遷書變化無方而固書有規矩可遵也朱子云太史書踈爽班固密塞夫密塞則有法可循故後世之史亦多從漢書之例云

通鑑綱目

司馬光通鑑既成撮精要之語爲目錄三十卷晩病本書浩大而目錄無首尾更著舉要歷八十卷以適繁簡之中未成而卒胡安國取其遺藁修成舉要歷補遺若干卷則文愈約而事愈備矣朱子綱目蓋因此四書別爲義例增損檃括以成之綱倣春秋而參取羣史之長目倣左氏而稽合諸儒之

粹自荀悅以來未嘗有此書也其序例曰表歲以首年而因年以著統大書以提要而分註以備言歲周於上而天道明統正於下而人道定大綱概舉而鑒戒昭衆目畢張而幾微著由今觀之上下一二千年貫串異同如指之掌信乎可以繼春秋之筆削矣秦滅周而未并天下魏篡漢而地尚三分通鑑卽以秦魏紀年於義誠有所未安綱目獨以莊襄爲無統而以昭烈爲正統明微扶正其指嚴矣凡年號通鑑以後來爲定然變故之際有改元在歲終而歲首卽書新君之號者敘事稱名前後乖迕綱目則以改元之月爲始而以前猶存舊君之號斟酌得宜斯無弊矣楊雄曰莽大夫陶潛曰晉處士而一身事二姓者知所愧矣凡死事而合於義者必異其辭曰死之而捐軀徇國難者知所奮矣凡此類大義數十炳如日星皆所以誅姦諛于既死發潛德之幽光也非有得於史外傳心之要而能粹然一出於正如是哉然而魯史冊書之體本與經文同非魯史繁如左氏而夫子撮括以成經也今朱子之綱反出於目則似與春秋之經未可同年而語矣朱子晩年始從事此書精力不逮乃爲發凡起例以屬其門人編集非出一手多有與凡例牴牾者又於唐肅宗朝脫二年之事亦由前後綴輯不相顧也又於唐武德以後至於天祐之季甲子並差蓋由操觚者不熟歲名致有此誤又刻

意求簡節省通鑑字句至有大乖其本義者使天假朱子以年悉取是書而裁定之以惠來世豈非史學之大幸哉至若七家註之煩冗舛謬不可勝言直刋而去之使讀者心開目明可也或問朱子綱目主意朱子曰主在正統如三國當以蜀漢爲正而溫公乃云諸葛亮入寇是冠屨倒置何以示訓緣此遂欲起意成書推此意修正處極多

附

山海經相傳禹巡行天下使益疏而記之其事見吳起春秋汲冢周書晉太康盜發汲郡魏安釐王冢所得竹簡書此其一也晁子正謂其紀錄失實李仁父謂書爲駁詞其言皆荒

唐誇誕不近人情又文體與古文不類疑戰國處士僞託而
文亦脫爛有難曉處
吳越春秋後漢趙曄撰
史記索隱唐司馬貞以史記殘缺處多因補索隱三十卷
通志宋鄭樵著紹興中召對因言班固以來歷代爲史之非
常給札抄所著通志書成爲樞密院編修
大事記解題通釋宋呂祖謙著大事記者上接獲麟自周敬
王三十九年以下采左氏傳歷代史皇極經世稽古錄輯而
廣之解題者略具本末附以已意通釋者經典綱要孔孟格
言以及歷代名儒議論

讀史管見宋胡寅著以通鑑事備而義少故著此書議論宏
偉嚴正間有感於時事朱子綱目亦多取之南軒謂其專爲
秦檜而設云
古史蘇轍著始伏羲訖秦始皇爲本紀七世家十六列傳三
十七因馬遷之舊以正其失然朱子謂其本原綱領終未能
了
通鑑紀事本末宋袁樞撰楊誠齋爲之序
文獻通考元馬端臨撰凡三百四十八卷二十四類類各有
考而附以已意一田賦二錢幣三戶口四職役五征榷六市
糴七土貢八國用九選舉十學校十一職官十二郊社十三
宗廟十四王禮十五樂十六兵十七刑十八經籍十九帝系
二十封建二十一象緯二十二物異二十三輿地二十四裔
裔皆有用之學
宋元通鑑綱目明王滮著
通鑑外紀高安劉恕著
續宋元通鑑明武進薛應旂著
資治通鑑考
自司馬遷作史記變編年例爲本紀世家列傳而春秋之法
漸微宋治平中司馬光奉詔編集列代君臣事迹上起戰國
下終五代凡一千三百六十二年備勸戒之迹書成神宗賜

名資治通鑑御製序文且以爲賢於荀悅云公亦自謂平生
精力盡於此書蓋其成之亦不易矣方公之修此書也詔許
自辟官屬借以館閣書籍在外聽以書局自隨采用正史之
外其用稗史諸書凡二百二十家居洛十五年乃成此書書
成又略舉事目年經國緯以備檢閱別爲目錄參考異同俾
歸一塗別爲考異各一編晚病本書浩大而目錄無首尾更
著舉要歷八十卷以適繁簡之中未成而卒胡安國取其遺
藁修成舉要歷補遺若干卷則文愈約而事愈備矣
通鑑前編
蘭谿處士金履祥嘗以劉恕外紀記司馬光通鑑以前事不

本於經乃斷自尚書旁採子史損益之爲通鑑前編

通鑑續編

奉化陳桱嘗著筆記二百卷又上論盤古迄於高辛會於有宋比事較義尊正統以定大分其紀年師司馬光補遺其書法師朱子綱目名曰通鑑續編

明史

史之難昔人言之詳矣蓋纂述一代之事則詳確難論列一代之是非則平允難自古勝國之史皆其本國已有撰錄因集而加之義例然猶必博蒐遺乘廣徵稗官獵其煩蕪衷其疑信而正史始無所漏今明史之取信者惟有實錄一書他

若吾學編史料從信統紀法傳之屬無下數十家而言多踳駁傳聞亦各踈漏故必更廣其書而後史可成不然則闕而不備譌而未訂者多矣故曰詳確難也至於有明二百七十餘年之間大事多矣始焉則靖難遜國之事也果爲順乎爲逆乎繼則土木之變景泰天順兄弟父子之間于謙徐石二人君臣之際果孰是乎孰非乎繼則世宗興獻之議也一以尊親爲孝一以繼統爲尊楊廷和張孚敬之說果孰正乎孰邪乎至於神宗以後三案紛紛是非不一三案者挺擊也紅丸也移宮也挺擊之爭也一以爲力護東宮一以爲計安顯帝紅丸之爭也一以爲仗義之言一以爲原心之論移宮之爭也一以爲弭亂於幾先一以爲持平於事後果孰得乎孰失乎當日紛紜反覆遞相攻訐釀成東林之禍而國遂與始終說者以爲羣邪害正之罪不必言而君子周身之防亦未至也黨東廠者固爲眞小人而入東林者亦不皆眞君子也其與漢唐之末果同乎異乎此必不偏於一成之見者而後能定千古之是非而後能成一代之信史不然則隨聲附和任意低昂二者交譏故曰平允難也總之作史之難一患無其事一患無其人誠欲成勝國之史備掌故而昭勸戒必將廣搜石室名山禮致遺賢故老文獻可徵纂成有據然後博選才學識兼優之士寬假歲月以責其成庶

可以爲監夏監殷之資垂之後世而成信史矣

詩學源流

詩者志之所之也始於舜皋之賡歌三代列國風雅繼作今之三百五篇是也三百五篇之詩無庸論矣以漢魏言之蘇李劉曹實爲之首晉宋以下世道日變而詩道亦從而變矣晦庵先生嘗答鞏仲至有曰古今詩凡三變自漢魏以上爲一等自晉宋顏謝以後及唐初爲一等自沈宋以後定著律詩下及今日又爲一等然自唐初以前爲詩者固有高下而法猶未變至律詩出而後詩之體與法皆大變無復古人之風矣嘗欲抄取經史韻語下及文選漢魏古詞以盡郭景純

陶淵明之作自爲一編而附三百篇楚辭之後以爲詩之根本準則又於其下三等之中擇其近於古者各爲一編以爲羽翼輿衛其不合者則悉去之要使方寸之中無一字世俗言語意思則其爲詩不期於高遠而自高遠矣此朱子所論學詩之法也今以詩之體與其源流論之五言古詩之載於文選者以漢魏爲盛十九首蘇李曹劉一時之冠而其所自則皆宗乎國風楚詞至晉陸士衡兄弟潘安仁張茂先左太冲郭景純輩前後繼出然皆不出曹劉之軌轍獨陶靖節高風逸韻直超建安而上之元嘉以後三謝顏鮑又爲之冠其餘則傷鏤刻遂乏渾厚之氣永明而下抑又甚焉沈休文既拘

聲韻江文通又過摹擬而詩之變極矣唐初承陳隋之弊惟陳伯玉專師漢魏以及淵明復古之功于是爲大迨開元初有杜子美之才贍學優兼盡衆體李太白之格調放逸變化莫羈繼此則有韋應物柳子厚發濃纖於簡古寄至味於澹泊非衆人能及焉自是而後律詩日盛而古學日衰矣七言起於漢武柏梁臺體元封三年詔羣臣能七言詩者上臺侍坐武帝賦首句曰明月星辰和四時梁王及諸臣繼之作者二十四人句皆有韻後之作者張衡四愁及古樂府有七言古辭曹子建輩擬作者甚多馴至唐世作者愈盛然有歌行有古詩歌行則放情長言古詩則循守法度故其辭句格調亦不能同也律詩始於唐亦莫盛於唐沈宋應制之詩最有模楷杜子美王摩詰高達夫輩尚多渾厚之氣其後大曆元和體格遞降至晚唐杜牧之李義山爲傑出焉五言排律唐初雖多往往不純至中唐始盛若七言則作者絕少山谷嘗云老杜贈韋左丞詩前輩錄爲壓卷作者當以其言爲法五言絕句盛唐初變六朝子夜體六言則王摩詰始效顧陸作七言唐初尚少中唐漸盛絕句者截句也皆截律詩體也故唐初稱絕句爲律詩唐人中李太白王龍標尤善焉聯句始著於陶靖節集而盛於退之東野其要在于對偶精切辭意均敵若出一手乃爲相稱其餘詩體雖多大端不外乎此

漢魏六朝詩

蘇武李陵作者之冠也觀其所著紆曲悽惋實宗國風與楚人之詞下逮建安黃初曹植父子起而振之劉楨王粲力從而輔翼之合孔融陳琳阮瑀應瑒徐幹爲建安七子正始之間嵇康阮籍迭作詩道於是大盛然皆師少卿而馳騁於風雅者也自時厥後正音衰微至晉太康復中興陸機陸雲則倣子建潘岳張華張協則學仲宣左思張翰則法公幹獨陶潛天分之高其先雖出於太冲(左思)景陽(張協)究其所得直超建安而上之高情遠韻殆猶大庖充硎不啜鹽盬而至味自存者也宋文帝元嘉以還謝靈運謝惠連謝朓顏延之則祖士

衡鮑昭則效景暘而氣骨淵然駿駿有西漢風餘或傷于刻鏤而之雄渾之氣較之太康則有間矣齊武永明而下抑又甚焉沈約拘於聲韻王融局於褊廹江淹過於摹擬陰鏗涉於淺易何遜流於瑣碎至于徐陵庾信一以婉麗爲宗詩之變極矣

唐人詩

唐初承陳隋之弊多尊徐庾遂致頹靡不振張九齡蘇頲張說相繼而興各以風雅爲師而盧昭隣王勃務欲凌跨三謝劉廷芝王昌齡沈佺期宋之問亦欲蹴駕江摠薛道衡奈溺於久習終不能改其舊甚至以律法相高益有四聲八病之嫌

矣惟陳子昂痛懲其弊專師漢魏而友景純淵明可爲挺然不羣之士復古之功於是爲大明皇開元天寶中杜甫復繼出上薄風雅下該沈宋才奪蘇李氣吞曹劉掩顏謝之孤高襍應徐之流麗眞所謂集大成者而諸作皆廢矣並時而作有李太白宗風騷及建安七子其格極高其變化若神龍之不可測有王維依倣淵明雖運詞淸雅而萎弱少風骨有韋應物祖襲靈運能一寄穠纖於簡淡之中淵明以來一人而已他如岑參高適劉長卿孟浩然元結之屬咸以意興相高取法建安至於代宗大歷之際錢起郎士元遠師沈宋而苗發崔峒盧綸耿湋吉中孚李端諸家亦皆本伯玉而宗黃初

詩道于是爲最盛韓愈柳宗元起於憲宗元和之間韓初效建安晚自成家勢若掀雷挾電撑抉於天地之根柳斟酌陶謝之中而措詞俊逸淸姸應物以下亦一人而已元稹白居易近於俚俗王建張籍過於浮麗要皆同歸於古樂府賈島獨變入僻以較艷于元白劉禹錫步驟少陵而氣韻不足杜牧沉涵靈運而句意尙奇孟郊陰祖沈謝而流於蹇澁盧同則又自出新意而涉於怪詭至於李賀溫庭筠李商隱段成武專誇靡曼雖人人各有所師而詩之變又極矣過此以往若朱慶餘項斯朱文山鄭谷杜荀鶴吳融輩則又駁乎不足議也

宋以後詩

宋初襲晚唐五季之弊仁宗天聖以來晏殊錢惟演劉筠楊億數人亦思有以革之第皆師乎義山全乖古雅之風迨王禹偁以邁世之豪俯就繩尺以樂天爲法歐陽修痛矯西昆以退之爲宗蘇舜欽子美梅堯臣聖俞介乎其間梅之覃思精微學孟東野蘇之筆力橫絕宗杜子美亦頗爲詩道中興至若王珪之踵徽之盛公量之祖應物石延年之效牧之王安石之原三謝雖不絕似皆嘗得其彷彿者哲宗元祐之間蘇軾黃庭堅挺出雖曰共師李杜而競以已意相高而諸作又廢矣自此以後詩人迭起大抵不出乎二家觀于蘇門四學士

黃庭堅秦觀晁无咎張耒諸作以及江西宗派諸詩可見矣陳與義雖晚出乃能因崔德符而歸于少陵有不爲流俗之所移易駉至孝宗隆興乾道之時尤袤之清婉楊萬里之深刻范成大之宏麗陸游之敷腴亦皆有可觀者然終不離天聖元祐之故步去盛唐爲益遠下至蕭趙二氏氣局荒頹而音節迫促則其變又極矣金元諸詩人有趙秉文周昂劉從益劉因虞集成廷珪揭奚斯黃庚之徒而元好問其傑出者也明初劉基袁凱楊廉夫顧瑛承元之習有意振拔而未能盡脫及高啟楊基徐賁諸人出始變爲雅馴永樂間解縉之春雨集楊士奚之東里集務爲臺閣之體入正統景泰間而白沙陳獻章

定山莊㫤諸人祟尚講學其詩亦入於陳腐迨乎弘治正德間北地李夢陽信陽何景明出而矯之以學杜爲主邊貢康海王渼坡等爲前七子而其擬杜有優孟之誚若夫氣體一歸大雅後人奉爲正宗者則李東陽也厥後嘉靖間婁東王世貞歷下李攀龍以及宗臣謝榛徐中行吳國倫梁有譽等爲後七子幾於有面目而無神氣萬歷間鍾惺譚元春乃變爲詭僻其後錢謙益程嘉燧唐叔達婁子柔等又斥諸家而宗李東陽至於末季而雲間之派出則夏允彝宗徵璧宋存標諸人爲之間多新闢而實詭異不足道矣要而論之古之人未嘗不相師也第師其意不師其辭師其意則始雖有所摩倣卒復自成一家師其辭則辭似而精神不合故詩不可以格調拘不可以時代限也義熙之作不類建安而陶謝與曹劉並美永明之體有異天監而沈范與江鮑齊蹤李杜擅長千古不可謂非宗六代蘇黃振辭宋世不可謂唐後無詩自嚴滄浪羽論詩有大小乘禪之喻明高廷禮棅因之有正宗羽翼接武諸標目北地信陽婁東歷下後先同聲學者莫不家開元而人大歷矣亦知詩本性情又豈規規然必於相師者哉

韻學

周禮保氏掌敎國子敎之六書一曰諧聲此音韻之所由興

也古之人考中聲而定律而諧聲即寓於此秦漢以後六律五聲之傳漸以微滅其在小學家大小篆八分隸楷體製遞變而音韻亦漸淆大都詳於象形指事會意而略於諧聲至齊梁時四聲之説行焉四聲者平上去入也周顒爲切韻始於四聲沈約亦爲四聲一卷今已失傳隋陸法言爲切韻唐孫愐增修切韻爲唐韻宋祥符初陳彭年等復增修唐韻爲廣韻今切韻唐韻亦亡惟廣韻獨存景祐中丁度等復爲集韻字數更多皆分爲二百六部宋末劉淵并爲一百六部元初黃公紹因之作韻會舉要依三十六字母更置舊文次序元末陰時中韻府羣玉排纂字類又刊削集韻韻會二書字

數韻學日衰而詞人至今用之明代遵用洪武正韻至我
皇上聰明天縱聲入心通既巳增修韻府復修康熙字典蓋
欲使古今之字皆得所由來南北之音盡不至於譌舛也夫
古字今字形雖不一而一之以正韻則今可用而古亦可存
南人北人淸濁各殊而正之以文義則音雖異而義無不同
三十六母分配七音者聲之所出有喉舌齒牙之各異也音
和類隔門必詳列者切之所以有淸濁輕重之不齊也單母
雙母憑韻憑切法雖各異要皆音隨母轉聲以韻得此切法
之要領也點畫既一音韻復明洵可謂同文一統之盛矣

附雙聲疊韻

昔王元謨問謝莊曰何爲雙聲何爲疊韻答曰互護爲雙聲
碻磝爲疊韻也蓋字有四聲必按五音東方喉聲爲木音南
方齒聲爲火音中央牙聲爲土音西方舌聲爲金音北方唇
聲爲水音雙聲者同音而不同韻也互護同爲唇音而不同
韻故謂之雙聲疊韻者同音而又同韻也碻磝同爲牙音而
又同韻故謂之疊韻二體詩唐之皮陸多有之

韻學源流歌

周顒爲切韻沈約作四聲法言及孫愐輾轉相加增切韻唐
韻久皆泯祥符廣韻今獨存景祐集韻二百六平水劉淵存
百六黃公舉要更舊文元末陰氏爲羣玉今之學者皆從陰
韻學遂衰古不復

字學

說文引周禮八歲入小學保氏教國子先以六書一曰指事視而可識察而可見上下是也二曰象形畫成其物隨體詰詘日月是也三曰諧聲以事爲名取譬相成江河是也四曰會意比類合誼以見指撝武信是也五曰轉注建類一首同意相受考老是也六曰假借本無其字依聲託事令長是也熊氏則謂古初制字多象形故象
形爲六書之首形不可象而指事事不可指而會意意不可
會而轉注注不可轉而諧聲聲不可諧五不足而後假借故
六書之序一曰象形二曰指事三曰會意四曰轉注五曰諧
聲六曰假借古字書有其篇名而無傳者李斯蒼頡篇趙高

爰歷篇胡毋敬博學篇司馬相如凡將篇楊雄訓纂篇今皆
不傳惟許愼字叔重東漢人說文解字學者宗之自隸書以來能發
明六書之指使三代之文尙存於今日而得以識古人制作
之本者許氏說文之功爲大後之學者一點一畫莫不奉之
爲規矩而識者猶謂其與六經之文諸家之傳有不盡合者
焉未可謂盡得古人之意也學者能取其大而棄其小擇其
是而違其非乃爲善學說文者焉許氏之後魏張揖作字詁
晉呂忱作字林顧野王作玉篇以補說文之未備其他字書
雖多不足信也

字學歌

蒼頡爰歷博學篇凡將訓詁皆不傳說文最古有支派字詁字林及玉篇洪武正韻明所用康熙字典今用焉

顧盦八字說

春秋以上言文不言字如左傳於文止戈爲武故文反正爲乏皿蟲爲蠱及論語史闕文中庸書同文之類並不言字以文爲字始於史記秦始皇瑯琊臺石刻曰同書文字說文序云依類象形謂之文形聲相益謂之字文者物象之本字者孳乳而生周禮外史掌達書名於四方註曰古曰名今曰字儀禮聘禮注云名書文也今謂之字此則字之名自秦而立自漢而顯也歟又曰三代以上言文不言字李斯程邈出文

降而爲字矣二漢以上言音不言韻周顒沈約出音降而爲韻矣

書法

鍾繇見蔡邕筆法於韋誕坐上苦求不得誕死陰令人盜開其墓以得之故知多力豐筋者聖無力無筋者病一一從其消息而用之由是更妙衛夫人作筆陣圖論學書先執筆真書去筆頭一寸二分行草書去筆頭三寸一分執之下筆點畫波擎屈曲皆須盡一身之力而送之初學先大書不得從小書善鑒者不寫善寫者不鑒意前筆後者勝意後筆前者敗善筆力者多骨不善筆力者多肉多骨微肉者謂之筋書多肉微骨者謂之墨猪多力豐筋者勝無力無筋者病唐太宗論筆法欲書之時當收視返聽絕慮凝神心正氣和則契於玄妙心神不正字則攲斜志氣不和書必顛仆其道同魯廟之器虛則攲滿則覆中則正正者沖和之謂也大抵腕豎則鋒正鋒正則四面勢全次實指指實則筋力均平次虛掌掌虛則運用便易褚遂良論用筆當如印印泥如錐畫沙使其藏鋒書乃沉着當其用鋒常欲透紙背

書體十斷

書體有十一曰古文黃帝史蒼頡所造也蒼頡爲古文之祖科斗即古文別名一曰大篆周宣王太史史籀（音）所作也始

變古文或同或異謂之爲篆篆者傳也傳其物理施之無窮一曰籀文亦史籀所作與古文大篆小異後人以名稱文謂之籀文其迹有石鼓文存焉一曰小篆秦始皇丞相李斯所作也增損大篆異同籀文謂之小篆亦曰秦篆天下行之畫如鐵石字若飛動作楷隸之祖爲不易之法其銘題鐘鼎及作符印至今用焉一曰八分秦羽人上谷王次仲所作也始皇時官務煩多得次仲文簡略赴急疾之用甚善遣使召之不至始皇怒制檻車送之於道化爲大鳥飛去惟蔡邕（伯喈）乃造其極一曰隸書（即今楷字）秦下邽人程邈所造也損益大小篆圓方而爲隸書三千字始皇善之用爲御史以奏事繁多篆

字難成乃用隸字以爲隸人佐書故曰隸書按八分則小篆之捷隸亦八分之捷漢陳遵善隸書與人尺牘人皆藏之以爲榮厥後鍾元常王逸少各造其極一曰章草漢黃門令史游所作也元帝時史游作急就章解散隸體粗書之此乃存字之梗概損隸之規矩縱任奔逸赴速急就因草創之義謂之草書張芝變爲今草如水流連拔茅連茹上下牽連變態不窮呼史游草爲章因張伯英草而謂也章草卽隸書之捷草亦章草之捷也一曰行書後漢潁川劉德昇所造也卽正書之小變務從簡易相間流行故謂之行書晉世以來工書者多以行書名昔鍾元常善行狎書是也厥後王羲之獻之

並造其極焉一曰飛白漢左中郎將蔡邕所作也本是宮殿題署勢既尋文字宜輕微不滿名爲飛白邕見役人以堊帚成字心有悅焉歸而爲飛白之書漢末魏初並以題署宮闕其體有二創法於八分窮微于小篆張芝草書得易簡流速之極蔡邕飛白得華艷飄蕩之極一曰草書後漢張伯英卽芝所造也杜度妙於章草崔瑗崔實父子繼能羅暉趙襲亦法此藝芝自云上比崔杜不足下方羅趙有餘字之體書一筆而成末世稱一筆書實約文該思應旨宣言列禦施鞭飛廉縱轡伯英草創遂造其極焉

漢藝文志云漢興蕭何造歷亦著其法曰太史試書能諷書九千字以上乃得爲史又以六體試之課最者以爲尙書御史史書令史吏民上書字或不正輒擧劾之六體者古文奇字篆書隸書繆篆虫書皆所以通知古今摹印章書幡信也

渾天儀 兼璿璣玉衡

自黃帝考定星歷建立五官九黎亂德顓頊乃命南正重司天北正黎司地三苗復亂堯舜乃命羲和正之時測候之器則有璿璣玉衡以齊七政焉美珠謂之璿以璿飾璣所以象天體之轉運也以玉爲管橫而設之所以窺璿而齊七政之運行也後世渾天之儀葢出於此世之言天者三家一曰葢天二曰宣夜三曰渾天葢天卽周髀也言天形如倚葢中高

四隤日月相隱蔽以爲晝夜宣夜言天本無質日月五星浮生虛空其行其止皆須氣焉蔡邕以爲宣夜之學絕無師承周髀術數具存考驗天象多所違失惟渾天者近得其情渾天之說曰天形如雞卵地居其中天包地外猶卵之裏黃圓如彈丸剛氣圍合包絡凝固不散大地孤懸虛空而無墜陷以此天則半覆地上半在地下二極持其兩端天與日月星宿斜而迴轉渾天之儀葢古有其法至秦而滅焉至漢武帝時洛下閎始經營之鮮于妄人又量度之及宣帝時耿壽昌始鑄銅爲象自是以後造儀者不一家若張衡李淳風僧一行梁令瓚輩其最著也宋朝因之爲儀三重其在外者曰六

合儀以其上下四方於是可考故曰六合次其內曰三辰儀以其日月星辰於是可考故曰三辰其最在內者曰四游儀以其南北東西無不周遍故曰四游其間有黑赤單環雙環法最精密建元郭守敬言司天渾儀宋時汴京所造不與燕都天度相符乃考其失而正之當時測景之所凡二十有七先作候極儀極辰既位天體斯正乃作渾天象并出其所創簡儀抑儀及高表用相比覆乃以二線推測宿度餘分纖微畢究前明仍其舊後經毀廢及我　皇上建中立極百度維新更建渾儀愈加精密焉

黃赤道 所謂道者非眞有道也為段數以別算位而已

古歷日月之行皆從天道至東漢始分赤道黃道為二整恂等又以月經四表分為八行黑道二出黃道北朱道二出黃道南白道二出黃道西靑道二出黃道東與黃道處貫創制九道故曰日有中道月有九行所謂赤道者平分天體為南北者也從南北二極相距正中之界判一細道名曰赤道亘於中天終古不易推步者賴以為準則焉黃道者從太陽旋周一歲之界而設之以紀月與五星所經行者蓋太陽行天一歲所周軌跡旋以成規名曰黃道也此道斜絡於赤道如兩環相矗然半在赤道南最南之界為冬至半在赤道北最北之界為夏至二道相交之所為春秋分四平分之為四象限限各九十度是即二至二分之限也所以分黃道為十二宮者日月相會於黃道歲有十二次也天下寒暑榮悴皆由黃道太陽之行黃道也北陸暖而萬物生南陸寒而萬物死也黃道冬至出赤道南夏至入赤道北出入各二十四度其差有漸故又為黃赤內外差然則求黃赤道差之法宜如何一行之為大衍也立累裁之法以求之邊岡之為崇玄也立相減相乘之法以求之而皆未甚密至元郭守敬則用弧矢從勾股之法以求之得黃赤道差二度三十分八十五杪當時稱其脗合焉

南北極

北極出地三十六度常見不隱者也南極入地三十六度常隱不見者也北極即北辰其星有五在紫微中天運如環三光迭曜而極星不移極星者指近極之星而名之也朱子以為天行運轉晝夜不息而此為之極如輪之轂如磑之臍雖欲動而不可得者是也位在中央四方所取正故又謂之中宮焉南極惟一星在弧矢之南常以秋分之曙見於丙春分之夕見於丁其下衆星古未有名常沒地中者也南北極者天體永久不動之兩點周天倚為環轉之樞者也古今測法不同今西歷測法則從極中周圍起線為南北緯度至天之中九十度為赤道界八居赤道之下者則以赤道為天頂極

之低昴因所居而定焉

斗柄

北斗在紫微垣內有七星其杓末一星爲搖光常東向氐房之間四時每隨太陽爲環轉春三月初昏氐房在東故斗柄東指夏則南秋則西冬則北乃知斗柄一定不移者也四時逐月環轉又以太陽之逐月環轉也而太陽環轉古今歷法又不同古者春太陽在玄枵子娵訾亥降婁戌之次今在亥酉戌三宮矣古者夏太陽在大梁酉實沈申鶉首未之次今在申未午三宮矣古者秋太陽在鶉火午鶉尾巳壽星辰之次今在巳辰卯三宮矣古者冬太陽在大火卯析木寅星紀

丑之次今在寅丑子三宮矣

躔度 節劉基篇

天道左旋其度則三百六十五度四分度之一常一日一夜而過太虛一度日月五星亦隨天左旋日不及天一度月不及天十三度日有中道月有九行日月相會歲凡十二方會則月光盡滅而爲晦既會則月光復蘇而爲朔紓前縮後近一遠三則月斜倚而爲弦與日對當天之中則月光正滿而爲望日食何也晦朔而日月之合東西同道南北同度故月掩日而日爲之食也月食何也至望而日月之對東西對道南北對度故日射月而月爲之食也日行婁井之方月行靑

赤之道則爲春夏焉日至角牛之方月行白黑之道則爲秋冬焉日道發南則景長極遠而冬至矣日道斂北則景短極近而夏至矣二至之中則道南景正而爲春秋分矣星也者山嶽之精之所鍾也有三垣焉曰紫微也太微也天市也二十八宿爲經星金木水火土五星爲緯星金水附日歲一周天火二歲木十二歲土二十八歲而周天此其遲速不齊也北極出地三十六度常見不隱南極入地三十六度常隱不見此其伏見不同也朝出曰贏夕出曰縮西行曰逆東行曰順不東不西曰留芒及曰犯妖變曰孛執法郎位象其官明堂靈臺象其物是故皇極建而太微明相道得而三台麗諫

諍開而執法顯刑罰淸而貫索空角應將帥之良胃應倉廩之實少微以應遺逸之求亢宿以應黎獻之供室應營造之省斗應禮樂之彰五星聚奎以應文運之昌五星聚斗以應武功之競此天象人事合一之大較也

附錄 天行

昔人云天體旁轉如推磨石而左行日月右行而隨天左轉故日月實東行而天牽之以西沒譬如蟻行磨上磨左旋而蟻右行磨疾而蟻遲故不得不隨磨左旋焉

二十八宿

角亢氐房心尾箕斗牛女虛危室壁奎婁胃昴畢觜參井鬼

柳星張翼軫

五星

木爲歲星火爲熒惑星鎮居戊巳斯爲土德太白屬金主西辰星屬水在北

七星

北斗之宿七星明第一主帝爲樞精第二第三璇璣星第四名權第五衡開陽搖光六七名

分野

周禮保章氏以星辨九州之地所封之域各有分星以觀妖祥爲如左氏所載熒惑守心宋景禳其咎實沈爲祟晉侯受

其殃妖祥驗於分星蓋自古有之也今以古者分野之略言之角亢氐則屬兖州房心豫州尾箕幽州也斗牛女則屬揚州虛危青州室璧并州也奎婁胃則屬徐州昴畢冀州觜參益州也井鬼則屬雍州柳星張三河翼軫荆州也此其間相配者少相反者多如揚在東南而星紀反在北之類躔次相反似屬可疑唐一行謂分星有山河脈絡之兩戒雲漢升沈之四維認而識之可以纏其相配又曰星之與土以精氣相屬而不係於方隅理或有之也顧星野之分雖有定屬世歷千古不能無變有因天運而變者宿度分於黃道黃道遷於歲差故隸於斗者或更出于牛若茲之類是天運變而分野當改也有因地勢而變者人物限於山川山川限爲分野山不變而川常變如汴城或徙於河之北復更於河之南則亦當隨其遷徙壅導而判其分野矣此地勢變而分野當改也有因人事而變者如魏徙大梁則西河合於東井秦拔宜陽則上黨入於輿鬼此人事變而分野當改也豈泥于一定哉

分野歌訣附

角亢氐兮屬兖房心乃屬豫州箕尾幽之分野揚州斗女牽牛危虛青州所屬室璧記是并州徐則奎婁與胃冀於昴畢星求觜參井鬼何屬益雍二處分收三河柳星張界翼軫斷在荆州三河舊周今河南湖廣

古今地名歌訣

冀爲直北與山西青兖山東國是齊徐揚連跨兩江浙湖廣荆州楚所基豫屬河南洛陽地梁爲滇蜀雍陝西更增福建號八閩百粤分作廣東西貴州是漢牂牁音臧戈郡古今名號各參差

七政

七政者日月五星也七者運行於天有遲有速有順有逆猶人君之有政事焉日爲陽精夏則陽盛陰衰故晝長夜短冬則陰盛陽衰故晝短夜長春秋陰陽等故晝夜平而黃道者日之所行也冬至在斗夏至在井秋分交于角春分交於奎

晉天文志曰日去地常八萬里地去天加一千三百餘里爲月者陰之精也沈括曰月本無光猶一銀丸日耀之乃光耳光之初生日在其旁故光側而所見纔如鉤日漸遠則斜照而光漸滿大抵如一彈丸以粉塗其半側視之則粉處如鉤對視之則正圓也是故當日則光明就日則光盡與日同度謂之朔衝分中天謂之望光盡體伏謂之晦昏旦側見謂之弦其月中微黑之處乃鏡中大地之形略具形似而非眞有是物也日象君主德月象臣主刑月盈必虧陰道臣道妻道不可盈也五星者五行之精東方春木星曰歲星南方夏火星曰熒惑西方秋金星曰太白北方冬水星曰辰星中央季夏

土星曰鎭星歲星最吉鎭星次之熒惑最凶太白次之辰星又次之其于人也仁義禮智信貌視言聽思各分配焉故五事失五德虧則罰各以類應之矣五星之變有合有散有犯有守有陵有歷有鬬有贏有縮有食吉凶各以類應不可誣也雖歲爲喜星不福無道火爲罰星不罰有德先儒眞西山有言漢之肇造以寬仁得民而不在五星之聚井晉之郤敵以將相有人而不在歲星之臨吳斯言得之矣

日月九行薄食

九道者青赤白黑道各二與黃道而九也月不通黃道止行八道但八道皆斜出於黃道之內外故曰九道耳日之所以有食何也日月相會常數以二十九日五十三分有奇相會一次相會則同一經度較其同經不同緯止曰合朔或月從八道穿度黃道適與日遇則爲同經同緯合朔而有食矣食之有多少何也日道與黃道相交之處有二若正會於交則月體障盡日體謂之食旣在交之前後近於正交則食分多遠於正交則食分少食之方位不同何也月在陽歷自外而交食於內則食起西南而復於東南月在陰歷自內而交出於外則食起西北而復於東北也月在黃道外名陽歷月在黃道內名陰歷月之所以有食何也八道與黃道交交之始曰羅睺交之中曰計都不當二交前後而望則月不食望在

二交前後者必食或旣或不旣則以距交遠近推之月在陽歷食起東北復於西北月在陰歷食起東南復於西南邵雍曰日食月以精月食日以形是以君子用智小人用力又曰月受日之光不受日之精受光則稍偏受精則正對以月正對此黑暈之中所以食也朱子曰望時月食謂之闇虛蓋火日外影其中實闇至望時恰當其闇處故月食也陳潛室曰日月交會日爲月掩則日蝕日月相望月與日亢則月蝕自是行度分道交加去處應如是但天文纔遇此際亦爲陰陽之厄會於人事必有災戾故聖人畏之側身修竹庶幾可免災戾耳

朱子十月之交章注

歷法周天三百六十五度四分度之一左旋於地一晝一夜則其行一周而又過一度日月皆右行於天一晝一夜則日行一度月行十三度有奇故日一歲而一周天月二十九日有奇而一周天又逐及於日而與之會一歲凡十二會方會則月光都盡而爲晦已會則月光復蘇而爲朔朔後晦前各十五日日月相對則月光正滿而爲望晦朔而日月之合東西同度南北同道則月掩日而日爲之食望而日月之對同度同道則月亢日而月爲之食是皆有常度矣然王者修德行政用賢去奸能使陽盛足以勝陰陰衰不能侵陽則日月之行雖或當食而月常避日故其遲速高下必有參差而不正相合不正相對者所以當食而不食也若國無政不用善使臣子背君父妾婦乘其夫小人陵君子則陰盛陽微當食必食雖曰行有常度而實爲非常之變矣蘇氏曰日食天變之大者也然正陽之月古猶忌之夏之四月爲純陽故謂之正月十月純陰疑其無陽故謂之陽月純陽而食陽弱之甚純陰而食陰壯之盛也春秋二百四十年日食三十六唐二百九十年日食百有餘

量天尺

蒼蒼者天也何從而測其去下之遠近曰天無體而日有景故測景即所以量天古人以土圭測日必置五表地中置中表表立八尺之木以夏至之日測之其景北一尺五寸與土圭相等謂之地中千里而南置南表表北得景一尺四寸其地於日爲近南而多暑千里而北置北表表北得景一尺六寸其地於日爲近北而多寒千里而東置東表晝漏未半日景已夕其地於日爲近而多風千里而西置西表晝漏已半日未中央其地於日爲近而多陰中表爲四方之則四表明中表之正由是天地之內四旁上下之道里可得而推矣大約每地千里景差一寸諸書論地遠至百萬章亥所步多至億萬皆不可據信而或者又以爲陽城去交州路當萬里而景差一尺八寸三分是六百里而差一寸也千里差一寸之說亦未足據至於景極長爲冬至極短爲夏至則一焉至沈括景表儀則別立新術候景之表三其崇八尺以銅爲之志以墨綴以繩準以水三表相重日出量西景日入量東景刻分寸分積爲寸寸積爲尺又以小表副之其法甚密要亦不過步日而已我　皇上聰明天縱精於測景之法嘗　御製量天尺論謂天者蒼蒼在上不可階而升何能量之乎但以地準天地之一度以周尺測驗得二百里無餘知其天度地度同也以之而測太陽之某日某地高度即得北極之高度又云天不可量也地可量也古人精於測器凡有歲差月差時差蒙氣差之類皆自測量而得非有他技總而論之測日

景長短則有所據若量天則非吾之所能也至哉　王言是
則測日景卽所以量天而天之度卽以地之度驗之皆從事
於其實而虛者得所準焉非精於造歷之理而能之乎康熙
甲午夏至日　上發出自製量天尺傳示大臣　上先硃書
日影分寸候至午刻毫髮無差覺沈括新表之法又不足道
矣

二十八宿

二十八宿分布周天天無體以二十八宿爲體謂之經星東
西南北各七而一星有一星之主焉東方蒼龍七宿則角亢
氐房心尾箕是也角主化生萬物亢主天子外朝氐爲天根

亦爲路寢房爲天駟亦爲農祥心爲大火天子之明堂在焉
尾形如鉤后妃之敘御象焉而箕則主八風亦象口舌者也
北方玄武七宿則斗牛女虛危室壁是也斗者酌酒之器主
薦賢良而受爵祿焉牛女相聯耕織並重也虛危雖曰耗神
而所屬有司祿司命及羽林諸軍焉室者營室所謂營室之
中土功伊始也壁主文章所謂東壁圖書府也西方白虎七
宿則奎婁胃昴畢參觜是也五星聚奎則天下文明矣婁主
犧牲而胃主五穀昴曰旄頭則主兵刑焉畢星好雨厥有天
街參名鶉首將軍是主觜則行軍之藏府也南方朱雀七宿
則井鬼柳星張翼軫是也物之平者莫如水故井爲水衡鬼

主鬼神而柳主草木星主衣裳文繡張主軫寶服用翼則天
子之樂府而軫則車騎任載之事屬焉二十八宿本皆不移
附天而移天傾西北極居天之中二十八宿半隱半現各以
其時所以必於南方考之春秋分則朱鳥大火之星見午位
冬、夏至則白虎蒼龍之星見初昏箕風畢雨之類皆天道之
常若夫或隱或顯或孛於四方或見於當午或隕而如雨或
化而爲石或其長竟天或其光如晝此皆天道之變占步云
者步以測其常占以測其變也

古歷分至不繫時

造歷者必求端於分至分至者四時之中歷之所由以爲準

也然嘗稽之經傳言至言分未有繫以某時者禮記月令仲
夏之月則云日長至仲冬之月云日短至此從夏正言二至
然亦不言冬至夏至也獨周官大司樂有冬、日至夏日至之
稱此則可疑夫周正建子改月改時當短至時立春已半月
當長至時立秋已半月卽欲繫以時當以春秋不當以冬、夏
至於二分在夏則當春秋在周亦當冬、夏由此言之曰冬、至
夏至春分秋分非周時之舊也蓋月令出於不韋周官出於
劉歆俱不可與道古然則繫時始於何時曰自漢始也漢時
造太初之歷改用夏正而分至啟閉始均二十四節氣之名
始立至繫冬、夏分繫春秋亦自此始也蓋夏時分至之與啟

閉前後相距皆四十五日周正啟閉之後卽遇至分至分之與啟閉前止十五日後乃七十五日其多寡相懸矣故不若夏時之正也立春立夏爲啟立秋立冬爲閉假如周正十一月立春至十五日則爲日短至矣更七十五日乃夏正之春分也

置閏

唐堯命羲和置閏以定四時而成歲左傳亦云履端於始舉正於中歸餘於終夫歸餘卽置閏之說也張子曰置生於朔不盡周天之氣朱子曰合氣盈朔虛而閏生焉蔡氏註尙書以爲周天之數凡三百六十五度有奇一歲之週日與天會

而多五日有奇爲氣盈二十九日月與日會而少五日有奇爲朔虛今試卽氣盈朔虛之說詳之葢一歲有二十四氣假如一月約計三十日則宜十五日交一節氣矣然朞三百六十五日零二十五刻以之分配二十四氣則不止於三百六十日故必十五日零二時五刻爲一節（一節餘二時五刻）三十日五時二刻爲二節（二節餘五時二刻）所謂氣盈也（分配二十四氣止須三百六十日今有三百六十五日零二十五刻則此五日零二十五刻是一歲所餘之日也故曰氣盈）月之合朔二十九日半則月不能滿三十日之數積十二月三百六十日計之內虛五日零六時三刻是謂朔虛也故每歲常六個月小止得三百五十四日也氣盈於三百六十日之外有五日零三時朔虛於三百六十日之內有五日零六時三刻則一歲之間大約多出十日零八時三歲則多出三十二日有奇所謂置閏也三歲而一閏卽以閏月計之亦不須三十二日有奇故置閏之法其先則三年一閏者三繼以兩年一閏者一續又三年一閏者二繼以兩年一閏者一如是經七閏然後氣朔分齊是爲一章然則所閏之月當以何爲定朱子曰閏月以中氣爲定中氣只在本月若趲得中氣在月盡後月便當置閏也斗柄所建爲中氣日月所在斗柄兩辰之間若無中氣卽置閏斗柄左移日月右轉辰與建常相合也大抵三十二月一閏雖不盡同亦不相遠章法雖云氣朔分齊然强弱

之積猶有分杪之餘至四章爲蔀二十蔀爲紀三紀爲元其年甲子歲甲子月甲子朔甲子時交冬至則日月皆無餘分是爲歷元矣

附中氣

二十四氣之有節氣有中氣者何也葢陽者天之氣陰者地之氣天氣先至故十二月節氣常先半月地氣後至故十二月中氣常後半月是中氣正天地交泰中和之氣故古人制律管以候陰陽必中氣始應也閏月無中氣故上半月作前月用下半月作後月用云交某月節是節氣某節中是中氣

中星考

考中星所以定四時也欲考中星者必於日既入二刻而天
始昏日未出二刻而天已旦於此時南方之位而考之堯典
仲春之月星鳥在南仲夏則鳥轉而西火轉而南仲秋則火
西而虛南仲冬則虛西而昴南來歲仲春鳥轉而南矣此堯
典考中星定四時所謂簡而明也顧堯典之中星與月令所
紀不同月令之中星又與後世之歷不同堯典日短星昴以
正仲冬是時日躔在虛七度故昴昏中也自是以降漸退在
女歷夏商至周則日躔牽牛矣月令仲冬則日在斗昏東壁
中旦軫中自漢元和至唐開元冬至日皆在斗度及元之初
在箕十度明嘉靖間冬至初昏室中日在箕三度今亦在箕

三度也堯時日躔北陸今乃日躔東陸四千一百餘年間已
差五十餘度矣中星安得而同然中星之所以不同者以歲
之有差歲之所以有差者天運日躔之所致也周天之數周
歲之日皆三百六十五度四分度之一此其大凡耳天行於
日之外故其分常有餘則漸差而西日行於天之內故其分
常不足則漸差而東日躔一歲之內行周天度未及星之餘
分而日已至而星略移焉故每歲常移於東之分杪以過其
元界所謂差也後人歲差之法不準每欲移度以合天東晉
虞喜以五十年退一度失之太過宋何承天倍其數又反不
及惟隋劉焯取二子中數以七十五年退一度唐僧一行詳

考諸家以焯之說爲近之乃以大衍歷推之八十三年而差
一度在元固已合矣至明而又不合論者以爲古歷無差法
以古法順天行以治歷有差卽改之天固不能盡如歷歷亦
不能盡如天聖人因時以定之而已後人法愈密而差愈多
有盡之歷不能盡無方之體究亦豈能不差哉雖然愚以爲
其法究未密耳誠密則無差也我　朝用西人推算超出古
人之外是故同一歲差也古法以太陽退數換宮不換宿換
太陽宮不換經星宮今法以經星宮退數換宿兼換宮換經
星宮不換太陽宮故古法經星一定不移今法月積歲累漸
漸那移故歲差可明中星亦定矣

里差

夫齊七政莫先於步日步日莫先於分野然測晷準諸刻漏
而刻漏則隨地勢南北辰極高下爲異者中國以渾天法測
天南海北極出地一十五度夏至景在表南長一尺一寸六
分晝五十四刻夜四十六刻衡嶽北極出地二十五度夏至
景在表端無景晝五十六刻夜四十四刻其餘亦諸地各殊
是則欲定日景者不計道里所差必多矣歷官嘗算月蝕矣
中國當蝕於子正時西域未盡初更已食之矣非里差乎微
里差之說不足以步天但古歷里差以日景之長短與南北
極出地之高卑合海內而東西南北各爲測驗今歷以北極

高度定緯列各省太陽出入分刻以地之經度列各省節氣之時刻爲不同焉要之渾天之說但可施之中國中國之外舍周髀勾股之術不可也

測景

周成王使召公營洛大司徒以土圭之法測土深正日景以求地中日南則景短多暑日北則景長多寒日東則景夕多風日西則景朝多陰鄭司農謂土圭之長尺有五寸以夏至日中立八尺之表其景適與土圭等謂之地中今陽城爲然表必以八尺者日從上間下八萬里故也凡日景于地千里而差一寸夏至日景長尺有五寸冬至長丈有三尺皆於中

晝驗之至元郭守敬授時歷則以弧矢接勾股法求之又以舊表八尺表卑景促尺寸以下分杪難別乃置銅表五倍其舊冬至之景長七丈九尺六寸有奇夏至之景長一丈一尺七寸有奇雖四海所測之景所在不同而景長爲冬至景短爲夏至則一焉

地中

古論地中取春秋分卯酉晷景相值又取夏至午中晷景與夜半北極窺筩相値以定東西南北之中故得陽城爲地中按古法未知太陽行度有盈縮故有偏南之誤以今法推之地中當在陽城之北約四五百里焉周以洛陽爲天地之中者此葢中國之論耳

歲差

歲差之故葢由日躔於一歲之中行周天度未及餘分而日已至焉故歲常有不足之分其差甚微人初不覺晉虞喜始定以五十年差一度失之大過何承天復定以百年又失之不及隋劉焯取二家中數復定以七十五年唐一行復定以八十三年而皆未極精密今歷法恒星天每歲東行六十一杪葢六十二年而差一度焉

日永日短考

書紀堯命羲和考驗歷日仲夏則日永仲冬則日短其永其

短以一晝夜百刻計之夏至則晝六十刻爲永之極冬至則晝四十刻爲短之極也葢日晝夜百刻以十二辰分之每辰得八刻三分刻之一無間南北所在皆同春秋二分則日當赤道出入之中晝夜各五十刻自春分以及夏至日入赤道內去極近夜短而晝長自秋分以及冬至日出赤道外去極遠晝短而夜長以地中揆之長不過六十刻短不過四十刻地中以南則長有不及六十刻短有不止四十刻者地中以北則長有不止六十刻短有不及四十刻者授時燕都偏北故冬至晝刻三十八夜刻六十二夏至晝刻六十二夜刻三十八葢地有南北極有高下日出入有早宴所以九服皆不

同耳又按歷中晝夜刻數長短大抵冬夏至左右皆十二日十日進退一刻春秋分左右皆只五六日進退一刻日之長短係黃道南北之不同蓋北極出地三十六度故自赤道北之天體皆以近北極之故在地上多在地下少南極入地三十六度故自赤道南之天體皆以近南極之故在地上少在地下多所以黃道自北過南則日入地微深日出地漸少而刻數漸晝減而夜增黃道自南過北則日入地漸淺日出地漸高而刻數漸晝增而夜減但春秋分是黃道與赤道交處日就竪處行則過北之勢直而速故只五六日進退一刻冬夏至黃道與赤道相去各三十四度爲最遠日就橫處行或

自西而趨東或自東而趨西其過爲南北之勢斜而緩故十日二十日方進退一刻按圖可見矣

五辰考

尙書言撫於五辰孔氏曰五行之時如四時也言撫順五行之時則衆功皆成禮運曰播五行於四時蓋四時者氣也五行者象也四時各分九十二日八十分之一十五爲一時之正而五行則以木配春以火配夏以金配秋以水配冬而土則分旺於四時每季一十八日有奇胡氏旦曰五行在地爲物在天爲時順其時而撫之故仲春斬陽木仲夏斬陰木所以撫木辰季春出火季秋納火所以撫火辰司空相阪隰以撫土辰秋爲徒杠春達溝渠以撫水辰又春德在木布德施惠順木也其餘皆然若堯典敬授民時平秩東作之類何一非所以順五辰哉

二十四氣

天地之氣陰陽而已矣陰陽分爲四時四時之陰陽由微而著而極則一時共有六氣而二十四氣行焉大抵一月之中有節氣有中氣如丑中交寅則爲節寅半則爲中也四時之中亦有節氣有中氣如四立則爲節二至二分卽爲中也氣往者過而來者續曰至九十日之中曰分陰陽之極曰至陰陽於此生亦曰至正月之節曰立春曰雨水雨水者何冬雪

已融則爲雨冬氷已泮則爲水又春木用事而水者木之母也其先之不亦宜乎二月之節曰驚蟄曰春分驚蟄何也二月者四陽之月於卦爲大壯雷在天上此其時矣蟄虫昭蘇此其驗矣三月之節曰淸明曰穀雨蓋淸明者巽風也而三月正萬物齊乎巽之時也穀雨者雨水之澤至此其潤及於穀乎此春三月之氣也由是而立夏而小滿則四月矣小滿者四月純陽而陰已伏焉伏者甚小而將滿焉亦猶易言履霜必至於堅氷也防之也由是而芒種而夏至則五月矣芒種者周禮謂種之有芒者禾也種之無芒者麥也穀雨言穀之始芒種言麥之成穀麥者民生之所重也由是而小暑大

暑則六月矣暑一也而由小以至乎大有漸焉此夏三月之氣也立秋始交七月而處暑繼之處止也暑至此其退矣乎白露交八月而秋分繼之寒露交九月而霜降繼之白者秋金之色寒者秋金之氣至露結爲霜而秋深矣此秋三月之氣也十月立冬則由霜而雪矣然未甚也故曰小雪十一月則由小而大矣故曰大雪由是而冬至繼之一陽來復其在此時乎十二月曰小寒大寒亦猶暑之有大小也此冬三月之氣也統而論之陽生陰陰又生陽二十四氣之所以循環而不已也通上半年皆可謂暑屬陽通下半年皆可謂寒屬陰二十四氣之所以對待而有常也其行也有漸故至相反

而不驚其極也必變故曰相推而無盡而所以調元贊化使四時之氣協應而不爽者則存乎其人焉

風雨雷電霜雪冰雹

天地之間一氣而已矣感遇聚散而風雨雷電冰雹霜雪諸類生焉莊子云大塊噫氣其名爲風風者天地燥鬱之氣飄揚旋轉而騖於空者也時雨將降山川出雲觸石而起膚寸而合雲者水土之氣之所結而雨者陰陽之氣蒸鬱而成者乎至於雷則太陽之激氣也故陽動而始雷陽盛而雷迅陽衰而雷潛氣搏擊而成火故有雷火焉氣運地則成質故有石斧焉陰陽相搏光發而聲隨之故雷電交至焉霜者露之凝也雪者雨之凝冰則水之凝也盛陽雨水溫暖而湯熱陰氣脅之不相入則轉而爲雹盛陰雨雪凝滯而冰寒陽氣薄之不相入則散而爲霰若天氣降而地氣不接則爲霧地氣升而天氣不接則爲雺合而論之雪隨雨而凝雨隨雲而降雲隨風而飛風隨雷而烈皆陰陽之往來一氣之鼓盪也

董仲舒論

陰陽之氣上薄爲雨下薄爲露風其噫也雲其氣也雷其相搏之聲也電其相擊之光也太平之世風不鳴條雨不破塊雷不驚人電不眩目雪不封樹此聖人在上陰陽和也

張橫渠論

陰性凝聚陽性發散陰聚之陽必散之其勢均散陽爲陰累則相持爲雨而降陰爲陽得則飄揚爲雲而升故雲物班布太虛者陰爲風驅斂而未散者也凡陰氣凝聚陽在內者不得出則奮擊而爲雷霆陽爲外者不得入則周旋不舍而爲風其聚有遠近虛實故風雷有小大暴緩和而散則爲霜雪雨露不和而散則爲戾氣曀霾陰常散緩受交於陽則風雨調寒暑正

三際

天地之間分三際焉水土之塊太陽蒸之是成溫際負火同天是名熱際中間通達而冷是名冷際近地之際率皆溫溫

際之上則爲冷無冷際包裹則温氣直散不復有温便無雨露霜雪矣

月令論

昔者孔子嘗曰我欲觀夏道是故之杞而不足徵也吾得夏時焉說者以爲夏小正之屬及告顔子行夏之時亦取其時之正與令之善然則王者因時布政將以上順天時下順民事設施之間固秩然有序若堯典之平秩平在周官之月吉懸書皆是道也而其間或有不待時而可通行非其時而可權行者則又不必於過拘月令之書作於呂不韋其敍時一用夏正分十二月而各係以其月之所宜行將以存先王之

遺制而使後世有所法守故以先秦之書得列於五經葢王者治天下亦于是乎有取焉而唐之柳宗元嘗著論譏之以爲使古之爲政者非春無以布德和令行慶施惠非夏無以贊傑俊遂賢良非秋無以選士厲兵非冬無以罷官之無事去器之無用者則其闕政亦以繁矣且變天之道絕地之理亂人之紀舍孟春則可以有事乎作淫巧以蕩上心舍季春則可以爲之乎是皆可勿書也按柳子所譏不爲無見先王之政後天而奉天時大約順乎陰陽之宜是故春夏陽舒而慶賞行秋冬陰斂而刑威作其餘若耕耘收穫之候祠禴烝嘗之宜皆時至而後行而其他若選賢舉能矜恤鰥寡禁止奇衺之類斯固所爲不待時而可行者也又或不得已而盛夏可以興師窮冬可以肆眚則是一時所值不得不然亦所謂非其時而可權行者月令所書誠不無過拘之病然先王施政之大法因是可以得其梗槪在讀者之善擇焉而欲盡舉而廢之則過矣且唐虞之平秩周官之懸書一時必有一時之政使有司遵而行之故律令者有司之所準也而時令者人君之所準也人臣奉君則以君之令爲令人君奉天則以天之令爲令月令其可廢乎我　皇上欽天奉時百廢具擧有經行者以準一成之時令而亦有通行權行者神明於成法之中斯誠奉若無違者歟爰　命詞臣纂輯月令廣

義一書博稽載籍以備參考斯可與唐虞授時周官月吉比隆矣

釀蜜集卷二終

釀蜜集卷三

金匱浦起龍二田著　五世孫錫齡校

曆元附歷代造曆

曆本於元所以造端也黃帝以來曆元雖不同而皆準於甲子漢太初曆本於顓頊顓頊曆者本連山首艮之易而作也起於冬至夜半年月日時皆甲子日月如合璧五星如連珠以爲起曆之元至漢武帝時洛下閎改爲太初曆其法以律爲曆其數起於黃鐘之龠而以十九歲爲一章二十七章爲一會三會爲一統三統爲一元蓋四千六百一十七歲也至東漢又以章蔀紀元爲曆法亦以十九歲爲一章則至朔分

齊矣然猶非甲子也四章爲一蔀至朔同會於甲子日矣二十蔀爲一紀至朔同會於甲子日甲子時矣然猶非甲子歲首也三紀爲一元共四千五百六十歲至朔乃同於甲子又在甲子歲首總會如初矣此一元比太初一元差三章唐一行專用大衍之策則曆術又本於易焉明洪武間元統上言今曆以大統爲名而積分猶仍授時之數授時以至元辛巳爲曆元至今甲子年遠數盈漸差天度擬合修改於是欽天監造曆以洪武甲子爲曆元焉

歷代造曆

曆之名始於黃帝曆之算定於容成夫上稽天象下正人時非曆不可故有起之以律者矣累實於黃鐘是也有積之以數者矣較分於絲毫是也又有驗之以象者矣作儀於渾天是也然古今造曆非一家而法久不容不變漢曆凡五變而莫善於太初司馬遷等所推也其說本於鐘律以黃鐘八寸一分爲日法唐曆凡八變而莫善於大衍僧一行所作也其說本於蓍策以卦當歲以爻當月以策當日宋之曆數變無常元授時曆最善郭守敬等所改治也明用元人之曆博士元統曾上言欲更定之而未行至我　朝時憲書推算精密不盡拘古法而以勾股之法神而通之以人求天無不合矣

律曆同原

唐虞之世以曆命羲和以律命后夔律曆者帝王治天下之首務也是二者雖異名而同原蓋天地之道不外乎陰陽律之陰陽則六律六呂是已曆之陰陽則寒暑四時是已是故

律有十二管曆有十二月律有陰陽相生曆亦有啟閉互乘律有變聲以通其變曆亦有歸餘以濟其窮非直此也有因曆以定律者如陰陽升降其氣已至而律乃於是而生也有因律以定曆者如竹管葭灰應候而飛而曆乃於是無差也蓋曆者自然之氣律者自然之聲聲與氣本不相離故其用亦交相濟雖然猶未及其原也原者何始也律始黃鐘曆始冬至其在於易則一陽來復可以見天地之心者也於此而

求律則有以得聲之元而中聲定中聲定而十二律以次而悉協焉於此而求曆則有以得氣之元而曆元定曆元定而分至之期不爽而履端擧正之功以次而克正焉是故考定曆律者必先求黃鍾冬至之候所謂曆律之原也吾於是而知人心亦自有其原焉仁是也仁卽天地生物之心也得之最先而萬理由此而出所謂元者善之長也聖人能體仁以立其原則以一身而備四氣之和生長收藏之曆不在天地而在我矣聲爲律而身爲度淸明廣大之律不在氣數而在我矣然則曆律之原其卽性命之原也歟

總論 附

黃鍾爲萬事根本度量衡皆由之而出故虞書曰同律度量衡蓋度量衡受法於律其法則先本而後末故立言之序如此也夏稱關石和鈞王府則有周反商政首謹權量王者所以一天下之風俗者莫重乎此漢之去古未遠古之律度量衡猶在也故班氏所志無諸家同異之論自魏以降律之圓徑不得其眞多惑於徑三分之說故當時據斗造律圍徑旣小其律必長律長則尺亦長矣唐貞觀中張與收鑄銅斛稱尺升合咸得其數故唐之樂器雖無法而聲不失於古至後周王朴以黍定尺以尺生律又惑於三分之徑聲與器皆失之矣好古君子於此蓋不能無憾焉

度

周禮典瑞璧羨以爲度蓋此璧本圓徑九寸好三寸璧內謂之好肉六寸肉音寅璧邊也而裁其兩旁各半寸以益上下所謂羨也羨延也於是袤則十寸袤其長也廣則八寸廣其濶也準此以爲度尺焉然則周家十寸八寸皆爲尺矣陳氏曰以十寸之尺起度則十尺爲丈十丈爲引以八寸之尺起度則八尺爲尋倍尋爲常此周尺也漢前志曰度者分寸尺丈引也所以度長短也本起黃鍾之長以子穀秬黍中者一黍之廣度之九十分黃鍾之長一爲一分十分爲寸十寸爲尺十尺爲丈十丈爲引而五度審焉一黍之廣爲一分故累九十黍爲黃鍾之長 隋志有十五等尺一周尺

晉中書監荀勗校太樂八音不和始知後漢至魏尺長於古尺四分有餘乃部劉恭依周禮制尺以尺量古器與本銘尺寸無差又汲郡盜發魏襄王冢得古周時玉律及鍾磬與新律聲韻闇同則知此尺最爲近古矣二晉田父玉尺世說稱有田父於野田中得周時玉尺較前尺短一米 三梁表尺梁朝刻其度於影表以測景 四漢官尺晉時始平掘地得古銅尺較荀尺短四分五魏尺六晉後尺七後魏前尺八中尺九後尺十後魏後尺十一蔡邕銅龠尺十二宋氏尺十三律呂水尺十四雜尺十五梁朝俗間尺以上十五等尺其間多無所取證要之諸代之尺長短不同多由累黍及圍徑之誤卽如宋代之尺胡瑗則橫累一百黍矣鄧保信則縱累一百黍

矣一縱一横而短長自異矣大晟樂尺則又以徽宗指三節爲三寸焉要皆未可據也宋丁度等言漢志審度之法以黍爲準然取黍校驗亦復不齊古人立法存其大概耳前代制尺非特累黍必求古雅之器以黍校焉古器之分寸明著史籍可以酬驗者惟有法錢而已周之圜法莫可考矣漢世如劉歆鑄錯刀(貨布 貨錢)并大泉五十重十二銖徑一寸二分錯刀環如大泉身形如刀長二寸貨布重二十五銖長二寸五分廣一寸貨泉重五銖徑一寸今以此四物相參校而用之則銅斛之尺亦從可知矣漢去古未遠故欲求尺度之中當依漢錢分寸於是高若訥卒用貨泉度一寸依隋書定尺十五

種上之藏於太常寺此宋時之議也我　朝制度維新

欽定黄鐘之管恰得古尺九寸爲營造尺之七寸二分驗之度量權衡無不悉協焉

量

周禮㮚(古栗字)氏爲量改煎金銀則不耗不耗然後權之權之然後準之準之然後量之量之以爲鬴(音輔)深尺内方尺而圜其外其實一鬴其臀(底也)一寸其實一豆其斗三寸其實一升重一鈞聲中黄鐘之宫按周鬴容六斗四升漢斛容十斗

漢志曰量者龠合升斗斛也所以量多少也本起於黄鐘之龠用度數審其容以子穀秬黍中者千有二百實其龠以井水準其槩合龠爲合十合爲升十升爲斗十斗爲斛而五量嘉矣其法用銅方尺而圜其外旁有庣焉(音挑鄭氏曰過也 算方一尺所受一斛過九氂五毫然後成斛 師古曰庣不滿之處也)其上爲斛其下爲斗左耳爲升右耳爲合龠其狀似爵上三下二參天兩地圜而函方左一右二陰陽之象也其圜象規其重二鈞備氣物之數合萬有一千五百二十聲中黄鐘之宫始於黄鐘而反覆焉

衡

漢前志曰衡權者衡平也權重也衡所以任權而均平輕重也本起於黄鐘之宫一龠容千二百黍重十二銖兩之得二十四銖而爲兩十六兩爲斤一十六斤爲鈞四鈞爲石忖爲

十八易有十八變之象也五權之制以義立之以均鈞之(均制長七尺繫之以絲以均鐘者)其餘小大之差以輕重爲宜

律呂

夫律呂何自昉乎班固曰黄帝使伶倫自大夏之西崑崙之陰取竹之嶰谷生其竅厚均者斷兩節間而吹之以爲黄鐘之宫制十二箭以聽鳳凰之鳴其雄鳴爲六雌鳴亦六比黄鐘之宫而皆可以生之是爲律本至治之世天地之氣合以生風天地之風氣正十二律定焉統言之則十二律分言之則陽爲律陰爲呂六律者黄鐘太簇姑洗蕤賓夷則無射也自十一月至九月六奇月當之六呂者大呂夾鐘仲呂林鐘

南呂應鐘也自十二月至十月六偶月當之一律而五音生焉五音者宮商角徵羽也凡十二律各以本律爲宮而生四律如黃鐘爲宮則太簇爲商姑洗爲角林鐘爲徵南呂爲羽黃鐘一均之聲也若林鐘爲宮則南呂爲商應鐘爲角太簇爲徵姑洗爲羽是林鐘一均之聲也其餘皆然各就其宮以生四聲而後六十律之聲備顧其間有正聲焉又有變聲焉變聲何謂也盖五聲宮與商商與角徵與羽相去各一律則音節和至角與徵羽與宮相去乃二律則音節遠故角徵之間近徵收一聲比徵少下謂之變徵羽宮之間近宮收一聲少高於宮謂之變宮正聲五變聲二變聲所以濟五聲之不

及合之爲七左傳所云七音漢志所云七始是也變聲非正故不爲調調止六十也顧有變焉又有子聲焉子聲何謂也凡一均之內以宮聲爲主其律當最長其商角徵羽之律若短卽用正聲或反有長於宮者則只可折半用子聲此分正聲子聲之法也惟黃鐘一宮上生下生長短皆順故得各用其全律之正聲其餘則必以子聲劑之矣五聲之中宮最大而沉濁羽最細而輕清商之大次宮徵之細次羽而角居四者之中焉合而言之六十調卽十二律十二律卽一黃鐘黃鐘生十二律生五聲二變五聲各爲綱紀以成六十調六十調皆黃鐘損益之變也故欲求律呂者先定黃鐘

黃鐘

黃鐘者陽聲之始陽氣之動故其數九分寸之數具於聲氣之元不可得而見乃斷竹爲管吹之而聲和候之而氣應而後數形焉均其長得九寸審其圍得九分積其實得八百一十分是爲律本度量權衡於是而受法十一律由是而損益焉其以爲八寸一分者司馬遷之說也盖卽九寸之數每寸九之以便於數之相生其實卽九寸之說惟呂覽以爲三寸八分其說不可信鄭康成月令註云凡律空圍九分盖以諸律雖短長有差其圍皆以九分爲限所謂空圍九分者空圍中廣九分也而韋昭等乃云徑三分圍九分以九分爲空圍

圍長之九分若從其說則黃鐘積分止得六百七分半其管毋乃太狹乎自漢魏以下造律竟不能成而度量權衡皆戾於古大抵由徑三分之說誤之也至於考驗黃鐘之法歷代各殊太史公曰細若氣微若聲聖人因神而存之雖妙必效劉昭曰吹以考聲列以候氣是皆以聲之清濁氣之先後求黃鐘者也是古人制作之意也後世不知此而惟尺之求晉代以下則多求之金石梁隋以來又參之秬黍至王朴遂專恃累黍而金石亦不復考矣夫金石眞僞固難信若秬黍則歲有豐凶地有肥瘠種有長短小大圓妥不同尤不可恃況古人先得黃鐘而後度之以黍非律生於黍也而後人乃以

黍定律其可據乎蔡氏新書曰今欲求聲氣之中則莫若多截竹以擬黃鐘之管或極其長或極其短長短之內每差一分以爲一管皆即以其長權爲九寸如是而更迭以吹則中聲可得淺深以列則中氣可驗苟聲和氣驗則黃鐘之爲黃鐘者信矣黃鐘信則十一律與度量權衡者得矣其說朱子獨取之而或者猶以爲未可盡凴也甚矣考聲候氣之難也夫知樂者必聖人我　皇上輯律吕纂要諸書酌古準今理與氣合確有證據又　欽定黃鐘之宫恰得古尺九寸爲今營造尺之七寸二分驗之度量權衡無不悉協誠可爲萬世法程矣

六律五聲八音考

舜言予欲聞六律五聲八音在治忽以出納五言汝聽金石絲竹匏土革木八物各出一音謂之八音八音之聲皆有清濁聖人差之以爲五品宫商角徵羽謂之五聲五聲高下各有所準聖人制爲六律與五聲相均作樂者以律均聲聲從氣出故有律而後有聲有聲而後八音得以依據獨言六律而不及六吕者舉陽以統陰也盖樂之聲貴於和天地之間聲大者如雷霆小者如蠓蠛皆不得其和惟十二律定而後聲之大者不過宫小者不過羽聲始和矣以此被之八音則八音和奏之天地則八風和聖人贊化之道莫盛於此治世之音安以樂其政和亂世之音怨以怒其政乖故聽樂以察治忽而治忽可知五言者孔傳以爲仁義禮智信五德之言蔡傳以爲詩歌之協於五聲者上所出之言與下所納之言亦察其和與不和以知政之得失焉故曰在治忽以出納五言也六律五聲律吕之書備矣八音者金鐘鎛之屬石磬屬絲琴瑟之屬竹簫管之屬匏笙屬土塤屬革鼓屬木柷敔之屬

十二律寸數

黃鐘長九寸　林鐘長六寸　太簇長八寸　南吕長五寸三分三釐三毫三絲三忽　姑洗長七寸一分一釐一毫一

絲二忽　應鐘長四寸七分四釐七絲五忽　蕤賓長六寸三分二釐一毫　大吕長四寸二分一釐四毫　夷則長五寸六分一釐八毫六絲六忽　夾鐘長三寸六分四釐五毫七絲八忽　無射長四寸八分六釐一毫四忽　仲吕長三寸二分四毫六絲空圍皆九分　相生之數以九爲法九忽爲絲九絲爲毫之類非用九數則上下相生之法不行而律無由起　至其積長則以十五忽爲絲十絲爲毫然後容受可定而中聲可得班固以黃鐘爲九寸者十法也史遷以黃鐘爲八寸一分者九法也

律算撮綜

黃鐘算理緒如絲損益含三立法奇古曰宮商角徵羽今爲上尺工合四五下五前加凡一變宮變徵積空徵十二循環生七始其中論說蘊無涯

損益推成十二鐘各鐘修短徑相同五聲運律圖交錯六甲旋宮數覆重八十四均音調畢二十六律運歸終諸書圖譜難窺奧活法叅求得奏功

五聲八音八風之圖

不周乾亥冬廣莫與條風明庶清明景凉秋閶闔風石革匏竹木絲土金相通文王後天卦

八音配八風

此從眞正配

不知何所本

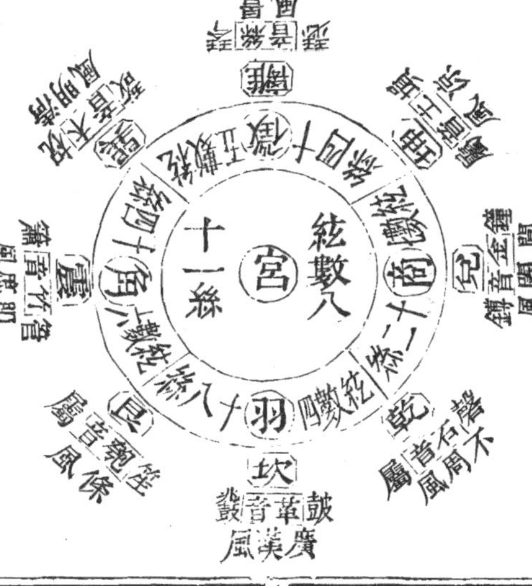

八風從律歌 此從周正配說本大全與後八風論各別

匏竹條風明庶至黃鐘大呂太簇是十一十二正月配艮震二卦分係此

木絲清明與景風夾鐘姑洗仲呂從二三四月配三律巽離二卦分係同

土金涼風及閶闔甤賓林鐘夷則合一坤一兌分係之五六與七三个月

石革不周及廣漠南呂無射應鐘屬八月九月十月終乾坎分係須記續

附五色成文歌

宮商角徵羽五音土金木火水是臨或清或濁有專屬黃白青赤黑色深

黃鐘所以宣養六氣九德論

昔周景王問律於州鳩州鳩爲言古之神瞽考中聲而量之以制度律均鐘百官軌儀因言黃鐘所以宣養六氣九德也請申論之夫所謂六氣者卽秦醫和所謂陰陽風雨晦明也所謂九德者九功之德卽虞書所謂水火金木土穀正德利用厚生也六氣本乎天九德亦本乎天而成乎八而黃鐘者律之首也何以能養之且偏養之盖天下之理不外乎中而已矣黃者中之色也鐘者陽氣鐘聚於下也六氣得其中則

不至過而爲災九德得其中則修和功叙於是乎出黃鐘之律於時爲冬至一陽來復之候也以乾坤六爻分配六律六呂則黃鐘乃乾之初九也是其含元處中者雖其氣甚微而沖和內歛固足以養六氣之本矣雖其德尙隱而胚胎萬化固足以養九德之本矣譬之人心當其由靜而動之時未發之中未失則由此以後所謂酬酢萬變者皆於此養其原黃鐘者亦天地由靜而動之初機也故聖人作律以黃鐘爲本考聲候氣以求其中中則和黃鐘之律既和則所以節八音而行八風協和神人之道俱不外乎此是聖人所爲用黃鐘以養六氣九德者也要豈有外乎一中哉州鳩又云武王以

黃鐘於下宮布戎於牧之野故謂之厲所以厲六師也夫天下事之不和者莫如兵而黃鐘可以和之則其能遍養六氣九德也豈不信哉洪範之叙庶徵也皇建極則雨暘寒燠風各以類應非即聖人之以中而養六氣者歟至若虞帝無爲恭已而六府三事允治非即聖人之以中而養九德歟然則黃鐘之本又在君心而不徒在考聲候氣之間也此又州鳩所未言而可以意推者也

九夏

周禮鐘師掌金奏以鐘鼓奏九夏註九夏樂章名擊鐘奏此曲也杜子春曰王出入奏王夏尸出入奏肆夏牲出入奏昭夏四方賓來奏納夏臣有功奏章夏夫人祭奏齊夏族人侍奏族夏客醉而出奏陔夏公出入奏驚夏一說用九夏尊卑有別天子九夏作諸侯不用王夏得奏肆夏以下大夫用陔夏春秋外傳曰金奏肆夏樊遏渠韋昭注云肆夏一名樊韶夏一名遏納夏一名渠即周禮九夏之三也呂曰肆夏樊遏渠皆周頌也肆夏時邁也樊遏執競也渠思文也

簫韶九成釋

按沈氏釋簫韶九成以爲韶舜樂名言簫見細器之備正義曰簫是樂器非樂名簫是樂器之小者言簫見細器之備者言作樂之時小大之器皆備也愚按此說甚迂詎有舜樂名

韶而隨舉一樂中之小器以冠其上而名爲簫韶者乎蔡傳曰簫古文作箾舞者所執之物也說文云樂名箾韶季札觀周樂見舞韶箾者則箾韶蓋舜樂之總名也今文作簫故先儒誤以簫管釋之耳九成者樂之九成也樂以象成故曰成舜時九功惟叙九叙惟歌故作樂以昭德象功亦極於九經言九成傳言九奏周禮謂之九變其實一也九成而鳳凰儀尊異靈瑞故別言之以見其盛孔氏以爲其餘鳥獸則不待九而率舞其義亦拘

鼓吹

司馬法軍中有鼓笛所以發壯勇　周禮鼓人掌六鼓四金

漢朝乃有黃門鼓吹崔豹古今註云騫使西域得摩訶兜勒一曲李延年尊之分爲二十八曲梁置鼓吹清商令二唐又又有掆鼓金鉦大鼓長鳴歌嘯笳笛合爲鼓吹十二按

律和聲 元聲 變聲 子聲 中聲

舜命后夔曰詩言志歌永言聲依永律和聲聲者宮商角徵羽五聲也五聲之中宮最濁商次之羽最淸徵次之角居淸濁之間其高下淸濁之等不以十二律和之則無以著夫五聲之實不得黃鍾之正則十一律者又無所受以爲本律之宮也黃鍾長九寸其數九九八十一以爲宮三分去一五十四以爲徵三分益一七十二以爲商三分去一四十八以爲

羽三分益一六十四以爲角六十四又三分之得二十一者凡三而獨零一数一数又三分之仍零一而分之不盡数不行矣此音所以止於五所謂音始於宮窮於角也又有二變聲焉角徵之間有變徵羽宮之間有變宮以濟聲之不及合爲七聲推之十二律各爲宮亦各應以四聲亦各有二變所謂旋相爲宮也十二律共八十四聲正調則六十而已然獨黃鍾之七聲皆正律無空積忽微自林鍾以下則有半聲自蕤賓以下則有變律皆有空積忽微不得其正故黃鍾獨得聲氣之元雖十二律八十四聲皆黃鍾所生也朱子曰律家最重元聲元聲一定向下都定亦謂黃鍾也中聲者宮也謂

陰陽際會之中於五行屬土於五德屬信故爲中聲子聲者卽半聲也亦謂之淸聲蓋五聲宮爲君商爲臣角爲民徵爲事羽爲物樂家最忌臣民陵君故商聲不得過宮聲如應鍾爲宮其聲最短而淸或蕤賓爲之商則商聲高似宮聲爲臣陵君不可用遂用蕤賓律減半爲淸聲以應之是也夫律非五聲不能辨聲非十二律不能和五聲非二變不能盡而要其本在黃鍾先和又探其原則歐陽公所云先和民心後正音律者得之舜之時天下時雍風動故律從而和以和召和則神祇格鳥獸馴無所不格史遷序律書亦推本於文帝息兵綏民而陰陽恊和天地之氣亦隨以正此亦可以識造律

之本矣

七聲圖

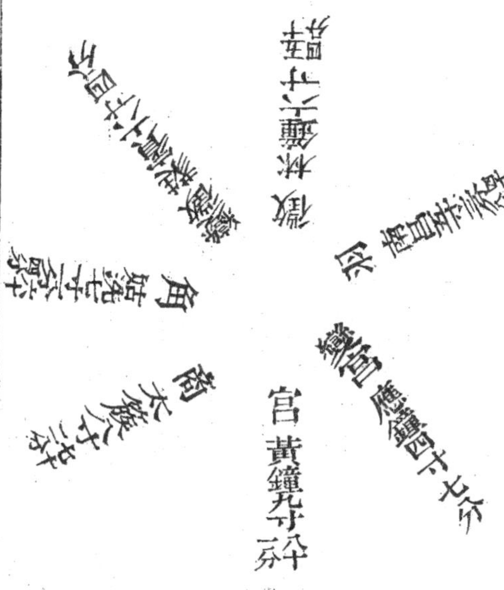

律應黃鐘

古者候氣之法爲室三重塗釁周密布緹縵室中以木爲按每律各一從其方位加律其上以葭莩灰抑其內端按律而候之氣至者灰去此十二律各應每月之氣也隋開皇中曾依古法驗之取律呂之管隨十二辰位置於案上而以土埋之上平於地中實葭灰輕緹覆掩每月氣至則灰飛沖素散出於外但氣應有早晚灰飛有多少耳牛弘以爲灰飛半出爲和氣吹灰全出爲猛氣吹灰不出爲衰氣亦未必然月令仲冬之月律應黃鐘是爲氣之始曆之元淮南子曰黃者土德之色鐘者氣所鍾也自冬至德氣爲土土色黃故曰黃鐘

前漢志曰太極元氣函三爲一極中也元始也蓋謂天地之氣行於十二辰而託始於子一也而函三焉由是參之以丑而得三又參之於寅而得九皆以三相乘而得至十七萬七千一百四十七而黃鐘之分寸毫釐絲忽之數與法定焉其始則一而已矣一則中而已矣皆言律之應黃鐘者然也律者聖人之所爲當其候而天地之氣必應之所謂先天而天不違也黃鐘應則其餘之律無不應苟黃鐘之管長短不符其數則不應苟推曆不準則亦不應必曆與律應則時正而樂正焉其端必始於黃鐘故黃鐘爲曆元也雖然範圍天地燮理陰陽者在乎人上有體元建中之人則天地之氣不期而順以應之此又不徒索之曆律之間也已

三分損益隔八相生

呂氏春秋曰黃鐘生林鐘林鐘生太簇太簇生南呂南呂生姑洗姑洗生應鐘應鐘生蕤賓蕤賓生大呂大呂生夷則夷則生夾鐘夾鐘生無射無射生仲呂三分益之一分以上生三分去其一分以下生漢前志曰陰陽相生自黃鐘始而左旋八八爲伍蓋以陽生陰則三分本律而內損其一曰下生謂以長管生短管也以陰生陽則三分本律而外益其一曰上生謂以短管生長管也隔八相生者自黃鐘生林鐘左數之子位至未位其得八位其餘皆然故曰隔八相生也由黃

鐘轉生十一律至仲呂則不復生焉世之論律者皆以爲十二律循環相生不知三分損益之數往而不返仲呂再生黃鐘止得八寸七分有奇不成黃鐘正聲則不生矣京房乃以仲呂所生則名執始轉生四十八律其後錢樂之又廣爲三百六十律何其謬哉

生數

漢前志曰黃鐘三分損一下生(林鐘)林鐘三分益一上生(太簇)太簇三分損一下生(南呂)南呂三分益一上生(姑洗)姑洗三分損一下生(應鐘)應鐘三分益一上生(蕤賓)蕤賓三分益一上生(大呂)大呂三分損一下生(夷則)夷則三分益一上生(夾鐘)夾鐘三分損一下

生無射無射三分益一上生仲呂不復生矣至蕤賓則再益不損然後能生

十二律數

黃鐘數八十一　林鐘數五十四　太簇數七十二　南呂數四十八　姑洗數六十四　應鐘數四十二　蕤賓數五十六　大呂數七十六　夷則數五十一　夾鐘數六十六　無射數四十五　仲呂數六十

十二律配十二辰

黃鐘位子主十一月　林鐘未六月　太簇寅正月　南呂酉八月　姑洗辰三月　應鐘亥十月　蕤賓午五月　大呂丑十二月　夷則申七月　夾鐘卯二月　無射戌九月　仲呂巳四月

隔八相生圖

三分損益者黃鐘之實其數八十一三分之每分二十七内損一七得五十四則下生林鐘也林鐘之數五十四三分之每分十八外加十八得七十二則上生太簇也其餘可類推

隔八相生者由黃鐘子位數至林鐘未位其八位其餘可類推

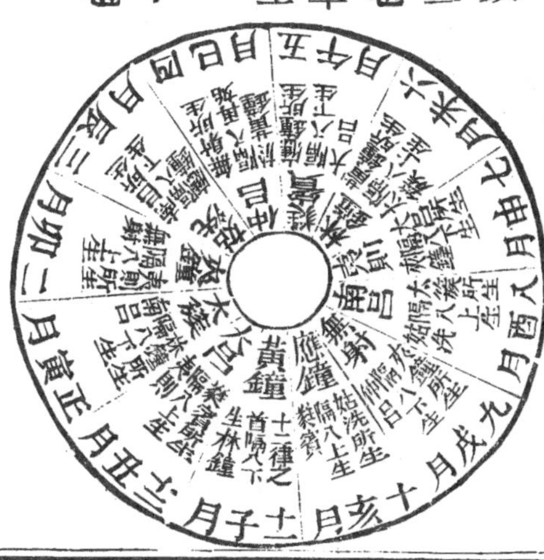

八風論

八風之說雜出於左傳國語樂記諸書衆仲曰舞所以節八音而行八風故自八以降吳季札論樂曰五聲和八風平州鳩曰以遂八風樂記曰八風從律而不奸八風者何西北曰不周於卦爲乾於時爲立冬于音爲石也正北曰廣漠於卦爲坎于時爲冬至于音爲革也東北曰條風於卦爲艮于時爲立春於音爲匏也正東曰明庶于卦爲震于時爲春分於音爲竹也東南曰淸明於卦爲巽於時爲立夏於音爲木也正南曰景風於卦爲離于時爲夏至于音爲絲也西南曰凉風於卦爲坤于時爲立秋于音爲土也正西曰閶闔于卦爲

兌于時爲秋分于音爲金也夫樂由天作而可以格天故夫八風之行於天者雖有一定之氣與一定之候而能使之適應其時不至有滯陰散陽之患者其本皆在於樂故夫八音克諧則八風從律此感彼應呼吸相通此聖人裁成天地燮理陰陽之大較也然吾聞周子有言古者聖人制禮樂修教化三綱正九疇叙百姓太和萬物咸若乃作樂以宣八風之氣然則宣八風之氣者由乎樂而實本乎政故曰政善民安則天下之心和聖人作樂以宣暢其和心夫苟得其和則古人所論八風者或曰行日平日從曰遂俱不外乎此抑又聞樂之作也取象于雷雷以神用者也風亦以神用者也聖人

存神以握其樞則至一之中八者具焉蓋八風不外四時四時不外二氣二本則一一者神也神則陽舒陰歛八方之風無不該矣故吾之論八風者本乎樂樂本乎政政本乎心

正朔之義

改正與改朔有辨改正與改年始有辨殷周則改正改朔兼改年始者也秦則改年始仍用夏正朔者也曷言乎改正與改朔有辨月正爲一歲之始故歲首必以正月夏正建寅商正建丑周正建子是謂改正也朔爲一月之始故十二月皆有朔夏朔以平旦商朔以鷄鳴周朔以夜半是謂改朔也改正與改年始又有辨何也夏之建寅商之建丑周之建子是謂改正秦之建亥不過曰冬十月而已未嘗以十月爲正月也是謂改年始曰安見秦非改正乎曰聞有寅丑子三正矣不聞有四正也聞寅爲人正丑爲地正子爲天正矣不聞亥爲何正也彼秦以呂政李斯之君臣私智自用謂三代何足法凡其所爲無不與聖賢相反其以亥月爲首者雖云尙水德實欲傑異於三代而不知其無所取也且首以十月而不首以正月故謂之改年始則可謂之改正則不可先儒不察乃援以例商謂伊訓之元祀十有二月太甲之三祀十有二月皆改朔不改時不知商之十有二月皆言子月也商之正月則丑月也左傳昭公十七年申須曰火出於夏爲三月於

商爲四月則商正月建丑益可知矣秦政年始之前未聞有復夏時事何故曰大約呂不韋專之且其時六國尙存未成一統止行於國中而未及於天下至政并天下改十月爲年始而時日一如夏舊焉耳

三代正朔論

夏建寅爲人正商建丑爲地正周建子爲天正其說尙矣而後儒之論不同蔡九峰名沈曰商正所謂正朔者以是月爲歲首朝會聘問頒曆授時於是始焉耳時不改月亦無改也豳風月令皆與夏正合前乎周之建子也其書卽位曰元祀十有二月後乎秦之建亥也其書始建國曰元年冬十月是說

也於經史合矣而考之春秋所書不合也卽如桓十四年春正月無冰若夏正月則東風解凍矣無冰曷異定元年冬十月隕霜殺菽若夏十月則霜降已久矣隕霜曷異僖五年正月日南至周之正月卽夏之十一月昭昭可知矣何謂時月俱不改乎則蔡氏之說非矣胡康侯（名安國）曰春正月夫子以夏時冠周月也書王正者存周之正冠以春者示行夏時之義也是謂周但改月而不改時夫謂改月不改時則是正月也周本爲冬而夫子强冠之以春是周本行夏時而夫子反不行夏時也且時則從夏月則從周夫子作春秋而開章首義卽背時王何以治僭竊之罪此決知其不然也惟孔安國

鄭康成之說爲得之曰商周之正朔非獨改月時亦改也冬至陽氣始萌天以爲正周以爲春十二月陽氣上通地以爲正殷以爲春十三月陽氣已至人以爲正夏以爲春三微成著以成三統是說也於春秋所書皆合焉然而於諸經又有不合者何也王文恪（名鏊）曰周旣以改月兼改時者新天下之耳目而天下習於夏正已久且天時人事爲順故行之官府則從時王之制民間所行猶多從夏春秋所書朝廷之正也諸經所載或因民間之舊乎且周禮有正月又有正歲周時二正寔兼行之矣何獨民間哉是故春王正月者正亦王之正春亦王之春孔子未嘗參以已意而行夏之時則孔子爲

萬世示之法也

五行（金生水水生木木生火火生土土生金 金剋木木剋土土剋水水剋火火剋金）

朱子曰五行者質具於地而氣行於天者也以質而語其生之序則曰水火木金土（此卽天一生水之說洪範次序如此）而水木陽也火金陰也以氣而語其行之序則曰木火土金水（此卽萬物出乎震之說春夏秋冬相配土旺季夏）而木火陽也金水陰也又統而言之則氣陽而質陰也又錯而言之則動陽而靜陰也（以上朱子說）蓋五行不外乎陰陽陰陽不離乎太極其說詳於太極圖說矣今更推其義而言之五行之生一陰與一陽相間（水火木金土）由微而顯由虛而實由柔而剛質之不得不然也五行之運二陽二陰相嬗（木火土金水）由發而就舒由舒而就歛由歛而就藏氣之不得不然也質之終以土者萬物始乎土而終乎土也氣之土居中者所謂居中以應四方而無乎不在也其生也固生其剋也亦生蓋剋其有餘而變化裁成之道起焉不剋則亦不生矣水剋火火剋金置金於水火之間則又相濟木剋土土剋水植木於水土之間則實相資油水類也不剋火而資火油出於木木生火也灰木成也不剋土而滋土灰化於火火生土也火生於木而焚木金生於土而鋤土火燥而金剛也木剋土而土養木土剋水而水澤土水柔而土厚也其生剋變化之略有如此者

五德之運

五德之論昉於鄒衍其書不傳後儒推論之謂自太昊迄今帝王皆有所乘以起而其治皆有所應嘗就其說考之而不可信者三一曰生尅難據也二曰徵驗無稽也三曰時代相舛也或以相生爲言故太昊爲木炎帝爲火軒轅爲土少昊爲金此劉向之說也或以相尅爲言夏爲木而商以金尅之商爲金而周以火尅之是鄒衍之旨也然按之後世若唐繼漢宋繼唐明繼宋既非順而受之又非尅而代之則生尅兩無據矣以徵驗言之周有赤烏之祥漢有黃龍之瑞以爲火土之符然吾以爲三川竭而周亡則亦可以言水赤帝呼而

漢王則亦可以言火也徵驗果安稽乎且夫五行之數未有絕而不續之處亦未有此盈彼縮之殊何獨至於帝王之乘運而不然彼周之火德何其長而秦之火德何其促也則其餘可推矣或曰此閏氣也則如自晉迄唐其間分國十數歷年百數又可以閏言乎豈五行之運至是絕乎是所謂時代之多舛者也且三代之由忠而質而文者順其勢耳尚黑尚白尚赤者因其時耳豈必謂如是而後合于木金火之德耶然則五德之說其不可執也審矣　伏羲木　神農火　黃帝土　少昊金　顓頊水　帝嚳木　帝堯火　帝舜土　夏金　商水　周木　秦始皇採用齊人鄒衍之說以爲周得火德秦代周從所不勝爲水德○按此說以夏爲金以殷爲水以周爲木與尚黑尚白尚赤不同參考

讖緯

隋經籍志曰讖緯出於前漢有河圖九篇洛書六篇云自黃帝至周文王所受本文又別有三十篇云自初起至於孔子九聖所推演也又有七經緯三十六篇並爲孔子所作幷前合爲八十一篇又有尚書中候五行傳等書漢宋均鄭康成等並爲之註然其文詞淺俗不類聖人之書起王莽好符命光武以圖讖興遂盛行於世又詔東平王蒼正五經章句皆命從讖俗儒言五經者皆憑讖爲說惟孔安國毛公王璜賈

逵之徒獨非之相承以爲妖妄亂中庸之典乃因魯共王河間獻王所得古文參而考之以成其義謂之古學世儒非之古學竟不得行魏代王肅推引古學以難其義王弼杜預從而明之自是古學稍立宋（劉宋）大明中始禁圖讖梁天監以後又重其制及高祖受禪禁之愈切煬帝即位乃發使四出搜天下讖緯焚之自是無復其學秘府之內亦多散亡

陳氏曰讖緯之說起於哀平王莽之際莽以此濟其篡逆公孫述效之而光武紹復舊物乃亦以赤符自異篤好而推崇之於是佞臣陋士從風而靡賈逵以此論左氏學曹褒以此定漢禮作大予樂大儒如鄭康成專以讖言經何休又不足

賁矣二百年間惟桓譚張衡力非之而不爲也魏晉以革命受終莫不附會符命其源寔出於此隋唐以來其學寖微矣考唐制猶存九部八十四卷今其書皆亡惟易緯僅存

七經緯

易緯

稽覽圖　乾鑿度　坤靈圖　通卦驗　是類謀　辨終備

詩緯

推度災　紀曆樞　含神霧

禮緯

含文嘉　稽命徵　斗威儀

樂緯

動聲儀　稽耀嘉　叶圖徵

孝經緯

援神契　鉤命決

春秋緯

演孔圖　元命苞　文耀鉤　運斗樞　感精符　合誠圖　考異郵　保乾圖　漢含孳　佐助期　握誠圖

潛譚巴　說題詞

三皇五帝考

三皇五帝之號昉於周禮外史氏掌三皇五帝之書而不指其名其次則見於秦博士有天皇地皇人皇之議秦去古未遠三皇之稱此或庶幾焉然亦荒遠難考矣說者謂天開於子則有天皇地闢於丑則有地皇人生於寅則有人皇據邵子皇極經世之書則天開地闢之時尚未有人安得有皇乎漢孔安國序書乃以伏羲神農黃帝爲三皇少昊顓頊高辛堯舜爲五帝考之書傳未有以伏羲神農黃帝爲皇者恐其說未足據也所以史記本紀不錄三皇豈非以其茫昧無據乎三皇已屬渺茫至盤古氏之說益難信矣五帝之說亦各不同家語記孔子答宰我問五帝德則指黃帝顓頊帝嚳堯

舜也荅季康子問五帝則曰太昊配木炎帝配火黃帝配土少昊配金顓頊配水也及春秋內外傳於黃帝堯舜間又有少昊顓頊帝嚳焉史記敘五帝亦始於黃帝次顓頊高辛堯舜然則五帝終以何者爲據按孔子定書斷自唐虞易繫辭傳則稱古者庖犧氏沒神農氏作神農氏沒黃帝堯舜氏作故宋胡五峰氏直據易大傳以伏羲神農黃帝堯舜爲五帝不信傳而信經其論始定焉至古今所傳三皇以後有號無世者二十二氏及有巢燧人之屬皆屬傳疑之事云

勾股三角

嘗考勾股爲古算法九章之一所以算日月周天行度遠近

之數爲後世作曆之本宋謝蔡徵九章名義云勾股以御高深廣遠勾濶也股長也九章之法至勾股而精然以之測方則易以之測圓則難以之測平圓猶易以之測渾圓則難元郭守敬變爲弧矢以徑一圍三爲本而徑一實不止於圍三尙有奇也于是新法又立三角八線以割圓其法更精角有三類一正方角也一銳角也一鈍角也勾股但有方角今有銳鈍二角而三角之用始盡凡三角之法俱論線點引而成線線限而成面面積而成體至其入算則皆線也點惟一黍線有兩端皆未能成形成形而爲面爲體者必自三角三角者量之宗八線之所倚而起者也八線者何正弦正矢正割

正切餘弦餘矢餘割餘切也凡算一弧卽有八線弧線矢線在於圓中割線切線出於圓外八線定矣乃用三率三率者以兩率相乘而以一除之也一除一乘而所求之數得故比例之數萬法生焉以之望遠以之窺高以之測廣以之量深無所不可舉凡無法之形皆可以三角裁之要之三角亦不出乎勾股古人用勾股開方已盡測量之理今變而用角則勾股之形略備而用之尤便凡推曆者必資焉故今曆書之法則先求角既因弧而知角復因角以知弧又佐之八線以通其窮苟熟其法則反正斜側八線黎然各相得而成勾股可以經度知緯可以緯度知經凡周天之度數日月之經行

莫不瞭如指掌不待屑屑匍匐渾儀之下以觀天而造曆也我　皇上聰明天縱開物成務於勾股三角之法特精又博採算學置館教習蓋於欽天授時之法詳而六藝賓興之類廣矣

數學

自隸首作算數周禮大司徒以六藝教萬民而賓興之一曰九數此數學之祖也所謂九數者卽九章也其目曰方田曰粟布曰差分曰少廣曰均輸曰商功曰盈不足曰方程曰勾股相傳周公受之商高古之學者身通六藝則於九數之法宜無不明而後世儒者顧指爲小學不盡傳焉歷代數學可

考者漢藝文志有杜忠許商算法各數十卷唐有算學博士元郭若思（郎守敬）用勾股諸術治曆又推以治河然習之者亦少矣夫數非小學也凡天地人身禮制樂律音韻兵陣邱賦以及日用器具莫不賴焉特世人畏其難而不學學而不精於是古法漸湮而西學由此彰焉西法者泰西法也自隋開皇中西域之學始入中國唐史有九執曆卽西學之祖明萬曆中入中國始倡幾何之學以點線面體爲測量之資制器作圖頗爲精密大抵西法與中國之法其理則一其用則殊若三角比例等原非中法可該而古法若盈朒方程亦非西法所有自中法失其傳而西人但見世傳算法諸術遂謂古

九章盡于此而薄古法爲不足觀不知古法西法可相參而不可相訾也我　朝數學之精遠邁前古參用西法於凡律曆之數不爽毫釐宣城梅定九曾著古西算學通一書合古法西法折衷而善用之自謂有數便焉其爲書凡九一曰籌算（籌算不用珠盤西製以直籌橫寫梅易以橫籌直寫不過一乘一除法詳而用捷）二曰筆算（筆算不用籌以備偶然之用亦易西製之橫爲直）三曰度算（度算即尺算以兩尺爲樞而開合之并無提籌運筆之勞）四曰比例算（臨算不用籌尺以加減代乘除對數即得）五曰幾何摘要（舊有幾何原本一書爲卷甚賾崇禎時摘爲要法又頗不盡今酌用之）六曰三角法（此西法之最精者殊非古人所能及）七曰方程論（量法之妙極于勾股算法之妙極于方程此中土舊法非西法所能兼）八曰勾股測量（其目有三曰測高曰測遠曰測深皆用表）九曰九數存古（九數即九章古法九不可廢今存之）九種之書皆本古法參以獨見於是算法精簡中西貫通數學絕而復明分而始合其書今方傳於世云

釀蜜集卷三終

釀蜜集卷四

金匱浦起龍二田著　　五世孫錫齡校

地理形勢 附建都

禹貢分天下土地爲九州山川封域暸若列眉後之言地理者必宗焉周禮職方氏掌天下之國以掌天下之地乃辨九州之國使同貫利每州各表其山鎭澤藪川浸及民物育產之利蓋與禹貢相參云漢書職方志分列諸國而詳其分野風俗最爲可觀後世地理封域名號與古不同然必以古參今而大勢可得而考也至於列代建都亦各有其形勝焉今試舉其略言之其東北一支自雲中而下者爲古冀州晉地即今之山西其地北峙太岳黃河南統大華東西對立嵩山爲中屏障故堯都平陽舜都蒲阪禹都安邑皆其地故所謂中原也由是而東則爲古幽薊燕地而盡於遼左即明之北京其地北枕居庸南襟河濟西峙太行東環滄海昔黃帝都於涿鹿是也元明皆都此本朝因之其西北一支自岍岐而下者爲古雍州秦地即今之陝西四塞之地金城千里獨開函谷周秦漢唐皆都於此其下則爲豫州洛地而盡於徐州即今河南中土之地四通五達東西南北道里適均故伏羲都陳帝嚳商湯都亳平王東遷于洛光武之東京宋之汴京皆其地也由是而東則爲兗州魯地即今之山東而盡于青

州承中土之氣至東岳而盡神農少昊顓頊皆都于此周公所封孔子所生者也又其西一支自梁州岷山而下爲巴蜀卽今四川江漢之源昭烈所都也又其下爲荊州楚地卽今湖廣廣西形勝不足古未建都又分一支爲揚州吳越之地卽明之南京而盡於浙江明太祖生鳳陽及有天下遂都南京其地鍾阜龍蟠石城虎踞而以長江爲險及成祖復徙都北京焉又一支爲江西而盡于廣東福建雲貴者則百粤之地也大抵中國形勢北高而南卑故帝王建都必據六合之上游上應紫微北極之象居北面南以臨下未有居南而可以制北者也中國之地西北氣之初故水深土厚東南氣之

盡故水淺土薄豈氣之厚薄有然乎

附兩界三條之説

唐僧一行以天下山河之象在乎兩界北界自三危積石負終南地絡之陰東及太華逾河至雷首底柱王屋太行北抵恒山之右乃東循塞垣至朝鮮是謂北紀南界自岷山嶓冢負地絡之陽東及太華連商山熊耳外方桐栢南逾江漢攜武當荊山于衡陽乃東循嶺徼達東甌閩中是謂南紀此以天象分南北言也或又卽中華之山川大勢分爲三條者如長江與南海夾南條大幹盡于東南海黃河與大江夾中條大幹盡于東海黃河與鴨綠江夾北條大幹盡于遼東吳草廬所謂崑崙爲西極之祖分派三幹以入中國此又以地脉言也

九州

九州詳于禹貢矣試以今之畿省合禹之九州卽其郡邑疆界而分別之冀卽直隷山西雍卽陝西豫卽河南梁卽四川荊卽湖廣惟淮以北爲山東幾包青兗徐三州而遼東則古屬青州耳淮以南爲古揚州原包江南浙江江西以及廣東今以一州分四省雖參錯不盡同大略不甚相遠也合今古觀之則凡在天之星辰隨其州縣變易而星辰未之變也凡在地之川嶽隨其州縣遷移而川嶽未之遷也但禹貢冀州

王畿四面各五百里今京師卽其地而宣薊大同去邊外何其近歟大甯河套之失此可知矣揚州自淮南以及浙江地本廣矣而又加之以閩廣荊梁之廣本由湖之巨浸山之重複矣而又益之以雲貴此則不可概以九州限之者也

扼險

左崤函右隴蜀關中之險也西濁河北渤海三齊之險也鄭之險在虎牢蜀之險在劍閣晉陽保障趙之險也表裏山河晉之險也吳之險襟三江而帶五湖楚之險城方城而池漢水山西之險伊闕羊腸也河南之險孟門太行也

五嶽

前編曰按李氏心傳辨周禮五嶽謂周都豐鎬則華山乃中嶽崧高不得為中嶽崧高之為中嶽蓋自東遷以後始今以此說推之禹貢冀州自有泰嶽今猶謂之霍泰山堯都冀州蓋以泰嶽為中嶽而以岍為西嶽岍即爾雅所謂河西嶽周禮所謂嶽山禹貢名岍或又名吳嶽今在雍州者是也合而言之大約唐虞時則冀州之泰嶽為中嶽岍山西岱山東衡山南恒山北周都豐鎬時則華山為中嶽嶽山西岱山東衡山南恒山北東遷後則嵩高為中嶽華山西岱山東衡山南恒山北今世之所云五嶽者但據東周時言耳　南北東三嶽古今不異而中西二嶽則唐虞與周不同西周又與東周

不同

岍山西與蔡傳不合

九河考

禹貢曰九河既道爾雅曰九河者徒駭太史馬頰覆鬴胡蘇簡潔鉤盤鬲津其一則河之經流也自九河故道失其所在而論者謂鉅鹿之北河分九道又合為一而入渤海齊桓公曾塞九河以廣田居焉漢代河決金隄南北多罹其害議者嘗欲求九河故道而穿之未知其所自是以後講求九河者甚詳要其所指或新河而載以舊名或一地而互為兩說皆似是而非若班固以滹沱為徒駭之類皆不足據也惟程氏謂九河之地已淪于海引碣石為之證以為今滄州之地北與平州接境相去五百餘里禹之九河當在其地後為海水淪沒故其迹不存禹貢言夾右碣石則九河入海之處有碣石在其西北岸今兗冀之地既無此石而平州正南有山名碣石者尚在海中去岸五百餘里卓立可見則河道已淪於海明矣漢王橫言昔天常連雨東北風海水溢西南出浸數百里九河之地已為海水所漸酈道元亦謂九河碣石苞淪於海豈非明證歟

碣石

禹貢之夾右碣石入於河蔡註云冀州北方貢賦之來自北

海入河南向西轉而碣石在其右轉屈之間故曰夾右也韋昭云碣石舊在河口海濱歷世既久為海所漸已去岸百餘里矣今碣石在平州東離海三十里遠望其山穹窿似冢有石特起山頂其形如柱疑即禹貢碣石至秦始皇三十二年東巡刻碣石門則在樂浪郡遂城縣有碣石山秦築長城起於此又非禹貢之碣石也

附

康熙五十八年三月十四日內閣學士蔣啟奏請頒輿圖奉

旨皇輿全覽圖前日九卿未曾細看摺中論山幹一段云幹北之水皆北流幹南之水皆南流二句不合北幹抗愛與

安之北水有東流者有北流者南幹之水亦東流浙北至浙口入海蓋水性隨山脉分支而異流不可以南北概之中國之二大幹爲崑崙東南之二股皆偏于東故凡名山大水亦偏於東流者居多地輿所載甚明着交九卿再看蔣廷錫說帖具奏

三江考

禹貢紀揚州曰三江既入釋者以爲松江婁江東江爲三江既入者入於海也史記正義亦云在蘇州東南三十里名三江口而庾仲初註揚都賦則曰太湖東注爲松江七十里有水口分流東北入海爲婁江東南入海爲東江以今度之所

謂松江七十里分流者當在今崑山之境而婁江東江皆松江之分流耳恐非禹貢之三江也蓋松江之有婁江東江猶岷江之有中江北江九江實一江耳歸震川論太湖入海之道止有一路即吳淞江然則以松江婁江東江爲三江恐未爲定論也惟班固地理志謂南江自震澤東南入海中江自蕪湖東至陽羨入海北江自毘陵北入海郭景純以爲岷江松江浙江此與禹貢之說爲近此三江皆在揚州之域故經以誌其成功而非必專指震澤分流之水爲三江也今松江日隘婁東二江亦不可見良由海潮淤壅湖田爲民所占而然至於蘇氏以岷山之江爲中江嶓冢之江爲北江豫章之江爲南江然江漢會於漢陽合流數百里至湖口而後與豫章合又合流千餘里而後入海可得名之爲三乎蘇氏知其說難通遂有味別之說禹之治水恐非以辨味爲據也

河源

禹貢導河積石至於龍門積石者禹導河之所從起而河之源不始於此也禹以中土民生爲急固未暇探河之源及漢武帝按古圖書名河所出山曰崑崙嘗遣張騫至西域騫言河源一出葱嶺一出于闐于闐之東水注鹽澤鹽澤潛行地下其南則河源出焉然騫之所歷不過大月氏大宛大夏康居實未覩崑崙也唐薛元鼎使吐蕃自隴西成紀出塞二千

里得之於悶磨黎石山中高四下所爲崑崙水東北流與積石河相連蔡傳取其說爲近然亦未究極也元世祖遣都實窮河源乃得之於大鲁番朶甘思西百泉迸出望之若列星然名火敦腦兒者華言星宿海也然其流在斷續隱現間而其言亦終出於荒忽且禹本紀言河源崑崙去嵩高五萬里元使行不及五千里乃云已踰崑崙何崑崙之近耶然則元使所謂崑崙未必即本紀所云崑崙也郭璞言河出崑崙潛行地下至於闐國分流岐出合注鹽澤復行積石爲中國河璞又言別自有小崑崙然則人所指爲崑崙及於闐鹽澤皆河之經流而去河之源尚遠也六合之外聖人存而不論姑

述所聞如此

黃淮考

漕運之通必藉黃淮二水故古之治河耑治河以除其害今之治河兼治淮以收其利今以其故道言之黃河之故道經豐碭出徐州會泗沂諸水蜿蜒至清河縣之口乃并淮水東經安東出雲梯關而達於海則河治淮水之故道自鳳泗而下會洪澤阜陵諸湖之水併力出清口以敵強黃遂與黃水並經安東出雲梯關入海則淮治而河亦治自淮之上流不東而下流力弱不能敵黃黃水擠之使南淮之所以不治也黃之北岸多決而山勢散析不能刷沙海口因之淤淺河之

所以不治也今之議治河者動曰濬海口矣然濬海口之法惟在束水刷沙束水刷沙之法必使淮黃併力出海蓋水合則力強力強則流急而沙刷水分則力弱力弱則流緩而沙停昔萬曆中總河潘季馴謂潮汐往來隨濬隨淤不如繕固隄防使河無旁溢水入地益深則治防即以導河導河即以濬海口行之一年大功克奏其明效也治防之術如何曰堤遠則水勢平寬堤近則衝激易潰必相其形勢而爲之遠近舊制河邊有縷堤其外有遙堤又築歸仁堤三十九里既以捍禦黃水使不得挾睢水湖水南射泗州以奪淮又以束睢湖二水并入於黃以助其刷沙之勢然則歸仁堤爲防河之要其餘諸堤亦所以固河之防也今之治淮者皆曰束上流疏下流矣夫以淮之上流言之爲阜陵洪澤諸湖淮水于此停蓄逾年黃水決堤入湖湖心淤高淮復泛漲以一湖受兩河之水必不能容高堰等堤安得不決乎又以淮之下流言之爲白馬諸湖五湖之間皆漕堤要害其間有上河下河上下兩河皆恃一線漕堤爲間隔登堤而望內如釜底故下河六七州縣恃高寶邵伯河堤爲門戶而上河數百里堤岸又恃高堰翟壩爲藩籬逾年高堰決而淮水東奔上河之藩籬已不固漕堤安得不壞乎又況諸閘盡湮而長隄爲死障湖水捧起而高寶爲盂城下河之門戶遂失守而人民安得不

爲魚鱉乎前代之法但許深湖不許高堤又遍置數十閘於堤間閘多則水易落而堤堅浚勤則湖愈深而堤厚總之欲治下流必先上流欲治水道必循故道此今日治河淮第一義也

附錄　刑部主事高郵孫護孫陳奏河工事宜疏

爲敬陳河道歷年通塞之源流目今變遷之形勢當合全局以務更張先行荒度以操成算事臣竊惟淮陽兩府襟江帶淮爲南北水陸之衝要粳稻魚鹽之淵藪而更爲漕粮輸輓之咽喉也按古輿地圖淮安府安東縣之雲梯關爲淮水入海之故道其會黃河入海則始自宋金元三朝

然黃河向有南流北流二支及明弘治中劉大夏築斷黃陵岡北流遂絕於是以一淮受全河之水兩瀆並流入海每遇泛漲淮揚地方胥受其害萬歷年間潘季馴爲總河用束淮刷黃之策堅築高家堰畜洪澤湖所注令淮之水以七分入淸口刷黃入海而以三分入運河自山陽寶應高郵江都三百里內以達之江每年四月粮船過淮後仍於天妃閘外築草埧一道以捍禦黃水不使涓滴入運河蓋惟恐倒灌沙淤以阻漕運運河內又置有撈濬夫役三年則募民夫大挑一次俾粮船通行無碍故自萬歷以及我 朝定鼎淮揚一帶田廬安枕運道通行其當日治水

之成法載在河防一覽者可歷歷考也順治十八年防海寇由雲梯關入口於水中釘梅花樁以限其入而黃河沙停漸至淤墊此海口之受病者一也康熙元年南河分司吳煒擅開周橋洪澤湖水直入高寶湖以致淮水中分力弱不能刷黃而淸口流緩雲梯關又漸淤此海口之受病者二也康熙七年平地水高數餘丈田畝陸沉廬舍漂沒

聖祖仁皇帝全蠲大賑災民子遺幸得更生自此以後水災叠見蠲賑頻頒而粮運亦爲梗阻於是講求治水良法 特遣大臣閱視此數年中經科臣李宗孔彭之鳳等屢疏請槩歸仁堤閉周家橋築高家堰總皆以束淮刷黃疏通海口爲要策屢經奉 旨遵行乃是時河臣如朱三錫王光裕等或惑於浮議而觀望不前或陽爲奉行而苟且塞責康熙十九年洪澤湖水大漲從高堰漫入高寶湖運河東堤淸水潭等處皆决淮揚數縣田廬盡沒高郵城內水流四五尺是時總河靳輔因欲分淮水使東注高寶湖疏請於高堰一帶開滚水埧六座以洩洪澤湖之水又於高郵城南開滚水埧六座以洩高寶湖之水其意以爲淮水既分則黃水之出雲梯關易於容受不知淮水中分力弱不能刷黃淸口日淤而黃水亦尾淮水之後而行逐漸入天妃閘內運河又疏稱兩河已治運河永不須

挑浚改濬夫爲河兵而運河之河底日淤日高自此始矣二十四年大水仍如十九年是年之冬 聖祖仁皇帝南巡高郵士民葛天祚等叩閽不敢斥言六埧之害但求於漕堤之東挑浚串塲河俾六埧之水由范公堤一帶海口下海

聖祖仁皇帝俯準動帑開浚前浚以按察司于成龍侍郎孫在豐爲下河總河專司其事但范公堤一帶海口所洩者運堤以東如射陽湖等水並高寶湖由運河閘洞以入堤東之水而洪澤湖之水非以此爲出路也今六埧之水滔滔東下必先淹沒高寶上下河民田而後達於海六埧不

閉則范公堤海口之開無益也况淸口日淤海口日塞靳
輔疏陳兩河已歸故道涸出田畝若干頃請開官屯雖經
督撫臺臣參奏屯田之必不可行停止其事而此新淤之
地皆在安東一帶地方今之所稱葦蕩營多置弁員歲收
蘆葦若干以備河工物料卽曩時所置官屯之地夫以當
日鍾水之區出水之路淤而爲田則海口之受病至此而
彌顯亦至此而更烈矣雲梯關不能暢流遂勢廹安東總
河董安國遂築攔黃一道以護安東城郭而上流有阻下
流愈壅曩至康熙三十五年大水從高堰漫入高寶湖城
郭不沒者三版其險較十九年二十四年更甚三十八年

又衝决邵伯鎭漂淌房屋淹斃人民不計其數三十九年
三月初一日欽奉　聖祖仁皇帝上諭曰各堤岸愈高
而水愈大非水大之過皆因黃河淤墊甚高以致積年漫
溢黃河淤高一尺則水高一尺淤高一丈則水高一丈若
治河單以築堤終屬無益十一月　上諭曰聞南省來
人云黃水比淮水高一丈有餘若將高堰堤岸增加堅築
以東淮水使刷黃而行亦似有益欽此仰見
聖朝洞鑒前此治河者不堅築高家堰而反開六壩不疏浚
淸口而徒加築堤岸之爲害矣康熙四十年張鵬翮爲總
河閉六壩而洪澤湖之水不分洩浚爛泥淺而淸口之淤

以漸通業已漸有頭緒此時若於淸口之上流堅築歸仁
堤遏睢水湖水入黃河以助其衝刷又爲高家堰之外障
不致危險則淸口當必更通運河不至倒灌再於安東之
下流疏闢雲梯關舊口或於安東迤北未經淤墊處另爲
開闢使與現今海口相連俾之廣濶深通一如曩時則下
流宣洩上流自遄奔迅豈惟運河無倒灌之虞亦且海潮
無逆漲之勢矣乃瞻顧惶惑惟恐黃淮合漲致有冲决遂
欲分淮導黃議於盱眙縣上流名爲淄淮套之處燒山鑿
道引淮水由六合縣入江荷蒙　聖祖仁皇帝親廵鑒
其決不可行遂寢其說因仍改洪澤湖之六壩爲三壩將

壩底比舊時高三尺以備異漲宣洩不許輕開數年水患
略平遽以成功入　告兼之薦趙世顯自代所舉非人工
程日壞海口日淤運道淺阻水患頻仍迄無寧歲釀至康
熙六十年豫省北岸武陟縣所屬蔡家廠詹家店等處堤
工坍决黃水直冲山東之張秋鎭自決口以下散漫盈溢
所損人民不計其數且水不歸漕運道有阻於是以陳鵬
年爲總河至雍正元年决口始塞卽於是年六月豫省南
岸中牟縣所屬十里店漫决九月揚橋堤工又决雍正三
年六月河决江南南岸睢寧縣所屬朱家海口堤工豫省
南岸蘭陽縣所屬板廠堤工亦報漫决以上諸決口雖經

堵塞而凡南岸所決之口其水勢皆直灌洪澤湖於是又以淮水所瀦之區變爲全黃所注之地黃河淤墊而洪澤湖面之廣者日益狹底之深者日益高況由三閘直注高寶湖而高寶湖又日益淤墊且灌入運河運河之底又益高于是惟有加堤蓄水以濟運而城郭如在釜底夏秋水漲西風驟起危如累卵惟有開高郵城南三壩以洩入堤東之下河甚或宣洩不及則河官惟有盜決東堤以保城郭之一法而興泰等州縣又成巨浸更可異者自朱家海河決之後睢寧虹縣泗州桃源宿遷五州縣地方盡有淤地齊蘇勒奏稱涸出沃壤雍正四年請設立潼安衞守備

專收五州縣淤地增輸錢粮雍正七年經撫臣尹奏請裁汰守備並請減賦雖奉　旨裁減而此淤出地畝現在清口之上流如爛泥淺裴家場等七道引河之上惟有一道開通則清口之淤此又其明驗矣黃水既不能出淸口暢流惟有漫溢於洪澤湖只得奏請將高堰三壩閘底改低二尺五寸是仍踵六壩之故智且增一黃水建瓴而直下矣近日河臣視爲故常更欲於毛城舖地方挑河使黃水直注洪澤湖不思以洪澤湖貯黃水則湖底日高高堰日危　世宗皇帝于雍正七年發帑金百萬脩築高家堰其爲淮陽之運道民生計者至深切矣而今反欲使黃淮之水皆從高家堰漫溢而下豈不與　聖朝大相違背乎雍正八年七月黃淮並漲高堰幾決山陽寶應高郵田廬盡沒城郭危在旦夕人民驚慌逃避高阜今年七月天雨連綿又加以三壩之水瀰漫而來較八年之水僅少數寸上下河田畝盡皆淹沒業經撫臣題報在案仰賴
聖主洪福西風未起城郭人民保全眞出萬幸然此等危險情形豈可屢試而僥倖於無恙耶設河淮一時大漲沖蕩高堰全注高寶東浸泰興南奪邗溝與江流會合至通州入海則淮揚諸州縣城郭盧舍陸沉水底人民之田賦兩淮之鹽課俱無所出而自鎭江以至淮安數百里之運

道洪濤巨浪一望汪洋牽挽無所施風波不可測其爲運道之害又豈淺鮮哉今蒙　皇上天恩因臺臣之請疏運河爰集廷議以事更張此誠數十年來淮揚百姓更生之機臣用敢將歷年河道通塞之源流敬陳之者也然臣杞人之憂其患尚不獨在淮揚而已嘗攷歷史所載禹河自碣石入海至周定王五年河南徙歷西漢末皆從天津入海東漢歷唐以及宋初又南徙從山東利津入海自宋仁宗慶歷八年河決又合淮入海迄今近七百年南徙之勢已極天道循環無往不復況江淮河濟稱四瀆瀆者獨也今河已混濟奪淮若再徙而南勢必合江而入於海四

瀆合流必無此理且水性就下其由北而南遷者以北高而南下也南行既久日益淤墊則南高而北下自康熙六十年六十一年北岸決口塞後雖屢決於南然每決必淤淤則河身必高十數年來南岸河身高於北岸故北岸險工最多況河之淤也由下而上曩時河決在徐邳桃宿今徐邳桃宿皆淤則其決又必在曹單豐沛此黃河變遷之形勢也淮水逆漲泗洲城於康熙二十三年已沉水中近又逆漲於五河宿州一帶設遇黃淮並漲合而北決則曹單豐沛必受其害是今日之淮揚可患有形可見異日之東兗可患者機兆已萌此臣所謂當合全局以務更張者

也在臺臣之請浚運河目擊情形亟宜補救不爲無見而王大臣議及疏濬海口更爲切中事宜但安東海口其現在通行者乃當日十分之二三廣濶耳雍正六年齊蘇勒於海口深通等事案內題報濱海射陽湖一帶淤出良田若干頃給民領墾現在遵行其所淤田畝非卽海口之水路乎其不能闢海口而南也明矣至安東迤北乃海州地方有黑峯口航海數十里可至鬱州山臣曾至其地望洋而返乃年來竟可捨舟陸行則海潮之自東而西挾沙而來已淤入內地數十里其不可闢海口而北且東也又明矣已淤之海口綿亘數十里無論難以施工且恐旋濬旋

淤勞費無益況黃河自開封以下逐段淤塞欲東不能欲南不得則河必捨現行之道而北徙揆之天時度之地勢殆必然也臣謹案地圖今之封邱縣北岸有金龍口乃當日黃河由張秋鎭入大清河之故道現有河形康熙六十年河決武陟亦東注張秋鎭又將故道沖開現今河東總河所轄境內惟查龍口最險今若自金龍口而下依照河形先爲挑浚深廣凡當水之衝者先戒民凡田廬坟墓悉遷於他所官給其費於兩岸築縷堤東之更於縷堤外築遙堤使暴水至得左右游衍而不至旁潰又於張秋東北由大清河入海之故道亦挑河築岸其現行海口在海豐

利津地方于雍正五年曾遣何國宗開浚引河但未如式今若再爲疏闢俱使廣濶深通然後浚金龍口使之自北而東仍復宋之東流金元之北派因其故道以入海最易爲力蓋安東已淤之海口難以再闢而海豐利津未淤之海口易于施工因勢利導勞費亦自不大也夫以一黃河之水分而兩流則其勢必弱然後堅閉高堰三垻大闢清口使淮水暢流於安東之海口刷黃而行既不停淤亦不內灌然後挑浚運河建置閘洞一如舊式淮揚之城郭田廬可保無虞自瓜儀至天妃閘之運道可無淺阻而徐邳桃宿以上開封以下之兩岸堤工永無危險此賈讓之上

策所當亟行於今日者也或疑河無兩行之理不知凡水之大者有經流必有支流禹厮二渠疏九河漢有屯民諸河唐有馬頰宋有二股皆並行以其入於一海口且宋有北流東流金有南派北派皆分以入於一海口安在其不可分也又或疑有妨運道不知運道之自濟甯而北臨清以南皆用汶水濟運無藉于黃其黃水由張秋鎮以入大清河不過穿運河而東北由淮安天妃閘之入新河口糧船可揚帆而渡無沖擊之危牽挽之苦也自明永樂建都燕京全賴會通河以行漕運而黃河之自汴出者猶有六其二入淮其四則合漕以入於淮出長垣者自陽穀入漕

出曹州者自魚臺入漕方且用黃以濟漕安在其妨運也今若不早為之計一旦衝決高堰則無淮揚衝金龍口則無東兗故與其每年築堤防險為揚湯止沸之謀何如先事預防為曲突徙薪之計在今日之更張似屬創舉而因當年之故道並非臆說但更張之法必須籌畫萬全故禹曰予荒度土功荒度者必躬履其地量道路之高下遠近測水流之廣狹淺深目覩全勢胸有成局方可次第以施工剋期以告成今之河臣雖皆清廉勤慎然皆狃於時勢之無如何每遇桃伏秋三汛惟有竭蹶河干幸而堤工平穩不致潰決則可告無罪其有漫溢於堤工而四散遊行旋卽退落者則以為偶爾之盈涸不足為異蓋相沿已久卽欲事更張恐無確見而在廷諸臣集衆說之紛紜亦不能懸揣其當否伏乞　皇上特簡大臣中之有才識幹畧能肩重任者趁三冬水涸之時從原至委相度形勢繪圖入告然後集廷議以會同奉　睿裁而舉事則既不苟且以貽害將來亦不輕舉以召患眉睫庶足為久安長治之謀而一勞永逸之計也臣世受　國恩年已七十忝列京職已經八載而位非言官河工又非職守每恨愚忱無由上達今蒙　皇上軫念河工關係重大下詢芻蕘臣敢不以管窺之見上瀆　宸聽用敢披瀝陳情以備採擇

伏乞　皇上俯賜全覽施行謹　奏

治河論

河自西域始入於雍而大禹治河則由冀及兗蓋冀為河之下流而兗又下流入海之處故禹尤殫心於是夫治水者必先其下流下流深濬則上流自安行而無所肆今日之河桃清山安乃其下流而又滙於淮以入海河之下流不治則西北之上流亦不治淮不治則不足以刷黃而河亦不治夫河之入海前此或北或東未之乎南也禹於碣石入海漢於千乘入海宋北流注乾寧軍入海嘉祐分而東流至德滄入海未嘗之乎南也蓋自漢武時決瓠子東南注鉅野始通淮泗

迨熙寧澶淵之決遂分南北兩派其後乃由中牟以下奪汴徐州以下奪泗清口以下淮凡三奪而注於海此河之歷徙而南與前代不同也夫歷徙而南北流猶未塞也自弘治六年築斷黃陵岡而北流塞矣嘉靖以前河流猶分六道其二道出於河南鳳泗其四道出於小浮橋飛雲橋大小溜溝今則諸道俱堙而全河悉經徐州一道矣此河之由分而合與前代不同也天下勢之所趨不可以力爭復古美名也然勞勩而無成則莫如因其勢以權其利嘉靖初黃侍郎綰疏言可於兗冀間尋自然兩高中下之形浚使北流由直沽入海可永免河下諸路生民之患每歲河防夫役之苦夫明之資

河以濟運者徐邳間三百餘里黃侍郎猶以爲言況今之漕由運河入中河截黃而渡者七里耳則復其故道計無便於此時者然而天下之勢西北高而東南下全河徑趨東南則就下之勢已成又黃河已棄之道自古難復宋穿六塔入橫隴可爲烱鑒安能挽湍悍難制之河使之舍卑就高入於東北乎且今縱不爲沿海諸郡之田墓廬舍計獨不爲衝決運道計耶故雲梯關以下海口昔爲淮之尾閭今爲河之歸宿此已定之局不移之勢也然則治之之法宜何如漢司馬史張戎言水性就下行疾則自刮除成空而稍深今民皆引河漑田故使河流遲貯淤而稍淺雨水暴至則溢決宋任伯雨

言河流混濁泥沙相半迤邐淤澱久而必決者勢不能變也正宜因其所向寬立堤防約欄水勢故潘公季馴之治河也以堤束水以水攻沙流迅則沙行沙行則底刷不獨河流不可使分且蓄清水以助之上則有歸仁堤所束之睢水下則有高堰所束之淮水當時行之著有成效即靳文襄公之奏績猶是術也修高堰堵翟壩大挑清口及雲梯關而關外百里亦刱堤以束之夫然後淮以全力敵黃兩瀆安流而東注則桃宿以上開歸以下繕治堤工而河固已無餘事矣蓋潘公主於築堤而靳公則兼乎疏濬是尤爲周悉者雖然伏秋二汛兩瀆齊漲之時黃盛則旣恐其入運而淮盛則亦不能

不減水於六壩而洩之高寶諸湖此治河者籌之不可以不備也攷運水湖水可由人字河芒稻河以入於江可由涇㵎二河蝦鬚二溝廣陽射陽二湖以注之海康熙四十年前旣已議加疏濬今復大挑串場河矣串場河通行入海不獨利商抑且便民洩淮運異漲之水亦所以治河委也善用兵者無奇功善治河者無奇策總之相地之勢順水之性以斟酌乎疏濬塞三者之用而已九河旣道疏也九川滌源濬也九澤旣陂塞也雖以禹之治亦不過乎此此三者相濟而不可闕一者也夫河流不可分分之則流緩而沙停下壅而上決然開引河與建減水閘壩固疏之遺意濬則舊有淺船淺夫

近有河兵船濬之法塞則有縷堤遙堤挑水壩與選土夯硪沃水不滲之法孰宜恪守孰宜通變毋祈一勞永逸計惟思患豫防則底宜之績勿替引之而生民之利賴無窮矣

江淮考

孟子言決汝漢排淮泗而注之江朱註以爲記者之誤按禹貢及今水道淮自入海非入江也唐李習之翺來南錄則云自淮沿流至於高郵乃泝於江是淮泗入江乃禹之舊迹故道宛然但今江淮已深不能至高郵耳朱子以爲此說甚似而寔非禹貢明言導淮自桐柏會泗沂以入於海故以小江而列於四瀆正以其能專達於海耳若如李說則禹貢當云

南入於江不應言東入於海而淮亦不得爲四瀆矣且古今往來淮南只行邗溝運河皆築埭置閘儲閉潮汐非流水也若使當時自有禹迹故道可通舟楫則不須更開運河矣愚按孟子注江之說誠誤而其誤也有由按春秋哀公九年秋吳城邗溝通江淮杜預註云通糧道也則江與淮在禹時不通而在春秋時已通孟子所云或據目中所見言之李氏所云故迹宛然意者殆吳邗溝之故迹而非禹之故迹也姑存其說以俟知者

西北水利

秦挽粟起黃埵琅琊轉輸北河北河即今之白河也隋穿永濟渠引沁水北通涿郡蓋自白河入於丁字沽由易水而達於涿也唐明皇事邊功運青萊之粟浮海給幽平之兵亦由白河也宋太平興國中於清苑界開徐河雞距入白河則白河之通關南運道也元至正中海運出直沽入白河則白河通海道者也竊謂水可通漕者即可漑田試以白河言之方輿紀要言白河源出宣府衛龍門所至武清縣入直沽與衛河合一名潞河亦曰沽水元史言通州運糧全仰白榆渾三河之水蓋三河至是合流名曰潞河其水東流入密雲縣折而西入通州界其支流從密雲縣之石塘嶺至懷柔順義三縣之境折而東亦入通州界東南經漷縣武清縣入直沽而

與衛河合桑乾河自盧溝橋東南合琉璃廣陽諸河至丁字沽入焉易水過安州至雄縣合拒馬白溝等河亦至丁字沽入焉蓋燕趙之間地方千里其間巨細河流悉至武清縣丁字沽注於白河故一遇雨潦白河泛溢而武清要兒渡南蔡村往往衝決堤岸壞民田廬修築勞費不可訾算此前代故事之可鑒者也今若於水泉發源諸水合聚處廣開溝洫以引其流多濬陂池置閘啟閉旱則閉以漑田潦則啟以分導則上可利漕下可利民而武清等處亦免橫溢衝決之患而省歲歲築堤捍水之費此國家萬世之利也

江漢朝宗於海

禹貢荊州記江漢朝宗於海按江水發源於岷山至大別而會於漢漢水發源於嶓冢至大別而會於江相會則其勢愈大而其流愈速雖去海尙遠而水道巳安無壅塞橫決之患其趨海也若諸侯之朝宗於王焉周禮大宗伯諸侯見天子之禮春見曰朝夏見曰宗海爲百谷之王以小就大猶之以臣歸君故曰朝宗詩亦有之曰沔彼流水朝宗於海要之江漢二水發源於梁而荊當其下流之衝入海於揚而荊據其上流之會故於荊言朝宗後總紀四海之水亦曰會同諸侯時見曰會衆頫曰同亦假人事而言之也

九江考

荊州九江孔殷孔傳謂九江者大江分而爲九猶大河分而爲九鄭氏則謂九江在今廬江潯陽縣南皆東合爲大江孔之意則謂九江同原而分流鄭之意則謂九江異源而同流然按應劭地理志云江自潯陽分爲九道則符於孔說九江之名不同潯陽記九江之名一曰烏江二曰蚌江三曰烏白江四曰嘉靡江五曰畎江六曰源江七曰廩江八曰提江九曰箘江雖名起近代義或當然

滹沱河

滹沱之水發源於繁峙[屬太原]由鴈門[在代州]經眞定保定諸州縣至直沽[在武淸縣]與白河合流而達於海者也其性悍急每值夏秋霖潦山泉怒奔如鯨呑鱷噬不可制禦振古然矣歷代遷徙無常至明成化間水出紫城口而入寧晉[屬眞定]正德間分爲兩股或由寧晉或由東鹿[屬保定]當時欲築隄開渠障東溢之水復歸寧晉故道所縻無算卒無成功今滹沱水至晉州[眞定]胡士莊分爲南北二道雖値泛漲之時賴有南北分流以殺其潰決之勢此上接洪流下歸巨浸利害昭然易見也而議者或欲塞北疏南是塞其正流濬其旁流欲令晉州之民以一隄禦千里湍悍之水其策恐不可行也

温泉

圖象幾表云日光徹地則生温熱温熱之極則火成燼水經

其燼因而得鹹故忘其熱而海水不冰者亦具有熱性矣熱極入地積成燥乾則乘氣爲火積火所然土石爲燼復乘氣出共成炎上隔于雲雨鬱爲雷霆升于晶明上成慧孛此二物者火之精微別有洞穴上通全體俱出則爲西國火山蜀中火井若遇石氣滋液發生則成硫礜[音譽毒石出漢中]泉源經之則爲温泉火導所經塡壓不出則爲火石故火生地中助土氣發生萬物物中最近火者無如硫黃水過其上則成温泉也

禹貢論

禹貢一書不過數千言耳而宇內之山川草木物產具焉王

者經理天下之規模具焉其敘禹之道山道水一緯一經有條有理簡而該賾而不亂非遷固之流所能及也鄭樵曰歷代輿圖所述皆不足爲據可據者惟禹貢一書後世言地理之誤惟禹貢可以正之孟子謂決汝漢排淮泗而注之江是江有通淮之道矣及考之禹貢則曰沿于江海達於淮泗是江未嘗有達淮之理葢吳王夫差掘溝以通於晉而江始有達淮之道孟子葢指夫差所掘之溝以爲禹之迹也明矣史遷作河渠書廝爲二渠復禹舊迹是以二渠出于禹也及考之禹迹河自龍門至於大陸皆爲一流至秦時河決魏都始有二流子長之論其誤指秦時所決之渠以爲禹迹也明矣

楊雄作蜀記上記蠶叢魚鳧以爲秦之前未通中國故李白謂蠶叢及魚鳧開國何茫然邇來四萬八千歲不與秦塞通人煙而不知禹貢梁州之域皆蜀地之山川則雄之言前此未通中國非也班固述河源之經疏遠窮葱嶺蒲類海以爲潛行地中而出爲中國河而不知禹貢止曰導河積石唐人劉元鼎使吐蕃乃得其源在國中深境而固之言亦非也古今言地理之牴牾莫不於此取質焉葢禹貢一書所以不可及者得道之言與才智之言異禹貢之言其深於道乎書出於道非後世地理家比也（以上鄭氏說） 愚按禹貢言山水貢賦封建而卒歸之於祗台德先不距朕行又可以見撫有方夏者在德不在險而敬者德之本也敬其德以先天下則山川安於奠定貢賦樂於輸將封建維於不拔禹之錫圭告成皆此德也至其則壤成賦惕乎有不輕民力之心詳內畧外抑乎有不勤遠畧之意皆是德之敬者爲之後之撫有九州者可以師矣

濬畎澮距川考

按周禮考工記云匠人爲溝洫耜廣五寸二耜爲耦一耦之伐廣尺深尺謂之畎田首倍之廣二尺深二尺謂之遂九夫爲井井間廣四尺深四尺謂之溝方十里爲成成間廣八尺深八尺謂之洫方百里爲同同間廣二尋深二仞謂之澮是

畎遂溝洫澮皆通水之道也此獨言畎澮者舉小大以包其餘也禹之治水先決九州之水使各通於海次濬畎澮之水使各通於川濬者深也距者至也以小注大故從畎遂溝洫乃以入澮澮入于川而川入于海則是畎內之水亦入海也禹之治水大小畢從而序次不紊者決九川距四海濬畎澮距川兩言盡之

隨山濬川考

凡水之源未有不出于山水之勢未有不因於山方洪水懷襄濬川之功無所施必隨山之勢相其便宜斬木通道以治之則川流故迹可求故導山爲濬川之經始焉山水皆原於

西北而極於東南顧水性就下禹順水之性而治之則必從下而始帝都在冀而河爲大患故先從冀起自兗以下皆準地之形勢從下向高從東向西故由兗次青次徐次揚乃從揚而西次荊從荊而北次豫從豫而西次梁從梁而北次雍雍地最高故在後也禹之治水則先東南後西北禹貢摠敘禹之導山導水則自西北而東南其北條之北境則河自積石至兗州而入海濟出王屋至靑州而入海也其北條之南境則伊水出熊耳而入洛洛水出冢嶺而入河淮水出胎簪而入海渭水出南谷而入海也其南條之北境則漢水出嶓冢合江而入海也其南條之南境則江水出岷山而入海也

其餘各川禹皆濬其源使無壅遏導其流使有歸縮故曰禹之行水行無事焉至於每州各有表識之山川若兗之濟河靑之海岱揚之淮海雍之黑水西河荊之荊衡徐之海岱淮豫之荊河梁之華陽黑水必其高大可以辨疆域廣博可以奠民居則謹識之以爲施功之次第初非有意推其脈絡所自來如後世形家之言而脈絡形勢亦不外乎是焉

蜡祭

大蜡之祭三代已有之夏曰嘉平殷曰淸祀而在周則曰大蜡爲秦始謂之蠟尋更曰嘉平漢復曰臘臘者接也新故相接畋獵禽獸以享百神報終成之功也魏晉已降皆有其禮明制缺焉蓋此祭與籍田相爲終始當春作方興之始旣舉籍田之禮以祀先農于春而帥先農民以興其務本之心則百穀告成之後咸舉大蜡之祭以報先嗇于冬而勞來農民以報其勤動之苦是故舉先王莫大之禮亦所以廣聖君莫大之恩也

郊特牲天子八蜡

一先嗇　二司嗇　三農　四郵表畷
五貓虎　六坊　七水庸　八昆蟲

八蜡歌　一先嗇與二司嗇　三四農及郵表畷
五曰貓虎六曰坊　水庸昆虫爲七八

五服九服考

禹貢有五服曰甸侯綏要荒每服各五百里四面相距五千里益稷所云弼成五服卽謂此也堯主之禹佐之故曰弼成鄭氏乃云五服服別五百里是堯之舊制及禹弼之每服之間更增五百里面別於五千里相距爲方萬里王肅輩皆非之以爲禹之功在平治山川不在拓地廣土土地之廣三倍於堯而書傳無稱也則鄭氏創造難可據信然則謂禹之五服異於堯時五服而皆廣者其說謬矣而周禮王畿之外別有五服服別五百里是爲方萬里矣又何說歟豈周之地頓倍於禹歟解者曰五服九服之制雖若不同實無不合何也

禹之五服各五百里自其一面數之職方九服各五百里則自其兩面而數之也周畿千里不在九服之内王畿之外定制爲九服各五百里似與禹貢異矣其實周之王畿卽禹之甸服周之侯甸卽禹之侯服周之采男卽禹之綏服周之衞蠻卽禹之要服周之夷鎮卽禹之荒服大率二服當一服焉而周人鎮服之外又有五百里藩服去王城二千五百里乃九州之外地增于禹貢五百里而已故行人之職言九州之外謂之藩國也則九州之外又有五百里之藩服明矣禹貢亦有之故於敘五服之後又曰東漸於海西被于流沙朔南暨聲教訖于四海是亦九州之外地也是亦周之藩服也詳

考制度無不相合求之里數未始不同先儒有禹加弼五百里之說周斥大封疆之說後人爲圖以實之皆考古未精耳或者又引王肅之說云方五千里者直方之數若其迴邪委曲動有倍加之較鄭氏之言禹弼成五服至方萬里者是禹變堯法而以迴邪委曲計之耳故地里志言漢之土境東西九千三百二里南北萬三千三百六十八里其山川不出禹貢之域而里數異者漢書所言乃謂著地人迹屈曲而量之所以數不同也按此言亦有理但以論漢則可若堯禹刖無殊法鄭氏以弼成爲增多于堯自爲臆說耳不足據也抑尚書之周官周禮之行人又有六服承辟六服一朝之文何也

盖王巡狩及于六服而止六服之外夷服鎮服卽禹之荒服言六服者不及夷鎮也若言九服之内則不及藩服周之藩服卽禹九州之外地也由是言之堯禹及周制名異而實同九服卽五服而羣疑皆釋矣

禹五服	甸	侯	綏	要	荒各五百里	禹貢五服之外外薄四海				
周九服	王畿	侯一	甸二	男三	采四	衞五	蠻六	夷七	鎮八	藩九

潮汐

江海之水朝生爲潮夕生爲汐陰陽消息晦朔弦望潮汐應

焉此其故亦難測矣嘗合諸說之同異而考之其不可據者山海經以爲海鰌之出入浮屠書以爲神龍之變化也王充論衡則以爲水者地之血脈隨氣進退盧肇海潮賦則以爲日出於潮衝激而成皆近理而未之盡先儒有言天包水水承地而一元之氣升降于太虛之中地承水力以自持且與元氣升降互爲抑揚而人不覺亦猶坐於船中而不知船之自運也方其氣升而地沉則海水溢上而爲潮及其氣降而地浮則海水縮而爲汐一晝一夜陰陽之氣再升再降故一日之間潮汐皆再其說猶爲近之然潮汐既因地有浮沉而又何以有小大遲速之不齊與時候之一定也余襄公海潮

圖序則以爲陽燧取火於日陰鑑取水於月從其類也潮之進退海非增減蓋月之所臨則水往從之月臨卯酉則水漲于東西月臨子午則潮平於南北或又曰朔後三日明出而潮壯望後三日魄見而汐湧月遶地而行潮亦遶地而行潮有遲速大小漸暴者乃月輪與土地之分爲耳月有盈虧輪有高下故潮有盛衰山川有廣隘道路有修短故潮有遲速黃道有南北海眼有遠近故潮有漸暴春夏晝潮常大秋冬夜潮常大蓋春爲陽中秋爲陰中歲有春秋猶月有朔望故潮之極長在春秋之中也然則潮之消長皆與月之進退相繫非因地之浮沉更不關日之衝激矣張橫渠云一晝夜之

盈虛升降則以海水潮汐驗之間有小大之差則係日月朔望其精相感斯言也似欲合地有浮沉與隨月進退二說而兼用之

明堂考

郊以事天廟以事祖禰三代之達禮也明堂以享帝則非郊以享親則非廟夏商所未有也而周始爲之蓋周之王業實成於文王欲以文王配天於郊則不可以二太祖之尊烝嘗於廟則不足以明文王之德是故宗祀於明堂以配上帝此禮以義起者也所可疑者特明堂之制耳考工記嘗言之夏有世室宗廟之制也殷有重屋路寢之制也而周有明堂其制一堂而五室考工之言亦未可盡信若有堂室而無壇壝則嚴父配天當在宮室之中祀天帝可於宮室乎夫考工記先秦之書也且難盡信則諸家之異說紛紛從可知矣是故莫若求之於經周官司儀將合諸侯則爲壇三成宮旁一門此明堂之說也儀禮所載尤詳諸侯覲於天子爲宮四門爲壇其深二尺加方明于其上而設六玉焉上圭下璧祀帝也圭璋琥璜祀四方也於是拜日禮月祭燔柴此則明堂之壇而禮神爲盟也旣盟王設几卽席諸侯之駕不入王門奠圭繅上此則明堂之宮而明諸侯以爲朝會也其盟會詔于明神是故謂之明堂鄭康成曰王巡狩至于方岳諸侯來會亦

爲此宮以見之鄭康成知方岳之爲此宮而不知此宮之卽爲明堂吾於孟子證之泰山之明堂至宣王時猶存漢武帝時泰山東北趾尙有古明堂處則宮壇不存而址猶在也周公祀文王於明堂以配上帝蓋卽其壇而祀之輔成王負扆而朝諸侯亦卽其宮而朝之由此言之明堂之制與其禮曉然矣諸家之說不一呂不韋之月令南有明堂左右有个月遷徙以視朝而布政此失之誕者也大戴之記則曰上圓下方九室每室四戶八牖桓譚新論又從而廣之以爲有四闥以法四時十二坐以法十二月此失之侈者也蔡邕所論又以太廟靈臺辟雍合爲一區此失之襍者也晏子春秋所傳

茅茨蒿柱則陋而不中禮公玉帶(漢武帝時濟南人)所圖複道層樓則詭而不經折之以二禮其說蓋不攻而自破矣明堂之禮下則以朝諸侯上則以事上帝斯則大經存焉至其壇墠之有崇卑堂室之有廣狹區區節文之末酌其宜而爲之可也

郊社考

禮曰郊之祭也大報天而主日也兆於南郊就陽位也掃地而祭於其質也器用陶匏以象天地之性也於郊故謂之郊社所以神地之道也地載萬物天垂象取材於地取法於天是以尊天而親地也故教民美報焉家主中霤而國主社示本也然則郊社之禮王者父天母地而爲萬民報資始資生

之德國之大事莫重焉周時子月祀天圜丘圜丘在南郊卽郊也亦曰太壇午月祭也方澤方澤在北郊卽社也亦曰太折顧王者郊祭天之外尙有孟春之祈穀夏之大雩秋之太饗四者之中惟郊禮尤盛焉而所謂社者亦有二祭法王爲百姓立社曰太社王自爲立社曰王社太社卽方澤太折夏至祀焉者也此北郊之祭與郊對舉者王社則艮耜詩序所謂秋報社稷者于此行焉昔者共工子曰勾龍能平水土祀以爲社而或者曰祀土神而以勾龍配此庫內門右之社不與郊並稱者蓋大社祭率土之地祇王社祭畿內之土神均名爲社而大小不同猶郊與祈穀大雩皆祭天於郊而惟郊

爲大直稱郊也周書召誥丁巳用牲於郊牛二越翼日戊午乃社于新邑蔡傳以爲郊祭天地故用二牛社祭用太牢則此之社祭乃祭勾龍后土之神而地祇則既與天合祭也又按諸侯亦有社自立者曰侯社爲百姓立者曰國社大夫以下成羣立社曰置社又程子曰亡國之社遷之禮也湯存之以爲後戒故湯既勝夏欲遷其社不可春秋書亳社災皆自湯之不遷始也後世二十五家爲社或五家十家共爲田社則私社也又按國有社稷社則土神而稷則穀神也祭法云厲山氏之有天下其子曰農能殖百穀夏之衰也周棄繼之尙書孔疏則直以爲周祖后稷能殖百穀祀以爲神而或又

以爲稷祀穀神而以后稷配云

籍田

籍之爲言借也借民力也考諸禮記孟春之月天子乃以元日祈穀於上帝天子親載耒耜帥三公九卿諸侯大夫躬耕帝籍天子三推三公五推卿諸侯九推庶人終畝又曰天子爲籍千畝冕而朱紘諸侯百畝冕而靑紘躬秉耒以祀天地山川社稷先后以爲醴酪粢盛於是乎取之敬之至也詩載芟春籍田而祈社稷也故周宣王不籍千畝虢公諫之夫民大事在農上帝之粢盛于是乎出民之蕃庶於是乎生事之供給于是乎在財用蕃殖於是乎始故不可以不務也上春

詔皇后率六宮之人而生穜稑之種而獻之於王先時九日太史告稷曰陽氣俱蒸土膏其動稷以告王王卽御事王耕一墢班三之庶人終乎千畝又司空除壇於籍先時五日瞽告有協風至王既齊宮三日乃具祼鬯享禮乃行又甸師掌帥其屬而耕王籍以時入之齍籍禮三代以來未之有改也漢耕於鎚定于美田于定陶于下邳無定所領以籍田令丞唐耕近郊履千畝行九推宋耕數十步或十有二畦無定數以宰臣領大禮使總之開創之君注念稼穡爲子孫法耳明高祖定禮永樂嘉靖稍潤色之我　朝重農勤民常舉行籍禮賜晏羣臣比隆三王之世云

禋於六宗考

虞書云肆類于上帝禋于六宗禋者潔敬之祭也孔疏精意以享謂之禋鄭氏謂禋之言煙周人尚臭煙氣之臭聞者也其說非至於六宗之說紛紛不同尚書正義曰宗之爲尊常訓也名曰六宗明是所尊祭者有六但不知六者爲何神耳祭法云埋少牢於太昭祭時也相近於坎壇祭寒暑也王宮祭日也夜明祭月也幽禜祭星也雩禜祭水旱也王肅謂禋於六宗此之謂矣漢世以來說六宗者多矣歐陽及大小夏侯說尚書皆云所祭者六上不謂天下不謂地旁不謂四方在六者之間助陰陽變化實一而名六宗矣孔光劉歆以六宗謂乾坤六子水火雷風山澤也賈逵以爲六宗者天宗三日月星辰也地宗三河海岱也馬融則以天地四時爲六鄭玄則謂皆是天神謂星辰司中司命風師雨師皆星辰十二次晉張髦則謂祖考所尊者六三昭三穆是也諸說不一惟王肅據家語六宗與孔疏同後世王廉又以爲舜攝位告祭類上帝望山川徧羣神矣惟不告地祇意六宗爲地祇六爲地數且序其次地祇正當在上帝之後山川羣神之上愚按以地爲六宗其名可疑地數爲六亦後人推衍之詞耳舜時安得有此古人之祭地統于天言上帝則地可該況山川亦地也言地復言山川言上帝獨不言日月乎君子之說經也於其所

疑則姑闕焉不必强爲之說而入於鑿六宗之說並屬傳疑必於衆說取其長則祭法所云差爲可據故王孔皆主之朱子說書蔡氏作傳皆取焉其餘紛紛諸說存而不論可也

封禪

封禪之祭祀天於山上謂之封祀地於山下謂之禪文中子曰封禪非古也其秦漢之侈心乎葢六經無封禪之文自太史公作封禪書以爲古受命帝王未嘗不封禪且引管仲答桓公之語以爲古封禪七十二家自無懷至三代皆有之此緯書之典說燧人之前世質民淳安得泥金檢玉結繩而治安得鐫文告成妄亦甚矣若聖主不須封禪若凡主不應封

禪泰始皇嘗封太山孫皓嘗封國山皆由世主好名於上而臣阿旨於下非盛世之事不可爲法也

郊配

萬物本乎天人本乎祖故郊配之禮王者首重焉而歷代以來紛紛不一者則分祭合祭與夫專祀並祀之說也秦漢之初所用郊祀率用方士之說成帝始定南北郊亦不盡復古禮光武置郊兆於洛陽始合祭天地唐明皇亦合祭天地於南郊宋祖宗皆用合祭元祐詔議北郊蘇軾主合祭從之者五人劉安世主分祭從之者四十八明初分祭洪武七年復合謂人主事天地如人子事父母父母固當同牢而食也迨

世宗大釐祀典夏言議從周官始復分祭要而論之三代以下天地之祭漢分唐合宋屢分屢合明先合後分此郊之或分或合不同也至於配享之說亦有殊焉昔周公制禮郊祀后稷以配天宗祀文王於明堂以配上帝夫天即帝也郊則曰天而以后稷配尊之也祀明堂則曰上帝而以文王配親之也西漢以高祖配天東漢以光武配上帝唐初始行兼配宋以太祖太宗並配圜丘明世宗以太祖配南北郊以獻王配季秋大享殿此配之或專或並不同也然則何者爲是曰天地之祭主合者以舜之肆類上帝武之柴望不稱地祇春秋之不郊猶望爲據主分者以周禮冬日至祀天於圜丘夏日至祀地於方澤黃琮蒼璧之異其禮玉雲門咸池之異其樂爲據不知先王之郊一歲之中固自有分合也周禮王祀郊歲九舉而郊爲尊二至之郊蓋分祀也其餘若孟春祈穀秋大饗夏雩雨而冬祈年則地合於天而不分蓋不分不尊不合不親分合者尊親之大義也是則二至之郊宜分其餘宜合審矣若夫天與上帝異名而同寔后稷配天文王配帝一而已矣周公體文王之志以尊稷而非以文王之不可配天而天之必不可以二人配也故唐宋明皆以太祖太宗並配或亦孝於親之義宜然而無傷於禮者歟我　朝制禮冬至祭天於南郊夏至祭地於北郊實同周官之分祭至孟春

祈穀於大饗殿則主乎合祭而其配則以　太祖　太宗　世祖並配焉春秋分行朝日夕月之禮則無配旨之文蓋斟酌前王之禮而折衷於不易斯可以爲萬世之法矣

禘祫非兩祭說

禮大傳云禮不王不禘王者禘其祖之所自出以祖配之此百代不易之典禮祫祭于經不數見獨春秋文二年大事於太廟公羊傳曰大祫也自禮緯有云三年一祫五年一禘鄭氏因之謂祫大禘小而張肅張融輩又謂祫小禘大于是確分禘祫爲兩祭焉以愚考之祫之文以示從合是凡合祭皆祫也禘之文從示從帝則取諦審昭穆爲義上追其祖之所

自出下及于毁廟未毁廟之主其爲祫也莫大焉故嘗烝皆可云祫而惟禘爲大祫春秋於諸祭或書有事而于禘獨書大事公羊亦以禘之爲獨大而著之曰大祫云耳豈別有禘外之大祫乎先儒泥于書大事而不書禘遂謂別有祫祭故雖知禘之大祫諸祖而無能指之爲一者獨杜預以左傳不言祫因以釋大事孔穎達卽而通之曰祫卽禘也取其序昭穆謂之禘取其合羣祖謂之祫斯誠不易之解矣趙伯循言禘泥於配祖之文謂以始祖配而不及羣祖夫始祖以下皆曰祖傳云以祖配之獨不包有諸祖乎且公羊固云毁廟之主陳于太廟未毁廟之主皆升合食於太祖則禘之爲大祫

昭昭矣爾雅云禘大祭也若曰禘其祖之所自出而非大合昭穆寂寥短簡尙得謂之大祭乎善乎黃楚望之言曰始祖之有廟無廟之主以共享於所自出所以使子孫皆得見其祖又以世次久遠見始祖之功德爲尤盛也斯言深得制禘之旨矣曰公羊言大祫而不及所自出果得爲禘乎曰公羊所言魯禘也異於天子故不及所自出也

朱子禘灌章注專指趙伯循說明言魯以文王爲所自出之帝而周公配之則公羊言大祫而不及所自出其非禘祭可知魯禘不及所自出未知別有據否背朱宗孔恐非定論

四岳方岳考

岳者四方之大山四岳卽虞書所載舜巡狩之岱宗南嶽西嶽北嶽也方岳卽各方之岳也或云舜時惟四岳周時乃云五岳或云舜所巡狩者東南西朔四方則但四岳而已周官考制度於四岳諸侯各朝於方岳猶虞之舊制也但舜則五載一巡周則十二年一巡爲異耳又唐虞時有四岳之官孔氏以爲四岳卽義和之四子分掌四岳之諸侯恐未必然蔡傳以爲四岳官名一人而總四岳諸侯之事者也

七廟考

漢世以來論七廟者多矣其文見於傳記者禮記家語荀卿

書穀梁傳皆曰天子立七廟以爲天子常法不辨其廟之名王制云天子七廟三昭三穆與太祖之廟而七是則七廟之禮自古所同鄭玄乃云惟周有七廟二祧爲文王武王廟也太祖及文王武王二祧與親廟四爲七廟殷則六廟契及湯與二昭二穆也夏則五廟無太祖禹與二昭二穆而已此說謬也商書已云七世之廟可以觀德矣則天子立七廟王者常禮非獨周人始有也文武則爲祖宗不在昭穆之數若依鄭說則天子止有二昭二穆四親不知諸侯且祭四親而天子下同諸侯乎天子祭殤下及五世豈有下及無服之孫而上不及無服之祖乎且周之文武以不祧而成七而殷有三

宗亦不祧之祖也不將與契湯及四親而成九乎其說窮矣
其悞起於禮記祭法祭法云王立七廟曰考廟曰王考廟曰
皇考廟曰顯考廟曰祖考廟皆月祭之遠廟爲祧有二祧亯
嘗乃止是亦以二祧足七廟之數而漢韋玄成祖其說鄭遂
因之而不知祭法之言與其他經傳刺謬不足據也要而言
之七廟者唐虞三代之所同周之文武在不祧之列並七廟
而爲九廟矣周公制禮之時文武尚在四親廟之中而未祧
止爲七廟至懿王以後文武已在三昭三穆之外而不祧始
爲九廟矣商之七廟亦其常也三宗亦在不祧之列因其不
隨親盡而祧而得於七廟常制之外獨存乃可以見德之盛

故孔疏以爲七廟之外可以觀德此言是也故後代之制天
子皆立七廟而祖功宗德不祧者則在常制之外焉

五瑞考

周禮春官大宗伯以玉作六瑞以等邦國王執鎭圭公執桓
圭侯執信圭伯執躬圭子執穀璧男執蒲璧虞書言輯五瑞
則舜歛公侯以下五等之物而執瑁以驗之也玉人云天子
執瑁四寸以朝諸侯鄭玄謂名玉曰冒者言德能覆蓋天下
也正義曰諸侯卽位天子賜以命圭圭頭斜說其瑁當下斜
刻之其刻濶狹長短如圭頭諸侯來朝執玉以授天子天子
以瑁冒之大小相當則是本所賜其或不同則圭是僞也故
天子執瑁所以冒諸侯之圭以齊瑞信猶今之合符天子以
一瑁冒天下之圭則公侯伯之圭濶狹等也此瑁惟冒圭不
得冒璧璧亦稱瑞不知所以齊未得而聞之也鎭圭尺有二
寸則天子之守圭亦謂之介圭介者大也又有大圭長三尺
典瑞云王搢大圭執鎭圭大圭云搢則搢於紳帶是天子之
笏也

朝廷考

周之時有三廟庫門之外爲外朝諸大臣在焉路門之外爲
治朝日視朝在焉路門之內曰內朝亦曰燕朝玉藻云君日
出而視朝退適路寢聽政蓋視朝而見羣臣所以正上下之

分聽朝而適路寢所以通遠近之情漢制未央宮有前後殿
前爲內朝後爲燕朝司徒府有天子以下大會殿爲外朝大
司馬左右前後將軍侍中散騎常侍散騎諸吏爲中朝丞相
以下至六百石爲外朝唐皇城之北南三門曰承天元正冬
至受萬國之朝貢則御焉蓋古之外朝也其北曰太極門其
南曰太極殿朔望則坐爲視朝蓋古之正朝也又北曰兩儀
門其內曰兩儀殿常日聽政而視事蓋古之內朝也宋時常
朝則文德殿五日一起居則垂拱殿正旦冬至聖節稱賀則
大慶殿賜宴則紫宸殿或集英殿試進士則崇德殿侍從以
下五日一員上殿謂之輪對則必入言時政利害內殿引見

亦或賜坐或免穿靴葢亦三朝之遺意焉葢天有三垣天子象之正朝象太微也外朝象天市也內朝象紫微也自古然矣明聖節正旦冬至大朝會則皇極門卽古之正朝也常朝則奉天門卽古之外朝也而內朝獨缺焉非缺也華葢謹身武英等殿卽內朝之遺制也洪武中宋濂劉基永樂以來如楊士奇楊榮等日侍左右大臣蹇義夏原吉等嘗奏對便殿豈有壅隔之患哉

六卿九牧考

天子之六卿一曰冢宰天官卿也一曰司徒地官卿也一曰宗伯春官卿也一曰司馬夏官卿也一曰司寇秋官卿也一

曰司空冬官卿也周成之制三百六十屬聽命於卿而五卿又聽命於冢宰焉故周官曰統百官今更因泉職考之太史內史掌六典八法八則八柄之貳春官之屬也而典法之政則在於太宰太僕掌諸侯之復逆小臣掌三公孤卿之復逆夏官之屬也而臣民之總則掌於宰夫泉府廩人倉人掌財用地官之屬也貨賄之出入太府掌之王朝之服飾春官司服之職也而內司服至屨人則又掌其服飾之用自宰夫之下夏采之上六十官之內三百六十官之職錯綜而互見焉並建六典並行六卿天下萬事凡有關於理亂安危之大者則無不翕然在其掌握焉古者三公無官實兼冢宰冢宰又

兼六卿此事權之所以一而周家無多門之政也冢宰兼六卿六卿又各率其屬以倡九州之牧牧者何也古者牧民謂之牧舜典咨十有二牧周禮太宰施典於邦國建其牧曲禮九州之長入天子之國曰牧葢天下九州天子於每州之中擇諸侯之賢者一人加之一命使主一州取牧養下民之義故曰牧也九州則九牧舜肇十有二州故曰十有二牧所謂州十有二師則又佐州牧以糾羣后者也周制有牧有伯伯者長也三公無異職卽六卿中三人兼之任左右之職則謂之相九命而作伯則分主畿外諸侯如公羊云自陝而東者周公主之自陝而西者召公主之是也伯又尊于牧故伯稱

伯父伯舅牧稱叔父叔舅伯曰公牧曰侯焉

六玉考

按玉備天地之全德周禮大宗伯以玉作六器以禮天地四方以蒼璧禮天以黃琮禮地以青圭禮東方以赤璋禮南方以白琥禮西方以玄璣禮北方葢圭爲直方象縱立而貫通上下之形玉之主也璧圓虛中以象天琮八方以象地又圭銳其首象春德之發生夏則一陰生不若春德之盛故半圭曰璋夏象也冬一陽復天之德故半璧曰璜秋陰盛地之德琥其半琮歟六者之形聖人所以擬諸三才者其義精矣

翰林官考

翰林之設三代以前無有也然湯誥微子之命之類其體製言辭類非人君所自言者安知當時無代言之臣哉但其名制不見於經典無可攷耳漢制尚書郎主作文起草五日一美食下天子一等雖無代言之名其端已見於此矣至唐以後始設官以掌王言居禁林深嚴之地為天子親信之臣其後選用益重而禮遇益親至號為內相天子私人內宴則居宰相之下一品之上丘氏曰學士代言之官講論經筵之職五經博士典籍則前代秘書之屬侍書待詔則前代供奉之名而所謂史官則前代著作起居之任也今則并屬于翰林則是今代翰林一司實兼前代諸職其職任尤非他司比也

明永樂初太宗又揀七八者入內閣專知制誥備顧問參預機謀然其秩猶正五品也至仁宗又于本官上加以卿佐師保其任用尤為重焉歷任既久又易本官以文淵等閣大學士云按入內閣加卿佐號卽今之內閣學士兼禮部侍郎也大學士卽今宰相

十八學士

唐太宗開館于宮西延四方文學之士分為三番更日值宿有暇日輒至館中討論文籍或至夜分使庫直閻立本圖像褚亮為贊號十八學士得預其選者時人謂之登瀛洲杜如晦王府屬　房玄齡記室　虞世南記室　褚亮文學　姚思濂文學　李玄道主簿　蔡允恭參軍　蔣元敬參軍　顏相時參軍　蘇旭諮議典籤　于志寧天策府從事中郎　蘇世長軍諮祭酒　薛收記室　李守素　陸德明國子助教　孔穎達國子助教　蓋文達　許敬宗宋州總管府戶曹　以上並以本官兼文學館學士者

養老

古人養老之禮有養於鄉者所謂五十養於鄉王命公侯伯子男及羣吏曰反養老於東序者是也有養于國者天子視學設三老五更羣老之席位執醬執饋執爵執酳是也蓋養老之禮自有虞氏以來有之至周而禮始備春秋戰國此禮不行久矣漢初每鄉及縣皆有三老歲首則使人存問賜以束帛酒肉或賜以爵乃古人養于鄉之意而國學養老天子親講之禮至明帝始行之歷魏晉至北朝往往舉行唐開元禮雖有其儀考之史未見其行也我　皇上隆養老之典凡有　恩詔必遍及天下之黃耈賜絹賜帛賜肉賜米有差又萬壽之歲四方羣老赴　闕恭祝恩禮有加賜宴於西苑并賜白金以寵之誠萬世之盛典矣

學校考

唐虞命契為司徒夔教冑子三代始有庠序校之鄉學與國學之分而其制莫備於成周周禮師氏以三德教國子教三行居虎門之左以教國子弟凡國之貴遊子弟學焉保氏養

國子以道乃教之六藝蓋古之爲教德行道藝而已師氏教以德行故保氏教以藝焉大司樂則掌成均之法以治建國之學政而合國之子弟焉大胥掌學士之版以待致諸子春入學舍設菜合舞秋頒學合聲小胥掌學士之徵令而比之觵其不敬者巡舞列而撻其怠慢者王制則曰學政崇四術立四教順先王詩書禮樂以造士春秋教以禮樂冬夏教以詩書文王世子則曰凡學世子及學士必時春夏學干戈秋冬學羽籥又曰春誦夏絃秋學禮冬讀書此先王之世教化大行而成材者多也漢至武帝始立學校之官公孫弘請置博士弟子五十人復其身太常擇民年十八以上儀狀端正

者補博士弟子唐太宗增創學舍一千二百間國學太學四門亦增生員其書算各置博士而郡縣亦各有學焉宋仁宗慶歷中范仲淹等建議請興學校乃詔州縣立學胡瑗教授蘇湖以經義時務教諸生故天下謂湖學多秀彥其後朝廷建太學取瑗法以爲太學法著爲令而太學著八十齋有外舍內舍上舍三等以次而升上舍上舍又分三等上等命以官中等免禮部試下等免解程子之論則謂學校禮義相先之地而日使之爭非教養之道請改試爲課有所未至則學官召而教之更不考定高下鐫解額以去利誘省繁文以專委任勵行檢以厚風俗此誠得古學校教人之義矣明太祖開國之初即詔天下府州縣立學本朝因之　皇上崇儒重教尤加意人材嘗　御製訓飭士子文文章爾雅訓詞深厚蓋與虞廷命契命夔三代建學明倫之盛比烈矣又豈漢唐以下所能及哉

建學

漢置太學晉武帝立國子學後國子太學皆置博士以授生徒後魏太和二十年於四門置學立四門博士自漢以來郡有文學隋郡縣皆置博士隋仁壽元年詔以天下學校生徒多而不精唯簡留國子學生七十人大學四門及州縣學並廢劉炫諫不聽

射禮

射以觀德必內志正外體直而後持弓矢審固而後可以命中古者天子諸侯大夫士皆重之周官司裘共王虎熊豹三侯設鵠諸侯熊豹二侯卿大夫麋侯皆設鵠此大射之侯也王射三侯五正諸侯則二侯三正卿大夫射一侯二正士射豻侯二正此賓射之侯也而州長射于州序其侯亦同賓射天子熊侯白質諸侯麋侯赤質大夫布侯畫以虎豹士布侯畫以鹿豕此燕射之侯也茲三射之侯以其飾之多寡而別尊卑焉　天子射百二十步諸侯九十步大夫七十步士五十步所以明尊者所服之遠而卑者所服之近也其制度有

如此者夫射不特施之武事將以習禮樂焉故諸侯之射也必先行燕禮卿大夫之射也必先行鄉飲酒之禮所以明君臣之義與長幼之序也天子有事于郊廟必先習射於澤宮擇士以助祭焉士者諸侯所貢之士也其容體比禮其節奏比樂而中多者得與於祭否則不與於祭而有慶讓黜陟之典焉所以重有德也諸侯雖世而立矣卿大夫有功而升矣而又試之以射考其德行與其才之高下焉所以愼其封爵也天子以騶虞爲節諸侯以貍首爲節大夫以采蘋爲節士以采蘩爲節節者禮樂之節也又修其節而矢焉則射豈可以藝道觀哉

石鼓考

按石鼓文者周宣王中興岐邑講蒐勒功於石其形鼓其數十其辭與車攻吉日之詩相類其文則史籀之大篆也石鼓初不見稱於前代至唐始出於岐陽鄭餘慶置諸鳳翔孔子廟而亡其一宋皇祐四年向傳師求於民間得之十鼓乃足徽宗大觀中始移置之辟雍復取入保和殿元人移之太學歷明至今巋然尚存雖年代久遠字多訛闕不可讀而唐以來好古之士俱以爲三代遺物深好而切究之韋應物韓愈蘇軾輩皆爲之歌而史書之傳於後者亦惟此尙留典型嶧山之碑原廟之彝莫之先也宜其爲歷代所珍矣而歐陽永叔集古錄獨有三疑之說謂漢桓靈時碑往往尙在去今未及千載大書深刻而磨滅巳十八九宣王至今幾二千年鼓文細而刻淺理豈得存可疑者一三代文章眞蹟而自漢以來博古好奇之士皆畧而不道可疑者二隋氏藏書最多其志所錄秦刻外國書皆有而獨無石鼓可疑者三竊以爲神物之顯晦亦各有時石鼓之文自秦迄隋埋沒於田夫野豎荒榛斷莽之間譬如干將莫邪尙埋豐城之獄必待張華雷煥始望其光而取之不可强也至於石質不泐前人亦嘗辨之謂碑刻之存亡係石質之美惡摹搨之多寡水火風雨之及與不及不可以年代久近論也斯言得之大抵古書易僞

然其辭體古今可以一望而知況乎金石之文其體製篆刻尤非古人所得僞爲昌黎博學好古必不肯輕信妄述也石鼓之文終爲三代最古之物可發後人之遐思也李斯之篆雖見重於書家而嶧山諸刻其事不足以合於聖人而石鼓爲宣王中興講武之蹟文武之道於斯在焉故得列於孔廟堂廡之間與蔡雍石經相上下學者肄業之下俯仰摩挲好古之思亦可以油然而興矣

八陣圖考

八陣四爲正四爲奇餘奇爲握奇或總稱之先出遊軍定兩端天有衡地有軸前後有衝風附于天雲附于地衡有重列

各四隊前後之衡各二隊風居四維故有圓軸有單列各三隊前後之軸各三隊雲居四角故有方天居兩端地居中間總爲八陣陣訖遊軍從後躡敵或驚其左或驚其右聽音望麾以出四奇天地之前衝爲虎翼風爲蛇蟠圍繞之義也虎居於中張翼以進蛇居兩端向敵而蟠以應之天地之後衝爲飛龍雲爲鳥翔突擊之義也龍居於中張翼以進鳥掖兩端向敵而翔以應之虛實二壘皆逐天文氣候山川向背利害隨時而行以正合以奇勝楊升庵曰武侯八陣圖在蜀者二一在夔州之永安宮一在新都之彌牟鎮在夔者蓋侯從先主伐吳防守江路行營布伍之遺制新都爲成都近郊則

其恒所講武之塲也嘗放舟夔門弔永安之宮尋陣圖之迹維時仲春水勢正殺自山上俯視下百餘丈皆聚細石爲之凡八行六十四蕝(音最)土人言夏水盛時沒於深淵水落依然如故在新都者其地象城門四起中列土壘約高三尺耕者或剗平之經旬餘復突出此乃其精誠所貫也(風后八陣天地風雲虎翼龍飛蛇蟠鳥翔孔明八陣洞當中損龍蟠鳥翔連衡握奇虎翼折衡)名雖不同其實一也

四皓論 東園公 夏黃公 綺里季 角里先生

四皓之始隱於商山繼出而定惠帝之位也元稹杜牧輩皆作詩譏之元之意蓋謂楚漢分爭而四人不出呂氏以幣招之而卽出定一惠帝所成小矣是以事前言之惜其宜出而不出也杜之詩曰南軍不袒左邊袖四皓安劉是滅劉是謂四皓可以不出其定惠帝適以成呂氏之禍幸而南軍左袒爲劉劉氏得以不滅耳是又以事後言之惜其可處而不處也是二說者予皆以爲不然夫士生斯世去就視乎其志顯晦隨乎其時楚漢分爭之時智勇功名之士爭出其奇以輔翼世主而四人者獨紫芝療飢自甘寂寞彼各有志焉自以年老矣謂高帝慢罵人義不爲臣此其以箕許自待雖終身不出可也自古帝王之興風雲之會亦必有龍蟠鳳翼之士抗跡山林其君亦不逼致之而未嘗不足增重明時也何必盡爲韓彭絳灌之徒哉及惠帝以禮迎致之一出而可以安

儲位定大計于義無傷而所濟者巨雖相隨而出可也厥後呂后用事幾至滅劉此天時人事之不可預知者四人安得逆知而預防之明儒有言武侯輔安樂而安樂不終不以其故貶三分之業梁公反廬陵卽廬陵不類不以其故少夾日之勳祿產之亂於四老人何尤焉必追咎其由來則本招此四人者留侯之策也留侯先爲滅劉之首矣然則元杜之論未爲平允也且吾觀留侯武侯二人亦非功名之士也留侯不爲韓報讎卽帝者師可以不爲武侯非三顧之重卽躬耕沒齒可以不恨四人之才或未必如二子而出處可以無譏焉耳又按明儒郭子章云儒者之論謂四皓皆子房致太后

爲之非寔有其人此亦恐未然夫衣冠之偉鬚眉之皓可贋也其說呂后請上自將討黥布不下數百語田叟野老智能辦此乎愚按高帝欲易太子意本非决絕猶漢宣之于元帝也且高帝見事明豈不知如意雖立勢不得靖哉故四皓得乘其間而投其隙藉令高帝如晉獻公之流雖百龎眉皓首何益哉留侯固曰上知此四人賢則一助也蓋上意方在可否兩衡之間故得一助而遂勝此留侯之妙也　朱子曰四皓恐不是儒者只是智謀之士

謚法

禮記表記曰先王謚以尊名節以壹惠恥名之浮於行也註惠善也善行雖多難枚舉節取其大者以專其善

太史公論謚作於周公曰惟周公旦召公望開嗣王業建功於牧野終將葬乃制謚法謚者行之迹也功之表也是以大行受大名細行受細名行出於已名生於人鄭樵云法之爲謚者取一文耳非有說也謚法行而其說紛紛其見於世者有周公謚法春秋謚法有廣謚及諸家論謚諸書其實皆由漢魏以來儒生取古人之謚而釋以已說集而爲法也論謚之書有劉熈來奥沈約賀琛王彥威蘇冕扈蒙蘇洵諸家也故蘇氏曰周公之法反取賀琛之新法而載之書是知世之謚法其名尤古者蓋非古法也惟沈約之書博採古今銓次有紀然亦無所建明至蘇氏承詔編定六家謚法乃取諸家之書斷然有所去取其善惡有一成之論實前人所不及也前人以帝王公侯君師長爲謚又以堯舜禹湯桀紂皆爲謚無義之談莫此爲甚經幾百年間而後蘇子闢之于是鄭氏條其可用者二百十謚分爲三類只以一文見義無事乎文之廣無事乎說之繁庶乎表裏蘇氏之學是亦典禮之大者謚有以全德稱者有以一事稱者文王之文經天緯地之文也文之全德也晉文公有興霸之功孔文子有勤學之美而皆謚曰文一事之文也武王之武保大定功之武也武之全德也衛武公有興業之基甯武子有復國之忠而皆謚曰武一事之武也有以一字概其全者有以二字兼其美者考亭曰文公

伊川曰正公而君實則曰文正非以程朱不及君寔也孔明曰武侯召虎曰穆公而鵬舉則曰武穆非以鵬舉優於孔明召虎也謚法本兼美惡而撰謚者乃謂謚以易名不可加以惡恐此是後世之論耳但議名之道取其所長則捨其所短志其大行則遺其小節蓋天下無全才能不必備是卽先王節以壹惠之意也歷代謚法紛綸前明洪武之初惟武臣有謚是時文臣雖劉基之謀猷宋濂之文學陶安章溢之治才亦未嘗有謚蓋始於姚恭靖公廣孝胡文穆公廣自是以後縉紳君子亦多有之按昔謚議皆掌於太常博士凡於法應得謚考其行狀撰定謚文移文吏部考功郎中覆定之明雖

設太常博士而不掌謚議羣臣得謚者皆出於恩賜云

釀蜜集卷四終

釀蜜集後跋

余五世祖二田公讀書尙實學所自定稿凡五種曰讀杜心解曰古文眉詮曰史通通釋曰釀蜜集曰不是集　公晚年聲名達　九重歷掌五華紫陽書院教與鉅公相過從一時秀異之士咸出門下於是各謀裒貲以傳　公於不朽心解最先出眉詮通釋繼之今東南勵志之學者亦家置一編矣獨釀蜜不是二集閱數傳而未刋經兵燹而未逸稿藏於家廟完好如初余不敏每以闡揚　祖德爲念竊謂心解等三書但注釋前人之文符述而不作之旨書成卽可問世此所以授梓於生前也若釀蜜不是二集則自成一家之言所

謂藏諸名山傳之其人宜待後學顯晦之者也然年湮代遠蠹蝕水火在在可慮縱髮逆之亂似有呵護幸未散失而吾子孫豈遂可恃以無恐乎迺年以來百計謀所以刋之歲在辛丑此書先告成余適將以縣佐從公之江泝行因宴族姓而矢之曰余雖外余不忘不是也余之願將注於不是而釋於鄉賢家祠也眾咸曰唯唯雖然是書也皆　公困學時劄記其心得屢經釐訂秩然井然無條例之待榷緐簡之待折中故校讐較易若不是集則平生文詞咸萃於是裒然成巨帙非得通人整齊之未敢以從事也是則余之所滋恐者夫

五世孫錫齡敬跋

雲川閣集

（清）杜詔撰

《雲川閣集》十四卷，清杜詔著。雍正九年精刊本。收詔康熙三十二年至雍正九年之詩，并收詞集四卷。前有楊繩武及門人王會汾序。

杜詔（一六六六—一七三六），字紫綸，號雲川，别號浣花詞客、蓉湖詞隱，半樓先生。江蘇無錫人。諸生。少從嚴繩孫、顧貞觀遊。康熙第五次南巡，獻迎鑾詞，命供職内廷，與編《歷代詩餘》、《詞譜》。欽賜進士，改庶吉士。以終養告歸。二十年林居，遊名山殆遍，皆作詩紀之。主盟梁溪文壇，再續碧山吟社，與道士榮漣、僧天鈞結九龍三逸社。雍正博學鴻儒科，辭不獲，會病卒。曾選《中晚唐詩叩彈集》，嘗有《讀史論略》。生平事蹟見《清史列傳》、《國朝先正事略》、《國朝耆獻類征》及華希閔《杜吉士詔傳》。

詔詩學温、李，《國朝名家詩鈔小傳》謂其詩『略杜之形骸，而得其神俊』。詞學嚴、顧，《聽秋聲館詞話》中説其詞如『水碧金膏，纖塵不染』。顧貞觀評其詞『浣花風流藴藉，詞如其人，麗而則，清而峭，晏、周之流亞也』。宋犖則謂其『詞品在草窗、玉田之間』。

是書尚有康熙四十九年所刊六卷本，與詞一卷合刻；又康熙五十二年所刊一種，與詞七卷合刻，均見《販書偶記》著録。

本書據雍正九年精刊本影印。

（徐志鈞）

或看翡翠蘭苕上未掣鯨魚碧海中少陵之詩也雲川先生少陵之苗裔也其爲詩緣情體物風流綺靡類出入於義山飛卿之間或疑其不守少陵家法而沾沾取法温李得毋蘭苕翡翠之誚歟余應之曰雲川之能爲温李也正其善守少陵之家法者也宋王介甫云學杜當自義山入而前輩虞山馮定遠亦云讀山谷詩麤硬槎枒殊不耐看若從義山入則都無此病近數十年來學者多思託足於宋元外爲新奇怪愕之狀而内不免於空疎鄙俚之失其説往往尊西江而陋西崐不知西江之詩麤才枵腹皆可以襲取而形似而西崐之詩

非於古人之書沉浸穠郁含英咀華不能工也少陵之詩曰王楊盧駱當時體不廢江河萬古流又曰別裁僞體親風雅轉益多師是汝師今世之所爲新奇怪愕者皆學杜之僞體也中晚之有温李猶初盛之有王楊其合於風雅之旨一耳今人但訾蘭苕翡翠之非而不信江河萬古之是棄風雅而論別裁烏在其爲善學杜者乎雲川之詩無學杜之面目而有學杜之神爽與介甫定遠之論有深契者年來功力益深風格益上有鯨魚碧海之奇而兼蘭苕翡翠之秀此眞爲善守少陵之家法者已雲川夙被淩雲之遇入禁近官館閣塡詞樂府流布海内近益以古文倡道後學余因論次雲川之詩并連類及之雍正乙巳三月臯里同學愚弟楊繩武拜稾

會汾侍吾師雲川先生有年竊窺先生詩格凡數變其集亦隨時而名少作則蘭苕小輿詩被　命入都後則春明夢草館選後則瀛壖別稿乞假歸養後則在陬集半樓集業已鏤版行世比復重加芟薙益之以渡淮草白門艸浙東游草匡廬遊草歷下餘吟淮遊草起康熙癸酉訖雍正辛亥前後凡四十年都爲一集總名之曰雲川閣詩而命汾爲之序汾何人乃敢序先生詩哉然辱先生知愛每聞先生之論詩專主性靈要歸風雅則知先生之所以爲詩大指亦不出乎此先生自幼得嚴中允藕漁指授嘗受知於宋中丞漫堂及被

聖祖仁皇帝恩遇甫成進士官庶常尋引退林居放浪山水因益肆力乎詩古文詞而詩尤益工且富吾邑自有明三百年來作者林立實惟藕漁先生秋水一集爲風雅之宗而先生是集足以繼之始則原本西崑後復出入少陵及高岑王韋卓然成一家言然先生雅不以此自多是集斟酌去取多質之平昔諸游好即以汾之謭陋先生不鄙其無似而辱教之汾竊幸風雅之道之蔚然復興得以附名簡末是以承先生之命不敢以不文辭也辛亥秋七月門人王會汾謹序

附東委書

蔣汾功再拜言雲川先生足下前數歲命作半樓記迄今尚未報近又重以大集敘益不果足下勿謂僕有所慊也僕文於無情者不能作於情深者亦或不能作非不能也難乎其稱焉爾僕耳足下名甚久居京師始一相識後因同出三原楊公之門吾兩人性既相近又辱師門之誼益相得也先師既沒吾兩人誼益重相去百里不可合并每一會晤輒忻然忘寢食足下慈孝行於家敦行信於朋友爲文宗歐陽子詩逼西崑倚聲爲小詞亦出入南宋諸名家甚矣足下人與文俱進于古也

古者賓相見則賦詩以見志其所爲詩不自己出也因古人以爲志耳矣其在已也不恥于不能其在人也不嫌于相襲惟其稱焉爾僕自度于古人無能爲役然好以古人繩墨自裁往時嘗代荊門少宗伯胡公作序一通宗伯見之稱引不容口然內顧其文頗有愧於其言以知已故再三欲存之然卒棄去今足下將取吾不足存之文以弁於首奚爲哉抑吾兩人交誼必藉是而引重也既不能承命又多其說以自文茲益愧矣言不逮意幸蒙亮察

雲川閣集　詩一

古近體一百二十三首 起康熙癸酉訖甲申

無錫　杜　詔　紫綸

拈唐宋人軼事屬華子山繪圖八幅各系短章存六

天寒正飛雪誰貰旗亭酒淪落三詩人名傳衆伶口雙鬟始發聲一唱盡頫首玉笛不分明春風怨楊柳

好道亦云晚求名良自勞身遊貴主第曲度鬱輪袍佐酒極歡宴跌宕餘風騷如何凝碧池絃管愁雲璈

秋月一何白秋江一何清不聞琵琶語如奏琵琶聲裂帛那成曲纏頭空復情豈無青衫淚落在琵琶亭

紅杏幾枝春風流呼小宋十年矜史筆名與歐陽重明燭粲華容豐貂暖香夢一笑謝相公寒虀憶曾共

何來方山子豪氣無與儔怒馬驚獨出嬌娥喜偕遊紅妝成小隊射獵西山頭晚邐光黃間可望不可求

穩載一蓬雪梅花散煙景恍聞吹笛聲暗香落疎影盈盈碧袖歌側側青衣冷如何白石仙春風教獨領

石湖春曉曲

越來溪頭太湖尾一片冥濛曉煙裏日光浮動波粼粼亂翦鮫綃散霞綺灩瀲靡迤一鏡中妝成髮髻青髻鬆鴛鴦豔錦相間紅百花開盡吳王宮吳宮花落烏棲樹可笑鴟夷獨容與一舸飄然從此去苧蘿人對東風語

陽羨采茶歌

天子未嘗陽羨茶百卉不敢先開花玉川此語非矜誇至今蚕擷催山家山家忙殺采茶女禿袖長衫小雲髻社日纔過逢穀雨亂插山花入山去入山女伴遙相望犖确山路尋微茫廟前廟後人跡少半陰半晴蘭氣香幾簇旗槍幾叢緑紫筍未吐金牙長采采止盈掬官家輸不足歲貢罷銅官何須龍鳳團生小山中作茶户絶勝農人並樵父附葛攀蘿敢辭苦朝暮空山但愁虎

和元人十臺詠

姑蘇臺

臺空紫石剩荒邱在紫石山風景還堪一望收四面畫如花裏住六宮齊向鏡中遊香生緑黛春風輦露洗紅蕖夜月舟却笑越王臺尚在鷓鴣飛去不回頭

章華臺

楚歌楚舞向誰誇太史徒傳楚世家開國自來傳篳路築臺何意號章華山迴巫峽分青靄潮謁夔陵擁白沙爲弔飢魂蘆澤畔雙蛾愁殺斷腸花

朝陽臺

見說高唐事杳冥仙姿石幻誤傳聞有情眼底皆如夢
何處山頭不是雲蚪木曳煙疑楚岫蔓花飛雨濕湘裙
嫣然一笑東家子朱粉應憐著幾分

黄金臺

伯業銷沉等劫灰黄金照耀獨名臺兵連五國收燕地
力借羣豪始郭隗豈在一時能雪恥直令千載感憐才
於今濩落風塵客猶是紛紛向北來

戲馬臺

戲馬元來楚故鄉鴻溝還記各封疆儘教率土歸劉氏
剩有斯臺與項王一戰快心惟鉅鹿三分失策在咸陽

如何蓋世英雄氣獨爲虞兮泣數行

歌風臺

乃公馬上竟如何千古荒臺客尚過雞犬故鄉留地窄
煙雲高鳥著天多韓彭縱死猶生氣濉泗交流少定波
爲望中都亦豐沛飛揚無復大風歌

望思臺

博望通賓禍始基釀成巫蠱事生疑可憐鳩里逋逃久
不道鴻臚感悟遲木葉秋風愁絕處金莖曉露夢回時
湖城相望歸何日亦似神仙未可期

銅雀臺

東風野火亂紅塵瓦落鴛鴦漳水濱鄴下風流誰是主
西陵歌吹絕無人月沉冰井寒香鏡花散華林薄錦茵
何似譙東起精舍讀書秋夏獵冬春

凌歊臺

鐵馬金戈欲暮年埽平關洛定南燕倉皇草澤羣雄散
破碎江山半壁全誰奉赤書需傳亮自乘黄屋笑桓玄
不知當日層臺上歌舞能消幾社錢

鳳凰臺

鳳來不記是何朝鳳去詩人久寂寥安得狂才驚落筆
更攜仙子對吹簫勢凌絕巘朝看雨地逼長江夜聽潮

六代興亡何足數孝陵松柏也蕭蕭

酬嚴藹漁先生一絕句

敢云内翰與分司（先生評余近詩云以杜分司之俊爽發韓内翰之幽咽）靡濫風
人豔體詩安得天然去雕飾一編秋水是吾師（先生集名秋水）

雨泊吳閶送春同顧梁汾先生作

六宮花老淚臙脂點點殘紅墜晚枝自是東風無著處
本來西子有歸時錦帆泠落青簾舫玉管闌珊白苧詞
雙槳綠波留不住半塘煙柳雨如絲

秦淮曲

我今客秦淮秦淮時已暮官柳何蕭蕭桃葉秋風渡渡

頭風亂生吹笛蘆花汀誰倩小伶歌悽絕不可聽金粉六朝盡豔曲歸江令文采數前朝風流及時盛士女雜鉛華江山重掩映新亭送客愁舊院催妝竟玉釵垂鬟鬌繡幰圍絪緼酒盡青溪社詞翻白練裙百年人恍惚昔夢今消歇夾岸冷紅燈當樓閒素月月明淮水寒忍再卷簾看娟娟石城下留照馬湘蘭

蚕發

雞聲催蚕發風緊驟揚舲擁被餘殘夢披衣尚曉星柳煙昏夾岸人語出孤汀從此征途遠才過十里亭

過泰山

重重危磴石嶙峋策馬行遲踏細塵側帽山光看欲落盪胸雲氣辨難真三春社鼓燒香日一路風燈納稅人七十二君封禪後文明 天子又東巡

白溝河

遼宋分疆是白溝百年盟好重綢繆燕幽不道開邊釁童蔡何曾為國謀一寸山河憐破碎十香詞句擅風流投鞭遮莫金人笑狼籍西湖粉黛愁

曉次琉璃河

鈴聲斷續煙迷離盤紆石路高復低據鞍登頓滑馬蹄踏殘曉月明琉璃琉璃光爍天始曙一碧涵空漾春樹翠密蒙茸不知處兩兩鴛鴦自飛去范石湖詩琉璃河上看鴛鴦

薊門雜詩十首

羈心增百感飄泊況逢秋木葉桑乾脫風聲画角收名都今宛洛絕塞古燕幽不少黃金客常教悔薄遊

薊北風霜日江南橘柚時歸期殊未得旅況竟如斯蕭瑟悲秋賦飄零哭母詩春暉仍戀戀寸草有餘思

搔首憑誰問含淒忍放歌青雲看浩渺綠鬢笑蹉跎索米長安住攤書竟日過朱門絲管靜清絕似巖阿

幽賞無多地閒園窄徑斜有時凭石檻隨意數秋花墻角風生竹檐前雨沸茶卷簾還看画能使客忘家

公子誠投分心期良不違敝裘千里去從獵幾時歸沙磧羊腸險邊亭獸肉肥九門饒朔氣有客賦無衣

偶出郊原外徘徊夕照閒長臨玉泉水遙睇翠微山內苑皇州色西風客子顏健兒驅馬疾得意射鵰還

天壽諸陵在無人去采樵夕陽多古刹秋草半前朝蟋蟀吟衰颯鼪鼯叫寂寥百年桑海異何暇問金遼

每向青門望長從白塔過晚煙宮柳重秋意景山多細雨愁金管涼飈冷玉珂蹇驢無住著旅館近如何

入夜蕭齋掩淒清不可論孤吟羣慮澹獨坐一燈昏客淚無端落家書滿篋存擁衾秋正冷爐火待重溫

羣馬正悲鳴中含膩栗聲滿城天欲曉殘夜月猶明閨
世身安託還家夢不成整衣枯坐久低首念平生

聞雁和博將軍問亭

凉飈颯颯滞他鄉聽得南歸一雁翔細數雲山千萬疊
暗驚絃柱十三行飛鳴可怕施矰繳飲啄還愁犯雪霜
莫放月明思婦覺夜深含淚剪秋裳

次韻簡姜西溟先生二首

謠詠無傷讀楚辭修名不立歎何遲心緣涑水分修史
學遂遺山獨論詩邸舍漫邀通夕語天涯幸作比鄰時時以比鄰詩屬和
多因問字相過數風雨秋燈入夢思

紛紛大馬共高車羞澀風塵策蹇驢彈鋏無心耽旅食
望雲何處認吾廬誰誇一藝能名世為念三生未卜居
手不停披吟不絕退之休上相公書

次顧敬亭韻送分露先生扈從北征時予將南
歸兼以誌别

欲别君歸且送君驚心飛檄屢傳聞身隨豹尾占烽火
路繞龍堆逼陣雲鴉背夕陽空一片馬前春色欲三分
離歌唱徹從軍樂為望帷宮蚤策勳

寄園餞别次敬亭韻

曾陰漠漠塞雲垂烽燧遥傳鼓角悲知已一尊分手處
離家三月落花時羽林宿衛年何少博陸封侯事未遲
此去邊亭破殘賊凱歌遙慰故人思

别家大司馬秀水先生

烏有鳳兮魚有鯤蒼天碧海同飛翻藩籬之鷃尺澤鯢
瞻望弗及徒心煩憶昔遊遨向京國愧我微才受公識
别公五載復謁公故我依然少顏色於乎括髮遭母喪
千里告哀公太息載拜乞一言庸以章母德大章辱公
賜悲感淚盈臆寸心怏怏走踆踆不敢復戀京華春荷
公拳拳告公别願公令名常日新世說祁公守清介豈
知武庫饒經綸獨典樞機運籌密八荒久矣無風塵小

醜今方事征討路出居庸野無草遲遲行道柳依依勿
令雨雪歌采薇膚功一奏報　天子吉甫來歸受多祉
旦暮聞之為公喜伏櫪猶然壯心起

歸來

擾擾經年作遠行歸來門巷色淒清老親熟視嫌身瘦
稚子遥迎覺面生雨濕征衣兒女淚春憐夢草弟兄情
夜闌輒語重簾下再剔殘燈說鳳城

顧倚平自城南復歸涇里悵然有懷兼示中以

居如秦贅悵花前倚平贅於華氏贈婦詩多顧彥先浪跡縱教
歸故里吟情應復戀菰川曉簾最憶消魂語余與倚平時共填詞

春水聊同聽雨眠中以有聽雨船詞可歎蕭條家壁立臨邛酤酒倩誰憐

向與顧施渻朱贊皇華子山偕諸同人社集今忽忽十年惟子山時一晤對贊皇留滯燕臺諸同人如晨星落落而施渻則墓已宿草矣追憶舊遊感賦

曩昔宴遊好頗盡平生歡平生得良友築壘摩騷壇淫皐佳公子風格追建安結交巖穴士磊落輕儒冠終歲偕我遊訪我城南端素侶相因依日夕恣盤桓放浪開好懷差覺宇宙寬隨時一扁舟因風泝微瀾亦復理雙

屐登歷山巑岏撫松眄雲臥嚼蕊甘霞餐豈必乘青螭長嘯和鳴鸞校書山閣中滿目青琅玕悅澤愛春花芬馥盈秋蘭各隨性所翫淋漓一濡翰新詩故可喜脫手驚彈丸落紙互欣賞遠近多傳看方期百年內揚華蔚成觀何意晨風飄零落明星殘蓬居感塊處噫吁抱長歎流光去若駛綠鬢愁欲斑中酒兼懷人四顧長漫漫朱生客朱邸雜沓從金鞍華子隱巖谷獨對空山寒回首事猶昨聚會良已難清歌不再理玉軫誰復彈恍聞山陽笛能勿生悲酸

理散帙得顧景行先生庚午歲暮寄懷詩泫然賦此

先生才大遇坎坷先生於世無一可顧我骫骳歌倚聲濫竊吹噓重揚簸蕪音瑣碎何足云漫勞齒頰還餘芬惝恍迷魂招不得鮑家詩唱空秋墳篋中揀得舊詩草脫落蠅頭楷書小悲君末疾廢管城口授阿咸成此稾拂拭多時吟未了雨閣雲沉殘月曉中有曉風殘月柳耆卿澹雲閣雨陳同甫之句

懷嚴先生藹漁

得賦歸田後焚香只閉門詞妍韓內翰筆妙趙王孫與世無纖染投詩必細論病中書一冊珍重百年存先生為余

作楷書一冊跋尾云病不能書於茲六年矣子非不知其不能聊為他日存故人餘蹟耳

懷華先生滄江

一臥滄江晚狂歌亦自豪儘教塵夢遠但放笑聲高老去餘青鬢閒來試彩毫城南諸後俊還仗主風騷

懷顧先生梁汾

久作安昌客相憐是戴嵩名緣才子重心賞小詞工山閣遙分翠花茵碎落紅紫微清夢覺彈指一聲中先生自號彈指詞人

送鄒可遠同華漢長之休寧張懋和之揚州華馭調之儀真于九之浙東

之子各言別殘杯盡此宵一帆瓜步雨二月浙江潮客路俱綿邈山城半寂寥春風愁獨立煙柳小紅橋

惠山泉烹陽羨茶歌

九龍山泉出山骨不放中泠名第一荊南四月采茶來紗帽籠頭品奇絕鬬茶公子弄春泉井旁擕石何涓涓片甲先抽穀雨前適與茲水相新鮮拂拭筠爐手親煮鬢絲扶起春深煙春深院落悄無喧松濤沸耳醒晝眠火紅松子水微縠蟹眼細碎魚眼圓半甌綠泛色輕淺一翦香浮意深遠風生習習肌骨清金虀玉鱠無餘腥爲憶山人傳好句湘水秋聲陽羨雨王孟端惠山竹爐詩氣蒸陽羨三春

雨聲帶湘江兩岸秋爲卷中絕唱待箋水注補茶經不數盧仝和陸羽

宋漫堂先生惠漁洋綿津二家詩賦謝

束髮嗜聲詩冥搜竟何用豔體泥徐陵姸辭眩蕭統觸目紛葳蕤舉手雜拈弄小鳥語啁哳何由識鸞鳳商邱宋夫子詩名以人重浩渺歎綿津漁洋相伯仲瑤華辱嘉惠焚膏坐吟諷溯源自風騷沿流及唐宋大筆何淋漓苦心重磨礱標格故雋上精采各飛動碧海掣長鯨波瀾竊驚恐噫吁笑女郎山石句堪風頗下涪翁拜蟻穴破昏夢泠然神骨清含毫墨痕凍

八月十四夜虎邱雨後

滿街羅綺笑傾城一片濃熏逐隊行雨洗山林歸本色夜闌歌板出新聲花間得月當樓滿樹底飄燈隔水明獨上可中亭上坐徧身風露欲寒生

檇李

檇李城荒失舊基夫椒相望重淒其須知一戰强吳日已盡三年報越思麋鹿故宮悲伍相鴛鴦秋水夢西施幾絲煙雨冥濛處過客還題弔古詩

西泠雜詩 有序

丁丑秋九月家詒穀招集湖舫同遊者爲邵氏諸昆二峰豫鍾克大暨祝矜刪華子山舍姪鳴山共余八

人時屆深秋湖山澹沲雖風景寥落而歌吟笑呼有足樂者已而飲散湖濱獨余與子山鳴山留宿孤山之酒樓次日復櫂小舟過放鶴亭弔岳墳尋蘇小墓窮天竺韜光諸勝復信宿靈隱山房流連憑眺凡三閱日得七言斷句十六首皆隨感隨作都無倫次云

珠簾画舫一攜尊櫂向平湖颭浪痕好景六橋須記取曉風吹過湧金門

十里空濛一望間澹妝濃抹露煙鬟画眉人試青螺黛好寫西湖鏡裏山時詒穀就婚於邵

無多綺麗著人思況值涼秋九月時桂子荷花早零落

尊前誰唱柳卿詞
猶是笙歌競繞堤湖光黯澹草萋迷香山別後看山去
才子無多莫浪題
小試霜毫醮墨纖墨痕狼籍漬青衫坐中年少烏衣客
偏是秋光得大凡（克大有勝侶宜頻集秋光得大凡之句）
湖心亭畔再維舟得被勾留便欲留最好酒闌歌板歇
兩三人宿水邊樓
寺寺鐘聲聽不眠小樓人起半湖煙爲看朝旭湖邊立
五柳居前喚渡船
一羣白鶴自梳翎處士梅花冷翠屏豈是山林終寂寞

就中新構　御書亭
趙家粉黛盡南都聚景園荒徧綠蕪輦路東風誰復認
遊人還說賽西湖
只今何事感興亡腸斷秋風白雁行瓦落宮墻聞蟋蟀
分明猶怨賈平章
弔罷于墳拜岳祠黃龍未搗誤班師雖云忠慤孤忠苦
猶見南宮復辟時
行來細路石嶙嶒鬼火冬冬青樹裏燈爲問鳳凰山脚下
何人一弔宋諸陵
油壁青驄事杳冥細風吹雨入西泠可憐歌斷黃金縷
翻出新聲唱小青
小隊鑾輿望若雲秋衣一翦雜濃熏風迴繡幰香車過
無復當年上馬裙
冷泉亭上試新茶信宿還來衲子家中有小樓三面竹
卷簾紅葉半山花
重重樓閣繞臨安躡屐何煩立馬看獨上北高峰頂望
浙江潮湧海門寒

行見月

昨負良宵遊誰家明月樓華燈夜市過細雨春江愁暝
色上新齋金丸落行舟

舟次鄧尉山步月梅花下

春風木蘭檝日落輕帆卸迤邐來名山好天復良夜散
步陟山坳明月萬峰射老梅千百本縱橫雜桑柘遠近
香微茫疎密樹低亞澹絕靚妝人輕寒濕羅帕瘦煙弄
春碧玉魂與俱化水精欲眠夢抱月鈎闌下

讀書草菴同高若黎潘師仲陸龍光

綠鬢年華歎無幾蹭蹬十年塲屋裏漫教抗手欲拏雲
三寸雞毛提不起文章何處哭秋風江頭颯颯吹芙蓉
粉痕淺澹易憔悴春來復見桃花紅尋花滚谷共三子
素心晨夕忻相從一編梵夾紙窗破半龕佛火雲山重

妙香生處清如許瀧瀧山泉雜山雨禪板沉沉共僧語
折脚鐺邊夜煨芋

黃尊古將入都夜半訪余山寺詩以送之因寄
懷分霞先生

山中白日罕人跡中夜何來欵關客客云理策向京華
送客出山山徑黑松風吹衣火明滅欲别中情轉悽惻
同是梁園舊日賓嗟我孤吟面空壁憑君寄語賢主人
三載離思寸心積冀北淮南渺何極迢遞雙魚斷消息
昨聞扈蹕征西回鹵簿前頭烽燧熄笑指金貂脫臂鞲
天子方今賜顏色君於富貴故澹然愼勿耽閒薄宦

職家世常多衛霍功宗社終須股肱力侍從從容有餘
暇掃地焚香還讀易絹擘鵝溪紙蠶繭與客濡毫共朝
夕應憐山館人寂寥細雨春燈耿相憶

同梁汾先生登貫華閣觀成進士容若三十小
像感賦二絕句并示鄒可遠

此照還同此閣存幾人能唱憶王孫風流休數鴛鴦社鴛鴦社成公密室
只是傷心皁莢屯皁莢屯其葬處也
宛然側帽影徘徊成公詞名側帽彈指韶華老淚垂誰取沉香
熏小像十年流落一香箸可遠有香箸亭詞

大捷詩八首學使磁州張公命賦

羲馭方中日功成蚤晏如殄殲三逆後休養廿年餘小
醜何頑梗神威倏剪除古來沙磧地萬里共車書
干戈當載戢　車駕重親征飛旆關山險鳴鑾道路平
鯨鯢驚殞命組練盡弭兵此日膚功奏誰邀勒石名
羽檄憶紛馳張皇整六師戈矛羣奮日宵旰獨憂時轉
粟莊浪衛連營花馬池神功平北後下詔問瘡痍
六飛時命駕萬騎數臨邊銳意誅蠡賊何心廣幅幀百
年烽火息四月凱歌旋輦路風光好宫花簇錦韉
拜舞臣民共風聲遠近同八荒尊　廟略一德獎元功
賜酒葡萄綠賡詩芍藥紅未應歌杕杜還爲奏彤弓

僉曰非人力邊塵指顧收戍樓閒鼓角戰士謝兜鍪誰
上安邊策奚煩借箸籌從今荒徼外不用更防秋
塞北餘氛靖天南被澤長未聞驚斥堠豈復困輸將雨
洗江河潤風清草樹香家家春酒熟唯是樂豐穰
載筆來多士穹碑蚤勒勳我師非黷武　天子更崇文
燕喜歸豐鎬鸞聲噦藻芹願言歌在泮獻馘永無聞

紅梅和邵陸園用東坡元韻二首存一

鶴頂生憐破萼遲臙脂乍點薄寒時穠纖易得牽情夢
冷澹休誇絕世姿琥珀太多微沁頰芙蓉新寡暗消肌
卸妝仍結羅浮夢不犯紅塵笑荔枝

梅花謝後同佽園用義山潭州韻簡懷詒穀
江城吹笛遠浮空誰遣魂銷一曲中殘夢依微閑紙帳故香狼籍澹煙叢月明乍返南湖櫂花落深憐昨夜風爲問釆山亭子上巡簷索笑幾人同

送華大年隱垣之金陵次唐四臣哉韻
又送君兄弟春風次石頭遲回分手意寂寞對門愁共憶扁舟夜相逢鎖院秋秦淮無恙好涼月水明樓

訪朱竹垞先生不遇奉懷二首
迨迨十年内不一見先生竊欲師風雅猶聞記姓名飛揚終未已偃蹇竟何成安得淩雲賦今來問長卿

相訪不相值煙郫淨綠蕪門閒楊子宅人住輞川圖別港斜通市平橋遠帶湖從來茆屋趣勝似玉堂無

次韻積書巖牡丹二首存一
人間兩無負名士與名花彩筆傳香夢紅羅散綺霞儘教驚絶豔無事著紛華第一難忘句風流帝子家第一風流帝子家梁汾先生詠牡丹句也

由金山放舟至焦山家大兄次陵因作金焦二山圖命題即用東坡先生煙江疊嶂圖韻
我兄愛画工画山隨形潑墨流雲煙含毫變化出新意或師米芾或巨然家住九峰之下二泉側生平未識第一中泠泉朝來鼓枻渡揚子江流澶漫如平川金山絶頂罷登眺開帆直抵焦山前兩峰屹立縹緲間左江右海蒼茫天海門日出照嵯峨平開曉鏡呈鮮妍朱方殺氣盡消歇不煩弔古悲桑田潮回鐵甕絶奇處佳遊樂在承平年興酣落筆恣揮霍圖成山色何娟娟妙高臺迴金碧燿海雲堂偃蛟龍眠天機所到在筆先賦詩却少東坡仙自知未脫塵土氣焉得與兄共結江山緣豁我雙眸疊煙嶂願披長幅歌長篇

隋堤曲
隋堤一帶官河口不種桑麻種楊柳錦帆帝子數巡遊

厭住東京樂奔走將兵西域再征遼呼韓稽顙諸番朝江都宮監伺顏色翡翠玻瓈恣雕飾水晶殿揭珠簾開香風吹送飛仙來凭肩笑語能幾迴夢遊恍惚吴公臺吴公臺下雷塘路野土茫茫亂煙樹傷心爲弔玉鉤斜柳色昏黃不知處

揚州五絶句
繡簇交衢鬧市聲荒涼豈復舊蕪城却憐南國香消盡懊惱春風過客情

爲歎平陳伯業休迷樓灰燼冷仙遊小東門去文樓巷猶記維摩舊選樓

空尋螢苑并雞臺曳履何從拾翠來金戺玉階煙草没
土花凝碧繡莓苔
吟殘豆蔻客無聊寂寞無人按玉簫二十四橋何處是
澹煙踈柳認紅橋
緑波環繞幾人家十里香濃菡萏花不道舊遊零落後
玉人還唱浣溪紗王阮亭先生有紅橋遊記及浣溪紗倡和詞

初夏同劉丈沛然鮑丈南侯過滄江先生齋分
韻得姿字

白日長如此清談未厭時人因閒有味花亦澹無姿
粉沾衣袂茶煙颺鬢絲愛吟翻閣筆爲補送春詩

虎邱同侯粲辰華子山訪山陰戴隱君南枝
共理登山屐兼停訪戴船誅茆容大隱宿草泣高賢南枝賣宇葬徐侯齋往事空禾黍傷心只杜鵑塵襟聊一洗清挹第
三泉

吴江晚泊
晚來風稍急且一駐孤篷漁火水邨外櫂歌煙靄中潮
生初上月帆落到垂虹怊悵吹簫客無因喚小紅

櫻桃曲
百果叢生百花老果熟櫻桃春薦蚤滿樹珊瑚緑雲罩
葉底鶯含朱實小園敞葡萄敕賜多酒醉酴醾摘來少

月明光爛赤瑛盤嘉宴還傳曲江曉君不見荔支盧橘
盡霑恩畢竟輸他顔色好

楊梅三首存一
隨意拈來浣指尖怕沾衫袖裹纖纖色如醉纈凝肌紫
味便酸心沁齒甜瓊液幾曾輸越荔玉盤何待糝吴鹽
月廊香入吴山夢好句邨南和子瞻蘇詩南邨諸楊北村盧又夢繞吴山卸月廊楊梅盧橘覺猶香

同華協采讀書長壽菴因簡令弟馭調令姪棻
儀暨陸璇玉朱若猷
城南數同學華子最天眞兄弟憐衰鬢文章老故人鄰
鐘晨自省禪榻夜相親忍棄干時策蹉跎悞此身

雨後望新緑和惠濟蒼
一帶毿毿緑山痕間雨痕有人來麥隴無處辨花邨林
氣含煙濕溪流背日昏好風吹不定細草亂柴門

邨寺
人語斷孤邨秋風破寺門再來尋往蹟一爲弔香魂有
淚空花盡無情老樹存佛燈今夜裏夙業懺慈恩

小窗話舊三首
小窗人共對絮語數當時拂硯臨書細開奩約鬢遲解
聽新度曲喜誦晚唐詩錦瑟何心理華年不自知

紈扇驚秋蚤篝燈愛夜長金梭抛織錦玉指耐縫裳細
刺鴛鴦繡濃熏唵叭香夢輕綃帳薄碧簟透新凉
最憶傷情處金風咽素秋苦吟黃葉寺杳夢木樨樓閒
作經年別頻添永夜愁柔腸牽去住無路覔封侯

九月十五日山中社集以張承吉惠山寺詩泉聲到池盡山色上樓多小洞穿斜竹重階夾細莎爲韻分得階字 有序

夫以繡嶺巃嵸漪瀾澹沲開徑則寫蟠鳳谷臨池則水湧金蓮小閣秋聲王舍人之画壁層樓山色張處士之題詩因溯前朝緬懷往事人如洛下蹟擬西園

故足點綴山林扢揚風雅爾乃銷沉歇絕不勝感慨係之然白社雖墟而碧山無恙 鑾輿再幸實增泉石之光鶴夢多閒可結煙霞之侶脫二三前輩能爲大雅扶輪便零落同聲猶望小山承蓋於時鄒子聖俞曁令弟泰和孟氏雙珠蘇家連壁欲樹騷壇之旗鼓共訂蘭交爲尋勝賞於林巒旋携桂櫂飛觥鬬斝正當落翠蕭辰劈素分牋却補題餻韻事問十老於濯纓亭下自是春中飲馬之墟假九龍爲落雁峰頭可無謝朓驚人之句各分一字並賦短章

木落瘦蒼厓菊花猶繞階清秋正佳日高興來吾儕况
從商山老逢山曳芒鞵時華先生滄江顧先生梁汾黎眉衡湘二鄒先生在座前
輩欽風流卧病愁恒齋秦對巖先生因病不赴秋水思濠梁淚眼
還重揩傷藹漁嚴先生飄零舊吟社跌宕新詩懷自玆翰墨緣
忍使雲雨乖歸舟圓月上滿照酒如淮

同顧中以侯伊傳鄒聖威泰和集聖俞是亦樓觀名人画冊分賦得周少谷秋水芙蓉

明代何人善花草少谷當年寫生好一枝兩枝如雨裏
著手成春脫枯槁娟娟秋水波漾紅鮮鮮水面生芙蓉
臙脂深淺入肌理霜華慘澹矜秋容參差花片半零落
臨鏡美人妝更慵此態何人能繪得突過徐黃與崔白
芙蓉出水謝家詩錯彩鏤金總無色

讀方輿紀要追和宛溪自題元韻二首

著書元不爲窮愁十載書成賦壯遊捫蝨固當爲上客
彈丸無乃笑東甌瀾翻動地三江湧落拓還家兩鬢秋
俯仰乾坤空歷歷感時王粲獨登樓

蕭瑟江關庾信愁何如身共赤松遊眼前破碎無完璧
掌底摩挲剩缺甌空抱一編風雨夕劇憐孤嶼海天秋
扶桑銅柱休回首元氣冥冥化蜃樓

讀天啓宮詞八絕句

夜半乾清聽處分蟒襴蟬鬢拜恩新頒來菜戶雙金印

奉聖夫人顧命臣

寶刀隊隊擁香車彩鳳門前儼翠華出入五更宮漏盡
日華高照露行花

白綾素色羽衣輕絶少長門望幸情買賦無煩還課讀
可憐紅粉盡書生

長春風露欲寒冰簷溜傷心慘不勝明主獨憐高永壽
玉河秋水夜然燈

彤盡寒梅剩幾枝坤寧望斷亦多時趙高傳内分明甚
說與君王總不知

三錄曾經御覽來聖書終被聖心猜就中不解爲何語

爭似知書女秀才

匠巧天開自古稀手操斤斧捷於飛終朝雕刻渾無暇
十作多應抵萬幾

雲龍飛起翦貂璫滿地茄花委夕陽可記牡丹開信邸
天香眞繞御袍黄

同予思感舊

爾我知交逐歲新賦繙思舊各傷神一從夢斷盧生後
哭到姚生第四人謂盧漢夔惠殿賡暨竇雲生姚獻暘

九龍山人故居有序

九龍山人王舍人孟端自號也嘗築居山下邵文莊尚德書院即其故址事載容春後集乃歲久湮没人無問故居處者梁汾先生命賦以補邑乘之闕

朝遊九龍山山翠向人落緣厓歷蒼莽煙雲起芒屩緬懷山中人高風不復作簪筆中書堂十載文淵閣晉代恣往還江淮閒飄泊何事賦歸隱不出青山郭泚筆作山水解衣獨盤礴更入竹三昧得之山居樂文莊云山人画竹妙今古謂得之此中山居久埋滅無從得搜索偶讀容春集撫卷成驚愕二泉舊精舍山人始開鑿豈知百年後規模總非昨廢池衰草積破屋枯藤縛古竹兩三竿亂響風吹籜俯仰何茫茫殘陽没山脚

李相讀書臺

我生不得讀書力鎮日攤書嬾成癖嶔嵚歷落可笑人徒向空山撫遺迹山空碑版多漫滅姓氏獨傳唐相國片石曾蟠仙李根一編長映青松色人生窮達那能料仕路飛沉更難測三俊同時不同遇苦抱孤忠紛感激海天黄葉菊花秋重上家山已頭白相業倏如泡露没幽咽泉聲弔書客乃知開卷信有益豈似模稜空伴食

古硯歌爲銅鶴山人作有序

山人自言居長安七載下第南歸旅次得宋金華紫泥硯又於青山中弔太白墓見松根一石掘之乃白

遺硯殆稀世寶也因爲作歌

銅鶴山人雙古硯古色斑斕人罕見山人著手爲摩挲蛟螭宛轉紅絲亂持牋索賦古硯詩問君古硯誰之遺一爲金華太史公一出太白青山中世間靈物會有合今君得之兩奇絶乃知巧匠斲山骨古篆雕鏤未蒙滅錦茵玉匣時一新鳳咮龍尾相爲鄰天生異質必有用豈應冷落山間人君不見青蓮才子清平調沉香亭北曾宣名又不見學士三觴倚醉歌君臣之樂當如何兩公所遇稱絶少至今文采猶相照遺來雙硯實甆好璧水煙華助摛藻射策天門君未老請君再上長安道

古近體九十四首 起乙酉訖辛卯

無錫　杜　詔　紫綸

迎

鑾詩 學使韓城張公命賦

歲在旃蒙支作噩　九重下詔求民瘼孟春之月始東巡爲駕倉龍徧咨度維時河工初告成宵旰猶煩示方略大臣恭請再南幸風土三吳紛繡錯吳民望君如望歲一覩　天顏心悅樂　宸遊四度又三載　温旨傳來恩再擴警蹕無聲鹵簿前鼓腹含哺任耕鑿東風獵獵響纓鈴吹得飛書到巖壑　臨軒親試南國英恐致懷才或淪落多士聞之良自怍生長明時食藜藿蓬茨獻賦重逡巡捉筆何緣恣揮攉菁莪雅化大作人使者持衡方振鐸上繼輶軒下採風鼓吹休明沸韶濩徽徽摛藻抽秘思珍重含毫儘搜索太平樂事不勝紀河嶽懷柔雨暘若波平淮海澤汪洋色麗江山氣磅礴城過鐵甕勢崢嶸路指金閶風綽約綵懸天半蔚雲霞樂奏宮中滿樓閣夾道焚香擁絲障隔水飄燈颺珠箔青旗搖曳仙仗移錦纜縈迴御舟泊黃埠墩前九峰下月滿花開宛如昨玦靄韶容三月深簾幕春寒無處著此際

懽呼應轉劇小臣迎蹕增抃躍赭黃新帕裏瓊牋願奏
衢謠調管籥鳳鳴雝雝寧敢託 天子來遊雅歌作

聞

名後自蘇至杭紀遊三首

繁華數吳會況此駘蕩春雨歇百花洲鷺彗方掃塵步
輦繞城曲行麾眄江潛肅肅豹尾中容我草澤臣朝隨
飛艎去春水波鱗鱗

迤邐胥江口出郊覽平蕪緣溪衆綠毵夾岸英蕤敷東
風展飫旗宛轉吹行艫平明過鶯脰薄暮停鴛湖濛濛
煙雨樓一幅笙簫圖

十里涵一鏡分明曉光上湧金春色多蘇堤綠波漲鳴
鸞駐雕輦飛鷁迎綵仗歌管遞繁沸風燈互搖颺流蘇
百結中湖心渺相望

紀

恩詩二十首存六

太平黼黻未曾諳小技雕蟲秖抱慚豈意自邀 天獎
後一時齊唱望江南 迎鑾詞調江南好

篙師牽引接行艫簫管聲中錦繡圖恍入玉清仙境裏
幾絲煙雨泊蓉湖

中使相扶上御舟簾開清水午風柔恩深咫尺 天顏
近引對分明玉案頭

聖顏開霽語從容江硯宣毫滲墨濃畫靜劈縑書未罷
琉璃屏底自鳴鐘

龍鸞勢簇鶴文綾玉座親書重百朋四幅頒來分次第
微臣拜手最先承 同時受賜者凡四人

手捧 天書到華門墨光騰處御香溫老親驚喜遙迎
拜扶服兒孫謝 聖恩

出門

出門意惘惘欲別語悽惻親衰缺甘旨兄病方藥石對
酒誰為懽遲回忍離側嚴命趣我行黽勉向京國朝來

戒行李就道亦孔亟平生有壯志蓬居苦偪仄浩蕩京
華春拓我舊胸臆四庫紛縱橫羣書恣由繹手提三寸
管此行良自得其如兒女仁臨岐可憐色

蓉湖離席

挂席出南浦揚舲過西城蓉湖且弭櫂日澹煙嵐青親
朋紛祖餞絡繹長短亭連檣引絲筰駢筵列樽罍泥飲
無停觴浩唱毋停聲遲遲上華燭沉沉及深更嫵婉窮
今宵竭此歡會情離人闇自傷推篷看曉星須臾待明
發渺渺千里程

分靄亭對竹有懷澹士先生

一別分鷰亭忽忽驚十年重來意蕭瑟修竹仍娅娟人靜有如竹含貞抱幽獨脩然澹無滓翠蒨清可掬曉露滴猶響秋風吹不寒朝華易顛頽獨立青琅玕玉筍又叢茁檀欒妙生色孤高遂鸞棲修潔資鳳食日夕對沉吟慰我平生心簷前新月上可以調素琴

曉過居庸關

北平襟喉首居庸嶄㟳岡嶺蟠千重山石犖确一綫通兩崖對插軍都雄（關舊名軍都）稜稜鐵障分鎖鑰地界南北兹樞中擁衛神京壯門户控扼海宇㧖蒼穹儒生酸寒氣抑塞到此豁達開心胸勒馬須臾一以眺邊城一帶青濛濛兜鈴無聲堠火熄羊腸道與康莊同秋風獵罷迴六龍朝光閃爍旌旗紅

彈琴峽

攪轡度沙磧黃埃撲雙耳滿聽風怒號悲笳吹又起忽來絃上聲何人調緑綺宛轉幽谷中金徽弄纖指居然太古音泠泠出澗底征鞍不少歇餘韻殊未已

八達嶺望月

角聲嗚嗚風聒聒路出重關登八達龍沙萬里浩漫漫皎月孤懸兩眸豁馬嘶人語草颼颼獵火齊紅鷹上韝黃瓜黑豆兩谷口夜深紫塞臙脂愁凜冽霜寒逼人苦到此懷鄉最悽楚解憶長安小兒女那見征人淚如許

夢斷同胡永叔和王丹思韻三首（存一）

夢斷繞鸞夜半鐘隔簾零亂曉燈紅幾經跨鶴人難見一餉登仙路又窮巫峽乍回疑雨後齊州遙望簇煙中憑誰笑倚垂楊岍分付斑騅趁好風

館中口占一絕句示王雲岡楊乘萬

信手繙書觸御香却教才子共王楊揚州煙月蓉湖雨回首三生未渺茫（余與乘萬蓉湖舟次引見並叨恩賜御書隨駕至揚州一見雲岡如舊相識兹兩君適與同館殆夙緣也）

十二月二十七日蒙
恩賜文雉嘉魚二十九日復
賜狐裘一襲丙戌元旦進
乾清宮行朝賀禮恭紀二章

嘉魚宴樂雉文明不數金虀玉糝羹厭飫乍開狐腋暖尚衣新製綺裘輕時方送臘承天賜人最宜春荷聖情次第謝恩雙闕下又聞宣敕到乾清

曉逐鳴珂集九閽紅雲繚繞月華門不圖今日來天上自分何人謁至尊列仗聲齊仙樂細賜衣香近御爐温分明萬壽燈光裏俛首真難說感恩

次培風除夕直宿見懷韻同華雲岫楊魯公

我亦焚香坐五更爲承　恩旨謁乾清春燈當月看如
晝朧鼓迎風聽滿城路隔雲霄才咫尺夢回閶闔最分
明紫微花省多仙侶應共圍爐說太平

花朝讌集四首存二

舊遊零落復新知不放傷春到牧之一笑豈云無覓處
百花多在未開時金鈴小繫香仍淺羯鼓高催信較遲
共是軟紅塵裏客薄寒消得酒盈巵
何當送客復留髠歌換新聲酒復温誰謂青衫多失意
每拈紅豆一銷魂煙迷隔院鐘初動月轉迴廊蠟半昏
歸去定知香夢穩不勞金鑰鎖重門

和徐供奉子長韻再送雲岫

中懷牢落色蒼黃潘鬢新添沈帶長此意到家君莫說
老親歡喜　賜衣香時以賜衣馳奉老親

送以仁扈從口外二首

從獵東陵後崎嶇復此行路長緣入塞山好不知名雨
濯邊塵靜風開帳殿清故應無暑到隨處是蓬瀛
況有晨昏戀時同扈蹕遊解鞍頻倚樹點筆試臨流沙
草平馳道煙雲落戍樓更看歸路好紅葉四山秋

舟次維揚和雲岡別家韻六首存二

繁華一夢是耶非燭冷香殘夢亦稀碧草有情憐客去
亂紅無數送春歸蒲帆早挂青簾舫盞篋重熏白袷衣
小疊錦牋留別句摩挲誰爲濯薔薇
涉世無勞歎昨非不才寧復嘅知稀北征再賦常爲客
輦下重來亦當歸誰解羈愁如中酒略關離緒輒沾衣
從今休唱秋娘句刻意傷春是紫薇

博將軍問亭以楓莊新詠索和不數日謝世哭
之以詩

一冊楓莊稿朝來不忍看秋風傷白燕舊雨憶紅蘭紅蘭謂玉池生也問亭齋名白燕栖放浪詩名在冥濛月魄寒沉吟翻閣筆
淚漬墨痕乾

奉
命分纂廣西省方輿考略恭紀

九邱書已邈八極何茫茫山川敷禹甸封域稽周疆幅
幀辨華夏聲教遺蠻荒後王日開闢邊徼皆梯航緬惟
百粵地置郡由秦皇德薄而地大六馬弛其韁元鼎旣
移漢武德旋歸唐劫灰遞變易桂嶺常青蒼前明置廣
西控引連湖湘我　朝大一統遐邇歸弘綱無煩說尉
佗重譯來越裳粵踞地勢雄邕管爲巨防奄有廿五州
生齒臻富彊山水擅奇秀碧玉青羅長二十四巖峒帀
地流灘江風土洵美都清淑如中邦宜人無瘴癘雪片

梅花香古蹟復堪眺阜立盤龍岡險絶崑崙關銅柱遥
相望廖家遺井宅栁子餘文章物産亦云富茘子丹蕉
黄紅椒并緑芋榕樹兼桄榔靈異更充牣犀象交呈祥
蛟珠明月彩紵布雲霞光遐哉貞奥區瑰麗安能量吾
皇德懷遠萬里如同堂鯨鯢不敢驕厥貢盛篚筐一
尉復一候來享而來王丞相貯圖籍官司嚴職方欲令
聚米勢歷歷儲縑緗爰命考方輿廣輪析毫芒小臣預
編纂拜手分琳瑯迢遥八桂地薈萃羣書倉道里如可
遡土物粗能詳往從阻湘水縮地同長房裁成裴秀圖
奚羨陸賈裝愧無龍門筆編寫蘭臺藏　帝光無弗被

作歌效賡颺緄繩金甌業受命方溥將

螢

未得碧紗籠空依腐草叢夜昏明滅處光細有無中巧
入疎簾雨卑飛隔幔風一聞新詔下齊向景華宫

蟬

何爲當夏急嘒嘒極無端蛻豈登仙易飢應好潔難雀
曾驚画扇貂不稱儒冠那更逢揺落秋風木葉乾

蟋蟀

秋雨不堪聽聲聲露艸旁元來甚微細亦似怨淒涼蟻
穴無安枕蠅頭即戰場鬪者飼以蠅血半閒堂下客那復顧襄
陽

絡緯

札札鳴何處空廊機杼聲可憐當夜織不識幾時成斷
續驚閨夢參差攪客情却輸河漢女皎皎獨分明

送魯公因東令弟介公暨華子思潘師仲鄒泰
和陸龍光諸同學

此夕無端送爾行一燈愁對說離情三年作客憑師友
千里懷歸念弟兄時得家書余兄病亟望闕即應來上苑到家時
復過南城二三朋舊如相問杜老於今悔北征

西山紀遊十絶句有序

昨歳中秋後一日圖舍人培風邀余及楊生魯公往
西山竟日旋返未盡所遊也今九月九日與王子雲
岡作西山遊自阜成登車薄暮次西苑宿培風家園
明日循苑北行次玉泉山徘徊静明園外久之是時
方修治宫墻缺處得望亭池樓榭殆非圖繪所及一
守者令人前導至清虚洞上望湖亭更得一縱目焉
折而南行次臥佛寺老僧爲余留行笈遂徐步入山
至退谷有孫少宰北海所構退翁亭引泉作流觴曲
水中爲煙霞窟舊隆教寺也法界莊嚴庭中花果繁
亞皆御苑中物其旁五華寺上有栖雲閣踞山巔挾

飛泉作勢爲一巨觀已而從磵谷中漱泉盥手迤邐而上飯於臥佛晚乘月復憩退翁亭夜分始就寢又越日早次碧雲寺寺後有魏忠賢墓近御史張公瑗奏劾仆碑平之而墓旁尚有内璫六祠豐碑屹立雲岡語余曰盍并剗除之以祀楊左六君子乎未幾天垂陰至香山坐來青軒四顧煙嵐滃鬱作微雨雨止復行次永感寺宿寺亦明太監宋縉所建時有玉泉山内官孟退老於此談前朝宫掖掌故及西山興廢大槩頗了了十二日亭午次聖感寺惜山行委頓不能歷寶珠諸勝遂下山登車入阜成門返太倉先生

邸第登擁青閣回望西山與雲岡歷數所遊處在隱約有無之間因各口占得十絶句示培風魯公屬和焉

重向西山續舊遊西風落日小淹留曉來次第看山去
輾得輕車當小舟

何處風光似越吳水邨漁舍颯菰蒲望湖亭外湖光渺
裂帛湖分捏鉢湖

琅琅石竇玉泉清咫尺仙凡隔靜明縹緲煙雲中斷處
暫教著眼認蓬瀛

犖确難行磵道中飛泉噴激響淙淙問渠滌得塵心未
退谷還傳有退翁

吉雲深處足煙霞慧雨飛來散寶花莫道上方空色相
一庭琪樹借天家

滿山都説内官墳第一峥嶸數碧雲羊虎石麟蹲立處
稱功元老撰碑文

雙碑並仆墓門前白玉蟾蜍蚤化煙一疏近傳張御史
傷心重弔萬屯田

緑危登頓歷重隈細路雲根一線開颯颯西風黄葉寺
四山吹雨送青來

故宫泉石冷芙蓉永感蒼凉剩古松老監絮談猶髣髴

白頭宫女説玄宗

幾曾探得寶珠還踏破芒鞵好是閒再上擁青高閣望
亂雲遮斷夕陽山

自題花雨填詞圖三絶句有序

落花人獨立微雨燕雙飛晏小山句也余少嗜填詞取以作圖蓋十餘年矣比奉校詞之　命索題於同館諸君而王子雲岡序之查宫詹澹遠先生猥賞小詞顧以是圖未得神似因乞禹鴻臚尚基改作并系以詩知己之感輒爲泫然慨夫零落風光念此微茫身世縱添毫頰上未是眞吾而託意花間聊温昔夢

云爾

廿年漫浪笑狂奴粉墨生綃換舊圖苦憶憐才查學士倩他妙手禹鴻臚

慧業生前那得知紅箋一幅小山詞謝橋踏徧楊花路腸斷春風獨立時

懊惱風光欲暮春搓酥滴粉句猶新優曇一覺三生夢花雨元來不著人

戊子元日同王丹思徐其章和錢虞山己丑元日試筆韻二首

漫對紅梨說校書三年今復履端初九華玉殿看還近

一色青衫笑自如絳蠟燒殘朝旭上瓊籤數徹曉寒餘無端又作鈞天夢何處承明是直廬

宜春帖子幾番書又理吟箋試筆初說項情傷楊祭酒謂查宮詹薦雄文愧馬相如驚心客路三千外屈指親年八十餘小飲屠蘇不成醉擁爐深夜憶蓬廬

送春次蕭天池韻

我尚歸無日春歸我不知晏眠中酒後微雨落花時舊事黏香夢新愁理鬢絲客中吟不得最是送春詩

玉泉山

山疑鬼斧鑿雕碾憑虛空誰云一培塿削玉千玲瓏龍斿鳳輦不時至半山中起蓬萊宮天風吹下一仙子纖手亂插青芙蓉拂鏡微瀾疊空翠小響丁當雜鳴珮迸泉石齒細濺濺錯落眞珠玉聲碎流入宮中注玉河蕩潏太液還餘波螭頭噴薄如流酥銀牀繚繞軋轆轤憑君玉虎牽絲汲碧浸玻瓈冷於雪直抵金莖露一杯寂寞相如易消渴

送宋冢宰漫堂先生 有序

詒之受知於公在撫吳之明年于茲蓋十有六年矣公被大冢宰之 命還朝而詒已來京師嘗謁公邸第今且歸榮於鄉感舊抒情不能自已用賦七言轉

韻八十句

尚書玉珮聲琳瑯願言歸政數上章一朝 天子可其奏白頭才子歸洛陽公撫吳時竹垞曾集洛陽才子姑蘇客句爲聯以贈曰歸曰歸還待命再拜 天恩趣裝竟八騶徐行飛蓋定祖帳都門百僚盛薰風蕩漾白玉卮酒行且起爲歌詩歌詩絡繹前致辭皆云風雅眞吾師海內何人主風雅高築詩城足方駕堂堂作者稱宋王力障狂瀾補天罅漁洋振鐸揚正聲寬裕肉好和且平漫堂先生轉清峭山泉極品嚼水精蛾眉動魄詎同貌總令一顧皆傾城方之元白故失倫庶幾王孟或抗衡詩人自古半淪落 聖

世特出名公卿傅天鳳羽各翽翽椅桐百尺相和鳴風流日下幾前輩漁洋歸後惟先生世說綿津說詩細縟采雕章並芟蕥羚羊挂角徹玲瓏隻手拈花示真諦誰斆慧解得神髓林立三吳十五子三吳風氣蔚雲蒸衍溢飈流自公始采風吳下辱輶軒一冊吳風洛陽紙區區篆刻嗤陋儒亦復挂名門下士年時騰踔三吳間投詩往復羣躋攀青袍色妒白堤草彩毫花發靈巖曉石湖小泛春風船臨流共賦滄浪篇及來長安踵遊宴後堂絲竹森羣彥自笑鯫生轉局縮雜沓名場倦徵逐十年前拂徙孤恩霜鬢猶然戀塲屋黜額何期致身早弩

末還思穿魯縞力微安足張我軍顧視龍門切鶩懊只今相送思糾紛搦管句落春空雲千山濃綠日又曛攀援不及徒云云人生衣錦頗平澹得賦歸來顏色粲同時鼎輔半林泉　天子加恩公獨冠煌煌　天語頻咨諏兩朝勳舊誰與儔方期補袞作心膂廣平相業歸商邱乞身謝事一何驟戕劉仍教不時奏賜詩錫燕蓬池頭走馬飛書梅雨後中誠戀闕重逡巡巖花澗草迎蒲輪蒙城有社迹豈湮脫簪歸杖新詩人他日還來朝
至尊衣冠洛下多老臣

呈孫檢討義山先生

文章海內誰宗工當年嘖嘖稱韓翁兩公光燄詎銷歇大雅不作還餘風義山先生後來者豈惟豪橫當羣雄六軍森嚴壁壘壯長驅直用偏師攻陷堅挫銳無匹敵脫略凡近鑿混蒙呼吸玄風酌天酒嗜好寧與酸鹹同十年視草一官冷磨光刮垢昌黎窮文明　天子試曰可遠銜使命入閩中搜羅才俊燭幽隱有如皎月懸秋空天寥海闊足湏洞鐵網一罥珊瑚紅自茲海內握文柄南金灼爍歸陶鎔我來輦下越三載先生請假居山東迨遙泰岱青突兀仰止弗及心忡忡昨聞先生復還闕驚喜便欲褰衣從平生固陋恥干謁躑躅世路嗟萍

蓬姓名無人置牙齒終歲局促傷樊籠自知學殖日荒落苦守章句徒雕蟲幸逢先生重拂拭譬之頑石經磨礱寸心早識瓣香在從今低首曾南豐

賦得兩微荷氣涼即限兩涼二字

田田葉始齊的的花半吐漾漾出綠波纖纖著微雨無聲露珠落鏡裏秋如許香冷濕不飛凌波笑相語何人盪舟去一水空青蒼瀲灩極深浦靄靄生夕涼因風理環珮流霧沾衣裳莫作采蓮唱驚起雙鴛鴦

韓任之孝廉索賦簾波詩限開字

水晶簾作水瀠洄縷縷絲絲剪不開銀蒜小垂風漾去

玉鈎斜挂月飛來桃花別院浮紅雨草色當堦浸綠苔
消息傾城休隔斷微波託處是良媒

立春日集陶然亭用昌黎人日城南登高韻三首

長安感秋客蕭騷自嘲弄忽覺東風來吹開暮雲凍嗟哉伏櫪鳴老大示可用荏苒竟何成淹留悅朋從坐無薰蕕雜氣得壎箎共握手情已諧憑高目還送白日駐荒陂青陽活枯荄林梢鳥語新街頭馬蹄蹤生不厭歡華時還謝倥偬誰為桃李花濃笑春煙重

我生不得意中情託吟弄誰云彩毫銛能破江硯凍汲

古強剽竊如借楚材用燕山盛才子飈沓苦趨從城南致高會春酒一亭共暄暖因春開酸寒藉春送易以占壺箭詩其戒采葑標榜何足多風流各騫縱出山盡逋容無為笑倥偬世有買賦人黃金百斤重

緜邈江南春梅姿雪晴弄溪南偕舊雨舍舟踏殘凍山川吐清眞造物資妙用抱暖香欲飛牽雲烏為從漁唱發滄浪夕陽嵐影共釣月天自寬泛萍風忽送夢驚燕山析路斷蓉湖葑婉娩祇自迷清狂末由縱樊籠更拘蹐杯酒亦倥傯燈火將安歸羈愁各珍重

春雨

濛濛竟日隔簾看如夢如絲欲賦難少女有情霏薄露
社翁何意釀輕寒蜨憐粉蕊黏初濕馬惜香泥踏旋乾
惆悵棃花人寂寞玉容低壓碧闌干

花朝集王氏清聽軒為郭于宮賦兼呈子晉王孫 有序

往者歲在丙戌時值花朝李君蒼存顧君迂容拓華下同人為西園雅集相與開襟締賞列席追歡彈指三年驚心此日兩君則消磨壯志甫就一官諸人尚落拓長安漫懷半刺縱極飛揚之志材不拾於春卿何堪題毽之容世共嗤為秋士青衫濕處大可傷心

紅杏開時正多觸目誰為好事之客復開選勝之場時郭子于宮才雄江賦名湧海濤以吳質之工愁常遊鄴下因劉安之招隱盛說淮南於是廣集勝流式張高宴詎比石家梓澤徒記元康六年乃假王氏蘭亭預作永和三月會當撲蝶鼓合催花春風在豆蔻梢頭暖氣逼芙蓉帳底氤氳入座象口吹香爛熳當筵螺心泛酒妙選棃園小部唱到開元爭翻都尉新聲歌成激楚圓頭團輔是兒可喚櫻桃修態姱容斯舞亦勝楊柳按朱絲而調玉管覺細響之漸沉焚豹髓而爇蘭膏旋華燈之交錯王孫旣去客且無歸公

子多情歡猶未渫看滿堂之譁笑諸公豈類溺人幸接席以流連下走寧非健者踔踸於飛爵騰觚之會狂態偏多抑揚於濡毫吮墨之間微詞不少僉謂當茲豪舉敢云負此嘉時然而有酒澆愁無花入夢慨昔遊之似昨念今雨之依然人固同病相憐我復憑心未化拈殘紅豆都成懊惱之歌擘盡蠻牋勿作牢騷之語塵埃良苦將託足以奚從閬苑非遥亦乘風而欲去爲問湘靈鼓瑟何來江上青峰抑聽子晉吹笙待駕山頭白鶴

蓬萊無仙休笑人翡翠共戲蘭苕春暖雲揺緑相鮮新

真珠船激波鱗鱗蕩漾春心動春酌絲肉横飛歌聞作拍手擊碎珊瑚聲玉山旬線呼狂生香霧迷漫隔簾看細數春星夜將半前度劉郎歸不歸樓角風燈忽零亂

紫幢軒楸花詩爲子晉王孫作

青青蔭層軒童童一車蓋（韓楸樹詩青幢紫盖立童童）簇簇吐新花曈曨被朝靄孤幹脱蘿纏長與松杉大迥含古澹姿幾到無色界王孫謝羽葆飄然寄塵外紫幢遥相迎臨風弄瀟灑香色妙霏微人間空粉黛

殘杏和王丹思韻

帽簷簪得幾枝新無賴東風撲面塵再著玉鞭應有路

四圍錦帳不多春月斜樓上愁含酒雨過街頭嬾賣人曾記歆墻窺宋玉小紅微露淺深嚬

送周二緯蒼四絶句

送君翻恨識君遲多謝春風顧曲時唱徹紫雲誰解得繡簾風細月明知

只今爾我兩飄零責賦猶憐病長卿莫道頌成縣竹後無人爲薦子虛名（孫義山賈毅菴錢天查儲中子諸先達並以奇才目之）

十年彈鋏不求魚輦下如同海上居（緯蒼家上海）嬾慢過於嵇叔夜更無人與絶交書（有先達過訪者皆不及一往答也）

兩心惟戀雪蘭香冷逼山泉味自長（韓孝廉齋名蘭雪其素性疎淡與緯

蒼及余獨相善）寸草自憐留不住望雲歸去共蕭郎（時與天池同歸）

次汪顪三四絶句（存二）

不放花飛到蜜房春風多事結丁香翻成別鳳離鸞曲消盡三生錦繡腸

密帳燈昏暗曲房曉來應泣夢餘香春衫瘦損芙蓉肉無處安愁一寸腸

唐益公東園小集時申三惠吉將南歸口吟忽漫相逢是別筵同人爲之黯然即拈爲起句

忽漫相逢是別筵半銷紅蠟語纏緜故鄉兄弟他鄉酒才到歡然却黯然

送王補亭丈落第南歸即次留別原韻三首存二

先生久矣倦風塵孤負長安五度春文以丙子鄉薦點額幾多同病客過江先有兩歸人謂莊書田顧俠君　驚心花事紛黎雪觸手文瀾瀉水銀贏得新詩滿懷袖李唐才子說盧綸

浮名於世直纖塵寥落生涯不計春把酒豈宜澆趙土逢花只合問秦人歌翻楊柳矜看綠鏡拭芙蓉惜鬢銀白鶴江頭歸夢穩一簑煙雨稱垂綸

次韻楊匯南留別二首兼懷吳七雲

幾年同滯跡先我上歸輪無祿堪將母虛名似乞身紅藜聽雨夜青嶂隔江春兩地愁驚別知心更幾人

把臂還深語愁心托轉輪殷勤相送意局促未歸身有限揚州路無多杜牧春九華山可即爲說苦懷人

詠珍珠梅同樓敬思吳勗初紅椒上人分韻得心字

珊珊清影月明林瑟瑟偏宜綴碧簪隴首折來春意小掌中擎出雪痕深六宮誰慰紅綃淚一斛空傳玉笛音剪斷翠絲穿不得忍教零落結愁心

金廣文絲五招同徐芝仙劉東郊吳勗初賦得冰車行得落字

我家三吳半溪壑飛艫鼓舵水行樂燕地苦寒逼沙漠凍合玉河波底涸有車無輪維以索宛若吳艘岸頭泊一夫挽車行復却蹴踏層冰滑芒屩十里涵光空閃爍冷浸玻瓈平似削胡來公子勢熏灼下馬登車張翠幕雜坐氍毹履交錯半脫金貂浮鑿落不解春風變今昨醉叱蠻奴試冰薄笑我南人心膽弱凌風只慣乘青雀履冰歸來驚且愕冰山峨峨忽銷鑠平地波瀾轉眼作

送劉東郊二首

天涯殊索寞半載喜相依不道君先去誰憐我欲歸鄉心夢煙水別語淚春衣目極江城路風檣掠燕飛

小駐簪湖櫂煩君過我廬心知遊子意手遞老親書計已逢時拙歸當及夏初莫云分袂日愁絕病相如

和查悔餘先生梅菊二隱圖三首存一

分得徐熙兩折枝水邊林下共幽期都無桃李爭妍意各耐風霜獨立時玉笛不教吹落蕊金鈴何事怨開遲柴桑肯約林和靖邂逅相逢酒一巵

宿賈編修毅菴海淀寓中感賦三絕句

狂歌落拓自年年能得先生數見憐細雨玉簫塵夢裏一聲吹送到羣仙毅菴每下直輒命賦一詞因携示內廷諸先生猥辱稱賞

每夜尊前喜倡酬微雲詞筆數秦郵劇憐豆蔻花狼籍多少春風在扇頭勵南湖先生出扇命書小詞數闋

幸得微名達　至尊先是方輿之命薦由毅菴又辱諸先生交薦命修詞譜飄
流仍是負深恩落花點點濛濛雨飛上青衫作淚痕時以
花雨填詞圖乞題

丹思作杏花春雨江南圖送余南歸與其章小
謝饇三諸同人各有題句因酬一絶

好句多應入画中杏花微雨濕東風春來爲憶江南路
歸去江南又落紅

同館諸君子餞余於蓮花灣口占

小社吟蓮唱碧紗是春同人倡和有吟蓮小社詞獨憐遊子苦思家分
明繪出將離恨無數尊前芍藥花時供芍藥廿餅爲余佐酒

同子長南歸得倡和詞一卷率題於後

與君歷歷紀歸程欵段聯吟託倚聲自是淺斟低唱好
笑人何事要浮名用柳耆卿語

邀鄒泰和同遊京口不果

扁舟隨處好安得爾同遊詞賦須才子江山數潤州嶼
分淮浦月潮滞海門秋獨自揚帆去煙波動客愁

過江與培風話別

一歲兩銜　命知君將復回欻然飛櫂去特地渡江來
執手青山暮驚心白浪迴黯然無一語清淚落殘杯

次韻張際熙酒後題揚州店壁并留示郭于宮

楊匯南

何以破岑寂與君姑命觴縱然爲客暫亦復厭更長風
雨自今夕關河仍故鄉挂帆歸路近容易夢雷塘

又北

三載一歸省匆匆又北行回思親更老轉歎我何成骨
月傷心語江山恨别情長年催曉發蚤過呂蒙城

怡谷弟同余入都至名伯疾作遽歸

兄弟相爲伴長途慰客思忽焉分手後仍是獨行時旅
夢何由穩歸心强自持春風吹去棹看盡綠楊絲

榜後以書成議敘詣

太和殿謝
恩恭賦

草茆何幸預編摩拜手欣從玉殿過三館有才臣力淺
一官難效　主恩多瞻雲路近親離照負曝心微仰太
和爲念江鄉消息到雪消殘臘暖春波

宿擁青閣呈拙園先生

西風席帽歎竛竮客路迷漫酒不醒一顧有人教脫白
七年知已感垂青重登小閣來明月却望層霄見列星
半樂多情分半榻謂雲閣後堂絲竹許同聽

歲暮有感因呈三原先生二首有一

廿載困塲屋寸心傷路岐不才甘世棄何意辱公知淚
盡秋風後寒深暮雪時老親書一紙喜得慰衰遲

雲川閣集　詩二

雲川閣集　詩三

古近體六十七首（壬辰癸巳兩年）

無錫　杜　詔　紫綸

壬辰會試榜發後奉
旨搜閱遺卷三月二十九日
命下
特賜一體殿試四月五日傳臚
賜進士出身十四日
欽點庶常紀
恩八首

天子憐才命再申南宮宣賜　特恩新遭逢何幸如今
日感泣尤深是小臣抱景十年窺秘閣遨榮一第及衰
親（臣父年八十五）泥金傳到翻驚訝反覆家書看幾巡（宋張師錫年八十餘有喜子登第詩云家書反覆看見青箱雜記）
身經三館事丹鉛樂府成書　敕再編（臣修歷代詩餘告竣復分纂方輿今重修詞譜）儤直常分蔾閣火趨朝遙隔玉爐煙書空澹墨
從人笑餅畫紅綾秖自憐不道霓裳同日詠夢遊真到
大羅天
通籍方慚濫職司（謂議敘授職）彤庭對策復何知乍聆臚唱
趨鸞掖旋點仙班到鳳池落第忽驚登第日授官還喜

改官時金鑾密記　恩重疊詎比尋常頌　聖詞
憶賦迎鑾望綵斿幾番　宣名自蘇州乙酉中春聖駕南巡臣獻迎鑾詞蒙恩名見尋於蘇州行宮名試命供職內廷中丞早爲傳　天語引見御試五十人時臣適歸里撫臣宋奉命傳呼至再內侍曾呼上　御舟御舟至無錫臣於舟次引見鶴綺半裁霞彩爛龍章雙印篆香浮宋人詩句
重拈出五色雲生川上樓臣蒙賜宋詩一章因勒碑建閣以志光榮閣名雲川取御書中語也
自來雙闕別親顏爲沐　恩深久未還洗腆味沾　天上賜褊爛綵喜殿頭頌乙酉冬蒙　賜魚雉狐裘並郵寄臣父戊子冬　賜穿綵衣
半生能幾承歡日八載先叨供奉班羣玉書倉浩煙海

雲川閣集　詩三　二

愧將詞句續花間臣始終以詞受　知兩奉校詞之命
幾束殘編舊討論元和詩體及西崑敢云風雅師前喆
何意流傳達　至尊是春正月六日　上遣官至寓所取臣所輯中晚唐詩恭進五部復命武英殿監造繕寫進覽玉局更翻官紙貴牙籤新襲　御香温
草莭姓氏闕　宸念歸老尚書一子存與臣同輯唐詩者爲族弟庭珠原任禮部尚書杜臻子並蒙　恩垂問
回首眞慚說揣摩秋風瑣院廿年過三條紅燭沉煙細
一領青衫漬淚多蚤識　天心垂憫惻乙酉科榜後時駕秋彌回鑾迎至筌道內侍傳　旨慰勞又問南書房諸翰林語極詳悉渾忘客鬢易蹉跎月明
滄海曾何怨浩蕩還歸太液波

人間合羨比登瀛軟繡天街取次行拂面柳絲過玉蝀
滿身花露滴金莖望雲幾慰思親淚捧日長懸戀　主
情欲報涓埃殊未得寸心寧敢負平生

春明雜詩十首存五

浮生良苦墮塵緣却與洪崖笑拍肩爲問瀛洲亭子上
只今能著幾神仙
多年寂寞舊蓬池劉井柯亭那復知一老海門爲首倡
金門傳徧玉堂詩時查悔餘先生倡瀛洲亭詩會
只是傷心念老成花谿梅淯兩先生謂查學士聲山孫學士松坪羊
曇易下西州淚每望西華怕入城

雲川閣集　詩三　三

校書人盡得官多其奈楊修薄命何傷魯公也一領青衫消
不得修文地下合登科
客中誰復悵無聊幾度春風譜玉簫最憶吟蓮成小社
半淞西浦及紅椒近刻吟蓮小社詞余與曷初敬思借山上人倡和爲多

寄呈宋漫堂先生四首存三

聽履星辰近懸車雨露温世傳紅杏句人在淥波邨公所居名淥波邨朗月明中抱清光動　至尊上南巡時　賜公清德堂額又賜懷抱清朗四字再來雙闕下鳩杖重承恩公年八十會上六十萬壽奏請入朝稱賀
翽翽朝陽鳳來儀復矢音萬年　天子頌一德老臣心

望重需調鼎身閑喜脫簪風期何澹蕩鐘鼎亦山林

全家能擊鉢竟日事披圖皆公詩中語榮戟門逾峻雲山興不孤社仍歸洛下詩半憶姑蘇多少從遊者滄浪舊釣徒蘇州滄浪亭爲公宴游處

爲勗初感賦

輦下幾同遊如君第一流由來稱博雅何以令懷柔時授懷柔令京國鶯花夢邊城鼓角愁紅螺山一帶荒落古檀州遼史檀州有螺山即此

送田右君令惠安

何意送君行翩然出玉京一尊風雨夜八載弟兄情帽

側簪花影琴調度嶺聲論才非百里　天子固知名

送汪籲三令醴泉二首存一

之子欲之官朝來話別難江郎愁夢老荀令惜香寒薄宦休相訶餘情强自寬青衫都脫去誰作散仙看籲三見贈詩有同著青衫遊紫禁被人笑作散員仙之句

送楊古度南歸兼示令弟農先乘萬二首

停觴黯無語執手忽言歸爲趁麥風好正當梅雨飛輕紅催去馬濃綠上征衣算到趨庭樂應憐久客非

如子寡兄弟羨爾友于情禁苑看花發池塘夢草生別還聯舊社古度時訂諸同人作消夏會歸豈薄時名暫息摩霄翮春風上玉京

送董嘉客令崇信二首

才子羨江都天人策上無寸心方戀闕　丹詔趣飛鳧曉雨行裘潤秋風客興孤赤城遙可望回首憶蓬壺

舊日金門侶宦遊多入秦池陽棲鳳近謂月航谷口種花新謂籲三異地逢知己同官作比鄰因風煩寄語京洛愧緇塵

洪月航之官涇陽爲賦一絕句

連宵把酒總離觴况爾匆匆發俶裝策馬關山休獨悵秋風有客到平涼謂嘉客也

初夏偕陳秋田紅椒上人過陳健夫半埜亭分韻二首

夙有尋春約逡巡入夏初漸驚花事少肯放酒情疎遠岫青浮檻新陰綠染書相留勞款曲手自摘園蔬

我欲爲君壽無詩上画屏健夫時索六十壽言搴簾吟得得落日坐亭亭朋舊憐頭白江湖剩眼青故應頻到此閒看鶴梳翎

六月八日過同年顧俠君晚翠閣與林吉人王雲岡莊書田沈厚餘馮學坡楊乘萬若游文叔吳小眉張訥夫用東坡白鶴峰新居欲成夜過

西鄰翟秀才二首韻
長安酒徒方挈伴秀野主人休掩關最好嫩涼初雨後
恰宜小憩層樓間簷低屋礙一邊樹户敞簾開三面山
暝色相兼落空翠濕雲時帶斜陽還
半規微露纖纖月一點斜明澹澹燈不用彈絲併吹竹
有誰雪藕與調冰酒能痛飲皆狂客地絶煩囂即定僧
入手數珠還脫手心空及第幾人曾（訥夫有自製數珠欲奪之不得）

詠竹用香山酬元九對新栽竹有懷見寄韻
何可無此君與君舊相識修容既嫂娟生性乃子直天
然奪春媚幽姿澹無極北地饒臙脂如君固難得朝來

綠窗下喜見君顔色粉濃霑露氣篠長怯風力消息報
平安慰我長相憶憑闌如把袂亭亭半欹側碧雲愁日
暮相思渺天北難禁翠袖寒君知我心惻

壽胡東樵先生
伏生老治書家學傳兩京桓榮作帝師奕葉名公卿由
來經術貴下視浮華輕世士攻帖括章句慚修明東南
溯文獻碩果惟先生（著有禹貢錐指洪範正論易圖明辨大學翼若干卷）　天子
昔南幸名對趨霓旌　宸章光爛然篤學褒耆英（上賜書年篤學四大字）
八十會杖朝嘉禮尊五更先生自韜晦吉人抱
幽貞神明曾不衰著述彌專精一經貽厥孫和我歌鹿
鳴（孫彥穎為余辛卯同年）　願登大雅堂介壽稱兕觥何以祝昌熾
良貴非簪纓窮經世其傳永被稽古榮

梁家園對酒歌用東坡戲子由韻贈林吉人同
年
人生無計營糟邱駕我小車如盪舟長安何地是河朔
梁家園子城西頭鹿原先生苦好客金蕉葉滿陳蘭羞
步兵中散盡狂縱枚皋曼倩非俳優輸君長歌敵坡老
愧我小詞摹少游坐中有客解音律（秀野小着時倚歌相和）　可借
吹簫學仙術釣取吳淞鱸膾肥（借用左慈傳中語）　雅配閩江荔
支蜜（吉人家侯官以荔支閩産故及之）　故鄉風味信可人細數雲山指

頻屈十年浪迹空塵勞望中子子思千旄彼姝者子復
何意閒來輒欲談風騷我今追逐良自恥駑馬何由著
鞭箠羸身聊爾走踆踆掉舌胡為曰唯唯脫略形骸谿
心素愛我如君世無幾日華賦筆凌李程一聲臚唱爭
傳名為君稱喜為君惜於君直視鴻毛輕

偕諸同學集張錫田寓齋餞馮夔颺之楚
小集亦高會其如作別何酒徒燕市少才子楚江多失
路休彈鋏當筵且放歌憑君才思涌聲撼洞庭波

隼
鷙隼驚秋蚤暈翬刷羽毛勢同摩壘橫力不借風高肯

讓奇鷹疾寧容狡兔逃彩旗看耀日隼旟見周禮 霜氣逼晴
皐

馬纓花

馬纓開徧窣簷牙如線如絲浪作花赤汗微生勻曉露
拳毛徐展散朝霞風前宛聽金鈴轉樹底疑窺玉勒斜
鳳掖鸞墀交掩映番知雲錦屬天家

草荔支產口外上所命名也

顆擘輕紅葉翦藍分明荔子簇筠籃嘉名直自來天上
妙品曾非出嶺南丹液乍嘗疑漬蜜絳羅高卷訝傳柑
幸同盧橘霑新澤百草休誇嫩綠毿

紅苗歸化恭紀三十韻

皇圖增式廓 宸化大宣昭帶礪金湯固陰陽玉燭調
普天皆赤子何地著紅苗徼外人煙絕湖南道里遙洞
庭波浩渺衡嶽勢岧嶢鎮筸常居險盤塘夙聚梟編節
分峒口樹寨截山腰久處巖陬僻偏安族類澆往來同
犵狫生長雜獞猺椎結滋頑梗羈縻倚廓寥世為邊境
患時切吏民焦動輒煩征討居還苦驛騷語言愁寄象
聲教阻荒要允矣 今天子神乎古帝堯光華文思爛
赫濯武功超定遠無傳檄防秋止挂弨妖氛三楚淨瘴
癘百蠻銷幕府紆威禁軍容肅教條已同干羽格不待
旆旌招延頸思王土輸誠欸 聖朝後先過雁嶺早晚
渡龍標夏口稱雄鎮南樓見麗譙北門猶鎖鑰上將是
嫖姚冠蓋看森列桑麻羨沃饒願言修貢職可使服征
徭布令傳烏弋封章達紫霄懽欣盈殿陛褒賞及官僚
燕喜歌魚麗龍光賦蓼蕭星雲方復旦江海不生潮共
仰垂裳治賡颺和九韶

九月二十日同沈滄扶陳虞佐吳七雲楊匯南
王雲岡顧俠君吳久大莊書田王蘅洲劉志千
周正凝樓敬思楊秉萬郭鳳客凡十有五人迎
鑾至八仙莊會飲

出京輦道平如砥一去清河三十里鉅野豁達來天風
特特馬蹄行未已八仙莊前解鞍坐共說 鑾輿從此
過聲傳鳴蹕朔雲高興到披襟霜月墮月明場圃開鏡
光犨呼席地羅酒漿人生會合豈有常八年回首何茫
茫紫轂黃塵笑相逐酒酣喝月杯底綠画角嗚嗚歌斷
續明朝再唱迎 鑾曲

馬上口占四絕句

歲歲迎 鑾近小春霜華時浥露華新只今風景元如
昨無復青衫下第人
身從帳殿逐鳴珂淺草沙洲早渡河爲聽靜鞭行不得

縩旂搖曳去無多

中懸左纛肅圍場獵騎分來簇兩旁欵段書生應自笑著鞭時近羽林郎

遲遲歸去路非遙立馬多時看射鵰獵罷還來南海子大紅橋過小紅橋

喜怡谷至

判袂何堪把袂遲弟兄相對說相思一番狂喜翻成泣可記江樓話別時

得梁汾顧先生手牋却寄

手牋重疊語纏綿彈指聲中半是禪（有水月鏡花語）不道紅梅花下別秋風索句到香櫞（時以香櫞詩索和）

買花謠五首（存二）

慈仁寺中花滿雜遝買花人結伴鎮日數錢聲不斷翻怨花多愁日短

取酒澆花酌花醑小炕夜寒花共語擁衾直似抱花眠選夢還從虎邱去

小除夜懷培風兄弟

酒冷香殘墜蠟紅客愁原不爲途窮憑君兄弟忘爲客始覺今宵在客中

元日蚤朝微雪

蚪箭傳更靜鸞坡點雪微最宜紅蠟映稍向玉階飛臘被東風捲春從上苑歸有情花片片偏著謝莊衣

再用前韻

不是梁園客青綾夢紫微珠櫳輕點綴碧瓦著分飛肯作僊僊舞應憐緩緩歸春風正料峭誰爲護朝衣

同年徐亮直招同王雲岡楊匯南顧俠君王篛林馮學坡楊乘萬凝園小集賦得元旦瑞蓮

上日粲紅衣東風搖翠扇宮錦勻曉霞佩珠落微霰鴛鴦暖欲飛雙雙掠波面冰澌太液池春透芙蓉殿羯鼓無聲花豔豔帶露擎來傳曲讌寶炬分明撤 御前香攜滿袖人歸院

人日壽湯院師西崖先生四首（存二）

敭歷鴻才冠一時十年曾別鳳凰池封章密向宮中奏簡命遙從嶺外知（先生奉使粵東時特膺掌院教習之命）玉署重登傳盛事青藜垂照得名師凡才何意通仙籍只是淩風學步遲

桃李陰濃幾度栽賞心隨處識鄒枚聲華萬里傳銅鼓（典試黔中）風雅千秋振吹臺（衡文豫省）春滿東京流化雨（視學江左）花明上苑集仙才（分校禮闈）冰心一片清光徹又見槐廳絳幄開

西苑行三首

行行行不遠西直門西向西苑一十二里花裏城層層樓閣何瓏玲八角亭蟠五綵繒錦氍毹疊紅猩猩黃金黼座設中正細裊爐煙四邊靜朝來侍立儼蟠坳百面玻瓈看舞鏡

薄靄送雲車和風迎綵仗奉斝官路旁焚香醮壇上玉鞭花底散朝歸脫去朝衣還衣蟒

千門華燈上萬點明星攢但知玉宇高那覺瓊樓寒如夢如仙人怳惚飽聽笙歌踏香月

題吳寶崖西苑龍棚詞後四絕句

官家此樂古今無王會旋教繪作圖（時宋少司馬王少司農奉 命繪圖）驚絕龍棚詞百首不勞画手費工夫

卅載吳郎樂府名一朝輦下唱新聲花天月地鋪揚徧秖為清時譜太平

王建宮詞莫漫誇縱多香豔亦浮華輸君真箇來天上筆底叢生閬苑花

承 恩侍直九年來一樹紅棃首重回便欲牽絲官不稱還留詞筆賦蓬萊（寶崖將出宰茌平）

恭遇

覃恩榮封感賦五言二十韻

慶澤敷天被歡情薄海均推恩隆至孝錫類眷微臣撫分金鑾忝驚心玉軸新蘭臺裁錦綺薇省播絲綸鶴篆分明識龍章次第陳攜來香滿袖捧去日隨身蓬蓽俄增煥章縫欲補紃萬年逢 聖壽一命及衰親捧袂追疇昔承顏曠暮晨倚閭恒悵望持戶歷艱辛薄劣慚知遇衰遲慰賤貧睠懷增感激顧影重逡巡零落先萱草劬勞等棘薪画圖空翟茀享祀只蘋蘩異數光幽壤喧呼洽比鄰家郵傳自遠手訊寄還頻紫誥馳千里丹誠仰 一人賜書同什襲鏤石並嶙峋忭舞情何已馳驅願未伸從今歌保定拜手祝長春

喜雨

六宇敷恩徧三農望澤深耔耘煩 睿慮禋祀格天心月紀青陽令風迴綠野陰發生符造化優渥自 宸襟霢霂滋香土潺湲響碧潯萬年徵瑞應帀地沛甘霖麥隴濃煙合桃花細水沉翠波翻太液青靄溢華林彩幔春旂濕康衢曉蹕臨陌頭喧鳳吹雲際降鸞音時值稱觴會詩為喜雨吟南薰歌一曲玉几正調琴

競渡

令節正中天誰將勝事傳朝來飛雀舫俗本號龍船勢欲蟠雲際身宜近日邊矜鱗殊奮躍掉尾復迴旋疊鼓

乘流急揚標破浪便九斿交掩映五綵鬬新鮮柏手爭
投黍齊聲唱采蓮笙簫鐃蕩漾笑語雜喧闐水折牙檣
轉風移錦纜牽榴花明上苑梅雨足豐年不奏橫汾曲
還賡燕鎬篇盈尊蒲酒綠百福介長筵

上以口外嘉禾宣示文武大臣恭紀五言十六韻

天子無疆壽時占大有年八荒皆沃土萬井共祥煙特
表嘉禾盛遙看極塞連一莖如玉綴九穗似珠聯旆旆
幾盈丈垂垂欲及肩生非寧朔縣產異洛陽田北里何
能比西山詎足傳采當涼雨後頒自熱河邊鳳輦方巡
視鑾音共播宣禎符元協聖仁卉本生天直以精誠感

能參造化權瓊枝兼瑞麥甘液漬靈泉翠幄分香細金
盤捧粒圓盈箱驚秀異合穎耀鮮妍唐叔無勞獻豳風
或待編羣臣欣作頌擬補尚書篇

恭讀

御製避暑山莊三十六景詩敬賦

歲舉巡方典天成避暑莊賦詩寵物態觸景灑宸章
西嶺霞如綺南山雪有光雙湖波灩瀲萬壑樹微茫鏡
水涵秋影錘峰駐夕陽重重巖疊翠曲曲渚流香勝地
眞堪賞深宮正不遑居惟探理學出則問農桑恬澹思
濠濮憂勤軼禹湯抽毫滋靜穆寓意總悠長馬鄭加箋
釋時命詞臣箋註臯夔協拜颺薰風應入奏解阜自垂裳

賦得

御製簾前花照墨池深臨二王墨蹟詩

日靄披香殿風清滌硯池波痕方澹沲墨瀋正淋漓禁
樹含煙處宮花浥露時捲簾看的皪拂水動參差蔌蔌
飛千點亭亭照一枝浮光疑碧玉弄影亂紅絲曲檻憑
來久閒雲欲去遲就中分荇藻徹底浸玻瓈灩灩含丹
秀鱗鱗綴綠漪淨將塵跡浣點自　聖心知覽景滋淵
鑑含毫溢睿思由來鸞鳳體不數晉羲之

次韻同年王補亭丈述懷四首存二

尊前魯酒且爲歡得失何曾礙達觀雲壑有莊堪穩臥
瓊樓無夢付高寒狂飈送葉烏棲樹亂石蹲江水下灘
不是珊瑚難入網掉頭原愛釣魚竿

小技當場總不如依然身世一蘧廬月明江北聽漁唱
花落城南輾犢車從獵漫誇揚馬賦堆牀慵讀老莊書
三年上苑鄰邊住慙愧逢人說舊居

疊前韻爲補亭解嘲兼示俠君學坡存一

幾多侍從比相如爾我何勞問直廬力謝追風眞下乘
心驚覆轍是前車悲歌自合來燕市嗜酒深慚讀漢書
待約二三同病客五湖煙樹卜鄰居

雲川閣集　詩三

雲川閣集　詩四

古近體八十六首 起甲午訖戊戌

無錫　杜　詔　紫綸

出都留別同志

十載遊長安偃仰從升沉身無淩風翮翻飛歷嶇嶔鎩羽重迴翔豈不思故林庭闈自戀戀睠念　君恩深君親兩相負去住難爲心今始決計歸行矣無滯溪布懷同袍子分理各異尋明時肯自棄珥筆光朝簪顧我不遑留林鳥響哀音執手願言別無淚霑衣襟離觴得共把駐馬成孤吟還顧春明門緜邈春江潯

謝赫司空澹士贈硯

至珍豈不惜乃贈遠歸客玉匣開錦茵珠宮闕靈石采自松花江江寒水空滴浮津暈深紫漂沫露微白巧匠工琢磨深心苦鏤刻攻錯借他山司空硯銘中語茲言耐尋繹感君意纏綿令我情愴惻廿年分靄亭離愁動今夕燕雲隔吳樹相思杳難即節齋淨綠塵涵星墜虛碧文集燿結鄰摩挲詎能釋含毫更邈然怳如見顏色

沈恪亭前輩作惠山石門圖爲余贈行䟦云石門在惠山絶頂惜去二泉遠不免有山無水之憾因以天台石梁匡廬瀑布參之聊補造化所

不足余爲作歌報之
生長山水窟偶緇京雒塵故鄉風景入夢寐山紅㵎碧
相鮮新朝來便擬拂衣去客路還愁隔千里獅峰先生
眞好奇豁我心胸画圖裏九峰蜿蜒落眼前劈開玉竇
華山巔（惠山古華山也見陸羽記）縈迴絕壁鶩潺湲水簾倒捲眞珠
泉（邑志石門舊有水簾洞飛瀑濺激俗謂之珠簾泉）煙巒隨變幻霞光赤城散
宛在曇花亭石梁眇天半欻如飛瀑下漱玉聲淙淙流
沫三百丈噴出香爐峰靈境東南盡羅列廬阜天台九
龍脊筆能縮地笑移山手可補天嗤鍊石山重水複望
中迷一抹空青了無跡白雲招我歸去來他日相期共
登歷

秦陶菴周蒸巖兩同年與余同日出都而陶菴
後發不至與蒸巖對月有懷
本是同歸客歸心亦共馳春風吹正急之子到何遲野
店清吟夜茅簷小立時兩人愁對語纖月照相思
濟寧道中聞座主司農公奉使粵東還朝
懷哉趙夫子身名幸俱泰風望稜稜朝野實胥賴謀
以經國深功由濟時大昨歲銜 命出長驅向嶺外七
十筋力衰于役敢云憊六月策飛騎揮汗疾行邁奉
詔發倉廩拯民起彫瘵番禺厲軍府𩀱結靖邊界竟海
波汪洋旁流澤霶霈欣聞報 命回南行已經歲嶺梅
雪盡消春風送歸旆入奏重颺言獨立持耿介顏色近
何如眠食宜自愛窅渺雲路高側身望遙拜蓬姿愧奄
息蹇步輒生礙中道正徘徊蒼然衆山對岧嶤不可攀
千里一泰岱
登任城太白酒樓
長嘯一登樓四顧天宇窄九關不可叩七星安可摘淼
淼蒼波沉遙遙蓬山隔豈知風塵表神仙自天謫結念
青雲交挂名金閨籍落筆沉香亭風流渺今昔逢時雖
蹭蹬放浪從所適何必乘雲螭迷漫逐煙客仙令得賀
監魯酒觴太白嗟余千載下頹然撫陳跡痛飲復酣歌
狂生多落魄

夜過古黃河聽胡郎吹笛（胡郎小字玉岑爲蒸巖家歌者）
誰謂河廣一葦杭水來天頂流湯湯勢若萬馬齊騰驤
驚湍怒卷琉璃黃篙師斂手船低昂與波上下凌淼茫
爲歌瓠子悲宣房馮夸擊鼓天吳狂噌吰鏜鞳聲合沓
忽然橫笛河中央掀蓬一發起寥亮倚舷三弄生蒼涼
過雲波底呼月出飛鴻水面隨風颺（流水飛鴻見長笛賦）洪濤洄
漩激細響濁流噴薄搖清光神魚出聽爭奮鬣瘦蛟罷
舞龍迴翔是時月澹風少息嫋嫋餘韻還悠揚紅牙小

按轉淒切噫吁遊子歸故鄉十年昏夢陡然覺信眉一
笑慨以慷手障狂瀾苦無力握中翠管玲瓏長回思法
曲譜霓裳大羅天上空相望杜郎老去情黯傷臨河太
息今胡郎

邗溝行

邗溝城下溝水寒水紋縠縐生微漪毿毿柳緑人渡關
好風吹過茱萸灣東灣頭北灣口小維舟重回首憶得
南巡駐蹕時手捧　天書謝恩後身隨帳殿踏錦茵鶯
花一幅江南春江南春色幾千里衆香收拾羅高旻寺名
縹碧琉璃紫煙繞殿角罘罳相映好金鈴對語玉玲瓏

一塔中懸插天表面面燒燈爍庭燎徹夜笙歌聽到曉

夜泊蓉湖訪鐵莊先生於繡嶂街之寓樓即次
見贈原韻

獨掩山樓客到稀掀顏笑問遠人歸平湖水漲春迴櫂
曲巷燈疎夜欵扉坐定茶煙浮竹院語深花露濕苔磯
一尊肯共論文細好煮蓴羹待陸機

疊前韻酬梁汾先生

廿年問字別來稀長軫歸心未得歸十丈輭紅縈客夢
九峰晴翠落巖扉吮毫喜共搴書幌扶策閒同問釣磯
不是解人誰解得世間花月盡玄機壬辰夏五先生貽札云人生當極快意時偏宜作水月鏡花之想子瞻中大科登金門上玉堂一書僕少時即愛寫之日夕省覽雲川解人正不妨預爲點破耳

殘石吟爲華五南陽賦有序

滄江先生自嶺南攜歸一硯絶寶愛之摩挲三十餘
年而燬於火南陽拾之煨爐中半已焦爛矣先生亡
後乃復加琢磨以手澤存焉弗忍棄也因爲賦殘石
吟

生來米顛癖笑我滄江叟片石致嶺南常言世希有端
谿重千金墨海成一鈕祝融生覬覦夜半風雷吼森然
下攫之烈炬燭牛斗飛灰亂瓦礫黙有鬼神守碧玉剖

仍完青花洗還瀏豈伊女媧氏精鍊發瓊玖文添火餤
新線壓紅絲糅履險乃見奇抱殘亦非偶手澤幸猶存
把翫忍釋手傷哉孝子心人不如汝壽

重陽日華五豫原招集山中分韻得僧字

笑指青山嬾一登無多山路石嶙嶒泉香著處能留客
世味於今欲語僧草徑漫尋霜後菊松寮閒剔雨餘蔆
殷勤細把茱萸看此會休教讓少陵

婁東舟次懷唐東江吏部

再理婁東櫂秋風繫夕陽我思唐吏部今日魯靈光白
髮看時輩黃花逼晚香願言堅後約眞率味何長觀卿寄語

（東江訂來春眞率之會）

樂郊園步陸秀才龍光韻

朝來與子遊樂郊，臨風太息斯人高（謂煙客先生）。茫茫宦海驚洪濤，抽身一往如浮舠。風流白傅同逍遙，肉食可鄙甘野蒿。遺世絕俗神仙標，至今憑弔餘蕭騷。華門我昔思持牢，遭逢偶振蓬山豪。長安索米暮復朝，一官落拓聊解嘲。素衣塵涴緑鬢彫，歸來兩袖寒飄蕭。逢花貰酒還解貂，此中磈磊憑誰澆。錦韉公子驊騮驕，憐我衰颯吟蠨蛸。翹首鳴鶴翔九皋，後先相業光蕭曹。樗材敢復希甄陶，山空木落歌采樵。

用前韻酬潘二師仲兼示龍光

十年插脚長安郊，輭紅十丈車塵高。有如鼓楫撑雲濤，接艫連舳難容舠。側身南望心迢遙，故人招我歸蓬蒿。才驚潘陸同清標，力追風雅僕命騷。詩城高築凌百牢，脫落凡近除麤豪。與我追琢非一朝，苦懷離索相啁嘲。松筠滿徑翠晚彫，詎等衆木寒蕭蕭。雨窗縮瑟擁敝貂，枯腸秪取茗椀澆。兩君賦筆應我驕，巧思我直輸蠨蛸。還期舒嘯登東皋，水邊林下眞吾曹。願言采菊詩和陶，聊以問答當漁樵。

再疊前韻送王公子毓燕還京因簡秋厓半樂

送公子兮行出郊，看君瞥眼青冥高。乘風破浪飛雪濤，天吳舉手扶輕舠。十洲三島非云遙，俯視塵世皆蓬蒿。東閣招賢森建標，特開玉局揚風騷。紬奇索隱勤搜牢，春秋微旨窮纖毫。秋厓被　命在一朝（太倉師相時奉命修春秋折中秋厓與焉）。山中有人休獻嘲，寒林颯颯玉露彫。彤庭日暖歌篸蕭，君歸輦下輕珥貂。一洗褭馬時風澆，吾生偃蹇何足驕。珊瑚筆格縈蠨蛸，驪駒小唱臨江皐。煩君寄語吾同曹，于思半樂樂且陶，弟兄相對懷耕樵。

顧俠君同年舟中夜話兼讀新詩即次其南歸四首原韻（存二）

孤桐獨撫意何居，清絕徽聲是爨餘。宣室漫誇曾應名，名山猶欠未藏書。風傳淅瀝遲歸棹，月黑微茫夢直廬。知否吾儕應退避，滿朝文筆盡相如。

擊碎珊瑚第幾枝，石家如意竟如斯。摧藏蹤跡宜歸蚤，重疊波瀾悔去遲。鸞鳳長栖需竹木，蟲魚小注補風詩。只今大雅眞寥落，不屬閻邱更屬誰。

送楊秀波世兄西歸并簡同門蔣孝廉東委舒簡討子展

執手忍相別，褰衣拭淚痕。君應悲世態，我亦負師恩。孤客寒山道，荒莊老樹邨。平生風義在，落落幾同門。

題侯惜軒画冊 有序

昔余兄次陵好画山水每當春秋佳日招集邑中勝流淋漓潑墨惜軒實爲之主盟時余年纔十四五固已知惜軒矣余稍長酷嗜填詞又與惜軒爲詞友其詞跌宕風流神韻之飛越與画略相等然平時雅不以畫名人亦鮮有知者是冊余於丙子春見之京邸今復展觀愈久愈可寶愛獨念余兄謝世十年俯仰昔遊零落殆盡而惜軒猶以此索題執管茫然可爲三歎也因賦二絶句

詞客風流亦画師鉛華洗盡出塵姿青山幾幅都蕭颯

想見江湖落拓時

舊社飄零幾廿年家藏粉本絶無傳(余兄曾仿元人小景二十幅爲石谷老人矜賞今已無存矣)爲君重拂鵝溪絹一度含毫一愴然

題俞參政正齋画 有序

吾邑倪高士王舍人而下以畫名者稱正齋俞公然所傳絶少余兄次陵嘗購得此幅命姪球藏弆歲久漫漶一日出之笥中公之七世孫仁浩一見頫首注視愀然良久曰此吾祖手澤也球慨然歸之于是重爲裝潢而屬余題識余惟公以明弘治進士歷官都諫參政山東宦蹟甚顯著乃邑乘失書僅以繪事之工列之方技則區區翰墨餘跡又奚怪乎泯沒無傳哉因披圖太息而系之以詩

生能樹官勳歿不垂史冊小技徒流傳皴染空餘跡煙景何迷離墨痕亦狼籍寥寥幾葉孫摩挲此先澤

二月二十三日雨後山莊分韻得七陽

大雅久淪替闇若春無光高吟動白社微旭迴青陽菜甲尚餘濕柳着初暈黃輕風坼梅萼滿衣吹雪香沉冥各搜句跌宕還飛觴入座總英妙自顧慙老蒼幸兹相與偕選勝溪山長

再遊玄墓同師仲作

爲憶山中梅隨時理芒屩十日雨入山春遊判今昨昨來及花開今來漸花落開落俱可人無爲歎飄泊探幽徑轉紆陟險空可鑿峻嶺踰長旂蟠螭出叢薄再上萬峯臺還登六浮閣遠近窮微茫高低俯寥廓湖光四動搖花氣半銷鑠相將拾花片餘香耐咀嚼笑彼雲臥人沉沉恣春酌(前與陶菴同遊不及此落梅風味也)

喜華五豫原鄒一泰和至

我從虎山住客自華山來曲港少停櫂荒村方落梅無詩能索笑有興還銜杯共掩蓬窗語春燈數剪煤

步月至東海先生墓下有懷觀卿庶常

日落山翠低煙籠春一抹欵步踏殘梅疎林透新月爲
照泉下人金波蕩碑碣文章信不朽光燄豈銷歇家風
餘季子森然峻標格翹首一相思行吟意飄忽用觀卿札中語

華山道中雨

盤紆山徑深犖确山石古靉靆觸香雲[illegible][illegible]濕香土蓮
花世界中天然散花雨廿載笑塡詞妙覺拈花語

獅子林歌爲查山主人作

獅子林多奇峰嵌空石勢何玲瓏蹲踖廻若狻猊立含
暉吐月驚飛虹含暉吐月飛虹皆峰名玉池暖溢春意動冰井寒
凝雪花凍重嵐高插五翠亭曲澗橫穿八靈洞勝地相

傳幾百年荒邱喬木皆依然查山主人酷嗜古時來杖
策窮林泉招我來遊恣探覧髩鬍倪迂画中見倪迂有
画壓王蒙脫落殘縑祇存半雲林獅子林圖自謂非王蒙輩所夢見也其半爲查山主人所得幼文好手足繼之十二妙景雲參差著筆何煩
姚少師徐幼文画獅子林十二景有姚廣孝題句我來眺望重題詩

同華予思孫燕詒遊草菴登貫花閣

歷數九峰勝何如一草菴半山藏密徑萬翠疊幽龕石
瘦泉香細林深雨氣酣廿年重到此昔夢語伽藍

同年郭鳳客水檻納涼與顧俠君王寶傳周蒸
巖即席分韻得殘字二首

此地何清絕風亭夏亦寒半簷低碧柳一水帀紅闌隔
座調金管當筵泠玉盤酒深勞欵曲坐對夕陽殘
亦知秋尚蚤已覺暑初殘雨氣收還濕蟬聲噪欲乾狂
吟皆素侶小聚足清歡莫負扁舟約紅衣褪碧瀾

立秋前五日許公眞意招同顧俠君徐端揆王
寶傳郭鳳客宋謹涵集水鏡堂噉鮮荔支分韻
得秋字兼示雪村同年

疎簾小几坐清幽細擘輕紅浸碧甌仙嶺遙分金掌露
官衙寒結水晶毬甘同瓜瓣能消暑色減蓮衣蚤近秋
舊譜君謨半零落待翻新譜許長洲

人日半樓與沈碻士方東華陸龍光樾亭上人
同賦

坐深燈欲灺稍見新月出四照光微茫孤梅影疎密寒
簾香滿襟絮語露眞率良會愜今宵佳遊擬來日共上
九峰巔登高振韓筆昌黎有人日登高詩

舟泊惠山雨甚不得登岸同曹秀才王載籌燈
達旦用錢虞山京口渡江韻

篙師斂手滯行舟主客相看笑此遊尺水有波能作惡
寸心無地可安愁語深夜半淹花漏夢淺東風響柁樓
只恐小桃零落盡朝來片片逐溪流

寶劒篇爲華五豫原作 有序

豫原有藏書之閣顏曰劒光仍其先世補菴公額也公以尚書郎乞歸雅好法書名画翰墨之富甲於三吳故劒光閣之名籍甚海内今豫原讀書嗜古著作滿家於丁酉之春與同學鄒泰和先後入都其文章光燄殆如劒鋩出匣而並遊於張匠門先生之門其亦干將莫邪非茂先莫與歸乎因賦寶劒篇以贈其行

先生寶劒百鍊功熒熒豔發青芙容神采何當久埋沒豐城掘土蟠雙龍清波爲淬越砥斂水凝露結寒芒重

斷犀切玉逞銛鍔鉛刀無足攖神鋒嵯峨三尺倚天外奚止突兀摩崆峒金精含光恥自鬻常年冷落塵埃中我知一遇張公子開囊拔鞘光搖空匣以琉璃五色爛援絲麗簌懸玲瓏著手摩挲忍輕擲爲招雷煥呼天風干將莫邪兩奇絕須臾騰躍飛蒼穹

觀卿留宿半樓同龍光王載振飛聽兒輩讀書聲因以續兒誦文選五字分韻余得兒字

匪云好樓居舍此吾何之雙鬢遽如雪兩目亦已眵丹鉛空半生遊戲隨諸兒析薪謝未能安問裘與箕家無萬卷書一經聊復遺琅琅呫嗶聲乳燕春深時何當長者來出拜良遲遲片玉輝崑山風雅實可師

次韻陶菴朝鮮牡丹 即俗云荷包牡丹也

小草從來涓水西無多香色使人迷半含的的心如吐一串垂垂首自低紅剪絨輕非帶酒紫羅囊細不沾泥分明家住楊花渡 朝鮮餉道 驛貢何曾似白題

羅浮蝶二首

海南飛夢渺無涯小洞朱明自有家仙種固應呼鳳子香魂只合伴梅花別來風雨迷煙嶂撲向樊籠泣露華回首此生空羽化滿身狼籍葛洪砂 羅浮彩蝶世傳葛仙翁遺衣所化

分明五彩欲飛揚粉翅香鬚總異常句壓江南傳謝逸

謝逸蝶詩江南日暖午風細 圖翻嶺外笑滕王漫教紉佩憐香草忍憶開簾媚曉妝 事見嶺表錄 萬里飄零歸思結不曾容易住花房

過蒸巖藝香小圃次韻三首兼示陶菴璞齋

誰歟策天人自比董仲舒竊慕管幼安却笑華子魚功名事杳渺相與歸井閭筆耕或可食帶經或可鋤羨爾五畝園瀟灑閒庭除編籬旣成徑插花常滿輿眷懷北堂上色養南陔餘予方悲蓼莪忍淚濡毫書

回首十年内風塵厭馳走索米向王門夫豈薄升斗年來杜門居蕭然謝諸有同心我周子秦七更黃九孰是

柴桑人當門樹五柳每結停雲思孤吟冷踈牖相過共
清賞懽然愜儕偶去住兩無繫從人論可否
生逢盛明世棲遲復何事如余嗟隨落須臾老將至爾
當強仕年才高詎陵替撫景參故新感懷繫興廢只今
戲綵亭尊人學士公所建亭亭出林際努力報春暉心憐春草
細及茲小圃成莫放繁英墜操當厲松筠性自識薑桂

喜同年馮孟容歸與蒸巖吳閶夜泊再用前韻
并簡學坡

心知既云寡懷抱安得舒側身聊北望無由致雙魚泊
舟古城曲朔風吹闔閭四野白皚皚有人歸荷鋤豈不

戀丹闕翻然辭玉除求閒蚤脫簪未老先懸輿大小兩
馮君逸致孰有餘賢哉古二疏垂之班固書
有壑能藏舟誰其負之走緬彼海上仙浮查犯牛斗亦
既遊物外胸次復何有天宇渺空闊雲夢吞八九文直
趨韓蘇詩還凝韋柳稍知涉藩籬別自開户牖寢食方
在茲至樂信非偶人生苦迍邅逍遙予則否
抗首懷時賢撫膺嗟世事翻覆波浪生颯沓風雨至灼
灼繁華子朝榮多夕替徒令憂患嬰輙使嘯歌廢一心
自識察結念在空際仰觀天爲高俯視物皆細草木易
零落隨風盡飄墜願賦招隱篇山中老叢桂

題藝香小圃二首有序

我友蒸巖世署紅蘭朝辭青瑣豈歸田之孔亟惟將
母之不遑倚北堂以樹萱愜情深愛日循南陔而雉草
手自澆花買得一畦築踰三畝何似淵明之愛菊地
接東臯偶同元琰之刈菘家鄰北阮雖蓬居絕殊乎
仲蔚而金谷無羨於季倫疊石爲山奇峰湧翠疏泉
作沼細水生漪樹蓊薆以長春花葳蕤而不落思昔
碧桃狼籍舊爲秦氏桃花園僅存老屋荒莊覩茲修竹娟娟
不少風廊月榭卷簾高閣人來戲綵堦前滌硯清池
句落霏香檐畔霏香齋名園稱獨樂社訂同聲騁騖竹林

之遊次第松陵之集奚止附庸風雅實維結侶煙霞
慨夫故里繁華空傳繡幛騷壇寂寞無復香眉戲綵亭即
鄒氏香眉亭故址溯洛下之遺風於今安在笑山中之逋客
去此何之登金門而上玉堂多慚纓紱掩雲關而扃
岫愧冷絕巖阿其或解組而歸卒攖情於好爵甚至
絕裾而出孰稅鞅於迷途一壑一邱如君有幾或觴
或詠舍我其誰老矣浣花尚抽毫而欲賦欣然剪韭
旋刻燭以分題況當檐雪初晴始作消寒之會漸見
庭梅將放可無索笑之吟敢倡蕪詞鬭色絲於黃絹
乞賡雅什綴朱萼於白華漫擘短箋率成長句

身欲投閒鬢未蒼風流誰不羨周郎輭紅塵土真如夢
淨綠林亭獨藝香中有淨綠居 舊失桃花餘斷井新添竹影
過鄰墻蓬居悽寂同歸客讓爾春風占一堂
愛日須知及好春世間何事復勞身幽居宛似來空谷
香草生成戀美人顧曲誰云憐粉黛填詞我亦近清真
周美成詞名清真集 爲聯小社招吟伴共對寒梅琢句新

次蒸巖韻懷俠君時方歸自維揚見訪

百感無如一笑休醉愚應自擅風流俠君自號醉愚 滿浮白墮
何勞醒散盡黃金不解愁衰柳亂鴉能送客澹煙飛雪
是歸舟誰知別後人相憶悵望風帆並倚樓

次顧天石見贈原韻

樓居寧敢託神仙與子相期不偶然白髮早添潘騎省
紅牙小按柳屯田知交零落憐今雨吟社荒蕪慨昔賢
剩有碧山如画裏虎頭點染勝龍眠

宿管社山莊即用山莊二字贈楊子淵

到此已云暮高人正掩關雲深寒竹木月黑隱湖山雞
黍歡猶浹漁樵語自閒酒闌同一笑放眼醉醒間
坐久月仍吐疎櫺雪透光卷簾窺石磵撥火踞匡牀煙
水眠何穩菰蒲夢亦香買山吾未果小住覓荒莊

驂鸞謠四首為前輩鄒環西賦有序

鄒編修環西以康熙甲午奉 命典試粵東越三年
丁酉復膺視學粵西之 命余往時嘗與纂 皇輿
全覽分得粵西其地當嶺南右偏風壤氣習視粵東
特異而山川奇秀甲天下范待制驂鸞錄云韓文公
在潮熟聞之有篸山帶水翠羽黃柑之語落句乃曰
飛鸞不假驂蓋歆羨之如此余故於環西是行為賦
驂鸞謠以送之

一道文星竟粵天何來瘴雨與蠻煙此行直是登仙去
況遇蓬萊第一仙廣陵先生時撫粵西
被擁青綾帳絳紗巖名疊綵洞棲霞紅椒丹荔無顏色

桃李都開閬苑花
梅花雪片瘴全消碧樹關心入夢遙豈是醉鄉秦學士
又添春色海棠橋在橫州以少游詞得名
使星天上碧霄寬頫首都從下界看短翼差池飛自得
九龍山畔亦驂鸞

周緯蒼別去六年忽操舟相訪兼示近詩感賦

別久憐多病鱗鴻各渺茫何期來杜曲相對哭蕭郎謂天
池 倔強猶前日飄零復故鄉晚菘詩一卷風味逼寒香

續題楊凌洲觀海圖

才大不若海休題觀海圖陸生妙新語龍光闊達驚天吳

海上來周郎（緯蒼）睍圖起狂呼寓言本莊列落筆誇韓蘇豈知我楊子未肯遺巴歈援毫渺無涘令我成長吁人生嬰世網跼蹐風塵途歸來杜門居泠落愁江湖羨子意飄忽獨立雲山孤一劒鑿渾沌萬里思摶扶朝看扶桑日夕弄明月珠洪濤鼓高唱舉首招吾徒

樾亭過訪同用寒字

舊雨來無定新詩吟未安夜分孤月澹人語半樓寒帶水浮杯易生涯面壁難（時將閉關閱藏）問君何繫著等作幻雲看（師有幻雲樓）

與唐翁聖臣話舊二首時翁年八十

與君稱壽酌春尊往事從頭好細論屋隔一墻通笑語交深廿載共朝昏佳兒以長呼為弟慈母相憐撫若孫更憶垂髫曾侍側孝經論語待重溫

太息無文可送窮數椽寥落寄城東携家幾欲歸湖上憶我時還過里中門巷舊鄰多易姓兒童今日半成翁醉扶鳩杖相看笑百歲蒼顏仗酒紅

顧東巖同年招同顧秀野朱嘯園沈碻士秦含眞蔣香山周緯蒼汪楚文瞻侯顧青士陸龍光周蒸巖樾亭上人分詠吳閶古蹟得戴顒宅

古寺乾元何自始故宅相傳晉處士緬懷剡下多名山却捨桐廬入吳市吳人築室為名高植林開澗除蓬蒿莊周著論得微旨雙柑斗酒人逍遙流風吳下邈遺躅有客追尋傍城曲春去郊原紛衆綠可聽黃鸝聲斷續

懷張萬圃

我愛張公子飄飄三泖間名非登第重身未授官閒綺語花迴鏡琴聲月在山此中誰解意冷眼笑塵寰

荆溪道中懷謝二皆人儲五屺雲

偶過荆溪道遙望銅官山山勢何盤紆緬邈不可攀中有兩詩人棹鞅三吳間沖澹逼韋柳倔強窺蘇韓愧我入綺靡異曲同工難臨風切相思日落迷煙鬟何由共偃仰一笑開心顏

登識舟亭

小小鳩茲邑人煙雜數州一帆初到客半月未歸舟亭向江心峙城連水氣浮囂塵愁滿目心事獨盟鷗

蟂磯靈澤夫人廟

靈澤猶靈氣荒磯片石開孫郎餘霸業小妹亦雄才蜀道如天遠鑾江為母來杜鵑啼不住望帝寸心灰

泊天門山下

日落楚江晚逢山未及登潮回聲蕩潏峰壓勢崚嶒繫纜孤村樹掀篷遠嶼燈狂吟思太白長夜夢青綾

天門山歌

青山冥冥波活活兩岸迷漫雲一抹我欲喚雲天不開何由直上天門來天門高崒嵂峨峨峙雙闕羅列衆星辰吞吐兩日月錯落吳津扃楚濵馮夸鼓浪鯨長鱗鴻龍掉尾虎豹蹲緑章上奏無由申蛾眉愁絶謫仙死霧鬟煙鬟竟何似冷落宮袍踏泥滓天外飄蕭一遊子

曉過天門山

搖曳孤帆去青山疊浪紋截開吳地盡夾立楚江分風色淹殘月嵐光上曉雲氤氲濃黛抹一幅李將軍

登采石磯放歌

采石采石江心突山不多高磯險絶勢接天門趨建業千古消磨幾豪傑忠武龍驤相後先不數平陳賀若弼開平三拔功第一直取金陵渡江疾嗚呼伯圖王業炳天壤大將功成身泯滅折戟沈沙鐵盡銷空使江流腥戰血何如白也思飄然烏帽離披劒緱脫俯仰人生何汩汩笑擲金尊捉江月

太白樓題蕭尺木畫壁

世間詞客笑紛然落筆誰教句欲仙祇許蕭郎圖滿壁不勞脂粉涴青蓮

蛾眉亭

重疊煙鬟暈曉青水明如鏡照娉婷蛾眉自古多相忌不識何心搆此亭

燃犀亭

昨來燃犀浦今上燃犀亭燃犀一相照百怪呈其形豈是英雄精魄動灑淚登舟如一夢可憐犀照不分明何如玉鏡光熒熒

登凌歊臺和許丁卯二首

浮邱一望首頻回宋祖還傳避暑臺六代繁華休再數千秋歌舞不重來山從建業層嵐擁塔對凌雲四面開（黃山寺塔與金柱凌雲二塔相對）巖畔古碑無復在野棠零落剩蒼苔

行歌猶唱上之回弔古休尋舊廢臺爲念龍飛南渡去曾看鳳輦北山來（郡有北山亭爲明太祖駐蹕處）炎熇蕩滌金戈息組練森嚴玉帳開堪笑寄奴成底事故宮淒冷没荒苔

半塘七夕

蚤約秋期欲渡河風迴胥口易生波錦帆一去無消息香徑重來剩綺羅良夜可宜垂手望柔情還倩倚聲歌朝朝暮暮消魂句秦七工於柳七多（少游七夕詞兩情若是久長時又豈在朝朝暮暮又東坡語少游云消魂當此際謂非柳七句法乎）

送同年孫叶飛兼呈輦下故交二首（存一）

別去還重念蓬窗夜語無櫓聲依柳岸暝色上蓉湖蓬

島多仙客煙波剩釣徒春明勞夢遠秋水冷菰蒲

又八月十三夜讌集宋澄溪僉憲南池草堂

雲葉紛朱軒月華蕩清沼今宵此高會海内稱絶少吴下衆名流江南諸故老豈是香山社何來商山皓同遊忝末座歡言浹朋好語闌歌半停香露滴幽草

宿南池草堂同許二子遜陳一樹滋話舊兼贈宋三敷倫

已罷池上酌復留池上眠池館湛虚明秋月澄娟娟公子能愛客綢繆盡茲夕吾儕各飄蕩相逢話疇昔塵土何茫茫月明仍故鄉酒闌燈灺語回首多悽愴漏聲方夜半坐對金波轉絲管後堂深沉沉恣歡燕

又八月十五夜對月用昌黎先生一年明月今宵多爲起句呈宋澄溪并東唐吏部東江沈台臣丈

一年明月今宵多望舒按節遲纖阿黄楊瘦損白榆長中天桂影增娑娑吴剛玉斧手新斫爲憐秋老重摩挲梯雲直取懷中無玉濤驚涌迴金波團團千里仍一照人生奈此清光何蘭臯主人真好事錦堂連夕喧笙歌此夕蕭然罷絲竹是夕澄溪招集虎邱以弟喪不果誰喚羣仙來大羅霓裳舊曲待重按吴娘隔座彈雲和座有歌姬輕籠慢撚入深夜寒生翠袖愁雙蛾慇懃爲勸金屈巵白頭取醉朱顔酡有客磊落真吾徒狂呼達旦還清哦瓊樓玉宇不知處好句亦復追東坡婁東二老舊詞伯揺豪閃爍翻銀河唐沈兩先生並以詩集見貽當筵不及共高唱停杯笑問嫦姮娥

同鄧振飛雪中過寶幢菴次壁間顧小厓韻

咫尺煙波路渺茫冷風吹雪滿篷窗何期下榻來精舍相對焚香語繡幢半壁留題消永夕一簑垂釣夢寒江醉餘支枕眠猶未喜剔殘燈吐燄雙

向與高若黎潘師仲陸龍光馮允文楊魯公讀

書草菴因識永齡師别去二十年遇之澄江口占爲贈

江上相逢感舊情與君相識記同庚春深對榻拈花語夜半然燈禮佛聲一粟微茫皆幻境廿年飄泊幾書生只今香界渾無主忍再傷心過化城一性師也化城爲草菴下院

雪中歸自澄江過石林菴與天鈞子長同用石林二字

孤篷江上來一望九峰白凛冽歲云暮冥濛山向夕高僧獨掩扉齋廚肯留客嬾慢笑煨芋清寒耐然石軍持凍欲消疎香老梅坼

塵路苦偪側兀坐當空林修竹響風窗颯颯吹梵音條然半榻間不受纖埃侵松龕一燈影大地光明心擁褐依蒲團夜分相對吟

寒山夜雨得霏字

破屋山坳白板扉暮雲深鎖雨霏霏密蒸嵐氣當簷滴冷咽泉聲帶雪飛擁絮坐聽風力勁含毫吟對佛燈微戒香一炷憑誰乞薰透塵衣換衲衣

雲川閣集　詩四

雲川閣集　詩五

古近體一百十六首（起己亥訖壬寅）

無錫　杜　詔　紫綸

爲同年沈厚餘題碧浪泛舲圖用欒城先生書郭熙横卷韻兼懷徐亮直王寶傳

沈郎才高書御屏句臚殿上聞呼名曲江春宴第二人風情癡絕一顧傾蓬萊三山不肯住苦思苕霅雙溪清飄然蚤事拂衣去滄浪何處歌濯纓碧浪湖頭峴山下隻舲兩槳縱復横風送歸雲一帆雨煙開浮玉羣峰晴與波上下亦自得爲念諸公袞袞日夕趨承明近聞王郎使交趾（聞寶傳近奉命安南之）徐郎況復中山行（亮直奉使琉球）蠻陬道險海濤怒但云到處多逢迎浮家泛宅生計穩相逢拍手來吳城我輩蕭閒老無用　廟堂勝算方西征飛書草檄讓公等捎帆捽槳慙平生

讀厚餘自題碧浪泛舲圖十絕句復作二絕嘲之

瀛海歸來托野航煙波留住一漁郎湖開碧浪山浮玉笑爾何心記玉堂

囊空絶少沈郎錢書画還誇過米顛莫道傳家輪一隻就中添箇孝廉船（謂令子勉之）

夜泊虎邱懷許公眞意兼寄雪邨同年二首

帆影月初上迷濛認虎邱柳風移短櫂花縣問長洲隔浦勞相望逢山悵獨遊最憐詞賦手仙令老名流

才子眞無忝華年住玉堂乍驚鈴索夢可憶荔支香水鏡堂啜鮮荔支距今四年矣纓紱標淸遠菰蒲托渺茫相思當此夕煙艇繫橫塘

同年于碩堂留宿山塘用韋蘇州郡中對雨韻

迴溪雨冥冥剪水雲葉葉坐我一軒敞簾疎嫩涼入旣爲竟日留復此淸宵集燈灺覺更殘篝寒愁夢濕疎鐘動前山微茫遞相接

雨泛同碩堂龍光

西子妝何澹娟娟弄夕陰衆山收雨脚一櫂駐湖心煙柳濕如夢風荷香滿襟卷簾看欲霽躡屐更登臨

拜岳鄂王墓

突兀豐碑峙陰霾疊巘重悲風嘶石馬怒氣抵黃龍汴水尚流恨燕雲如盪胸茫茫憑弔意淸淚泣孤忠

表忠觀斷碑歌即用表忠觀碑四字轉韻

古物斑斕貴完好何況茲碑世爲寶文高筆勁出坡老石立嵯峨插天表錢王吳越不世功射潮鐵弩開雄風肅穆相傳歷忠懿臣服大宋稱純忠廟貌巋然表忠觀搨刻年深舊碑斷宛苔剔蘚重摩挲讀罷碑銘再三歎方今御墨特增輝江山保障光烈垂御賜保障江山四大字龍飛鳳舞百靈護路人誰復看殘碑

朱可亭先生席上作兼懷汪葯洲先生二首

畫戟重門啓梧陰隔座看豈知烏府貴仍似玉堂寒綠酒過三雅淸蔬剪一柈爲言山水勝風雨渡江難

作客多惆悵經旬苦逗留甬東方駐節湖上欲歸舟暑甚菰蒲雨涼生菡萏秋不知蓮幕下何處說風流

端陽後一日蘇廣文茂弘舟中吳石倉出示陽明先生墨蹟

風日何澹沲我輩亦疎散廣文官不冷招携過湖畔艾酒羅尊罍蘭交集文翰高談驚老蒼草書出新建瘦硬餘嫵媚顏褚各參半媿我不中書當筵空把翫緬懷良知妙蚤悟浮生幻縹緲湖山間維舟夕陽岸竭茲終宴歡佳遊方汗漫

同碩堂龍光飲吳浣陵齋酒後湖上晚歸作

煙景迷濛月尚微湖頭小立渡船稀徧吹荷氣沿花港細引風絲透葛衣老去合教成放浪狂來猶是笑癡肥陸生落拓于生懶冷醉閒吟一路歸

孤山

鶴從何處歸孤山但荒草處士名不朽古墓無人掃生時不就徵山中空自老既無封禪書誰求茂陵稿吾徒任寥落榮名信爲寶

將次雲棲作

目瞰江湖盡叢叢入翠林馬迎嵐氣重衣受竹痕深蒙密疑無路清涼到洗心亭名夕陽投宿處一磬響孤岑

虎跑泉用坡公韻

松門牽葉憩泉上恍對髯蘇共偃仰山空五月欲飛雪露滴芙蓉落仙掌六龍南幸湧泉香二虎西來沸泉響半甌碧乳浸玻瓈會取源頭微妙想

遊仙四首用白香山杭州春望韻寄呈湯院師

曳履何緣躡紫霞飄流身世半塵沙薄嘗滋味餘杭酒麤記風光阿姥家翠落層巖聽鶴語香分片石嚼梅花妝樓一鏡分明照金鳳釵頭整復斜

胡麻飯後只餐霞不著恒河一點沙天際鳳鸞誠得路雲中雞犬亦思家有情曾與金條脫何處重窺玉蕊花青鳥待傳消息去錦牋狼籍墨欹斜

赤城遙望簇飛霞瑤草春深長玉沙太史絳都重拜命侍郎碧落久爲家誰誇才子無雙目獨占蓬山第一花桃李徧栽紅杏滿東風笑插帽檐斜

小酌紅螺頰暈霞驚心撲面滿黃沙已判浪跡長浮世安望乘風直到家玉笛肯傳天上曲彩毫還記夢餘花何年再訪羅浮洞行見雙飛燕子斜

喜培風至兼懷澹士先生

六年嗟久別公子忽來過我自栖寒谷君還住熱河黃雲遮路遠白髮笑人多肯踐扁舟約相看衣綠蓑

訪楊廣文友清

不見十三載論交三十年一官同冷落兩鬢各蒼然絮語重攜手柴門小泊船卜鄰吾計定只欠買山錢

寄呈廣陵先生四首存三

帝城佳氣鬱青葱百尺樓高捧日紅及第聲華真學士立朝風采大司空家傳相業紗籠裏手攬英才夾袋中負笈有人來輦下謂許子遜尺牋應許姓名通

滿朝屈指幾名卿弘長風流仗老成班領衆仙皆弟子文高一代獨先生五經鼓吹歌三頌六籍笙簧賦兩京況復絲綸憑世掌鳳聲清絕又蓬瀛

誰令寒士盡歡顏廣厦真能闢萬間每惜沉淪勞汲引豈緣高峻絕躋攀粵西開府蓮花幕冀北掄才玉笋班竊愧鯫生長自棄一編枯寂掩松關

遊青山

青山在咫尺山路斷行客躡磴亂榛莽緣崖窺虎跡一樹紫藤花春風半狼藉廢井謝公池荒菴謝公宅塵昏古佛像雷雨迸石壁靈異安所鍾詩人駐精魄

兒瑛學舍送兒璞入都

男兒志四方豈必辭遠行著鞭喜一躍其奈骨月情瑛也此託跡家山已迨隔璞且迫行役去作千里客明發將渡江無錢與辦裝蕭條共官舍欲别情闇傷傷哉念爾祖曩時别離苦况余寡兄弟衰親守環堵今爾弟與兄分手胡忡忡余年未云老努力當自雄

簡培風時聞隨　駕湯泉

忽忽思昨歲分手意云何底事憐余嬾平生負爾多薰風隨　鳳輦細雨濕漁簑千里應相念江天獨嘯歌

望九華懷吳七雲

疉巘起池陽突兀九峰峙縹緲認仙山徘徊盼仙子仙子落塵寰生涯苦塵滓輭紅高十丈春風豔桃李芙蓉自秀出娟娟濯秋水秀出九芙蓉太白望九華句也

九華山房作

直上九華頂山坳忽似窩土風成虎穴僧舍簇蜂窠迸石泉流細浮嵐霧氣多曉來天欲霽曳杖去如何

留别同年陳燭門及季思厚邨兄弟

偶焉客秋浦江邊繫孤艇十載同年生相逢一何幸憐君多病後閒愁應自省但令百慮清休歎一官冷當軒錦葵爛署中葵花盛開棣華交弄影藻彩各飛揚風懷合沉靜與我重綢繆開尊輙酩酊敦此平生歡别緒生俄頃

閱邸鈔伏見座主司農公病中　恩旨感賦

我師懷苦節孤危立朝正衰老屢乞休焦勞久成病伏枕切陳詞臨軒條傳　命天心垂憫惻知深遂情勝譬彼桃李花紛敷及時盛松柏挺然秀風霜飽逾勁潔清鑒素守樸直原本性殊恩出　温旨朝野悉悚聽感激爲涕零蓬居頌　明聖

五月望日同魯希仲吳穎長潘師仲太白樓分韻得水字

浮生委虛舟乘風復來此瀛海渺神仙蓬蒿老狂士相逢一長嘯釃酒江之涘共上蛾眉亭生涯澹何似山月送人歸微茫浩煙水

同師仲太白樓坐月懷希仲穎長

不見謫仙子顧影愁空山月自出海底人自樓樓間憑闌撫清輝翛然相對閒二妙不復偕負此竟夕懽

穎長同魯希仲鍾汝上雨中過訪同用秋字三首

蕭然學舍吟於秋何意跫然破雨愁小泛姑溪新漲後
偕來采石舊磯頭酒難勸客空慚杜文到言情直逼歐
自是交深吳季重十年零落幾同遊穎長爲余序四書文極交遊零落之感

別緒茫茫鬢早秋一番攜手一登樓更教挈伴來今雨
且莫傷心感昔遊得路鯤鵬凌海闊背人猿鶴戀山幽
此中消息君參透欸曲無多乞少留

與君相約話清秋蘆荻聲中小盪舟良夜肯辜江上月
好風多在水邊樓重招素侶銜杯笑應記荒齋對雨愁
大抵吾儕俱放浪此生端的事狂遊

王太守文孫張別駕恬村招同武陵吳惟一郡齋飲別

於茲兩踰月已盡山水情因風理歸櫂浮觴綠槐廳堂
堂二千石簡澹如寒生別駕何風流執身仍禮經兩賢
素心諧半晌孤懷傾座有一楚狂況飲還韜精當筵意
骯髒失路行吟蹁去矣誰復顧晚峰江上青

客有自錫山來者具言邑令張公新政志喜

客中邂逅故鄉客爲久離鄉問消息見說使君方到錫
恍若鴻濛頓開闢吾鄉彫瘵苦生民民間獄訟滋紛綸
撫字催科兩無策今之良牧難其人五十年來堪屈指
一往滔滔何至此竊聞　當宁重疇咨名見金鑾誰稱
旨要知人地貴相宜　特簡湖南一才子冰雪聰明
鼓精銳力挽頹風自茲始吾儕棲息何由安縣有好官
心地寬望風蚤欲見顏色連朝風雨滯江干挂帆歸去
蓉湖口願汲泉香爲公壽憶昔論交舊弟兄豈弟還歌
新父母

蓮蓬詞二首

蓮蓬出水蓮葉乾紅衣落盡愁相看愁相看笑相視舊
蓮房新蓮子

蓮有子兮子爲菂菂既成兮中有薏中有薏意誰傳君
不見想夫憐

久雨無月於六月九日夜忽見月輪方半因與同人賦半輪詩即限輪字二首

雲昏雨黑苦彌旬何處飛來月半輪淫潦幾曾傷皓魄
素娥難得露全身玉鉤乍展垂簾蚤紈扇將成出篋新
爲向識舟亭上望欲圓應待未歸人

半缺菱花半照身問伊何事半爲輪方將欲滿含新意
久未相逢似故人望處劇憐孤影瘦別時休放兩眉顰
良宵三五元非遠笑卷湘簾拜結璘

次孫孝廉矩衡詠燈花

澹月朦朧影碧紗輕紅一點欲攲斜亦曾有意微生暈直是無聊漫作花銀蠟消殘當此夕玉蟲飛去落誰家風簾坐對開還謝廿載塵勞笑夢華

由三山放舟至燕子磯眺望

大江從西來乘流徑直往三山起衝突可望不可上庶幾登燕磯憑淩恣俯仰隱隱石頭城灝灝黃天蕩吁嗟幾英雄飛翻聚靈爽朱方絕烽燧白波驚沆漭誰弄桓伊笛臨風意慨慷

和汪青渠自題錫山別業韻

爲戀柔鄉愛客居素心相對更何如翦燈夜語論交始判袂春風中酒餘（今春青渠招飲余方有姑孰之行）新雨花房香細膩澹雲江樹筆蕭疎（新雨過花房其贈行句也又彷郭河陽清江放櫂圖以當折柳）碧山鎮待聯吟社莫望西泠憶舊廬

七月廿一日雨後秀野草堂分韻得高字

世途薰灼苦炎歊只合關門位置高小雨便成秋氣味纖塵不到舊林皋編詩直當修元史（秀野時輯元詩三集）把酒還期讀楚騷掉鞅詞壇餘興在莫教寥落幾同袍

年來屏居山野與道士洞泉僧天鈞訂世外交因繪一圖曰九峰三逸顧天鈞詩韻清絕洞泉更能書工画詒乃厠兩君之間自覺形穢耳

木落秋山空塊然成獨居庶幾世外人可以與之俱夫豈慕禪悅焉知讀道書相攜九峰下俛仰意何如

重陽後二日同李芥軒邵倓園馬桐山楊友清秦岵雲邵移山華西園吳蒙泉許鄉山顧持國天鈞上人集洞泉聽梧書屋以藍水遠從千澗落玉山高並兩峰寒爲韻分得落字

人靜如秋山幽居負山郭聽梧結疎軒臨水敞虛閣脩然招客至風懷俱澹薄夕可餐菊英朝還飲桑落此會當百年高吟少陵作

清聽閣曉望爲洞泉作

聽松何處最堪聽小閣淩虛撫曲櫺一水泠涵霜氣白九峰微露墨痕青煙分岸脚鷗眠起風激林梢鶴夢醒萬籟總歸元默裏垂簾猶是觀黃庭（道書靜坐目必垂簾）

顧俠君招同沈厚餘暨令弟同叔令嗣勉之王子載揚金生次山象巖遊支硎山至法螺菴小憩華山松徑晚歸同用坡公遊徑山韻

沈家兄弟師看山更得才子夸斜川鶯湖王郎復挺出偕來吳會相周旋閶邱排奡奮韓筆視我疲薾何天淵秋高挈伴入山去褰衣直造山之巔支硎山路坦且夷一峰吐秀開玉蓮中有香龕隱花窟旋螺盤頂紆蜿蜒

藍輿暫駐急叩闗佛樓小坐如安禪提壺笑拄紫藤杖
取酒何假青銅錢摘得秋蔬拾秋果埽除白石姑醉眠
松間鶴夢偶然醒飄飄好似隨風鳶爲掬清泉共盥漱
不放俗慮紛熬煎芒鞵欵步向空谷夕陽送我歸去便
落葉催人各搜句霜華點就紅欲然佇望蕭踈儼圖画
一幅何如趙大年

疊前韻示俠君厚餘并乞九峰三逸圖題句

石能韞玉方輝山水能懷珠方媚川山川有時亦晦昧
鴻濛一氣交轉旋寓形宇内眞恍惚升則在天沉則淵
爾我飄然脫塵網劃然大笑歌狂顚太白蒼蒼望不到

自慙仙骨非青蓮山阿寂寥恨枯槁世路屈曲嗟蜿蜒
歸則須歸兜率天石林精舍長栖禪(天鈞)聽松山人聽莊
住(洞泉)買山不患囊無錢九峰重整舊吟社況兼畫手如
龍眠圖成三逸意安在此中道妙參魚鳶二泉亭上竹
爐邊活水終須活火煎樵斧無聲松子落扶笻一往欣
所便面目無爲歎老醜蕭騷兩鬢秋颯然敢乞瑶華爲
生色雲煙供養希長年

遇于五小謝於虎邱舟次感舊言情六絶句

與君別又幾經秋何意相逢在武邱第一傷心休更說
篷窗相對哭楊修(謂乘萬)

玉局紬書共八春名場雜遝浩煙塵一尊誰與論文細
屈指無多只四人(余與小謝及七雲丹思也)
每共分題信手拈彩毫曾與夢江淹只今爾我都牢落
一老蓬蒿一孝廉
先達眞能薦陸機(謂拙園先生)故交情亦世間稀(謂雲岡)十年
放浪成虛負敢向人前說見幾
小繫扁舟語半塘忽忽北去理行裝纔教握手隨分手
直得臨風一斷腸
賦繙懷舊盼燕都懸水蕭條半樂孤(往時同館在都者七雲雲岡而已)
于五重來楊四死迢迢還念杜郎無

再訪樾亭

曳履來何數低頭苦問師麗譜三昧理細讀九秋詩(時以九秋詩出示)
楓葉停車晚蓮花入社遲(比約同人賦詩余不及赴)婁江山
第一煙水渺相思(寺爲婁江第一山)

讀沈台臣丈白漊集奉懷二首

風雅竟安存浮華何足論幾人如沈約一脈自梅村氣
浹東江大名齊上相尊(謂唐吏部及西田相公也)廿年良自愧豔體
近西崑
先生有才子交定弟兄眞每共爲羈客相看說老親扶
搖鵬勢力抖擻鶴精神莫訝楓林晚芙蓉照日新(子大方提)

北闈

青渠與吴子志行同遊虞山因作吾谷踏葉圖

索題爲賦二絶句

谽谺一徑笑扶筇人在蕭蕭落葉中共負吟情兼画手
秋山皴出壓關仝（仝有秋山楓木圖見宣和画譜）

佳遊輸與兩君同拂水無聲萬籟空我亦芒鞵能踏徧
煩君添箇浣花翁

雨後半樓望菰川楓葉

一番踈雨滌寒空冷逼吴江盡落楓遊興已闌吾谷裏（青渠招遊虞山不果）吟箋多入半樓中繁華無數驚回首飄泊何

心歎轉蓬極目川原交掩映最宜人處夕陽紅

江行聞雁爲豫原作并簡泰和

江上正寒月朔風吹雁聲雁聲自南翔之子將北征披
裘犯霜雪策馬長安城遇彼翰林友語兹鄉曲情旦暮
聊飲啄雲霄佇飛鳴蕭蕭蘆葦閒江月同孤清

十二月廿五夜洞泉留宿聽莊分得聽字

山僮掃蓬徑莊冷夕煙暝池面冰欲斷階前雪猶剩道
人笑迎客細火炊虛甑漫取竹葉斟還同藥闌凭沉冥
遠林際凍雀栖已定身世入虛無松濤夜深聽

小除對雪得湘門手箋次韻奉簡三首（存二）

身閒解組一冬餘宛似高僧退院居野史欲編循吏傳
公朝休上薦賢書悲君荼苦完廉潔老我樗材近怪迂
眼底幾多遊宦子士於名下故無虛（迂字出韻原唱誤也）

論交已是十年餘纔得飛鳧慰索居計日江城看去櫂
閉門風雪讀來書荒村客斷音常絶委巷泥深路轉迂
幾度相思幾惆悵梅花應發夜窗虛

立春後一日雨過石林

冥濛山氣不知春漫對春盤會率真菜味獨甘長住客
梅花應笑暫歸人（時子長又將入都）一庵高卧能遺世半榻平
分易著身憑仗東風吹雨散扶筇還共踏香塵

立春後二日石林吟社送徐供奉子長

不道春風又遠行還家未幾復還京松楸苦滴思親淚（子長乞假葬親事畢）
葵藿真含戀主情雨細山房吟舊社花繁
御苑奏新聲憑君寄語遊仙子（子長與郭于宮同事內廷）我亦塡
詞一柳卿

寶界山房作

太湖之尾山之阿寶華精舍藏雲窩墻根一碑倒石坡
草書歷落湖山歌歌辭跌宕氣磅礴乃是王公仲山作
仲山雅志在林壑十年獨占湖山樂嗟今之人胡不歸（仲山句也）
此語讀之良可哀買山無錢荒草萊側身天地空

徘徊草服芒鞵盡吾侶相對僧寮共僧語黯黯春雲天又雨一抹湖山眇愁予

訪山人楊子鶴幷乞繪九峰三逸圖

三吳画手知名士烏目山中兩人耳山人寥寥石谷死獨步三吳一楊子子今七十更有八老矣相逢笑相視憶昔遇子長安城婁東邸第聞高名傑閣看山共擁青一碧琅玕生画屏（太倉第中擁青閣下有子鶴画竹數竿蕭蕭生動余蓋嘗朝夕諦觀迄今十五年矣）十五年來還歷歷其奈風光迥非昔我亦蕭蕭雙鬢白低首塵埃苦跼蹐九峰之下堪樵蘇羽流衲子相爲徒願言世外號三逸鵝溪生絹乞子圖如此墨妙今已無風流誰復誇三吳

飲陶改之同年齋賦贈

别已多年聚却難爲將尊酒辟春寒風餘澹宕門臨水草厭繁華手藝蘭好友兩三傷已缺（悼乘萬也）恒言十二笑無端（時以恒言十二篇見示）賈生今日空垂涕盛世何勞策治安

簡懷師仲姑孰館舍

爲乞先人傳因知孝子心（時以尊人事狀屬余爲傳）煢煢憐計拙惘惘痛恩深客舍淹霉雨鄉園匝樹陰别來方半月相望眇江潯

次韻酬華三隱垣二首（一存）

戢影翻教悔薄遊何來蝸角與蠅頭投林好鳥非關倦出岫閒雲本是浮白板雙扉同委巷黄河一葉記高秋（秋高一葉渡黄河隱垣舊句也）應憐杜牧傷春老詩句還誇趙倚樓（趙嘏長笛一聲人倚樓句爲牧之吟賞因以得名）

六月十七夜同于五小謝宿碩堂齋用白香山苦熱中寄舒員外韻二首（一存）

扁舟白雲渡清風散煩燠當筵復何事彈絲與吹竹手弄招涼珠心懷辟寒玉披襟話疏軒聯牀期信宿搖蕩箕濮情遐哉眇遺躅

送張湘門歸楚四首

嗟君留不住今乃歸有期俶裝尚草草弭棹還遲遲愁焉傷别情況及秋風時

洞庭始欲波木葉亦已脫蕭瑟吳江泠微茫楚天闊扁舟此相送蓉湖煙一抹

君歸有餘哀解印服縗絰詎改素絲常終懷白華潔弟兄相對貧相期厲冰雪

已矣吾鄉民哀籲無由申纏綿去後思寂寞山中人賦詩比甘棠懷哉陰雨春

訪李靜山不值却贈令子雲墟

小艇泊村落秋風老樹摧乍驚茆屋破再訪芥軒來虛

甑燒菱角荒畦拾芋魁芙蓉屏一曲知是謫仙才（雲墟著有芙蓉屏傳奇）

蔡氏西邨草堂同楊昌侯李雲墟顧漪園丁少伯暨賜谷青藜分韻

一軒容數客酒罷復歡然老友經年別（謂昌侯）今宵對榻眠吹燈初上月擁絮欲寒天爲問孤吟者鵝湖何處邊（靜山時往鵞湖）

九月廿五日湘門偕諸從遊集半樓分韻得峰字

江漢未歸客落拓嗟浮踪巾車造我廬羣彥相與從雙眸一爲開（余時病目）慰我顦顇容聯袂登半樓憑几當九峰撫景固蕭瑟一村煙樹濃

芥軒洞泉同宿半樓分韻有懷天鈞

一道一隱者我懷堪與論來當半樓暝坐背一燈昏淚盡悲秋客風乾落木村苦吟憐野衲趺坐獨關門

吳編修眘菴過訪因同遊惠山抵暮留飲蓉湖舟次兼示新詩次韻四首

故人相訪草堂寒攜手還尋路屈盤似此清遊差不惡依然狂態劇爲歡園開寄暢看山足閣上凌虛放眼寬手把竹爐詩一卷九峰吟對夕陽殘（寄暢園有凌虛閣）

一尊翻得慰酸寒白舫青簾碧玉盤知己十年驚聚散撫膺三歎雜悲歡嗟予瀛海仙緣淺輸爾邯鄲夢境寬（眘菴云典試河南時往返邯鄲恍如盧生一夢也）往事春明煩細數等閒紅蠟坐消殘

澹絶湖光夜更寒半規月吐爛銀盤綠牋再乞書新句紅豆重拈憶舊歡老去漫誇詞筆健瘦來翼惜帶圍寬此生消息無勞問錯認山僧是嬾殘（松泉在座）

入夜終須玉辟寒曲闌空對水晶盤世間有樹成連理眼底無花號合歡索米何緣嗤曼倩鋤經直欲笑倪寬只須憑仗吳剛斧斫取清光到老殘

射虎圖

豹隱在南山山南虎之藪誰爲射虎人自負縛虎手有矢不虛發一發中虎口

贈榮孝子球（球字天奇少負至性前歲既刲股療母疾今春復爲父刲股而父疾弗瘳股血淋漓肉腐爛所親憐而授之藥卻弗用蓋以須臾茍活者緣有母在耳）

母在不敢死父死不願生人或嗤其愚我則憐其誠哀哉孝子心何有當世名

書亡友華葵儀繡虎餘音後（葵儀名昭發邑諸生繡虎其齋名也妻戴字淑仙閨中宦家女能詩葵儀有病中示内五絶句戴和之復得詩數十首因名繡虎餘音云）

繡虎人安在餘音亦可憐寥寥惟數語忽忽已三年寡婦傷智井（以痛夫失明）遺孤苦硯田誰繙思舊賦淚濕浣花牋

和碩堂觀劇八絶句（存四有序）

同年于君碩堂以進士需次家居因演湯臨川南柯劇感賦四絶句屬予和之予惟君綺才公子强仕華年籍本燕山久住蘭陵貰酒身如秦贅蚕遊杏苑簪花方翺翔乎絳闕瑶臺非矜曠識縱繾綣於翠羅黃帳奚假達觀然而性既清狂心偏解脫天生慧覺撫公佐之一編路認迷途分淳于之半榻紫衣引去懵

懵幾入穴中白牡乘來落落能超物外指點一瓢日月廿載風光分明十笏河山三千世界鳳釵犀合奚煩戀戀蛾眉玉葉金枝總屬紛紛蟻子於是紅牙按拍聆舊曲而闌情彩筆題箋譜新聲而競響予也青綾夢冷紅藥吟殘常窺玉茗傳奇略涉靈槐幻境化成蝴蝶五更悟徹浮生笑比蜉蝣百歲知同過客羨彼繽紛邱錦何多好事之賓自憐零落江花猥廁知音之列誰稱同調擬豔體於徐陵（學人）亦綴微辭助游談於莊叟（蓀服）

知君才果負英奇曾記春風上玉墀花外漏聲宮樹曉滿身香霧立多時

著鞭還去理征輪從此遭逢事果眞酩酊終朝無不可人間最苦獨醒人

忽地東華未是奇人生多少侍龍墀輭紅十丈香塵裏正是同牀各夢時

普天均望日重輪上相精誠報國眞若使飄然歸故里綠槐陰裏再來人

蔣公子星緯畊讀圖（星緯爲碩堂婿）

衛玠神清玉不如一犂還肯帶經鋤多應笑我村夫子不事躬畊事讀書

讀蕊巖棃夢草感賦五絶句

蕊香才子酷憐香零落棃花夢一塲須信有情俱似夢曉雲飛去便微茫

爾我論交誓不移閨中人亦締心期自爲僚友如僚壻每隔重簾喚小姨

姊妹還期作親（去）家一雙兒女養如花掌珠碎後紅絲斷爾念陛郎我阿嘉

只今爲爾重傷神生戀温柔一病身小艇横塘春共載夜凉冰簟獨歸人

知爾憐香意漸灰繡房深鎖小園開如何煙月朦朧夜

別有棃花入夢來

修竹廬紫牡丹一株色香殊絶乃移置後園隙地余甚惜焉華子西園因有倚徧石闌淚濕司勳之句感而賦此

石甃苔荒藉草茵何來豔絶一枝春傾城須待眞名士
遺世方知是美人縱使夢魂迷下蔡不矜脂粉笑東鄰
紫雲若解司勳意清淚多應裛翠巾

題碧山吟社新圖有序

按邑志明景泰末邑之長者共爲觴詠之會曰碧山吟社其地闢於秦封公修敬會凡十人年皆七十八

十衣冠俊偉望若神仙巡撫王端毅公聞而造焉沈啓南爲之圖嘉靖間修敬之曾孫從川偕諸鄉老有續碧山吟社詩距今幾二百年莫有起而興者秦六涑子爲修敬公十世孫招集山園一時觴詠流連庶幾十老之餘風於兹未墜會中華山人子山榮道士洞泉鄒孝廉景何與涑子之從弟五輯並工繪事因復繼啓南作圖而同人各綴之以詩

脫手何煩擬石田別開生面舊林泉尋來廢社思前喆
剩有餘風藉後賢笑我猥從諸老末與誰高踞九峰巔
此間安得王端毅再使流傳幾百年

答赫尚書濬士見懷次韻四首

多君相望復相期惠我新詩寄遠思八載齋虛懸榻久
半樓人嬾報書遲已知塞草經春後又到山莊避暑時
侍從餘閒吟賞足緑荷風細藕牽絲

淋漓潑墨見風期望去迢遙入夢思帳殿只今仍宿衛
蓬居依舊獨棲遲披襟自得蕭閒致覽鏡俱傷老大時
屈指論交將卅載休驚霜雪鬢邊絲

皓首爲期未可期尺箋飛到漫尋思詩緘舊稾傾心早公以詩集屬予編次
畫乞新圖入手遲時乞繪九峰三逸圖自顧生涯成底
事欲酬知已竟何時慇懃待把平原繡幾費工夫去買

絲

知音安得似鍾期作賦何心學左思筆底空花慙李白
夢中殘錦讓邱遲獨憐燕語長辭幕豈有蛾眉尚入時
爲語故人休笑我秋風正好采蓴絲

王海文前輩秋林讀易圖

萬物各舒散秋氣乃斂藏翛然秋樹根兀坐遊羲皇緬彼學易者自漢迄李唐窺奇始田何索隱繼京房洎乎孔穎達斥鄭還尊王何如安樂窩至理歸渾忘梧葉泛虛碧柳風扇微凉善易不言易吾其師老莊

蔣雲亭下農圖

與世論生理爲農勝爲士士也麋廩粟農也力耘耔唯君士而農畲經苦彌旨允茲綴學心笑彼當塗子不稼亦不穡誰懷素餐恥

爲蔣湘帆題照二首

水溢湘江深水落湘江淺開屺以何處淼淼隨湘轉

羨爾胡飄然風流儼謫仙潺湲弄秋月飛上蛾眉巔

伍主簿泠巖以中秋前一日檢齋唱和詩見示爲贈二絕句并簡湘帆碧滄 一存

喜得桐山並函潭爭傳好句到郵南半樓空對高寒月辜負吟秋十二三 十二日余過檢齋十三日諸君見過並欲賦詩未果

同李芥軒雨宿西郵有懷智光上人

綠篆披向五湖濱與子何心託隱淪共是西郵風雨夜半樓人憶半塘人

泰和假滿還朝於中秋前一日偕余暨師仲振飛過石林訪天鈞洞泉憩飯山閣賦詩誌別次韻五首 二存

去矣何煩首重回神仙只合住蓬萊多君還念山中客肯向僧寮話別來

兀坐無聊悵獨吟與人交淺入山深勸君休戀紅塵老辜負清泉白石心 泰和有清泉白石山中事紫陌紅塵世上心之句

姚平山留宿遂安堂次韻奉酬令兄心求暨朱耕方董弘輔張玉田徐景子諸君見和之作

半生空染素衣塵歸隱多慚賀季真每到貧來思作客劇憐老去怕依人夜闌擁絮寒尤重雨隙窺簾月又新才子雲間驚絕豔況教三十少年春 平山時以三十自壽詩索和

除夕

非關守歲到殘更竟夕如何寐不成剪去蠟花空有淚聽來爆竹絕無聲癡兒那曉迎新意野老徒傷感舊情恍惚夢中驚欲起賜衣重整謁乾清

川閣集　詩五

雲川閣集　詩六

古近體六十一首 雍正癸卯

無錫　杜詔　紫綸

恭賦

聖祖仁皇帝輓詞七章

皇哉我　聖祖天下胥歸仁六十又一年恩波浩無垠民方呼萬歲壽乃居七旬何遽飛龍去攀髯邈蒼旻

御曆春融和升遐寒凜栗三冬慘霾曀四海傷遏密郡縣遺詔來郊原哭聲徹微臣久野處血淚灑蓬蓽

本以草茆賤蒙　恩嘗名見更繙玉局書濫厠金閨彥

上苑記春遊曲江傳曉宴只今魂夢中數上南薰殿

憶昔　帝南幸三吳人獻詩臣於九峰下謹奏迎鑾詞野草膏雨潤江花仙露滋天風一披拂吹上白玉墀

頻年事筆札三館隨書傭日對紅棃樹秋清豔芙蓉霏微杏花春稠疊恩華濃親老八十餘及身還受封

一自乞歸養端居掩蓬扉孤負日月光抱影良亦微盟手捧賜書焚香薰賜衣　丹宸儼咫尺北望空神飛

哀哀復何言慨慨徒掩涕臣有戀闕心分無奔喪例足雲仍爛然雨雪正初霽　天子新即位重華協于帝

謁座主恭毅趙先生祠

白日亦照耀黷慘兩目眵沉痛迫中腸哀哉涕漣洏一哭我　先帝再哭吾先師先師遇　先帝丹誠光赤墀內外盡敭歷終始靡委蛇亭亭陟崔嵬蹇蹇凌巘巇愈辣薑桂性獨秀松柏姿蓋棺論始定萬口同一辭賜謚曰恭毅確實莫可移詔也辱門下十三載於茲師嚴道固尊百尺高桐枝匪材自捐棄侍立無多時學殖日云落循墻竟何之筋骨苦柔脆瑟縮居茅茨師恩蔑以報徒有血淚滋佇望蘭陵城煙樹何迷離維舟白雲渡渺焉起遐思三載抱心喪一謁先生祠

過同年徐正峰丹陽署中

停橈雪初霽一望郊原新分明漢陽樹掩映雲陽春昨歲傷熯乾原隰茲昀昀因之念良牧惠政方澤民伊余家五湖相思渺江濵同譜幾弟兄誰記蓬蒿人與世既違闊行歌多苦辛願聆鳴琴奏巴歈聊復陳

次韻鑾江阻雪二首

小住鑾江上多因魏景州謂魏公君弼哀吟黃竹賦苦對白沙洲世路嗟泥淖煙波託夢遊孤舟誰獨釣老我一羊裘

漫漫天又暮燈火隔揚州未得江梅信空憐杜若洲身

猶牽去住性本澹交遊惟籍東風力吹來暖敝裘

雪中舟次邗江趙司馬淵如館余三元宮作

卒卒竟何之栖栖借一枝因思趙司馬不減鄭當時有甑生塵久無貂貰酒遲竹西歌吹地肯作苦寒詩

泰和還京遣使以書告別詩以送之

怱怱馳寸楮令我一辛酸望爾登程易從兹會面難開帆逢雪霽上馬及春寒獨作邗江客珊瑚剩釣竿

自三元宮移寓李氏園酒後述懷因簡同年程午橋

雪盡園亭淨如沐獨夜細斟杯底綠爛醉狂吟百感生

結轖憑誰語心曲鷦鷯無定栖巢林豈擇木鼴鼠恒苦飢飲河求滿腹廣陵城邊來信宿風觸濤聲怒猶畜塵世波瀾多反覆爾我安閒死亦足文章千古寸心知撫膺還共唐衢哭是夜唐赤子過訪

二月四日唐次衣前輩暨令弟敷時程友聲午橋王植初崑田吳次侯置酒李氏園適沈厚餘唐赤子陸圃玉汪鳴韶偕過因用放翁醉中感懷韻二首

城東別墅盡知名挈伴携尊自舊城地擁江淮餘壯氣客兼吳楚半狂生樹籠暝色呼燈上堂帶春星逗月明料峭薄寒風細膩卷簾誰按玉簫聲

慶曆詩傳六一名只今人共說新城爲逢舊雨當筵笑能使春風滿座生抱景自甘成濩落懷才端合侍承明治安有策憑誰上此日無煩太息聲時次衣將還朝

花朝雨後與沈厚餘唐赤子劉恒叔招集廣陵諸名流於李氏園以少陵東閣官梅動詩興一詩分韻得客字

颼颼安所適人生盡如客嘉會不易逢良辰豈虛擲駘蕩及春陽怡衍乘雨隙物序百花生江干老梅坼小園市方池疎影浮淺碧伊余此栖止招要盛裠屐庶幾文

字飲風流緬疇昔新城舊司李醻倡盡詞伯遥遥廣陵散騷壇久寥寂接席姑命觴相期永今夕去住復何心飛鴻了無跡

邵文漪吹簫按曲圖

一幅春風按曲圖玉簫吹夢落江湖掀髯笑問人還識山抹微雲女壻無文漪爲梁汾先生壻

遇汪宸玉追悼亡友顧葹渚

四十年前翰墨場逢君追溯事微茫誰夸謝朓驚人句凝絕風情顧六郎余十五六時葹湄邀宸玉同賦九日詩不至來札云他日願假九龍山爲落雁峰誦謝朓驚人句耳

贈項書存二絶句

澹蕩春風駐客舟鑾江過去又邗溝此間小有煙波隔人在亭亭百尺樓樓名百尺其藏書處也

水注山經讀偏時近以二書善本見遺情餘縞紵識君遲朝來一見傾心甚豈直逢人說項斯

題華亭曹十經濯錦詞後

散盡黃金剩一編錦江春色濯逾鮮世間無此塡詞手半似堯章半玉田

瓊花臺

瓊花瓊花可復生一臺空擅瓊花名七香車斷玉人杳

攀枝弄雪無餘情我來問花花何處無雙亭對冬青樹品花無復歐陽子寂寞長甘抱香死

登平山堂

憑高縱目亂氛埃一氣絪縕望不開好借天風吹霧散頓教山色過江來蜀岡縣亘空陳迹隋苑荒蕪化劫灰可歎歐蘇今不作狂吟還喜沈郎才厚餘忽至

次午橋韻留別同人二首

疎梅小傍曲池隈嫁與東風不用媒何意多情携酒至此遊堪笑為花來繁華自昔稱吳會騷雅於今借楚材謂唐赤子一抹廣陵春未半不知懷抱向誰開

放浪山厓共水隈蹇修誰復肯為媒揚州有路花迷去杜牧無端夢覺來二月韶華新柳色十年淪落老樗材小園那許關春住一夕江帆趁蚤開

送徐晉臣之秦中

與子別十年執手皆凄然須臾又分手送子之秦川秦川何歷歷流水聲嗚咽獨取鳴琴彈關山正寥寂寥寂竟安之朱門談讌時大功出儒者身統十萬師為師安以靖笳鼓亦無競中有鳴琴客泠泠清可聽

見楊稷孫有感同年匯南子也

嗟爾未成名煢煢兩弟兄浮沉隨世態生死見交情苦

為憐烏哺清還叶鳳聲莫教門緒冷家本是蓬瀛

訪梅花樓月溪上人即用汪東山前輩韻二首

相遇眞如水面萍漂流那復把光塵尋來竹徑逢初地認得梅花是化身頑石倩誰還說法澹香因此欲留人一簾風颭茶煙細兩鬢蕭蕭易感春

我生安得假青萍截斷迷途淨業塵一夕與君同面壁百年何事復關身當軒拜石稱知己隔座拈花索解人蕭瑟休吟秋影句秋影汪集名也韶光彈指在三春

書夏邗正秀才葭湄集後兼示令甥金次山象巖

韶年蚤已擅才華彩筆江淹夢裏花正值春風豔桃李
豈宜秋水冷蒹葭稍研詩律還應細小住湖田亦復佳
羨爾有甥能似舅一般韞玉白無瑕

次韻程汝諧過飲寓樓之作

五噫不作孰求鴻栖託猶然廡下同有客尋來泥巷底
隨時乞過板橋東君年差長頭還黑我酒無多頰又紅
最喜論詩元白後肯教風格祖涪翁時述初白先生語故云

汝諧邀余過齊門吳氏看牡丹而是日已有陸
茭庭明瑟園之約再用前韻奉簡

幾番消息遞鱗鴻兩兩嘉招柰日同意爲看花牽去住
身如飄絮任西東沉冥兩壓三春豔明瑟晴開一捻紅
豈謂酒徒零落盡傷心却少我逋翁謂俠君

五月三日澹香樓小集二首

老便逢山住閒因愛客來澹香欣雅集清響逼琴臺王珣琴臺見虎邱志
隔院誰橫笛凌風恍落梅江城寒欲雨爲勸石
榴杯
爛醉成何事狂吟亦自豪祇緣憑閣敞頗覺置身高社
始聯吳會辭還續楚騷涉江空有賦海氣湧波濤

短簿祠

莫笑區區短簿名風流超絕晉公卿參謀豈必私桓氏
入幕多因陋郄生半厂陰連林木暗一龕火借佛燈明
僧彌相望西山下共聽雞豚社鼓聲王珉祠在虎邱之西

蓉江競渡曲

我家芙蓉湖芙蓉競渡無年無笑我今却來姑蘇姑蘇
城外胥江口浪翻犀甲風濤吼忽見鴛鴦飛一雙繡旗
閃爍芙蓉江芙蓉江頭乃如許比似蓉湖我無取吳興
才人笑相語謂厚餘招我同看水嬉去

五月十四日過汝諧栖鳳草堂因同泛月雞陂
分韻得一字

移舟爲訪幽人室繫纜柴門看落日雨過黃梅舶䑠風
入夜何由洗蒸鬱岈曲逶迤放舟去小有陂塘樹蒙密
水粼粼波汩汩我欲凌風呼月出素娥亦復解人意一
瀉銀濤白如雪是時蕩槳正中流望古蒼茫心悅惚麋
鹿姑蘇渺何處鴨城豬巷俱蕪沒相傳此即舊雞陂雞
鳴膈膊聲斷絕吳姬不解報朝盈用高青邱句從古風人戒
淫佚與君對此夜如何夜半哦詩涼沁骨詩未成吟泛
舟畢敏捷終輸君第一

厚餘比蒙　恩名因率令子兩孝廉赴試南宮
人皆豔稱之而余獨黯然於中得詩四首

豈負雲山約翻然賦北征相攜兩才子可笑一狂生老

易牽家累貧難絕宦情乘風須直上長此住蓬瀛
十載安田野常年望 帝闕還朝新應命及第舊承恩
碧浪秋將冷青綾夢復温飛飛雙鳳羽五彩浴朝暾
行矣重綢繆願君還少留此時聊共語何處復同遊虎
阜登山屐雞陂泛月舟茫茫煙水外肯復一回頭
吁嗟從此別寥落任吾徒道暍蟬吟噪山空鶴怨孤乞
身耽水石隨意託樵蘇客子得無念秋風張翰鱸

中秋湖田寓舍作

虎邱今夜月無情把酒無勞喚月明怨入秋風聽不得
玉簫聲裡桔槔聲

汝諧以八月八日同汪西京遊虎邱飲水邊亭
子作垂示率和奉簡

貰酒山塘任醉醒笙歌寥寂画船停絕無兩意憐焦土
剩有秋光上水亭月到半規猶是澹霜凝兩鬢可還青
從今好共乘查去（西京時以乘查圖索題）屈指人間幾客星

過邱符封秀才木瀆新居

病顏猶是好別久喜翻生翡翠營巢定芙蓉入鏡明苦
心憐母節勉力在科名從此頻相訪香溪一櫂輕

由胥口放舟至東山留翠峰兩日與洞泉漪園
同用劉隨州龍門八首韻（存五）

瀆川無滴水胥口動微瀾風色凛秋序湖山增莫寒扁
舟自搖蕩兀坐推蓬看
七十二峰色白雲何處多自憐幽幽子涉此渺渺波指
點東山下夕陽人渡河
蕭條一山寺脫略逢山僧（傳芳）酌我以桂醑何煩索胡繩
半規纖月上閃閃明慧燈
清遊絕塵跡欵步來疎林我有同袍子（席貢珍同年）相思十
載深秋齋片時語各抱煙霞心
莫釐高可登縹緲遠還隔稍見山重翠邈焉波一白蕭
蕭落帽風孰是龍山客（是日重九）

同吳上舍允繩白沙曉發

攬盡東山勝朝來又一山欲尋黄葉寺小渡白沙灣水
淺涵秋碧峰多露曉鬟心知吳季重爲我駐衰顏

林屋洞

何人闢洞天使我入林屋彳亍仰而跂傴僂俯而伏有
意求神仙無緣化蝙蝠悔不秉燭來照取素書讀

西山泛舟

平生慕山水無此竟日遊始從東山來直抵西南頭一
灣足銷夏萬象方驚秋崖顛削龍骨窟底埋龍湫水落
石盡出險怪恣窮搜曳雲勞拄杖落日旋回舟稍見波

滉瀁忽訝風颼飀鱗鱗月動搖爲我開雙眸何哉鴟夸子苦與吳爲讐至今采菱曲婉轉揚吳謳

宿石公山房分得石字

秋風吹笠澤弭櫂安所適崒律聳奇峰玲瓏嵌危石一片明月坡四面渺虛白野衲喜相語山前笑迎客吳郎亟呼燈杜老强扶策再上斷山亭杳與塵世隔有酒且復傾狂歌永今夕

琴臺懷古

片石荒苔古松風吹鼓琴千秋亡國淚一曲美人心徑仄分香細歌沉倚醉深爲耽山水趣亦足號知音

九月十七夜程孝廉詒士學古齋分韻得雲字

人生落落相爲羣舊雨今雨何由分北郭詩老程隱君(汝諧)偕我步屧吟斜曛學古主人意飄蕩偃仰如寄空浮雲(齋有寄雲亭)小樊才調亦挺出漫誇秀句憐紅裙(時有繆敏中出示小樊集又聽其誦兩亡姬詩皆艷絶者)我因拍手恣狂笑爲歌主客交懽忻紉佩須教擘蘭茝堆盤奚必羅膮臐如澠之酒實快意月來樹杪人已醺褰衣帶月走相送湖田煙靄生絪緼欲別無勞各惆悵素心終是懷悁勤百里飛箋互酬唱興酣落筆時相聞

雨宿修竹廬同友清西園移山蒙泉以崔灝深

篁引幽翠句分韻得篁字

別此踰一稔重來撫修篁稍知寒雨積豈厭清宵長歡言布親串接座羅酒漿詩人多比鄰卓犖華與楊吳生既跌宕邵子尤踈狂伊余苦衰颯方寸不自量抱瘵倦欹枕燈花吹落牀披襟共長嘯意氣仍慨慷蕭蕭懍暮節眷眷懷春陽誰爲紫雲曲再覩紅粉妝(去年於此賦紫牡丹詩)展轉不成寐巴山話微茫明發願言別樂宴方未央

題楊邦式画枇杷小幅

枇杷如生鸜鴿飛鴿眼偷覷枝頭肥妙手寫生誰得似白陽山人其庶幾

楊雲山以姬人小影索題爲賦一絶句

檀郎多事乞題辭小幅春風絶世姿世上那來才子筆最難唐突是西施

修竹廬留別同人分得三字

知已無多只二三小窗吟對一書龕此來何意經旬住欲別還留竟夕談風剪綠筠依研北雨昏紅蠟夢郇南半樓歸去應相憶選句同將險韻拈

奉懷初白先生

鳳凰巢閣愁樊籠騏驥脫韁天閑空一竿掉頭臨海嶠繭絲拂斷珊瑚紅先生蚤通金閨籍曠懷絶世甘潛踪

東南文獻久彫喪竹垞已矣傷堯峰巋然獨立撐半壁只今海內稱宗工導源岷峨通井絡支派直接鬚蘇翁憶昔投詩詣門下時竊高論承下風倚聲漫托大晟府獻賦羞入蓬萊宮瀛洲亭子渺何許十年殘夢依稀中帝鄉遼絕忍回首蟣蝨何處攀髯龍蒼梧雲深九疑遠江湖衰淚揮難窮擬持寸管歌七德復愧瓦釜非金鏞先生一代屈宋手大雅繼作誰爭雄王風莫使委蔓草願言槖筆遙相從

雲川閣集　詩七

古近體一百五首 甲辰

無錫　杜　詔　紫綸

同楊三文叔登秀野學詩樓因示桐百

不見閭邱子登樓思渺然春風傷別後老淚落花前小圃翻新構殘書束舊編可憐江鮑體還籍汝流傳

奉簡黃崑圃先生四首 存二

當代論經術何人得似公掄才江上下開府浙西東花柳三春裏湖山四望中彼都胥作誦大雅足清風

蘇白風流在憐才更若何恩加寒士徧感到錫人多 吾邑陳震先吳粹躬輩前後數人並客先生邸第 自顧成牢落何曾廢嘯歌願言攜短櫂載酒一相過

投郃陽張慕齋先生 時督漕淮上

才須間世生道爲濟時出科名以人重極盛稱甲戌於時家宗伯 謂秀水叔 薦賢得其實濟濟數君子矯矯厲風節猗歟郃陽公名與高安埒 謂可亭木齋兩先生 早登玉堂仙特振蓬山筆位望日益尊官階歷非一始終抱精誠左右作良弼致　君媲堯舜受命同稷契駐節淮陰城旌麾耀朝日江海淨波濤倉箱充潁栗時或憂暵乾夙夜不遑逸上籌軍儲急下恤民力竭千艘利飛挽萬姓勞軫恤

詔也吳下士仁風久披拂通門忝後進勢分嗟闊絕朝來欸戟門夫豈事干謁爲言宗伯後一子苦單孑（謂怡谷弟）校書自紅梨牽絲到烏突（怡谷以修書議敘授臨縣宰臨於後周爲烏突）三年又量移十口那存活（自臨改調萬泉妻子並遣歸里）瘠土困徵收徵員望提挈惟公念舊深而我關情切策蹇方西行淮城姑少歇憲府何森嚴客途正蕭瑟欲進還趑趄欲言紛蘊結公勿陋蕪詞深心託毫末

淮上口占

莫向淮陰問釣臺千金亭下重徘徊不知漂母今誰是笑殺王孫乞食來

別澹遠堂主人周果齋暨孟揆季范諸兄弟

澹遠風期獨絕今交情於我故鄉深（自吾邑秦氏締交親故往來于茲五十年矣）一尊惜別花前酒狼籍春風感客心

黃家營

古驛清江莫黃沙滿撲天苦尋茆店歇愁聽雨聲眠客夢迷行道浮生順世緣關河西更北飄泊向誰邊

北沙河遇蔣八東委

執手驚相見匆匆片語眞問誰能得第似爾即完人（蔣以例即授官隨乞終養）客路傷心淚沙河撲面塵從今應共約終老五湖濱

五月一日雨宿兗城奉簡吳見山前輩

金門一別十度秋青綾夢斷成白頭索米長安旣無分驅車道路將安投石門先生還已否茫茫涉海曾同舟波濤蕩潏行且休揚舲獨往皆安流名表郎官重臺閣一麾出守才兼優二十三縣并四州悉歸統轄東郡侯香凝燕寢森畫戟神仙何必居瀛洲憶昔三山共淪謫塵世局促如羈囚我輩顛狂尚豪氣亦各自命非常儔何哉偃仰十年內永寧已矣（庠山）傷閭邱（俠君）稼東行出差可喜（學坡方應名入都）猿啼鶴怨空山愁抱景長依九峰住翻身忽作千里遊途窮豈作阮生泣計拙敢與吳郎謀河

東雒下孰爲勝（將由中州至山右）兗城風雨聊淹留黃茆野店苦淒冷時當五月披羊裘嘗言魯酒不可醉狂歌痛飲嗟何由直欲臨眺登南樓先生容我開雙眸

濮州五日

鄆城還北去却向鄄城過水故名雷澤人誰弔汨羅雨深蒲葉小香細棗花多爲憶蓉湖上青簾漾綠波

楊絅章招集喜雨堂三首（存一）

蕩陰風景亦清嘉撾鼓聲停蚤放衙喜雨及時方徧野望雲何日果還家生來傲骨元無恙著得閒身別有涯流水小橋邨落裏繞莊開徧芰荷花（絅章有荷花橋別業）

岳秀才公在爲鄂王二十世孫索詩賦贈

誰逆誰忠莫再論孤臣撑拄一乾坤空餘碧血千秋祀賸有青衫廿世孫湖上冢高新殿宇里中祠對舊家門滿江紅曲殘碑在一字眞成一淚痕

登演易臺

何來羑里城平原浩荒土側見林木杪屹崒一臺古獨抱懷古心憑虛極仰俯緬惟周西伯譜起崇侯虎天王自聖明憂患微言吐涉川固安吉履尾詎危苦世無解易者諸儒頗訓詁誰歟得其人彈琴恍然覩

過浣衣里

浣衣里里在相州蕩陰裏蕩陰之敗無足恥惠帝獨憐嵇紹死嵇紹死死猶生血濺御衣傷帝情請浣勿浣殊分明帝何不辨蝦蟇聲

黃坤五冠夏招飲留笏草堂因追悼叔佩同年

異鄉寥落絕交親何意招要客到門故相宅留簪笏在同年生有弟兄存樹分濃綠歸書幌雨送微涼上酒尊見說錦州花似錦一亭紅濕淚深痕坤五向官錦州教授堂有亭名紅濕

龔孝水爲余述謝山人茂秦與琵琶伎賈姬軼事感賦茂秦寓居鄴下趙康王賓禮之康王之曾孫穆王雅愛其詩有竹枝詞命所幸賈姬度而歌之後歸賈於謝謝載之遊燕趙間至大名卒姬率二子奉柩停大寺之旁每夜操琵琶一曲歌茂秦竹枝詞必慟絕而罷事見新安潘之恒亘史　按錢虞山列朝詩傳言之甚明而詩綜誤以穆王爲康王不知康王以嘉靖三十九年薨賈姬事乃在萬曆間也

大名城隅有大寺二百年來傳軼事賈姬下嫁謝山人一曲琵琶與終始山人能詩老才子趙王憐才何至此琵琶伎更解憐才皓齒蛾眉爲君死嗚呼我今遊大名依然大寺餘荒城城荒冷落人不見好談舊事唯龔生龔生與我亦俱老邂逅相逢數懷抱跳蕩詞場共潦倒按拍還歌竹枝好竹枝雖好歌不傳歌聲斷絕琵琶絃天生我輩苦迍邅青衫淚落無人憐

六月十七夜孝水齋坐月達旦

待月月不來露坐方銜杯銜杯呼月出娟娟白如雪一爲滌炎歊教人吹玉簫簫聲斷續吹未了一夜月明看到曉

大名懷古

茫茫沙麓一荒邱弔古無煩認六州自昔藩封雄魏郡只今廟祀重田侯北門有守終亡宋南渡何人欲帝劉金人立劉豫於大名稱齊帝爲問晚香亭子畔黃花老圃幾番秋

弔大名二烈有序

烈女徐生而明慧好讀內則列女傳諸書字邑子周官官死屢仰藥求死不得凡絕食者十有六日闔郡

驚傳顙孫通守造其家具牲酒以祭目瞑矣其父呼之復張目微笑事在康熙五十二年業奉　詔旌先是有烈婦鄭姓宋氏家本微日操刀尺事女紅夫國器死國器之同祖兄國璽豔其色欲强妻之迫於姑命知不免乃上下紉衣縝密懷中一女哺飽之抱以投井死井在大名城北祝鼈寺之旁與徐烈女墓咫尺相望雖兩人所處不同而其節烈則均爲　國典所宜旌者余約友人並訪求焉因爲詩弔之

城西迤邐北城邊幾簇人家繞郭田舉目可憐多閥閱低頭唯拜兩嬋娟生前有祭澆空腹死後無兒斬夙緣

一疏敢煩吳學士時吳七雲視學京畿香名齊向大名傳

七夕過孝水齋時余將西行兼以誌別

客邸其如七夕何爲君招我復來過當筵小小陳瓜果舉世紛紛衒綺羅分手那堪皆白髮驚心欲渡是黃河須知抱拙終身好用柳河東語誰向天孫乞巧多

方進士曉山與陸紫梁袁敬思攜酒寓齋即次曉山韻二首一存

滿天秋色角聲中玉露初零墜月宮但得嘯吟隨處好不知意氣爲誰雄陸郎唱徹移商調謂紫梁二烈詩傳變衛風大名本衛地莫道相思千里隔雙魚時託錦箋紅

再過絅章喜雨堂

襆被經旬住親朋四座圍不知身是客能使我如歸望到故鄉遠語來心事微可能堅後約共理釣魚磯

贈華子啓有序

子啓爲余婣友楊子淵之甥世家邑之東亭其六世祖學士鴻山故宅有棲霞樓爲邑中勝地其平居不入城市乃好遊歷四方余過之蕩陰楊絅章官舍性閒澹有神似子淵處所爲詩刻露清秀詠鶴二首尤矯然見出羣意致因贈之以詩

子不因人熱依人亦偶然神清全似舅句好亦如仙家

在棲霞住身應對鶴眠一亭秋月白夢落五湖烟

八月四日發蕩陰次宜溝驛却寄

秋風戒徂兩客行將遠適始發蕩水厓稍次宜溝驛王郎騎馬來慼子念行客晚飯具雞黍月明安枕席我懷本飄蕩狂歌對歎伯其如喜雨堂邈焉自茲夕

宜溝弔魏公子

公子矯奪晉鄙軍竊符宮中須美人將兵八萬功何神北救趙西却秦豈伊負魏懷不臣一旦翻然歸計决直使侯生愧毛薛

由獲嘉至武陟尋黃河故道黃河舊在獲嘉縣南六十里明天順

（中河自武陟徙入原武而縣界之流遂絕詳見胡東樵禹貢錐指）

河自孟津下出險就平土伊洛既交匯濟沁如夾輔崩湍暴東逕巨浸浩南賈（沁水至武陟縣東入河名南賈口）澶漫逼滎澤迤邐入原武黃流斷獲嘉莽蕩空潊浦淤澱疊泥邱沮洳漬沙鹵我來尋故道但望周原膴紆迴懷衛間寘滅焉可覩徒駭暨鬲津鈎盤并覆釜其跡總茫如其名空歷數往喆務窮經時賢莫泥古于欽著齊乘馬遷略周譜韓牧有至言妙用得叅伍何須播爲九但穿渠四五（牧謂畧於禹貢九河處穿之縱不能爲九但爲四五宜有益）興事固大難功成詎小補願志河渠書爲陳民力苦

武陟見嵇少司馬禮齋前輩因留宿幕中作

戟門方啓八騶鳴執手何期一笑迎心爲防河鬚鬢白官因報主雪霜清盤餐小有留人意祿養唯餘奉母情自顧飄蕭徒浪迹如君真不愧平生

劉邨四首

澹煙踈樹一邨中棗實離離柹蔕紅飛蓋晚歸朝復出爲防新築御堤工

朝來使者頗焦心風色塵霾日色陰多謝莫雲推月出故人相對一開襟

澹泊心情近若何一生齩斷菜根多中厨爲我盤兼味添得黃雞又白鵝

滿懷蕭索感綢繆此地還來幾夕留千里月明應記取劉家邨裏過中秋

途中口號五首

車前月將落車後日欲升辨色微有光車傍吹滅燈

朝來河陽城夕次孟津渡望望建春門北邙山下路

千里不裹糧客途問誰濟賢哉二千石（謂張月槎）餉我以斗米

解衣持贈我賴有嵇侍郎（禮齋）不然遠遊子何以蒙雪霜

傷哉新安道愁絕新安吏（謂王符躬）執手立縣門躊躇挽彫敝

洛中懷古

洛陽佳麗只虛名城市蕭條夾馬營宅在一中勞測影嵩呼萬歲渺傳聲老成安得唐裴相才子真憐漢賈生目覩治安休太息天津橋絕杜鵑鳴

寓目二首

一片塵沙涴客顏望中何處疊雲山兎壕過去乾壕上最好嵴陵峽石間

多少人家土窟中巢居穴處古時風門前蕎麥花如雪映帶林梢柹子紅

古函谷關漢高入秦閉關不納項羽即此也在今靈寶縣武帝元鼎三年徙關新安

爲項羽詐坑秦卒處

荒荒古函谷峽立土爲岡豈彼坑秦卒於兹納項王沙飛明有色日上泠無光便作雞鳴客何人是孟嘗

飲家舜夫閿鄉署中

卓絕閿鄉令吾宗孰與儔古稱唐杜氏今在蜀忠州宦豈科名重才眞吏治優東都張太守謂月槎爲道爾風流

潼關

黃河東北流太華中分斷潼關據重險憑高足衛捍傳聞自唐始見雍錄按左傳桃林之塞杜注今潼關也則知潼關非唐始建輿地紀要云建安十六年

曹操破馬超於潼關潼關之名始此突過秦與漢屯軍利堅守誰云貴速戰宋入完顏氏精兵聚還渙洎乎有明末一夫倡爲亂長驅竟直入關中苦糜爛督師傅庭歿盪寇廣恩叛明祚三百年潰決良可歎大運啓我　朝妖氛悉銷散民物累重熈星雲更復旦當關一臨眺紅霞起天半四烽靜以收六纛明以粲帥獨主韜鈐功豈等絳灌因溯唐以來用將在明斷秪任郭汾陽勿罪哥舒翰天險烏足恃道總歸廟筭

望太華

靈岳衆山長奇秀乃天出孰能窮其勝亘古不得一君不見少陵官華州曾不一到華山遊又不見昌黎遊華山曾無詩句留人間遠望崚嶒空自語焉得玉漿逢玉女玉井蓮花任采取雪藕如船絲斷縷我今山下漫經過三峰疊秀攢嵯峨巨靈著手爲摩抄天驚石破喚女媧旣無杜詩并韓筆便凌絕頂當如何

希夷先生墮驢處

先生心與白雲親高臥深山足養眞丹鳳九重飛詔下跨驢曾作墮驢人

郭汾陽故里

身繫安危三十年蕭條故里只空傳人生富貴都如此

何似飄然李謫仙

驪山

參差繡嶺亦嵯峨歷歷傳來往蹟多獨有阿房宮一賦不隨焦土共銷磨

温泉

可記華淸舊日恩淸泉也得暖香温一枝春雨棃花泠怕見闌干濕淚痕

秋林

秋林欲蕭瑟風起泬寥天飛鳥將安託依人正可憐老無逢世策窮乞買山錢落落還誇詡江湖一散仙

簡同館胡警齋四首

浪跡歸何處饑驅到此間好詩吟蜀道警齋向官蜀中有蜀道集佳氣望秦關地險屏藩重時 洵筦鑰閒秋風鈴閣上細與說家山

八載同書局多年别禁林才由精鍊出用以善藏深縝密籌邊計希微點易心治原經義内家學到於今

如君抱奇偉踔絕問誰能義却敦兄弟情兼重友朋醴泉歸灑脫謂汪韻三邵武去飛騰謂令弟玉臨 可念風塵外飄蕭老杜陵

馬爲嘶風老蟬因吸露寒有琴空欲碎無壁可求完舊好寧愁棄新詩任笑看莫教居不易秋草徧長安

雲川閣集　詩七　十一

過警齋讀易軒感賦四首

朔風吹客向西遊瑟瑟寒生欲暮秋顛頷感君憐短褐慇懃爲我製重裘剪燈方喜連宵話投轄還期百日留小整籃輿應歷徧慈恩寺裏曲江頭

一騎迎來便過從氍毹坐暖繡芙蓉金莖露浥黃花瀋玉匣香浮紫印濃地擁河山環四塞身當屏翰對雙峰爲言太液恩波大願報涓埃矢恪共

棼如几案亂於絲坐理從容只自知退食每當三鼓後談心多在百忙時微參易理歸无咎細讀儒書主近思

回首紅棃分校罷十年風雨夢差池

憶昔承 恩别草茆也思簪筆侍螭坳飄零不道如今日感激眞成託故交杜曲尋來閒步屧灞橋吟去冷鞭鞘誰云上下雲龍逐轉使昌黎拜孟郊

遇王觀察昜齋有感兼懷拙園先生四首

百感易紛紛關心愴見聞書生勞轉餉學士久從軍報主離丹陛思親阻白雲迢遥關塞外今日喜逢君

元老今無恙行年已八旬望高將去國 恩重未歸身兵氣全銷日天和大布春九霄雙鳳羽喜得侍昏晨昜齋將還京適聞拙園先生入關之信

雲川閣集　詩七　十二

自昔開東閣隨時到後堂春深滋雨露秋老肅風霜南國花如綺西田草亦香與君應共把心事語王楊謂雲岡文叔

爲問君還記東園一會無埒名皆得第結綬幾當塗零落餘今日蕭閒剩故吾一尊重話舊且莫感黃壚京師東園之會凡十人是時昜齋與唐薊門一二人外皆以諸生試京兆後並擢甲科十年來升沉不一其偃蹇故莫如余而申惠吉楊匯南乘萬則相繼淪謝久矣

登慈恩寺塔

不見曲江亭還尋曲江口一塔古慈恩崢嶸出培塿拾級梯欲上凭欄思良久緬維唐故事題名竟何有一二

能詩人至今名不朽岑參並高薛無過杜陵叟吁嗟百憂中寂寞千載後亦復踞高標狂歌孰爲偶叫起蒼梧雲傷心獨回首

謁少陵先生祠

百年轗軻老布衣千秋風雅爲人師殘膏剩馥盡沾丐何人一謁先生祠我來杜陵尋杜曲蕭瑟秋風破茆屋樹老紅黃紛滿目半晌低徊四遐矚身是先生幾葉孫少時盥體窺西崑迄今垂老茫無門時還讀書秋樹根

九日行爲婁山劉德園賦

九月九日秦中遊樊川杜曲恣冥搜自憐落拓無與儔

忽然邂逅婁山劉劉郎少壯負精銳老氣亦復橫九州風塵鹿鹿眇公等相與拍手登牛頭提壺韋曲日卓午晚過香積空潭秋毒龍狂象安足制唯望雲氣終南浮此中佳處問安在雖有捷徑終夷猶沙際輕車濡水渡林間細火張郇留纖纖新月仍如鉤照人攜手同登樓且插黃花笑開口滿斟桑落消煩憂夜分就寢尚餘興明日還尋丈八溝

望終南雲氣

終南只一氣可望不可攀豈知山出雲却認雲爲山如有忽如無結構緜邈間來以無心出去以無心還時去時來無停態曉起絪縕晝靉靆亭亭最好夕陽時無限額黃濃翠黛

與德園別後奉懷二絶句

樂在新知似爾稀雖然小別也依依秋風蕭颯南塘路立馬斜陽送客歸

坐對南山一卷簾莫教孤寂旅愁添風懷好語高公子（薑田）共訪詩人李孝廉（秦川）

讀劉東郊九邊詩却寄

封侯自分生無緣亦思躍馬踏九邊眷眷從何識邊境誦君皐蘭詩九篇（集名皐蘭）君豈先我快著鞭如凌絶徼層

崖巔四顧延袤萬餘里東訖遼海西酒泉有明設險幾雄鎭瞭如聚米爲山川勤兵開邊輒啓釁選將守邊須得賢請降何妨納俺答入寇何患來也先偉哉我　朝大一統茫茫八荒首奉天地擁神京比豐鎬勢趨朔漠憑幽燕錦州江水鴨頭綠屈注渤澥波澄鮮鯨鯢氛沴亦間作一朝盪滌何有焉按甲春風清敕勒迴戈夜月明于闐吉甫來歸稱燕喜奚止薄伐誇周宣與君還同歌凱旋只今九邊方晏然

讀易軒翫月

四面窗虛繞碧闌玻璃屏浸水晶盤可知夜淺輪方滿

便到秋深色不寒斷續角聲隨雁度蕭疎樹影耐人看
誰家兒女遥相憶霧濕雲鬟淚照乾

張觀察愚亭枉過却贈

旅舍蕭寒辱見存風流張緒笑言温軍儲關内歸天府
才子江南出相門共指鄉園連百里（近家常郡）還因世講托
諸昆秋清見說官衙静早辦黄花酒一尊

警齋招同出郊是日文武諸大僚閱兵郊外

出郊我亦漫追從七校分開甲胄重秋氣廓清銷戰壘
日華浮動耀軍容獨騎欵段身無力少借光芒劍有鋒
偃仰十年中結轖賴君從此拓心胸

送高薑田三首

滿眼風塵客如君得幾人忍教分手易況復締交新世
胄兼英妙功名亦苦辛身行經萬里今日向 楓宸
歸覲少司寇趨朝侍上公一麾將出守萬里罷從戎年
富才尤麗詩清氣更雄爲予傷老大惜别意忽忽
予故還留此知君來不來長吟過杜曲獨立望燕臺雪
月誰同賞劉郎是逸才（謂劉德園郎朗亭）香清浮指上尺幅老
江梅（時以尊公指頭畫墨梅見貽）

十月一日雪

天風何獵獵吹雪滿長安豈藉松醪暖（用崔希真十月一日雪中遇老
父獻松花酒事）方消客夢寒嶺梅花發易邊草緑生難却喜秦
關内雰雰落便乾

警齋同遊南郊

南郊青門外曠然天宇空雪霽小春時春陽詡浮動平
疇抽緑細麥苗秋早種君故喜循行招攜屢邀共並轡
緩游韁揚鞭疾飛鞚即景情自怡憑高目還縱歸然兩
雁塔周覽盡西雍古寺問興善僧寮寂禪誦負暄相對
語往昔春明夢遲遲薄言歸踈林夕陽送

女兒香

黄絹曾繙幼婦辭香匳半入女郎詩而今老矣都銷却
何有濃熏到牧之

自題寓齋因示秦川德園諸同志

身爲居閒位置尊長安市亦似山邨終朝獨自攤書坐
不是詩人不到門

詠讀易軒後小丁香樹

樹小尚含緑垂垂近綺寮枝應憐體弱色不爲寒彫豆
蔻春安在芙蓉暖亦銷與誰同入画最好雪中蕉

警齋以石榴木瓜見貽各賦一首

貺我意何長安榴試擘將分明紅豆顆珍重紫羅囊賦
就追潘岳詩還記韋莊一般珠錯落客裏笑空房

色香俱欲絶桃李不同時品以宣城貴名從爾雅知感
深投我意媿甚報瓊詩敢乞徐崇嗣還來画折枝（徐崇嗣有折枝木瓜圖見宣和画譜）

喜鄭四原褒至因懷聖俞泰和

我與君兄弟交情故不同相逢何意外共客此關中落
第身安著懷鄉信或通雲山多隔斷冀北又江東

李泰川贈余五言長篇未及和先以一律報之

瓦缶鳴廿載（泰川向以瓦缶名集）調高安可攀風承魏晉後味在
儲王間才絶金閨彥途窮飯顆山齊名吾未敢蕭颯況
衰顏

拜董子墓

何以漢西京文章獨著名雄才如武帝雅意重儒生時
歎六經絶道緣三策明只今來墓下嘶馬亦無聲（墓名下馬陵即俗所謂蝦蟇陵也）

警齋同李天濤張愚亭二觀察見訪

陋巷絶車塵唯君枉駕頻更偕鸞鳳侶共訪薜蘿人喜
屆千秋節（時祝萬壽）寒消十月春蓬萊雲五色夢想一番
新

得同年劉蔚崗手書

我亦頗依劉秦關苦逗遛十年思契闊一札見綢繆猶
是弟兄好其如風雪愁彈冠雖自喜老矣復何求

答郎朗亭

譚詩吁可怪四座且無喧古說唐才子今逢郎士元薄
遊先贈句（有送余遊終南山詩）靜對竟忘言獨自掀髯笑從軍久
塞垣

楊秀波見過

十載喜相見中心話得無先師吾報薄後嗣爾生孤門
户今全冷田園早半蕪蕭蕭風木裏愁聽夜啼烏

送董生玉山還成都兼懷薛簡州省齋二首

我為董生勉青雲早致身半明滄海月獨占錦江春（生歷試皆第一以拔貢生中癸卯乙榜）客既離家久歸應卜宅新（時方作買莊計）相

看愁欲別惆悵更懷人

迢迢書一紙我意欲何求只為憐才子終須望簡州（生出簡州之門）浣花新水上折柳舊橋頭（唐簡州刺史雍陶有題折柳橋詩）可奈
秦關客相思道阻修

次韻警齋灞陵道中

五陵佳氣正濛濛潼水西邊灞水東金勒乍迴風倍暖
牙旗高捲日初紅輭輪宛轉行何穩繡嶺參差望不窮
從此相期遊汗漫華清先問舊離宮

登驪山絶頂再用前韻

谽谺一徑入迷濛繡嶺分開西復東雪色尚餘松葉翠
香塵望斷荔支紅尋來浩劫灰難滅唱到開元曲易窮
說與山僧還記否幾番荆棘古遺宮

新豐行

昨宿新豐城臨潼即秦新豐今來新豐里里社罷枌榆喧闐尚
成市市上行人行不絕車騎煌煌戟森列御史青驄止
呵喝有客車中吟對雪披裘獨自聳吟肩豈是詩人孟
浩然老去何當還作客懷古思鄉頭雪白古來隆準眞
英雄千秋魂魄思沛中良弓既藏高鳥盡依然雞犬家
鄉風只今憑弔心忡忡十千斗酒沽新豐

望華山積雪

安得玲瓏似此山淺深一白疊嶙屼花開六出青蓮吐
秀矗三峰玉女寒拄杖有時遙望好通天何路速登難
同雲散盡雲臺上我欲乘風駕彩鸞

青牛老樹歌

人之所患以有身有身安得千年春世間萬物盡如此
樹老蟠根胡不死屹然孤榦孑然立柿去萌芽斬枝葉
歷盡滄桑悲浩劫函關紫氣青牛泣嗚呼玄元皇帝多
子孫珊瑚寶玦今安存

潼關道中二絕句

山色微茫入望遙雪凝寒翠不曾銷佳遊直待春風到
楊柳何時緑灞橋

雲擁關門鐵騎重幅巾野服獨扶筇此身只合終南隱
怕上崔嵬太華峰

潼關夜話

天寒冒雪來潼關終朝對雪人蕭閒入夜圍爐笑相語
廿年回首蓬萊山我自蓬山落塵土君別蓬山到開府
塵世飛沉一仰俯繾綣還憐舊同譜可把中情為君數
侘傺無聊亦良苦縱衣金貂食玉盤須知飽暖終酸寒
青鞵布韈合歸去山泉一勺供朝餐

警齋訂余同赴蘭州余以老嬾不獲從賦此志
別

青門移節向金城千里間關半月程便欲從行終有別
忽教分手豈無情君方整頓河西郡我自蕭閒世外名
何日九龍山脚下風流二老話前盟用警齋序中語

與鞏昌太守王會山敷水話別

依然舊好締交新把酒匆匆各愴神與子並為窮進士
嗟余空作苦吟人之官且莫思歸楚去客多因怕入秦
潼水相逢敷水別雪山遙望隴頭春

咸陽送別

朝向咸陽行暮向咸陽別咸陽渭水濱天寒水聲咽別情類如水凍合層冰結東風力能解濛濛天又雪征驂方引邁滯客動騷屑立馬咸陽橋低頭望旌節

咸陽懷古

白雪方浩浩白日復杲杲弔古上畢原何從問周鎬東望有諸陵朔風無寸艸美人與鐘鼓寂寞咸陽道楚火不再然秦灰更誰埽千載悲陳陶傷哉杜陵老

再題湘帆圖四絶句

萬頃波濤一葉輕任他漂泊是餘生布衣終老眞名士浮世人多浪得名（余向贈湘帆詩海内眞名士江南老布衣）

廿年風雨夢瀟湘欲往從之路淼茫與爾側身南望好捎帆安穩是江鄉

燕遊何苦復秦遊客裏相看共白頭春水方生當速去月明同泛五湖舟

王翰相期共卜鄰（謂虛舟）九龍山下蠡湖濱漫天紅雨波煙緑幾箇扁舟画裏人

雲川閣集　詩七

雲川閣集　詩八

古近體六十首（乙巳）

無錫　杜　詔　紫綸

元日喜晴因貽同志

三冬凜風雪于焉姑滯留雖云抱曠懷無以攄隱憂一朝霽色開萬里陰霾收中庭起延佇暖雲相與浮林鳥亦變聲窈窕鳴樹頭眷念故園春歸軫良自由神飛鄠杜間且作南山遊蒼岑萬仞峰黑水百丈湫造物不我靳使我窮其幽爲語素心人舍此夫何求

爲三原令劉文少題征西輓運圖

池陽仙令蜀才子劉郎自昔知名士棄繻投筆志封侯

短衣匹馬何風流燕頷不須飛食肉猶是書生眞面目萬里長驅勞轉粟側帽籠鞭雙鬢緑天寒日暮沙塵黄誰家翠袖紅粉妝凭肩笑語認劉郎豈有流水桃花香（圖中有二女子佇立凝望）

酬毛用雨

不道重逢渭北時江東一别十年思杜郎已爲傷春老毛遂休教脫穎遲喜展緑牋勞贈句嬾拈紅豆悔填詞曉珠圓轉歌聲咽（用雨著有曉珠詞）忍對東風唱柳枝

與楊秀波暨令叔楝邨孝廉酒後述懷

朝朝酩酊醉池陽每到談心入夜長世好無如君叔姪客途何異我家鄉不關別緒腸千結直爲師恩淚萬行老去休誇詞賦手滿懷羞澀是空囊

遲張孝廉子山不至兼示棟邨秀波

此地蕭條翰墨塲風流巖得一張郎亦知愛我常爲伴其奈思家竟入鄉幾夕燈花歡共語漫天雪意渺相望判教爛醉池陽酒已是悤悤餞別觴

元夕王梅冶前輩招飲池陽試院辱贈四詩依韻奉酬

爲問今何夕賓朋燕語中身非蓮幕客堂愛穀詒風 向有穀詒堂賜額 坐暖杯浮緑吟深蠟照紅一牋親手贈不用著鄞筒

念君先學士剩我老門人瘦句如窮島寒裘欲敝秦再來連綺席還許踏花茵豈逐魚龍戲滄波脫釣綸

狂遊幾一載意在有無間燈月逢茲會煙雲憶故山慇留客住草草別君還自分蓬蒿子蛾着孰舊班

多情能念舊握手喜相迎隱豈陶徵士窮眞阮步兵滿懷傷別緒屈指數歸程莫謂黃金少淳于笑絶纓

再用前韻呈梅冶兼示毛用雨徐司民

此身原世外何意滯關中雅度知王儉清言得晉風兩朝宮錦麗六載帳紗紅嗟我何蕭瑟新詩却滿筒

欲往南山去山靈解笑人問誰能逐客從此不留秦草履尋幽谷桃花入錦茵是中佳處在車馬任紛綸

飄泊將焉往淹留尚此間新春過渭水舊雨話巴山毛子江東別徐生漢口還相於多野客那復問鵷班

廿載春明夢春風一送迎弈還誇勝局 司民善弈 酒却愧殘兵轉眼人千里揚帆水一程山泉清可掬何用濯塵纓

渡涇渭

朝渡渭夕渡涇涇以渭濁渭故清從來涇渭誠分明京兆陽陵涇入渭遂令渭清涇濁交溷勢合并涇水一石泥數斗鄭國渠前白渠後湜湜其沚渭何有縱謂澄泓亦含垢鳥鼠山來北又東迤邐直注船司空 漢地志船司空縣名水經云河水歷船司空與渭水會 巨靈贔屭誇奇功天吳顛倒河伯宮吁嗟乎河身強悍莫可測支流小大各有職清濁終須激揚力

馬嵬

馬嵬坡下一邱壟片石還書貴妃冢貴妃生日荔支香死後茫茫空恨長夜雨淋鈴聽不住不成端正相思樹 長安志云冢上有端正樹 相思相望金粟堆蒲城蕭颯悲風來 明皇泰陵在蒲城金粟山

遊終南

終南日在望巖巒高崒嵂昌黎賦南山靈異狀非一天空上濃綠修肴差髮鬅濯濯吐深秀韓句秀采不可掇伊余此佳遊時方孟春月曉風過茂陵夜雨宿盩厔入山始樓觀紫雲覆岑蔚訪古五柞宮馬融讀書室潭虛訶龍蟠石險驚虎蹯微窺玉女洞縹緲簫聲絕仙遊笑蘇髯蘇有仙遊潭五詩終愧乏韓筆

贈說經臺春風道人

一入終南山巍了平生願及聞道人語不禁喟然歎道本五千言衆妙一以貫出世或入世飛沉等閒翫今也

紫雲樓昔也白雲觀道人向居京師白雲觀中身常侍先皇時亦遊上苑還山禮祖庭說經古臺畔抱一暢元風星壇布璀璨談玄揖公侯銖裾自蕭散伊余厭世棼於世無少戀入山恐不深誓與塵緣斷道人喜我偕褰衣踏層磵稍憩呂公洞桃花水流濺爲洗冰雪容春風藹然見

渼陂

我亦遊渼陂渼陂竟何在萬頃失波濤琉璃光破碎通志元末游兵決水取魚水去而陂涸爲田水出宜春觀見水經注流入田家碓地名與渼陂並在鄠縣西離披散鳧藻鮮美雜鮭菜誰令禁采捕聊用資灌溉寥寥邨落中草堂空翠靄陂上有少陵空翠草堂亭臺久蕪没雲物餘賞愛安得好奇者泛舟攜我輩突入蒼茫裏適與雷雨會少壯奈老何狂歌託深慨

舊鄠令吳卉長留宿寓齋賦贈

甘亭舊仙令江海一詩翁句直追唐調聲還繼國風白頭賓主洽清韻祖孫同令孫善撫琴更欲留人住草堂煙雨中

遇同年左洛三

君來自輦下何以到關中共語多年別相思少信通祖風忠毅烈客况孝廉窮策馬還西去時往蘭州凌晨我向東

與德園蔔田灞橋話別

長安滿塵囂獨自談風騷何從問知已乃遇劉與高劉郎年甫過三十高子生年二十七我今六十與忘年直使交情比膠漆論交無幾五閱月秋賦黃花冬賦雪一燈吟對客窗寒楊柳春風灞橋別後會茫茫安可必灞水無聲語幽咽嗟我既南去高子又北行剩有一劉郎促刺難爲情他日相期在京口德園向家京口肯教留滯長安城

別華山

三過古華陰一識華山貌未及登其巔何由入其奧今且與之別別語向誰告峨峨五千仞卓立嶮而峭金城

踞全勢白帝擁尊號匝地蟠雲龍當關蹲虎豹氣故主
肅殺妖氛蕩然埽玉女粲明星光彩亦照燿如何遊仙
子鈎梯罕能到偃仰青柯坪焉能恣遊眺咄哉韓退之
投書成一笑

出關後有懷關中諸友十二絶句

自笑無端久客秦賣文誰惜長卿貧驪山夜雪聯吟後
謂警齋風雅何由索解人
回首茫茫百感生舊交眞見穀詒情謂梅冶蓮花幕下風
流客滿院春風唱渭城梅冶與幕中王是穌毛用雨並賦詩贈別
落拓無如一亾潭偕遊有約負終南湘帆有同遊之訂上書休

雲川閣集　詩八　六

更相標榜嬾漫過於七不堪
獨與劉郎遇最奇樊川杜曲少陵祠只今尺幅生綃裡
煙樹迷離九日詩余與德園於去秋九日相遇樊川少陵祠下德園因寫樊川圖而以余所
賦九日行書其上用志不忘云
高子才高妙賞音金徽却戀爨餘琴最憐離緒棼如繭
豈獨區區贈縞心用薑田札中語
相送何人肯出郊兩君而外竟寥寥德園薑田多情尚有嚴
公子仙客策馬居然到灞橋
淮草萋萋倚芷香謂王勗齋精華老去澹無光淮草精華紙貴時勗齋贈
行句浣花箋紙多零落珍重唯知有陸郎余每脫一藁耐可輒爲藏也

弁
望中冠蓋自軒軒齟齬何當復與言也有詩人兼吏隱
一爲鹽屋一三原謂呂環溪劉文少
大抵詩人骨相寒逢時無計入時難最憐窮到郎司馬
朗亭不在詩名在得官
共說從軍學負戈書生意氣盡消磨不知關隴行吟客
更向何人唱凱歌李泰川
小宋風流似玉温瞻萊中心如棘向誰門江南二月歸宜
早紅杏花多雨淚痕
歸到江鄉未落花鄒郎西去蹴塵沙原褒時隨張觀察將赴蘭州多

雲川閣集　詩八　七

年賓主相依好其奈迨迨苦憶家

與家怡谷相遇解州坐對中條山竟日因簡同
年劉蔚岡時劉督山西學政

驅車陟長坂迤邐來平陽舍弟令汾陰介山將在望去
茲兩日程眇爾百里疆中途此相遇攜手古解梁纏緜
語終日披寫傾中腸京華別九年蹭蹬行自傷憶昔同
袍子逢時各飛揚何人憐杜老使我懷劉郎　九重簡
命新三晉清風颺去冬辱惠書繾綣意亦將春時招我
至按部今何方汾陽方駐節欲往道阻長坐愛眄中條
行畏踰太行太行山嶮巇中條山蔚蒼王官谷幽邃小

隱宜深藏爲謝官遊人旦晚歸江鄉

再過王符躬新安署齋三首

不道一荒城能教雅化行士遵書院課農墾石田畊磵樹紛花氣巖溪夾市聲爲君吟杜句撫養甚分明句用少陵新安吏詩

官衙清似水一飯也還留略及秦關事深談杜曲遊洛中新治譜白下老名流画出山莊好清凉入夢不時以清凉山莊圖見示

共是江南客憐君鬢亦斑烏衣仍巷陌青要豈家山青要山在新安縣西北二十里樹小鸞棲穩雲輕鶴夢閒乞題三逸句飛

到九峰間余有九峰三逸圖索題

簡張太守月查

千里孤吟倏往回紛紛車騎雜喧豗關中無地能容客雒下何人解愛才秋水一泓君獨照去秋辱惠和詩春風二月我重來相思相望花如錦歸到江南已落梅

河陽花朝

一生多事爲花忙幾度看花事渺茫曾憶秋風過韋曲恰教今日在河陽無船可買吳山遠是日玉山人買百花船遊虎阜事見楊鐵厓詩有井誰澆孟邑荒故河陽城內有潘令澆花井指點浮橋愁欲度不堪狼籍是春光

再過禮齋前輩督河使院二首

信宿重來已隔年風光非復舊河邊水歸故道風濤息天與新恩雨露鮮雲構落成依郗下院中構屋七楹爲奉養太夫人處綵輿迎養到花前人生忠孝談何易今日如君得兩全

皇皇何止惜分陰捧日還兼愛日深稍盡晨昏將母意庶顯夙夜報君心精誠獨抱能終始偉績誰誇耀古今老友相逢同一笑春風吹暖到寒林

彭西山濯足萬里流圖

西山爽氣直逼人卅年奔走勞風塵風塵勞苦已遊倦黃金不救相如貧至今蹭蹬故如昨猶喜磊落存吾眞

俗子紛紛苦齷齪似爾何曾肯失足青鞵布韈行彳亍脚底本無塵垢濯萬里滔滔總濁流便思濯足嗟何由何如歸向五湖頭滄浪一曲清吳謳

風沙行

二月十八之大梁大風忽起沙飛揚翁匌長川淤滎澤沉霾市地摶滎陽鎮壓朱仙山黑洋漫天翻動河流黃淮陰壅水詎滿囊道濟唱籌莫可量征夫迷路殊徬徨放聲直欲呼彼蒼少焉微吐白日光稍見雲氣開芒碭兩儀五曜告吉祥風沙已矣休顛狂

城東行

大梁峨峨十二城策蹇獨向城東行城東東門路不平
滿懷礧磈呼侯嬴嬴一區區抱關吏鼓刀屠兒相與比
平生知略了無異何幸生逢魏無忌向風刎頸良有以
慷慨眞成報知已不然碌碌混塵市七十老翁埋沒死
當今豈少如嬴者裋褐蕭然本疎野輸心難與世俗諧
出口易遭官長罵高足從何據要津信陵門下羅衆賓
三千食客無一人誰復行歌悲隱淪

吹臺今名禹王臺

梁孝王安在千秋空吹臺汴京殊寂寞禹廟獨崔嵬妙
響於今絕孤懷到此開兔園餘冊子誰復認鄒枚

五賢祠祠在吹臺下本名三賢祀唐李杜高適益以明李夢陽何景明爲五賢

祠以三賢著云胡號五賢論交酒壚畔懷古吹臺邊杜遺懷詩憶與高李輩論交入酒壚又氣酣登吹臺懷古視平蕪大雅實鼎足高風孰比
肩李何千載下亦與並流傳

鳳陽弔徐中山

鳳凰山勢如鳳翔從龍豪儁出鳳陽元勳高閣屹然峙
將德獨數中山王功與開平等第一不好屠戮心慈祥
還朝便肯上符印單車垂橐何慨慷古來名將不勝數
驍雄自命多鴟張韓彭葅醢亦自取朝廷威福非無常
武寧終始唯斂藏功名永保扶高皇至今憑弔臨濠梁

長淮關東淮流長

臨淮旅店贈桐川朱匪莪暨令甥孔珵如

東歸喜過汴梁城取次郊原悵獨行花徑恰逢同路客
桐川非復異鄉情每投野店如鄰舍常共清吟是舅甥
休再著鞭先我去滿城燈火看風箏先是兩君至宿州云是夜州人放風箏最盛

過紅心驛示匪莪珵如

養花天氣半晴陰一抹煙痕淺復深莫笑春風吹白髮
漫尋古驛到紅心平巒小簇青螺髻疊巘遙橫碧玉簪
好景此間孤不得兩君許我夜聯吟

贈別匪莪珵如

一度聯吟一解鞍風懷眞似兩君難隔墻夜過黃羊酒酒出汾州猥辱見遺
攜手朝尋紫牡丹滁州大柳驛之慧月菴有木本紫牡丹相傳明洪武間所植少刻淩風催早渡暫時分袂及春寒扁舟他日如
相訪人在芙蓉舊釣灘

三月三日自鑾江晚次邗江有懷程午橋同年

久厭驅馳客路遙征衫脫去上吳船茱萸灣見初三月
楊柳風移廿四橋爲憶篠園人澹蕩可宜花雨夢飄蕭
蓬門好共闌春住莫放春心悵寂寥

呈何坦園前輩

云何一見便心傾前輩風流重老成職在司鹺新　簡
命身宜視草舊書生不緣浪跡嗤山野早爲投詩認姓
名日落津亭勞枉駕可能同聽晩潮聲

和石林八詠 有序

石林介錫慧兩山間余友天公妙復居之道士洞泉
爲取放翁一飯何曽不對山句顔其閣曰飯山閣以
外有亭有池餘隙地數弓竹木蕭疎皆小小布置無
甚洞壑巖巒勝槩不足道也比賦石林八詠貺余屬
和余方歸自秦中終華之遊旣力不能窮其勝行將
偕天公往遊匡廬聞之晉遠公東林當廬山之麓香

爐九十九峰縈帶左右所居影堂規制廣袤水石深
怪其足供詩人題詠何可勝紀夫以天公詩格雋永
超詣從此遊屐所之必有拔地倚天之作於區區石
林乎何有然少陵云已公茅屋下可以賦新詩其石
林之謂與余自假歸後縮瑟蓬居冀一二年間麤了
生平遊興即招洞泉與公偕隱石林以終老焉二三
老友更唱迭和當自茲八詠始矣

山閣

錫嶺近可即慧峰高可攀山人味道腴有閣名飯山空
翠向誰落白雲招我還如何半樓上相望緬邈間

竹池

何以滌煩燠一池清可掬池中淺淺流池上倏倏竹影
碎細生漪潭虛紛颺綠唯當清淨觀妙境此焉足

梧軒

疎欞敞古軒翠葉森高梧日色亦澹薄停陰當座隅悠
然足爽塏嘿爾宜跏趺會聽疎雨滴欣茲炎暑徂

石臺

山空人自幽心曠徑非窄結搆無層臺憑臨惟片石蘚
蒙羣木翳稍見一峰碧即此恣遊眺振衣聊自適

雪洞

小闢洞空明一規圓以潔宛如山月墮空際滿飛雪兀
坐眄深沉疎襟生冷洌精瑩玉毫光永使幻塵滅

荷亭

水容動頫澹瀲灩亦生波卷幔入清鏡繞亭浮綠荷塗
塗涼露溢冉冉香風過豈是青蓮界明妝豔綺羅

柳渚

方池薄淺渚細水激激瀏交映藕花紅毿毿綠垂柳冥
濛煙雨中蕭瑟秋風後莫問絮沾泥春心澹何有

蘿垣

繚垣久不治紛紛覆薜蘿豈知引蔓長但覺垂陰多剪

伐固弗及蒙龍其柰何期君共風雨常此山之阿

雲川閣集　詩八

雲川閣集　詩九

古近體六十四首 丙午

無錫　杜　詔　紫綸

菜畦二首爲學使俞潁園先生賦

富者饜粱肉貧者飫藿藜渠渠使院中乃見菜一畦菜牙長春雨菜甲坼春泥采采動盈把筐筥手提攜厥味故澹薄和之鹽與虀即同五鼎食貧富亦等齊

舍此菜畦去清風徧江汜始知菜根味天然澹無滓誰歟掩嘉蔬苦苣及馬莔伊余九峰下終老蓬蒿士一爲誦菁莪再爲賦桃李桃李灼其華紛敷色可喜

賦謝汪松蘿惠龍尾硯

老不中書悔已遲硯田荒到十分時感君嘉惠眞龍尾笑我深慚舊鳳池墨漬澹煙浮玉匣花分香露濕紅絲石能言否金聲出莫放蘇髯獨賦詩（東坡龍尾硯歌君看龍尾豈石材玉德金聲寓於石）

訪同館吳懷柔昜初

與君交不淺執手語來深十四年前別三千里外心官書朝共校旅館夜聯吟自向紅螺去相思直到今

瓶山道院作

春意特慘澹客心添寂寥狂風如作雪細雨更連宵社

鼓聲將盡梅花信尚遙柳州亭子畔文酒孰招要

喜晤借山長老

佛子兼才子常年夢見之蓮灣欣對語（往移書局至蓮花灣去借公所居慈忠寺數武）花雨乞題詞見爾尚清興憐予多白髭還期共商確別後十年詩

洪月航以詩見懷并索乙酉　名試同年錄有感

可能無淚濕吟箋故篋搜求剩一編自昔　恩華真異數只今寥落幾同年窮居老我何堪惜宦況如君亦可憐相望隔江惆悵絕冥濛春樹暮雲天

楊淩洲招同王宓草華衡南秦耕青樹澧過莫愁湖梁氏園亭各賦五言二首

招攜來郭外取次到湖頭即事方多感何心問莫愁門當千嶂疊水抱一亭幽淼淼波煙闊無從喚渡舟

竚立亦良久狂吟意若何便邀高士賦（謂宓草）安得美人歌客共扶笻去時還盪槳過牡丹零落後小雨看新荷

三宿巖（相傳宋虞忠肅允文犒師立功采石嘗泊舟於此因以得名旁爲靜海寺）

巖高突兀勢崢嶸片石何由遂得名三宿傳來虞學士孤軍出自宋書生此行不道能摧敵若輩無勞復論兵爲望玲瓏嵌空處山風吹裂海濤聲

端陽後一日車平岳前輩招遊秦淮因誦家荼邨秦淮燈船鼓歌感賦

龍船已罷弔汨羅夜來說有燈船過平岳先生招我去一聽撾鼓秦淮河秦淮鼓吹今已失令人感慨何其多我家荼邨舊遺老乃有秦淮燈船之鼓歌歌詞歷落備興替鏗鍧響激驚靈鼉神廟初年啓禎末事皆實錄非傳訛江陵相後炫文藻荆溪相後煩干戈燕子箋成阮司馬鼓聲煞尾傷如何連昌宮辭並長恨方之此曲猶偏頗庶幾杜老哀江頭足與對泣雙滂沱悠哉我生生太平但飲美酒心無佗水晶光燿酒顏酡倚船聽鼓聲

平和荼邨之歌可弗作惟有仰天拊缶高吟哦

雨後王紫予招同喬勉伯熊雲亭飲桃葉渡二首（存一）

我愛王公子相攜雨孝廉木蘭舟乍繫桃葉句重拈思嬾吟毫澀情濃酒味添夕陽煙柳外又見雨霏霺

雨中過曹尚衣南溪香草亭三首

果與塵境遠疎簾敞虛堂密蒙棟木翳零落桐花香六月得秋氣一亭延夕涼披襟坐來久主客形相忘

相見固云晚稔知君素抱八騶競和鳴萬卷恣幽討春眷懷美人離離賦香草方茲富春秋置酒燕朋好

堂上客盈座尊前花滿瓶芙蓉方出水獨立何亭亭昏霧散清鏡遠山來画屏沉吟欲歸去夜雨愁獨聽

登北極閣舊名觀象臺明置渾天儀測步於此

憑高曠觀處　宸翰耀乾坤閣有聖祖御書曠觀二字目盡南都勝心知北極尊六朝秋草沒十廟晚煙昏日落雞鳴埭還來叩寺門

雞鳴寺

雞鳴山下路古寺入荒叢往蹟傳蕭帝遺經說誌公碑殘根亦斷樹老腹皆空再上憑虛閣希微夕照紅

同尤閔傳王曾期二秀才再過莫愁湖至香海

居小憩二首

共向西城去微風小泛查可知遊子意最憶美人家綠滿浮蓮浦紅衰謝藕花一亭重徙倚涼到綠窗紗

清涼山在望望去渺無端虎踞關門險龍蟠海氣寒潭虛何灩瀲水細亦波瀾便著荷衣老生涯一釣竿

客居

客居蕭寂五侯家小有園亭亦復佳玉軸細繙紅雪句時讀故侯高夫人紅雪軒遺稾冰簾涼浸紫薇花堂空却笑名三友堂名三友筆禿誰誇賦八乂贏得錦囊收拾盡六朝狼籍舊繁華

同張大赤王曾期尤閔傳荊才深柳亭納涼

炎曦苦歊艴林木森莽蒼愛此一亭敞遇茲三伏涼願招煙霞友爲語冰雪膓四子適與偕瓜果聊相將毵毵濃柳綠閒閒澹槐黃煩襟庶蕭散日暮還持觴

沈碻士同王鶴書彭翰文過深柳亭

柳深亭亦深亭深罕人到沉沉晝欲陰昏昏夢初覺開簾納風清入座聞竹嘯碻士著有竹嘯軒詩此君來何自攜手偕二妙王郎固多才彭郎況年少塊然杜陵叟歡言語同調青谿社久墟誰理秦淮櫂

平岳以秦淮詩題扇見遺次韻二首

每到秦淮小泛時淩波愛煞柳絲絲百年無復青谿社一曲誰翻白練詞以此銷魂添客淚憑他拍手笑人癡酒旗歌板都零落分付閒愁盡入詩

幾多亭榭似當時垂老風光惜鬢絲喜對藕花新得句怕拈桃葉舊填詞南朝狎客憐江總世外仙翁讓史癡史山人忠卓犖不羈人謂之癡翁又謂之癡仙詳見金陵瑣事屈指秋風吹欲到那堪吟和扇頭詩

雨宿龍潭驛

古驛羣山合肩輿夾翠嵐風多生虎谷雨忽暗龍潭入店衣全濕呼燈酒半酣一帆歸路近飛夢過江南

哭秦葯師同年因呈南沙前輩

子孝固無忝心傷兄弟間何期成死別不得見生還葯師廬墓三年辛時南沙方蒙恩歸里泉路驚魂定巖居福分慳寢門爲一哭夢到漆塘山漆塘其廬墓處也

喜王虛舟蔣湘帆汪青渠過訪

汪子氣何爽蔣生心自幽相攜王吏部各抱晉風流道路傳新語關山感舊遊且停江上櫂笑倚夕陽樓虛舟湘帆時往揚州

同汪青渠過湯良耜河西小築飲接葉亭抵暮泛月而歸率成二首

小築河西好我來秋滿庭水邊霜氣白樹杪月痕青夜語情逾澹春明夢獨醒懷清尚餘澤西厓先生舊有懷清堂賜額才子抱遺經

風流豈銷歇江鮑體流傳可結煙霞侶還成翰墨緣酒闌遲送客月滿趣歸船爲問江湖上狂吟幾散仙

懷潘二師仲陸大龍岡同華四予思作

潘陸齊名久名成各一官陸授中書潘授宜章令思君當此日分手在長安秘閣風清遠郴州路淼漫誰憐吾二老坐對半樓寒

約華子山同赴金陵不果

老友歎無幾如君眞可人與之相晤對可以絶囂塵訪古六朝蹟尋花十月春如何辜我約煙雨獨垂綸

孝陵

秣陵已蕭瑟孝陵還蔚蒼撫景三歎息懷古增慨慷緬惟漢唐來陵寢多荒涼石馬夜空嘶冬青遺恨長未有如我　朝篤念明高皇　先帝昔南幸車駕臨建康駐蹕鍾山下鳴鑾甬道旁親詣寶城前盛典何煌煌九叩肅禮儀三獻陳樂章萬姓盡抃舞百辟交趨蹌距今四十年豐碑燿靈光事在康熙甲子冬督臣王新命刻石紀事守衛尚嚴整顧瞻翻悽愴爲語舊中涓　帝德焉可忘北望蒼梧

雲涕淚霑衣裳無由仰　景陵天高思渺茫

二賢祠有序

比過城南鳳遊寺尋鳳凰臺故址見有二賢祠蓋邑侯潯陽黃公所建祀阮步兵嗣宗李供奉太白夫鳳臺太白舊遊處而嗣宗墓在鳳臺下載諸郡志故並祀之或云嗣宗爲陳留尉氏人其墓在焉郡志殆不足信或又云二公寄情詩酒非有功德於民者且彼此相去垂五百年何必祀何必並祀按晉書籍有濟世志屬魏晉之際天下多故由是不與世事酣飲爲常至太白志氣宏放當天寶間懇求還山終日沉飲

所著古風五十九篇直與嗣宗詠懷八十篇相上下竹林之賢竹溪之逸並祀一堂二公有知其必有同心聚首之樂余故有感乎黃公之好事而作是詩

鳳去臺早空何來鳳遊到三山并二水往蹟復誰道荒蕪一培塿聊復展遊眺屹焉奠祠宇塏爽徹雲奥一室妥几筵兩賢埒名號籍也本猖狂白也本雄驁疾辭曹爽聘醉睨明皇名廣武古戰塲高歌閒一弔學道求神仙雲螭起騰趠試奏吹笙曲合共蘇門嘯何分晉與唐曠世實同調幸遇黃江寧嗜古得二妙於茲並虔祀精靈相與照奕奕俎豆光黴黴碑版耀從今鳳臺上劫灰爲淨埽

古瓦官寺 按鳳遊寺即上瓦官稍西南爲下瓦官所謂古瓦官寺者此也舊在城外瀕江明初廣拓都城始入城內云

考古瓦官寺本在江之干何年拓都城乃入城南端鳳遊恰對峙云是古瓦官北戶鍾山杳南榮淮水寒 太白登瓦官閣詩鍾山對北戶淮水入南榮 法鼓閒迴廊雨花空戒壇三絕皆化去 志稱師子國玉佛戴安道佛像顧長康維摩圖爲此寺三絕 錦旛涴旃檀 寺有唐天后錦旛相傳詔所製 有閣還可登試取青蓮看 閣名青蓮

青溪弔侍中黃公祠 公諱觀貴池人洪武戊辰會試廷試皆第一累官禮部侍郎建文時改侍中奉詔募兵上游至李陽河聞建文帝遜位投急湍中死其家在京被收妻翁夫人携二女先投淮清橋下死至今祠有夫人血影石

金川失守時冠裳盡污衊矯矯黃侍中臣力已云竭乃與翁夫人後先均死節李陽河水湍秦淮河水咽血淚不曾收血影安可滅斑斑形隱現肌理石深涅魂兮江上來精誠皎如揭 公聞金川失守謂人曰吾妻素有志節必不辱遂招魂葬之江上 肅然拜祠下諦視不敢褻緬惟十五公同時表忠烈只有王修撰與公同一轍 時聞變殉節之臣凡十五人王修撰叔英守廣德靖難兵渡江自經死妻亦自經二女赴井死

卞將軍墓下作

泠落一坏土全家忠孝門喜鄰何點宅羞並謝公墩握爪有生氣撫屍無淚痕白衣人夜語端的是貞魂

雨花臺拜方景二公祠

二公死尤烈一氣聚精靈何處散花雨滿山空血腥荒涼祠並圮蒼老柏孤青動地悲風起蕭蕭木末亭

周處讀書臺

臺廢尚遺址城高雉堞空在朝能獨立致命見孤忠始信讀書效誰誇力戰功斬蛟與射虎未足號英雄

遊攝山

攝生本無術乃向攝山遊藥草寒猶長霞光暖欲浮嵌空千佛嶺落日四邊秋投宿未云晚綠雲僧舍幽 菴名綠雲

由天開巖至最高峰
捫蘿方直上杖策豈云勞老去力猶勝到來峰最高鱗
鱗排石浪隱隱見江濤極目空濛際塵寰渺一毫

棲霞
一自到棲霞棲霞景絕佳木瓜餘樹杪天竹徧僧家石
影微分月石名泉香細試茶白乳泉有陸羽試茶亭出山回首望山
頂白雲遮

華山一名寶華山以誌公得名
不知山有寺迤邐入谿谺崦曲藏金界雲深護寶華誌
公身後律釋語被於身爲律慈聖夢餘花萬曆中慈聖皇太后夢一山皆蓮華因勅

建銅殿於此舉世應無此莊嚴佛子家

酬同年孫徐州鳳書
神仙何必住瀛洲一別於今十二秋世外野人成杜老
江南廉吏說徐州還憐客況分清俸却感交情到白頭
去去雙輪應暫駐月明同上子荊樓

殘菊同周懷臣震夫即限殘字
采向籬邊意已闌離披休惜此花殘老來霜鬢還宜戴
瘦盡風姿却耐看雨過欲尋三徑杳夜深相對一尊寒
豈同凡草傷零落怨入離騷泣楚蘭

震夫忽有天長之役因簡令兄佀樵懷臣暨陳

三厚邨
招尋有約竟何嘗同訪厚邨不果分手匆匆語未遑半晌花前
嫌日短一帆江上到天長蕭騷病客孤鷗夢厚邨有鷗夢草寂
寞羈愁冷雁行我亦此間留不住五湖煙水渺相望

爲張嗣侯牧堂壽母
朱門日暖彩雲浮象服恩華孰與儔子甫十三登八座
母踰三十介千秋珊瑚架滿垂天竹琥珀杯濃照石榴
華[illegible][illegible]暉還有待世英重煥御書樓堂舊有世英堂賜額

訪屈思齊因與華衡南周佀樵懷臣陳季思厚
邨同飲城南酒樓

訪友城南市登樓物外情世間無酒客我輩是狂生落
拓懷孫楚牢騷語屈平莫聽淮水上歌管寂寥聲

懷馬秋田
青谿曾有社白下久無人屈指三詩老謂秋田與蔡甘泉王宓草憐
渠一病身性靈矜獨得秋田近示論詩十首專主性靈風雅問誰親飯
顆山頭客蒼茫自愴神

同年何福峰至自姑孰因招夏曉堂陳燭門華
衡南雨窗小飲
廿載同年好須知此會難客從姑孰至人住白門寒撫
事休生慨當筵且盡歡蕭條風雨夜各自夢長安

簡懷趙太守淵如時奉監司武昌之命
相逢幾度石城秋華館春風託五侯到此已拚經歲住
從今還擬入山遊明春擬遊匡廬直從湓浦登廬阜更涉鄱陽
上鄂州黃鶴白雲飛不去與君携手共登樓

周侶樵陳厚村姚玉亭李北郇周懷臣陳握台
芮仙洲屈思齊雪後過深柳亭話別分韻得留
字
白門寥落幾同遊顧我無多幾日留雙屐携來殘雪後
一亭吟對小池頭擁爐且喜成懽會貰酒何妨典敝裘
擘得素箋勞贈句更敎添幅李營邱北郇作深柳亭話別圖

既賦金縷曲詞贈王公子紫芋復得一絶句
老矣何來絶妙詞爲歌金縷淚如絲一尊共對江城雪
可記潼關對雪時

白門贈友六絶句
交態紛如薄到今論交須見弟兄心周陳二氏三兄弟
徹骨貧來友愛深謂侶樵與懷臣震夫季思與燭門厚郇也
舊友名家舊子孫齋名寶硯至今存手調綠綺憑誰語
雨雪清凉獨閉門吳官心家清凉山下
臙脂狼籍謝穠纖賴有能詩一孝廉偶向青谿成小社
六朝往事爲重拈陳握台嘗集同人分賦金陵古蹟
姚合詩情逼閬仙玉亭瀛洲仙客共翩翩芮仙洲字瀛客一餐霞
吸露煙塵外家住城南鹿苑邊
潦倒詩狂亦酒狂與誰偕隱在東墻香山有句當移贈
紙閣蘆簾著孟光李北郇
闤闠何愁溷俗塵淮流洗出句清新三閭孫子翁山後
詞筆於今又一人屈思齊

送胡嘉令
如何貴公子悽楚滿愁顏幸得依慈母仍敎返錫山煙
雲篆雪際波浪怯江間記取殘書讀歸時好閉關

贈靈谷寺韞白長老

靈谷自明始於今四百年何來舊松徑世紀云自山門入松徑五里乃至寺今無有矣共歎此桑田脫粟還留客香厨欲斷煙涓涓流
不盡惟是八功泉

別深柳亭
嗟與何人別勾留只此亭坐臨波瀲灩語對石瓏玲終
日吟還嘯當風醉復醒幾時重過此得見柳眉青

飲天竹山房
百草易零落三冬繁雪霜娟娟誰獨秀天竹森山房文
采曜珊瑚日華照扶桑猗與車仲子令聞如珪璋叔季
並播輿抱璞恒韜光有客負奇才瑰瑋相頡頏而我渺

孤蹤復此共一觴交淺情故深纏綿意難忘撫念懷別緒駕言理歸航家住蠡湖濱淼淼時相望願鼓春風櫂再上君子堂

客有倣黃大癡筆以王右丞山中一夜雨樹杪百重泉句作圖者率題其上

我亦山中人山中雨聲好淅瀝入深夜潺湲落清曉何來百道泉乃在重樹杪輒歎王摩詰詩情融画槀篝燈展是圖沉吟意緜渺恍聽山雨聲飛泉驚四繞中有摩詰詩豈泥一峰老

書李節母傳後 并序

母姓徐氏李隱君本立先生之配苦節三十餘年奉孀姑葉淑人盡孝教子客山學文修行卓然爲吳中名士年六十長沙陳恪勤公爲文壽之越六年母歿浙西翁康飴先生志其墓而洞庭蔡君在谷爲之傳余與客山爲兄弟交具悉其母德之賢因賦詩附諸傳後云

吳山何高高吳水何深深山比賢母節水比賢母心盛年歌寡鵠霜雪恒交侵老姑髮垂白弱子啼喑喑孝養並鞠育課讀兼織紝苦節卅載餘教子茹古今子今踰四十傴仰悲升沉母兮忽奄謝歲月何駸駸睎我節母傳讀罷爲沾襟緬懷父祖業仔肩力難任無以報春暉寸草寒秋林嗷嗷痛烏哺旦夕空哀吟

雲川閣集　詩十

古近體五十六首 丁未

書王虛舟積書巖帖後 有序

無錫 杜 詔 紫綸

同年王吏部虛舟既負文章盛名在朝與前輩汪退谷何義門並以書法名於時今汪何二公已矣且二公之書各工一體無論篆籀即眞行草書不必盡工虛舟乃萃百家盡得古今體勢其摹本自周秦迄宋元至百千萬紙以次排署號積書巖帖注水經云河北有曾山縣巖之中多石室室中若有積卷而世

士罕有津逮者因謂之積書巖虛舟之書實足以方此近代書家未之有也乃潭山人蔣湘帆既爲跋尾而屬余系之以詩

余苦不能書毛錐置安用間覽古名蹟嘗遊古碑洞在西安府學內四壁皆石經鏤石類充棟二百二十餘多出自唐宋豈必盡完好鏡削日以衆斷裂誰攫捺漫漶孰磨礱乃潭拙存老含毫意飛動摩挲抱虛願往來嗟倥偬湘帆同客西安欲臨石經未果卓哉虛舟子業以文章重婆娑制作林泠澹春明夢染翰鳳池後朝陽翽鳴鳳飄飆向碧山因風忽吹送身閒神益凝力大筆逾縱上下千百年大名誰與共鍾張王內史冰斯王次仲下迨趙王孫比肩若朋從心慕必手追信手儘揮弄八法恣研窮百家乃兼綜摹本幾等身堂坳交塞壅允茲積書巖眇彼藏書冢摩厓轉多奇望洋竊增恐茫乎浩無涯睥睨天宇空

迎榮孝子洞泉歸聽莊 有序

洞泉名漣少孤病羸母命出家爲道士天性渾然獨雅好筆墨以書画擅名嘗客東撫王公幕勸之婚娶弗聽積館穀悉予弟買莊奉母母死廬墓三年以今四月十二日出山余偕邑縉紳暨石林長老迎之梁清溪

嗟爾何心肯出山羽衣猶漬淚痕斑草枯荒冢三年別柳暗清溪一櫂還早謝俗緣遊物外獨餘眞性見人間石林栖隱應招我埽地焚香共閉關

舟行次孟家堰

朝發錢唐江江流曲如許一曲一迴腸驚濤眇愁予欹枕臥聽潮推篷坐看雨爲送遠行子兒瑛時赴永豐連舟甚歡聚稍次孟家堰迷離遠江樹茲焉欲分塗行子歎貧窶薄祿詎能養微官安足數徒牽骨月情終懷別離苦掩睇忍相顧臨岐各無語

寓紹興大善寺典衣遊天台

始來山陰道望見蓬萊驛城隅小船進煙水昏已夕大善古名刹禪關閒然寂蛙鼓鬧荒畦蚊雷響空壁就枕姑少眠牀前一燈熄夢入名山遊天台邈焉隔凌晨動高興從此恣探歷所乏濟勝資漫理登山屐行篋殆已空典衣亦安惜豈無曠士懷乃患窮途厄翫道肯遺世直指靈仙宅賦擬孫興公擲地作金石

過萬壩次嵊縣作

晚從江上泊曉從江上行晚泊聽潮落曉行候潮生潮生又潮落約有百里程水淺不盈尺篙師力難撐乃欲負之走力竭邪許聲紆迴達浦口差喜一筏輕溪光表

明秀溪流濾澂清一幅画圖山夕陽當剡城

下梁禪院贈鑒菴師

迤運剡溪曲一邨煙樹閒問誰營草舍爲我啓柴關客嬾能忘世僧高不住山天台原在望豈肯落塵寰

自斑竹冒雨至清凉寺

冒雨欲行難山坳路屈盤濕雲籠樹黑空翠逼人寒前有荒菴在中無粒米餐只須隨野衲少住一安單

度滕公嶺至萬年寺

自笑塵凡客仙源何處尋山蟠孤嶺峭寺到萬年深曲磵分秋緑重檐覆竹陰翛然靜虛閣會取妙蓮心萬年舊有妙蓮閣

山樓坐雨與齋堂益堂憨初三上人同用潘稼堂前輩萬年寺韻兼呈紀老和尚

終朝趺坐一山樓寂寂山幽興亦幽久雨不教人眺望老僧翻喜客淹留心隨流水原無滯脚踏浮雲便當遊最好晚凉新浴後肯容箕踞復科頭

將遊石梁即用前韻呈紀老和尚暨齋堂益堂憨初

聽罷晨鐘早下樓便思躡屩去探幽狂踪豈自萬年止實地已經三日留一鉢松風香積飯滿身花雨石梁遊

無多山路肩輿穩曲磴穿雲過嶺頭

觀石梁飛瀑

瀑從何處來雙崖交噴薄直至石梁下一白雙龍躍動地奔雷轟凌空閃電爍千尋疋練垂萬斛明珠落觀者嘿無語俛首但驚愕因思天台勝仙靈此焉託匡廬漱玉亭方之或相若吾吳千尺雪眇矣小邱壑

曇華亭四絕句存一

我生早亦夢曇華到此分明即我家廿載緇塵原不染素衣無用易袈裟

雨宿華頂峰欲上拜經臺不得悵然作

笑我遊天台天台之峰萬八千丈高崔嵬其中華頂峰第一直透天頂羣峰迴我已造華頂願上拜經臺臺踞華頂上四顧眇九垓吳越平吞八閩圻東海日出南溟夕莽莽蒼蒼杳無極而我不到良可惜只在咫尺間相望空迷漫雖無重巒隔杖策何由攀巉巖斬絕防伏虎下有伏虎嵓屏翳障天驚吼怒縮[illegible]奈將上火雲霧堆中坐愁苦噫嘻拜經智者師在不安待大神力為我撥去雲霧開雙眸太白書堂坳義之墨池頭墨池讀書堂並在拜經臺下容我興酣落筆一賦天台遊

過東山

東山曉來過樹密重重裏笑彼挾妓遊何心肯高臥

曹娥江競渡

屈子死以忠曹娥死以孝傷哉並五月今古同一弔

餘姚道中

買舟東去水迢迢自渡曹娥第二朝舶趠風微移柳岸廉纖雨細認虹橋只愁到處頻過壩正欲行時又泊潮獨坐篷窗須記取十分好景是餘姚

將次寧波有懷同年孫太守鳳書

歷徧江濱更海濱茫無涯涘不知津四明却復來狂客一櫂何由訪故人雨浹朝昏霾曀久湖開日月景光新

郡城舊有日月兩湖為君請誦天台賦天半飛霞燦玉麟

育王寺同嵩來師遜安長老憩放光松下

客遊倦時燠亭午叩育王金井水澄泓玉几峰青蒼長老質淳樸慧覺傾西堂嵩來年少能詩攜手寺門前有松名放光虬枝匝地垂龍爪迴風翔跏趺憩其下謖謖生微凉煩襟此蕭散妙喜盈泉香寺有妙喜泉

晨起觀舍利塔

普香眠一夕稍與塵夢隔攬衣起盥漱稽首盼虛碧塔高尺四寸非金亦非石舍利子中懸變現不可測蕩漾明月珠照曜水晶域閃閃暈微紫熒熒生澹白諦視亦良久不辨空與色緬懷劉薩訶求之徧山澤伊余仗佛慈了然光可即

宿天童寺奎煥閣

天童古道場紺宇曜丹雘不謂十年內僧徒竟寥落白晝坐虛堂清宵凌傑閣恰對明角婁山名煙雲滋澹薄憶從密祖後忞公乃復作　敕書宸翰在榮光仰如昨何人竪法幢增輝舊林壑

萬松關

筍輿穩度小白嶺芒屩高攀太白山二十里松無一里遊人還問萬松關

竊祖塔院

誰復狂言謗佛門亭開肅敬祖師尊一龕孤峙南山下天下名山盡子孫

過李東門園居

浮生原世外與世孰相於未入將軍幕（是日提督石天章招飲）先來野客居園荒新薙草屋老舊藏書爲念四明友高名定不虛（東門與鄭南谿謝北溟萬西郭爲四明四友）

次鎭海

甬上經旬住微聞鎭海名一邦民俗好十載縣官清草木俱含潤蛟龍盡息爭到來吾始信絕不是虛聲

招寶山望海呈鎭海令田東軒同年

甬東東來逼海疆海蟠鎭海孤城荒城中海氣晝蒙羃山明招寶含清光出城上招寶下瞰波汪洋竹山兀並峙舟山眇中央補陀落迦不得見惟有伏龍山對乍浦遙相望旦晚乘風欲歸去何人爲治浮海航所希大令今田郎一帆送我直抵吾吳鄉

登鎭海城遇雷雨

城高踞巉巖薄暮一臨眺洪濤四奔瀉殘日猶照曜黑雲忽沉霾白浪陡騰趠精衛術已踈豐霳氣何暴馮夸疊鼓聲天吳亦顛倒我　朝定鼎後海氛時盡埽平倭第一關於此扼險要捍禦多設兵斥堠絕驚礮豈患雷雨作時清百靈效

奉化縣作

蕭條無過此山城惟聽溪流落磵聲縣令點燈來送客（魏昭伯時署篆）不成欸曲也多情

岳林寺

岳林非復古瞿曇荒寂徒勞過客探布袋了無此子在問誰彌勒與同龕（寺有布袋和尚相傳爲彌勒化身）

六月二日夜渡曹娥江見新月

江上晚風急蕭蕭吹客渡霪雨正初霽且月恰初度蟾

蜍未成魄望舒手無措何來玉湧濤纖纖一痕吐亦如幼婦心心靈早流露遂此拜嬋娟推蓬屢驚顧

吼山

自剡之天台由鄞之天童所歷亦云奇疊巘摩蒼穹何如一吼山萬竅生玲瓏擘開訝鬼斧削成信天工砨硉插其表谽谺虛其中山暉合川媚水宕波搖空紆迴蕩舟入宛轉曲徑通上有空明菴潭底蟠龍宮石華漬霑灑雲氣沉溟濛驪珠吐復含滴瀝聲淙淙大火方歊赩冷洌來秋風汲井滿甌碧靈液開悃愊於茲憺忘歸夢想將安窮

禹廟

禹陵何嶒嶸禹廟何焜煌遺構特完好實自吾 先皇南幸日巡視河工畢曾一度錢唐會稽來駐蹕躬親謁禹陵祇肅瞻禹廟廟寢旣荒凉咨嗟下明詔（事在康熙二十八年）迄今窆石前穹碑曜坤乾地平天成績御牓中高懸緬惟禹謨遠 先皇共明德空山重徘徊偃仰淚沾臆

蘭亭

蘭渚久蕪没亭池莽榛棘 先帝實遣使疏泉并壘石翁翳頓改觀丹彩漫塗澤天然新結構夫豈舊遺蹟

吾徒解觴詠於此良亦得逸少復何心爲文慨今昔

西興渡江再遊湖上而歸口占八絶句（存三）

潮未全平水拍天卸帆風定浪痕圓草橋門去無多路便出清波再喚船

湖上扁舟去復來登臨何事徧樓臺只因 先帝行宫在楊柳風前立幾回

湖心四面疊煙鬟第六橋頭第幾灣自笑此身如野鶴移舟只要問孤山

七月一日陪虛舟湘帆清渠再過周大階含清草堂適王孝廉晉三亦至同用風荷二字

不信秋期至含清正好風炎歊由此散歡宴復茲同眇爾一狂客翛然三寓公更逢王子晉名著列仙中

相與酌紅螺亭亭看緑荷飄蕭凉思淺零落露珠多卽席迎秋好浮生奈老何可能攜一櫂同唱采菱歌

同華三隱垣朱二若猷散步邨南二首

清秋好風日老友復相攜小港沿菰瀆前邨看木樨樹籠香霧密花壓翠檐低坐久還須去蕭閒一杖藜

歸亦無多路穿林過福城來當秋色豔坐對夕陽明豆熟餐應飽茶香語更清詎忝元妙理詩酒本狂生

重九後二日飲虛舟齋王雲衢索詩賦贈兼示

湘帆

平生好飲稱狂夫交遊零落無酒徒老友欣逢王吏部每當有酒頻招呼朝來呼我日未晡金壇酒好浮金壺函潭山人蔣生外座中有客其誰乎墻東先生舊名宿一官落拓還操觚手持寸稾出示我高文歎絶當世無昌黎輿衍柳州峭半山差近非歐蘇蔣王書法妙天下與君三老空三吳愧我學殖殊荒蕪力綿疲薾霜毫枯君今較我五年長抑何神采豐而腴離披肩隨不我棄引爲末契中情孚共對黃花笑開口臨觴輒欲陳區區可憐王陽多畏道不解阮籍悲窮途少陵心細亦自苦

太白才大誰云麤狂歌取醉無不可相與拍手爲歡娛王郎戒我詩勿作蔣生斷酒同迂愚唯君與我守故吾噫嘻吾道良不孤

半樓菊

冒雨尋何處多君共此樓果然於世澹只合伴人幽托跡甘籬下分香到案頭落英餐不得蕭瑟楚江秋

送喬勉伯孝廉侍尊人介夫廣文還寶應二首

之子名家子冰寒玉自暉方期結鄰住又說渡江歸千里漫云隔寸心良不違依依兩相望只是戀庭闈

衮衮諸公讓文章老鄭虔來尋杜陵客歸共孝廉船口

薄交冬候風多釀雪天山行空有約相送蠡湖邊

蔣嘉俞耤草圖

問君作[illegible][illegible]可以名耤草榮悴各有時春風吹不了有情喜晻曖無事恨枯槁着𡨥便成春憑君寫生好

將之吳門留別西郵主人及呂登萊吳漢董華聖基并柬李靜山

燭還頻剪酒還添曲再重歌韻再拈小别何須愁杜牧多情只合夢江淹夜寒風細教維艇月黑星微悵倚檐此去吳閶知路近隔溪相望是犂尖（靜山家犂尖）

浮芳閣四首 有序

綠蔭齋主人朱子天標新構一閣王吏部虛舟顏之曰浮芳楊編修文叔爲之記而屬余賦詩先是虛舟徐澂齋偕余自上沙移舟過綠蔭齋看杜鵑花文叔與徐端揆先至又王雲衢至自金壇夏曉堂至自白門相與憩小山亭剡紅書屋飲酒樂甚余即席詩云須知座中客悉負海内名綢繆接高宴怊悵懷深情嗟夫吳會人文輻湊而主盟風雅惜無其人吾輩聚會苦無其地在昔綠蔭與秀野草堂並著今秀野已矣而綠蔭依然且喜新構落成架剡紅而上益以浮芳登之可以窮覽極觀至秋時小山亭老桂著花飲

酒賦詩之樂必更有加於昔余故欣然有作附諸文叔記後以爲同人倡云

桂老生何代於今四百秋（相傳元季時物）故應凌衆木特爲起層樓翡翠千重合珊瑚一網收風流歸綠蔭秋滿古香浮

寥寥嗟我輩落落俯塵寰笑詠來何處登臨在此間酒痕沾客袂花氣撲人顏作意爲招隱相期賦小山

只今楊叔子名世以文章記足窮諸勝身疑入衆香銀蟾光照曜金粟影微茫吏部新書額風神逼二王

笑我竟何之淹留欲去遲傷心懷舊雨（悼顧俠君）信手脫新

詩仄徑叢生處窮冬獨立時憑高休悵望泠落少人知

次韻贈虛舟二首

蓬山别去是耶非早矣風塵願息機意外轉吻 宸渥
重箇中參透宦情微新來錫嶺應常住舊築金沙不用
歸頭白弟兄相對好老梅將放雪霏霏

今昔誰分是與非生涯飄蕩總隨機揩節力淺尋丹竈
擁絮眠深夢紫微凍雀林間棲欲定飛鴻天際去何歸
等閒消盡金尊酒剩有清言玉屑霏

次答汪西京用東坡贈段屯田韻見貽即書其
乘查圖後

窮經多皓首百年君始半胡鶖伏櫪悲輒作廢書歎一
冊皐廡吟睇我一展翫狂非阮步兵嬾豈嵇中散[illegible]
既絕照獨處誰與伴長夜故漫漫揚聲當及旦句用選 激
昂欲凌雲寂寞愁撫案願鼓乘查興一往秋蓬亂直將
洪波擘兼取細流盥風利不得泊剽疾詎少緩譬彼手
挽强七扎力能貫射策向天門雄心毋或愞只今方苦
寒求熱啞挾炭束身守寸氊蕭然尚旅館復事三餘勤
鎮待三春暖有夢覺重衾生成筆花粲

題程南溟聽秋軒圖蓋聽松山人洞泉作也

往來吳閶城萬户皆春聲画船疊簫鼓花市紛燕鶯君
家湖田上獨遂幽居情一軒敞森爽四壁涵虛明芭蕉
葉未彫梧桐葉初零山人繪此圖筆底秋風生側耳恍
默契細響泉幽鳴蕭蕭尺幅中萬籟餘孤清

書普賢院聖宣上人紀遊冊子後

雅好名山遊廼爲世網牽緇塵滯京雒走馬空幽燕窮
栖亦云久俗累曾未捐踟躕田舍謀折挫煙霞緣近始
理遊屐湖上方迴船上人獨高致行脚何飄然仙居盡
巖壑落迦窮海邊更陟清涼山再上峨嵋巔孤情果絕
俗勝賞餘真詮袖出紀遊冊令我心緜綿憶昨與潘陸
讀書同普賢謂師仲龍光韶光一彈指三十踰三年名山既

無分顧影私自憐願言參淨業丈室明燈前

題梅林小影圖 并序

邑有孝女陳氏生長閨闥中賦性閒澹而好道垂髫
時即刲股療親疾及笄不嫁惟茹齋奉佛嘗刺血寫
經以祈親壽比受戒律於南禪於乎從來女子以孝
稱者尚矣淳于之女爲父上書曹盱之女爲親捐命
彼皆遭逢變故易於見奇若茲女安常處順澹泊清
修人或易而忽之然其爲孝實人世罕覯而孤標别
韻超然出塵爲賦二絕句

道韞休誇林下風閨房秀出此圖中梅花冷澹蕭疏影

獨立塵凡迥不同
半世家居儼出家精持梵戒禮楞迦生來淑媛真純孝
好爲題詩補白華

雲川閣集　詩十

雲川閣集　詩十一

古近體一百三首 戊申

無錫　杜　詔　紫綸

戊申正月五日招秦大來邵僎園華芋園劉正蒙于耕邵振飛吳岵瞻顧持國集兒璞半山閣用陶靖節辛丑正月五日遊斜川詩念之動中懷及辰爲茲遊二句分韻得及字

我生六十餘俯仰嗟何及首春幸暇豫佳辰當此集老友秦與邵蒼然並七十華五故差少骯髒詠懷什 芋園示述懷詩 餘子方盛年才氣各鼎立吟壇諧舊好子舍適新葺

閣小近可登山高遠堪揖城坳初旭上檐隙飛翠入風物動駘蕩懷抱攄鬱悒提壺共斟酌引滿長鯨吸庶續斜川遊春衫酒痕濕

二月二日金次山招集湖田

小集澹香後於茲方六年金生實好事招我來湖田草長半塘路春交二月天花姿并人意一氣相新鮮

白堤楊柳曲二首

賣花聲裏春風香風吹楊柳絲絲長半煙半雨垂半塘垂半塘過七里既三眠又三起

三起三眠春欲老偏是吳儂覺春好一曲隄邊歌窈窕

歌窈窕舞嬌嬈憐瘦損小蠻腰

雨後訪浮芳閣主人不值閣中盆梅盛開爲賦長句并簡徐澂齋同年於明瑟園

欃櫂重來一欵關上樓人便著花間有如看竹無須主何事尋梅更入山雨過嫩寒憐凍玉香浮疎影認垂鬟問君可解林和靖只共孤雲野鶴閒

由支硎華山過明瑟園時陸我田偕澂齋遊元墓宿查山六浮閣余欲往從之不得也再用前韻奉簡

花發林亭合掩關主人留客早春閒六浮置酒還遲我

廿里扶笻尚隔山片片欲飛梅作雪絲絲乍綰柳如鬟小樓聽雨聯吟好（園有聽雨樓）肯說春風付等閒

同緘菴鍾庭漪堂三先生暨達夫繡谷赤子文叔鳳客浮芳閣看梅三用前韻

澹煙踈樹鳥關關折簡相邀到此間笑詠固宜同樂圃神仙何必住蓬山紅羅亭好翻新曲蕚綠華初露曉鬟從此春明二三月逢花鬬酒不教閒

緘菴先生采藥圖三絶句

塵世勞勞涉宦途神仙骨相本來無何人得似先生者視草歸時便荷鋤

籠中蚤貯幾多材劚去青泥手自栽身住吳閶家在越隔江相望是天台

幾度移舟過錫山漫勞相訪叩柴關鹿門可隱須招我莫似龐公去不還

日日

日日招邀過比鄰家家開滿玉樓春此花豈必能傾國何事看來欲醉人幾滴露霑紅袖濕一絲風展翠眉顰青蓮死後無知己莫著臙脂涴太真

雨後牡丹花爲顧舍人震滄作

牡丹苦經雨恐使顏色退誰知一雨後嫣然彌可愛濕

紅澹暈香凝碧濃埽黛冥濛薄霧中晻曖斜陽内可笑白頭人終朝坐相對誰持紫金盞一向花前酹

次和吳秀才庭贍繡毬花二首

簇簇臨風弄影斜百花盤就一團花背身不逐紅香滾（王建詩殿前不打背身毬）過索誰將白打誇（劉禹錫詩村毬過高索白打毬采名）墜粉欲消凝作雪碎雲如綺散成霞水晶簾外玲瓏絶玉樹何煩説謝家

傷心爲弔玉鈎斜翦綵紛紛强作花不費雕鎪方是巧自然團簇乃堪誇瓊牋賦就矜春豔好句傳來粲曉霞蹋鞠夢中人及第錦堂他日是君家（青箱雜記韓魏公應舉時夢打毬一

棒孟八果登第孟八亦毬采名

將遊匡廬虛舟書東坡橫看成嶺側成峯一絶句爲贈而秦廿二五輯爲之圖詩以奉酬兼示二三老友

廿載夢匡廬今乃思一到涉江溯潯陽何從展遊眺王郎掇蘇句分明曰先導（虛舟跋語）佳哉秦公子繪圖矜墨妙句爲山表靈圖爲山寫照瀑飛三峽險屏張九疊峭自分筋力衰攀躋愧年少前年遊太華雪阻華陰廟昨歳遊天台華頂風雨暴徒跂山水緣恐貽林壑誚復此匡廬遊聞者應絶倒紛吾垂老心冀與知者道此中眞面

目吾當領其要手持緑玉杖願愜平生好太白廬山謠今古幾同調

好古樓主人陸正揆見贈廬山志賦謝

杜老頗好山陸生亦好古擁書過萬卷坐販託書賈遺我廬山志奇境彙圖譜往慕廬山名茫然慨仰俯展卷如入山神遊恍目覩古稱天子障第八洞天府山界江湖會三面水環阻羣峰四奔湊鄱陽浩吞吐西南盡吳城東北盡湓浦取道含鄱口或自雲峰塢豁然五老下諸勝歷可數回首謝陸生逢山尋按部攜之行笈中兹遊詎小補

錢唐曉發

又向錢唐渡江聲走若雷掀篷驚坐起點火看潮來舶趠風初息冥濛霧欲開朱橋猶在望雨氣黯黃梅

富陽道中

行行初旭上小立在船頭路恰循城去人如入鏡遊山多濃似黛水細緑於油第一登臨處春江第一樓（在東城外）

次桐廬

迤邐桐川上桐川淺更清篛篷搶雨驟竹筏翦波輕水合三江勢灘分七里名哀猿休叫嘯只聽畫眉聲

釣臺下作

問誰成隱逸嗟彼苦沉淪後世無高士先生有故人身辭丹詔遠夢與緑蓑親一釣雖孤冷家山却富春

弔謝皋羽

士必負高義卓然方軼羣不緣文信國安識謝叅軍泱盡傷朱鳥（化爲朱鳥兮有咮焉食其招魂詞也）山空弔白雲（葬白雲源）何哉脣缺子乃與並傳聞（唐方干與謝並祀嚴祠）

許同年季偉招過富春使院

湖上經年別招要復此間渾忘天使貴翻愛野人閒弭櫂纔攜手開尊便解顔富春江上好面面是青山

蘭谿

蘭谿水如縠蘭氣生漣漪蕩槳來何晚尋山采亦遲誰憐空谷老復繫美人思紉佩勞相贈含悽讀楚辭

自龍游至常山途中作

姑蔑無多地牽舟數過灘碓聲春急溜帆勢截奔湍客子登程易篙工著力難鷓鴣聽不得有淚落江干

至兒瑛永豐丞署

櫂轉溪流急沿洄次永豐山農愁望雨水榭喜迎風老樹滿浮綠新荷方吐紅呼兒同一笑把酒壽而翁

舟出永豐溪方夕陽在山中有一峰閃爍作紫紺色爲生平目未經見因作歌紀之兼示顧潛

園

櫂遲遲波瀰瀰永豐溪頭將落日溪光晻靄暮山出山容正好無定姿側視橫看叫奇絕始信造化非人工一峰秀聳金芙蓉額黃無限難爲容墨痕滲暈臙脂濃郭熙設色竟何有小李將軍應斂手虎頭孫子亦云癡閣筆空吟落照詩

過廣信

獨鍾靈氣亘長橋橫截長江跨上饒（鍾靈橋下即上饒江）自昔干戈常阻絕只今城郭尚蕭條波迴岸脚灘尤險草禿山頭石盡焦（焦石地名）取次龍門關第一（在鉛山縣河口鎮）買魚人喜酒旗招

曉渡鄱陽

瑞洪侵曉色糢糊出港帆開儼畫圖萬頃白波連楚澤一竿紅日過彭湖時清洗却妖氛淨水縮收將戰血枯跋扈那能容僞漢九江傳檄到三吳

將次南昌有懷同年黃靖安璞齋

落托狂遊笑此身纔離湖口又江濱一帆淼淼初來客七載迢迢久別人幽谷何如鄉國好（宋靖安令黃宗諤於廳事後作百花幽谷二亭）老年彌覺弟兄親問君果作歸田計買屋山邨早卜鄰

謁王都憲復菴前輩於滕王閣下

不輊干謁辱知名別見風流世外情白簡乍膺新憲節青箱仍說舊書生感恩父老攀轅切得意江山入座清此閣與公當並峙（閣係公重修）愧無韓筆記分明（昌黎新修滕王閣記爲太原王公作）

登滕王閣奉簡同年許太守天倚

豈是滕王舊築基登臨到此亦云奇漫懷月旦同年友恰對江山獨立時徐穉不來懸榻久子安已老遇風遲搖毫且試爲君賦小補朝雲暮雨詩

雨隙復菴前輩枉過章江寓舍

廿年漂泊一漁蓑別久羣仙隔大羅江上暫教孤櫂駐雨中旋聽八騶過公於塵世嬰情少我向雲山著意多誰謂升沉殊迥絕只憑風靜水瀓波

寓舍書懷二首

一菴荒寂住江頭爲避炎歊此暫留苦旱恰逢三日雨追涼又過百花洲（洲在東湖上）偶從比舍聞鄉語（時與惲亦祥鄰寓）多謝攜尊慰客愁（王都憲李方伯並餽酒肴）回首春明還憶得龍沙才子舊同遊（謂萬編修字兆）

憑誰傳語鄭南昌（謂同年鄭去浮）小友相逢喜欲狂（秦孝廉健資時客南昌署）世外漫誇雙足健人間多爲一官忙也知有子徵霑祿其奈無錢少辦裝贏得吟情隨處好江山如繡錦爲囊

靖安雨後郊行呈璞齋同年

茲邑小而僻邑令籍有聲筆聳四山秀心與雙溪清水木萃清華（治中舊有水木清華亭）佳氣鬱滿城我來夏六月炎曦當久晴大雨忽如注枯槁亦復萌晚稻始分秧野農多力畊郊原一周覽庶幾卜秋成皆云令憂旱感名由精誠爲賦喜雨詩繞指涼風生

閱廬山秀峰寺志有感因簡心壁和尚

秀峰寺本古開先昉自南唐千百年涪翁一記空流傳讀書臺廢荒雲煙有明洪武迄天順有僧清江繼大然黃巖雪嶠不復作了無文采譚枯禪赫然中興誰主席平陽之孫曰心壁壁公修道兼好文早爲商邱宋公識（漫堂先生時撫江右）先帝南巡歲丁亥特賜開先秀峰額以公能文峰獨秀透徹聰明泉一脉（寺有聰明泉）廬山奇秀甲天下秀甲廬山越超特鶴鳴峰麓五老前宸翰輝煌燦金碧薙草開林故荒僻何幸佳名自天錫伊余往出商邱門恭遇先帝蒙深恩三復斯志心自捫會逢壁公容細論吁嗟乎回首綿津已綿邈鼎湖龍去蒼梧杳青峽長流漱玉聲老淚應同滴昏曉

簡同年李學使世邠南昌試院二首

我作南昌客君來自建昌廿年懷舊雨兩袖裹新香飛鏡懸秋皎紅紗帳月涼試從滕閣望徧滿是文章

御李笑何能棲遲老杜陵有誰憐白髮無復夢青綾謝客憑雙屐匡山擬一登幾時蓮幕裏夜語剪秋燈

酬帥編修蘭皐

西江盛詩派寥寥竟何有幸遇玉堂仙風流孰爲偶英華滿京雒秀句逼韋柳顧我歌隱淪多君慰衰朽（時爲余題磬湖詞隱圖）於焉發新篇因之懷故友（尊人備皆爲余辛卯同榜）傳家得才子遺經詎空守旦晚方還朝相逢易分手秋風渡

江去飄然杜陵叟

惲亦祥日以秋蘭兩枝見贈報之以詩

春蘭雖是好風味不如秋生固宜空谷來云自贛州剪齊勞客贈香細共人幽爻子黃筌筆能爲沒骨不（與子昆西並工花草）

北蘭寺

共說東湖勝誰知有北蘭亭閒山面正雨洗水容寬雪笠虛吟社（寺僧淡雪向以詩名）雲衣涴醮壇一屏空翠落寂寞棟花寒（舊有棟花屏）

夜泊大姑塘次日肩輿至九江

朝始發南昌夕已逾南康揚帆朱磯口彭蠡波汪洋乘風去如駛直抵大姑塘大姑顧我笑客子何倉皇水宿傷驚湍陸行就康莊竹兜欹坐穩對面山青蒼雖未入匡廬五老峰相望夕陽催渡船忽又來潯陽

西塞山

山峻削横江突兀踞險阻唐名土洑鎮吳疆楚門户劉毅搗桓玄孫郎襲黃祖咄哉幾英雄已矣誰跋扈江濤莽空闊我來還弔古煙波一釣徒綠蓑衣上雨

赤壁

黃岡土綿延赤鼻山屹崒孫曹赤壁戰茲焉未覈實緬彼江漢間赤壁名不一鄂渚尚依稀蒲圻差彷彿何獨著黃州紛紛莫之奪一昔英雄心千秋才子筆飄翩豔詞賦簸弄閒風月至今憑弔者欲使塵凡脫少憩睡石亭夢想虛堂雪瓊樓高處寒低回睨瑤闕

避風團風鎮

團風風力猛颯沓滿江天日色昏巴口濤聲拔漢川（宋黃州西門曰漢川門）收帆方著岸得港且停船古驛名陽邏沿山出戍煙

黃鶴樓

黃鶴樓高枕黃鵠黃鵠蜿蜒頫首伏三層直透九層霄

乃落塵寰衆人目瀕江當夏口隔江横漢陽萬家雜煙火千里連颿檣窗開八面石鏡光神仙之說何渺茫王子安亡費禕死鶴飛何處相迴翔憑高爲向楚人語刻畫純昜復安據（中奉呂祖像）只記白雲黃鶴句我亦飄然欲仙去

訪同年周承吉

多少蓬萊客漂流悵各方偶來三楚地只見一周郎我鬢衰逾白君顏瘦復黃閒門閒種菜美滿菜根香（謂年來日惟課僮種菜外無別事云）

再題黃鶴樓

豈是悲秋客何多弔古情草萋江有色花落笛無聲句孰誇崔顥才翻笑禰衡白頭狂杜老於此亦留名

仙棗亭二絕句

舊志曾將往事傳一亭荒落鶴樓邊不知小吏何名姓食棗如瓜便得仙

只今安得棗如瓜樹老杈枒不作花若使安期生可遇直須海上去浮查

洪山寺

泠落江城外蕭疎草樹間於何尋勝地乃獨向洪山一塔分青靄雙峰擁翠鬟維摩餘丈室僧與磬聲閒

承吉留飲話別

不道二千石貧居獨閉門終年常謝客爲我特開樽江國佳風味天涯老弟昆一番歡會意別語黯消魂

署江夏李同年琛伯招同舊令鄒同年堯章會飲薄暮移舟復登黃鶴樓感賦

興爲清秋發情多去住牽鄉關千里外兄弟一尊前跨鶴無仙氣登樓有夙緣後先江夏令恰遇兩同年

寓後湖僧舍

淺淺平湖灔灔波玉麟橋下一荒坡地鄰邨落浮喧少身在僧菴託跡多且住爲佳行不得未能免俗欲如何

漢陽秋滿晴川閣誰共登臨發嘯歌

訪徐司民

囂塵如火意如冰三十年來一舊朋家住苕溪移漢水世傳宮體豔徐陵彈碁心事今安託縱酒風懷老倍增不道池陽分手後晴川高閣又同登

鄒江夏堯章招飲晚歸渡江

官也蕭然似客窮有心觴客過於豐正當歡飲煩秋暑便欲遲留怕晚風一渡煙波餘灔宕兩邊樓閣對玲瓏往來却喜扁舟穩隔浦相望落照中

大別山

山名大別古今垂上不多高下視危漢沔合流江勢隘岡巒重壓地形卑穴空鐵鎖嗤孫皓（山陰有鎖穴即孫皓以鐵鎖截江處）洞失桃花歎息嬀（桃花洞在山前上有息夫人廟）嶓冢導來歸禹績磨崖還勒禹王碑

晴川閣

傑閣崔嵬亦壯觀憑臨大別俯江湍白雲在望相連易（郡有白雲樓）黃鶴當前並峙難世上浮名皆有託人生浪跡總無端一川晴樹斜陽裏誰道秋風八月寒

中秋夜飲程十丈虞山栽紅暈碧亭四絕句

每一過從便把杯多情亦復解憐才栽紅暈碧吾老矣

此夜還教看月來
多少中秋在客中狂遊不用說飄蓬得逢歡會如鄉里
家本揚州與楚風
欲晴欲雨了無憑誰喚雲開放月升月未明時明似月
紫薇花底水晶燈
銜杯坐到月明時手剥雞頭雪藕絲秋色滿亭人欲去
感君真意重題詩

贈程五庭在二首

我愛岑川子凝然靜氣生秋蘭含味遠秋水得神清滿
洗塵埃淨搜羅翰墨精悠悠江漢上心與白鷗盟

白鷗飛不定只在水雲鄉旦晚歸期近煙波去路長秋
深離漢口風便到潯陽恰在黃花候愁添兩鬢霜

豐南八十一翁歌書吳蔚生桐陰讀書圖後

漢陽市上多塵囂四方雜處非一朝千人鬨闐聲譊譊
客居蕭寺何寂寥二程先生或我招（謂程丈虞山庭在）更誰與
我譚風騷豐南吳翁幸知我邂逅直抵平生交翁年八
十已踰一有如少壯心雄豪粗枝大葉挺直榦扶疎百
尺孤桐高生平讀書良有得飽經霜雪久不彫何心悲
隱淪肯逐商山皓有時耽醉吟差近香山老兀坐桐陰
下囂塵俱一埽我年踰六十輸翁此襟抱淵明乞食詩
毋乃歎枯槁安得青精飯復使顏色好翁乎翁乎人欲
仙長生秘訣應我傳我亦落拓祛塵緣會讀莊叟逍遙
篇

留別吳蒼遠

傷春傷別杜司勳老矣飄零只賣文楚國有才應笑我
騷壇無主却憐君擘牋欲共吟秋雨判袂其如感暮雲
漢上又從江上去西風落葉那堪聞

由東林投宿西林贈旨公長老

東林與西林於寺稱最古遠公及永公於僧為鼻祖同
時十八賢高名曜寰宇豈意至今日東林無復覩白蓮

花落盡舉目總凄楚忍見遠公塔榛蕪一坯土庶幾過
西林永公舊堂廡獅絃末云絶朝暮尚鐘鼓於兹駐遊
屐秋草閒庭户脱粟出香厨青蔬剪荒圃中有主席者
修持亦良苦屈指東西林唯公希接武莫問虎溪頭遺
風追伏虎（西林故名伏虎菴）

香爐峰下尋白香山草堂故址

草堂不可問緣厓入深窅爐峰覆蒙蘢爐香散縹緲我
生無所戀一覽心便了云胡白司馬生戀草堂好好爵
空自縻脱身苦不早竹杖與芒鞵焉能此中老

晚至雲頂峰憩遠公講經臺下

朝從香爐峰紆迴陟重嶺肩輿不可上攀緣力難蹇一步一傴仄一轉一危迴送目萬峰色隨身萬峰影萬峰幻作雲直造雲峰頂何人譚淂[illegible]室空[illegible]石冷回首瞰爐峰一縷暮煙瞑

從講經臺下至佛手巖

晨發强扶策重重畫危磴登頓下經臺逶迤入花徑爛熳谷成繡紅黃紛掩映陟磵稍平坦懸崖更奇勝嵌空石一一[illegible]凌虛崿橫亘兜羅如覆手十指儼端正四圍空翠濕一線流泉迸點滴不成聲側耳清可聽

洪武御製周顛仙碑亭

碑亭歸然文煥然顛仙始末今流傳世謂仙者胡為顛吾謂顛者方為仙有明開基三百年告太平者知幾先要知其說頗荒誕匡廬深入何有焉不顛不仙運神智厥惟功高佐命劉青田

天池寺讀王文成夜觀佛燈詩

廬山最高處（文成書額）有臺號文殊絕壑下臨險危嶠中懸孤松杉既蒙密煙霧兼巒[illegible]善譚理高臥稱老夫（老夫高臥文殊臺文成句也）撞天撒星辰[illegible]光有無聞之子朱子此光不可誣（朱子山北紀行語）

黃龍寺贈雲山長老

山遊盡山北所至皆荒菴天池亦頹廢獨有黃龍潭主者善修整亦稍成精藍重樓結構新天香生玉函龍池雖湮沒龍藏猶莊嚴（有神廟時敕賜藏經）丈室一燈燄照我清夜譚烏能舍之去明日踰山南

登五老峰

直上禹峰頂來登五老巔黃茆開一線白氣障諸天身世浮雲外江湖落照前摩崖留不得曳杖到青蓮（下有青蓮菴）

入棲賢谷玉淵潭上作

匡山苦寥落却喜入棲賢三峽迸金井一潭沉玉淵淙

流聲細細洗淨綠娟娟解帶誰留此髯蘇與並傳（石劖宋大中丞留帶處）

東坡先生以開先漱玉亭與棲賢三峽橋為廬山二勝余謂三峽之勝不逮玉淵因與汝密上人步月潭上再賦一詩紀之

懸厓三峽險水石怒奔跳何似一玉淵澄泓滋澹妙或云神龍宅潭深蟠裹窕清[illegible]靜以鎮浮躁夜寒僧共語秋空月孤照匡山此[illegible]合與坡仙道

從三峽橋曉行至白鹿洞日巳亭午院中諸生欲飯余余不果留詩以謝之

山行日裏糧凌晨尚枵腹迤邐度三峽盤旋來白鹿閬然鹿眠場溪流寒繞屋書聲[illegible]堂足音響空谷諸生出迎客衣冠儼齊遨荒厨甑[illegible]過午炊始熟慇懃苦挽留問我去何速徘徊獨對亭[illegible]真滿目學田籍千畝廩給嗟半菽誰歟敢中飽其咎將安屬願整白鹿規手[illegible]殘碑讀

九日至秀峰寺壁公示寂者已五日矣其法子方曙留宿聽雨軒以秀峰志補遺乞序序竟復綴四絕句

萬仞匡山只一人秀峰獨秀秀嶙峋而今撒手歸何處散落天花繞定身

相隔無多五日前認公遺照撫遺編莫教一見無由得筆墨[illegible]餘未了緣

率爾拈毫便草成孤燈闇淡照分明蕭然一榻疎軒裏落葉聲中聽雨聲

不知誰整舊吟壇有箇詩僧語夜闌知爾後來應秀出紅樓重護秀峰寒

曉起再至漱玉亭

忍舍此亭去徘徊與之別曉色正蒼凉泠然墜秋雪秀削雙芙蓉露濃煩洗刷潭底湍若飛峽口勢欲齧磨瑩果如玉片片霏玉屑爲誦漱玉篇泉聲共幽咽（壁公集名漱玉）

青玉峽

詩不如蘇髯書非若米顛休題青玉峽貽笑此林泉

聰明泉

不聞秋雨來但見秋霜落天豈忌聰明聰明泉亦涸

佛印松

謖謖松下風纖纖松際月種松人不來風月並凄切

讀書臺

不道李中主居然能讀書空臺雖冷落秋草爲芟除

讀陽明先生紀功碑

立功者勢孤忌功者謀衆先生學道人豈以功名重若彼張江輩羣小紛聚訟一戰擒逆濠既擒即須縱天子喜親征無事勞檻送紀功復何意要爲諸臣風於乎此碑銘辭温意沉痛灼然若先見世廟承大統嘉靖我邦國斯言故奇中大功卒見錄惜未竟其用先生又奚憾浮生等幻夢涪翁七佛偈（與碑銘並刻讀書臺壁間）筆格並飛動磨崖立莽蒼千載足傳誦

山行攜得初白老人廬山紀遊一冊凡諸奇勝其詩刻畫殆盡余故詩不多作非東坡嬾不作詩之謂也爲賦二絕句

人到廬山盡爽然東坡詩也不多傳一編奇絕驚初白
雲海茫茫孽海綿
登臨無處無題句豈入廬山嬾作詩絕作在前應不作
九奇五老笑人時

自題廬山遊草後并序

五月巳巳錢唐渡江於富春登釣臺黃岡登赤壁以至滕王閣黃鶴樓凡所遊歷非一處而意則專主廬山也先後共得詩若干首總名之曰廬山遊草前輩潘稼堂遊廬山記云茲山跨兩郡韋左司白樂天輩官九江者僅至其北王子充王敬美輩官南康者僅

至其南周益公李溉之李獻吉輩雖嘗徧遊而繞其邊未穿其腹余以林居無事故得從容搜討窮諸奇勝顧詒自顧頽唐遊屐所之不逮稼堂之百一然自遊東西二林後盤香爐峰而上從太乙峰而下旬日間歷覽南北諸峰稍識廬山面目視往時泰岱終華天台九華之遊皆草草涉獵此遊似爲過之惟是巖壑蕭條古蹟湮廢所望當路名賢鉅公有以振興之耳時九月庚申書於章江寓舍

結念遊匡廬往來經夏秋方暑發錢唐直泝嚴衢州好風吹送帝子閣月明飛上神仙樓蘄黃櫂轉向湓浦秋高乃入匡廬遊匡廬擅奇勝次第恣冥搜始從太平宮迤邐虎溪頭白公草堂沒司馬花徑幽循崖上天池雲海渺十洲仙靈或可遇佛燈如可求稍陟黃龍潭道弟松杉樛及凌含鄱口曠然豁青眸開先雙瀑下棲賢三峽流二勝故獨絕諸刹無與儔瞻雲爛金碧歸宗寺今賜額瞻雲葱鬱佳氣浮其餘所至感興替嗒焉深慨良有由紫陽鹿洞亦幾廢何況梵宇皆荒邱經臺無人孤石冷講堂有主諸生愁莅茲土者貴整頓誰其告之兩郡侯漢陽張公殆將至同年張晴川奉命巡撫江右使我引領望八騶章

江門外姑少留且將詩句奚囊收

再過東湖

迤邐郡城東東湖又望中百花洲冷落一碧水空濛亭角俱衰柳林梢漸落楓平橋還佇立不耐此秋風

書吳鏡秋香草詞後

聒耳繁絃雜翛然獨撫琴寂寥香艸怨零落美人心舍我誰同調憐君孰賞音莫云交尚淺較比廿年深

喜同年張晴川至詩以奉簡

廬阜望崔嵬扁舟往復回山間容我住江上遇君來曉日明牙帳秋霜凜柏臺滕王高閣敞誰逞子安才

有薦鏡秋於觀察魏公者感而有作

才士苦不遇飄零絶可憐人唫吳質老我識魏公賢欲攬邱園秀兼深翰墨緣激昂應吐氣抗首盼堦前

留別王僉憲茲來兼懷令弟寶傳學使

別來驚十載坐對語移時遇我猶青眼看君也白髭紬書同玉局拜命獨丹墀交映荆枝樹冰霜各自持

十月一日同鏡秋赤苑訪夕佳樓故址同用夕佳二字

旅寓章江門西山與朝夕秋窮尚餘爽雨過但凝碧蒼莽蹋平蕪荒凉撫陳跡誰同訪古心一二苦吟客訪古古城上有樓稱夕佳名因取陶句理合歸傑家元忠臣傑列篪闔門死難因立祠祀之本名傑家樓明萬曆間始更今名取陶淵明山氣日夕佳句也節到一門殉事爲千古嗟滕王閣相望才士空浮華

雨後鏡秋招飲江天閣即用江天二字

吳郎窮已甚買酒却盈缸要我上層閣與之看大江狂奔水流迅怒激濤聲撞對此漫成醉離披共倚窗

冥冥正苦雨慘慘欲寒天霽色稍浮動煙波殊渺然當筵傾别酒隔浦問歸船便吸西江水何如第二泉

小雪前一日歸次嚴州有懷許同年季偉因簡

建德令紀丹書

客到天寒欲倦遊翻思五月過嚴州雙旌望去巡方使

雲川閣集　詩十二

古近體四十五首 己酉

無錫　杜　詔　紫綸

古柏行 并序

吾友揚編修文叔維斗先生之孫易亭先生子也胚胎前光學有根柢發爲古文貫穿經史含茹百家實爲當代作者乃以憂歸十年貧不能再出惟杜門讀書學益老而文益鉅嗟乎方今承明載筆黼黻隆盛誰踰文叔者而文叔顧蕭閑屏處若枯木朽株無所用於世漢桓君山有言凡人賤近而貴遠親見揚子雲禄位容貌不能動人故輕其書有同慨也所著有古柏軒集古柏軒者其高祖太司馬莊簡公讀書處余作詩贈之因題曰古柏行

欣欣萬木春向榮此木何爲獨云古貢自荆州頌於魯松則徂徠柏新甫漢皇手造柏梁臺香聞卄里高崔嵬始從巖谷負奇氣終歸廊廟非凡材有時風雲作之合有時霜雪爲之摧老幹杈枒傷剪伐糾枝颯遝興悲哀方今遭際異疇昔九天雨露多恩澤累葉重雲濡蟠根厚畜積離奇壯聲勢挺特峻標格蔚蒼成異采翠積漬瓊液生成梁棟器堂皇矅金碧如何苦心甘屏迹腹滿

文章澹顏色吁嗟乎桃李花穠易狼籍安得數百年來
長此黛色參天聳千尺

二月七日招喬勉伯郃振飛華衡南劉于根顧
持國秦耕仁耕樂耕紅半樓看燈限燈字

勝賞多年得未曾卷簾高閣客同登落梅風裡方新月
結綵樓頭乍試燈窮巷鬧來成夜市煖雲烘透泮春冰
爲逢詩友添詩興莫笑清狂老杜陵

過胡公子嘉令二絶句

扶筇獨自過城西花落紛紛鶯亂啼彩鳳丹山巢不定
碧梧猶借一枝棲

自爾昏晨奉母餘迢遙北望近何如春風消息傳來好
且喜關門讀父書

哭從孫錫祚并序

錫祚爲余兄子瑋次子與其兄錫曾自幼並負文譽
而容貌魁偉聰明精鋭過之年十二三即能背誦五
經左史爲文踔厲風發邑中歲時文會多質之李廣
文若華顧舍人震滄兩先生每閲其文輒目爲奇才
先是錫曾以縣試第一補諸生既錫祚縣試復第一
而院試不録初不以得失介意益力學攻苦誦習不
少休今春三月遽遘疾死年止二十有三一時聞之
者咸惜其才諸同學少年匍匐偕來撫棺悲慟況門
以内天倫至戚乎嗚呼吾城南杜氏自五世祖南湖
公以來子孫衰落至吾先封君始蕃衍矣二子十二
孫曾孫二十五人唯錫祚稱傑出余毎私心自喜謂
興吾門者必是子也乃不幸而夭可爲痛絶因哭之
以詩

嗟吾城南杜累世苦單孑吾父種德深子孫欣繞膝惟
吾弟兄二吾兄生子七七子孫十六祚也挺然出云胡
抱奇姿卒爾遘奇疾生年二十三壽命奄倏忽譬彼衆
木林蓄然故森列樗櫟多密蒙蕭艾或繁蔚中有瓊樹

枝春風始披拂含英方吐葩而乃傷夭折嗚呼吾不解
如汝挺生質魁梧壯儀觀峭厲挺風骨倜儻氣激昂瑰
瑋才踔絶寸心自淬厲刻苦事佔畢目覽並手批窮研
探理窟筆格既雄邁文瀾復宏濶吾家千里駒飛騰良
可必挽強楊葉穿流汗霜蹄蹶一衿亦數奇識者動稱
屈縱酒時放懷毋乃中鬱結方其遽疾作醫者歎無術
卧床三晝夜口噤喘欲脱汝父與汝母還教覓參朮汝
妻立汝旁執手便永訣汝女甫二齡汝男纔七月同祖
汝弟昆相顧驚愴慄同學汝友朋含悲共嗚咽吾何以
堪此暮年正蕭瑟日夕半樓上開窓逼汝室無復書聲

來但聽哭聲徹魂兮歸不歸夢寐殊恍惚吾生渺何涯
撫景轉凄切黯慘春已盡春星澹明滅零落杜鵑花斑
斑淚成血

立夏前一日與虛舟青渠招包滄陶周是諫山
行晚歸作

有客頻相訪相攜小汎査好風吹柳岸妙句拾楊花是諫有楊花詩絕佳
山翠驚春老煙波向夕佳畫闌同徙倚燈火幾
人家

青渠索近詩率賦

一尊相對送春時老倍傷春是牧之辜負春風狼籍甚

楊花落盡也無詩

陳鍾庭先生招同顧彝先徐飛六江景初李鼎
臣蔣子遵俞令雲宋景涵姜民章郃峙東顧峻
嶽辛卯同年凡十有一人會飲響山堂

廿年同譜見何由十一人中愧白頭誰說吾儕成放浪
獨教學士擅風流衆山皆響成高唱百醆交飛各滿浮
此會江鄉稱絕勝便應傳語到韶州謂韶州守賡載同年

五月既望黃藻亭招遊虎邱與金次山吳庭贍
舫齋待月

山寺遊來落照前可知今夜月仍圓黃郎好事能觴客
杜老狂呼且泊船水浸疎簾花市外煙籠曲港柳堤邊
海濤直涌金波上恰照聯吟擘素牋

贈姚徵士平山三首存一

子豈蓬蒿士功名未是遲傷心緣喪母挾策肯逢時要
路憑誰據孤吟只自知著有自知集素衣曾不染爲賦白華
詩

書李客山石閭集後

淡絕風標人似菊天然姿致氣如蘭世間粉本都刪盡
不着臙脂畫牡丹

橫塘弔王寶傳同年

傷哉王侍讀兩載絳紗帷山左諸生泣江南一櫬歸荒
庄憑客到老淚向誰揮寂寞橫塘渡前村已落暉

過席氏松風書屋賦贈采若宜民兄弟

六月已徂暑松風吹颯然對玆庭户爽愛汝弟兄賢淚
落攄懷藁尊甫貢湖所著集名書繙震澤編廿年悲往事爛醉夜
尊前

采若兄弟招集湖舫同李客山沈我瞻陸研皐
吳雲檻諸子拈風荷二字

要我看花去瀕湖曲港通暑消河朔飲秋起洞庭風路
轉分山翠舟移夾岸紅莫教仙夢遠人在水晶宮

小泊葑山下歸來路不多嫩凉過驟雨清響滴圓荷有
水通香徑無心問苧羅聯吟休共悵零落采菱歌

訪吴允繩留宿小園作

别君經七載悵望已多時祗爲一湖隔恍如千里思簡
與朝度嶺草閣夜譚詩落魄猶然是疎狂老牧之

白沙渡見小池荷花盛開同客山賦

煙波眞萬頃何處好看花色艷矜紅粉香清稱白沙方
塘難放棹勺水易爲家秋曉亭亭立迎風裛露華

允繩招同業謙庵李客山令叔渭川集薜蘿書
屋以荷風送香氣句分韻得送字

薜蘿靜且閟青翠萃飛動小圃未成秋凉風忽吹送會
偕嵇吕遊乃與籍咸共誰剪芙蓉花娟娟入香夢

七夕後三日同程汝諧徐潋齋集蔣編修廸甫
西原草堂分韻得時字

一軒疎豁處三徑恰開時靜得幽蘭氣清餘野鶴姿凉
生秋思早月上客歸遲爲問誰同調西原北郭詩（汝諧家北郭）

鍾庭先生卒於杭州奉輓三首

何意先生死先生不自知西冷方去日東冶未歸時（家在治坊之東）吴市傳聞早韶陽信息遲問誰爲視殮少女作男
兒（時送女回杭）一哭盡親朋傷哉嗅不膺在山暉似玉與世冷於冰家
固同南阮詩眞逼少陵窮愁無復歎快意酒如澠
我亦過從數懽然聚會情本居猶子列雅重嚮山名澹
泊知何似風流盡此生持觴思一薦酌以慧泉清（近有酬余餉慧泉詩云感君送水不送酒厭濃喜澹性所愛）

與楊文叔李客山同舟至查溪作

喜得扁舟共此行兩君於我兩心傾力窮經史知楊子
語涉風騷見李生獨逞疎狂餘故態劇憐蕭瑟近秋聲
問誰查浦乘查去一夕風吹萬里程

文叔序余詩謂從義山入少陵余方滋愧因述
舊懷即用前韻

春風歌罷麗人行誰逞蛾眉一顧傾知已深慙臯里子
稱詩還許玉溪生青雲無復升沉感紅豆空餘斷續聲
月底吹簫仙夢杳蓬山相去幾多程

遇同年孫叶飛于婁江舟次感賦兼懷王毓燕

小雨纔過日未晡隔船人語笑相呼杜陵猶是耽詩癖
孫楚元來認酒徒經國有才膺　使命師門多故負官
逋煩君問訊王公子亭榭東園似舊無

贈譚清原

故人相見一長嗟百感茫茫未有涯感世本同霑雨露
幽居偏只住煙霞乙酉同欽取而未與書局半生懶慢唯耽酒廿
載漂流等落花時以落花詩書扇見遺記取春風消息斷一泓秋
水誦南華

題沈少傅端恪公傳經圖後并序

公以進士起家縣令家居二十年 今上特恩起用三年之間累官至吏部左侍郎左都御史歿贈太子少傅禮部尚書謚端恪公與陸稼書先生同爲浙人清德幾與相埒其所學原本經術心原湛如歲丙午奉命典試江南事竣給假回杭首展墓次婚嫁子女屏當一切家事計二十日盡畢灑然就道還京師篋中惟書數卷正韋長孺所云遺子黃金滿籯不如教子一經者歟公子某過錫山奉公傳經圖屬余題識余雖不獲親炙公而同年王吏部虛舟公之故交與公門人秦進士中御道公行誼甚悉竊心慕焉因題一詩於後

人苦墮塵劫役役勞其生心以俗累牽身爲世網嬰妄作子孫計黃金求滿籯遐哉沈少傅盛世名公卿功名豈不顯本來無宦情種學既已深析理亦已精出世與入世總歸心妙明傳家一經外空洞無他贏令我展是

圖典型欽老成

次和胡三永叔訪天鈞不值見示之作

罷郡歸來謝垢氛風流莫道散如雲肯同淪落人埋照豈望循良傳紀勳泛梗漫留餘藁在永叔有泛梗賸藁揖心還取妙香焚石林禪隱原無隱不是涪翁定不聞時約山中訪桂

八月二日同南野主人過高忠憲公水居作并序

高忠憲公以明萬曆二十六年作水居成其自記云漆湖之千有洲焉即洲作居以水爲垣豁然四達所謂宅天宇之寥廓餐元和之膏潤於茲蓋百三十餘年矣至 本朝康熙十九年廢今雍正七年秋華孝廉芋園首捐百金爲倡命工運木石構屋築堤將復舊觀因偕余艤櫂月坡周覽湖山之勝緬想先喆遺風宛然在焉即用公月坡初成元韻紀之

我友南野子招我將何之扁舟泛湖上水濶秋空時高公舊築居榛蕪莽今茲幸子復修整遺構故若斯餘風恍可接妙理良可知此中得偃息此外愁驅馳自公揭陽歸造物如有私朗朗明月坡照我悠然思

再過水居胡三永叔賦五言五十六韻示余欲和未果也再用前韻奉簡因懷令兄警齋

東林廢已久感慨竊係之聊爾一水居復見重興時之

子久羈宦與我忽來茲賞心在何處拍手歌於斯五百六十言言言兩相知願結煙霞契但恐歲月馳秋風一雁悲尺書銜寸私蘆花白如雪月明千里思

客山信宿半樓適芋園移舟過訪因復同過水居三疊前韻

小樓坐愁雨促刺靡所之何意操舟來且喜雨霽時一二素心侶攜手復於茲秋水賦蒹葭茂草傷鶯斯奄禍實蔓延靜者默已知建言旣削籍緹騎如雲馳孤忠貫白日照耀天無私迄今共仰止縹緲增遐思

題畫冊四首

晻藹濃欲春蕭疎淡如水風吹香滿襟人在梅花裡

誰向花溪隱扁舟棹白雲山青波蘸綠尺幅李將軍

一片磧沙平如聞哀雁鳴蘆花明月夜淒絕操琴聲

窮陰常冱寒四望唯一白點宕好春來羣峰浮寸碧

九月旣望同振飛于根集右源婿戲綵亭看菊小飲以花之隱逸四字爲韻分得隱字

周生尚年少豈學柴桑隱秋水滌塵囂秋華謝脂粉亦復開爛熳篝燈照殷殷呼朋偕老夫命酒酌新醞偃仰廿年內零落慨朝槿眷此澹澹姿晚香妙含蘊相對影差池夜寒霜月近

西溪訪菊次韻贈黃暘三

不道年來手藝花無雙才子舊名家傾心已甚人何澹把袂其如鬢欲華且喜畫堂交掩映最宜紅燭照欹斜豈耽寂寞東籬下招隱詩將好句誇

與振飛信宿右源齋疊前韻

樊川老去只耽花可笑青門苦憶家留榻爾還同夜語論詩我已謝朝華酒餘剩剪殘燈淡松際微窺片月斜衞玠神清猶玉潤一條冰冷向誰誇

夜集滄洲上人水邊居同用燈字

孱歷初寒夜秋空水自澄櫓聲窗外月人語佛前燈涉

世都成幻端居盡似僧石林行脚便爲我訪徐陵天鈞時往德清訪徐南臺

十月九日夜喜得楚南消息

溪州司馬問何官束縛羣蠻事本難旣挂彈章驚倉卒忽傳消息報平安微誠應感　天恩厚薄讒須知吏議寬此夜相思吳楚隔月明雙照寸心寒

永叔之吳門別後簡懷

一櫂南塘去寥闊欲度遲藥鑪人病後襆被夜寒時薄宦成飄泊孤懷悵別離茫茫西北夢風雨況淒其

十一月五日夜于二碩堂與振飛同宿半樓酒

後同用范石湖請息齋書事韻

何事長宵寐不成半樓人語月華生一尊偶作消寒會廿載還餘感舊情老去已拚爲世棄貧來只合以詩鳴須知燕寢凝香好官到蘇州太守清

和莫文叔表弟半樓寒夜韻

感君爲我伴坐卧只斯樓上下可千古（時方論史）如何懷百憂酒消寒意盡被擁煖香浮好共長宵語狂吟笑白頭

壽王雲衢二首存一

風流盛江左今只一墻東（墻東其自號也）本以無雙士而爲七十翁心眞判官拙口不諱家窮尚有飛揚氣文章老更

雄

簡尹中丞二首存一

春初奉　命入冬天整理河工策萬全淮上時方看駐節江南人盡望迴船頌聲揚去傳千里侯吏迎來到二泉綠髩綉衣應笑我白頭蕭瑟老同年

雲川閣集詩十二

雲川閣集　詩十三

古近體四十二首庚戌

無錫　杜　詔　紫綸

白雪軒梅爲華四予思作

當軒一兩枝寂寞向人時不著紅香夢眞成白雪姿賞心唯有月落筆總無詩翻笑林處士虛名盡得知

送鄒拱北之絳州

鄒生來作別無語黯魂銷七十親還健三千路却遥問津汾水曲弔古晉靈朝誰哺翳桑子（州有晉靈公臺哺饑坂）應甘陋巷瓢

東行述懷呈岳中丞厚川四首

寂寞杜陵客九峯山下居南遊頻放棹東望一驅車貧賤交遊嬾衰殘著述疎特來千里外珍重撫軍書

傾蓋自秦中虛懷迥不同渾忘公子貴早著大臣風別緒經時積恩華歷位崇私心切仰止開府鎮山東

莫訝年何少人皆服老成家聲方烜赫世胄篤忠貞化洽尼山遠心涵渤海清百僚胥整肅絕不事威名

尺牍招客至老矣事編摩六籍冥搜亟三齊往迹多見聞誰覈實紀載或傳訛還藉公爲主千秋定不磨（時修山東省志）

旅舍偶成

經旬風雨後樹杪漏斜曛又見將圓月其如薄暮雲客心孤易倦蛩語細難聞休讀悲秋賦狂吟到夜分

八月十五夜與劉大震濛郤二振飛坐月達旦

鼎鼎百年内常愛秋月清塵事苦擾之豈不虛此生此生獨此夜清光湛空明緬彼古明湖空餘古歷亭北海人安在濟南士誰名我懷故寥落披襟眄中庭有客相與偕有酒相與傾萬籟此俱寂側聽晨雞鳴

和震濛中秋望月韻

玉露零時妝宿雨金風著處散重陰一輪皎出中秋月

萬里孤懸我輩心清漏莫催高興盡白頭還耐薄寒侵此生此夜眞難得坡老詩傳直到今

訪白雪樓（樓在城東三十里鮑山下爲李滄溟故居久廢後人築于趵突泉東）

生平好遊歷歷下無可遊數來趵突泉一訪白雪樓夫豈舊遺趾斯名空復留滄溟不可作緬想餘風流掎摭亘虞山洪忍悲弇州嘵哉我所欽舍此將安求

再過遂氏園

步出城西門復此憩良久秋風欲蕭瑟層陰淡疎柳方池淰淰寒細水涓涓劉泉聲聒人耳泉香悅我口爲問烹泉客窮彼泉源否知是古賢清因之滌塵垢

得老友蔣湘帆曲阜來書郄寄并柬孔大令樸齋

老矣吾儕倦奔走苦向四方求餬口君行與我相後先我住濟南君曲阜爲君喜得佳主人風流儒雅尼山後判牘餘閒富文翰官衙清絕羅賓友堂開大洽恣懽劇高座皤然一老叟見說揮毫滿題壁珍重馳牋索詩久我豈能詩壓元白君故能書奪顏柳方今闕里廟工新金石鴻文須大手漢碣唐碑易磨滅合使君名傳不朽自顧頹唐紀述疎便欲流傳竟何有相期握手杪秋時落葉西風歸去否去矣還從北海遊一尊酌我黃花酒

與蔣編修蜀瞻分纂山東省志共事者凡九人而荊溪潘孝廉方霖以大將軍岳公之招入秦爲賦一詩送之

幾人落落偶爲羣方喜逢君忽送君渤海名都煩載筆蜀山才子本工文身憐陟屺征衣薄馬怯臨關列騎紛畢竟書生眞面目未妨長揖大將軍

省志垂竣蜀瞻與祁一峯尤仲玉李公三先歸維揚即用前韻志別兼呈岳大中丞

我故飄然思軼羣緇書捉筆共諸君誰教窮老甘爲客自笑荒唐欲賣文路指邗江歸卒卒人如秋燕去紛紛

棘門霸上皆兒戲整頓還憑細栁軍志以迫於告成未免草率惟中丞公是正

試泉行有序

濟南七十二泉論者謂趵突爲上金線珍珠次之餘皆不及余獨愛賢清泉以爲神味迥絶比偕劉震潒部振飛潘方霖黃名標嘗古温泉及龍潭天鏡馬跑諸泉未有如賢清者既而得蜜脂泉於闤闠中之僧舍乃更出賢清之上最後復嘗趵突則神味索然矣因慨然賦此

我與四子朝出城滿街聽徹流泉聲一夫負擔攜茶鐺次第汲取加品評古温泉從石竇生飛來天鏡光熒熒龍潭馬跑如雷轟一泓清可唯賢清誰知蜜脂藏杳冥既甘且冽怡我情却笑趵突誤得名平地噴起倏滿盈吁嗟乎不遇盧仝并陸羽此中高下誰分明四子與我歎不平願言歸去歌濯纓濯纓亦七十二泉之一

又賦二絶句

一條金線覔無踪泉在民居繚垣蔽之翠幙遮來粉壁重縱有珍珠穿不得更何心去繡芙蓉欲訪芙蓉泉不果

汩汩塵埃多閙市消消蕪沒半荒灣肯來着眼窺金井玉虎牽絲繫玉環城中玉環泉最佳

登歷山望華不注

久住明湖旁端居歷城内突兀起層樓周覽了無礙歷山並華山東南相向背及上歷山來乃與華山對單椒秀桀立翠發濃點黛徘徊古佛厓頽垣盡蕪穢秋風莽牢落望古託深慨相傳舜耕處無田可鋤耒齊晉鞏之戰三周迷進退上下百千年變幻百千態陳迹撫蒼茫山空夕陽在

九日邢聿修招同震潒及黃名標兄弟遊龍洞山二首

爲有登山約肩輿早出城添衣淒日色側帽颯風聲逕折逶迤入峯迴犖确行老懷驚履險小駐石坡平

有寺藏山塢遊人喜到來屋深雲障合庭敞錦屏開舊有錦屏春曉之勝陟磵頻扶策當軒數舉杯多情留客醉又趂夕陽回

不及登東西二龍洞晚歸作

蕭蕭風色向東皋跋涉無多已憚勞舉足只須求路穩置身原不在山高憑誰勝蹟添新句助我狂吟仗濁醪莫笑題糕劉夢得杜陵野老亦詩豪

同蔣湘帆金壽門飲大洽堂因呈孔大令樸齋暨令甥顏樂清兄弟

愛客夜開筵風流吏亦仙多情甥舅好大洽主賓賢闕里書猶鈌（湘帆訂余同修闕里志）虗齋榻尚懸欲留吾未得早辦過江船

孔廟

離照方初曜文明肇我　皇會教天一火特使廟重光字歿穹碑古根蟠老檜長肅瞻堂廡下頫首愧循墻

自孔林歸已昏暮矣樸齋復偕諸賓從至寓舍挽留詩以謝別

朝來謁孔林歸路夕陽沉欵欵留人意卣卣過客心廟庭空饗祀海岱罷登臨爲理猗蘭操傷哉是古音

次淮上簡于二碩堂三首（時守淮安以勘荒行縣）

遊人渡淮歸太守渡淮去淮水浩瀰瀰相思不相遇

始向桃源行黃流曲繞城沿堤種楊栁遍地栽蕪菁

秋風苦蕭索日冷荒村落不見宋廣平陽春如有脚

過秦郵不及訪賈檀邨

二賈齊名久而今一賈存與兄同罷職念爾獨關門白髮人誰健青綾夢不温珠湖殘照裏秋水沒城根

哭賈毅菴前輩

天邊侍從臣亦久困風塵每作傷心語偏憐失意人直廬聽雨夜判袂落花晨歷歷驚回首華胥夢後身

次客山韻酬胡三永叔三首

自古知名士風流標榜盡疇若申屠蟠超然免評論我友紫華生名字勞典郡既賦歸去來何喜亦何愠汪汪千頃波豈復生鄙吝雄傑儼驊騮賞愛必神駿廼念半樓人夢寐紛結蘊（余客山左時永叔夢與余半樓夜話因賦詩寄懷云）情至語益深詩清格逾峻嗟我日衰颯懶慢不自振兀坐何所爲離騷託天問

別子才半載相思語難盡同調愜同心交非泛然論十日三顧我歸從濟南郡握手縱譚笑我竊中含愠三齊名勝區造物偏我吝誰扶九霄翮孰騁千里駿積潦浩

迷津神遊抱幽蘊渤海大且深岱宗高且峻皇皇闕里堂金聲和玉振眇見亦寡聞頗子勿我問

子其竊憐我老矣筋力盡於時實齟齬無爲絕交論足不入官府名不出州郡營營復何求悄悄更誰愠物情忌滿盈世態苦嗇吝百斤誰買賦千金誰市駿風雨半樓中與子傾素蘊俛挹二泉清仰視九峰峻吟社雖已湮餘響思一振待子白門回晨夕通聞問

震澤吴寒塘去秋訪余吴閶不值兹復見過又匆匆別去詩以送之

如君著述等身多才大瀾翻震澤波秋雨山塘勞見訪

夜寒村巷復相過剪燈可許聯吟否執手其如作別何
小渡平江鶯脰好蓉湖老我一漁簑

次韻題予思綠天吟槀後

多君獨抱歲寒心一徑松筠犍户深齋號綠天仍故宅
軒開白雪向疎林 白雪綠天皆其先世舊額 閒情轉劇爲忙事樂意
翻多在苦吟舊槀刪餘新槀脱不曾舍我覔知音

南野主人招同虛舟天全子吴山人又泉過高
忠憲公水居登可樓作

水居重築可樓成撫景茫茫眺望情莫歎東林無後起
還憑南野弔先生天寒草木猶春意日落湖山正晚晴

稍待月坡坡月上清溪一櫂櫂空明

贈朱若愚

誰識欄香子 著有欄香閣詩 少時能綴文頻年嗟有病獨處歎
無聞老輩還思我新詩只愛君城南郵落裏餘子笑紛
紛

滄洲上人自吴門葬母回錫詩以奉懷

素抱白華潔全身還衣麻力疲初葬母淚盡永辭家托
跡知何地浮生似泛查水邊居且住整理舊袈裟

懷潘二師仲

念爾生何苦茫茫天一涯縱無書到我應有夢還家臣
罪真難逭　天恩本易加才多嗟命薄乖老謫長沙

冬至後一日顧五持國過訪出示近詩賦贈

孤懷寥寂掩蓬門喜得逢君與細論詩筆故應誇六子
余向稱九峯六子詩謂師仲龍岡丕光振飛于根帖瞻也 科名豈肯讓諸昆春迴錦
帳鶯花夢冷逼青氈雨雪村 時館於湖濱村舍 莫笑半樓人更
老聯吟還共續西崑

喜同年黃禮部樸齋歸

浮沉宦海漫迷漫一往滔滔那得還我最服膺黃叔度
人皆比擬白香山但逢舊雨看霜鬢莫向春風憶曉鬟
出都時有少妾遺歸 雪欲消時梅欲綻相攜一笑九峯間

觀鄒進士景何近作山水圖賦贈一絶句

舊冊摩挲廿度春 余乙酉入都時辱惠擬古八幀 而今筆妙更通神王
門弟子如君少衣鉢傳來只一人 向受業於麓臺先生

過陽明觀賦一絶句簡聽松山人爲阻其出遊
也

有泉洞酌共知名 觀門之右有泉名洞酌味亞於二泉 流入松風萬壑聲
爲語聽松人記取出山便濁在山清

雲川閣集詩十三

古近體五十九首 辛亥

無錫　杜詔　紫綸

元日喜晴東郃㕔園王豐亭髙丹泉黃璞齋王虛舟秦岵雲華芋園王貽六周蒸巖諸老友

天與吾儕歲又新晴光晃朗藹生春朝衫脫去初歸客謂璞齋仙杖扶來幾散人汲井澆花鴻澤畔艤舟垂釣蠡湖濱碧山舊社今安在十老從教步後塵

遊靈巖

不到靈巖久亭池半草䔧寂寥廊響𥖁破碎閣涵空竹

徑過方丈梅花認老翁滿堂僧亦散那問館娃宮

同館張艮思留飲話舊

靈巖山下好安穩閑紫荊有酒能觴客何心肯入城廿年眞倏忽自乙酉共事書局距今二十六年矣一夢極分明歷歷爲君數升沉並死生

登上堯峰甞寶雲泉因呈水月長老

寶雲泉一滴落在最高峰水月涵空澹湖山潑翠濃只須持半偈從此駐孤踪百畝還堪飯匡徒事力農

訪汪茗文先生堯峰山庄

屈指歸錢後三吳一鈍翁非關文字賤可奈子孫窮藥草荒畦斷茗華老樹空今爲誰氏宅風雨壞墻中

次韻落梅二首存一

花開驚雪滿花落訝山空紙帳三更夢江城一笛風淺斟低唱後細雨澹煙中白石仙何事還教喚小紅

同沈生景韓家士宜虎邱僧房看玉蘭花

山房深窅樹杈枒萬蕊參差盡作花六百年來春不老三千界内玉無瑕不知仙子來何處畢竟瓊林是爾家說與二三遊冶客莫教此外羨紛華

訪友

吳閶歷遍又婁松花柳郵郵煙水重好友那堪都隔絕

老年能得幾相逢滿懷跌宕餘狂態可奈窮愁更病容謂半樂再過晚清應說與謂秋厓餘生只合恣醒醲

同進思懷握蘭主人

多情念握蘭花氣撲重闌每喜名嘉客時方開牡丹雲山隨手賦几榻擁書看小别煙波渺孤蓬江上寒

簡風衣并序

往時京師典學堂一集同人中青陽吳七雲年最長其最少者則程四風衣也廿年契濶凡遇四方名士必語及之良常王虛舟稱其人與文並超邁絕倫吾門沈生景韓客其家久爲余道之尤悉余故極不忘

耳茲同景韓拏舟渡江將訪之淮上因先賦一詩簡之

孤蓬江上來旦晚之淮陰淮水清且淺淮流濁滋深淺深不可測身世隨浮沉憶昔輦下交馳驟何駸駸毷氉倦場屋炫燿輝朝簪如鳥跼樊籠如魚遊釜鬵悠哉達觀者早遂幽居心戢景江淮間不受塵埃侵有兄儼慈父寶之如琅琳（謂其仲兄春谷）搜羅富文史貫串鎔古今稱詩入陶韋健筆凌高岑書絶盡尤絶揮灑潑墨淋長松蟠鬱蒼直幹森横參謖謖吹清風萬籟含蕭森箏琶響嘈雜獨自彈鳴琴孤桐本灣絶玉軫徽黄金珍重理幽蘭

牙曠悉賞音伊余苦頽暮爲君越江潯恭壽不獲偕（虛舟曾紆偕來）有客同追尋願言過竹巷（里名）佳遊思竹林籍咸並超俗（謂與令姪蓴江兄弟）相與開素襟有花恣大觀有酒容細斟忍繙思舊賦觸緒紛悲吟（傷爽林兄也）

贈楊大渭邨

交遊滿京雒零落竟何有鼓櫂涉江淮欣逢一老友生年六十餘依然戀慈母祿養苦不足汾州罷官後四子兩得官夫豈缺升斗安居一畝宮奉母百年壽屈指交遊中誰歟似君否而我栖碧山與君別來久一日登君堂連宵飲君酒廿載弟兄心款曲意彌厚少長況復集（風衣與余門人侯爾端華進思呂裕昆在座）銜杯笑開口促膝對瓶花含毫賦堤柳（時欲和扇頭堤柳詩）微聞夜雨聲朝還剪春韭

淮陰太守行爲于二碩堂賦

一入淮陰城周覽淮陰道淮陰古雄郡客秋傷水潦太守甫下車憂心切如擣晝夜苦籌畫寢食縈懷抱　天子發倉廪戶口計多少何以撫惸嫠哺之若襁褓條議達上官躊躇屢削稿便宜利行事賙委盡冬杪自冬迄三春民饑漸安飽籍甚兩淮間皆云太守好攬轡陟郊原垂鞭咨父老雙槳渡河去月落衆星曉四野行復周二麥秀還蚤爲君歌兩岐長堤綠淮草

淮陰送春

老去傷春笑牧之尋春到此亦云遲可知酒盡酴醾後
還喜花開芍藥時自古有情皆惜別只今無事更題詩
江南江北歸何處一綫東風萬柳絲

和沈子大堤柳二首兼戲贈風衣

十里長堤斷復連毿毿一帶綠黏天分來隋苑含春澤
浸入邗溝蘸曉煙繫馬橋邊嘶欲亂流鶯枝上語仍圓
只今可記靈和殿張緒風流廿載前

絲絲縷縷意纏連最怕傷春夢雨天隔浦落花迷驛路
漫空飛絮渺波烟笛聲吹徹迎風細水調歌成逗月圓

折取一枝眉樣好畫眉人在綠窗前時風衣新納姬人

瓶中牡丹分韻十四寒

爲傳花好過淮安却遇花開到牡丹數剪貽將賢守去碩堂時向風衣索花因折贈焉幾枝留與老夫看莫教艷絕愁經雨未怕香銷肯耐寒十箇篔簹誰作伴風衣自牓其齋曰十箇篔簹屋錦幃重護碧闌干

黃虞美人 有序

江以南花皆深紅淺白色未見有黃色者今見之風衣座中因賦

不著深紅著淺黃美人何意道家裝豈因垓下多傷別

却過江東又改粧蜜蠟釀成花氣味鵝兒染就舞衣裳好山無限憑誰畫額角塗來暈夕陽溫飛卿詩額黃無限夕陽山

水南種椒曲

三月既盡四月交千山濃綠不可招水南先生啓碧寮竹木交蔭兮更樹之以椒椒樹能作花椒花能結實望去四垂陰遮來半邊日簇簇新香生几席却笑季倫塗滿壁

楊生龍度吾門魯公子也年少負儁才方補邑諸生第一其族祖笠乘孝廉攜之入都與余遇之淮上余雖喜魯公之有子而心竊黯然久之

相逢此淮上相送此河濱刻意憐才子傷心哭故人世間名易得泉下志難申魯公充武英殿纂修凡七年以諸生卒願爾從茲去雲霄早致身

送侯爾端因簡鄒泰和原褎陸龍岡曹王載顧士行華季常同鄉諸舊好

執手幾相看須知此會難憐余還作客送爾倏之官驛路三春暖征衫四月寒滿懷多舊雨清夜夢長安

四月十三日雨宿碩堂郡齋同用送春原韻簡示風衣爲訊誰莊花信也

箇中消息孰知之太守風流問訊遲剪燭偶同聽雨夜

擁衾還共夢華時綠楊舊憶長堤怨紅藥新栽小謝詩只恐滿園春欲去東風無力駐遊絲

過嵇大冢宰禮齋前輩督河使院

中朝統百官淮海砥狂瀾寵命承　天重恩波匝地寬報　君臣力苦將母子心安棨戟森嚴甚人教欲見難況我來江浦蕭然意若何不圖鈴閤啟還喜故人過燕市成追憶劉郵發嘯歌自甲辰秋別於劉郵工所八年重一見共訝白鬚多

喜葛江歸爲賦二絕句

見說吟暉絕世才樓高百尺迥瑤臺誰知我返清江櫂

人自揚州夢裡回蕁江方買妾揚州
豆蔻春風艷綺羅娉娉嫋嫋定如何朝來便放珠簾卷
老眼看花着霧多

燈前看瓶中芍藥呈御李

花開應笑我欲往誰莊還未果主人要我宴華堂乱插
繁花上燈火燈曜花光越婀娜琉璃葉亞珊瑚朶敉成
次第一斬新紫絲歩障圍錦茵我姑酌彼棼尾春其如
此夜何滿堂兮美人

錦江招同進思景韓珠湖小泛

之子頗跌宕相攜湖水曲呼來鴨嘴船棹去鴨頭緑稍

泊柳衣園紆廻恣遐矚夕陽如畫裏一幅波煙玉

四月廿四日誰莊芍藥歌并序

淮南之遊爲誰莊芍藥也至淮寓風衣齋匝月芍藥
始華及華盛時會有貴公宴遊於此不得往至是風
衣招同徐笠三王素修徐青城楊韓持抒丹蔣星煒
于紫祥華進思沈景韓凡少長十數人往遊雖不免
後時之憾然猶四顧爛然眩曜心目往客都城豐臺
芍藥稱極盛視此蔑如矣因作歌紀之
帝京往日遊豐臺淮南今向誰莊來誰莊芍藥花早開
茲遊笑我何遲回昨聞紛紛擁飛蓋香車寶馬轟如雷
十萬蘐蘐錦繡堆錦氍毹簇紅玫瑰此華何煩羯鼓催
繁絃急管交喧豗而我到此何有哉養花天氣花半摧
水南居士故澹蕩鉛華一洗無纖埃幕歷煙濃張翠幄
霏微細雨滋莓苔藥欄向夕一燈上水晶浮動玻瓈杯
座中談笑盡狂客無邪玉山人欲頹回首京華宛如昨
繁華一夢俱寒灰便圍金帶非仙才乘風畢竟歸蓬萊

雨霽後喜渭邨至

昨夜風兼雨誰莊冷落無恰逢新霽色更遇老狂夫薄
霧蒙初散殘妝嬾欲扶笑拈紅藥句吟興不曾孤

遲蕁江不至

誰莊誰是主勝絶占淮陰客至留三日花開到十分晏
眠香夢淺久住錦幃深爲向吟暉語狂夫正苦吟

蕁江偕王旨言沈凡民至相與繞花而行中有
粉紅純白數種層樓碎瓣如剪絨刺繡品絶佳
而始放前此爛熳時所未有也因歎賞久之

傾城絶世姿何事獨開遲奪盡天工巧羞爲俗輩知緑
雲催上酒紅袖乞題辭的爍華燈裡魂銷在此時

程三夔洲見和送春詩後復枉過不值詩以奉

簡

此地論風雅唯君擅別裁幾番淮北去兩度水南來不

共吟紅藥還期弄玉杯養花天氣好細雨落玫瑰

訪程翰園

一片湖光好園居水四周落紅花意淡延綠艸堂幽學固糸三昧才當壓衆流憑欄傷極目却對曲江樓（翰園有延綠艸堂試卷與吾亡友爽林曲江樓會課實後先暉映也）

荔江招集柳衣園分韻得九佳

招攜何處著吾儕半畝方塘正復佳柳陋一堤濃有色水周三面渺無涯射須命中全憑巧（時荔江與楊元鳴原較射解）詩不求工只放懷小泛回時須痛飲玉杯浮滿酒如淮

集邱拙邨齋分韻二首（存一）

猶是淮城裏清風吹滿庭世稱名父子（拙邨與子庸謹並以文名）家住好林亭樹壓花陰淡苔封石色青忘機琴一曲那許外人聽

夔洲招同碩堂風衣暨星煒用學集可庶軒分韻二首（存一）

粉署含香客風流喜盍簪老夫繁髩雪太守重腰金入座俱疎放披襟且嘯吟畵屏燈欲上絲管後堂深

送劉東郊分韻二首（存一）

執手淡無語逢君又送君黃金誰買賦白首笈攻文客路愁難別離人酒易醺家貧兼子幼無那思紛紛

送碩堂之吳門兼懷風衣白下

我住君翻去蒲帆一夕開過江嘗惠水逢路喫楊梅吳市春猶在秦淮客未回寂寥今夜裡夢到雨華臺

五月既望星煒招同抒丹紫祥程引長兄弟慰栁衣園抵莫泛舟方珠湖月上從蘆葦中溯洄久之至蕭湖漂母祠而返則漏巳三下矣

酒泛紅螺艷石榴栁衣風細淡於秋本來蕭史吹簫客雅稱珠湖弄月舟弔古不曾聞杜宇（劉長卿漂母祠詩渚蘋行客薦山木杜鵑愁）懷鄉只合聽吳謳笛聲猶是空嘹喨安得詩人趙倚樓

贈別沈凡民

交遊零落半風塵安得如君氣味眞三月淮南同作客一帆江上獨歸人求田問舍曾無策補屋牽蘿別有春（凡民自號補蘿山人）最好九峯山脚下肯招王翰共爲隣（與盧舟有卜隣之約）

送徐孝廉宗海

忍向京華去心還在德清（尊甫南臺爲德清令坐累繫獄）呼天哀泣血爲父苦求生至性關人杰殊恩仰　聖明一官何足重惟重孝廉名

夜聽徐笠山頎顥二子讀書聲

憐君纔一第窮經幾白首文筆高傳家二子挺然秀頎也爲之先顯也出其後含毫撰精思落紙逞奇搆春華炫摛藻秋水濯蒙垢我觀諸少儁似此罕曾覯時來呫嗶聲昏黃如白晝風前鸑鷟管吹月庭鸞笙奏朗朗清人心踈簾坐殘漏因歎此髫年學殖日滋茂玉方韞而輝珠不脛而走而翁苦晚達而子宜早售緬彼蘇眉山軾轍並馳驟無爲抱窮愁天乎報君厚

留別碩堂二首 一存

欲別何爲者遲回去住身世多堅拒客爾獨苦留人老態看還徙交情感倍眞願言從此後長使令名新

風衣齋話別分韻兼酬令兄眷谷

已定三秋約今當六月歸交遊於我重兄弟似君稀獨去過楊子重來問柳衣木樨花放日香露裛霏微

日日

日日成歡會何當餞別觴從遊憐沈華景韓進思知己念徐王笠山素修江上孤吟老山間六月涼黃淮空浩蕩不及二泉香

歸舟口占四絶句

自從三月到淮城只認枚臯故里名詩友可曾逢趙嘏酒徒空去弔劉伶

知己無如一養雲稱詩獨愛老司勳却緣憂絶三時旱不及聯吟到夜分

水南居士並南陂每一招呼共嘯歌一自送春歸去後滿城狼籍和詩多

柳衣園好面珠湖好景扁舟載得無一幅波煙收拾盡蓉湖詞隱第三圖 水南筆也

六月廿一日邵振飛華衡南劉于根顧敬輿持國柱顧半樓同莫弟文叔及兒瓅以陶詩晨興清風好音時交爲韻分得交字

蒼茫向淮海寂寞歸蓬茆幸與數子偕爲我忘年交意

致亦恬淡語笑無喧呶相攜半樓上聊復陳酒肴雖當朱炎赫迎風遠林稍吹來硯北涼新詩還手鈔狂老媿杜陵窮愁如孟郊瓊瑤先我贈石擊和金敲盛年負壯氣文壇逞雄彪或若蟠泥龍或若得雨蛟煌煌繡衣使彎筆凌螭坳羣英等儔匹啁哳誰見嘲青霄奮六翮丹彩曜九苞鸞鳳相爲羣休羨孤雀巢

題二泉試茶圖 并序

梅谿江公簡齋令錫之三年擢泰州牧去之日邑之紳士各操舟祖道蓉湖而公早挂帆行矣乃獨留是圖屬道士洞泉僧天鈞及余三人題識夫余平日與

公交實疏去春公置酒山中招同王虛舟蔣湘帆小集竹爐山房時公方葺二泉亭將落成相與散步泉上汲泉瀹茗欵洽久之嗣後仍落落然無幾相見也公顧睠念山野搆屋錫山之巔以居洞泉數過天鈞石林精舍殆與余三人茗椀清緣有深契焉者因之屬題是圖往余交疏於公實不知公也而公乃知余則余之負公多矣爲賦試茶歌一章用志知己之感

慧山泉品居第二不比中泠虛位置茶譜相傳品各殊雨前火前頻一試官焙品爲上私焙品爲次外焙莫亂眞白甎封題字茶性喜冷惡鬱蒸茶味忌混祛羶腥碧

乳浮花飛雪輕其色貴白香貴清要惟識者辨別精不然雖有白茅紫筍莫或知其名於乎桑苧玉川今已矣那得如公一知己

胡嘉令同諸是可見訪賦贈

委巷耽幽寂孤吟厭苦辛偕來二公子並是一詩人楊栁驚秋早芙蓉得雨新月明南浦上望爾隔城闉

再續碧山吟社 并序

吟社始於明成化之末弘治之初（見邵文莊吟社詩跋邑志景泰末誤）秦封君修敬倡之嘉隆間脩敬之曾孫從川復之距今幾二百年求所謂十老之堂濯纓之亭涵碧之池芙蓉之徑古木之陂不知消歸何有余嘗有修復之志竟不可得然而碧山固無恙也夫吟社之名本以詩傳有明前後諸鄉老詩之流傳絶少比以洞泉之招過石林精舍芋園永叔已下會者凡少長二十有一人昔華學士鴻山續碧山吟社詩云吟壇久廢名猶在杖策重來路可探今者遺搆雖墟或吟壇可繼因各賦一詩以引其端

茫茫百年內此會非偶然爲歡悔後時努力追前賢緬惟十老翁豈曰非神仙聯翩後來者纓緌相比肩勝蹟傳至今相距二百年風流慨銷歇氣運忻轉旋龍光曜

寶墖（龍光塔方落成）龍縫疏靈泉（吟社舊址有涓流出石隙中乃眞龍縫泉也在今牧雲菴者非）八月秋正佳木樨香滿天數子相與偕匪直譚枯禪羣焉發高唱跌宕詩百篇舊社雖已墟詩句堪流傳

倚樹聽流泉圖爲盛明府晴巖賦

幽磵泉鳴深林深林無人空碧岑泉流潺湲古復今緝商綴羽誰知音鴛湖有客方華簪公事少間還幽尋不飲盜泉水不息惡木陰白雲滿山中翛然一披襟萬籟閴寂含蕭森琤琮漱玉聲細沉倚樹聽之諧素心清風拂拂彈鳴琴

十月三日與滄洲上人同舟訪李芥軒次韻奉

簡
君不入城市于今幾度秋田園饒雜興（近示田園襍咏）風雨積
離愁梅里荒郵外犂尖古渡頭山僧招我去南浦早移
舟

再用前韻

川原來廿里節序過三秋不讀李翺賦誰攄杜老愁到
門欣握手把酒説從頭初月纖纖上寒塘照泊舟

遇吳少詹眉菴於蓉湖舟次

三使恩華重（有三使槩見示謂河南兩試差一學差也）揚舲復此行恭承
天子命（時奉命督學順天）微懃故人情袞袞隨公等悠悠笑我

生菰蒲眠正穩夢不到蓬瀛

與華三隱垣半樓坐雨有懷予思及緯五丈

故交惟一老風雨亦來過結宇欣同巷懷人悵隔河藥
囊拋未得塵甑冷如何還共扶笻去江天發嘯歌

送華十衡南謁選入都

君行非得已愴然送君行君有弟兄四仲兄官在京伯
兄偕少弟門戶聊支撐今君奉嚴命歲晚辭柴荆縱違
菽水歡將被蒲璧榮伊余老蓬蓽與君居望衡草堂時
復過入座春風生白頭同一笑遥念遊子情

雲川閣集詩十四

序

杜吉士雲川詣於制藝古文及古近體詩無不擅場獨
以填詞受知
先帝自康熙乙酉應
名入都即
命修歷代詞至己丑詞譜之役
内直諸先生交薦之儼以孫學士松坪師薦因與雲川
奉
命同修詞譜領其事者爲澤州京江兩師相時中允王
公奕清庶子閻公錫爵司成余公正健爲總裁同館則

今吳學士襄儲編修在文王編修時鴻楊檢討湝楊編
修祖楫吳懷柔景柔暨雲川與儼共八人諸君子皆高
才宿學而雲川尤於詞研精深造有獨得焉者始開局
於蓮花灣繼同寓棗香書屋相與尋宮數調靡間朝夕
嘗倡和爲詞每脱一稾輒拍案叫絶蓋雲川生長錫山
幼時即得顧典籍梁汾嚴中允蘋漁兩先生指授大都
原本花間薰習乎晏小山張子野及周美成一洗豪蘇
膩柳之病故於令詞稱最工迨折衷於吾師竹垞先生
又從南渡諸名家變化出之學姜帚而去其生硬處總
以史梅溪張玉田爲指歸故於慢詞爲尤工猶憶曝書

亭詞話令詞宜師北宋慢詞宜師南宋竊歎服雲川深得此秘宜乎倚聲之學冠絕當世也儼少雲川三歲髮已星星半白生平酷嗜填詞初效蘇辛之雄放而僅得其麤繼擬秦柳之穠纖而漸流於褻旣而規橅姜史至樂笑翁微有悟入處乃十年作吏躑躅蠻煙瘴雨中銀字烏絲一切棄去舊日風流銷磨都盡矣安能復按紅牙爲顧曲周郎也耶比以事抵都過錫山訪雲川於半樓讀其新舊詞稾益用自愧弗如于是略述梗槩以志同調之感并呈同館諸君子不知以爲何如也雍正乙巳秋餘姚同學弟樓儼書於容湖舟次

雲川閣集　詞一

無錫　杜　詔　紫綸

浣花詞 刪補舊刻

杏花天

柳絲風翦青旗颭吹徧了杏花邨店滿浮綠蟻猩紅糝怕是花濃酒釅　霞頰暈朱脣乍點煙鬟溼粉痕猶斂尋春那抱傷春怨約略疎香小豔

雨中花 同侯桀辰華子山小飲花前作

不信春歸如過翼擁春恨一時堆積有淚看花無言對酒白日眞堪惜　自欲放懷猶未得爲笑問古今詞客

幾箇青蓮柳金梨雪不負春風筆

南鄉子

絮語曲闌邊小炷金猊窄袖偏手約篆絲風不定凭肩一袖香分兩袖煙　幾欲卸頭眠翠被重熏夢不圓錯認柔鄉容易住從前纔著思量便渺然

沙塞子

銷愁擬倩餘酲奈夢裏人孤易醒況更薄寒風細斜川疎欞　迴廊曲處悄無聲正燭滅香消畫屏誰知我卷簾樓上看落春星

步虛詞

人靜擁爐時節夜闌翦燭房櫳枕邊花落膩殘紅敧側釵頭小鳳　睡裏旋銷酒暈醒餘還似春慵鈴聲不耐五更風並起秋衾說夢

望海潮

欲開鸞鏡懶勻蛾黛眉心處損柔腸愁緒難禁病顏猶好多應料理新粧淺淡舊羅裳最可憐清夜影在迴廊翠袖寒生照人無奈月依牆　一番攜手昏黃道不如眠去繡被溫香粉裛紅緜淚凝紅線情隨玉漏聲長別路恨微茫對風燈曉露誰認劉郎落盡桃花綵繩無計繫春陽

滿江紅　惜花

問取花枝可會得倚闌人淚花欲謝花應歎息似人顛頓寶鈿遺時香澤膩紅絲繫處鈴聲脆最無情二十四番風吹花委　一點點枝頭綴一片片枝頭墜且莫教飛去便隨流水蛛網全收黏不住鰕鬚半卷愁相對又晚來小雨滴花心心俱碎

百字令　簡顧梁汾先生時積書巖牡丹盛開

繡塘小住正煙籠翠冪牡丹花下淺淡臙脂紅一捻最好月明清夜露重雕闌春深羅薦不放穠粧卸有花如此世間粉黛都假　能無對此魂銷天生我輩不是無情者因甚韶華渾負却判作倦游司馬彈指聲中杵香影裏先生有杵香小影細倩烏絲寫清平遺調幾時消盡風雅

前調　虎丘舟次同梁汾先生送梁太史藥亭

翩翩畫舸又因風吹到虎丘山下望裏冥濛楊柳岸樓角點燈初夜有客飄然嶺南歸去少住輕帆卸相逢一笑休論名士眞假　雖然夢繞青綾吟餘紅藥並是悲歌者舊曲新翻桃葉句藥亭方買妾吳門狼藉春衫細馬茉莉花時荔支香後待劈蠻牋寫今宵且對瓊筵酒盡三雅

前調　燈花

簷前雨細問誰憐孤影綺櫳深閉暈出輕紅剛一點旋滅一絲煙氣密帳潛移翠屏低款暗卜金錢喜可能來

日鳳箋小字相寄　最是擁髻燈前鬢香零亂雙袖相偎倚撲去飛蛾青不定怎禁夜寒風起不為春愁依然花落頃刻傷人意遥憐此際玉蟲偷翦還未

臺城路　秣陵感秋

石頭城下長干里誰夸六朝佳麗楊柳蕭疎臙脂蕪沒一段秣陵秋意山容似洗尚繞住清江淡煙凝紫獨立蒼茫最消魂處夕陽裏　闌干猶是徙倚後庭花唱罷往事休記小有狂歌何多狎客幾幅吳綾香膩朱絲細細總說盡無愁燕箋燈謎弘光時阮司馬大鋮常以吳綾作朱絲攔書燕子箋春燈

謎鞭劇進宮中那管重來庾郎愁未已時讀夏完淳存古大哀賦殆不減庾信哀江南也

一翦梅

一碧秦淮瀉綠油隔院妝樓隔水歌樓幾番來去爲遲留來是初秋去是深秋　悵别秋風小泊舟燕子磯頭揚子江頭兩三星火照人愁望裏瓜州夢裏揚州

滿庭霜　佛手柑嚴藕漁先生屬和

碎隱犀紋瘦逾鳥爪生成垂手摻摻木奴纖巧淺蠟染柔尖自去閬天路遠秋來共橘柚江南黄羅覆金衣玉液揀取小筠籃　塵凡都脱盡慈雲結印寶露分甘倩青瓷位置香透疎簾正是夜深寒淺還移向細火幽龕時相對拈花一笑此意可曾參

水調歌頭　放舟五湖同華滄江先生賦

落日放船好蕩槳五湖東微茫遠樹如薺倒影浪花中不識滄溟近否渾似瀟湘暮靄著我一孤篷且聽采菱曲還待鯉魚風　秋容淡秋水闊落芙蓉扣舷時復長嘯點點數征鴻試問煙波深處誰共小紅吹笛一去杳無蹤回首碧雲合歸路入冥濛

憶舊游　悼頤蘋湄次朱贊皇韻

記共君五載幾度狂遊雪月花時不盡他年約柰驚秋蒲柳摧折如斯分明夢中攜手聽唱鮑家詩儘凝絶風情而今安在空繫人思　淒其凝望裏只細雨青燐著處迷離一片山陽恨歎舊交難覓誰問新知卷葹香草何許零落水之湄便賦得招魂春心千里難共期

南浦　約友豐臺看芍藥不果

玉鞭誰共理春遊走馬蹋晴沙見説鳳城東去爛漫殿春花賸得東風如綫遍吹香細路簇飛霞有名園占盡露紅煙紫第一相公家王宛平有園在豐臺花最盛　未是重幃深下放一羣蜂蝶繞奇葩我只因循過了零落歎朝華囬首美人南國廣陵花墮玉鈎斜悄倚闌干處數聲啼鴂緑陰遮

三姝媚　朱竹垞先生爲余品騭宋人詞有作

風流消未盡侍先生朝來側聞高論屈指詞人自南唐而後幾多名雋第一歐秦歌婉約蘇黄俱遜總在天然色淡紅嫣語幽香潤　誰擷清眞餘韻只白石梅溪夢牕無分淨洗鉛華算解人惟有玉田差近一笛蘋洲夸絶妙還輸公謹説甚曉風殘月搓酥滴粉

浪淘沙

曾記晚涼天一笑嫣然芙蓉江上惹人憐相望只今秋水隔爲憶娟娟　身在渡江船蘆荻洲邊蕭蕭瑟瑟蘸

波煙兼帶雨聲聽不得掩了牕眠

前調 雪夜

知否夜初闌試撥簾看幾層雪色在闌干非是無才酬咏絮凍墨痕乾　小篆翠屏間細語吹蘭水仙花落睡時鬟容易繡衾人著夢生受天寒

探春 宋漫堂先生以靈巖玄墓看梅詩垂示欲和未能也雪霽汎舟石湖見梅花却賦

已過吳閶又乘吳舫四望吳山一白雪意融酥雪光浮豔玉煖翠波凝滴次第花開遍早占斷江南春色賦成鐵石風流何郎詩恨無筆　笑倚蓬牕獨立怕宮閣高吟難與攀摘寒噤幽香瘦扶清影好語石湖仙客此曲還重唱誰和我夜深吹笛便喚青衣月明何處成覓姜堯章暗香疏影二曲石湖咏梅作也順陽公嘗使兩青衣肄習之音節清婉尋以小紅贈之見研北雜志

點絳脣

記得前春小桃花向春風吐迷濛花霧三板橋頭路　悄掩重門翠幙深朱戶還如故題詩崔護此恨憑誰訴

前調 唐解元墓下作

野水荒灣何人再問桃花塢傷春小杜一弔唐生墓　江左風流才子應無數君何故偏教獨步筆硯生涯苦筆硯生涯苦食艱六如句也

前調 夜泊黃埠墩和頤倚平

柳外飄燈一聲漁唱來平野水流花謝無限春寒夜　今夕何年綠酒杯中寫相樂也已而相泣旁若無人者

沁園春 珍珠蘭

露溼青瓷煙籠碧葉微風綺寮是漢皐遺佩空留香草麻姑擲米密糝柔條九畹誰滋低垂一串的的勻圓碎欲拋須珍重怕鸞兒乍染魚子旋消　幾枝應翦來朝但瑟瑟怎捹著翦刀待筠籃采去便霑羅袖玉釵簪上欲隨雲翹纖指慵拈綵絲難繫憑仗多情慰寂寥相憐處到殘糚卸後零亂紅綃

綠意 竹

山園筍熟透三竿兩竿初長新竹無數參差膩粉吹香離離生意堪掬牆角抽梢閒弄影似翦碎半簷晴旭恰有人卷上珠簾人與闌干俱綠　自在隨風滿院共泉清石瘦涼沁冰玉乍散輕陰偶來疏雨洗出碧鮮林麓誰將一段鵝溪絹爲寫入小牕橫幅怕霎時日暮天寒翠袖自憐空谷

秋蕊香 同頤中宸巖人容咏秋海棠

嫩蕊含姿露泣小簇檀心猶卷西風八月却吹展微暈春紅一綫一名八月春　柔情幾許柔腸斷淚痕濺全身冷淡月中見不是徐妃半面

更漏子 游虞山抵拂水時夜將半

算狂遊無過是淡月淒風如此驚殘葉作秋聲山空世界清　聽澗響望湖明蒼崖峭壁縱横消不盡此時情荒涼石甃城

摸魚兒 天垂閣對雪同大兄志感

驀驚心熳爐時序弟兄還共情話重来小閣聊凝望幾片雪痕封孔飛欲下漸窸窣濛濛故故穿牕罅淒涼乎舍偏枯樹風聲荒林寒色此際那堪寫　無人處誰復卷簾看画梅花仍自清灑白雲一夢慈幃裏佛火琉璃光射殘蠟炧怎照見小牕兒女團圝夜紙錢空化便欲報春暉心憐寸草贏得淚盈把

金明池 午日金魚池同浦副工翰臣詒穀

刺眼榴花傷心蘐草厎事還來作客當此際相攜款步問何處差可遊歷向城南魚藻池頭本名魚藻俗呼金魚也算是燕市端陽風日有幾曲横塘幾家亭院只少画船飛鷁　便聽笙歌聲狼籍甚寶馬驕嘶屢迴金勒為四面翠蓬遮市更一帶綠陰蒙密傍垂楊竚立多時愛曳尾浮紅躍鱗沉碧但未是莊生誰逢惠子樂意那曾知得

踈簾淡月 重陽前一日過姜西溟先生寓齋時賦蓟門秋感六家落悲秋賦飄零哭母詩為先生嗟賞

風絲雨點蚤攪亂秋光客牕孤掩載酒相過問字草玄人淡離騷讀罷牢愁滿漫沉吟小詩悽黯白華怎與黄華共賦滿懷悲感　儘年少踈狂頓減問胡為擊筑何心彈鋏漂泊長安生怕素衣塵染茲遊忍作看花念泠芙蓉摇落清艷坐深還把踈簾揭起月斜横檻

一萼紅 紅蘭主人為余画梅花小幅賦謝

旅愁中盼江鄉渺渺煙月正濛濛殘臘方回早梅將放微綻香雪春融未曾見傳來驛使誰為我小繪折枝工半似徐黄淡勻脂粉間入鮮穠　知是玉池仙手主人自號玉池生翦生綃半幅萼暈蔫紅露頰寒輕檀心怨淺摇動踈影玲瓏宛聽得樓頭玉笛漸吹去青子綠雲叢待倩金鈴護時只仗東風

金縷曲 賦呈紅蘭主人時以出塞詩見示

當代論才子領詞塲風流第一問何人是多少淮南門下客爭說東風居士至靚面傾心何已細讀紅蘭新著稿在義山長吉青蓮裏又出塞詩成矣　長驅大漠遥千里縱茫茫氷天雪窖盡中原地烽燧偶然需草檄豈是籌邊無計況與國分形同氣用陳思王語待璧我師殲醜類賡采薇六月歌常棣願授簡從頭記

前調 題鄒可遠香眉亭詞後

太息人間世古今來幾人能得爲知己死落拓生涯肝
膽在畢竟向誰人是問公子何如無忌屠狗賣漿皆失
計爲君歌一曲千行淚君不見悲風起　心期肯便隨
流水且由他翻雲覆雨置身何地脫棄妻孥眞敝屣只
憶香眉亭裏賸多少紅牋名紙此日竟爲遷客去解憐
才定有長沙妓莫短盡英雄氣

前調 夢遊飛來峰

怳若非塵世驀乘風泠然善也忽飛來此雙屐不嫌苔
徑滑蹋破蒼煙叢裏正刻削一峰孤峙上有倚空之絕
壁俛潺湲漱玉之流水休拂落滿空翠　分明記得曾

遊地儘摩挲巖花澗草竹深蕭寺最是泠泉亭畔好少
憩煩襟頓洗還重省此身如寄剗地風迴惆悵絕小闌
干月影人扶起空淅瀝透牕紙

前調 幻香亭觀黃尊古作五湖煙月圖賦贈

憶自逢君後甚無多殷勤把臂論心時候來向幻香亭
子畔消受綠陰清晝對幾點疎花庭甃公子元來能愛
客況黃郎絕世丹青手可画出江南否　五湖煙月還
依舊眇愁予風塵飄蕩一番回首歸路微茫波浩淼怕
見夕陽衰柳又何事客他鄉久自分誰當知己頋便買
絲沒箇平原繡聊與爾共尊酒

烏夜啼 懷分靄主人從征口外

何當羽檄紛馳與君辭記得十分憐取扇頭詩分靄荅詩云憐君將去客送我遠行人　空怊悵遙相望極相思又到黃雲秋塞
夕陽時紅葉夕陽樹黃雲秋塞天亦分靄句也

前調 贈周彌山

如君輩下名馳復何辭三絕晉書元画晚唐詩　君休
悵吾猶望遇陳思不讓建安才子在當時彌山名岱妻東人有才不遇後不知其所終

風入松 倚平自燕入楚詞以柬之

天涯知己渺煙波望裏暮雲多燕南楚北無窮路苦匆

匆來去如梭此日長安市上酒徒零落荆軻　宋臺梁
館復經過旅況竟如何江山信美非吾土早歸來重理
香螺莫負春風詞筆紅牙細按輕歌

西子妝 秋日家詒穀招遊湖上

月桂香寒霜蓮粉瘦浣淨碧波秋曉淡妝西子笑嫣然
爲多情錦衣年少翩然一櫂任搖蕩雲山窈窕更何如
趁鴛鴦飛上湖心亭好　凭闌悄眼底蕭森南渡風光
眇繁華空記柳卿詞我還來共君吟眺蘇堤窅窅看未
了懶尋蘇小過西陵愁絕煙花夢老

木蘭花慢 落葉和倚平

渺洞庭波起驚木落下亭皋恰一夜西風吹成瘦骨葉葉蕭蕭青女幾煩點染約素娥淒淡照清宵試比落花情緒生憎别樣無聊　分飛去更向誰招流水小紅橋便欲覓秋陰尋來舊院玉樹全凋直待春工著意再摻將濃綠上柔條忍使虛房寂寞哀蟬一曲魂消漢武落葉哀蟬曲虛房冷而寂寞

大酺 唐臣哉歸自都門與馬碧滄華予思夜步溪橋同賦

正莫雲重蒼煙合幷寫江天一幅迷濛人不見又朔風吹和幾聲愁曲小港停舟空灘落雁細火隔林茆屋沿溪徘徊處認画橋紅板酒旗斜矗欲消得清寒索將微

醉漫酤醽醁　狂歌蓄刺促笑我輩因甚成羈束君試念儒冠誤了旅食何如滿朱門厭他粱肉回首長安路秋塵起易傷心目只穩住家山足幾人相對休使寸眉愁蹙長來夜深秉燭

采桑子 簡侯伊傳

知君不為多情老肯負穠華試撥琵琶剩有新詞唱碧紗　即今瞥眼驚鴻去又落誰家便隔天涯懊恨重翻蝶戀花時以蝶戀花詞索和

前調 鵑紅姨屬題雜花画冊時甲申三月

寫生妙出簪花手丰格如仙粉本黃荃分得鷗波水墨姸　倖毫别貯傷情淚沁入丹鉛紅暈濺濺不画桃花画杜鵑

雲川閣集　詞二

無錫　杜　詔　紫綸

鳳髓詞上 起乙酉春

清平樂令

瓊箋幾幅是奏迎鑾曲鹵簿映花看不足雲外更添穠綠　九峰碎疊青螺半湖微皺纖羅錦纜牙檣雨細玉簫金管風多

又

下簾曾試中使傳呼至香案前頭親拜賜一幅　御書綾字　謝恩未了歸舟春帆細雨初收翠柳低迷夾

岸紅燈零亂層樓

西湖

春似客西湖留住春色湧金門外段橋頭柳絲颺碧波煙如玉暖薰人團團香霧雲幕　問何處迎彩蹕風燈搖蕩飛鷁笙歌繞定一湖心畫樓百尺綴流蘇寶結上瓊鉤繡毬花罥簾額　此時繪景那易得醉湖邊還擬連日 用于國寶詞 不信杏鈿狼籍且尋來陌上翠深紅隙憑仗東風吹吟筆

揚州慢

可認隋堤却勝吳苑不勞翦綵為花正春風駐蹕辦一簇繁華問何處風迴帳殿茱萸灣口河界三叉水接藍楊柳和煙綰住棲鴉　望中隱約是瓊樓天上非耶漸閃閃燈光層層塔影散落紅霞為聽竹西歌吹簫聲裏明月誰家把珠簾高卷夜深還撥琵琶

金縷曲 投查學士澹遠先生

鳳舸翩然渡大江南一時望幸待迎鑾輅多少三吳名下士共是含情欲吐為今日登仙有路真箇玉皇香案吏傍玉窗綈几陳毫素恣品藻羣英俛　鯫生名姓憑誰數又何當吹噓欲送九重天去自問不才還自惜絕少淩雲詞賦漫收拾粉紅香蠹顛顇多年常病渴乞一

杯天上金莖露江草綠春將暮

前調 大中丞宋漫堂先生舟過錫山雨中不及謁見詞以代別

大雅今誰是十年來一經題品便成佳士共說縣津詩律細吳下風流如此容易得受知　天子我亦挂名門下久唱迎鑾幾曲　天顏喜方被命將行矣　長安此去遙千里辦裝錢官家賜與無嗟行李思一見公申別意小艇綠波空檥正雨濕蓉湖篷底便脫漁蓑愁浪跡渺滄浪亭在微茫裏歌水調驚鷗起 公嘗修復蘇子美滄浪亭詞水調歌頭一闋

減字木蘭花

黯然欲别便是在家身似客客路三千歷歷曾經已十年　而今尚記一十年前傷别意别淚偷彈却比重前别更難

轆轤金井

挂帆南浦向城西迤邐緑波煙渺且喜今宵共當筵一笑綢繆未了最難捨弟兄情好飽聽清歌儘添紅蠟莫教天曉　柳梢尚懸棲鳥帶殘星幾點明滅相照還把金尊撫闌干靜悄闇傷離抱三千里悠悠長道誰語篙師乘風可去揚舲須早

邁陂塘 舟行不寐

眄江皋去程應遠舟行時夜將半離家便作還家夢風急柁樓吹斷愁歷亂問此去何由粗了平生願欲眠輾轉念寸草誰憐寸心誰解唯望老親健　蓉湖畔淼淼煙波一片天涯游子堪歎從今怕讀南陔句何有晨羞夕膳徒戀戀縱志比歐生忍待昌黎辨用歐陽詹養志語還思蒨蒨向輭繡天街輭紅塵土認取白華粲束晳補亡詩粲粲門子又蒨蒨士子

桃源憶故人 寓分霽亭示培風兄弟

嬋娟小竹玲瓏石薄靄亭虛浮碧是處舊曾相識十載重來客　多君憐我風塵色青鬢可還如昔莫負一尊今夕百感能消得

霜天曉角 南口

一聲觱篥吹落關頭月虎豹當關驚起聽駝鼓曉寒咽　懔慄行少歇邊城初上日滿目黄埃飛去看雲擁萬峰出

梅花引 宿彈琴峽

蒼厓夾黄雲壓夕陽駐馬彈琴峽石稜稜水泠泠水流石罅最宜人細聽　塵沙卷盡徽颶颺豈是琵琶來馬上鎮愔愔又沈沈箇中誰解一絃清一心

御街行 至西道中

藍衫著破人消瘦猶幸承　恩厚身隨豹尾屬車間次第蛾眉班後玉鞭遥指萬山崩岁疊翠居庸口　邊塵一埽重關守絶幕閒刁斗風高帳殿夜開筵白兎黄羊蘆酒不知今日長楊羽獵賦出誰人手

前調 送分霽主人奉　使烏喇

十年一别相思切相見還成别送君郊外正天寒勒馬幾回悽咽角弓風勁牙旗霜脆貂鼠蒙茸雪　出關江水松花冽戍滿遼陽卒黄支烏弋總分明玉節蚕還金闕征途緜渺歸期依約不到春三月

南鄉子 除夕

簷際落氷條沁入東風凍欲消豈爲春寒先賜與宮袍
一色分明借羽毛　飛欲近雲霄閶闔門多入夢遥雙
照蠟燈眠不穩明朝也許隨班去早朝

前調 元旦

門湧月華開曳履紅雲上瑣闈拜手逡巡朝已罷裴徊
不信眞從此地來　始得認蓬萊願附羣仙捧玉杯十
二碧城何處著凡才一霎疑從夢裏回

羅敷豔歌 送華雲岫兼示楊魯公

淒淒切切霜風裏同客長安密坐爲歡對剔燈花夜不
寐　紅箋小疊愁相送語向更闌淚不禁彈此際教人

落筆難

柳梢青 劉東郊別後聞雨聲作

不聽春鶯不知春曉雨過春城料峭春寒冥蒙春色澹
薄春情　問春無語亭亭會送客春風早行春柳河橋
春花驛路打點春晴

點絳脣 擁青閣曉望

竹簟涼生獨眠人起樓頭早碧紗窗小簾卷西山曉
如髻如鬟一面雲絲繞青不了重重樹杪雨欲來時好

滿江紅 過滌水亭

一帶寒汀問是處誰家亭館可記得水晶簾下綠荷香

滿盡日不教東閣閉無時肯罷西園宴十年間海內幾
詞人同遊宦　奈側帽風情斷覺彈指韶光換成侍中側帽詞
與彈指並名便飄香秀筆總隨雲散何事莊生迷曉夢重來
楚客逢秋怨正蕭蕭落葉冷燕山霜華晚

前調 和王中允拙園先生

不道先生也唱徹此消魂曲併寫入別花詩後落花人
獨中允有別瓶中芍藥花詩檢點綠窗殘稾在摩挲紅豆新聲續倩
小屛風底小伶歌調絲竹　且把醆還移燭溯往事思
量足渺驚鴻飛去那留心目碧海空傳孤鴈語青綾猶
夢雙鴛宿願從今莫更上層樓秋眉綠

前調 同王雲岡楊匯南宿擁青閣即用前韻賦呈中允

有客登樓儘立盡小闌干曲正一片笙歌隊裏眇焉羈
獨漫寫烏絲愁易得劇憐紅袖歡難續覺十年胸次總
茫茫無成竹　好共翦西窗燭只絮語今宵足便側身
何事凭高送目簾欲下時還徙倚榻常懸處頻留宿鎮
滿浮春螘著人濃杯中綠

前調 呈澤州相公

天子文明眞宰相主持風雅獨弘長風流海內文淵閣
下夙望豈徒齊丙魏清言亦復卑王謝掌絲綸內殿更
從容平章暇　開寶硯鴛鴦瓦濡彩筆珊瑚架捧玉堂

宸翰緒黄新帕誰解翻揩紅藥句却從歸院金蓮
夜感乖憐深許小詞工重吟把

百字令 吴寶崖秋山煨芋圖

問君何意把芒鞵脱了一清如許坐破藜牀鎗折脚學
得懶殘煨芋撥盡寒灰吹成活火爐底沉煙縷流泉石
上山頭亂落松雨　因念墮落風塵紛紛餘子肉食都
腥腐玉膾金齏雖自好那值半杯秋露淡絶生涯無多
生趣笑共山人語終於衣白不如早挾仙去

芭蕉雨 為雲岡賦

添得芭蕉幾葉小闌干聽雨踈簾揭恰好納涼時節為

爾做出秋聲蕭蕭瑟瑟　秋期將近冷冽且莫便摧折
須綰住春風丁香結展不盡許多愁記取葉上心頭從
今細說

定風波

隔院飛香夜不分曉來驚見出重門桃葉桃根雙姊妹
相對可知桃葉遜桃根　倚竹嫩寒生翠袖纖瘦淡無
脂粉涴春痕門外春風都未識贏得微波託處與消魂

浣溪沙 起用夢中得句

折得名花簪玉人人如花氣辨難真乍窺鸞鏡幾迴身
鬖髿鳳釵生翠滑氤氳螺髻簇香新靨朱眉黛曉來
勻

又

折得名花簪玉人盤頭辮子試妝新褰簾欲出漫逡巡
行處定須絲作障坐時還藉錦為茵臨邛可奈長卿
貧

又

折得名花簪玉人惜花心性護花身倚風何事笑還顰
暗補香瘢調玉髓小垂清淚裛紅巾怕伊狼藉細憐
春

留春令 以像生花著玻瓈瓶中

問誰輕翦倩誰小注宛然生就緑意紅情一壺中徹面
面玲瓏透　比得玻瓈瓶似否待寫生能手宋董祥工画花木有
玻瓈瓶中雜花折枝圖　筆底參差不分明好細把生絲繡

鶯啼序 奉命校詞既竣復命修詞譜因呈同館諸君

鈞天未曾聽得按新聲小部早收拾蘭畹花間粉紅憐
取香盦那堪數雕鐫末技朝來忽又承　天語有書
藏中祕多年命教重譜　減字添聲倩誰共理恰相逢
舊雨喜仍對幾樹紅棃一樽同唱金縷儘摩挲鸞牋象
筆笑依約燕簾鶯户似桃花重過劉郎怎忘前度　吹
簫月底弄笛梅邊正幾番回顧念柳七樂章歌罷白石

仙去沒箇知音曲應多誤謾繙十拍還尋三疊雲韶屢
換宮商錯守寥寥粉本曾何補多應記取南唐北宋之
間就中子細參互　懷鉛日久可待垂成尚欲歸未許
憶自昔　六龍東下鹵簿前頭數闋迎鑾彩牋曾賦
經今幾載身來天上珠宮貝闕都在望鎮徘徊細認登
仙路驚心昨夢無端共詠霓裳滿身玉露

雙渠怨 孫學士松坪和余自題花雨填詞圖三絕句不數日謝世往歲查宮詹潽遠于病中題二絕句亦成絕筆歎知音之不再覩墨跡之猶新展卷愴懷不禁涕泗交集也

兩先生、半生詞客十年長侍香案神仙才子憐才意肯
笑杜郎才淺情纏綣並窩上落花微雨生綃卷墨痕如

綫豈未了前因等閑了却都作廣陵散　須知我一讀
一回腸斷感深知已何限紅香還理春風筆零落可憐
梅沂松坪先生有梅沂詞人不見止憶得幾番謠詠蛾眉怨潽遠先生曾因余獲謗羅巾淚濺縱九辯難招九歌猶在目極楚天遠

燭影搖紅

何似青衣玉環猶記三生話問年剛到及笄時肯為王
昌嫁窈窕垂鬟墮馬繡羅襦香車小駕薄遮輕扇澹照
明釭晚粧初卸　帳掩芙蓉擁衾不是春寒夜浸肌粉
汗印珠痕付與秋羅帕好夢驚回醒乍曉匳開雙蛾待
画倩誰傳語要看梳頭水晶簾下

雨中花 乞紅椒上人題花雨填詞圖

窗外雨絲絲未了著花底幾絲絲好濕不禁飛嬌還欲
語直得拈花笑　一鏡朦朧如寫照可似我十年前槖
少借香心微黏妙色忍放東風老

杏花天 賈毅菴太史寓齋缾中杏花

瓊壺露浥臙脂臓看朶朶日邊雲起一枝香拂宮袍麗
最憶春風及第　應憐我飄零無計辜負了枝頭春意
江南有路歸還未細雨前宵夢裏

南鄉子 毅菴以金蓮花點茶索賦

有客住蓬萊　天賜金蓮兩袖回縱落塵凡香不改

攜來著在甌心便得開　珍重抵瓊瑰碧乳浮光灩灩
迴為念玉堂春易困停杯一夢清涼到五臺金鑾舊例翰林當直學士春晚困則賜成象殿茶果金蓮花出五臺山即清涼山也

前調 以花雨填詞圖乞題於內廷諸先生

顧影可憐生小技無端託倚聲多謝玉堂諸學士曾經
香案前頭說姓名　何處認蓬瀛踏遍楊花去未成怎
得彩毫天上落分明點破傷春夢雨情

喜遷鶯 書毅菴太史齋壁

恍如幽谷有玉堂仙住幾間茅屋小小窗櫺疎疎簾隙
楚楚安排籤軸靜對爐煙一縷薄采餅花盈匊早朝去

晚朝回風雨篝燈還讀　款曲憐杜牧彈指三春幾度曾留宿酒坼黃封歌拈紅豆容我狂吟癡哭十載未經脫白雙鬢已無多綠問誰把子虛名薦誦他緜竹

菩薩鬘　乞分霧主人白描大士像

廿年插脚紅埃苦茫茫欲覓慈航渡願得洗塵心南無觀世音梵語南無此翻皈依　誰爲吳道子分霧先生是簇手妙香新春風憐苦人

長亭怨　送錢三埜堂

半燕市酒徒相遇共說明朝埜堂歸去直恁忽忽却來邀我夜深語幾多離緒爲十載傷羇旅翦盡蠟花寒怕

淚落紅牋新句　還許向尊前一曲宛轉玉簫聲度送君去也共誰理樂章琴趣惆悵甚月凍雲飛漸風雪離亭歸路忍再問江東詞客幾人如故埜堂家秀水時同人適賦竹垞先生挽詞

歸去曲　偶檢得昨歲楊秀才魯公和余分霧亭送春詩云狂風吹日淡無華歸去春魂那有家一覺小園蝴蝶夢花時多只是空花不意竟成詩讖因約同人弔之

可記亭前海棠開後丁香落一春吟到送春詩拾取飛花爵　歎爾何曾夢覺爲些子浮名誤却而今安在九點煙中九龍山跡

鳳凰臺上憶吹簫　春暮蓮灣同王雲岡吳勗初樓敬思紅椒上人賦

柳漸槎緜榆纔鑄莢早知春已闌珊剩春風一綫少住蓮灣幾箇飄零詞客還來此不放春還把眼底春愁芟去小聚清懽　相看滿浮綠蟻便典盡春衫那怕春寒只尋春夢老六載長安可記紫藤花底吟不了幾闋花間今宵又吹簫卷簾喚月闌干

前調　樓敬思月底修簫譜圖

漫倚簫聲嬾尋簫譜百年零落宮商問箇中誰解北宋南唐因甚于思多事心賞在柳七周姜還吟到霜天曉角月淡昏黃宋樓曲澗有霜天曉角詞云月淡風輕黃昏未是清　迴廊翠簾揭起每柏遍闌干儘費思量怕夜深獨自顧影蒼涼回首

江湖載酒人安在一瓣餘香謂竹垞先生　須料理秋風釣船弄笛橫塘敬思別有釣船吹笛圖

雲川閣集　詞三

無錫　杜　詔　紫綸

鳳髓詞下 訖甲午春

六幺令 簡紅椒兼懷竹香居士

朅來燕市涉世竟踈嬾交游何怪寥落獨恨見君晚坐
對茶煙繞榻語妙人清遠俗塵都浣甘蕉葉底雙手摩
挲綠瓊硯 紅椒有賜硯名綠瓊 已是多年供奉早住紅樓院可
得一賦歸來重識青山面唱盡碧雲句好有箇尋春伴
莫愁春短楝花風後玉版同參竹香館

意難忘 和紅椒觚中芍藥

小叩禪扉問紅椒老矣紅藥誰貽也知空色相却笑露
風姿分翠幔簇香絲未洗去臙脂可倩他琉璃勺水養
兩三枝 亭亭雅稱軍持任珊瑚筆底 紅椒近得珊瑚筆架 著點
微辭扶頭嬾露重蔞尾怨春遲却滿紙是離思正送客
歸時料別後意難忘處對撚吟髭

金縷曲 再賦觚中芍藥和查田先生

雨滴春心破算春來翠瓷曾漾幾番花過不信殿春花
更艷蘭栗梢頭香裹奈白襯紫樓愁鎖為怕春寒開還
未奪春工却借星星火點染得恁婀娜 琉璃葉子珊
瑚朶繡簾中縈絲裊損倚風微嚲肯與牡丹為近侍欲

語含羞無那待拂鏡糚成同坐儘足傾城憑誰顧恰翻
階句好驚紅墮拈綵管渺難和

繫帬腰 荷包牡丹

不成菡萏細含嬌柔絲挂半柔條垂垂密串真珠絡怕
水風搖環珮響碎瓊包 色借鼠姑紅一捻煩翠袖剪
紅綃分明製就如花樣綴絲絲縧好穿幾箇繫帬腰

品令 紅鸚鵡

隴西誰覩另一種紅鸚鵡綠衣都換猩猩顏色美人驚
顧欲寫俊姿除是謝莊能賦 莊有赤鸚鵡賦 清音如訴差不
似啼鴂苦半生贏得朱籠長閉錦屏深護生怕赤欄杆

外雪衣娘妒

一翦梅

雲鬟重梳綴月璫纔換新糚又卸殘糚一燈簾底語昏
黃昨住何方今去何方 待浣征塵早渡江雖說他鄉
總是吾鄉迎來雙槳水風涼觸處生香著處憐香

清平樂 端午新城旅店和徐南臺

綠蒲香否小雨初晴後莫負新城今夜酒新月嫩涼時
候 單衫疊雪羅輕臂絲誰繫盈盈裏手笑拈青杏不
愁少箇朱櫻

唐多令 白溝河

幾折古河流綠楊新渡頭任行人著意凝眸説是宋遼分界處問何似漢鴻溝　弔古汴京秋滿宮花石愁剩繁華南渡人遊北地臙脂須浣去怕狼藉舊妝樓

醉落魄　趙北口

燕南趙北出都人計程三百覺來眼底紅塵隔嫩綠濺濺染就水天色　魚莊三兩漁舟集罩魚漁子波心立扣舷笑語車中客脱了征衫早去換簑笠

臺城路　題平原店壁

牽車忽過平原道匆匆幾番回首古堞全荒殘陽半落野店黃茆何有一杯淡酒尚醉得行人旅愁澆透公子

胡來笑他空自買絲繡　羈棲自憐最久算來珠履客不如屠狗有瑟徒工無琴可碎蹭蹬風塵消瘦謾開笑口問擊筑悲歌可輸紅豆肯舍浮名淺斟低唱否

瑞鶴仙　途次見籠中雙雀同南臺感賦

一雙相並立是欲舞蹁躚羽衣仙客梳翎故脩飾並丹眸紫頂自然顏色昂然峻翮眇雲霄風飛有力又如何共入雕籠便到乘軒何益　爲問家山安在飲啄亭池醒眠松石紅香小隅歸去好幾時得念迢遞緱嶺吹笙無路怕見桃花弄碧只相期穩載扁舟過江夜笛

山花子　張夏曉行

款款香蹄石磴重卷簾人坐曉瓏璁四面參差青不了疊雲峰　小暈蛾眉凝黛淺細盤螺髻著煙濃此景可能攜得去過江東

祝英臺近　十五夜磐陽對月

夜何其雲忽破山小月光大帖玉團團直欲向人墮轉思客裏多年幾番圓了慣照見客愁無那　可知我數來十日歸程磐陽又將過笑脱青衫獨自卷簾坐無端千里鄉心一宵鄉夢共兒女小窗燈火

減字木蘭花　曉涼

山行趁早月落山坳天欲曉路半濛濛碎綠叢叢翦翦

風　鈴聲斷續宿酒未醒清睡足一夢江干五月江深草閣寒

前調　題壁間西泠女子素眞詩後

越羅衫袂腸斷西泠傷別淚一再躊躇生受他家幾斛珠　而今且莫皷損鸞釵憐命薄小繫紅絲猶勝無媒未嫁時

踏莎行　雨後

雲露山尖水分沙際野光如洗看新霽一林香溼棗花寒平疇綠翦秧針細　夾路濃陰停車小憩受涼吟袖梅風裏倚聲歌盡憶江南行來漸有江南意

傳言玉女 曉雲

可是天孫織手不曾停織金梭巧弄豔錦新成匹不須翦取膩葉蟠花如坼半開紅鏡碎分霞色　髮鬌垂鬟撒香絲理未得為誰飛去送驂鸞過客生怕霎時日暮淡凝空碧高唐賦後夢痕難覓

闌干萬里心 秦郵弔淮海先生

嬾拈詞筆笑攜壺何處扁舟著酒徒一抹微雲甓社湖悵模糊此際魂銷解得無

桂枝香 登留雲亭

輕帆乍卸忽蕩槳到來浮玉山下突兀亭高絕頂彩雲

留駕常年駐蹕巡遊處繞瓊宮粉廊朱榭碧琉璃照江天一覽　宸翰親灑　正過客登臨未罷聽兩岸鐘聲如應潮打豈有鯨魚跋浪奔濤驚瀉東風戰艦成何用笑英雄粉黛都假只今休問荒城廢壘那時殘霸

八聲甘州 望見惠山作

幾年來浪跡軟紅塵無端苦淹留自故鄉一别青山不見白了人頭久念泉清石瘦曾假夢中遊誰料因風便天際歸舟　忽望九峰如畫半墨痕濃淡費我凝眸對依然眉嫵可與說離愁黯銷魂頷黃無限怕晚來重倚夕陽樓怎禁得斷雲零雨飛上簾鈎

拜星月慢 七夕石香亭和梁汾先生

肯負秋清不禁秋寂獨抱秋心誰見有客來過共闌干凭徧問今夜玉露金風何處還是石香亭畔半啓冰奩照曲屏深院　儘沉吟莫放傳杯淺室画閣笑理蛛絲亂可奈去住家山攪離懷難翦況紅牆小隔如銀漢怎拚教訴月題紈扇便學得子晉吹笙又登仙路遠

原唱　顧貞觀 梁汾

霧盎吹蘭風籬颭葛及早炎光催謝儂指懽期又年年今夜想人在碧梧深處散髻科簪如画多少閑情付回廊影下　綵盤中一縷蛛絲挂銀牀畔幾箇螢

光射正是密祝雙星解秋雲羅帕喜天公再放相思假休教便說盡殘更話且須待似水新凉促飇輪重駕

自與楞伽言别久不復拈長短句矣近得拜觀御選歷代詩餘且喜今秋七夕逢閏因製此詞適紫綸燕集石香亭席上諸同人競賡原調深愧余辭粃之在前也亟將珠玉彙付棗梨俾九龍二泉之間相傳為佳話
云貞觀識

渡江雲 徐鳴臯過訪雲川閣坐雨

為誰留客住疎疎院落瑟瑟雨聲中嫩涼飛不定只在庭前幾樹木犀風秋香濕透渲染就一片秋濃怎不把碧紗牕啓閒倚小樓東　迷濛晚煙初上冷韻旋生做水精眠夢肯再向軟紅塵土漂蕩遊蹤今宵還共巴山

話到夜深翦燭誰同差可喜十年舊雨重逢（予思適至）

同賦　　徐漢倬（鳴皋）

秋心無處著登樓送目衣薄晚天凉小山叢桂近瑟瑟西風隔院度新香分戕刻燭重描寫細膩風光恰鬓歸置身圖畫簾影動瀟湘　家鄉東華夢遠杜曲花新正尊鱸無恙莫便道相如遊倦嬾賦長楊江南秋色憑君取更平分座上清狂人醉也雨絲都化愁腸（吾鄉詞友倚平中以外惟仁山碧滄子思子長三四人而已最後得徐子鳴皋詞筆秀絶乃不幸早世悲夫）

同賦　　華文裕（予思）

一村煙水上城南杜曲有箇看山樓恍如圖画裏隨意狂吟儘可當閒遊十年于此常消受窗几清幽況更有幾人同調小語豆棚秋　颼飀幾絲秋雨密密疎疎做晚凉時候新浴罷單衣乍冷休上簾鉤就中誰憶繁華夢且占取繡被香篝猶未老多情杜牧風流

夜行船（次倚平韻）

趁月且從南浦去算今宵泊舟何處隔水呼燈凭欄喚酒好共淺眠深語　回首十年前舊侶笑風流那時張緒剩有秋心翻憐客夢忍聽垂虹風雨

原唱　　顧衡文（倚平）

飽挂輕帆衝霧去月初斜未分明處漁市燈紅雁汀蘆白隔岸微茫人語　自是扁舟鮭菜侶甚句回十年情緒繡被眠香深杯嬭酒真箇画船聽雨

八歸（歸舟）

蠡湖少别鴛湖小駐忽又翻然歸櫂抽帆早過横塘路恰遇石尤風緊故里遲到差喜扣舷人共語數歷歷遊蹤都好第一是弔了真娘再去弔蘇小　鶯脰湖邊夜月凭欄看冷落吴江楓老分燈水驛買花村店聽徹吴歈窈窕待細斟桑落醉倚篷窗獨吟笑記前宵采山亭畔翦燭留香相思嫌路杳（采山詒穀園亭名）

掃花遊（梁汾先生招同陳秋田飲紅梅花下時余又將北行）

相逢有幾得共寫烏絲滿圍紅袖山亭置酒正春雲作暖攢花時候萼破三分一點燕支染就粉香瘦怕密糝錦裀微墮鴛甃　小闌人坐久待唱徹紅羅悄拈紅豆情多感舊總零歌斷拍可憐分手爲問從今再向花前醉否儘消受酒醒時曉風楊柳

玲瓏玉（雪夜擣石榴子汁置花甆中俄而成氷色殊艷梁汾先生命製紅氷詞同秋田奕山作）

誰喚凌人巧渲染艷瀲波紅燕支沁入玉痕一片玲瓏

自是花房夜擣儘真珠凝滴瓊液杯中酥融如扶南花瓮酒濃（扶南國有酒樹如安石榴采其花汁停瓮中數日成酒見南史） 可把紅霞細嚼怕酸寒滋味鑪火微烘試一移燈照珊瑚碎影簾櫳憑他朱闌曲護怎禁得朝來欲泮不耐東風便消去作桃花飛雨曉空

看花回 傳臚後答家書

十載悠悠羈旅欲歸無計重疊鱗鴻錦素道繡澀鴛鴦白頭容易青衫淚痕漬透生來慳一第天賜與淡墨書成春風人在杏花裏 早又見櫻桃宴啓可還問海棠開未待製泥金小帖并著朶宮花殿勤相寄爲念含情

不語凝粧樓上意盼歸舟日南下帆影遥天際

東風第一枝 元日雪霽朝回用史梅溪韻

密霰融春微陽動曉和風殿角吹暖縱教清禁寒深却望玉河凍淺晴開輦道恍錦障搴回絲軟鎮掃塵鸞彗無聲走馬去如飛燕 輾不定香車過眼翦不斷繡幡迎面桃符貼遍人家粉荔攜來仙苑瀛洲亭在可試取凡才一綫認雪痕猶溼朝衣賦筆謝莊誰見

好事近

消息乍傳來驀地渡江桃葉依約月明雙槳到揚州時節 水村山郭一程程容易阻風雪猶是翦燈深夜喜燈花重結

鬢雲鬆令

凭朱闌攜翠袖爲拂衣塵笑問來何驟悵望經年憐別久驀渡春江曾放人知否 淚休垂眉欲皺乞卸頭眠絮語更闌後應記早朝聽玉漏肯負香衾夢覺春寒透

月華清 三月十五夜西苑直宿

羅綺春深笙歌夜淺月明好在西苑何似江南十里繡簾高卷帀龍栅一簇花濃迎鳳輦九枝燈爛璀璨恍明霞烘透水晶宮殿 蚤是金壺漏轉正紫禁沉沉幾回凝盼待竊仙桃笑語東方曼倩且休教少女風來恰可

喜老人星現應見有中使傳呼柳郎三變（永初名三變仁宗朝太史奏老人星現命左右詞臣爲樂章內侍屬永應制因賦醉蓬萊詞）

雨中花 題王丹思憶得詩後

老矣樊川尋春已晚那知天壤王郎正春風及第獨譜霓裳（時丹思殿試第一） 豈是琵琶一曲鬱輪袍染宮香重教唱徹相思紅豆淚點相將 此生安得別去三山還歸旖旎都房無可奈屛開翡翠繡冷鴛鴦狼藉舊歡如夢羅窗好夜淒涼從頭翻悔詩成六憶瘦損東陽

玉京秋 七夕怡園餞陳秋田之官長寧與張匠門前輩暨汪晉賢吳寶崖浦副工吳臨源葉蘆邨樓敬思張珠巖奕山同賦

雲川閣集　詞四

無錫杜詔紫綸

鳳髓詞外編 自乙酉在翰林時名試暨壬癸進呈之作

迎

鑾詞調江南好 十二首存六

江南好復見

翠華臨傍馬仙雲過泰岱揚帆海月渡淮陰佳氣望

中深

又

江南好天上坐仙查雙槳綠波平竹箭一簾紅雨

濕桃花春樹萬人家

又

江南好春滿待

宸遊花放陌頭成閬苑絲懸天半結瓊樓宛轉聽吳謳

又

江南好白下更維揚市地江山來鐵甕揭天絲管

到金閶果否勝錢唐

又

江南好水市與山村青篛綠蓑皆望幸黃童白叟

盡沾恩挾纊倍春溫

又

江南好麗藻五雲開帖括書生爭及第文明

天子別憐才聞許獻詩來

名試日紀

恩調沁園春

歲在旃蒙支逢作噩

皇輿五巡恰自春徂夏時當遊豫由吳適越地徧咨諏

已聽回鑾還看駐蹕端為憐才汲隱淪承

天語命夔龍上佐細與陶鈞　草茅一介微臣正闒淡

青衫未致身盼蓬山路隔歸於何處江花夢杳乞

向誰人銀管分題錦茵圍坐拜手銜

恩感激真幾時得廁鵷班後常奉清塵

梁溪望

幸詞調南歌子 八首存四

日麗霓旌轉風清玉輅還五營分道肅鵷班爭說

六飛巡幸九龍山

又

澤沛郊原潤恩深草木知迎回鳳舸尚遲遲依約

百花洲上挽裾時

又

輦出平江路帆開百里程因風遥聽八鑾鳴迤邐
水郵山郭管絃迎
又
碧檻波光動紅橋樹影翻峰迴路轉聽潺湲却記
松風水月是秦園
貢院中秋調風入松
沉沉瑣院漏聲長閣筆坐昏黃金波如瀉銀蟾湧
秋正好月在中央爲念此生此夜幾回夢折秋香
只今銜
命感飛揚愧負策賢良凡才亦有登仙路回首處雲

路微茫安得大羅天上衆仙同詠霓裳
恭遇
聖駕秋獮回鑾調風入松即用前韻
龍迴古北塞雲長綵仗擁飛黃帷宮徙蹕三驅罷歌
九節樂且無央燕飲屬車釃酒懽迎複道焚香
時平不用賦鷹揚拜手頌明良日臨金闕千門曉
煙霧淨秋氣蒼茫恰好櫜弓卧矢
九重恭已垂裳
牓後調金縷曲
帝德如天覆眷微臣

天心仁愛曲加成就廿載科場緣命薄又落孫山之後
論得失寸心何有空羨銀蟾香夢裏伴秋風江上
芙蓉瘦新樣錦誰諳繡　生成輸却天孫手剩舊
日青衫闇淡淚痕沾透家本寒微親又老寂莫雙
魚難剖幾脈脈含情低首俯仰
君親戚兩負念從今何自酬高厚能自効涓埃否
蒙
恩宣入南書房命寫
御製金蓮花賦恭紀調南歌子
玉殿親香案琅函發

睿思金蓮賦稾捧丹墀拜舞九天珠露灑瓊枝　小草
生何幸嘉名錫共知花茵賜坐寵來遲祇候華燈
內院
駕歸時是日駕幸景山抵暮回宮
奉
命修詞譜恭紀調滿宮花
曾細翻新樂府零落舊時簫譜只今誰與按宮商
銜
命幾番回顧　唱徹花間知曲誤搦管轉思前度三年
祇自費丹鉛漫理粉紅香蠹

按唐書禮樂志有七宮七商七角七羽宮調名宋史樂志有四聲二十八調名宋詞中可考者有柳永姜夔等詞二十一調名自劉昺宴樂新書失傳其譜不可復考所以張炎詞注舊譜零落不能倚聲歌也臣校詞事竣復膺
命實茫然滋懼云

庚寅

萬壽節恭進調清平樂令 幷序

臣聞尚書首載舜德重華歲在五載庚寅命作九成韶樂時則景星出卿雲興惟帝乃歌百工相和是實肇風詩之首亦即開樂府之源雅頌既興歌詞間出始則以詩被樂繼且按律塡詞雖小部新聲類是緣情之作而禁庭春晝爭傳應制之篇至於大晟府官以協律爲名金馬門時以能詞待詔凡遇嘉時燕賞輒多妙曲流傳或亦卷阿之矢音如清風而作誦也況乎躬逢
盛世序屬青陽四十九度春秋甘雨和風復當歲始一十九州內外吹豳擊鼓共樂春臺物應候以敷
榮地成文而列繡重以
皇都之麗更近
天子之光綵仗迎春東郊雪後華燈放夜
上苑花時舟移曲水之觴馬試華林之射繞春山而駐蹕路出河東聽節鼓以

回鑾風傳日下維時鳴鳩拂羽正宜式燕承筐共擘
瑶牋賦豔陽於春三二月盍拈紅豆歌燕喜於億
萬斯年臣夙慚綴學少習倚聲自知涉筆荒蕪豈
意蒙
恩採錄六年應詔三預編摩始則選錄詩餘繼復訂修詞譜摩挲蘭畹猥沐餘薰髣髴花開求工小令思往歲迎鑾甫奏重邀
天語褒嘉幸年來獻壽長歌倍覺臣心喜躍極太平之盛事筆不勝書當普慶之良辰情烏容已快覩鳳儀獸舞欣隨婕拍鶯簧景彙三春詞成四闋

九天晴曉玉殿紅雲繞微雪旋消春氣早禁樹暖催黃鳥 履新風日爭妍絪緼萬井祥煙太史應書大有
天心不待占年 元日雪霽晴和上喜諭大臣爲豐年之兆

又

月明霄漢十二珠簾卷笑語宮中銀漏轉正是夜深開宴 朝來喜溢
天顏袞龍戲作斑斕爲向
慈寧稱壽九霞親自承歡 上正月十六夜朝慈寧宮嵘式上壽

又

百花生日香界臨仙蹕時幸五臺駕采得仙花仙露溢
花雨霏霏紅濕　桃花浪蹴金溝錦帆摇颺中流
何處觴浮竹葉白魚躍入王舟上巳霸州水圍

又

上林如繡上谷
回鑾後萬戶春聲和樂奏剛值歲華春酒　羣仙競
上瑶杯微臣拜手徘徊共喜萬人海裏不知身在
蓬萊

癸巳

萬壽長春詞十首并序

歲紀昭陽律吹姑洗當六旬之
聖壽錫福寰區屆普慶之良辰騰歡
輦轂九州父老扶杖偕來萬國人文觀光畢至既請
建亭而未許屢上
尊號而弗居豈盛美尚待鋪揚而休明聿符瑞應自南
郊雪霽日麗青旂正上苑花開春深
紫禁碧桃和露移來蓬島香風紅杏栽雲知自瑶階
仙種覩鳳城燈火錦市千門聽鸞掖謳吟瓊牋百
幅臣詔受
恩彌至戴[illegible]滋深昨歲名廁鵷班勉懷鉛而自效今者
身依螭陛隨簪筆以俱來喜倍羣情感深五内美
芹思獻曾乏冰桃雪藕之珍擊壤成謡難同翠管
銀罌之奏恭陳十闋敬祝三多

春從天上來

青帝東迴載一色青旂春自天來
駕乘鸞輅響動春雷不煩画鼓聲催正無邊春色介春
酒
萬壽筵開重徘徊恍風微殿角身在蓬萊　回頭五雲
多處看紅杏枝枝早倚雲栽百和香濃九華光爛
金莖露泛霞杯聽銀壺滴罷笙歌滿花柳城隈繡

成堆遍九州四野共樂春臺

迎春樂

青陽歌裏歡聲閙説今歲風光好雪痕消去紅雲
罩偏萬戶千門曉　望紫氣絪緼繚繞柳枝上條
風纔到吹得
禁林春滿日暖花含笑

鳳樓春

紫禁日華東旭日曈曨曉光融鳴珂夾道躍花驄
香霧散翠煙濃瑞氣高浮雙闕迴是五鳳樓中
啓重重玉殿玲瓏千行仙仗萬條宮燭早朝人立

東風方共慶
聖人生日花甲喜初逢逡巡拜手徹地呼萬
上林春
春滿上林如繡正爛熳百花開後四圍疊障重裍
窣絲絲宮牆御柳　秋千影裏弄永晝看太液淥
波紅縐
湛恩汪濊如春恰剛逢暢春時候
玉堂春
萬年枝上露浥日華仙掌樂奏雲門酒進霞觴誰
擘花牋鼓吹文明意多在春風白玉堂　聽得幾

聲靈鵲分明栖海棠可待來朝芍藥吟成後香案
前頭侍
玉皇
月宮春
嘉蓮上日吐
丹宸奇葩獻歲新杏花時節曲江濱偏多折桂人
玉兔早看呈素魄金波先爲洗香塵正是風柔夜
暖瓊樓
天上春
碧桃春

九天風露五雲高年年開碧桃況逢燕喜共趨朝
桃花春更饒　依輦路映宮袍明霞籠絳霄三千
結實在今朝蓂階瞻
帝堯
春光好
風送暖日籠晴百花明夾路紅燈簇錦棚滿春城
盡是
慶春時
九重春色傳來萬戶春聲共說長安春正好樂昇平
倚天樓閣揭天絲管好景春三須知此日普天同

慶第一是江南　蠲租詔後還喜丹鳳書銜月明
淮水風移海甸
天賜吏清廉
慶春澤
何況
殊恩身被曾玉局紬書八年來矣思昨歲今朝簪花猶
未忽聽句臚讀書厠中祕　承平樂事須記方殿
上稱觴載歌春喜翻樂府新聲紅牙初試願祝長
春萬年自今始

後記

無錫是中國吴文化的發祥地。七千多年悠久歷史與文明，造就了『梁溪明秀之區，衣冠禮樂甲於江左』的城市人文傳統和深厚的歷史文化底蘊。數千年來，文脉綿延，永世流芳。邵寶在《錫山遺響》序中曾經這樣描述：『錫之爲邑，在三吴間。山水清麗豐曠，生其地者，多沉雅秀整，以文名家，代不乏人。』文化已經成爲這座城市最本色的氣質。爲傳承吴地文明，建設文化名城，進一步彰顯無錫城市内在精神特質，經過幾年的精心策劃，旨在全面整理地方文化典籍的《無錫文庫》編纂出版工作於二〇一〇年全面啓動，二〇一一年起陸續與讀者見面了。

無錫的城市文化曾經爲中華文化寶庫作出過巨大貢獻。顧愷之、倪瓚、王紱、鄒一桂、賀天健、徐悲鴻、錢松嵒、吴冠中，如松秀群嶺，在中國繪畫史上擁有很高的地位；華秋蘋、楊蔭瀏、劉天華、華彦鈞（阿炳），乃韵動天籟，對中國音樂發展發揮了重要作用；李紳、蔣防、尤袤、蔣捷、陳維崧、顧貞觀、嚴繩孫、周濟、劉半農，皆胸懷錦綉，在中國文學史上可謂各領風騷；計六奇、顧祖禹、顧棟高、秦蕙田、嵇璜、錢基博、錢穆、錢鍾書、錢海岳，可稱堂奥廣庭，學造淵源，在中國學術史上卓然大家；顧憲成、高攀龍之東林，唐文治之『國專』，徐霞客之游記，徐壽、華蘅芳之『格致之學』，陳翰笙、錢俊瑞、孫治方、薛暮橋之經濟學，都堪稱中華文化史上的一座座高峰，至今閃耀着炫目的光芒。

深厚的歷史文化底蘊激發了無錫城市的文化自覺。市委、市政府滿懷對鄉土誠摯之情、對文化敬畏之感，以義不容辭的責任擔當，致力於文化强市建設，以科學的理念和方式對歷史文化遺産作全方位的觀照、深層次的發掘、系統性的保護，匯四海之智，舉全市之力，共襄文化建設盛舉。二〇〇六年十二月，無錫市成功申報國家歷史文化名城，標志着新一輪文化意識的覺醒，并迅速轉化爲文化自覺的實踐。近年來，我市全面啓動惠山、清名橋、小婁巷、榮巷、蕩口等五個歷史文化街區和十個古村落保護修復工程，『護其貌，顯其顔，鑄其魂，揚其韵』；鴻山遺址成功保護的經驗被國家文物局譽爲大遺址保護『無錫模式』，并被授予首批國家考古大遺址公園，闔閭城遺址考古發現則確立了歷史上無錫曾作爲吴王闔閭都城的地位；建成開放六十餘座博物館、名人故居和紀念館；對無錫的非物質文化遺産予以重點保護；每年春天舉辦的中國（無錫）吴文化節、中國文化遺産保護論壇成爲文化亮點，享譽海内外。這些舉措遵循規律，探索文化建設體制和機制的創新，形成了寶貴的『無錫經驗』，得到海内外學者、專家的一致肯定。

在注重保護歷史文化遺存的過程中，發掘、整理無錫歷史文獻著作，展示和弘揚無錫城市的思想精神世界，自然而然成爲大家關注的重點。二〇〇六年，市委宣傳部組織無錫文史專家、學者編撰的十七册三百萬字的《無錫文化叢書》正式出版，引起强烈反響，出版後供不應求，在二〇〇八年再版加印。《無錫文化叢書》集中反映了無錫城市文化精華，展示了無錫城市文化特質，彰顯了無錫歷史文化的厚重，同時也告訴人們，文化精神的傳遞是文化繁榮發展的重要内涵，一旦擦去歲月蒙塵，優秀的歷史文化就會轉化成爲取之不盡的精神財富。

爲了進一步彰顯城市歷史文化底蘊，二〇〇七年，市委、市政府將全面系統整理無錫文化典籍擺上工作議事日程，明確提出編纂《無錫文庫》。由于無錫歷史文化底蘊深厚，卷帙浩繁，內容豐富，編纂工作千頭萬緒，要想整理出一部簡明扼要而又內容翔實、主旨鮮明而又文質彬彬的文獻集成，難度遠大於預想。爲此，我們先後成立了《無錫文庫》工作委員會和編輯委員會，加强對編纂出版工作的組織領導與統籌協調，在尊重歷史、尊重規律、尊重科學、尊重專家的基礎上，積極推進文庫編纂工作。編輯委員會經過反復論證，明確原則，綱舉目張，有條不紊地開展工作。充分憑借地方文史專家的優勢，充分發揮高校人文學院、研究機構的作用，充分依靠出版機構的專業經驗，并邀請國內外著名文史專家指導、把關，形成了文庫編纂的工作合力。

在編輯過程中，我們力求使《無錫文庫》成爲經得起歷史考驗的鄉邦文獻集成。

全面規劃又保持開放結構。面對豐富的歷史文化積澱，沒有規劃就不可能形成清晰的編纂思路。在前期編纂工作中，編輯委員會經過二十餘次的論證會和專題研討會，形成并確定了《無錫文庫》總書目，明確了收録範圍和內容主體，立足無錫市區，兼顧江陰、宜興，主要體現無錫本土內容，突出人文科學，適當兼顧其他門類。據此，《無錫文庫》收録圖書五百五十餘種，分爲五輯：第一輯『官修舊志』，收編無錫地方志（含江陰、宜興）；第二輯『地方史料專著』，收編反映無錫地方史料的專著與筆記；第三輯『年譜家乘』，收編無錫（含江陰、宜興）地方名人年譜和望族的家譜；第四輯『無錫文存』，收編歷史上無錫作家詩文和專著的精華；第五輯『近現代名家名著存目』，編撰無錫近現代名家名著的書目提要。爲使文庫具有更大的開放度和包容量，《無錫文庫》注重整體設計，在框架分類上既注意整合，又突出重點，考慮到文庫的涵蓋面和系統性；在書目選擇上既注重經典性，又强調代表性，兼顧到圖書本身質量和作者特點；在出版方式上既總體規劃，循序推進，又采取較爲靈活的方式，成熟一批出版一批，不編序號，爲今後增補書目預留空間。

尊重歷史又反映時代特色。《無錫文庫》注重歷史性與時代性相結合，以嶄新的學術角度和現代學科理念對城市歷史文化進行整理和弘揚。編纂工作充分體現對歷史傳統的尊重，儘可能減少評述性成分，杜絶截割、改篡、增删圖書内容，對節選本祇采取作者的自選本。與此同時，以現代學術視野來看待傳統史料，增加收録有價值的歷史資料和文獻，如對民國時期的一些稿本、期刊、會刊、紀念册也予以應有的關注，收入了部分重要的民間史料。

保持原貌又便于讀者查閲。《無錫文庫》除第五輯外，全部采用原版影印方式，力争選擇最優版本作底本，保持文獻著作的歷史面目。爲了便於閲讀、查證、使用、研究，每一輯均撰寫編輯説明，每種書撰寫提要，并編撰《文庫》書目索引。通過這樣的方式，使《無錫文庫》兼具工具書檢索的作用，增强文化典籍整理的實用功能。

如期完成又精益求精。《無錫文庫》作爲一項重大文化工程，編纂工作面廣量大，必須集中力量，一鼓作氣。我們明確，從編纂工作全面啓動開始，花三年時間完成《無錫文庫》出版工作。《無錫文庫》總書目形成後，五輯的書目編纂工作同時開展，整體推進。我們要求，《無錫文庫》編纂出版工作要强化精品意識，力求思想精深、内容精彩、選編精當、學風精良、裝幀精美。文庫編纂出版的每個環節都反復論證推敲，確保經得起歷史檢驗。

《無錫文庫》的編纂出版工作，得到了鳳凰出版傳媒集團的大力支持，鳳凰出版社在版本選擇、編輯出版方面做了細緻的工作；由於《無錫文庫》收録的資料有三分之二散落在全國各圖書館中，中國國家圖書館、上海圖書館、南京圖書館等一批國内知名圖書館爲此提供了積極的幫助；應邀擔任《無錫文庫》學術顧問的專家，都是無錫籍的文化名人和國内一流的古籍研究專家，他們有的不顧年事已高，有的不顧自身工作繁忙，爲《無錫文庫》的編纂工作付出辛勤勞動；《無錫文庫》工作委員會和編輯委員會成員以及編務人員在文庫編纂出版過程中做了大量的工作。在此，謹向他們表示崇高的敬意和由衷的謝忱！

由於《無錫文庫》收録内容涉及範圍廣，時間跨度長，部分書目已經散佚，可利用資料受到限制，加之編輯委員會水平有限，《無錫文庫》的編纂工作難免會有一些疏漏和錯誤，不當之處敬請讀者指正。

王立人

二〇一一年一月